ALMA BAYER

Liebestöter

EIN ROSENHEIM-KRIMI

btb

 Dieses Buch ist auch als E-Book erhältlich.

MIX
Papier aus verantwor-
tungsvollen Quellen
FSC
www.fsc.org   **FSC® C083411**

Verlagsgruppe Random House FSC® N001967

1. Auflage
Originalausgabe Oktober 2020
Copyright © by btb Verlag in der Verlagsgruppe Random House GmbH,
Neumarkter Str. 28, 81673 München
Covergestaltung: Semper Smile
Covermotiv: Panther Media GmbH/Alamy Stock Foto;
© Shutterstock/PeterPhoto123; penphoto; yurgo; VolodymyrSanych;
Iricat; tarapong srichaiyos; Daria Heaney
Satz: Uhl + Massopust, Aalen
Druck und Einband: CPI books GmbH, Leck
SL · Herstellung: sc
Printed in the Czech Republic
ISBN 978-3-442-71712-5

www.btb-verlag.de
www.facebook.com/btbverlag

*L*iebst du ihn noch?«
»Also, wenn du mich jetzt so fragst…« Die Frau des Kommissars zögerte. Liebe war ein Glückspiel, und Monika Hopfinger verlor dabei seit Jahren, vor allem an Selbstachtung und an Lebensfreude. Trotzdem würfelte sie tapfer weiter, hielt sich an die Regeln, erfüllte ihre Aufgaben und hoffte, irgendwann doch noch zu gewinnen.

»Wann hattet ihr das letzte Mal Sex?«

Die Frau des Kommissars senkte den Kopf. Die grauen Strähnen in ihren langen blonden Haaren hatte sie gefärbt, aber an den Ansätzen zeigte sich bereits wieder die Wahrheit: Das Alter schlich sich an. Sex? Monika Hopfinger überlegte, ging gedanklich rückwärts, Tage, Wochen und Monate. Jahre. Dann entschied sie sich zu schweigen. Was hätte sie auch berichten können?

»Verstehe! Keine Liebe. Kein Sex. Habt ihr wenigstens noch Verständnis für einander und so etwas wie Gemeinsamkeiten? Ich meine jetzt nicht euer Haus oder euer Kind.«

Die Frau des Kommissars schüttelte den Kopf. Tränen lösten sich. Einzelgänger. Die Vorhut einer großen Traurigkeit.

»So will ich nicht mehr leben. Was soll ich nur tun?«

Monika Hopfinger war eine treue Klientin, und sie wollte Antworten von der Frau, die sich »Weiberheldin« nannte. Dafür bezahlte sie viel Geld. Nun gut. Die Weiberheldin nickte, intensivierte ihren Blick, beugte sich nach vorn und sagte beschwörend: »Moni, hör auf dein Herz!«

Egal, wie klug Frauen auch sein mochten, es war immer wirkungsvoller, an ihr Herz zu appellieren als an ihren Verstand.

»Dafür fehlt mir der Mut.«

»Schmarrn! Dir fehlt alles: Liebe, Lebensfreude, Sex und Freiheit. Nur der Mut, der fehlt dir nicht. Nimm endlich, was dir zusteht!«

»Ich weiß doch gar nicht, wie ›nehmen‹ geht. Von Natur aus bin ich eher eine Geberin. Es heißt doch nicht umsonst, dass Geben seliger ist als Nehmen.«

»Das Nehmen kannst du von den Männern lernen, besonders von deinem.«

»Stimmt!«

Die Frau des Kommissars nickte und lachte. Der Knoten war gelockert. Alles würde gut werden. Noch eine Bestärkung: »Moni, du kannst, was immer du willst! Merk dir das! Sei deine eigene Heldin!«

Genug für heute. Heimlich kontrollierte die Weiberheldin, ob ihr Smartphone das Gespräch mit der Frau des Kommissars aufgezeichnet hatte. Sie musste an die Zukunft denken. Diese Aufnahmen waren ihre Lebensversicherung. Dachte sie. Die Weiberheldin vergaß dabei, dass gewöhnlich nur die Hinterbliebenen von Lebensversicherungen profitierten.

*D*ie Perücke, die Seidenbluse und der Silikonbusen verursachten ihm ein Problem. Wo sollte er sich unbemerkt verkleiden? Sein Zuhause schied aus. Zu groß war die Gefahr, von seiner Gattin oder den Nachbarn entdeckt zu werden. Die Möchtegernpaparazzi von vis-à-vis würden argwöhnen, er sei seine eigene Affäre. Sie lauerten täglich auf einen Fehltritt seinerseits, weil sich in ihrem eigenen Leben nichts bewegte, abgesehen von den strahlend weißen Gardinen. Dieses peinliche Pärchen würde sofort die örtliche Presse informieren, wenn man das Onlineportal *Rosenheim-News* so nennen wollte. »Hinterfotzige Bagage!«, schimpfte er. »*Freibierlätschen!*« Selbstverständlich klang das bei zufälligen Begegnungen in der Nachbarschaft oder der City anders: »Servus! Habe die Ehre! Endlich sieht man sich mal wieder!« Nein, besser, man sah sich nicht. Genauer: Besser, sie sahen ihn nicht. Zu Hause konnte er unmöglich seinem Plan folgen. Zu Hause konnte er sich unmöglich in eine Frau verwandeln. In eine Frau, die zu allem entschlossen war und zu allem bereit. Eine Frau wie sie. Marina Pfister. Die Teufelin mit der Engelszunge.

Sein erster Versuch führte ihn zur Autobahnraststätte Holzkirchen zwischen München und Salzburg. Unglücklicherweise traf er hier auf Bekannte, die wissen wollten, warum er mit seiner alten abgenutzten Eishockeytasche unterwegs war.

»Willst an frühere Erfolge anknüpfen, oder hat sie dich rausgeschmissen, deine *Oide*?«

Das sollte »seine Alte« versuchen, ihn rauszuschmeißen. »Schmarrn!«

»Jetzt sag schon! Haust ab? Magst nimmer, wird dir *ois z'vui*?«

Ihm alles zu viel werden? Sie ahnten nicht, wie recht sie damit hatten, trotzdem behauptete er das Gegenteil: »Uns Bayern haut so schnell nichts um. Gell!«

»Ja, sowieso!«

»Mia san mia!«

»Aber warum bist jetzt mit der Tasche unterwegs? Triffst dich mit deinem *Gspusi*, deiner Geliebten?«

»Jetzt reicht's aber!«

»War doch bloß a Gaudi!«

Eine Gaudi? Spaß stellte er sich anders vor als seine durchschnittlichen Mitmenschen, die für alles eine Erklärung brauchten und trotzdem nichts verstanden. Er log unter dem Mantel der Ehrlichkeit: »Offen gesagt, also nur unter uns: Ich wollte mich mal wieder ungesehen aufs Eis wagen. Ich muss doch fit bleiben.«

»Ja ihm schau an! Nichts für ungut!«

»Servus, *oide Wurschthaut*!«

Genervt und unverrichteter Dinge pfefferte er die Eishockeytasche mit seiner Damenausstattung zurück in den Kofferraum.

Anschließend erwog er ein Hotel. Doch dort wurden persönliche Daten erfasst und außerdem, wie sollte er anreisen? Mit seinem Wagen? Unmöglich! Wer ihn kannte, kannte auch sein Auto, sein Haus und seine Frau. Wenn es um statusprägende Symbole ging, wusste jeder in Rosenheim, wo sie hingehörten. Die drittgrößte oberbayrische Stadt war ein Dorf mit übersichtlicher Ordnung und klarer Hierarchie: die Wichtigen oben und die Unwichtigen weiter unten. Wer aufsteigen wollte, musste Opfer bringen. Er fühlte sich seit langem zu Höherem berufen und war bereit zu tun, was nötig war.

Letztendlich hatte er die ideale Garderobe für seine Zwecke gefunden. Sie hatte sich bei der morgendlichen Zeitungslektüre präsentiert, in den Kleinanzeigen des *Rosenheimer Volksblatts*. Ein Wink von oben. Der Allmächtige war auf seiner Seite. Hilf dir selbst, dann hilft dir Gott. Er schloss die Jalousien seines perfekten Verstecks. Dann öffnete er in Zeitlupe den Reißverschluss seiner Tasche und sah den Metallzähnen zu, wie sie sich voneinander lösten. Aus ihrem riesigen Maul entließ sie den Schweißgeruch der Vergangenheit. Kurz dachte er an seine Zeit bei den legendären Rosenheimer Starbulls. Wo früher der Tiefschutz und das Trikot mit dem roten Stierkopf ihren Platz hatten, lag heute ein schwarzer Spitzen-BH mit geräumigen Körbchen. Darunter verbargen sich fabelhafte Silikonkissen in Tropfenform mit wohlgeformten Brustwarzen. Er drückte sie und genoss das Gefühl. Beinahe echt, nur besser. Jedenfalls besser als zu Hause. Wenn er sich richtig erinnerte. Es war lange her, dass er seine Frau privat angefasst hatte.

In wenigen Minuten würde er attraktiver aussehen als sie. Er packte die braune Langhaarperücke aus, das Make-up, die Handschuhe und das Seil. Seine Hände zitterten. Er hatte lange gezögert, bevor er sich zu dieser radikalen Konsequenz entschieden hatte. Jetzt gab es kein Zurück mehr.

»Sammle dich! Konzentriere dich! Übe dich in Entschlossenheit!« Seine Stimme rutschte ab. Jetzt nur nicht wanken, nur nicht weich werden. Er schlug sich eine Watsche ins Gesicht. Und dann noch eine, auf die andere Wange. »Ich kann, was immer ich will! Ich kann, was immer ich will!« Und noch lauter: »ICH KANN, WAS IMMER ICH WILL!« Er war ein bayrischer Löwe. Ein König unter den Tieren, die sich als seine Mitmenschen ausgaben. Und er war bereit für den Tod.

»ICH KANN, WAS IMMER ICH WILL!« Er streichelte über das lange Haar seiner Perücke und schaute in den Spiegel. »So ein

schöner *Boandlkramer*!«, lobte er sich. *Boandlkramer*, Knochen-
händler, so nannten die alten Bayern den Tod. »*Boandl*«, kürzte
er liebevoll ab und blies sich eine Strähne aus dem Gesicht. Der
Boandl trug heute ein Frauengewand mit prallem Silikonbusen
in Tropfenform. Das passende Kostüm für die Abschiedsvorstel-
lung.

*J*ede Frau war einzigartig? Das wollte sie gerne glauben, aber die Gespräche, die sie mit ihren Klientinnen führte, ähnelten sich. Sie unterdrückte ihr starkes Bedürfnis zu gähnen. Geduldig legte sie ihre Hand auf die schmale Hand ihrer Klientin. Ein tiefer Blick. »Ganz ehrlich. Was willst du wirklich?«

»Ein gutes Wort, eine liebevolle Umarmung, Verständnis. Mehr verlange ich nicht.«

»Ist das wirklich alles, was du vom Leben erwartest?«

»Wir Menschen brauchen Anerkennung. Bestätigung. Männer wie Frauen.«

»Aber Männer lassen sich nicht mit warmen Worten abspeisen. Die rechnen in harter Währung. Worte benutzen sie nur als Weichspülmittel.«

»Ich bin doch gut versorgt.« Vermutlich dachte sie jetzt an ihre perfekte kleine Welt mit dem großen Haus, in dem es ihr an nichts fehlte außer an Leben, das sich auch so anfühlte.

»Gut versorgt? Dafür wirkst du zu verspannt. Außerdem bist du von ihm abhängig, als hätte es die Emanzipation nie gegeben.«

»Ich bin inzwischen zu alt, um als Tänzerin zu arbeiten. Außerdem würde mein Mann den Job zu Hause gar nicht schaffen. Ich werde gebraucht.«

»Klar wirst du gebracht! Als Trophäe, Putzfrau und Köchin. Du bist seine Servicekraft und seine Dekoration. Du stehst rund um die Uhr zu seinen Diensten, umsonst und ohne Absicherung.«

»Er baut Wohnhäuser und will in der Politik mitmischen. Ich bin die Frau an seiner Seite.« Trotz klang aus der Stimme der Klientin.

»Ja, ja, der große Bauherr! Der Rosenheimer Immobilien-Magnat! Wie viel Grundbesitz hast du eigentlich? Vermutlich gehört dir nicht einmal eine kleine Eigentumswohnung.«

»Ich kann mich auf meinen Mann verlassen.«

»Von dieser Illusion leben viele Ehen, bis zur Scheidung.«

Pause.

»Es geht doch um Liebe und Vertrauen.«

»Die erste Frau Schöring hat er für dich sitzen lassen. Wer garantiert dir, dass er kein Wiederholungstäter ist?«

Die ehemalige Bühnenschönheit erblasste. »Hast du es auch schon gehört?«

»Ich glaube, es wissen inzwischen alle.«

»Man munkelt, er hat Kinder mit ihr.«

»Tatsache.«

»Wenn er mich verlässt, zahl ich am Ende drauf.« Die Klientin war offenbar nicht so blauäugig, wie sie ihre großen Augen erscheinen ließen.

»Du zahlst schon lange drauf: Du trinkst, um deine Traurigkeit runterzuspülen.«

»Das wird sich jetzt ändern!«

»Endlich! Die Heldin in dir ist bereit! Du kannst, was immer du willst.«

Der Datenspeicher ihres Smartphones füllte sich unbemerkt, während die ehemalige Tänzerin begann, neue Schritte für ihr Leben zu planen. Das treuherzige Geschau sparte sie sich jetzt.

*V*ergnügt ließ sich Marina Pfister auf dem roten Sofa nieder. Der Samtbezug war abgenutzt, die Federung gab bereitwillig nach, aber es war ihr Lieblingsplatz in dem alten Gewölbe. In der einen Hand hielt sie ihr Smartphone, in der anderen ein Glas Champagner. »Auf mich!« Während die Perlen ihres Lieblingsgetränks über ihren Gaumen fluteten, streifte sie sich die Pumps von den Füßen. Die roten Absätze landeten geräuschvoll auf dem historischen Steinboden. Sie hatte sich eine Pause verdient und brauchte einen freien Kopf. Gleich würde sie wieder in ihre Rolle schlüpfen: Hemmungen abbauen, Mut machen und Träume verwirklichen. Heldinnen erschaffen. Das war ihr Geschäftsmodell.

Marina Pfister hatte sich neu erfunden. Als »Weiberheldin«. Sie hätte sich auch »Erfolgscoach« nennen können, aber dem ohnehin abgenutzten Begriff fehlte es an Humor, Gefühl und Weiblichkeit. Also nannte sich Marina »Weiberheldin«. Ein Name mit Power und Perspektive, so wie sie selbst und ihr Angebot. Inzwischen suchte auch die Rosenheimer Prominenz ihren Rat. Darauf war sie stolz. Sie startete die Aufnahme mit der Brauereierbin und erfreute sich an ihrer eigenen Stimme, die emphatisch hauchte:

»Du könntest alles haben, stattdessen bist du allein und einsam. Du bist in deiner privaten Hölle gefangen.«
Seufzen. Schweigen.
»Ich habe so ziemlich alles falsch gemacht, gell?«
Schniefen.

In diesem Moment hatte sie die Hände ihrer Klientin umschlossen und war näher gerückt. »*Es war richtig, zu mir zu kommen. Der Rest ist Vergangenheit. Jetzt beginnt die Zukunft. Deine Zukunft. Unsere Zukunft. Es ist an der Zeit, gute Entscheidungen zu treffen. Und deine Idee ist großartig. Bist du bereit?*«

Pause.

»*Ich muss es tun! Ja! Ich muss ihm wirklich etwas entgegensetzen. Ich habe schon viel zu lange gewartet.*«

Pause. An dieser Stelle hatte Marina ihrer Kundin lange in die Augen geblickt und ihr versichert: »*Ich sehe eine Heldin in dir. Eine kraftvolle Heldin! Eine entschlossene Heldin! Eine unabhängige Heldin! DU. BIST. DEINE. EIGENE. HELDIN. Du kannst, was immer du wirklich willst! Die Macht ist in dir! Du bist eine geborene Anführerin! Zeig es dem Kerl! Und allen anderen auch!*«

Sie hatte die Brauereierbin aus dem Sessel hochgezogen, ihr die Schultern gerade gerückt und ihr Kinn angehoben. »*Und jetzt sprich mir laut und deutlich nach: ICH BIN MEINE EIGENE HELDIN! ICH KANN, WAS IMMER ICH WILL! Das Leben ist nicht nur blau-weiß! Das Leben ist bunt! Bayern braucht Frauen wie dich! Frauen mit Visionen!*«

Ein Flüstern.

»*Lauter, stolzer!*«

Ein lauteres Flüstern.

»*Da geht noch mehr!*«

»*ICH BIN MEINE HELDIN! ICH KANN, WAS IMMER ICH WILL!*«

»*Yeah! Du bist eine Weiberheldin. Du bist eine von uns. Willkommen in der Lobby der Frauen! Wir machen uns die Welt, wie sie uns gefällt.*«

»*Am besten würde es mir gefallen, Mutter zu sein.*« Die Brauereierbin hatte schon alles versucht, aber inzwischen hielten sie die Ärzte für zu alt. Ob sie ins Ausland gehen sollte?

»Du lernst jetzt erst einmal, dich selbst zu lieben. Den Rest kannst du dir später besorgen. So wie die Männer. Ich hab da eine Idee für dich.« Aber zuerst sollte Karola Bazinger für eine bessere Welt eintreten, bevor sie daran dachte, Kinder hineinzusetzen. Nicht wahr? Sie hatten schließlich lange genug darüber gesprochen.

»Meinst du wirklich, ich schaff das?«

»Was er kann, kannst du schon lange! Und besser!«

»Wenn es mir wirklich gelingt, wenn es uns wirklich gelingt, verdanke ich alles dir, Marina. Wir verdanken alles dir!«

»Dein Alter wird mich hassen!«

»Das tut er ohnehin schon!«

Die beiden lachten.

»Wer zuletzt lacht ...!«

Marina Pfister war zufrieden mit sich, ihrer Aufnahme und ihrer Arbeit. Als Weiberheldin andere zu Heldinnentaten zu ermutigen gab ihr ein gutes Gefühl, und es zahlte sich aus. Für sie selbst, die Frauen und am Ende auch für Rosenheim. Das war ihr Plan, von dem noch kein Mann wusste. Dachte sie.

*V*itus Pangratz hatte seinen neuen Arbeitsplatz gut gewählt – oder der Arbeitsplatz ihn. Schmarrn! Niemand hatte irgendetwas gewählt. Er schon gar nicht. In Wahrheit hatten ihm das Glück, der Zufall und eine offene Rechnung zu seinem Büro in dem schmalen Haus am Salinplatz verholfen. Als Kommissar hatte Vitus bei seinem heutigen Vermieter im entscheidenden Moment weggesehen, weil es richtig war. In seinen Augen. Vitus Pangratz war einst zur Kripo gegangen, um die Welt zu verbessern, und weil sein Talent nicht für eine Karriere als Rock'n'Roller gereicht hatte. Vitus Pangratz, der Mann für alle Fälle. Bei der Kripo war er schon lange nicht mehr.

Langsam strich Vitus seine Elvis-Tolle zurück, bevor er, deutlich schneller, das Messingschild an der Tür polierte: »Privatermittler Vitus Pangratz, Kriminalkommissar a. D.« Zufrieden mit dem Glanz stieß er die Eingangstür auf und nahm in großen Schritten die Treppe bis in den zweiten Stock. Hier war das gleiche Schild angedübelt. Ein Fan der legendären Rosenheimer Eishockeymannschaft hatte einen Starbulls-Sticker daraufgeklebt. Vitus störte sich nicht daran, wunderte sich aber gelegentlich über die Tierverbundenheit, die Sportler bei der Wahl ihrer Vereinsnamen weltweit an den Tag legten. Was hatte es zu bedeuten, dass sich ganze Männergruppen mit Stieren, Bären und Löwen identifizierten? War es ein stilles Eingeständnis, dass Tiere doch die besseren Menschen waren? Vitus' heimliche Helden waren Dackel. Sie hatten einen eigenen Kopf, Mut und Lässigkeit. Er nahm sich vor, den Starbulls-Sticker so bald wie möglich unter einem selbstklebenden Dackel verschwinden zu lassen, und schloss seine Detektei auf.

Im schmalen Flur standen zwei alte Wirtshausstühle. Den einen besetzten historische *Rolling Stone*-Ausgaben, der andere war frei. Am Kleiderständer hing schon viel zu lange ein verschwitzter weißer Overall mit bunten Glitzersteinen. Ein ähnliches Modell hatte Elvis Presley in Las Vegas getragen. Später war es vom Auktionshaus Sotheby's für 200 000 Dollar versteigert worden mit dem Versprechen, die Kunststofffasern seien noch getränkt von Elvis' Schweiß. Vitus kontrollierte mit einem tiefen Luftzug die Frische seines eigenen weißen Baumwoll-T-Shirts und drehte sich zur Toilettentür mit dem aufgeklebten Hinweis um: »Da kann man, wenn man muss.« Vitus musste. Dringend. Er hatte den Türgriff schon in der Hand, da klingelte es. Seine neue Klientin war offenbar eine überpünktliche Frau. Er drückte den Türöffner, ignorierte seinen Harndrang und schlüpfte durch die Milchglastür in sein Büro. Sein Vorurteil über die erwartete Dame eilte als Stoßseufzer voraus: »Weiberleid!« Den ganzen Ärger, den Frauen ins Leben bringen konnten, fassten die Bayern in diesem Synonym für Frau zusammen und drückten damit gleichzeitig Mitleid für Männlein und Weiblein aus. Die bayrische Sprache philosophierte mit jeder einzelnen Silbe. Vitus hörte die Schritte seiner neuen Klientin im Treppenhaus. Sie trat kräftig auf. Entschlossen. Er erwartete einen Trampel.

*E*s gab Ehemänner, die behaupteten: Sie wiegele Frauen auf. Blödsinn! Marina Pfister stellte nur die richtigen Fragen und verhalf ihren Klientinnen zu einem selbstbestimmten Leben, zu Glück und Geld. Bei Bedarf auch zu sexueller Entspannung. Dass dabei die eine oder andere Ehe zerbrach, verbuchte sie als Erfolg. Ließ sich eine Klientin scheiden, organisierte Marina die Scheidungsparty. Diese Feste übertrafen jede Hochzeit an Heiterkeit und Aufbruchsstimmung. Höchste Zeit, dass Frauen die Männer vom Heldensockel stießen und die Heldenrollen selbst übernahmen. »Heldinnen! Weiberheldinnen!«, verbesserte sie sich. Aber inzwischen ging es um so viel mehr als um weibliche Selbstbestimmung. Es ging darum, die Welt zu verbessern. Zumindest Rosenheim. Bayern.

Darauf noch einen Schluck! Champagner! Marina füllte ihr Glas auf. Noch immer dachten zu viele Frauen gering von sich, anstatt sich groß zu denken. Noch immer stellten sie sich assistierend an den Rand und überließen den Männern ihr Leben und die Politik. Äußerlich emanzipiert waren sie innerlich in alten Rollenmustern gefangen. Wer wüsste das besser als Marina Pfister?

Ihren erlernten Beruf hatte sie aus Liebe aufgegeben. Liebe! Selbst im 21. Jahrhundert rechtfertigten Frauen damit existenzgefährdende Dummheiten. Nach Ludwigs Geburt hatte sie ihren anständig bezahlten Job in einer Bank gegen die unbezahlte Plackerei als Köchin, Putzfrau und Kindermädchen getauscht. »Herzenssache«, hatte sie es genannt und sich im hypothekenbelasteten Eigenheim fortan nach den Bedürfnissen von Mann und Kind gerichtet. Ein Vollzeitjob, der diesen Begriff bis zur letzten Minute des Tages ausfüllte und anschließend in die Nachtschicht überging. Marina Pfister hatte alles gegeben, rund um die Uhr, und sich dabei zur perfektionistischen und frustrierten Hausfrau entwickelt, die finanziell von ihrem Mann abhing. Von seinem Wohlwollen und seinen Launen. Bis etwas geschah, das Marina Schicksal nannte.

Eine gute Fee war mit einem großen Koffer in ihr Leben geschwebt. Eine Dildofee. Diese hatte Marina Pfister mit einem Einsteigermodell für selbstgemachte Höhepunkte gesegnet und mit einer großartigen Geschäftsidee. Marina Pfister machte sich selbstständig. Nach einem rasanten Einstieg als Dildovertreterin, die in ihrem Wohnzimmer Hausfreunde aus Silikon verkaufte wie andere Plastikschüsseln von Tupperware, hatte Marina einen Laden in Rosenheim eröffnet, ihn »Weiberheldinnen – die Lobby der Frauen« getauft und gab nun Rat in Liebes- und Lebensfragen. Ein logischer Schritt, denn als Dildofee hatte sie ohnehin die meiste Zeit damit verbracht, Frauen zuzuhören und zu beraten. Da sie es unsinnig fand, ihr Wissen, ihre Erfahrung und ihre Fantasie umsonst weiterzugeben, hatte Marina Pfister ihr Geschäftsmodell geändert. Jetzt war sie die »Anführerin der Weiberheldinnen« und kümmerte sich als Erfolgscoach um das seelische Wohl und um das private Glück der Rosenheimerinnen. Sie verdiente ihr Geld mit dem Versprechen, dass Frauen alles erreichen konnten, wenn sie es nur wirklich wollten. Dieses Versprechen, garniert mit Verständnis, Zuspruch und Motivation, war ihr Bestseller, den sie in verschiedenen Formen anbot: in Einzelberatungen und in »Weiberheldinnen«-Workshops mit Titeln wie »Sei deine eigene Weiberheldin«. Das Wort »Weib« wurde in Bayern von einem respektvollen Unterton getragen, ähnlich wie die Bezeichnung »Luder«, und widersetzte sich damit der Abwertung, die es historisch erfahren hatte.

Dildos und Vibratoren gab es bei Marina Pfister nur noch unter dem Ladentisch. Heiße Ware! Inzwischen ein netter Nebenerwerb, aber nichts ging über »the real thing«. Am Ende waren Männer das Ding. Sie stellte sich auch darauf ein, denn Marina optimierte gerne ihre Umsätze. Noch nie hatte sie so gut verdient wie jetzt. »Cheers!« Aber insgeheim war Marina schon wieder einen Schritt weiter. In der Zukunft. Und die Zukunft wurde von Politik gemacht.

Marina Pfister hatte jetzt keine Zeit, sich darüber Gedanken zu machen. Sie erwartete eine neue Klientin. Die Frau hatte den Termin anonym per SMS ausgemacht und sich »Hoffnungsträgerin« genannt. Um 19.00 Uhr sollte sie kommen. Marinas türkisfarbene Swatch, Modell »Venice Beach«, zeigte 18:45 Uhr. »Venice Beach!« Sie hauchte ihr fernes Ziel. Irgendwann würde sie in Kalifornien barfuß über den Strand laufen. Das Meer einatmen. Frei sein. Mit Jo! Endlich wieder. Wenn sie in Rosenheim alles in Ordnung gebracht hatte, wenn Rosenheim bunt war.

Wer es in Rosenheim schaffte, schaffte es überall. Sie sang »If you can make it there, you make it everywhere« und schlüpfte zurück in ihre Pumps. Noch einen Schluck, bevor sie aufhörte zu träumen und das rote Lieblingssofa für ihre letzte Kundin des Tages freimachte. Sie selbst würde im violetten Ohrensessel thronen. Wie immer. Sie postierte ihr Smartphone in seinem bewährten Versteck. Es würde auch diesmal unbemerkt mitlaufen.

*E*ine abendliche Spätsommerbrise trug das Aroma von Hopfen und angefaultem Treber durch Rosenheim. Es war der typische Geruch, der beim Bierbrauen entstand. Er sog ihn ein und dachte an die Bestandteile seines Lieblingsgetränks. Wasser bildete den Körper des Bieres, Malz hauchte ihm seine Seele ein, und der Hopfen würzte das Ganze. Mehr war nicht nötig. Mehr durfte nicht sein. Er verabscheute neumodische »Craftbiere« mit Schickimicki-Fruchtaromen und glaubte an das bayrische Reinheitsgebot aus dem Jahr 1516. Es war das älteste, noch heute gültige Lebensmittelgesetz der Welt. Prost! Auf dieses Gesetz waren selbst die bayrischen Freigeister stolz.

Er sog den Geruch von Bier ein und wischte sich den Schweiß von der Stirn. Es war heiß unter seiner Langhaarperücke. Eine Sonnenbrille verbarg seine Augen. Als Frau wollte er kein Aufsehen erregen, aber in der schmalen Passage zwischen Stadtplatz und Riederpark wirkte er größer, als er ohnehin war. Er zog seine Schultern ein und senkte den Kopf mit der Lockenpracht, um nicht aufzufallen.

Gebeugt ging er tiefer in die alte Rosenheimer Passage hinein, bis er am Hauptquartier der »Weiberheldinnen« ankam, das sich »Lobby der Frauen« nannte. Noch. Im Herzen der Stadt hatte Marina Pfister, diese ausgeschämte Person, einen perfekten Ort für ihre Unternehmungen gewählt. Diese Immobilie war Gold wert. Er kannte genug Menschen, die viel Geld dafür bezahlen würden. Halleluja! Der Rosenheimer Stadtkern war seit dem Mittelalter eine gute Investition. Ein Gewinner! Früher profitierte das Zentrum vom Salzhandel und der Innschifffahrt, heute brachte die Fernsehserie *Rosenheim-Cops* seine besten Seiten zum Vorschein. Wie er aus sicherer Quelle wusste, träumte die »Weiberheldin« Marina Pfister davon, sich selbst in der Krimiserie zu spielen. Zugegeben, die Frau verstand etwas von Marketing. Nein, der Begriff »Propaganda« passte in ihrem Fall besser.

Mit schnellen Blicken vergewisserte er sich erneut, dass niemand in dem schmalen Durchgang zwischen den alten Bürgerhäusern unterwegs war, der den Stadtplatz und den Riederpark miteinander verband. Um diese Zeit und bei diesem Wetter waren die meisten Rosenheimer im Biergarten oder an einem der vielen Seen in der Umgebung. Die wenigen, die in der Stadtmitte unterwegs waren, würden ihn als Frau nicht erkennen.

Er blickte auf die Fensterfront der »Weiberheldinnen – die Lobby der Frauen« und las die Aufforderung: »*Gestalte dein Leben! Sei deine eigene Heldin!*« Die Worte formten einen Besenstiel, auf dem eine skizzierte Hexe ritt. Der Besen selbst bündelte Worte der Verheißung: Träume! Selbstvertrauen! Ziele! Unabhängigkeit! Lebenskraft! Liebesglück! Erfüllung! Er schüttelte den Kopf. »Weiberbande! Elendige!« Er und kein anderer würde für die Erfüllung von Träumen sorgen und sich dabei auch um Marina Pfister kümmern. Sie würde – wie erhofft – in einem echten Rosenheim-Krimi mitspielen. Als Leiche. Die Weiberheldin würde den Heldinnentod sterben. Er lachte, und die Wände der Passage warfen sein Lachen zurück.

*M*arina Pfister glaubte, ein Lachen zu hören. Es klang bekannt und rief keine guten Gefühle hervor. Vermutlich täuschte sie sich. Noch immer wartete sie auf ihre neue Kundin, auf die »Hoffnungsträgerin« inkognito. Sie war auch einmal eine Hoffnungsträgerin gewesen, damals, als sie Jürgen geheiratet hatte. Jetzt drückte ihr Ehering eine blasse Furche in ihren Finger. Bereits die alten Römer hatten ihren Frauen Ringe angelegt, um ihren Besitzanspruch zu verdeutlichen. Handschellen im Kleinformat. Bald würde die Ehe mit Jürgen auch in ihrem Gesicht Spuren hinterlassen, doch daran durfte sie jetzt nicht denken. Beruhigen! Schnell! Sie atmete ein. Tief in den Bauch hinein. Hinter die dünne Fettschicht, an den untrainierten Muskeln vorbei. Bis drei zählen. Dann wieder aus. Ein. Aus. Ein. Aus. Eine Achtsamkeitsübung, eine Sekunden-Meditation, die sie bei einem Selbstfindungsseminar im Kloster Frauenwörth auf der Insel Frauenchiemsee gelernt hatte. Marina Pfister nahm regelmäßig an derartigen Seminaren teil. Das tat sie nicht, um zu sich selbst zu finden, sie wusste seit langem, wo sie war, sondern um Kundinnen zu akquirieren. Schließlich übernahmen heute Erfolgstrainer und »Weiberheldinnen« wie sie selbst die früheren Aufgaben der Kirche. Selbsternannte Persönlichkeitstrainer, Life-Coaches, Lebenslehrer verkauften den Menschen Glaube und Hoffnung. »Selbstaffirmationen« wirkten wie Gebete und ersetzten sie. Die Verantwortung lag nicht mehr bei Gott, sondern bei den Menschen. Kein Wunder, dass der eine oder andere unter der Last zusammenzubrechen drohte, aber dafür gab es ja Coaches, die halfen – und Weiberheldinnen. Amen.

Wieder glaubte sie, das unangenehme Lachen zu hören, das sie an ihren Ehemann erinnerte. Dabei versuchte sie, tagsüber nicht an ihn zu denken, und nachts verschloss sie die Augen vor ihm. Jürgen. Die Vergangenheit lag noch immer in ihrem Ehebett, anstatt Platz für die Zukunft zu machen. Sie wusste, dass Jürgen es genauso sah. Sie war Vergangenheit für ihn. Für seine Zukunft erträumte er sich eine andere.

Hinter der Tür erschien eine Silhouette. Endlich. Die Hoffnungsträgerin, die ihren Kopf und ihre Schultern hängen ließ. Marina sah Aufbauarbeit auf sich zukommen. Sie erwartete eine Frau, die partout nicht gesehen werden wollte und sich deshalb wegduckte. Umso präsenter würde sie selbst erscheinen. Sie zog ihr Lächeln an, zurrte die Mundwinkel fest und öffnete die Arme.

»Herzlich willkommen! Sie müssen die Hoffnungsträgerin sein. Was für ein gelungener Deckname.« Und was für eine eigenartige Erscheinung.

Die Hoffnungsträgerin trug eine verspiegelte Sonnenbrille und langes gelocktes Haar, das künstlich wirkte. Wie eine Perücke. Eine Krebspatientin? Jetzt richtete sich die Frau auf und drückte ihre Schultern in die Breite. Ihre Spannweite hätte jedem Mann gut gestanden, aber es war eine schlecht geschminkte Frau. Eine dicke Schicht Make-up lag auf ihrer Haut und hinterließ vermutlich Spuren auf dem edlen Seidenschal. Marina Pfister addierte die Indizien und kam zu dem Schluss: Vor ihr stand ein Mann, der lieber eine Frau sein wollte. Transgender? Eine Schwester mit Schwanz, gleichwohl eine Schwester im Geiste. Nur darauf kam es an. Mutige Menschen, die zu sich selbst standen, waren Marina Pfister besonders willkommen. »Es sind nicht unsere Anlagen, die zeigen, wer wir sind, sondern unsere Entscheidungen«, zitierte sie

Albus Dumbledore frei aus *Harry Potter*. Sie hatte ihrem Sohn Ludwig alle Bände vorgelesen.

Ihre Besucherin nickte. »Ich bin gerade dabei, die richtige Entscheidung zu treffen. Und ja, mein Deckname ist in der Tat gelungen, weil die Hoffnung zuletzt stirbt.«

Ein ungutes Gefühl breitete sich in Marinas Bauch aus und schlang sich um die Eingeweide. Sie ahnte jetzt, wer vor ihr stand. Seine Stimme und seine Bewegungen verrieten ihn, aber sie wollte es nicht glauben. Konnte es wirklich sein? Instinktiv spannten sich Marinas Muskeln an, ihr Herz begann schneller zu schlagen. Wo war das Tränengas? Mist! Sie hatte es neulich einer ängstlichen Klientin als Begleitschutz mit nach Hause gegeben. Ein Fehler. Ruhig bleiben, ermahnte sie sich. Nicht jedes dumpfe Bauchgefühl hatte einen klaren Kopf. Er würde ihr doch nichts antun. Es war ein schlechter Scherz, mehr nicht. Ein Einschüchterungsversuch.

Für einen kurzen Moment atmete Marina auf, während sich ein Grinsen über die Lippen der Hoffnungsträgerin zog. Kalt und siegessicher. Typisch.

$\mathcal{D}$er Schreibtisch war ungefähr so alt wie Vitus Pangratz. Hergestellt in den späten 50ern, ursprünglich mit makelloser Oberfläche, jetzt an vielen Stellen matt, zerkratzt und abgearbeitet, aber immer noch standhaft, trotz seiner dünnen Beine. Er schwang die seinen auf die Tischplatte, besann sich dann aber auf bessere Manieren. Gleich würde die neue Klientin durch die Tür treten, die gerade noch hörbar durchs Treppenhaus trampelte. Am Telefon war sie anonym geblieben.

Die Frau war *guad beinand*, also wohlgenährt, und flatterte mit einem weiten Blumenkleid in den Raum.

»Sie?«

Vitus erhob sich und reichte seiner Besucherin die Hand. Vor ihm stand Ursula »Uschi« Steimer. Ihr Mann trainierte die Kinder-Fußballmannschaft des 1. FC Rosenheim, und ihr Sohn ging ins Ballett. Vitus fragte sich, ob es eine gemeinsame Schnittmenge in dieser Ehe gab. So wie es sie bei ihm und Rosina oder bei ihm und Diana gegeben hatte. Er hatte das Glück getroffen, insgesamt zweimal, aber es war nie lange geblieben.

»Wollen Sie etwas trinken?« Die Frau wollte. Also nahm er ein altes Senfglas mit Pumucklaufdruck vom Schreibtisch, entschuldigte sich und ging damit zur Toilette. Es war die Gelegenheit, das Bier in seiner Blase abzulassen und gleichzeitig ein Mindestmaß an Gastfreundlichkeit an den Tag zu legen. Die Spülung rauschte noch, als er das mit Leitungswasser gefüllte Glas zwischen sich und Frau Steimer auf den Schreibtisch stellte.

»Das Rosenheimer Wasser ist eins a«, versicherte er ihr.

»Wenn nicht gerade wieder Keime darin schwimmen und es mit Chlor desinfiziert werden muss«, erinnerte Frau Steimer an frühere Vorfälle und verzog angewidert das Gesicht.

»Das würden wir schmecken«, meinte Vitus, nahm einen Schluck aus ihrem Glas und rollte das Leitungswasser wie einen vorzüglichen Wein über seinen Gaumen.

»Hart im Abgang, aber insgesamt in Ordnung, das können Sie unbesorgt genießen.« Er bestätigte sich mit einem Nicken.

»Haben Sie sich die Hände gewaschen, Herr Pangratz?«

»Wie bitte?« Er hörte wohl nicht richtig.

»Schon gut.« Sie winkte ab. »Ich bin hauptberuflich Mama, da gewöhnt man sich solche Fragen an.«

Dann kam sie zur Sache.

»Mein Mann, der Alois, der ist in letzter Zeit so außerordentlich gut drauf. Er wirkt – ich kann es gar nicht anders sagen – sexuell ausgeglichen. Wenn Sie wissen, was ich meine?«

»Hmhm«, machte Vitus und verspürte Neid.

Frau Steimer redete weiter: »An mir kann es nicht liegen. In unserer Beziehung läuft nicht mehr viel. Also, auf diesem Gebiet. Der Alois rührt mich nicht mehr an. Mir ist das ganz recht, im Bett ist Lesen meine Lieblingsbeschäftigung, aber ich will halt auch nicht, dass er es mit einer anderen treibt und womöglich noch was heimbringt. Außerdem…« Sie zögerte, fixierte Vitus und senkte ihre Stimme. »Außerdem brauche ich gute Argumente für eine Scheidung, damit er am Ende erledigt ist. Finanziell und gesellschaftlich. Es muss für alle klar sein, wer schuld an unserem Scheitern ist. Er! Der Lump! Der Betrüger!«

»Es wird doch schon lange nicht mehr schuldig geschieden. Auch in Bayern nicht.«

»Vielleicht nicht mehr vor Gericht, aber in unserer Nachbarschaft ganz sicher. Und ich will das Haus behalten und meinen guten Ruf.«

»Haben Sie schon mit Ihrem Mann gesprochen?« Vitus mischte sich ungern in fremde Beziehungen ein, auch nicht als Detektiv.

»Das ist zwecklos. Der Alois streitet alles ab und behauptet, in der Natur seine Erfüllung zu finden. Sie müssen wissen, er nimmt seit Wochen regelmäßig an sogenannten Wildnislagern am Samerberg teil, mit Kondomen im Gepäck.«

»Wildnislager? Wie kann ich mir das vorstellen? Geht er jagen?«

»Daran zweifle ich nicht. Ich bin mir sicher, dass er es auf junge Hasen abgesehen hat, und Sie, lieber Herr Pangratz, werden mir stichfeste Beweise liefern.«

Ursula Steimer zog einen Flyer aus ihrer Tasche, der Männer und Frauen dazu aufforderte, »im Stamm der *Wuidlinge*« ihre wahre Natur in der Wildnis zu entdecken, ihre Urkräfte zu stärken und ihre Sinnlichkeit zu leben. Ungezähmt statt angepasst. Für Ursula Steimer war eindeutig, was das bedeutete. »Wildlinge, alle miteinander!« Denn nichts anderes besagte der bayrische Begriff »*Wuidlinge*«.

Das nächste Camp für *Wuidlinge* fand bereits in einer Woche statt, und Vitus Pangratz sollte daran teilnehmen, um ihren Mann, Alois Steimer, zu observieren.

»Wissen Sie, Herr Pangratz, der Alois hat noch nie ein Bedürfnis nach der Natur gehabt, sondern immer nur natürliche Bedürfnisse: Essen, Trinken, Fußball und Sex. Das versteht er unter Männlichkeit, als ob ein Testosteronüberschuss alles entschuldigen würde.«

Außerdem rasiere sich ihr Mann neuerdings von oben bis unten. »Von seinem windigen Haupthaar bis –, na, das können Sie sich sicher denken. Und wenn er sich dann noch seine lächerliche Schlumpfmütze wie ein Kondom auf den Kopf setzt … Also, für mich ist der ganze Mann inzwischen ein Verhüterli, aber es soll ja Frauen mit geringeren Ansprüchen geben.«

Sie jedenfalls bereue es, sich als kultivierte Frau einst mit einem ungehobelten Fußballer eingelassen zu haben, der jetzt auf Naturliebhaber machte, aber im Alltag selbst die kürzeste Strecke nur mit viel PS bewältigen konnte. »Ein brunftiger Hirsch, bei dem selbst das Auto röhrt.«

Ob Vitus das verstehen konnte? Es erschien ihm angebracht, den Kopf zu schütteln. Uschi Steimer strahlte und deutete auf sein Heiligtum: auf seine Gitarre, die auf einem Ständer in der Ecke auf den nächsten Einsatz wartete. »Ein Mann mit Kultur und Musik. Ich wusste, bei Ihnen bin ich richtig!«

Ihr Alois würde sich zwar seit ein paar Monaten auch an der Gitarre versuchen, aber nur um ein weiteres Klischee zu erfüllen. Er nahm an einem »Gitarre fürs Lagerfeuer-Kurs« teil, weil in den Wildnislagern angeblich gesungen wurde.

»Mein Alois kann doch nur Fansongs auf dem Niveau von ›Schiri, wir wissen, wo dein Auto steht‹. Sie, Herr Pangratz, Sie singen und spielen sicher in einer ganz anderen Liga, nicht nur an der Gitarre.« Frau Steimer blickte Vitus einen sehr langen Moment in die Augen und unterschrieb anschließend schwungvoll den Dienstvertrag für den Detektiv, ohne auch nur einen Paragraphen gelesen zu haben. Dann hielt sie Vitus Pangratz auffordernd den Kugelschreiber hin. Jetzt war er dran. Als er zögerte, beugte sie sich ihm entgegen und ließ ihn tiefer in ihr Dekolleté blicken. »Es ist doch nicht fair, dass nur er Spaß hat, nicht wahr? Sie müssen mir helfen, Herr Pangratz.« Sie hauchte seinen Namen. Oder bildete er sich das ein? Zumindest ein Teil seiner selbst war in diesem Moment bereit, Uschi Steimer zu helfen. Er lenkte seinen Blick auf das Blatt und unterschrieb.

In einer Woche würde er ins Wildnislager am Samerberg ziehen. Als Teilnehmer. Frau Steimer verabschiedete sich herzlich und hauchte dabei noch einmal seinen Namen. Das Wasserglas hatte sie nicht angerührt. Mamma mia!

Worauf hatte sich Vitus Pangratz da nur eingelassen? Er tippte »Wildnislager« in die Suchmaschine. Schnell landete er auf einer Website, die »Elementarerfahrungen« versprach und von einem Apachenjungen erzählte – seine Tochter Johanna hätte ihre Freude an der Story gehabt –, nur die *Wuidlinge* wurden mit keinem Wort erwähnt. Vermutlich ein anderer Stamm, dachte Vitus und suchte weiter, bis er auf der richtigen Website gelandet war: www.stammderwuidlinge.de. Warum nicht gleich so? Auf der Homepage flackerte ein Lagerfeuer, um das Menschen mit nacktem Oberkörper saßen. Auch Frauen. Vitus genoss ihren Anblick. Sein Herz mochte mehrfach gebrochen sein, seine Psyche unter einem Schleudertrauma leiden, aber der Rest war intakt. Schnell klickte er den Punkt »Philosophie« an, um seine Gedanken wieder ins Oberstübchen zu treiben. Er las: »Die Natur ist unser angestammter Lebensraum. Sie kommt unseren natürlichen Instinkten entgegen. Alles reduziert sich hier aufs Wesentliche, und wir können unser inneres Feuer wiederentdecken. Weit weg von den Belastungen der modernen Welt vereinigen wir uns mit uns selbst und mit unseren Mitmenschen. Die Natur weitet unsere Herzen. Sie inspiriert unsere Sinnlichkeit. Lass dich auf diese Erfahrung ein. Sei, wer du bist: ein geborener *Wuidling*! Wir sind dein Stamm. Komm nach Hause. Zu dir!«

»*Wuid im Woid!* Wild im Wald. Ja, da legst dich nieder!«, entfuhr es Vitus, und er überlegte, ob er Kondome kaufen sollte. Vorsichtshalber. Für den unwahrscheinlichen Fall, dass sich eine Frau nicht nur mit der Natur, sondern auch mit ihm vereinen wollte. Seit der unglücklichen Geschichte mit Diana hatte er seine Männlichkeit im Ruhestand vermutet, aber seit einiger Zeit spürte er, dass sie da noch nicht hingehörte. Schnell klickte er sich zurück auf die Startseite der Wildlinge. Die Bayern hatten schon recht: »Besser Holz vor der Hütten als ein Brett vor dem Kopf.« Plötzlich hatte Vitus Pangratz große Lust auf neue Erfahrungen in der Wildnis.

*R*uhig zog er die hellen Vorhänge in Marina Pfisters Etablissement zu, das sie »Lobby der Frauen« nannte. Sollte ihn jemand sehen, würde er in seiner Verkleidung wie eine dieser Weiber wirken, die sich für viel Geld Dummheiten erzählen ließen. Der Schlüssel steckte in der Eingangstür, eine bunte Hexe baumelte daran. Er sperrte ab und war in Sicherheit. So hatte er sich das vorgestellt. Alles lief nach Plan. Nach seinem Plan. Er wandte sich seinem Opfer zu. Die selbsternannte »Weiberheldin« wirkte alles andere als heldinnenhaft.

Ihre Angst hatte nicht lange auf sich warten lassen. Sie hatte bei den meisten Menschen kurze Wege. Versteckt im Hinterhalt der Seele war sie dem Einzelnen gewöhnlich näher als seine engsten Vertrauten. Ja, er kannte sich aus mit der Angst. Sie ließ selbst harte Männer wie ihn weich werden und unter ihr Mindestmaß schrumpfen. In jeder Beziehung. *Sakradi*, er wollte nicht schon wieder daran denken. »Wirst mit dem Alter ein bisserl sensibel, gell? Darfst halt nicht immer alles in dich reinfressen, dann klappt's auch wieder mit der Erektion«, hatte ihm seine Frau ernsthaft vorgeworfen, die sich nicht mehr »*Bodschal*« nennen ließ. Dabei klang »*Bodschal*« durchaus liebevoll. Aus der bayrischen Bezeichnung für harmlose, ungeschickte, aber irgendwie niedliche Frauen sprach die Geduld des Mannes. Außerdem stand er seinen Mann, nur eben nicht mehr im Ehebett und nicht mehr bei seiner Gattin.

Marinas Blick wanderte nervös von seiner Perücke zu seinen Turnschuhen. Sie versuchte, ihn zu lesen, aber daran waren schon andere gescheitert. »Champagner zur Versöhnung?« Vermutlich wollte sie Zeit gewinnen. Er jedenfalls durfte keine Zeit verlieren.

»Einen Moment.« Marina Pfister steuerte auf die Bar zu, hinter der in geschwungenen Buchstaben an die Wand gepinselt war: »Sei deine Heldin! Liebe dich selbst!« Er packte die Weiberheldin an der Schulter, drehte sie und zwang sie, ihn anzusehen. Panik flackerte in ihren Augen. Fast glaubte er, ihren Herzschlag zu hören. Ihre Atmung hob und senkte ihren Brustkorb in schnellem Tempo. Endlich begriff sie, worum es hier ging: um ihr armseliges Leben. Und seines.

»Gleich ist es vorbei«, sagte er. Es sollte ein kleiner Trost sein, keine Drohung. Er war ja kein Unmensch, sondern christlich erzogen. Er wollte sich versöhnlich zeigen, um unbelastet in die Zukunft gehen zu können. In eine Zukunft ohne diese Frau. Ach, wozu sich mit Worten aufhalten.

Als ehemaliger Eishockeyspieler kannte er die Schwachstellen des Körpers. Er wusste, worauf er seine Faust schmettern musste: auf ihren Kiefer. Die richtige Stelle saß direkt unter dem Ohr. Er ballte die Faust. Holte aus. Zielte. Es knackte. Treffer! Die Wucht schleuderte ihren Kopf zur Seite. Das Weib wackelte und sackte vor ihm zusammen. Ihre Hand suchte instinktiv an seiner Seidenbluse Halt. Vergebens. Schon schlug ihr Kopf auf dem alten dunklen Pflasterboden auf. Ein dumpfer Laut löste sich. Sie war k. o. »Sauber!«, lobte er sich. »Ich habe eben einen Schlag bei den Frauen. Und was für einen!« Hahaha! Seine eigenen Witze waren die besten.

Leider war sie nicht sofort tot. Er hatte es befürchtet. Ihre Atmung hob und senkte noch immer ihren Brustkorb. Unter ihrem Kopf breitete sich eine Blutlache aus. Die Sauerei verteilte sich in Zeitlupe auf dem Boden und malte dem Weib einen roten Heiligenschein um den Kopf. Für einen kleinen Moment genoss er diesen Anblick, dann griff er in seiner Manteltasche nach dem Seil aus dem Sportgeschäft. Kletterbedarf. Er würde ihren Kopf anheben müssen, dort, wo er blutig war, und sich die Handschuhe schmutzig machen. Besser, er suchte zuerst ihre Aufzeichnungen über ihre Kundinnen und vermutlich auch über ihn selbst. Weit konnten sie nicht sein. Er sah sich um. Die Zentrale der »Weiberheldin« war wie eine gemütliche Tagesbar eingerichtet. Als »Wohlfühloase« beschrieben ihre begeisterten Kundinnen das Gewölbe, in dem kleine Marmortischchen von bunten Sesseln und Bistrostühlen umringt waren. Ein violettfarbener Ohrensessel und ein rotes Sofa dominierten den Raum, an dessen Ende die Champagnerbar mit Gläsern und italienischer Kaffeemaschine stand. Er kannte das Modell. Es gehörte zu den teuersten. Marina Pfister hatte sich nicht lumpen lassen. Ihr Geschäftsmodell warf diese Extravaganz ab, aber in dieser Lage würde auch die nächste Mieterin gutes Geld verdienen. Marina stöhnte. Unter anderen Umständen hätte er gerne mit ihr einen letzten Cappuccino getrunken oder Champagner. Aus Sentimentalität und weil sie noch immer eine schöne Frau war. Er würde es nachholen, beim Leichenschmaus, bei dem sie endlich die passive Rolle spielen würde, die ihr als Frau zustand.

*A*us den Augenwinkeln sah Marina den Menschen, der sie zu Boden geschlagen hatte. Er stand an der Bar und öffnete alle Schubladen. An der kräftigen rechten Hand blitzte ein Ehering. Das klassische Allerweltsmodell, es sah aus wie Marinas eigener. Breit genug, um sofort ins Auge zu stechen, aber trotzdem Understatement. Die Folgen einer jeden Ehe wurden von Anfang an untertrieben.

Marina spuckte Blut und versuchte zu denken, über die Schmerzen hinweg. Ludwig. Ihr Sohn. Er brauchte sie. Ihr Handy lag noch immer in seinem Versteck auf dem Sofa. Würde sie es schaffen aufzustehen?

Sie versuchte, ihre Chancen einzuschätzen und ihre Argumente. Ludwig? Ihr Sohn? Sie hauchte seinen Namen, aber er reagierte nicht. Erbarmungslos durchwühlte er die Schubladen hinter der Bar. Inzwischen ahnte sie, wonach er suchte. Belastungsmaterial. Er dachte an alles, das sah ihm ähnlich. Aber woher wusste er davon? Durch die Bewegung rutschte das seidene Halstuch tiefer und gab den Blick auf seinen Adamsapfel frei, medizinisch Schildknorpel genannt. Seine Größe entschied über die Tiefe der Stimme, zudem markierte er ein Ziel zur Selbstverteidigung. Gelänge es Marina, ihre Handkante mit einem kräftigen Schlag unterhalb des Adamsapfels zu lenken, könnte sie es vielleicht schneller bis zur Tür schaffen als dieser hinterhältige Arsch. Aber sie bezweifelte, aus ihrer liegenden Position heraus einen schwungvollen Treffer landen zu können.

Wieder dachte sie an Ludwig, ihren Sohn. Sie durfte ihn nicht allein lassen. Abgesehen von allem anderen würde es Jürgen nicht schaffen, ihm gleichzeitig ein guter Vater und eine gute Mutter zu sein. Er schaffte nicht einmal die Hälfte. Vielleicht würde ihm Klaudia dabei helfen. Die Freundin des Hauses! Hah! Jetzt nicht panisch werden, sondern Gelerntes abrufen. Nicht nur der Adamsapfel markierte ein empfindliches Ziel. Sie spreizte und krümmte die Finger ihrer rechten Hand zur Tigerkralle, so wie es Ludwig in einem Selbstverteidigungskurs für Kinder gelernt hatte. »Im Notfall voll ins Gesicht schlagen und mit den Fingern auf die Augen zielen«, hatte er erklärt. Sie spannte ihre Kralle an und hob sie. Ihr fiel auf, dass der rote Nagellack am Ringfinger abzublättern begann und ihre Nägel zu kurz waren, um ernsthaft Schaden anzurichten. Sie würde es nicht schaffen, ihre Finger in seine Augen zu nageln. Aber sie hatte Absätze. Hohe spitze Absätze. In Gedanken sprach sie sich Mut zu. »Ich bin meine eigene Heldin! Ich kann, was immer ich will!« Was sie ihren Kundinnen vermittelte, galt auch für sie selbst. Marina winkelte ihr rechtes Bein an und zog sich ihren Schuh aus. Jetzt musste sie ruhig bleiben und abwarten. »Ich kann, was immer ich will!«, wiederholte sie in Gedanken. Wahre Stärke entwickelte sich nicht in den Muskeln, sondern im Kopf.

Der kostümierte Kerl stieß die Schublade mit einer lauten Klage über die Unordnung darin zu: »Ja, so ein Verhau! So ein elendiger Verhau!« Marina stöhnte. So ein Rüpel! Bei ihr hatte alles seinen Platz. Sie versuchte zu sprechen, aber es kam nichts Verständliches aus ihrem Mund. Trotzdem schritt er zu ihr, um breitbeinig an ihrer Seite stehen zu bleiben. Er war groß. Ein Riese, beseelt von seiner Macht. Sein Gesicht war zu hoch für den Schuh in ihrer Hand. Selbst wenn sie versuchen würde, sich aufzusetzen.

»Wo hast du alles aufgeschrieben? Wo sind deine geheimen Notizen? Was steht da über mich?« Er stieß ihr den Fuß in die Rippen. So kraftvoll und brutal, dass Knochen brachen. Der Schmerz drohte, Marina in die Finsternis zu holen, bevor ihr Peiniger ein dünnes Seil zweimal um seine linke Hand wickelte. Dann kniete er sich hinter Marinas Kopf. »So eine Sauerei!«, murmelte er mit Blick auf die Blutlache. Er überlegte, dann schob er das Seil unter ihrem Hals durch und überkreuzte es auf der Vorderseite. Er sah, dass sie eine Goldkette trug. Daran hing ein Kreuz. Seit wann war sie gläubig? Diese Frau überraschte ihn. Aufs Neue.

Sie öffnete die Augen. Sah ihn an. Die Panik war aus ihrem Blick gewichen. An ihrer Stelle konzentrierte sich todesmutige Entschlossenheit. Etwas Rotes schoss auf ihn zu, zu schnell, um zu registrieren, was es war. Reflexartig griff er danach und hielt einen hochhackigen roten Schuh in der Hand. Ein Mordwerkzeug, dazu geschaffen, Männern ins Auge zu stechen. Frauen kämpften niemals fair. »Miststück!« Aber jetzt hielt er die Waffe in der Hand, und keine Hemmung hielt ihn mehr zurück. Nur seine Ordnungsliebe. Die Sauerei am Boden war auch so schon groß genug.

Ihr Blick fixierte ihn noch immer. Er wollte ihre Angst riechen und beugte sich zu ihr. Eine Strähne löste sich aus seiner Perücke und fiel nach vorn über ihr Gesicht. Mit ihrem Mund schnappte Marina Pfister danach und zog sie ihm mit einer Drehung vom Kopf. Sie wollte ihn auch symbolisch entlarven. Durchschaut hatte sie ihn schon vor langer Zeit.

Sein Name presste sich durch Marinas Lippen. Kaum hörbar. Ein letzter Hauch, bevor er am Seil zog und ihr die Luft abschnürte. Er bewegte das lange Haar, das sich aus seiner Perücke gelöst hatte und auf ihren Lippen klebte. Er bemerkte es nicht, weil ihm seine Tränen den Blick verwässerten. Ein Moment der Schwäche, während er seine Stärke bewies.

*D*er Pazifik schaukelte seine Wellen an den Sandstrand, wo sie entspannt in den warmen Boden sickerten. Die Palmen nickten es beiläufig ab und ließen ihre langen Blätter von einem sanften Wind streicheln. Ein Ghettoblaster trieb soulige Klänge über die morgendliche Szene. Alltag an der kalifornischen Küste. Auf dem Asphaltweg, der den berühmten Strand von Wohnhäusern und Geschäften trennte, suchten Menschen in Shorts und T-Shirts das unbeschwerte Lebensgefühl, das Sonne, Wind und der kalifornische Mythos versprachen. Die Götter wohnten schon lange nicht mehr auf dem griechischen Olymp, sondern spannten ihre Muskeln in Kalifornien an, wo sie amüsiert beobachteten, wie sich die Menschen abmühten, ihre großen Träume einzufangen. Die meisten fingen nicht mehr, als in eine Hand passte, trotzdem blieben sie ihren Träumen auf den Fersen. Manche eilten ihnen auf Rollerskates hinterher, andere waren zu Fuß oder mit dem Fahrrad unterwegs.

Johanna »Jo« Coleman liebte dieses kalifornische Wimmelbild vor ihrer Fensterfront. An normalen Tagen hätte sie die Scheibe zur Seite geschoben und sich auf den schmalen Balkon gesetzt, gemeinsam mit einem frisch gemixten Smoothie und Jack, ihrem Lieblingsmenschen. Er hätte einen losen Gedanken ausgerollt, sie hätte ihn aufgenommen und weitergesponnen. Oder vice versa.

Aber jetzt hatte Jo anderes im Sinn. Die ersten Folgen der Netflixserie *Californication* hatten sie gepackt, darum blieb Johanna »Jo« Coleman rund 10 000 Kilometer von ihrer Heimatstadt Rosenheim entfernt auf dem Sofa sitzen. Nur Jack drängte es auf den Balkon.

»Jo, wir müssen über die Arbeit reden. Das Drehbuch! Die Schauspieler! Den Cateringservice!«

Nein, Jo wollte nicht über den Cateringservice mit dem albernen Namen sprechen: »Yummy! Yummy! Love for your Tummy.« Jos Versuche, den Caterer zu wechseln, stießen bei Jack ohnehin auf taube Ohren. Der Grund hieß Linda. Sie war die hübsche Eigentümerin von »Yummy! Yummy!«, und sie himmelte Jack an.

»Die Frau ist so unverdaulich wie ihr Essen«, sagte Jo. Sie träumte von Weißwürsten, süßem Senf und reschen Brezen. »Ich glaub, ich hab Heimweh.«

»What are you talking about?« Jack verstand weder Deutsch noch Heimweh. Für den geborenen New Yorker war seit Kindertagen klar, dass Los Angeles seine Bestimmung war.

»Never mind, Jack.« Er sollte sich nicht darum kümmern. Sie hatte im Moment ohnehin keine Zeit für Sentimentalitäten. Es war ihr drehfreier Tag, und den wollte sie genießen. Mit der ersten Staffel von *Californication*, deren Episoden um die Ecke spielten, in Venice Beach, Los Angeles.

Jack schüttelte sein Haar. Es war voll wie seine Lippen. »Enough! Es reicht!« Er klappte den Laptop vor ihren Augen zu. »Vergiss den windigen Hauptdarsteller. Er ist ein Womanzier, er wird der Frau seines Lebens nie treu sein können.«

»Look who is talking!« Da redete ja der Richtige! Der Mann, der sie beim ersten Eheversuch so schamlos betrogen hatte wie Hank Moody aus *Californication* seine Filmfrau Karen. Konnte sich Jo deshalb nicht von der Serie lösen, weil der Held ihrem Jack glich und sie der Frau, die ihm erneut eine Chance gab? War es so? Wollte sie deshalb unbedingt bis zum Happy End schauen, darauf hoffend, dass es überhaupt eines gab. Mit 39 Jahren sollte Jo realistischer sein: Wenn es darauf ankam, ließ Jack den Macho raushängen wie ein Hund seine Zunge in der Sommerhitze, aber Hunde waren wenigstens treu. Im Gegensatz zu Jack.

»Vielleicht wäre es smarter, sich einen Hund zuzulegen, als dich ein zweites Mal zu heiraten.«

Jack griff sich an die Brust, jaulte, als würde ihm jemand auf den Schwanz treten, und begann mit einem Dackelblick ihr Herz zu melken.

»Honeybunny, keine schlechten Witze auf Kosten unserer Liebe!«

Wie bitte? In Wahrheit war er der Scherzbold mit dem traurigen Repertoire. Sie dachte an die Produzententochter, mit deren Hilfe er einst auf die Karriereleiter geklettert war, während Jo am Boden lag und ihr gebrochenes Herz zurück nach Rosenheim fliegen musste. Mit Liebesbeteuerungen und der Chance, in ihrem Traumberuf zu arbeiten, hatte er sie vor zwei Jahren zurückgeholt. Sie wagten einen neuen Take »Große Liebe, die Zweite« und drehten gemeinsam eine Liebesgeschichte, die eng an ihre eigene angelehnt war.

Noch immer der Hundeblick. Aber jetzt kam er aus den Augen eines Jagdhundes, der mit seiner großen Pfote die Fährte aufnahm. Er schnupperte und leckte sich an ihren Waden hoch, über die Oberschenkel bis hin zur Pforte. Sein weiches, lockiges Fell strich zärtlich über ihre Haut. Dann zog er weiter, über ihren gebräunten Bauch, die weißen Brüste, über den Hals bis zu ihrem Ohr. »Let me show you my love. The real thing is so much better than any fiction«, flüsterte er. Und weil die Wirklichkeit in diesem Moment wirklich mehr versprach als die Serie auf dem Bildschirm, ließ sich Jo darauf ein. Vielleicht würde dann auch das ungute Gefühl verschwinden, das seit Tagen in ihrem Magen spannte: die Angst, wieder einen Menschen zu verlieren, den sie liebte. Hatte sie eine Vorahnung? Zu ihrer Großmutter waren einst Menschen gekommen, um sich die Zukunft voraussagen zu lassen, und meist waren Omas Prophezeiungen eingetroffen. Zufall? Hokuspokus?

Laute bayrische Blasmusik holte Jo aus ihren Gedanken und Jack aus ihrem Inneren. »Zum Teufel mit dem Telefon!« Genervt drückte Jack ein Sofakissen auf die Musik, aber Jo erkannte die Melodie und ihre Absenderin sofort. Reflexartig griff sie zu ihrem Smartphone. In Deutschland war Nacht. Wenn Marina jetzt anrief, musste etwas passiert sein. Mit Vitus? Jos Vater. Verdammt! Sie hätte ihn nicht allein lassen dürfen mit seiner Trauer über Diana. Jack zog sich zurück, weil Jo nun nicht mehr bei ihm war, sondern auf der anderen Seite des Pazifiks. In einem Drama, um genau zu sein, aber das ahnten weder ihr Lover Jack noch sie selbst.

*E*r hatte alles gut versteckt und würde es bei Gelegenheit entsorgen: die Perücke, die Bluse, die beiden tropfenförmigen Silikonkissen und den Spitzen-BH. Er hatte sich zurückverwandelt in einen Mann. Kurz vor Mitternacht war er wieder er selbst und wollte sich mit seiner Beute befassen. Aufzeichnungen hatte er nicht gefunden, aber Marinas Smartphone, als er sich für einen kurzen Moment auf ihren Polstermöbeln von seiner Tat erholen wollte. Jetzt lag Marina Pfisters Smartphone auf seinem Schreibtisch, ausgerichtet an denselben unsichtbaren Linien wie die beiden gespitzten Bleistifte, der weiche Radiergummi, der alte schwarze Montblanc-Füller und der linierte Block. Selbst der Bilderrahmen mit einem Foto seiner Frau war auf Linie. Sie lächelte ihn verliebt an. Eine alte Aufnahme. Daneben stand eine quadratische Box mit Papiertüchern. Sie würden später die Spuren seiner Fantasien aufnehmen. Sobald er allein war, funktionierte er tadellos.

Er überflog den Inhalt ihres Smartphones, die E-Mails und Whatsapp-Nachrichten. Wie leicht es gewesen war, ihren Code zu knacken. Weiberheldin. Dann entdeckte er die »Sprachmemos« und öffnete die erste Datei mit dem Titel »Die Supergattin«, gespannt, was er hören würde, und noch gespannter, wen er hören würde. Er erkannte die Stimme sofort.

*J*o Coleman versuchte in Kalifornien zu verstehen, was ihr der Anrufer aus Bayern sagen wollte.

»Die Mama.« Schluchzen. »Die Ma…«

Schniefen. Rotze, die gegen die Laufrichtung gezogen wurde.

»…ma! Meine Mama…«

Jo erkannte die Stimme ihres Patenkindes Ludwig, Marinas Sohn. Wenn er um diese Zeit noch wach war, bedeutete das nichts Gutes, aber Ludwig würde nicht wegen Jos Vater Vitus Pangratz weinen. Außerdem würde ihre beste Freundin Marina anrufen, wenn etwas mit Vitus wäre.

»Großer, was ist passiert?«

Ludwig schniefte, dann stotterte er in die Leitung: »Sie hat sich nicht mehr bewegt, die Mama, und nicht mehr geatmet. Da war lauter Blut um ihren Kopf herum.« Die Worte schwangen in Jos Magengrube. Marina. Ihrer Freundin war etwas zugestoßen.

»Ich hab sie mit dem Papa zusammen gefunden.«

Im Zeitraffer taumelte Jo an die Kante des dunklen Abgrunds. Sie war schon lange nicht mehr dort gewesen, aber es fühlte sich sofort vertraut an. Zu viele Menschen, die sie liebte, waren bereits in diesem gierigen Schlund verloren gegangen: Ihren kleinen Bruder hatte er als Baby verschlungen, ihre Mutter nur ein paar Monate später. Auch ihre Oma hatte er in seine unendliche Tiefe gerissen. Bitte, jetzt nicht auch noch Marina. Marina Pfister, die Jo Coleman seit Kindertagen, über alle Unterschiede und Kilometer hinweg, durchs Leben begleitet hatte.

»Bist du noch da? Jo!« Ludwig, Marinas Sohn, rief durchs Telefon.

Ja, sie war noch da. Zumindest ein Teil von ihr. Dieser Teil fragte so ruhig wie möglich. »Was ist mit deiner Mama passiert?«

Jo sah Ludwig vor sich. Ihr Patenkind. Ein kleines Muskelpaket mit kurz geschorenen Haaren, die er mit Gel himmelwärts stellte. »Fußballerstyle« nannte Ludwig das und »cool«. Passend dazu trug er ausschließlich Fußballtrikots, die mehr kosteten als Jos Öko-Shirts, was sie genau wusste, weil er sich zu jedem Geburtstag ein FC Bayern-T-Shirt von ihr wünschte. Bald würde er seinen zehnten Geburtstag feiern.

»Du musst kommen, Jo, du musst unbedingt kommen!«

»Ludwig ...«

»Die Mama hat gesagt, im schlimmsten Fall, wenn sie sich irgendwann einmal nicht um mich kümmern kann, dann machst du das. Du hast es ihr versprochen, Jo, das hat die Mama auch gesagt. Jetzt musst du kommen. Bitte, Jo, bitte komm!«

Sie musste mit Jürgen reden. »Ludwig, gib mir mal deinen Papa.«

»Der will dich sowieso sprechen. Der steht neben mir.«

Jo blickte durchs Fenster. Das fröhliche Wimmelbild verschwamm. Gleich würde sie erfahren, was mit Marina passiert war. Es würde Tränen regnen in Kalifornien.

Die Aufnahme war von vergangener Woche. Er verband seine teuren Kopfhörer mit Marina Pfisters Smartphone und drückte auf die grüne Taste, gespannt, was sich hinter dem Titel »Die Supergattin« verbarg.

»*Mein Feuer brennt noch, verstehst, Marina? Aber mein Alter ist kein Feuerwehrmann. Neben dem Kerl vertrocknet der Chiemsee. Jetzt weißt du, wie's mir geht.*«

»*Du hast was Besseres verdient! Sag einfach, was du brauchst!*«

»*Endlich mal wieder ein echtes Mannsbild, the real thing, weißt schon. Marina, davon träum ich, aber ohne den Ärger, der normalerweise dranhängt, verstehst, die Kocherei, die Hemden, die's gebügelt haben wollen, und das blöde Gerede über Autos, Fußball, Politik und Immobilien, das man sich anhören muss, ohne dabei einzuschlafen.*«

Pause. Flüstern.

»*Weißt, Marina, ich will mal wieder richtig verführt werden. Das volle Programm. Ich mein, der große Tümmler macht zwar einen guten Job, aber von Vorspiel versteht so ein Vibrator nichts. Und deshalb bin ich heute hier. Ich bin an deinem Spezialangebot interessiert. Ich brauch jemanden, der es mir endlich mal wieder so richtig besorgt. Einen Feuerlöscher. Einen menschlichen. Mit zuverlässigem Gerät. Du weißt schon, was ich meine, gell?*«

»*Ich hab keine Ahnung, wovon du sprichst.*«

»*Jetzt tu doch nicht so, Marina, ich weiß von meiner besten*

Freundin, dass du dein Angebot erweitert hast. Sie sagt, den besten Sex in ganz Rosenheim gibt es bei dir.«

»Na ja, Ich hab schon noch ein paar Hochleistungsvibratoren in Reserve, richtige Womanizer, die unter Strom stehen und dich zum Glühen bringen.«

»Ich will keinen weiteren Vibrator, sondern einen echten Kerl.«

Pause. Stille.

»Du weißt aber schon, dass das nach höchster Vertraulichkeit verlangt?«

»Auf mich kannst du dich verlassen!«

»Und es ist kein billiges Vergnügen. Aber ein Vergnügen ist es. So viel ist sicher!«

»Ich will endlich wieder das Leben spüren. Das ist mir viel wert. Was verlangst du?«

Pause.

»600 Euro.«

Pause.

»600 Euro! Wie wär's mit einem Freundschaftspreis? Wir kennen uns doch schon so lange.«

»Das ist ein Freundschaftspreis, den gibt's nur für Weiberheldinnen! Übrigens, deine Lippen, die sind wirklich gut gelungen. Hyaluronsäure oder Eigenfett?«

»Eigenfett hält länger. Ich hab's mir am Po absaugen lassen.«

»Vom Arsch ins Gesicht, interessant! Du wirst sehen, deine aktuelle Investition wird dich noch schöner machen, und der Einstich ist garantiert weniger schmerzhaft, weil ein Könner am Werk ist.«

»Aber 600 Euro? Echt jetzt? Dafür bekomme ich neue Lippen.«

»Oder Sex und ein neues Lebensgefühl. Du hast die Wahl.«

»Ich will beides!«

»Gute Entscheidung!«

Sie waren sich einig. Bussi. Bussi.

Das Schmatzen war deutlich zu hören. In Rosenheim waren sie halt alle eine große Familie, gell! Auf jeden Fall die, die dazugehörten. Und die Supergattin, die gehörte dazu. Definitiv. Also gut, am Geld wollte sie das Vergnügen nicht scheitern lassen.

Die Stimme von Marina Pfister versprach jetzt: »*Du wirst eine wahre Freude haben!*« Dann erklärte sie die Einzelheiten.

»*Kavalier! Das klingt vielversprechend.*«

»*Er macht seinem Namen alle Ehre!*«

»*Und selbst das Alibi lieferst du mit.*«

»*Ja freilich! Lass dich verwöhnen, ich kümmere mich um die Details.*«

*P*rivatdetektiv Vitus Pangratz strich über die wohlgeformte glänzende Welle auf seinem Kopf. Echthaar. Darauf konnten nicht mehr alle in seinem Alter zurückgreifen. Nur die Farbe war gekauft und versteckte unter ihrem tiefen Schwarz seine silbernen Strähnen. Mit seiner gepflegten Frisur zollte er dem King Respekt, Elvis Aron Presley. Elvis' Musik zog sich durch Vitus' Leben wie Notenlinien durch ein Liederbuch, sie war der Soundtrack seiner Geschichte. Immer gegenwärtig. Auch jetzt. Rhythmisch schnippte Vitus mit den Fingern und summte »Jailhouse Rock«. Kurz bevor sein Becken automatisch Schwung aufnehmen konnte, erinnerte er sich, wo er war: auf dem Münchner Flughafen, benannt nach dem legendären Metzgersohn und CSU-Politiker »Franz Josef Strauß«, zu dessen Hinterlassenschaften Statements gehörten wie »Everybody's Darling ist Everybody's Depp«. Vitus vermisste diese kantige politische Urgewalt. Nicht aus politischer Überzeugung, sondern wegen seiner Schwäche für fehlbare furchtlose Charaktere. Mit ihnen konnte er sich identifizieren. Er grinste und wartete im Terminal 2 auf Johanna Coleman.

Um 13.40 Uhr sollte seine Tochter landen, die sich seit Jahren »Jo« nannte. Schneller, als Vitus es zu hoffen gewagt hatte, kehrte sie aus Los Angeles in ihre bayrische Heimat zurück. Meinte es das Schicksal plötzlich gut mit ihm, nachdem es ihm jahrelang brutal in den Rücken gefallen war? Erst hatte es ihm seinen Sohn Beppo genommen, plötzlicher Kindstod, dann seine Frau Rosina,

Frontalzusammenstoß mit einer Eiche, und schließlich hatte es ihm auch noch seine letzte große Liebe genommen: Diana. Die Jagdgöttin hatte sich selbst erlegt. Vitus wusste, dass dem Schicksal nicht zu trauen war. Es fand immer einen mordlustigen Handlanger, einen Racheengel oder einen Erfüllungsgehilfen, der sich im schlimmsten Fall als Moralapostel ausgab, während er seine eigenen unmoralischen Ziele verfolgte. Welcher Typus hatte der besten Freundin seiner Tochter die Luft abgeschnitten? Vitus Pangratz kannte die Bilder vom Tatort.

Er fühlte sich unwohl, weil er vom Verbrechen an Marina Pfister doppelt profitierte: Es bescherte ihm den ersten spannenden Auftrag als Privatdetektiv und brachte gleichzeitig seine einzige Tochter zurück. »Vorübergehend«, wie Johanna – er würde sie immer »Johanna« und niemals »Jo« nennen – am Telefon betont hatte. Doch vielleicht gelangen es Vitus und dem herzergreifend schönen Chiemgau diesmal, seine Tochter für immer an ihre Heimat zu binden. Johanna Coleman war eine geborene Rosenheimerin und eine geborene Pangratz. Was waren die Hollywood Hills im Vergleich zum Alpenpanorama: nicht mehr als ein staubiges, unlauteres Versprechen auf armseligen Hügeln. Jeder Vater mit Herz und Verstand würde seiner Tochter eine bessere Zukunft wünschen als die, die sich Johanna mit ihrem Ex- und nun wieder zukünftigem Ehemann Jack Coleman ausmalte. Irgendwann würde Johanna ihre Wurzeln spüren und erkennen, wo ihr Glück lag. *Dahoam* war *dahoam*! »In Gottes Namen!«, seufzte Vitus laut, weil selbst so zweifelhafte Katholiken wie er in Bayern gerne Gott als Beistand bemühten. »Gods own country« war nicht Amerika, sondern Bayern, wenn überhaupt. »Himmelherrgott!« Er schickte einen Blick zur Decke und zog seine schwarze Lederjacke in Form. Seit er allein war, redete er immer öfter mit sich selbst und Richtung Himmel, waren ja genug da oben, die er persönlich kannte. Nur seine Heimat konnte ihn trösten. »Bayern ist die Vorstufe zum Paradies«, hatte es Horst Seehofer als bayrischer Ministerpräsident ausgedrückt. Wie recht er doch hatte! In diesem Fall. »Herrliche Berge, sonnige Täler, gutes Essen, süffiges Bier und schöne Frauen«, sagte Vitus laut zur obersten Etage seiner Welt. »Das Paradies! Wer nicht schon da ist, will hin oder hat nichts verstanden. Amen! Oder Allahu Akbar.« Gott sei gepriesen. Egal, welche Ansprache man wählte, sie ging an dieselbe Adresse, davon war Vitus überzeugt. Zweifel hegte er allein daran, ob Gott wirklich noch im Himmel zu Hause oder längst nach Bayern gezogen war. Ach, er ließ seine Gedanken verrücktspielen, weil er so froh war, seine Tochter Johanna gleich wiederzusehen. »Gott sei Dank! Allah auch!« Die Information auf der Ankunftstafel erneuerte sich.

Die Frau, die vor ihm im Ankunftsbereich des Münchner Flughafens wartete, drehte sich abrupt um. Sie musterte ihn von der Elvis-Tolle bis zu seinen Turnschuhen. »Was haben Sie da eben gesagt, mit Gott, Allah, dem Paradies und den Jungfrauen?« Jungfrauen? Hatte er wirklich Jungfrauen gesagt? Schmarrn!

»Dass wir schon fast im Paradies sind, habe ich gesagt. Das hier ist die Vorstufe«, erklärte Vitus, während seine Blicke unkontrolliert über zwei hohe Berge ins weite Dekolleté der Dame abrutschten bis zur schwarzen Stoffkante, die das Ende der steilen Piste markierte. Ein gut geschnittenes Dirndl entschied sich exakt dort, wo der Stoff eine Linie zog und die Fantasie weiterrauschte. Vitus' Fantasie fiel in die Tiefe hinter der Textilkante, bis eine Stimme sie zurückholte. Schriller, als es bei diesem Resonanzkörper zu erwarten war. Irritiert schaute er auf. Innerhalb kürzester Zeit wäre er beinahe wieder in einem Dekolleté verloren gegangen. Uschi Steimer. Die Walküre vor ihm. *Deifi! Deifi!* Teufel! Teufel! War er nicht eigentlich zu alt für solche Abstürze? Die Frau sprach mit ihm, und er versuchte, ihre Worte einzuordnen.

»Was für ein Landsmann sind Sie eigentlich? Wie einer von uns schauen Sie nicht gerade aus mit Ihren dunklen Haaren.« Ihre Frage begleitete ein Griff in ihre Handtasche, aus der sie ein

Trachtentuch mit Fransensaum zog, um den bislang öffentlichen Teil ihres Busens darunter zu verstecken. »Damit Sie nicht auf falsche Gedanken kommen, mein Herr! Sie sind ja wahrscheinlich nichts gewohnt, weil Ihre Frauen Zelte tragen. Drum haben Sie so hungrige Augen. Aber nichts für ungut. Ich hab nichts gegen Ausländer, aber es muss Grenzen geben. Meine ist hier!« Sie schlug sich mit der Hand auf die Brust, auf Höhe des Herzens, bevor sie Vitus den Rücken zudrehte.

»Ruhig«, ermahnte er sich, »ganz ruhig«, aber laut sagte er: »Das mit den falschen Gedanken hat sich erledigt, noch ein dummes Wort von Ihnen, und ich explodier.«

Sofort drehte sie sich wieder um. »Sie machen doch hoffentlich Witze?«

»Witze?« Ein nervöser Kerl, der neben Vitus stand und eine langstielige rote Rose in der Hand hielt, mischte sich ein. »Ich kenn da einen guten. Der passt gerade perfekt. Wollen Sie ihn hören?« Die Üppige und Vitus schüttelten synchron die Köpfe, aber der Rosenkavalier nickte und erzählte ihn trotzdem.

»Sitzt ein Araber auf dem Oktoberfest und frisst wie ein Scheunendrescher. Nach der vierten Hendlhälfte sagt die Bedienung: ›Da geht doch noch was, vielleicht ein Nachtisch? Ein Apfelstrudel?‹ ›Nein danke‹, winkt der Araber ab, ›ich explodier eh gleich.‹«

Der Mann prustete los. »Ich explodier eh gleich! Schon kapiert, oder?« Er fand sich so komisch, dass er der Rose in seiner Hand vor Lachen das Genick brach, ohne es zu bemerken. »Der ist geil, gell?«

»Saugeil!« Das Lachen der Frau brachte die bayrische Bergwelt unter dem Fransentuch zum Beben. Hätte Schnee daraufgelegen, wäre er als Lawine abgegangen. »Ich schmeiß mich gleich weg!«

»Sie sind ja jenseits von Gut und Böse«, meinte Vitus Pangratz angewidert.

»Ah geh, jetzt seien Sie doch nicht so empfindlich, man wird doch noch einen Spaß machen dürfen im eigenen Land«, rechtfertigte sich die Witzkanone. »Früher haben wir über die Österreicher gelacht, aber heute lachen diese Schluchtenscheißer über uns. Zu Recht, wir haben ja nichts mehr zu lachen. Uns bleiben nur noch traurige Witze und unser Recht auf freie Meinungsäußerung.« Der Witzbold sprach mit Inbrunst. »Aber die Weiß-Blauen werden es schon richten!«

Die Frau war ganz seiner Meinung: »Endlich eine mutige politische Bewegung! Die Weiß-Blauen! Ich hab ja so was von genug von der sogenannten Rücksichtnahme und der politischen Korrektheit. Man will der Wahrheit einen Maulkorb verpassen, so schaut es aus! Das ist eine Gesinnungsdiktatur. Aber wenigstens bei uns in Bayern darf man noch man selbst sein. Gell, wir verstehen uns?«

»Heimvorteil! Sowieso! *Mia san mia!*«, pflichtete ihr der Rosenträger bei, der erfolglos versuchte, den Stiel der Blume aufzurichten. Vitus sah darin ein Symbolbild, verkniff sich aber die passende Bemerkung auf niedrigstem Niveau. Außerdem redete der andere ohnehin weiter: »Es reicht ja wohl schon, dass man überall vor Terroristen Angst haben muss.«

»Jetzt hören Sie mir mal gut zu«, donnerte Vitus und spürte, wie ihn sein Temperament aus der Vernunftszone katapultierte. »Ich explodier auch gleich. Bei diesen Themen habe ich eine extrem kurze Zündschnur, und Ihre Dummheit wirkt bei mir wie ein Brandbeschleuniger.« Genau so hatte er sich das Klientel der Weiß-Blauen-Wähler vorgestellt.

»Zündschnur? Dieser Araber hat Zündschnur gesagt.« Die Frau erblasste. »Ich hab's ja gleich geahnt. Mit dem stimmt was nicht. Das ist ein Schläfer, dem sie Bayrisch beigebracht haben.« Hektisch eilte sie von dannen. Der Rosenkavalier folgte ihr.

Vitus atmete auf. »Endlich ist das Gschwerl weg!« Die blöde Bagage! Und endlich nahm ihm niemand mehr die Sicht auf die Schiebetür. Er checkte die Tafel. Der Lufthansa-Flug aus Los Angeles war gelandet. Johanna vermutlich bereits am Gepäckband. Wie er sich freute! Und da, da kam sie auch schon. Seine Tochter! Seine Johanna! Haare bis zu den Schultern, abgewetzte Jeans und ein zerknittertes T-Shirt, vermutlich aus Biobaumwolle. Sie sah aus, als hätte sie sich seit ihrer Abreise im vergangenen Jahr nicht umgezogen. Ihre Augen wanderten über die Wartenden auf der Suche nach ihrem Vater. Vitus machte sich bemerkbar, winkte ihr zu. »Johanna! Johanna!« Sein Herz haute vor Freude auf die Pauke, so stark, dass es wehtat. Dann stach ihm etwas in die Schulter, fuhr durch seinen Arm und verteilte sich überall im Körper. Der Schmerz überwältigte ihn und lähmte alles, einschließlich seiner Gehirnzellen. Jetzt gaben auch noch seine Beine nach. Er ging vornüber zu Boden. Ein Herzinfarkt? Ein Schlaganfall? Es dauerte lange Sekunden, bis Vitus realisierte, wie ihm geschah.

Sein Arm wurde mit Gewalt auf seinen Rücken gedreht. Er wurde zu Boden gedrückt. Jemand kreischte: »Der trägt eine Bombe!« Er sah Schuhe von sich weglaufen, Turnschuhe, vor allem Turnschuhe, und aus dem Chaos heraus hörte er Johannas Stimme. »Papa!« Sehen konnte er sie nicht, weil sich ein Polizeibeamter auf ihn geworfen hatte und ihm mit gefühlten 150 Kilo die Luft abdrückte. »Jo …!«

Johanna »Jo« Coleman hatte sich ihre Ankunft in Bayern anders vorgestellt. Völlig anders. Aber ihr Vater Vitus Pangratz war am Flughafen verhaftet worden, und sie saß jetzt als Gast der Bundespolizei am Münchner Flughafen fest. Ihre roten Converse Chucks waren die einzigen Farbtupfer im grauen Flur. Sie tappte einen nervösen Rhythmus auf den Kunststoffboden. »Wär ich doch in Kalifornien geblieben«, dachte Johanna »Jo« Coleman. Doch ihr Gewissen widersprach sofort. Sie musste sich um ihr Patenkind Ludwig kümmern, Marinas Sohn. Es gab Dinge im Leben, die wichtiger waren, als einen Liebesfilm in Hollywood zu drehen und nebenbei am eigenen Happy End zu arbeiten. Trotzdem sehnte sie sich zurück in die Vereinigen Staaten. Zurück an das chaotische Filmset, zurück zu Jack. Jack Coleman, ihren Exmann und Zukünftigen.

»Eine kleine Stärkung.« Ein Polizist balancierte mit einer Hand eine Kaffeetasse zu Jo und streckte ihr mit der anderen Hand einen Schokoriegel entgegen. »Darf ich?« Er wartete ihre Antwort nicht ab, sondern setzte sich neben sie.

»Ich bin der Prutting Michael. Freunde nennen mich Michi.«

Er grinste und sah dabei aus wie Michel aus Lönneberga, der erwachsen von einem Surfurlaub aus Hawaii zurückgekommen war. Halblange sonnengebleichte Haare hingen ihm ungeordnet über Augenbrauen und Ohren.

»Ich dachte, ordentliche bayrische Polizisten müssten ordentliche Frisuren tragen«, sagte Jo.

»Diese Regel gilt nur für ordentliche Polizisten. Ich bin außerordentlich. Ein Sonderfall.« Er grinste schon wieder. Es war ansteckend. Jo nahm ihm die Kaffeetasse ab, bedankte sich, und Michel vom Münchner Flughafen schälte für sie den Schokoriegel aus der Verpackung. Für einen Moment entspannte sich Jo, da klingelte ihr Telefon. Auf dem Display stand »Jürgen«. Marinas Mann.

»Sorry, da muss ich ran.«

»Ich muss sowieso wieder rein«, antwortete Michael Prutting und verschwand hinter der Tür, hinter der ihr Vater festgehalten wurde. Doch als Jo den Anruf von Marinas Mann annehmen wollte, hatte Jürgen bereits aufgelegt und war nicht mehr zu erreichen.

*E*in ehemaliger Rosenheim-Cop, ja, da schau her!« Der Bundespolizist vom Münchner Flughafen grinste amüsiert und zupfte an seinem Schnurrbart, der laut Polizeiordnung »gepflegt zu halten« war. Dann beschrieb er in weichem Münchnerisch, wie er sich das Leben von Rosenheimer Kriminalbeamten vorstellte: »Biergarten, Berge und hin und wieder einen kleinen Ganoven fangen. Danach zum Bazi-Bräu. So möchte ich auch arbeiten.«

»Täusch dich nicht«, unterbrach ihn ein Kollege, der sich als Michael Prutting vorstellte. »Jetzt haben's einen richtig heißen Fall da unten in der Provinz. Nur den Täter, den haben sie noch nicht. Die Online-Postille *Rosenheim-News.de* vermutet einen privaten Hintergrund, eine Beziehungstat.« Am Computer rief er die Website von *Rosenheim-News* auf. »Da, schaut's her! Sogar mit Podcast! Ihr Rosenheimer seids ja multimedial.«

Blutbad in der Lobby der Frauen
Weiberheldin Marina Pfister fällt Verbrechen zum Opfer. Hat sich die Emanzipation oder ein Ehemann gerächt? Während Rosenheim rätselt, macht ein Mann eine klare Ansage: Hubert Bazinger, der Parteichef der Weiß-Blauen.

»Hört! Hört!«, sagte Michael Prutting und spielte die Aussage von Hubert Bazinger ab.

»Meine lieben Mitbürgerinnen und Mitbürger, wir können nicht wirklich überrascht sein von der Tat. Ich verurteile dieses Verbrechen zutiefst, aber es war absehbar. Die selbsternannte Weiberheldin Marina Pfister hat gegen unsere Werte und Traditionen gehandelt. Sie hat Unfrieden zwischen den Geschlechtern gestiftet und die natürliche Ordnung in Frage gestellt. Marina Pfister hat uns Männern den Krieg erklärt, und einer von uns ist in den Kampf gezogen, um für Frieden zu sorgen. Es war der falsche Weg. Keine Frage. Es war gegen das Gesetz. Aber ich frage euch: Welcher aufrechte Mann und welche ehrliche Frau verspürt nicht einen Funken Verständnis für diesen Verfechter alter Werte? Für den Täter, der unsere Beziehungen und Familien schützen und bewahren wollte? …«*

Michael Prutting unterbrach den Podcast auf *Rosenheim-News.de.* »Unerträglich, dieser Kerl!«

»Vielleicht hat er nicht ganz unrecht, der Kopf der Weiß-Blauen!«, meinte sein Kollege.

»Die einen sagen, er ist der Kopf, die anderen halten ihn für den Arsch. Ich gehör zu den anderen.«

»Ja mei! Jeder, wie er meint.« Versöhnlich wandte sich sein Kollege wieder Vitus Pangratz zu: »Wenigstens habt's ihr einen guten Kommissar da unten in der Provinz, den Hopfinger Harald.«

»Das kann man sehen, wie man will. Die einen sagen, er ist Kopf des Kommissariats, die anderen halten ihn für den …« Vitus beendete den Satz nicht, sondern schwor sich erneut, den Täter vor seinem nichtsnutzigen Nachfolger Harald Hopfinger zu finden. Gut, dass ihn der Oberkommissar jetzt nicht sehen konnte. Vitus Pangratz rieb sich die Handgelenke. Sie schmerzten, weil man ihn wie einen mutmaßlichen Terroristen abgeführt hatte – vor den Augen seiner Tochter. Jetzt wartete Johanna im Flur der Polizeiinspektion des Flughafens auf ihn.

Michael Prutting öffnete seine Schublade und bot Vitus Pangratz einen Schokoriegel an. Die Süßigkeit erinnerte Vitus an seine ehemalige Sekretärin Liesel Dirscherl. Sie liebte Schokolade, und Vitus hatte ihr früher von jeder Dienstreise in die Pathologie nach München feine Pralinen nach Rosenheim gebracht. Jetzt arbeitete Liesel Dirscherl für seinen Nachfolger Hopfinger, der ihr keine Pralinen schenkte und sie herablassend behandelte. Sobald Vitus Pangratz' Detektei besser lief, würde er Liesel Dirscherl abwerben. Nein, das war keine gute Idee. Er konnte auf Liesel als heißen Draht zur Rosenheimer Kripo nicht verzichten. Sie war seine Informantin. Das Leben war ein einziges Dilemma. Er nahm den Schokoriegel von Michael Prutting dankend an.

»Übrigens«, sagte der Schnauzbart. »Kommissar Hopfinger ist der Schwager vom Prutting, deshalb ist der Michi öfter in Rosenheim.«

»Da wär ich jetzt auch gerne. Wie lange braucht ihr mich noch?«

»Wir sind fertig mit dir.« Der Schnauzbart streckte Vitus seine Hand entgegen. »Servus! Auf Wiedersehen!«

»Bei eurer Willkommenskultur lieber nicht.«

Im Flur sah Vitus Pangratz endlich seine Tochter wieder. Johanna »Jo« Coleman saß auf einem Holzstuhl und weinte.

*M*it feuchten Händen holte er ihr Smartphone aus seinem neuen Versteck. Die Sprachdateien ließen ihm keine Ruhe. Unglaublich, wie viele Frauen sich dieser selbsternannten »Weiberheldin« geöffnet hatten. Er erkannte ihre Stimme sofort.

»*Im Bett ist mein Mann eine Mangelerscheinung. Man sieht es ihm nicht an, Marina, aber so ist es.*«
　　»*Stress ist schlecht für die Libido. Für die Lust, für das Begehren. Verstehst mich?*«
　　»*Mein Gatte meint, er hätte nur einen Stressfaktor, und der trägt meinen Namen.*«
　　»*Es gibt nicht viele Stressfaktoren mit so einem hübschen Namen: Karola.*«
　　»*Ich bekomm nicht oft so schöne Komplimente.*«
　　»*Magst noch einen Schluck Champagner?*«
　　»*Und so aufmerksam bist du auch, Marina. Also, wenn du ein Mann wärst …*«

Es stimmte also! Und so hatte es angefangen!

»*Am Ende zählt nicht das Geschlecht, sondern der Mensch.*«
　　»*Ich glaub schon lange nicht mehr, dass er ein guter Mensch ist.*«
　　»*Dann musst du dich halt selbst um dein Glück kümmern. Die Mittel dazu hast du ja.*«
　　Flüstern.

Er konnte nicht mehr verstehen, was gesagt wurde. Selbst als er die Lautstärke maximal steigerte. Schmusten die Weiber miteinander? Busselten sie sich ab? Dann, endlich, wurden die Stimmen wieder lauter.

»Es wird wunderschön! Trau dich!«
   »Das habe ich noch nie getan.«
   »Das haben die meisten von uns nicht, und sie versäumen alle etwas! Sex ist eine Urkraft.«
   »Aber auf diese Art?«
   »Es liegt an dir.«
   »Ich glaube, das kann ich nicht. Obwohl ich schon gerne…«
   »Du kannst, was immer du willst.«

Du kannst, was immer du willst? Das war sein Glaubenssatz! Sein Antrieb!

»Also gut, Marina, ich lass mir dein verführerisches Angebot durch den Kopf gehen.«
   Gläserklingen. »Auf uns Weiberheldinnen, auf die Urkraft und auf neue Abenteuer!«

Er hatte richtig gehandelt. Das war die Bestätigung. Diese beiden Weiber trieben es miteinander! Widerlich! Gegen die Natur! Gleichzeitig stellte er sich vor, wie sich die beiden Frauen berührten, und griff zur Box mit den Taschentüchern. Er würde sie brauchen.

Seine Tochter Johanna saß neben ihm auf dem Beifahrersitz, aber in Wirklichkeit war sie woanders. Wahrscheinlich bei ihrer Freundin Marina, vielleicht auch bei Jack in Amerika. Vitus schaute seine Tochter aus den Augenwinkeln an, während er seinen Wagen Richtung Rosenheim lenkte. Selbst auf dem Irschenberg, dem schönsten Aussichtspunkt der A8, zeigte sie keine Regung, obwohl sich ihr der Chiemgau zu Füßen legte wie auf einem kitschigen Landschaftsbild.

»Bayern ist pure Poesie, Johanna.«

»Ja, ja. Sowieso.«

Offensichtlich hörte sie ihm gar nicht zu. Er wechselte das Thema.

»Du hast noch gar nichts zu meinem neuen Auto gesagt.«

Smalltalk, wobei, klein war das Thema für ihn nicht. Im Gegenteil.

»Zuhälterschlitten!«

Das war alles, was sein Fräulein Tochter zu diesem Kunstwerk auf vier Rädern zu sagen hatte? Aus ihrem Mund klang das Wort, als hätte sie es am Watschenbaum gepflückt, dort, wo sich der Bayer mit Ohrfeigen versorgte. Reflexartig wollte Vitus die Antwort an selber Stelle ernten, aber es war der falsche Moment, um zu streiten. Altersweisheit? Nein, Vaterliebe. Versöhnlich sagte er: »Stimmt schon, so einen Wagen kann nicht jeder fahren, das Auto hat Charakter. Es ist ein Statement!«

Es war ein Ford Mustang V8 Coupé. Fastback mit Fließheck. 317 PS. Rot und nagelneu. In seinem alten Chevy Camaro hatte Vitus zunehmend das Gefühl gehabt, Diana säße als Geist auf dem Beifahrersitz, und Rosina, seine verstorbene Frau, fuhr ohnehin immer mit, seit sie ihr eigenes Auto mit Vollgas gegen eine Eiche gelenkt hatte. Mit dem neuen Wagen wollte er vor alten Erinnerungen abhauen, doch obwohl ein Mustang über den Grill galoppierte, war das Gefährt nicht schnell genug. Vitus' Vergangenheit hatte mehr PS. Er strich sich mit der Hand beruhigend über den Kopf, machte ja sonst niemand. Seine Elvis-Tolle gab ihm das Alibi dafür.

»Normal geht nicht, oder? Andere Väter fahren Mercedes oder Golf und tragen in deinem Alter eine vernünftige Frisur!«

»Johanna! Haben sie dir in Amerika das Hirn gewaschen? Seit wann ist ›normal‹ ein Wert an sich?« Außerdem konnte seine Tochter in dieser Disziplin ebenso wenig punkten wie ihr Vater. Er erinnerte sie daran.

»Stimmt auch wieder. Sorry, Papa. Es ist nur …« Sie schluckte, aber ein paar Tränen entkamen trotzdem.

»Ich versteh dich schon, mein Mädel.«

»Aber den Saukerl, der das mit der Marina angestellt hat, den kriegen wir, gell, Papa?«

»Versprochen!«

»Hat der Täter brauchbare Spuren am Tatort hinterlassen?«, fragte seine Tochter und klang dabei wie eine professionelle Ermittlerin. Vitus fühlte Stolz.

»Ein langes braunes Kunsthaar, vermutlich aus einer Perücke«, antwortete er.

»Ein Faschingsfan?«

»Eine Frau ohne Haare?«

»Vielleicht ein Transvestit?«, überlegte Johanna.

»Jedenfalls ist das Kunsthaar ein Indiz, dass der Täter eine Frau war oder als Frau aufgetreten sein könnte.«

»Auch Männer tragen lange Haare, Papa.«

»Wir sprechen nicht von langen Haaren, sondern von einer Langhaarperücke.«

»Und was macht Kommissar Hopfinger mit dieser Information? Hat er schon herausgefunden, woher die Perücke stammt?«

»Johanna, du träumst ja.«

Wie Vitus Pangratz aus seiner sicheren Quelle wusste, unternahm Kriminaloberkommissar »Harry« Hopfinger ohnehin nur das Mindeste. Seiner Assistentin, Liesel Dirscherl, hatte er anvertraut, wie sich die Lage seiner Meinung nach verhielt: Die Weiberheldin hatte halb Rosenheim aufgehetzt und ihr Schicksal damit selbst in die Wege geleitet. Außerdem konnte man nur ahnen, was sie sonst noch trieb. Sie hatte die Tat gewissermaßen provoziert, aber das durfte er natürlich nicht öffentlich sagen, der Herr Kommissar. In der Öffentlichkeit verbreitete er lieber die Theorie von einem »möglichen Sexunfall, ein verunglücktes Rollenspiel mit Schlagen und Würgen«.

»Sag, hasst der Hopfinger die Marina, oder warum zieht er sie so in den Dreck?«

»Der Hopfinger ist ein Granatenarschloch«, schimpfte Vitus, als sie das Rosenheimer Ortsschild passierten. »Und außerdem hat er ernsthaften Ärger mit seiner Frau, der Moni, sagt zumindest die Liesel. Vielleicht ist die Moni Hopfinger eine von Marinas Kundinnen gewesen?«

»Die Marina hat sie ›Klientinnen‹ genannt.«

»Macht das einen Unterschied?«

»Schon.«

Vitus Pangratz lenkte seinen Mustang über die Bahnbrücke und zeigte auf die riesige Baustelle neben den Gleisen. »Schau, Johanna, was sich in unserer Stadt alles tut.« An einem der vielen Gerüste hing über zwei Stockwerke ein Plakat »Wir können es! Immobilien Schöring, weil Rosenheim die Zukunft ist.«

»Der Schöring, der war in der Schule scharf auf die Marina, aber das waren alle«, erinnerte sich Jo. »Und später, als der Schöring der Kapitän der Eishockeymannschaft war, war er immer noch in Marina verliebt. Wie ein Ritter hat er sich damals ein Halstuch von der Marina in die Rüstung gesteckt, bevor er brüllend aufs Eis gelaufen ist und jeden einzelnen seiner Teamkollegen geschüttelt und angebrüllt hat: ›Du kannst, was immer du willst!‹ Besonders laut hatte er dem Hopfinger, dem Bazinger und dem Jürgen ins Gesicht geplärrt. Als der Jürgen dann fest mit der Marina zusammen war, hat ihn der Schöring stärker als alle anderen geschüttelt und ihm mit seinem Helm solche Kopfnüsse verpasst, dass der Jürgen einmal mit einer leichten Gehirnerschütterung vom Eis musste. Der Schöring war ein schlechter Verlierer.«

»Heute ist er in zweiter Ehe verheiratet und scharf auf Immobilien.«

»Alte Liebe rostet nicht. Der Schöring hat der Marina ihre Weiberheldinnen-Lobby vermietet, zu sehr günstigen Konditionen. Das hat sie mir erzählt.«

»Der Schöring macht keine Geschenke.«

»Vielleicht ist er sentimental?«

»Der? Der ist kein Gefühlsdusel, der macht ausschließlich Geschäfte, bei denen für ihn das meiste rausspringt. Vielleicht hat er mehr von der Marina erwartet?« Vitus setzte Schöring in diesem Moment auf die Liste der Verdächtigen, gleich unter Jürgen, weil Ehemänner grundsätzlich verdächtig waren. Es wurde Zeit, dass er sich an die Arbeit machte. Zusammen mit Jo, doch in diesem Moment wollte er sie für Rosenheim begeistern. Dafür war ihm jedes Mittel recht. Auch Schöring.

»Der Schöring ist ein kalter Hund, aber er weiß, was in Rosenheim gebraucht wird, nämlich Wohnungen. Weil sich München keiner mehr leisten kann, wollen jetzt alle zu uns ziehen. Ist ja auch viel schöner bei uns. Gell, Johanna?«

»Ja, ja, Bayern ist pure Poesie. Du wiederholst dich, Papa. Also, poetisch find ich das nicht, wenn die ganze Stadt von einem Baugerüst zusammengehalten wird. Und jetzt stehen wir auch noch im Stau. Kein Wunder, dass sich die Münchner hier zu Hause fühlen.«

In der Tat. Sie steckten zwischen einem polierten Audi und einem dreckigen Opel fest. Nichts ging mehr vorwärts. Vitus ließ die Scheiben runter, um irgendetwas zu tun, Stillstand bekam ihm nicht. Mit den Abgasen der anderen Fahrzeuge wehte Musik in den neuen Ford Mustang V8 Coupé. Blasmusik. Er erkannte jedes einzelne Instrument: die dumpfe Tuba, die entschiedene Trompete und die vorlaute Posaune.

»Ja freilich! Wie konnte ich das vergessen! Die Wiesn fängt heute an!«

Endlich war es wieder so weit, das Herbstfest würde Rosenheim in den jährlichen Ausnahmezustand versetzen. Vitus wusste, was zu tun war.

»Steig aus, Johanna! Wir sehen uns den Festzug an.« Das würde seine Tochter auf andere Gedanken bringen.

Der Festzug folgte einer Rose und den bayrischen Löwen. Die Symbole für die Stadt Rosenheim und das Land Bayern wehten auf Fahnen über den Köpfen der Menschen und zeigten ihnen, wo es langging. Es folgte ein Reiter, der die Fahne des Herbstfestes hoch hielt, während sein Pferd aus der Reihe tanzte. Vielleicht war dem Tier die Rosenheimer Stadtkapelle zu laut? Die Musiker bliesen am Kopf des Festzugs den bayrischen Defiliermarsch, die heimliche Nationalhymne Bayerns. Vitus Pangratz beugte sich zu seiner Tochter. »Weißt du eigentlich, Johanna, warum dieser Marsch so beliebt ist?« Sie wusste es nicht, und sie wollte es nicht wissen. Ihr Vater packte trotzdem aus, was ihm einfiel. »Die Marsch kommt ursprünglich aus Ingolstadt. Ein Militärmusiker namens Scherzer hat ihn Mitte des 19. Jahrhunderts komponiert, für ein Königlich Bayrisches Infanterieregiment, das damit in den Krieg gegen Preußen und in den Deutsch-Französischen Krieg zog. Den Soldaten hat die schmissige Melodie gefallen und unserem ›Märchenkönig‹ Ludwig II. auch, deshalb hat der Kini den Marsch gewissermaßen geadelt und ihn zum Bayrischen Avancier- und Defiliermarsch erhoben. Heute wird der Bayrische Defiliermarsch gespielt, wenn der bayrische Ministerpräsident auftritt oder Gäste empfängt.«

»Gute-Laune-Musik für den Krieg«, fasste seine Tochter zusammen.

»Heute fängt das Herbstfest an, kein Krieg!«

»Hoffentlich gibt es keine Toten!«

»Johanna, mit so etwas scherzt man nicht!«

»Als ob mir zum Scherzen zumute wäre. Ich hab da so a Gfui.«
Ein Gefühl? Vielleicht hatte sie wirklich die Gabe ihrer Großmutter geerbt. Ihr Vater wollte davon nichts hören.

»Ach geh! Die Oma hatte Menschkenntnis, das war ihre Gabe.
Jetzt hör auf und hör zu!«

Der Trachtenverein folgte im Takt. Stramme Männer trugen ihre Lederhosen zur Schau, und fesche Frauen füllten ihre Dirndl mit Stolz. Sie bahnten einer blumengeschmückten Kutsche den Weg, die von Pferden mit sorgsam frisierten Mähnen gezogen wurde.

»Schau, da ist sie, unsere Frau Bürgermeister. Gut schaut's wieder aus«, sagte Vitus.

»Diese Frau bekleidet seit Jahren das höchste politische Amt in dieser Stadt, und dir fällt nichts anderes ein, als dass sie gut ausschaut. Schäm dich, Papa!«

Seine Tochter benahm sich wie eine Spätpubertierende, fand Vitus. »Alles ist mit Traurigkeit auch nicht zu entschuldigen, mein Fräulein Tochter.«

»Und Fräulein geht schon überhaupt nicht! Ich mein, welcher Mann würde sich Männlein nennen lassen. Du sicher nicht!«

»Auwehzwick! Jetzt wird's grundsätzlich.« Vitus graute es.

»Die Amerikaner achten darauf, wie sie sich ausdrücken. Das hat schon einen Sinn und würde dir auch nicht schaden.« Seine Tochter, die Oberlehrerin. Amerika war nicht spurlos an ihrem Geist vorbeigegangen.

»Ja genau, auf politischer Korrektheit bestehen und dann Trump wählen.«

»Wollen wir wirklich über amerikanische Politik reden, Papa? So wie es in Deutschland gerade zugeht?«

Vitus winkte ab. Seine Johanna wollte offenbar nicht hier sein. Nicht bei ihm und nicht in Rosenheim.

Sie glaubte noch immer an ihren amerikanischen Traum und

an ihren windigen aufgewärmten amerikanischen Ehekandidaten. Ein Albtraum in Vitus' Augen.

»Ach Johanna, schau nach vorn!«

Sie hatten einen guten Platz am Straßenrand erwischt. Neben ihnen setzte sich ein Vater seinen Sohn auf die Schultern. In diesem Alter waren Kinder noch einfach. Wehmütig beobachtete Vitus die Familie. Alle trugen Tracht und winkten der Chefin ihrer Stadt zu. »Nur die wirklich Wichtigen fahren in der Kutsche, Bub«, erklärte der Vater, aber der Sohn interessierte sich mehr für die Brezen, die Rosenheimer Bäcker an die Zuschauer verteilten, und für die schweren Wurstketten, die Metzger um ihre Hälse trugen, um sie mit dem Publikum zu teilen. Ein alter Brauch.

»I mog a Wurscht! I mog a Wurscht!« Das Kind hopste auf den Schultern seines Vaters auf und ab.

»Gib a Ruh, Bub. Jetzt kommt das Allerwichtigste: Das Bier.«

Hufe klapperten auf dem Asphalt. Es waren die Brauereigäule vom Flötzinger, die hölzerne Bierfässer zogen, vorbei an den vielen Schaulustigen zur Loretowiese. Schwere Kaltblüter im prächtigen Geschirr: die Percherons.

»Das ist eine ganz besonders edle Pferderasse aus Frankreich. Früher haben die Percherons französische Ritter in den Kampf getragen. Hast du das gewusst, Johanna?«, fragte Vitus. Jo schüttelte den Kopf.

»Vom Schlachtross zum Brauereigaul. Toll!«

Ihr Vater lies sich nicht beirren. »Die meisten Percherons sind echte Schimmel, wie die vom Flötzinger. Ihr Name verrät, woher sie genau kommen. Aus dem Norden Frankreichs, aus der Region Le Perche, deshalb heißen sie Percherons. Logisch, oder?« Ihr Vater war ein wandelndes Lexikon, das seine vielen Blätter anderen gerne um die Ohren schlug, besonders seiner Tochter. Vermutlich hätte er ihr noch mehr über die französischen Gäule erzählt, wenn ihn nicht der Spielmannszug mit einem Gospel unterbrochen hätte. »Oh when the saints go marchin' in.« Hochmotivierte Männer mit weiß gefederten Hüten schlugen die Trommeln und übertönten alles. Jo ließ sich vom treibend optimistischen Rhythmus einfangen und genoss die Freude der Rosenheimer. In diesem einen winzigen Moment war die Welt für sie wieder ein bisschen in Ordnung. Dann kam die nächste Kutsche, und mit ihr rollte Ärger an.

Ihr Vater erkannte die Passagiere sofort. Zwei Herren, die breit und selbstgefällig in die Menge grinsten, gnädig in alle Richtungen nickten und wirkten, als kämen sie bereits aus dem Festzelt, obwohl sie doch erst auf dem Weg dorthin waren. Besoffen von ihrer eigenen Großartigkeit strahlten die beiden in die Menge.

»Ja, mich leckst am Arsch! Die Freibierlätschn und der Zipfelklatscher und dann auch noch – nein, das glaub ich jetzt nicht! Alle in einer Kutsche. Alle. Sogar sie. Mir langt's. Das muss ich mir nicht anschauen.«

Vitus Laune stürzte binnen Sekunden auf den Tiefpunkt. Wütend hakte er sich bei Johanna unter und versuchte, seine Tochter aus der Menschenmenge zu ziehen, aber die Reihe hinter ihnen war geschlossen. Er konnte nicht entkommen, und die Situation verschlimmerte sich noch, als die Person, die er meiden wollte, brüllte: »Vitus! Pangratz! Da schau her! Amigo!«

Es war Harald »Harry« Hopfinger. Sein Nachfolger im Kommissariat wollte gesehen werden. Nur deshalb hatte er sein langes dünnes Gestell in die Kutsche gefaltet. Vitus konnte den Kerl nicht ignorieren, ohne schwerhörig zu wirken, also hob er nachlässig grüßend die Hand und achtete dabei darauf, dass der Mittelfinger seine Nachbarfinger deutlich überragte.

Neben Kommissar Hopfinger erkannte er Hubert Bazinger, den Chef der Bazi-Brauerei und zugleich aufstrebenden Lokalpolitiker, der Bayern wieder großartig machen wollte. Ihm gegenüber saß seine Gattin Karola Bazinger mit großen sinnlichen Lippen, die selbst auf diese Entfernung auffielen. Konnte so eine Pracht natürlich sein?, fragte sich Vitus, bevor ihm auffiel, wer in der Kutsche fehlte: Kommissar Hopfingers Frau Moni. Ihren Platz nahm Liesel Dirscherl ein, Vitus' ehemalige Sekretärin. Offensichtlich genoss sie ihre Position als Lückenfüllerin und warf Vitus Pangratz übertrieben schwungvoll eine Kusshand zu. Und noch eine. Und schon wieder eine. Er verdrehte die Augen. Liesel Dirscherl mochte sich heute wie eine Königin fühlen, aber sie benahm sich wie die Bauerntochter, die sie war.

»Du, da ist die Liesel!« Johanna winkte, als wollte sie sich freiwillig die Schulter auskugeln. »Das ist aber nett vom Hopfinger, dass er sie mitfahren lässt.« Plötzlich gab sich seine Tochter gut gelaunt. Sie mochte Liesel Dirscherl und hätte ihren Vater gern in der Obhut dieser patenten Frau gewusst.

»Nett ist an dem Hopfinger gar nichts«, grummelte Vitus. »Wahrscheinlich wollte seine eigene Frau nicht mitfahren. Liesel hat neulich gemeint, da würde es kriseln in der Ehe. Logisch, wer will schon mit dem Hopfinger verheiratet sein.« Vitus hatte genug: Kommissar Hopfinger, seine Liesel, die beste Assistentin von allen, die jetzt für einen anderen arbeiten musste, und der schmierige Polit-Ehrgeizling Hubert Bazinger, alle in einer Kutsche – und er hier außen vor. Eine Randfigur. Ein Außenseiter. Zum Zuschauen verdammt. »Ich speib gleich!« Ja, er hatte das Gefühl, sich übergeben zu müssen. »Wir waren ohnehin auf dem Weg ins Krankenhaus, bevor du unseren Plan geändert hast«, erinnerte ihn Johanna, und das Lächeln verschwand aus ihrem Gesicht, ohne eine Spur zu hinterlassen.

*J*ohanna »Jo« Coleman hetzte über den abgetretenen Kunst-stoffboden des Rosenheimer Krankenhauses Richtung Aufzug und versuchte, den antiseptischen Geruch zu ignorieren, der sich in ihre Nase drängte und dunkle Erinnerungen freizusetzen drohte. Jo schwindelte. »Verflixt!« Sie konnte sich jetzt nicht von den Geistern der Vergangenheit einholen lassen. Die Gegenwart war schlimm genug. Jo zwang sich, schneller zu laufen. Ihr Vater Vitus Pangratz hielt wortlos Schritt. Erst vor dem Aufzug blieben beide stehen und hörten eine bekannte Stimme, die hinter ihnen fordernd durch den Flur polterte: »Wo kann man die Weiberheldin anschauen? Meine Leser interessieren sich brennend für den Fall.« Jo drehte sich um und sah ihren ehemaligen Chef: Sepp Anzenberger von *Rosenheim News*. Er hatte eine Krankenschwester angehalten, die bedauernd den Kopf schüttelte.

Jo schaute noch immer zu Anzenberger, als sich der Aufzug öffnete und sie die Kabine betrat. Etwas Weiches empfing sie. Eine Wampe, so groß und nachgiebig wie ein Sofakissen. Jo blickte von der Knautschzone nach oben. Im selben Moment bewegte sich etwas rundes Rotes nach unten auf sie zu. Die Nase ihres Gegenübers. Heftig stieß sie an Jos Stirn und quietschte wie eine Gummiente. Jo war mit einem Clown zusammengeprallt. Jetzt hob er seine zitronengelbe Melone und deutete eine Verbeugung an. »Ja, da geht was *zamm*!«, sagte er, was frei übersetzt bedeutete: »Da geht was!« Jo quälte sich ein Lächeln ab.

»Sorry, aber mir ist gerade nicht nach lustig.«

»Nach lustig ist hier den wenigstens, deshalb gibt's ja mich«, antwortete der Clown und zog eine bunte Papierblume aus seiner Jackentasche. An der Blüte baumelte eine Visitenkarte.

»Wenn du Aufheiterung brauchst, bin ich der Richtige«, ergänzte er. »Kilian der Krankenhaus-Clown. Hallodri vom Dienst. Spezialist für Jubel, Trubel, Heiterkeit und die lustige Nummer zwischendurch.«

»Ein Hallodri vom Dienst! So einen brauch *ma ned, so einen hamm ma scho*! Danke!«, mischte sich Vitus Pangratz ein und meinte mit dem Hallodri, den sie schon hatten, Jos Wiederholungsverlobten Jack Coleman. Schlimm genug, dass er seine Tochter nicht vor dem Amerikaner schützen konnte. Wenigstens vor heimischen Gefahren, wie dieser aufdringlichen Witzfigur, musste er sie bewahren. Schließlich wusste er, was das bayrische Wort »Hallodri« beschrieb: einen ebenso leichtsinnigen wie leichtfüßigen Kerl, der ausschließlich seinem Vergnügen folgte, bevorzugt in fremde Betten hinein. Treue gehörte nicht zum Standardrepertoire eines Hallodris. Charme und Verführungskünste dagegen schon.

»Wir zwei«, Vitus deutete auf Jo und sich, »wir zwei, wir gehören zusammen.« Der Aufzug öffnete sich, und Vitus zog seine Tochter in die vierte Etage.

»Da sieht man es mal wieder ganz deutlich: Alter schützt vor Schönheit nicht«, rief ihnen Kilian hinterher.

»So ein saublöder *Lackl*, ein ungehobelter Kerl!«, schimpfte Vitus. Seit er außer Dienst war, ließ er sich noch leichter provozieren als zu seinen Zeiten als Kriminalkommissar.

»Das hab ich gehört«, rief der Krankenhaus-Clown amüsiert und legte nach: »Daddy oder Sugardaddy?«

»Geh! Schleich dich, Hallodri, ausgeschämter!«, fauchte Vitus. Er zog Jo noch immer hinter sich her, seine Hand hatte die ihre fest im Griff. Während Jo von ihrem Vater derart abgeführt wurde, drehte sie sich um und sagte »Daddy, nicht Sugardaddy«.

»Umso besser«, freute sich Kilian der Krankenhaus-Clown.

»Johanna! Ich glaub, dir brennt der Hut«, schimpfte Vitus.

»Komm, Papa, reg dich nicht auf.« Jo fühlte sich tatsächlich minimal aufgeheitert, allerdings nur, bis sie vor der Tür mit der Nummer 424 standen.

»Stopp!« Eine weibliche Stimme hinderte Jo daran einzutreten. Sie gehörte einer Krankenschwester, die in diesem Moment herbeieilte. »Wer sind Sie?«

»Sind Sie hier die Eingangskontrolle?«, fragte Jo zurück, die sich am zackigen Ton der Krankenschwester störte.

»Ich bin Schwester Helga und kümmere mich um Frau Pfister. Jemand muss auf sie aufpassen, nicht wahr?«

Jo stellte sich vor, während sich ihr Vater mit einem Handzeichen verabschiedete. Er wollte draußen warten.

»Sie sind die beste Freundin? Ich hab von Ihnen gehört«, sagte Schwester Helga und gab mit einem freundlichen Lächeln die Zimmertür frei. »Gut, dass Sie da sind, Jo.«

*I*hre Freundin Marina Pfister lag unter einem weißen Bett-tuch. Reglos. Ein feiner Schlauch tropfte Flüssigkeit unter ihre Haut. Der Körper ließ es mit sich geschehen und gab kein Lebenszeichen. Einzig der Monitor neben dem Bett zeigte Bewegungen: spitze grüne Wellen. Ein gleichmäßiges Auf und Nieder. Jo starrte darauf, bis sie glauben konnte, was allein die Aufzeichnung versicherte. »Marina, du lebst!«

Die Freundin reagierte nicht auf ihre Stimme. Wie auch? War es überhaupt Marina? Das Gesicht auf dem Kopfkissen sah aus, als hätte jemand eine schwere Faust darauf tanzen lassen. Jo erkannte ihre Freundin am Muttermal oberhalb der Lippen. In der Schule war sie als Cindy-Crawford-Doppelgängerin verehrt worden. Marina hätte fast jeden haben können, aber als Jo damals aufbrach, um in Los Angeles Film zu studieren, entschied sich Marina für Jürgen – oder für das, was sie sich von ihm versprach.

In Jos Augen war Jürgen von Anfang an ein leeres Versprechen gewesen. Jetzt stand er am Fenster, drückte seine Stirn gegen die Scheibe und schaute dem Sommer zu, wie er in die Verlängerung ging. Seine Schultern hingen tief, und er führte Selbstgespräche. »… und morgen fahr ich mit dem Mountainbike in die Berge.« Jo schien er nicht zu bemerken. Typisch! Jürgen sah bevorzugt sich selbst.

»Jürgen? Hast du sonst keine Probleme?« Jo sprach ihn von hinten an.

Jürgen zuckte und drehte sich um. »Jo! Endlich!« Er ging auf sie zu, schloss sie in die Arme und hielt sie fest. So nahe waren sich die beiden noch nie gekommen. Jürgen hatte Kraft in den Bizepsen, aber vergessen, dass ein höflicher Händedruck ihre Beziehung am besten verkörperte. Jo erinnerte ihn daran, indem sie sich aus seiner Umklammerung löste.

»Dein Sport ist dir also immer noch das Wichtigste. Selbst jetzt.«

»Jeden Tag im Krankenhaus, ohne etwas ausrichten zu können. Jo, das pack ich nicht mehr. Marina liegt im Koma. Die Ärzte waren ehrlich zu uns.« Er seufzte. »Jo, es sieht nicht gut aus für Marina. Selbst wenn sie überleben sollte. Es wär kein Leben mehr. Die Marina, die wir gekannt haben, ist tot.«

»Aber Hauptsache du kannst aufs Fahrrad.«

»Immerhin spiel ich nicht mehr Eishockey! Das hab ich der Marina zuliebe aufgehört.«

»Du warst zu alt fürs Eis.«

»Jedenfalls bringt es nichts, wenn ich an ihrem Bett Wache halte.«

»Genau das wär aber nötig. Stell dir vor, der Täter will sein Werk vollenden.«

»Von der Marina braucht niemand mehr was zu befürchten, das sieht auch Kommissar Hopfinger so. Niemand glaubt daran, dass die Marina wieder aufwacht und verraten kann, wer ihr das angetan hat.«

»Warst du es?«

»Du bist ja komplett übergeschnappt! Das warst du schon immer! Marina war meine große Liebe.« Er setzte die Liebe in die Vergangenheit.

Jo setzte sich zu ihrer Freundin ans Bett.

»Marina, ich bin da. Die Jo. Kannst du mich hören?«

Vorsichtig, um den Infusionsschlauch nicht zu berühren, legte Jo ihre Hand auf Marinas Arm. Keine Reaktion. »Marina! Was machst du denn für Sachen?«

»Sie kann dich nicht hören und verstehen schon gar nicht«, behauptete Jürgen und wiederholte: »Sie. Liegt. Im. Koma.« Jo wusste, was das bedeutete. Koma, das Wort kam aus dem Griechischen und hieß so viel wie tiefer Schlaf. Dieser konnte einige Tage oder mehrere Wochen andauern. Danach besserte sich gewöhnlich der Zustand der Patienten, vorausgesetzt, alles lief gut. Die moderne Medizin betrachtete ein Koma als einen veränderlichen Prozess.

»Sie wird wieder aufwachen«, sagte Jo.

»Die Ärzte sind nicht so gnadenlos optimistisch wie du.«

»Du wirst schon sehen: Sie wird wieder aufwachen!«

»Aber wer wird sie dann sein, und was für ein Leben wäre es?«

»Zumindest wäre es nicht der Tod, und sie wird immer Marina sein.«

»Mach dir nichts vor, Jo! Das hier ist kein Hollywoodfilm.«

Auch Jürgen hatte sich informiert und referierte sein Wissen, erzählte vom Leben, das noch da war, und vom Bewusstsein, das gleichzeitig fehlte. Er schwafelte von Marinas Großhirnrinde, die ihre Funktionen zum Teil eingestellt habe. Wo doch genau in diesem Mantel aus Nervenzellen, die Sprachfähigkeit sitzt und die Fähigkeit, Arme und Beine zu bewegen. »Die Software, die unsere Programme abspielt, funktioniert bei Marina nicht mehr. Da liegt nur noch die Hardware. Mensch, Jo, das ist nicht mehr die Marina, nur noch ihre Hülle, ihr Gehäuse. Man muss den Tatsachen ins Auge sehen.« Er klang, als wäre er bereit, die Maschinen abzuschalten.

»Der einzigen Tatsache, der ich ins Auge sehen muss, ist ein Mann, der seine Frau mit einem Computer vergleicht und sie aufgibt, weil die Software nicht mehr richtig funktioniert. Du hast doch gar keine Ahnung von Computern und von Menschen erst recht nicht!«

»Jo, die Situation ist nicht leicht für mich. Das kannst du mir glauben.« Er seufzte. Ein wenig zu theatralisch und gleichzeitig routiniert, wie Jo fand. Unerträglich. Typisch Jürgen!

»Wo ist eigentlich der Ludwig?« Erst jetzt fiel Jo auf, dass ihr Patenkind nicht im Raum war.

»Eine gute Freundin passt auf ihn auf, die Klaudia.«

»Noch nie von ihr gehört.«

»Warst ja auch weit weg.«

»Jetzt bin ich jedenfalls da, um mich um Ludwig zu kümmern.«

»Ach Jo, das ist lieb gemeint, aber du hast doch keine Ahnung von Kindererziehung. Außerdem wirst du nicht für immer bleiben.«

»Und die Klaudia?«

»Die hat selbst ein Kind, die kennt sich aus. Es ist besser, der Ludwig gewöhnt sich erst gar nicht an dich. Der Junge braucht Verlässlichkeit und Beständigkeit. Er braucht jemanden, der bleibt.«

Sie könne Ludwig ja ab und zu besuchen, solange sie noch im Lande sei. Ja, ja, es stimme schon, er habe sie gebeten zu kommen, das war der erste Schock, da habe er noch nicht alles durchdacht gehabt. Aber mit der Klaudia, das sei auf Dauer die bessere Lösung, und er müsse langfristig denken. Im Gegensatz zu Jo glaube er nicht an ein kurzfristiges Wunder, an ein langfristiges allerdings auch nicht.

»Wir müssen uns von der Marina verabschieden. Es gibt keine Wunder.« Jürgen drehte sich wieder zum Fenster und wischte sich mit seinem Arm etwas aus dem Gesicht. Jo glaubte nicht, dass es Tränen waren. Dieser Mann meinte es nicht gut mit Marina.

*V*itus Pangratz hatte vor dem Krankenhaus auf Johanna gewartet. Er hatte es nicht geschafft, in das Zimmer zu gehen, in dem er sich vor zwei Jahren von seiner letzten Liebe Diana verabschiedet hatte, bevor die Geräte abgestellt wurden. Patientenverfügung. Er summte Elvis, weil sonst niemand für ihn da war: »One broken heart for sale.« Aber wer würde sein mehrfach gebrochenes Herz kaufen wollen? Es brachte nur kurzfristig Glück, langfristig brachte es immer den Tod. Und nein, er brauchte keine Therapie. Er sah den Tatsachen ins Auge.

Jo hakte sich bei ihrem Vater unter und schilderte ihm mit wenigen Worten die Lage. Anstatt zu reagieren, summte Vitus weiter sein Lied und wippte dazu mit dem Fuß. Jo verstand.

»Du denkst an die Mama, den Beppo und die Diana. Gell?«

Ihr Vater nickte.

»Vielleicht sind sie ja im Himmel und schauen von dort auf uns runter. Genau jetzt.«

Woher kam plötzlich dieser Klein-Mädchen-Glaube? Wollte sich Johanna mit dem Herrn im Himmel gut stellen, damit er ihre beste Freundin ins Leben zurückstieß? Vitus schüttelte den Kopf.

»Ach Dirndl, das glaubst du doch selbst nicht.«

»Würde ich aber gerne! Außerdem wissen wir es nicht besser.«

Er stellte seinen nervösen Fuß ruhig und legte seinen Arm um die Schulter seiner Tochter. »Ich auch. Ich würde das auch gerne glauben. Nur wie?«

Vitus Pangratz wusste schon viel zu lange nicht mehr, woran er glauben sollte. Gott gab ihm keine Zeichen, und die Frauen seines Lebens schieden immer dann freiwillig aus dem Dasein, wenn er sie am meisten brauchte. Seine Tochter war die Ausnahme, und diese Ausnahme war die Quelle seiner größten Angst. Nur nicht daran denken, ihr könne auch etwas passieren.

Er drückte den Kloß in seinem Hals mit einer neuen Melodie nieder. Elvis, seine erste Hilfe in allen Lebenslagen. »Now and then there is a fool such as I.« Er war ein geborener Narr. Sollte er je wieder auftreten, würde er diesen Song »performen«, so nannte man das heute, und dabei hoffen, die toten Frauen seines Lebens würden irgendwo da draußen, in der unendlichen ewigen Haltlosigkeit, spüren, dass er nur für sie sang. Nur für sie. Immer noch. Für immer. Es war ein Kreuz mit dem Glauben, dem Tod und den Frauen. »Kruzifix!«

»2000 Jahre Christentum, und unser eigener Glaube reicht nicht einmal für ein Menschenleben«, ergänzte Jo.

»Aber für Elvis.« Immerhin das.

»Komm, alter Rock'n'Roller, lass uns aufs Herbstfest gehen, wegen dem Leib und der Seele, damit die wenigstens zu Lebzeiten zusammenhalten.« Außerdem, meinte Jo, müsse sie sich für den Kampf mit einem Drachen stärken, der Klaudia hieß und offenbar Marinas Platz einnehmen wollte. Außerdem wollte sie ein ernstes Wörtchen mit Kommissar Hopfinger reden. Marina brauchte Personenschutz! Vielleicht sogar vor Jürgen, ihrem Mann.

Vitus gefiel der Plan, aufs Herbstfest zu gehen. »Let's rock!« Man konnte dem Tod nichts Besseres entgegensetzen als laute, pralle Lebendigkeit. Musik! Gesang! Bier und Brezen! Sie hörten das Rosenheimer Herbstfest, noch bevor sie es sahen. »Hör gut hin Jo, so klingt das Leben«, sagte Vitus. »Zumindest in Rosenheim.«

*E*in Prosit, ein Prosit, der Gemütlichkeit!« Die bayrische Bier-
zelthymne pumpte den Lärmpegel des rot-weiß-gestreiften
Festzelts nach oben. »Entweder das Zelt platzt oder mein Trom-
melfell«, sagte Jo, aber Vitus konnte sie ohnehin nicht verstehen. Er ging wie sie selbst in diesem Meer aus Geräuschen und
Körpern unter. Ob er dafür genauso dankbar war wie Jo? Ein
Bierzelt nahm Menschen auf wie ein Zirkuszelt. Jeder war willkommen, nur der Alltag musste draußen bleiben. Es herrschte
Karnevalsstimmung. Die Alteingesessenen trugen teure Tracht,
und die anderen kostümierten sich mit billigeren Imitaten. Im
Bierzelt sahen alle gut aus, und spätestens nach der ersten Maß
kam man sich näher. Die Menschen rund um Jo und Vitus hatten
diese Hürde bereits genommen. Jetzt schunkelten sie in Lederhosen und Dirndl und brachten das Herbstfest mit Karacho über
die Startlinie. Die ersten standen bereits auf den Sitzflächen der
Bierbänke.

Jo Coleman schob sich mit ihrem Vater durch das volle Bazi-
Zelt und hoffte auf zwei freie Plätze. Es würde sich schon jemand
finden, der Vitus Pangratz erkannte und an den Tisch winkte. Zur
Wiesnzeit rückten die Rosenheimer zusammen, um sich selbst,
ihre Stadt und die bayrische Lebensart zu feiern. Diesen gemeinsamen Nenner fanden die Bayern immer. Da vorn, ganz in der
Nähe der Bühne, gestikulierte eine Frau mit großen entschiedenen Bewegungen. Es war Liesel Dirscherl. Vitus gab vor, seine
ehemalige Assistentin nicht zu sehen.

»Ja, Papa, was ist denn mit dir los? Stell dich nicht so an! Da ist die Liesel! Deine Liesel!« Jo brüllte gegen den Lärm an. Vitus brüllte zurück: »Hast du gesehen, wer mit ihr am Tisch sitzt? Derselbe Zipfelklatscher, mit dem sie in der Kutsche gefahren ist. Der Hopfinger! Die Witzfigur von einem Kommissar! Mein unwürdiger Nachfolger!«

»Ja und? Willst du dem Hopfinger deinen Platz überlassen? Schon wieder! Geh zu deinem Lieserl.«

»Die Liesel ist nicht ›meine Liesel‹.«

»Das liegt aber allein an dir!«

Er winkte ab, aber Jo brüllte weiter.

Also diese Ignoranz und Arroganz, die könnte sich ihr Vater nun wirklich nicht leisten, privat nicht und beruflich schon gar nicht.

»Du wärst doch aufgeschmissen ohne Liesels Informationen«, erinnerte ihn Jo, bevor sie den Arm hob und ebenso offensiv wie begeistert zurückwinkte.

»Jetzt reiß dich zusammen, Papa!« Sie schob ihn vor sich her zum Ziel, an Liesels Tisch.

Oberkommissar Harald Hopfinger erhob seine lange Gestalt und prostete Vitus jovial entgegen. »Ja servus, Herr Privatdetektiv. Haben's dich heute auf Taschendiebe angesetzt?« Nichts für ungut, nicht wahr. Wahrscheinlich müsse man ja als Privatdetektiv um jeden Auftrag froh sein, weil die ernsthaften Fälle ja doch bei der Polizei landeten. Dort, wo sie hingehörten. Aber wenigstens um die Finanzen müsste sich ein ehemaliger Beamter keine Sorgen machen, oder doch, Vitus? Haha! Ach, sei's drum! Heute würde es ihnen an nichts mangeln, auch wenn die Maß inzwischen 8,90 Euro kostete. Damit war sie immer noch zwei Euro günstiger als auf dem Münchner Oktoberfest. Gell! Haha! Ach, sei's drum, die Preise sollten sie heute nicht kümmern, weil sie ja gewissermaßen an der Quelle saßen. Er zeigte auf sein Gegenüber, auf Hubert Bazinger, den ehemaligen Braumeister vom Bazinger-

Bräu, kurz Bazi-Bräu genannt. Seit der Braumeister die Tochter des Brauereibesitzers geehelicht und ihren Namen angenommen hatte, durfte er sich Geschäftsführer nennen, aber seine wahre Bestimmung sah Hubert Bazinger inzwischen in der Politik. Auf seiner Trachtenjoppe markierte ein Anstecker, welche Partei die seine war: »Die Weiß-Blauen! Damit daheim alles in Ordnung kommt!« Haha! Ach, sei's drum! Hopfinger streckte Bazinger die offene Hand hin.

»Komm, Hubert, rück ein paar Biermarken raus.«

»Haha! Ach, sei's drum!« Vitus Pangratz äffte Hopfinger nach.

»Ja, sei's drum!«, mischte sich Liesel Dirscherl ein, zog Vitus zu sich und flüsterte ihrem ehemaligen Chef ins Ohr. Ihre Worte schienen ihn zu besänftigen. Vitus' Gesicht entspannte sich. »Ach Liesel!« Er würde ihren Namen nie mit einem »r« versachlichen. Die Liesel, nicht das Lieserl. Die bayrische Sprache verteilte Gemeinheiten subtil. Ein Buchstabe genügte, um aus einer Frau eine Sache zu machen. Ohne zu überlegen, drückte er seiner ehemaligen Assistentin einen Kuss auf die Wange. »Ein Bussi von dir?« Liesel Dirscherl strahlte und sorgte dafür, dass Vitus und Jo links und rechts von ihr Platz nahmen.

»Und, wie weit seid ihr im Fall Marina Pfister?«, brüllte Vitus und fixierte dabei Hauptkommissar Hopfinger. Die Antwort ging in einem Tusch der Blaskapelle unter. Der Bandleader der »Riederinger Schürzenjäger« hatte »die Ehre«, einen Mann auf die Bühne zu holen, »der für Bier und Bayern steht. Einen echten Bazi. Einen Bazi, wie ihn Bayern braucht.« Der Bandleader zeigte auf Vitus' Tisch und rief Hubert Bazinger auf die Bühne. Dort stellte er ihn vor, als »Hausherr des Bazinger-Festzeltes und politische Hoffnung für unsere Heimatstadt und unser Land«. Ein Prosit! »Ja mei!«, stöhnte Vitus, während Hopfinger frenetisch klatschte und die »Riederinger Schürzenjäger« den bayrischen Defiliermarsch spielten. »Wie passend!«, meinte Liesel Dirscherl.

*H*ubert Bazinger bahnte sich den Weg zur Bühne. Dabei nickte er und winkte nach links und rechts, als säße er noch in der Kutsche. Ein kleiner König in einem großen Bierzelt, der seinem Volk lachend die Zähne zeigte. Er schritt in Haferlschuhen durch die schweiß- und bierschwere Luft seines Reiches. Auf der rechten Seite klatschte er einen jungen Mann in Tracht ab. High Five. Auf der linken Seite schüttelte er einem dicken Herrn in Lederhose die Hand. Für Damen im Dirndl deutete er eine Verbeugung an, und für die hinteren Reihen tippte er an einen imaginären Hut. »Habe die Ehre!« Ein Profi. Ein Showmaster. Das Zelt gehörte ihm, und in diesem Moment war es die Welt. Seine Welt. Bazingers Universum.

Jo beobachtete den Mann fasziniert. Jetzt nahm Hubert Bazinger mit Schwung die schmale Holztreppe auf die Bierzeltbühne, zwei Stufen wie eine, federnd, die muskulösen Waden unter den gestrickten »Wadelwärmern« angespannt. Auf der Bühne ergriff er das Mikrofon, das ihm der Bandleader der »Riederinger Schürzenjäger« mit respektvoll geneigtem Kopf reichte. Bazinger schlug ihm zum Dank auf den Rücken. Die joviale Geste ließ den Musiker nach vorn zum Bühnenrand taumeln, wo er gezwungen war, sich an der Bühnenbegrenzung abzufangen. Die Folgen seiner Kraft ignorierend ließ Bazinger seinen Blick über das Publikum fliegen. Seine Augen und seine Zähne strahlten wie LED-Leuchten.

»Grüß euch! Servus miteinander! Liebe Rosenheimerinnen

und Rosenheimer! Liebe Gäste aus der Region! Liebe Besucher aus der Ferne! Schön, dass ihr alle da seid, um gemeinsam unsere bayrische Tradition zu pflegen. Eine Tradition, die wir am Leben erhalten und weitergeben wollen an die Erben unseres herrlichen großartigen Landes, an unsere Söhne.«

»Und an die Töchter«, brüllte ein Frau dazwischen.

»Selbstverständlich auch an die Töchter. Das wollte ich doch gerade hinzufügen«, behauptete Bazinger. »Unsere Traditionen halten uns Bayern zusammen, uns Männer und FRAUEN. Sie tragen uns in die Zukunft! Sie sind unsere Zukunft! Sie sind unsere Kraft!« Applaus brandete auf.

Meinte er das Saufen, wenn er von Tradition sprach, fragte sich Jo, während Bazingers Stimme das Kommando gab: »Die Krüge hoch!«

Liesel Dirscherl beugte sich zu Jo und rief ihr ins Ohr: »Der Hubert Hinterhuber hat sich die richtige Frau gesucht, die Karola Bazinger hat ihn nicht nur beim Nachnamen zum Aufstieg verholfen. Ja, ja, der Bazinger, der ist schon ein rechter Bazi.« Jo erinnert sich daran, dass der Begriff »Bazi« in Bayern einer Auszeichnung glich, beschrieb er doch einen pfiffigen, durchtriebenen Burschen, und ein »rechter Bazi« war ein »richtiger Bazi«.

Bazinger senkte seinen Maßkrug und wischte sich den Schaum vom Mund. »Ahhh! Unser Bazi-Bier schmeckt nach Heimat. So wie wir, die Weiß-Blauen! Die Partei der Bayern. Die Zukunft unseres Landes und unserer Stadt! Hab ich Recht?« Die ersten Reihen vor der Bühne standen auf und jubelten wie auf Bestellung, berauscht von Bazingers Worten. Bei den Weiß-BLAUEN steckte der Rausch bereits im Namen.

»Kennst du den Kerl näher?«, wollte Jo von Liesel Dirscherl wissen.

»Ja, freilich!« Schon fing Liesel an zu erzählen. »Der Bazinger, der hat sein Glück gemacht, als er die Erbin vom Bazi-Bräu geheiratet hat. Ihren Namen hat er angenommen. Früher war er der Hubert Hinterhuber, genannt »Huhu«, aber so darf ihn heute keiner mehr nennen«, schrie Liesel Dirscherl in Jos Ohr. »Er war Braumeister beim Bazi-Bräu, und wenn du mich fragst, hat er es von Anfang an auf die Erbin abgesehen gehabt. Sie hat es ihm aber auch sicher nicht schwer gemacht, war ja ein fescher Kerl, der Huhu. Ist er irgendwie immer noch, oder?« Jo zuckte mit den Schultern. Hubert »Huhu« Bazinger erinnerte sie an den ehemaligen Verteidigungsminister zu Gutenberg. »Also, mein Typ ist er nicht.«

»Na ja, dein Vater gefällt mir auch besser«, meinte Liesel. »Aber dein Vater, mein ehemaliger Chef, interessiert sich ja nur beruflich für mich, es sei denn, er ist betrunken.« Sie hob ihren Maßkrug und prostete Vitus zu. Der tippte sich an die Stirn und deutete anschließend auf die Bühne, wo Bazinger gerade etwas von »einer bayrischen DNA«, schwafelte. »Wir sind unvergleichlich! Mia san mia!« Die Krüge hoch. »Auf die Weiß-Blauen, die Partei der echten, rechtschaffenen Bayern.«

»Ich finde, der lässt sich nur mit Alkohol ertragen«, meinte Jo und nahm einen kräftigen Schluck aus dem Bazi-Bräu-Maßkrug, auf dessen dickem Glas eine weiß-blaue Fahne wehte, unter der geschrieben stand: »Bazi-Bräu – Unserer Heimat zum Wohl.«

»Sag amoi, Liesel, die hatten doch früher einen anderen Slogan, ›Bier verbindet‹ oder so ähnlich.«

»›Bier macht Freunde‹, aber wie man hört, war das dem Bazinger zu allgemein.«

»Ein Hardcore-Bayer?«

»Wenn es nur das wäre…« Der Rest von Liesels Satz ging in einem lauten Tusch unter. Bazinger ließ sich wieder bejubeln, während ein blonder Mann mit einem Zettel in der Hand auf die Bühne stürmte. Auf seiner Miene grollte ein Gewitter, was ihn neben dem Sunnyboy Bazinger wie ein Schlechtwettermännchen wirken ließ, aber als Bazinger den Zettel las, machte auch seine Miene nicht mehr auf Gutwetter.

*H*ubert Bazinger stand noch immer auf der Bierzeltbühne, wo er mit finsterer Miene den Zettel des blonden Kuriers in der Hand hielt. Doch schon im nächsten Moment lächelte er den Missmut aus seinem Gesicht, räusperte sich und sagte: »Meine Frau, meine wunderbare Frau, die Karola, die sollte eigentlich gleich zu mir auf die Bühne kommen, um Sie alle zu begrüßen, aber gerade bekomme ich die Nachricht, dass sie nach Hause musste, weil ihr«, er zögerte, überlegte und fuhr fort, »also, weil ihr unwohl ist.«

»Unwohl? Vielleicht kommt endlich der Nachwuchs«, grölte ein Musiker der »Riederinger Schürzenjäger« ins Mikrofon. »Der Brauerei-Erbe. Zeit wird's!«

»Dein Wort in Gottes Ohr!«, antwortete Hubert Bazinger und lächelte vielsagend, bevor er anfügte: »Bayern braucht Bayern, das sage ich als hoffnungsvoller Ehemann und als Parteivorsitzender der Weiß-Blauen. Wir brauchen bayrische Löwen und Löwinnen! Wir brauchen Nachwuchs!«

»Dann trag das Deine dazu bei, du alter Bazi, du«, erwiderte der Schürzenjäger.

»Darauf kannst du dich verlassen! Darauf könnt ihr euch alle verlassen! So wahr ich hier stehe! Euer Hubert Bazinger lässt euch nicht im Stich! Wir halten zusammen! Denn die Weiß-Blauen, das sind wir! Wir sind Bayern! Unser Land ist unsere Welt! Wir halten unsere Traditionen hoch, und wir verstehen uns! Wir sprechen die gleiche Sprache! Unser Herz schlägt weiß-blau!«

Applaus! Ein Prosit! Er wischte sich eine Träne aus dem Augenwinkel. »Freunde, wir meinen es ernst mit Bayern, und wir meinen es gut mit Bayern! Unserer Heimat zum Wohl!« Er hob den Maßkrug mit dem Bazi-Slogan, der sich vermutlich nicht zufällig mit dem Selbstverständnis der Weiß-Blauen deckte. Bazinger wiederholte: »Unserer Heimat zum Wohl!«

Liesel Dirscherl verzog ihr Gesicht, wandte ihren Blick von der Bühne ab und beugte sich zu Jo. »Die Frau Bazinger, die Karola, die war ja schon in der Kutsche so blass und nervös. Vielleicht ist sie ja wirklich schwanger. Es wär ihr zu wünschen.«

»Würdest du von diesem Mann ein Kind wollen, Liesel?«, fragte Jo, die sich inzwischen sicher war, dass Bazinger die Bezeichnung »Bazi« verdiente.

»Für einen Männerwechsel hat die Karola Bazinger keine Zeit mehr. Ihr pressiert es! Sie will schwanger werden und sucht überall Hilfe, auch ganz oben. Ich weiß, dass sie erst kürzlich eine Wallfahrt nach Tuntenhausen gemacht hat.«

»Vielleicht hat sie sich von der Mutter Gottes kein Kind, sondern einen neuen Mann gewünscht«, mutmaßte Jo, während sie die großen Gesten des Hubert Bazinger auf der Bühne beobachtete. Ihre Ohren hatte sie inzwischen auf Durchzug gestellt.

Auch Kommissar Hopfinger schien sich nicht mehr für Bazinger zu interessieren, stattdessen mischte er sich in Jos Gespräch mit Liesel ein. »Die Karola Bazinger kann so oft nach Tuntenhausen gehen, wie sie will. Eine Heilige wird sie in diesem Leben nicht mehr. Die gehört zu dieser Weiberbande, die sich Heldinnen nennen«, meinte er in abwertendem Ton.

»Die Frau Bazinger ist ja nicht die Einzige, die nach Tuntenhausen geht«, entgegnete Vitus Pangratz. »Wie man hört, hast du das Wallfahrten jetzt auch für dich entdeckt, Harry Hopfinger! Was wolltest du eigentlich von der Jungfrau Maria?«

Irritiert und ertappt blickte Hopfinger in die Runde, dann drehte er seinen dünnen Ehering mehrere Runden um den Finger. »Was ich mit der Jungfrau Maria zu schaffen habe, das lass mal meine Sache sein, Vitus. Das geht dich gar nichts an.«

In der Rosenheimer Region galt das kleine Tuntenhausen als magischer Ort. Das Gnadenbild in der Marienkirche versprach seit Jahrhunderten Wunder und hielt in vielen Fällen Wort. Die zahlreichen Votivtafeln rund um die katholische Kirche bewiesen es. Es waren Bildergeschichten. In bunten Motiven erzählten sie, wie die heilige Muttergottes den Bauern der Region, ihren Frauen und Kindern in höchster Not geholfen hatte. Das erste verzeichnete Wunder reichte bis ins 15. Jahrhundert zurück und berichtete von der überraschenden Genesung einer todkranken Frau. Vitus fühlte sich von hoffnungsvollen Orten wie Tuntenhausen angezogen, obwohl er bislang noch nie selbst in den Genuss eines Wunders gekommen war. Als kleiner Junge hatte er die Votivtafeln wie Bilderbücher betrachtet. Jede einzelne erzählte eine dramatische Geschichte, bei der es um Leben und Tod ging. Niemand wusste, dass auch Vitus eine Tafel an die Wand gehängt hatte, gleich nach Johannas Geburt. Glücklich und dankbar war er damals von Rosenheim nach Tuntenhausen gepligert. Er hätte auch für ihren jüngeren Bruder Beppo nach Tuntenhausen laufen sollen, vielleicht wäre er dann noch am Leben. Seinen Gedanken folgend versprach sich Vitus mitten im Bazi-Bierzelt, zu Fuß von Rosenheim nach Tuntenhausen zu laufen, sollte seine Tochter Johanna »Jo« Coleman ihren amerikanischen Traum endlich aufgeben, um einen besseren in ihrer Heimat zu träumen. Bei der Gelegenheit könnte sie auch wieder ihren Mädchennamen annehmen. »Johanna Pangratz« klangt doch weitaus besser als »Jo Coleman«. Er gehörte sicher nicht zur Zielgruppe der Weiß-Blauen rund um Hubert Bazinger, aber in dieser Hinsicht legte er großen Wert auf Traditionen. Insbesondere auf seine Familientradition. Wer sollte den Namen Pangratz in die Zukunft tragen? Vitus fühlte sich vom Aussterben bedroht.

Ein Ellenbogen schubste ihn aus seinen trüben Gedanken. Er gehörte Liesel Dirscherl. »Ich glaub, ich weiß, warum unser Kommissar, der alte Hopfinger, nach Tuntenhausen gelaufen ist«, sagte sie, und als Hopfingers Assistentin war sie bestens informiert.

»Na dann, lass hören.«

»Ich glaub«, sagte die Liesel, »Die Ehe steht auf der Kippe.«

»Meinst, die Moni geht stiften?« Nein, das konnte sich Vitus nicht vorstellen. Er beantwortete sich seine Frage selbst: »Die Moni, die geht doch nicht fremd.«

Liesel antwortete ihm mit einem alten Lied der legendären Spider Murphy Gang. »Moni, Moni, Moni, scharf wie Peperoni.«

»Sag bloß! Ich glaub's nicht.«

Liesel rückte noch näher an Vitus, um die Lautstärke im Bierzelt zu überbrücken. Dicht an Vitus' Ohr sagte sie: »Die Moni definiert sich jetzt als Weiberheldin. Das hat sie bei der Marina Pfister gelernt. Die Moni hat bei der Marina viel Geld für Persönlichkeitscoaching und Workshops gelassen. Der Hopfinger meint, die Marina hätte einen schlechten Einfluss auf seine Frau ausgeübt und auf die Familienkasse.«

»Dann kommt es ihm ja recht, dass die Marina jetzt im Krankenhaus liegt.«

»Deine Kombinationsgabe ist immer noch außergewöhnlich«, sagte Liesel und zwinkerte ihrem ehemaligen Chef zu, während ihr aktueller Chef Harald Hopfinger applaudierte, weil Hubert Bazinger auf der Bühne von Anstand und Moral sprach.

Vitus hatte es plötzlich sehr eilig. Mit einem entschiedenen: »Uns pressiert es«, zog er seine Tochter Johanna »Jo« hinter sich her aus dem Bierzelt.

»Mensch, Papa, was ist denn los?«

»Ja, Dirndl, hast du denn nicht zugehört? Der Hopfinger geht zum Wallfahrten nach Tuntenhausen, und seine Frau geht zur Marina bzw. ist zur Marina gegangen, um eine Weiberheldin zu werden. Außerdem hat die Marina keinen Personenschutz, was am feinen Kommissar Hopfinger liegt. Der Hopfinger hat eine Riesenwut auf deine beste Freundin gehabt. Der hat eine brave Hausfrau geheiratet, und auf einmal muss er sich mit einer wilden Weiberheldin herumschlagen. Schuld daran war die Marina, zumindest in seinen Augen.«

»Ach Papa, was den Hopfinger anbelangt, bist du einfach nur voreingenommen. Im Gegensatz zu dir ist er ein Typ, der sich im Griff hat.« Hopfinger als Tatverdächtiger? Mit ihrem Vater ging die Fantasie durch, und seine Antipathie gab ihr die Sporen. Vitus ließ nicht locker.

»Jo, überleg doch mal. Der Typ, der die Marina auf dem Gewissen hat, muss vom Fach gewesen sein. Der hat darauf geachtet, keine Spuren zu hinterlassen. Da muss es doch bei dir klingeln! «

»Bei mir klingelt nur die Blase.«

*A*m Riesenrad traf Jo ihren Vater wieder. »Schau mal, wen ich gefunden habe!« Vitus Pangratz war umringt von Frauen in Tracht, unter ihnen Monika Hopfinger mit roten Wangen, glänzenden Augen und einem Sektglas in der Hand. Die Frau des Kommissars erklärte frohgemut: »Ich fühl mich heut so single, weil ohne Mann hat Frau mehr Spaß.«

»Willkommen in der fröhlichen Weiberrunde«, wurde Jo begrüßt. »Die Mannsbilder im Zelt hält ja keiner lange aus.«

»Du, Monika, ich müsst mal kurz mit dir reden«, mischte sich Vitus ein. Charmant lächelte er dabei die Frau seines Nachfolgers an.

»Ach geh! Vitus! Doch nicht jetzt! Reden? Seit wann wollen Männer reden? Männer wollen Vorträge halten. So sieht es aus. Also, nimm es nicht persönlich. Kannst ja nichts für deine Chromosomen. Außerdem haben wir hier eine exklusive Weiberrunde. Männer müssen draußen bleiben. Nur deine Tochter, die Johanna, die kannst du gerne bei uns lassen, wir passen gut auf sie auf.«

»Mir wär es lieber, du würdest mich ›Jo‹ nennen«, sagte Jo. Bedauerlicherweise reduzierte sie die Schönheit ihres Vornamens seit Jahren auf zwei Buchstaben, und nur Vitus hielt konsequent dagegen. Würde er in Monika Hopfinger endlich eine Verbündete finden? Die Frau legte den Arm um Johannas Schulter und sagte: »Jo! Klar, klingt gut! Also, Jo! Unsere arme Marina, das war doch deine beste Freundin, oder?«

Jo nickte. »Das ist sie immer noch! Und das wird sie bleiben.«

»Die Marina hat oft von dir gesprochen, wenn wir bei ihr in der Lobby waren. Weißt, Jo, wir alle hier sind im Herzen Weiberheldinnen, dank der Marina. Sie hat uns stark gemacht!«

»Auf die Marina!« Eine dunkelhaarige Frau drängte sich aus dem Kreis heraus und prostete Jo ihr Glas entgegen. Es war die Frau, die in der Festzugskutsche neben Hubert Bazinger gesessen hatte und die im Bierzelt von ihrem Gatten vermisst worden war. Offiziell hatte Bazinger seine Frau wegen »Unwohlseins« zu Hause vermutet. Wohlauf und offenbar bei bester Gesundheit stellte sie sich jetzt Jo mit den Worten vor: »Ich bin die Bazinger Karola. Wir sagen ›du‹ zueinander.«

»Dein Mann hat dich gerade im Bierzelt vermisst, Karola.«

Sie winkte ab. »Ach, die Kerle sind sich doch selbst genug. Meiner auf jeden Fall! Und seine Auftritte sind laufende Wiederholungen. Ich kenn sie in und auswendig. Weiß-blaues Gelaber in Endlosschleife, das halt ich nicht mehr aus, auch nicht unserer Heimat zum Wohl.« Karola Bazinger zwinkerte.

»Geh ma!«, drängte Monika Hopfinger zum Aufbruch und fasste Jo unter. Vitus protestierte, aber die Frau des Kommissars beschied ihm: »Weiberheldinnen only!«

»Mensch Moni, sag mir doch wenigstens noch schnell, wo dein Mann war, als jemand versucht hat, die Marina Pfister umzubringen!« Vitus fasste Monika Hopfinger an der Schulter, noch nicht bereit aufzugeben. Sie schüttelte ihn ab.

»Was weiß ich denn! Im Dienst? Bei den Weiß-Blauen? Jedenfalls nicht bei mir. Ich leg auf seine Gesellschaft keinen gesteigerten Wert mehr. Pfiadi, Vitus!«

Seine Lederhose lüftete auf dem Balkon. Spät war es wieder geworden, trotzdem wollte er ihre Stimme hören. Die Aufnahmen auf Marina Pfisters Handy inspirierten ihn. Gewissermaßen. Er holte es aus seinem Versteck. Noch eine Gutenachtgeschichte. Zur Entspannung. Wie immer würde er sich auf die Stimme seines Opfers konzentrieren. Zur Einstimmung erinnerte er sich an den Klang ihrer letzten Atemzüge. Sie hatte erlöst geseufzt, weil er es ihr ordentlich besorgt hatte, mit seinen Händen an ihrem Hals. Sex war eine Machtfrage, und Macht machte dem am meisten Spaß, der sie hatte. Er öffnete seine Hose und dachte wieder an Marinas letzte Atemzüge, ihre Brüste in seinen Händen und seine Finger an der Schwelle zur Glückseligkeit. Hier hatte er seine Kraft wiedergefunden und seine Standhaftigkeit. Er war kein Weichling mehr. Die Weiberheldin Marina Pfister hatte ihn in jeder Beziehung erlöst, und ihre Zustimmung war dazu nicht nötig gewesen. Seit wann wurden Frauen gefragt? Wie gut ihm seine Hand tat. Es war ein ewiges Auf und Ab, aber für ihn ging es jetzt aufwärts.

Leider war die Schlampe mit dem Leben davongekommen, wenn man es Leben nennen wollte, was die Maschinen aufrechterhielten. Moderne Medizin. Sei's drum! Für ihn und alle anderen war Marina tot, aber er würde ihr Gedenken wahren, indem er sich an der Erinnerung rieb und sich vorstellte, es sei ihr Mund und nicht seine Hand. Und bei Gelegenheit würde er den kläglichen Rest ihres Lebens auslöschen.

Erregt wählte er die Aufnahme »Kavalier« und drückte auf »Play«, gespannt, was er zu hören bekommen würde. Doch anstatt Marina Pfisters sexy Timbre drängte sich eine Männerstimme durch den Kopfhörer in sein Ohr.

»Ich brauch dich nicht unbedingt«, sagte der Mann. »Mein Körper, mein Geld! So sieht es aus. Ich kann auch auf eigene Rechnung vögeln! Das verstehst du doch sicher!«
Er lockerte seine Hand, und alles andere lockerte sich auch.

»Lass uns vernünftig bleiben. Ich versteh ja, dass du mehr willst. Das will ich auch. Aber wir dürfen es nicht übertreiben. Wir müssen dieses Geschäft langsam anlaufen lassen.«

Ihre Stimme gab ihm Grund, erneut zuzupacken. Wie von Zauberhand schwoll er wieder an.

»Von langsam anlaufen kann keine Rede sein. Ich muss jedes Mal sofort anspringen und Leistung zeigen.«
»Du willst es doch auch«, behauptete Marina Pfister und klang dabei, als würde vor allem sie es wollen.
»Darum geht es nicht.«
»Wie wär's mit ein bisschen Dankbarkeit, Demut und Anstand? Ohne meine Vermittlung würde keine Frau Geld für deine Gesellschaft bezahlen. Im Gegenteil. Du würdest eine Abfuhr nach der anderen kassieren und am Ende auf deinen Unkosten sitzen bleiben. Blamiert. Schau dich doch an!«
»Meine Kundinnen sind zufrieden!«
»Mag sein, aber du kannst doch nicht die Hand beißen, die dir die Leckerlis zuwirft. Du bist doch kein dummer Hund! Du bist der Kavalier, der Märchenprinz für die Frauen. Das Wort Kavalier lässt sich auf Reiter und Ritter zurückführen. Vergiss das nicht!«
»Märchenprinz! Ritter! Dass ich nicht lache! Ich bin dein Hofnarr.«

»Ach, jetzt mandl dich nicht so auf! Niemand ist unersetzbar, das gilt erst recht für einen Provinzcasanova, dem ich das Prädikat ›Kavalier‹ verliehen habe.«

»Aufmandln«, sich »Aufmännern« beschrieb den männlichen Hang zur Wichtigtuerei, besonders die eigene Person betreffend. Er lächelte selig, während er seiner eigenen Männlichkeit die Aufmerksamkeit schenkte, die ihr gebührte, und sich dabei von ihrer Stimme treiben ließ. Dabei versuchte er, die quengelnden Worte ihres Gesprächspartners auszublenden, aber der änderte gerade seine Tonlage und meinte tief und rauchig: *»Das Prädikat ›Kavalier‹ hab ich mir verdient. Erinnerst du dich? Du hast mir gewissermaßen den Ritterschlag verliehen, mit meinem eigenen Schwert und deinem Entzücken. Damals warst du mir dankbar.«* Der Mann legte eine kleine Pause ein, bevor er nahezu stöhnte: *»Wer kümmert sich im Moment eigentlich um dich?«*

»Finger weg! Was zwischen uns war, lief unter Qualitätscheck. Also interpretier auch nicht mehr hinein.«

»Wenn das so ist, dann will ich erst recht mehr Geld!«

»Lass mich in Ruhe! Schleich dich!«

»So billig lass ich mich nicht abspeisen. Ich komm wieder.«

»Sicher nicht bei mir! Und jetzt geh!«

Er kam.

*J*o Coleman wachte in ihrem alten Kinderzimmer auf, wo die Zeit zwei Jahrzehnte lang auf der Stelle getreten war, ohne ihre Möbel, Bücher oder Stofftiere zu berühren. Alles war wie früher. Nur sie selbst hatte sich verändert. Ehrlich? Hatte sie das? Oder fabrizierte sie in einer Endlosschleife immer wieder dieselben Fehler? Vielleicht trat sie innerlich genauso auf der Stelle wie die Zeit in ihrem Zimmer? Ach, sie konnte jetzt nicht darüber nachdenken! Dazu drückte das Bazi-Bier zu sehr auf ihren Kopf, auf ihre Blase und auf ihr Wohlbefinden. Mehr als eine Maß hatte sie noch nie vertragen, aber mit weniger hätte sie die Situation gestern nicht ausgehalten: Marinas Koma und den weiß-blauen Kerl auf der Bühne des Bazi-Zeltes. Den Rest hatte ihr der anschließende Ausflug mit den Weiberheldinnen gegeben.

»Bist schon wach Johanna?«, brüllte Vitus durchs Haus.

»Nein!«

»Hab ich's doch gleich gewusst«, antwortete Vitus. Dann sprach er Englisch: »She is still sleeping!« Von wegen, sie schlief noch!

»Wenn es Jack ist, dann bin ich wach!« Jo sprang aus dem Bett. »Aua!« Wo war ihr Smartphone? Sie hatte keine Ahnung.

Als sie endlich am Festnetz war, meinte Vitus: »Du kannst Jack nicht zurückrufen, der muss an den Set und will nicht gestört werden. Wichtiges Filmbusiness! Verstehst?« Aber sie bräuchte ohnehin erst einmal einen Kaffee, nicht wahr? So, wie sie aussah! Und Brezen mit viel Salz und Butter, gell? Und er, er bräuchte einen ausführlichen Bericht über ihren Ausflug mit den Weiberheldinnen.

Jo winkte ab und sah auf den Küchentisch. Es fehlten nur Weißwürste und Weißbier. Vitus zeigte auf den Herd, wo ein großer Topf dampfte. »Das Wasser zum Kochen bringen, sobald es kocht, den Herd abschalten und erst dann die Weißwürste ins Wasser legen und 15 Minuten ziehen lassen. So werden sie perfekt! Und das Weißbier ist im Kühlschrank.«

»Seit wann trinkst du Flötzinger und kein Bazi-Bier mehr?«

»Seit mich der Bazinger mit seiner weiß-blauen Politik aufregt!«

»Was hat denn Bier mit Politik zu tun?«

»In Bayern: alles!«

Vitus servierte Jo zwei Stück Weißwürste, nur ein Preuße würde die beiden Schönheiten »ein Paar« nennen, und löffelte ihr dazu eine große Portion süßen Senf auf das Teller. Das Teller? Der Teller? Im Bayrischen definitiv: das Teller!

»Ach, *dahoam ist dahoam*!«, meinte Jo und fühlte sich gleich viel besser.

»Wenn du das nur endlich begreifen würdest! Aber jetzt erzähl von gestern Abend.«

»Nach den Weißwürsten, Papa, weil dir sonst der Appetit vergeht«, sagte Jo, grinste unverschämt, und Vitus schwante nichts Gutes.

Untergehakt von Frau Hopfinger und Frau Bazinger hatte Jo am Vorabend das Herbstfest mit einer angeheiterten Frauengruppe verlassen.

»Wir gehen am besten zu mir«, meinte Karola Bazinger. »Damit mich niemand sieht und die PR-Story meines Gatten keine Risse bekommt. Das hat er nicht so gerne.«

»Ich glaub, ich geh besser heim«, meinte Jo, die sich in der Prosecco-Stößchentruppe plötzlich gar nicht mehr wohlfühlte. Schon wieder klirrten Gläser.

»Geh, Dirndl, jetzt sag bloß, du verträgst nichts.«

»Ich hab einen langen Flug hinter mir, und der Besuch bei der Marina war auch nicht gerade erheiternd. Im Gegenteil.« Ganz ehrlich, in diesem Tag steckte bereits mehr, als sie verkraften konnte. Ja, ja, das könne sie durchaus verstehen, meinte Frau Hopfinger, aber sie wollte Jo trotzdem nicht allein abziehen lassen, nicht zur Wiesnzeit und nicht im Dunkeln. Als Frau eines Kriminalkommissars wusste sie schließlich am besten, was nachts in Rosenheim alles passieren konnte. »Hier werden K. o.-Tropfen verteilt wie Jauche auf dem Acker.« Und Frau Hopfinger hatte schließlich Vitus Pangratz versprochen, sich um sein »Mädel zu kümmern«.

Jo überlegte und schaute sich um, als hoffte sie auf eine wundersame Rettung, aber die Zeit der Ritter schien vorbei. Von wegen! In diesem Moment eilte einer ohne Furcht und Tadel mit großen Schritten auf sie zu, nur das Pferd fehlte, und auch seine

Rüstung entsprach nicht dem klassischen Outfit seiner Zunft. Sein Helm wurde von einer Krempe eingefasst, seine Rüstung stand auf bunt karierten Hosenbeinen, und seine Nase trug rot und rund. Jo wollte sich nicht daran stören, zu froh war sie, ihm in diesem Moment zu begegnen. Ihrem Ritter! Er würde sie vor dem Prosecco-Orden retten.

»Kilian!«, begrüßte sie den Krankenhaus-Clown, den Hallodri vom Dienst. Sie erinnerte sich an seinen Namen.

»Sag bloß, du kennst den Kerl?«, fragte Frau Hopfinger und fügte hinzu: »Man mag es ihm nicht ansehen, aber er hat die besten Aussichten. Er ist alles andere als eine Witzfigur.«

»Er ist ein alter Freund«, behauptete Jo, winkte wie wild und rief: »*Griaß di*, Kilian, endlich sehen wir uns wieder.«

Der Clown zögerte einen Moment, erkannte Jo, beschleunigte seine Schritte und lief die letzten Meter auf sie zu. Mit seiner weichen Wampe bremste er an ihrem Bauch und sagte: »So fühlt sich Wiedersehensfreude an!«

»Drei Hand tiefer fühlt sich die Wiedersehensfreude vermutlich nicht so weich an«, witzelte Karola Bazinger so laut in Monika Hopfingers Ohr, dass es alle hören konnten. Die Weiberheldinnen lachten laut auf und waren sich einig, dass sich Jo glücklich schätzen konnte. Wieder stießen sie ihre Gläser mit Wucht aneinander. Es würde nicht mehr lange dauern, bis eines zerbrach. Als Fahrradfahrerin hasste Jo Scherben.

»Der Glückliche bin ich, weil die Maid ohne ihren strengen Daddy unterwegs ist!« Kilian lupfte seinen Hut. »Gestatten die Damen, dass ich mich dieses holden Fräuleins annehme?« Galant bot er Jo seinen Arm an.

»Was hältst du denn davon, Jo?«, wollte Monika Hopfinger wissen.

»Mir soll es recht sein«, meinte Jo und nahm Kilians Arm an.

»Jo?« Kilian grinste.

»Na eigentlich Johanna.«

»Schöner Name! Auf geht's, Johanna.«

»So nennt mich nur mein Vater.«

»Schon haben wir die erste Gemeinsamkeit, dein Vater und ich.«

»Na servus!«

»Ich würde eher sagen: Aber hallo!« Und schon zog der Clown sie fort von Monika Hopfinger, Karola Bazinger und den anderen Frauen, die sich an Proseccogläsern festhielten. Kilian versprach: »Wir zwei, wir werden mehr Spaß haben.« Aber das war ja wohl das Mindeste, was Frau von einem Clown erwarten durfte.

*F*alten durchzogen Vitus' Stirn und ließen sie wie eine Bretterwand wirken, zumindest auf seine fantasievolle Tochter Jo. In der nächsten Sekunde verengten sich seine Augen zu Schlitzen, und seine Haut wechselte in die Alarmstufe Rot. Alles an Vitus Pangratz' Gesicht kündigte Ärger an. Gleich würde er den Mund öffnen und lospoltern. Jo versuchte, ruhig zu bleiben, und zu retten, was zu retten war, obwohl sie wusste, wie wenig gegen Vitus' Temperament und die Bretter vor seinem Kopf auszurichten war.

»Reg dich nicht auf, Papa …«

Seine Faust donnerte auf die Holzplatte des alten Küchentischs.

»Johanna! Du bist mit einem Mann mitgegangen, den du nicht kennst. Ich glaub, dir brennt der Hut!«

»Erinnere dich, was die Oma immer gesagt hat: Scheiß dir nichts, dann feit dir nichts.« Was ungefähr so viel bedeutete wie: Mach dir nicht ins Hemd, dann passiert dir auch nichts.

»Obacht, Dirndl!«, warnte Vitus seine Tochter. »Von der Oma hättest dir jetzt gleich eine gefangen! Eine saubere fette verdiente Watschn!«

»Mensch, Papa! Mich hätte die Oma niemals geschlagen. Und der Kilian hat mich gestern nur heimgebracht!«

»Da hast ein Massl gehabt. Ein Glück, meine Liebe! Das hätte auch ganz anders ausgehen können. Dein Kilian könnt ja auch ein ›Killian‹ sein. Ein »l« mehr, und schon wird's tödlich.«

»Ah so ein Schmarrn! Du übertreibst maßlos! Er nennt mich übrigens Johanna.«

»Was für eine Anmaßung! So nenne nur ich dich!«

»Ach geh, ich bin doch erwachsen.«

»Das glaub ich dir erst, wenn du dich so benimmst.«

»Papa! Ich bin 39, bald 40!«

»Ich befürchte, du bist mit 80 noch nicht gescheit, und jetzt halt den Mund, Jo!« Noch nie hatte er sie »Jo« genannt.

Schweigend aßen sie ihre Weißwürste. Sogar der süße Senf, den Jo in den USA so vermisst hatte, schmeckte jetzt bitter.

Als Vitus sich eine Weißbierschaumspur mit dem Handrücken von den Lippen wischte und die Falten auf seiner Stirn nicht mehr ganz so tief wirkten, glaubte Jo, es wäre der richtige Moment gekommen, um einzulenken.

»Der Kilian ist richtig nett, Papa.«

»So, hast du unter seine Maske geschaut?«

»Wenn du eine rote Nase Maske nennen willst: Ja. Übrigens studiert er an der Rosenheimer Hochschule Architektur und Design. Als Clown ist er ehrenamtlich unterwegs, obwohl so ein Student doch immer Geld braucht, heitert er in seiner Freizeit Kranke auf.«

»Soso, Architektur und Design. Und wovon lebt er?«

»Was weiß ich. Vielleicht verkauft er seinen Körper. Irgendwie ist er ja schon ein Frauentyp«, witzelte Jo.

»Hauptsache, er ist nicht dein Typ, und du bezahlst nicht für deine Dummheit!«, knurrte Vitus.

»Er hat ursprünglich Zimmermann gelernt.« Jo wollte ihren Vater beschwichtigen.

»Nicht jeder, der einen ordentlichen Beruf hat, ist ein ordentlicher Mensch. Aber Zimmermänner haben im Allgemeinen Charakter.« Vitus grinste, und Jo wusste, der Clown hatte seinen ersten Punkt bei ihrem Vater gemacht. Aber warum freute sie sich darüber? Sollte sie sich nicht darum kümmern, dass Vitus endlich Jack Coleman akzeptierte, den Mann, den sie zum zweiten Mal heiraten wollte? Jack, der sich in den USA um ihren gemeinsamen Film und damit um ihre gemeinsame Zukunft kümmerte. Als könnte Vitus Gedanken lesen, fragte er: »Und, meinst, dein Jack ist dir künftig treu?«

»Das lass mal meine Sorge sein!«

»Irgendwie sind all deine Männer Witzfiguren.«

»Apropos. Ich treffe mich heute mit dem Kilian im Krankenhaus. Dem Ludwig zuliebe.« Sie wollte ihr Patenkind aufheitern, Marinas Sohn, und sich nicht weiter von ihrem Vater nerven lassen. Der nahm sich vor, diesen Clown zu überprüfen. Wofür war er Privatdetektiv! Aber jetzt musste er zur Arbeit, ins Wildnislager. Seine Tochter wusste bislang nichts davon. Schlechtes Timing, aber bereits morgen würde er wieder zurück sein.

»Du wolltest dich doch um Marina kümmern und den Täter finden!«, beschwerte sich Johanna und erinnerte ihren Vater an den fehlenden Polizeischutz. Er wiegelte ab.

»Mensch, Johanna, du hast doch selbst einen guten Spürsinn! Ich könnt eine Assistentin in meiner Detektei brauchen, und du brauchst eine andere Beschäftigung als diesen Clown. Wenn es darauf ankommt, sind wir ein super Team!«

»Papa, ich hab einen Beruf! Ich bin Filmemacherin! Na ja, Drehbuchautorin. Außerdem muss ich mich um Ludwig kümmern.«

So kamen sie nicht weiter. Vitus musste Johanna in seine Arbeit einbeziehen. Vielleicht blieb sie ja darin stecken.

»Also gut, Mädchen, lass uns nachdenken. Wer könnte ein Motiv haben? Was könnte das Motiv sein?«

»Vielleicht wollte Jürgen eine einfache Lösung? Die Marina hat ihn doch völlig überfordert.«

»Erst Dildofee und dann Weiberheldin, so stellen sich die wenigsten Männer ihre Ehefrau vor. Und vermutlich hat die Marina nicht nur ihre eigene Ehe auf dem Gewissen.«

»Um die Zerstörung ihrer Beziehung kümmern sich Paare normalerweise selbst. Die Marina lenkt nur die Aufräumarbeiten in die richtige Richtung und achtet darauf, dass die Frauen nicht zu kurz kommen.«

»Klar, der Jürgen ist als ihr Ehemann ein Verdächtiger, gut gedacht, Johanna. Allerdings hat sich der Herr Kommissar schon um die Befragung gekümmert, das weiß ich von der Liesel. Von ihr weiß ich auch, dass Jürgen Pfister ein Alibi hat.«

»Deine ehemalige Assistentin arbeitet nur zum Schein im Kommissariat für den Hopfinger und in Wahrheit aus Liebe immer noch für dich.«

»Johanna, hör mir auf mit der Liebe und überleg weiter.«

Er sah sie erwartungsvoll an, als wollte er etwas Kluges von seiner Tochter hören. Leider fiel Johanna nichts ein.

»Drehbücher schreiben, aber keine Fantasie haben«, grantelte Vitus.

»Hat man Marinas Handy gefunden?«

»Das war ein teures Modell, das hat der Täter mitgenommen.«

»Und die Ortungsfunktion?«

»Der Täter war kein Depp!«

»Die Polizei kann doch herausfinden, mit wem die Marina in letzter Zeit telefoniert hat.«

»Magst die Liste haben?«

Jo nickte.

Vitus zog ein gefaltetes Blatt Papier aus seiner Jeans.

»Die Liesel hat mir gestern die Liste gegeben. Kannst ja mal anfangen, die Leute abzutelefonieren. Der Hopfinger hat es allerdings schon gemacht, ohne Erfolg.«

»Seit wann interessiert dich, was der Hopfinger macht?«

»Seit ich ihm nichts und gleichzeitig alles zutraue! Am Tatabend war er nicht bei seiner Frau, der Moni.«

»Das muss gar nichts heißen.«

»Aber es kann alles heißen.«

»Papa, mach dich nicht lächerlich, nur weil dir der Hopfinger zuwider ist!«

»Zuwider« war deutlich untertrieben, aber wahrscheinlich hatte seine Tochter recht. Die Einstellung steuerte die Wahrnehmung, das lernten bereits Anfänger.

Jo entfaltete die Liste und strich sie glatt. »Wahrscheinlich kenn ich die Geschichten der meisten schon. Marina hat mir viel erzählt. Sie hat immer zu mir gesagt: ›Jo, irgendwann machen wir einen Film aus diesen Storys. Rosenheim übertrifft Hollywood.‹ Einen Titel hat sie auch schon gehabt: ›Die Weiberheldin.‹ Nur das Happy End hat ihr noch gefehlt. Die Marina hat bei unserem letzten Gespräch gemeint, sie würde daran arbeiten, am Happy End und an etwas Großem, das weite Kreise ziehen würde.« Leider hatte Jo damals keine Zeit gehabt nachzufragen, was das Große war. Ein neues Geschäft? Eine neue Liebe? Andere Pläne?

*V*itus schulterte seinen alten Rucksack und seine ebenso alte Gitarre. Er selbst fühlte sich jung an diesem Morgen. Bereit für ein Abenteuer, das er vor seiner Tochter »Arbeit« genannt hatte. Er würde zum »Stamm der Wuidlinge am Samerberg« aufbrechen, um Ursula Steimers Mann Alois zu beschatten. Dabei würde er durch die Idylle auf geschichtsträchtigen Pfaden wandern. Früher waren die »Samer« mit ihren Maultieren über den »Samerberg« gezogen und hatten Waren wie Salz oder Getreide transportiert. Heute folgten Naturliebhaber ihren Spuren und auch Mountainbiker, für deren Vergnügen etliche Bäume ihr Leben gelassen hatten, damit Hightech-Fahrräder auf einer Downhill-Strecke durch den Wald heizen konnten. Das malträtierte Stück Natur wurde »Bikepark« getauft und für »Downhill«-Wettrennen freigegeben. Uphill, bergauf, ließen sich die meisten Biker von einem Sessellift tragen. Sehr sportlich! Vitus verzog das Gesicht, aber der Gedanke an die vielen Hütten und Almen am Samerberg versöhnten ihn wieder mit der Situation. Außerdem musste man nur weit genug nach oben steigen, bis zum Gipfel der Hochries, um allen Ärger klein erscheinen zu lassen, auch die Mountainbiker. Vielleicht sollte er nach dem Wildnislager den Aufstieg wagen oder die Gondel nehmen? Sehr sportlich! Ja, ja… Na, zuerst musste er die Wuidlinge finden.

In der Nachmittagssonne hielt er nach Tipis Ausschau. Da waren sie. Wie weiße Riesenkegel leuchteten sie ihm auf der bunten Bergwiese entgegen. Vitus schlug ebenso spontan wie rhythmisch die Hand vor seine Lippen und stimmte ein indianisches Kampfgeheul an. Seine Töne vermischten sich mit den wilden Lauten anderer. Er war nicht der Einzige, der sich in Kampfstimmung brachte. Je näher er dem Zeltlager kam, desto lauter wurden die Schreie, die an seine Ohren drangen.

Der Lärm kam aus der Mitte des Zeltlagers. Von Männern und Frauen, die barfüßig Pflanzen niederstampften: Gräser, weiße Gänseblümchen, leuchtend gelben Hahnenfuß und violette Lichtnelken. Die Füße folgten dabei dem Rhythmus eines großen »gwamperten«, beleibten, Mannes, der in ihrer Mitte mit tiefer Stimme sang: »Hey jaaa hey jaaa hey ja ja hey joh hey jo hey joh.« Die Tänzer stimmten mit spitzen Tönen und tiefen Lauten ein. Es war nicht Rock'n'Roll, wie Vitus ihn bevorzugte, trotzdem nahm sein Fuß den Takt auf, während er fasziniert auf erwachsene Menschen starrte, die halb nackt um einen Mann tanzten. Den Häuptling.

»Hau kola! Willkommen, Freund! Willkommen beim Stamm der Wuidlinge, beim Stamm der Wilden und Freien!« Der Häuptling löste sich aus der Gruppe, kam auf Vitus zu und schloss ihn kraftvoll in die Arme. An die ausladende Rundung eines entblößten Bierbauchs gedrückt roch Vitus den Schweiß des Häuptlings, der in diesem Moment von Vitus' T-Shirt aufgenommen wurde. Wenigstens trug der Chef eine Hose, die dicht hielt: eine bayrische Lederhose. Der Häuptling patschte kräftig auf Vitus' Rücken, bevor er ihn wieder freigab und sich vorstellte: »Ich bin Häuptling Bavarian Bear, Häuptling des Wildnislagers.« Auf seinem Kopf trug der bayrische Bär Federn. Vitus wusste, dass Federn für Indianer so viel bedeuteten wie Orden für Soldaten. Sie zeichneten Tapferkeit im Kampf aus, Mut und Größe. Vitus Pangratz fragte sich im Stillen, auf welche Heldentaten dieser bayrische Indianer zurückblicken konnte. Bavarian Bear schien seine Gedanken zu lesen, denn nach kurzem Überlegen antwortete er: »Die wertvollsten Siege sind immer die, die man gegen sich selbst erringt. Howgh!«

Vitus stimmte zu und stellte sich als naturverbundener Sinnsucher vor, der offen für neue Erfahrungen war. Bei den letzten Worten zwinkerte er dem Häuptling zu. Bavarian Bear zwinkerte zurück, bevor er auf ein Zelt direkt neben dem Tanzplatz deutete.

»Schau, da ist dein Tipi.« Mitten im Trubel. Bestlage. Aber nicht für Vitus.

»Das Tipi dort hinten am Waldrand wäre mir lieber«, meinte der Privatdetektiv und zeigte auf sein Wunschobjekt.

Bavarian Bear streichelte seine Wampe, made of Bavarian Beer. »Das hat eigentlich ein anderer Stammesbruder für sich reserviert.«

»Ach geh, Häuptling! In der Wildnis gibt es doch keinen Besitz.«

»Hast recht, Vitus. Nichts gehört uns wirklich. Außerdem kommt der Steimer, also feuriger Hengst, heute ohnehin später.« Der Steimer! Vitus stimmte innerlich ein Kriegsgeheul an und freute sich. Je später sein Observationsobjekt auftauchte, umso länger konnte er den Tag genießen. Er bedankte sich beim Häuptling, der wohlwollend nickte und ihn in das Abendprogramm einweihte: »Wenn die Sonne untergeht, dann treffen wir uns alle am Lagerfeuer. Überleg dir bis dahin deinen Indianernamen.«

Vitus bräuchte einen Namen, der sein freies und wildes Inneres verkörpere, seine wahre Seele, belehrte ihn Bavarian Bear. Der Name sollte den Menschen ausdrücken, der Vitus sein wollte. Sogleich schoss ihm durch den Kopf: »Rock'n'Roller. Liebhaber. Glücklich.« Seine spontanen Einfälle behielt er allerdings für sich und zuckte ratlos mit den Schultern. Der gefederte bayrische Bär legte ihm die Hand auf die Schulter und empfahl: »Lausche in dich hinein, mein Freund, mein Bruder. Höre deine Natur und folge ihr.« Und wenn Vitus gar nichts einfiele, so könnte er sich immer noch »dunkle Welle« nennen, wegen seiner Frisur.

»Häuptling Bierbauch, ich lass mir etwas einfallen.«

»Bavarian Bear!«, korrigierte der Häuptling humorlos. »Wir nehmen uns und die Wildnis ernst.«

»Eh klar!«

Die Abendsohne erhellte sein Büro und seine Stimmung. Zufrieden lehnte er sich in seinem komfortablen, rückenfreundlichen Sessel zurück. Ein Geschenk seiner Frau und das wertvollste Stück seines Arbeitszimmers. Was allerdings nicht an dem rückenfreundlichen Luxusmodell lag, sondern an dem dünnen Fach unterhalb der Sitzfläche. Dort, wo einst die Beschreibung und die Garantie für den First-Class-Bürostuhl gesteckt hatten, verbarg er das Smartphone seines Opfers. Jetzt zog er es aus dem schmalen Plastikfach und legte es vor sich auf den Schreibtisch.

Wie gefährlich die Weiberheldin wirklich gewesen war, offenbarten ihre Aufnahmen. Hier waren ihre hinterhältigen Pläne festgehalten. Marina Pfister hatte langfristig gedacht und war zielbewusst vorgegangen. Offenbar hatte es ihr nicht gereicht, Frauen gegen ihre Männer aufzuhetzen, Ehen zu zerstören und Sexspielzeug unter dem Ladentisch zu verkaufen. Sie hatte es auf mehr als Geld abgesehen. Sie verfolgte einen größeren Plan. Die Weiberheldin wollte Macht! Zuerst hatte er es nicht glauben können. Nicht glauben wollen. Einer Frau hatte er keine derartigen Visionen zugetraut. Groß zu denken, das war doch Männersache! Frauen sollten sich um Kleineres kümmern, um Kinder. Oder überschätzte er die Weiberheldin und interpretierte ihre Worte falsch? Auf seinem Schreibtisch leuchtete die Sonne eine hauchdünne Schicht Staub aus. Putzte hier niemand? Noch einmal öffnete er die Datei »Zukunft«. Es war allein Marinas Stimme zu hören. Redete sie sich selbst gut zu, oder probte sie eine Rede? Für sich oder eine andere Möchtegernweiberheldin? Eine schreckliche Vorstellung! Trotzdem lauschte er gebannt.

»Die Zukunft ist weiblich! Das war sie immer schon! Und genau deshalb glaube ich an die Zukunft. Frauen schenken Leben und wollen es erhalten, Männer führen Kriege und bringen den Tod. Sie beuten die Erde, die Tiere und uns Menschen aus. Sie folgen der Spur des Geldes und lassen Herz und Verstand zurück. Sie missbrauchen ihre Macht, die sie als gottgegeben betrachten, weil uns allen die falsche Geschichte erzählt wurde. Männer, die nichts von Biologie verstanden, rechtfertigen ihre Ansprüche mit einem Rippenknochen. Als ob auch nur eine einzige Frau aus dem Rippenknochen eines Mannes entstanden wäre. Was für eine billige Lügengeschichte, um von der Wahrheit abzulenken. Fakt ist: Die Frau ist der Anfang von allem, und – damit die Männer nicht unser aller Ende sind – müssen wir endlich die Macht übernehmen. Nicht umsonst heißt es Mutter Erde! Wie lange wollen wir sie noch in den groben Händen der Männer leiden lassen? Es ist an der Zeit, unsere Welt zu heilen, für uns und unsere Kinder. Gemeinsam können wir Frauen eine bessere Welt erschaffen. Schwestern! Heldinnen! Wir Frauen sind von Geburt an Schöpferinnen. Wir können Wunder vollbringen. Die Macht steht uns zu. Lasst sie uns ergreifen. Rosenheim ist ein guter Ort, um damit zu beginnen.«

Nach einer kurzen Pause, in der Marina Pfister hörbar Atem holte, sprach sie weiter.

»Es wird Zeit, liebe Schwestern, dass wir Frauen die Macht übernehmen. Die Zeit für echte Weiberheldinnen ist gekommen. Sie beginnt jetzt! Wir Frauen werden für eine gute Zukunft sorgen, schließlich bringen wir die Zukunft auf die Welt. Wir sind verantwortlich für die Zukunft. Für unsere Kinder! Für uns!«

Noch einmal atmete sie ein, dann wurde sie lauter.

*»Schaut euch an, wie die Welt aussieht, die Männer gestaltet haben:
Überall Dreck! In den Meeren, in der Luft, in der Erde. Depressio-
nen! Einsamkeit! Kriege! Zu viel Geld für Banken, zu wenig Geld
für Bildung! Das können wir besser! Lasst uns Weiberheldinnen
sein und die Welt verändern! Zum Guten! Diese Welt braucht eine
Veränderung! Beginnen wir mit uns! Beginnen wir jetzt!«*

Er drückte auf den roten Knopf, um das anmaßende Geschwätz
zu beenden. Marina war übergeschnappt! Größenwahnsinnig! So
viel war klar. Wer hatte denn die Männer erzogen, denen sie alle
möglichen Missstände dieser Welt vorwarf? Frauen! Damit trugen eindeutig sie die Verantwortung: Frauen waren Hexen! Sie
manipulierten Männer von Anfang an, und Männer mussten
lebenslang auslöffeln, was ihnen ihre Mütter eingebrockt hatten,
nicht nur in der Suppe. »Mann ist, was Mann isst! Die weibliche
Ursuppe!« Ach, er war ein schlauer Kerl und Marina Pfister nicht
mehr als ein dummes Weib! Am Ende ging es ihr und ihren
Geschlechtsgenossinnen, diesen selbsternannten Weiberheldinnen, um Selbstoptimierung, Sicherheit und Shoppen. Da mochte
sie noch so aufrührerische Töne spucken. Am Ende hatte sie Blut
gespuckt, und jetzt spuckte sie ohnehin nichts mehr. Schon gar
keine großen Worte.

Er hatte richtig gehandelt. Marina war nicht mehr tragbar gewesen, und sie hatte ihm im Weg gestanden. Die Frau war das
kleine Opfer zugunsten des großen Ganzen. Jetzt musste er nur
noch den letzten Schritt gehen. Es gab keinen Grund, sie künstlich am Leben zu erhalten. Es war ohnehin kein Leben mehr. Er
hatte es ihr genommen. Stolz steckte er Marinas Smartphone wieder unter seinen Chefsessel, unter seinen Hintern. Er musste sich
um seine Zukunft kümmern! Die Zukunft war Männersache.
Ohne Männer und ihre Errungenschaften würde die Mensch-

heit noch immer in Höhlen herumlungern, Gesprächskreise um Lagerfeuer bilden und Felle dekorativ drapieren.

Marina Pfister wollte die Welt verändern? Ha! Dass er nicht lachte! Es waren Männer wie er, die die Welt veränderten und voranbrachten. Frauen wie Marina durften assistieren im Vorzimmer und im Schlafzimmer. Allein Männer waren dazu berufen und konnten, was Frauen in Wirklichkeit doch gar nicht wollten: die Welt verändern. Würden sich sonst noch immer so viele von ihnen hinter ihren Kindern in den Küchen verstecken und das Geld ausgeben, das ihre Männer verdienten? Die Welt hatte eine natürliche Ordnung, und Männer wie er kümmerten sich darum, dass daraus kein weiblicher Saustall entstand. Im Kleinen wie im Großen. Der Liebe und der Welt zuliebe. Seiner Welt, denn er war ein Mann.

*J*o Coleman saß in ihrem alten Kinderzimmer und betrachtete die Spuren, die sie als Jugendliche auf ihrem Schreibtisch hinterlassen hatte. Herzen, Strichmännchen und Sprüche. Die Holzplatte sah aus wie die Innenwände der kleinen Bushaltestellen im Rosenheimer Hinterland, an denen morgens Schulkinder eingesammelt wurden. »You only live once«, las sie. Es mochte ja sein, dass man nur einmal lebte, aber ihre Freundin Marina hatte bewiesen, wie viele Möglichkeiten in einem einzigen Leben stecken konnten. Marina hatte viele Leben gelebt: vom schüchternen Schulmädchen zum It-Girl der Oberstufe, von der umschwärmten Partygängerin zu Jürgens treuer Freundin, vom Eishockeyfan zur Fußballmama, von der erfolgreichen Bankkauffrau zur perfekten Hausfrau, von der Familienmanagerin zur Vertreterin für Sexspielsachen, von der Dildofee zur Lebenshelferin: zur Weiberheldin. In ihrem letzten Leben als Weiberheldin schien sich Marina besonders wohlgefühlt zu haben. »Weißt du, Jo, das ist mehr als ein Job für mich, das ist eine Mission. Ich definiere mich jetzt als Feministin«, hatte sie am Telefon stolz erzählt. »Wir Frauen können die Welt retten, aber zuerst einmal müssen wir uns selbst retten, verstehst du, was ich meine, Jo?« Jo verstand, auch wenn es ihr zuweilen leichter erschien, die Welt zu retten, als sich selbst. Denn während sich die Probleme der Welt deutlich zu erkennen gaben, von Hungersnöten und Kriegen bis zum Klimawandel und Insektensterben, verbargen sich die eigenen Schwierigkeiten gerne unter der Oberfläche und sandten von dort unangenehme

Fragen wie: »Warum ruft Jack dich nicht an? Warum rufst du Jack nicht an?« Immerhin, das Telefon hatte sie bereits in der Hand, aber jetzt musste sie den Mann finden, der Marina töten wollte. Das war sie ihrer Freundin schuldig. Jo Coleman spürte, wie ihr Jagdtrieb erwachte. Sie war eben doch Vitus Pangratz' Tochter.

Die erste Nummer auf der kurzen Telefonliste war ein Festnetzanschluss. Die meisten Frauen schienen die Champagnerbar in der »Lobby der Frauen« bevorzugt zu haben, um ihre Termine auszumachen.

Jo wählte die Nummer und wurde überrascht. »Grüß Gott, Monika Hopfinger am Apparat.« Mit der Frau des Kommissars hatte Jo nicht gerechnet, aber das sollte Frau Hopfinger nicht merken.

»Servus, hier ist die Jo, die Pangratz Johanna. Wir haben uns neulich auf dem Herbstfest getroffen.«

»Ja, Johanna, servus! So eine Überraschung! Was kann ich für dich tun?«

»Ich würde gerne mit dir über die Marina reden.«

»Mei, die Marina! Eine Powerfrau! Ich hab viel von ihr gelernt.«

»Hast du an einem ihrer Workshops teilgenommen?«

»Ja, mit der Bazinger Karola zusammen: Sei deine eigene Heldin. Das war ein Erweckungserlebnis, anders kann ich es nicht ausdrücken.«

Begeistert fing Monika Hopfinger an, von dem Workshop zu erzählen. »Intensivarbeit, in einer Kleingruppe, women only.« Am Ende hatten sie sich alle wie Schwestern gefühlt, und das waren sie doch letztendlich: Schwestern! Für die Konkurrenz unter Frauen sorgten allein die Männer und ihre oberflächlichen Bewertungskriterien.

»Die ganze Gesellschaft ist ein Altherrenwitz, über den nur privilegierte weiße Machos lachen können.«

Apropos, zum Glück gab es in Bayern großartige weibliche Kabarettistinnen und Künstlerinnen wie Sissi Perlinger, Gisela Schneeberger, Luise Kinseher, Martina Schwarzmann und Claudia Pichler, die der Welt subtilen, treffsicheren weiblichen Humor schenkten, ohne dabei die Frauen selbst zu Witzfiguren zu machen.

»Verstehst, was ich meine, Jo? Der Humor dieser Frauen geht so tief, wie du ihnen folgen kannst, die meisten Männer bleiben dabei geistig auf der Strecke.«

»Ich versteh schon!«, bestätigte Jo. Frau Hopfinger schien nicht mehr gut auf die Männerwelt zu sprechen sein.

»Klar, die Marina hat dich für diese Themen sicher sensibilisiert.«

»Ehrlich gesagt haben wir beide in den vergangenen Monaten so viel gearbeitet, dass nur wenig Zeit zum Telefonieren blieb, und wenn wir uns gesprochen haben, hat mich die Marina bevorzugt an meine biologische Uhr erinnert.«

»Wie alt bist denn?«

»Ende 30.«

»Auwehzwick!«

»Wer sagt denn, dass ich Kinder will?«

»Sag bloß, du willst keine?«

»Ich sag jetzt gar nichts mehr.«

Viel lieber wollte Jo von Frau Hopfinger wissen, ob sich Marina Feinde unter den Frauen gemacht habe oder vielleicht unter deren Männern. »Ja mei!«, seufzte Frau Hopfinger. »Als Weiberheldin war die Marina natürlich auf der Seite von uns Frauen, aber weil sie dabei so ›guad ausgschaut‹ hat, haben ihr das die meisten Männer nachgesehen. ›Einer schönen Frau verzeiht man alles‹, sagt mein Harry immer, aber der Marina hat er nichts verziehen. Er hat gemeint, ihre Weiberheldinnen-Workshops seien schuld an unserer Ehekrise. Richtig heißblütig ist er geworden. Er, der Kaltblüter. ›Die zerstört unser Leben‹, hat er gebrüllt.«

»Dein Harry ist vermutlich sehr froh, dass die Marina jetzt außer Gefecht ist.«

Für einen Moment herrschte Stille in der Leitung, als würde sich Monika Hopfinger die gleiche Frage stellen wie Jo: Hatte Kommissar Hopfinger ein Motiv? Schnell hatte seine Frau ihre Antwort gefunden: »Der Harry kann niemanden etwas zuleide tun.«

»In seinen aktiven Zeiten als Eishockeyspieler war er als Knochenbrecher bekannt, hat mir mein Papa erzählt.«

»Auf dem Eis war viel Adrenalin im Spiel. Und körperlich war der Harry ja eine halbe Portion, weil er schon damals so dünn war, das hat er durch Aggressivität ausgeglichen. Jugendsünden! Heute hat er sich im Griff. Der Schöring Georg hat damals ganz anders hingelangt. Im Vergleich war der Harry harmlos.«

»Moni, er hatte ein Motiv.«

»Eine Ehekrise ist Alltag, kein Motiv. Obendrein trägt der Harry keine Perücken, und er hat ein Alibi.«

Kommissar Harry Hopfinger war am Tatabend bei einer Versammlung der Weiß-Blauen gewesen. »Ich hab überlegt, nachdem mich dein Vater gestern auf der Wiesn danach gefragt hat.«

»Der Herr Kommissar ist ein Weiß-Blauer?«

»Eher ein Sympathisant.«

»Und was sagst du dazu?«

Ein kleiner Macho war er ja schon, ihr hauseigener Kommissar, aber sie würde ihm künftig zeigen, wo es langging, und dabei Marinas Motto folgen: Du kannst, was immer du willst.

»Ach Johanna, du weißt ja gar nicht, wie sehr mir die Marina fehlt. Sie fehlt uns allen, weil wir sie alle geliebt haben.«

»Jemand hat sie genug gehasst, um ihr die Luft abzuschnüren.«

»Die Marina war einfach zur falschen Zeit am falschen Ort, und das Motiv ist doch ziemlich eindeutig: Ihr Geld ist weg, und ihr Telefon ist weg. Wahrscheinlich war es ein Raubüberfall, bei dem der Täter in Panik geraten ist. Die Marina hat sich doch sicher gewehrt. Die wollte sich ihr *Göid* nicht so einfach nehmen lassen, schließlich hat sie hart dafür gearbeitet. Aber weißt, Jo, wir Frauen werden seit Ewigkeiten ausgebeutet. Was bei uns zu holen ist, das nimmt man uns. Wir sind eine leichte Beute. Die Marina, die wollte das ändern. ›Heldinnen, befreit euch aus der Opferrolle‹, hat sie immer gesagt. Alle Geschichten, die ganzen Märchen, die uns ein Leben lang erzählt werden, haben uns manipuliert. Kein Prinz wird uns retten, wenn wir es nicht selbst machen. Sie hat ja so recht gehabt, die Marina.« Monika Hopfingers Stimme brach. Sie konnte nicht mehr telefonieren. Sie musste schon wieder weinen. »Du glaubst gar nicht, wie oft ich um die Marina weine. *Pfiadi,* Jo.« Monika Hopfinger beendete das Telefonat abrupt. Überrascht von ihrem leidenschaftlichem Plädoyer für die Sache der Frauen legte auch Jo auf. Hatte ihre Freundin Marina Pfister mit ihrem Geschäft womöglich mehr im Sinn gehabt, als Geld zu verdienen? War es ihr ernst gewesen mit den Frauen? Jo hätte es wissen müssen, aber sie hatte keine Ahnung. Jetzt weinte auch Jo, aber für Tränen war keine Zeit. Sie war verabredet und musste vorher Ludwig abholen, Marinas Sohn.

*U*ngeduldig schaute Jo Coleman auf die Uhr. Wo blieb Kilian nur? Der Clown ließ sie vor dem Rosenheimer Krankenhaus warten. Neben ihr quengelte Ludwig. Er wollte endlich zu seiner Mutter. »Glaub mir, die merkt nicht, ob wir früher oder später kommen«, sagte Jo gereizt, aber schon im nächsten Moment bereute sie ihre Worte. »Ich hab eine Überraschung für dich, Ludwig.« Kinder nervten, aber dafür konnten sie nichts. Es war ihre Natur.

»Was für eine Überraschung? Neue Fußballschuhe?« Kinder nervten nicht nur, sie waren auch gierig. Nein, Jo war definitiv nicht für die Mutterschaft geeignet.

»Geschenke? Hast du heute Geburtstag?«

»Nein.«

»Na also!«

»Die Mama wollte mir trotzdem neue Fußballschuhe kaufen, weil meine alten zu klein sind.«

»Das macht doch jetzt sicher dein Papa.«

»Der mag Fußball nicht. Der will, dass ich Eishockey spiele so wie er früher, aber darauf hab ich keine Lust.«

»Okay, ich kauf dir neue Fußballschuhe.« Und teuer, teuer waren Kinder auch.

Trotzdem freute sich Jo, die kleine gierige Nervensäge an ihrer Seite zu haben. Ludwigs Lachen erinnerte sie daran, wie lebendig seine Mutter Marina gewesen war.

»Ludwig, du bist mein Lieblingskind!«

»Das hat die Mama auch immer gesagt.«

Jetzt wollte das Lieblingskind neben ihr wissen: »Auf wen warten wir eigentlich?«

»Auf den hier!«, sagte Jo und deutete auf eine Gestalt, die mit einem zitronengelben Hut auf sie zulief. Endlich.

»Das ist ja der Kilian!«, freute sich Ludwig.

»Sag bloß, du kennst den.«

»Sowieso!«, meinte der Junge, strahlte und fasste den Clown an der Hand.

»Ich hab noch eine frei«, meinte dieser und hielt Jo die zweite Hand hin.

»Mein Verlobter würde das nicht lustig finden.« Oh Gott, klang das spießig! Wie konnten diese Worte nur aus ihrem Mund gekommen sein?

»Einen Mann ohne Humor zu heiraten ist ein großer Fehler«, grinste Kilian und hielt ihr noch immer seine Hand hin. »Nimm lieber einen, mit dem du etwas zu lachen hast.«

»Haha! Sehr witzig! Ich muss telefonieren. Dringend. Geht schon voraus«, antwortete Jo und fühlte sich noch spießiger als zuvor. Was war nur los mit ihr?

»... I will call you back.« Jacks Mailbox versprach einen Rückruf, wenn sie eine Nachricht hinterließ, doch dafür fehlten Jo im Moment die richtigen Worte. Ja, selbst die falschen Worte fehlten ihr. Was sollte sie sagen? Alles war unsicher: wie es mit Marina weiterging, wann sie zurückkommen konnte und ob er sie überhaupt am Set brauchte. Drehte er in Wahrheit nicht lieber allein? Jack wollte der Künstler sein. Der große Meister. Der Alleinherrscher. Sie sollte die Frau an seiner Seite spielen, ihn inspirieren, möglichst gut aussehen und darauf achten, dass er am allerbesten aussah. War es nicht so? Oder tat sie Jack unrecht? Aus der Distanz zeichnete sich die Wahrheit oft deutlicher ab.

Bei den Dreharbeiten zu ihrem ersten gemeinsamen Film gab es häufig Situationen, die allein durch Jos Kompromissbereitschaft gerettet wurden. Jack Coleman war der Regisseur, der Boss, sie war seine Assistentin und Co-Autorin des Drehbuchs. Natürlich musste sie sich unterordnen, aber das hatte nichts mit ihrer Beziehung zu tun, sondern mit dem Job. An Filmsets gab es nun einmal eine sinnvolle Hierarchie. Aber wieso stand sie nicht weiter oben? Wäre nicht sie die bessere Regisseurin gewesen? Zumindest nicht die schlechtere? Und wer hatte das Drehbuch von seinen Schwächen befreit? Genau! Als Dank dafür hatte Jack sie eine Woche lang »Frollein« genannt und dann »grumpy Frollein«, weil sie das nicht witzig fand. Mürrische, schlecht gelaunte Frau. Frei übersetzt: *Zwiderwurzn.*

Also Fräulein Frollein, Attention! Attention! Nur nicht in die Genderfalle rutschen, die vollends zuschnappen würde, sollte es Jack doch noch gelingen, sie mit seinem Kinderwunsch anzustecken. Bislang war sie dagegen immun gewesen, obwohl ihre Freundin Marina am Telefon regelmäßig genervt hatte: »Deine biologische Uhr tickt so laut, dass ich sie bis nach Rosenheim hören kann.« Jetzt konnte Marina vermutlich gar nichts mehr hören, oder doch? Immerhin war bewiesen, dass vertraute Stimmen und Geschichten im Gehirn von Komapatienten Reaktionen hervorriefen. Jo nahm sich vor, Marina bei jedem Besuch eine alte Geschichte zu erzählen, aber zuerst musste sie mit Jack sprechen. Und Polizeischutz hatte Marina auch noch nicht! Und ihr Vater Vitus war im Wildnislager! Oh Mann! Attacke!

Entschieden drückte sie auf Wahlwiederholung und hoffte auf eine Verbindung nach Kalifornien. Wieder läutete es am anderen Ende der Leitung, auf der anderen Seite der Welt. Genauer: Es sang, denn Jack hatte eines ihrer Lieblingslieder als Anrufton für sie installiert. Ein Lied aus den 50ern: »It's a good Day« von Peggy Lee. Aber es war kein guter Tag, obwohl diesmal nicht die Mailbox antwortete, sondern eine Stimme! Sie war tief, und sie war sexy. Sie klang, als hätte sie sich gerade im Bett hin und her gewälzt und es sich anschließend nonchalant auf einem Kissen bequem gemacht. Aber die Stimme klang nicht nach Jack.

»Hellooooo, this is Linda speaking. How may I help you?«

Linda! Yummi-Yummi-Catering-Linda, die fragte, wie sie helfen könne. Linda, die Frau, die Jack mit den Augen verschlang, während sie ihm undefinierbares Essen reichte. War Jack gerade am Büfett? Hatte Linda ihm ihre Kostbarkeiten serviert? Im Hintergrund hörte Jo Wasserrauschen. Eine Dusche. Das beantwortete Jos Frage, wo Jack war bzw. gewesen war, noch bevor Jo sie stellen konnte. Vorspeise, Hauptspeise, Nachspeise. Jack ließ sich nur ungern einen Gang entgehen, deshalb speiste Jo so gerne mit ihm. Und Linda offenbar auch.

»Oh fuck you!« Jo klang hoch und äußerst unsexy, aber sie scherte sich in diesem Moment weder um den Inhalt noch um den Ton ihrer Botschaft.

»You know, Jack is doing the job. He is doing a good job, by the way!« Linda klang wieder unerschütterlich tief und sexy, und Jo verstand sofort, was ihr diese Frau sagen wollte: Jack hatte den Job übernommen, Catering-Linda zu versorgen.

»Shit!« Mehr gab Jos Wortschatz unter Schock nicht her. Sie drückte auf Rot. Das Gespräch war beendet. Ihre Beziehung zu Jack auch.

Es war nicht das erste Mal, dass Jack, ihr Ex und, bis vor wenigen Sekunden, künftiger Ehemann, sie betrog. Bei seinem ersten Seitensprung war er zielbewusst mitten im Filmbusiness auf einer Produzententochter gelandet. Aber was versprach er sich von einer schlechten Köchin wie Yummi-Yummi-Linda? »Wenn jemand schlecht kochen kann, dann ja wohl ich!«, rief Jo Richtung Telefon. Was für eine »*Bixn! Pritschen! Bodschn!*«, diese Linda! Was für ein »*Weibsbild! Eine Brunskachl! Eine Drudschn! Eine Schnoin! Eine Mistmatz*«! Wenigstens ihr bayrischer Schimpfwörterschatz verließ Jo nicht. Er verließ sie niemals. Dafür verließ sie ihr Bewusstsein. Ein Schwindelgefühl erfasste sie, Schwärze zog vor ihre Augen, ihr Kreislauf sackte ab, und sie sackte hinterher. Erneut krachte sie auf den Boden der Tatsachen, diesmal war er aus Kunststoff und roch nach Krankenhaus. Jack, dieser Betrüger. »*Zipfelklatscher*«, hauchte Jo, als sie schon nichts mehr sehen konnte. Dann konnte sie auch nichts mehr sagen.

*W*as zum Deifi, zum Teufel, ist denn mit dir los? Sakradi no amoi! So bin ich ja noch nie beleidigt worden.« Kilian beugte sich amüsiert über Jo. »*Zipfelklatscher?* Spinnst jetzt?« Er grinste.

»*Zefix*«, antwortete Jo, die sich langsam erinnerte. »Wo ist Jack? Ich mein: Wo ist Ludwig?«

»Bei der Marina im Krankenzimmer, aber ich habe mir Sorgen gemacht, wo du bleibst.«

Ganz offensichtlich war Jo auf dem Kunststoffbezug einer Krankenhausliege geblieben. Eine Krankenschwester maß gerade ihren Blutdruck. »Sie waren bei 80 zu 60. Jetzt sind Sie wieder bei 100 zu 60.«

»Passt!«, meinte Jo. »Ich habe einen niedrigen Blutdruck.« Und eine niedrige Trefferquote bei der Wahl meiner Männer, fügte sie in Gedanken hinzu.

»Lass mich dafür sorgen, dass wenigstens deine Stimmung wieder nach oben geht«, meinte Kilian.

»Ich muss jetzt zu Marina.«

»Ich bin dabei.«

Zusammen betraten sie das Krankenzimmer.

»Servus, Marina, ich bin's, die Jo.«

Sie hielt die Hand ihrer Freundin, während Kilian am Fenster leise mit Ludwig scherzte und ihm Witze erzählte.

»Beim Schulausflug bekleckert sich der Lehrer und sagt: ›Ich sehe ja aus wie ein Schwein!‹, darauf antwortet Fritzchen: ›Und bekleckert sind Sie auch noch.‹«

Ludwig lachte. Das Kind schien den Zustand seiner Mutter für den Moment akzeptiert zu haben. Jo würde ihn nie akzeptieren. »Du wirst wieder gesund. Ganz sicher!«, versprach sie ihrer Freundin. »Und dein Kiefer verheilt auch gut, hat mir die Schwester Helga versichert.« Die Krankenschwester namens Helga hatte mit einer kurzen Stippvisitie kontrolliert, wer Marina Pfister besuchte. Nachdem sie den Krankenhaus-Clown und Jo erkannte hatte, zog sich Schwester Helga beruhigt wieder zurück. Jo nahm sich vor, mit der wachsamen Frau zu sprechen. Marinas Sicherheit schien Schwester Helga am Herzen zu liegen, im Gegensatz zu Kommissar Hopfinger.

Da spürte sie es. Sie spürte es ganz leicht, aber gleichzeitig auch ganz deutlich: eine Bewegung. Marinas Hand zuckte. Jo verstand, was das zu bedeuten hatte. »Sie hat meine Hand gedrückt! Marina hat meine Hand gedrückt!« Aber offenbar war sie die Einzige im Raum, die sich darüber freute. Über Kilians Gesicht strich ein Schatten, der die Wärme, den Schalk und die Liebenswürdigkeit des Clowns hinter überraschend finsteren Zügen versteckte. Nervte ihn Jos Optimismus, den er womöglich als naiv betrachtete? Er hätte sich doch auch einfach freuen können. Marina hatte ihre Hand gedrückt! Wirklich? »Ja, die Marina hat meine Hand gedrückt«, bestätigte sich Jo selbst noch einmal.

»Du glaubst an Wunder, Johanna, aber die Marina ist aus dem Spiel«, sagte Kilian.

»Bist du etwa auch ein Eishockeyspieler?«, fragte Jo unvermittelt.

»Johanna, wie kommst du jetzt darauf?«

»Jetzt sag schon, spielst du Eishockey?«

»Wir sind hier in Rosenheim. Da spielt jeder Kerl, der es bringen kann, Eishockey.« Kilian grinste, und Ludwig lachte, bevor er richtigstellte: »Fußball ist cooler als Eishockey!«

Der kleine Fußballfan wollte noch einen Witz hören, und Kilian tat ihm in seiner Rolle als Clown den Gefallen. »Fragt ein Preuße einen Bayern: ›Was sagt ihr eigentlich zum Laternenpfahl‹? Antwortet der Bayer: ›Nichts, wir gehen einfach daran vorbei.‹« Ludwig fand das lustig. Jo nicht.

»Komm, Ludwig, wie wär's, wenn du deiner Mama was erzählen würdest?«

»Die hört mich doch eh nicht.«

»Vielleicht doch! Und spüren kann sie dich auf jeden Fall.«

»Was soll ich denn erzählen?«

»Na, vielleicht etwas Lustiges. Die Marina lacht doch auch so gerne.«

»Na gut.«

Ludwig stellte sich zu seiner leblosen Mutter und fragte grinsend: »Mama, erinnerst du dich daran, wie sich der Kilian als Frau verkleidet hat? Der hat so komisch ausgeschaut als Frau mit seiner Perücke und der feinen Bluse. Aber als Clown gefällt er mir viel besser.«

Jo war hellhörig geworden. Kilian als Frau kostümiert? Mit Perücke? Sie drehte sich zu ihm. »Wieso verkleidest du dich als Frau? «

Der Clown fasste sich ans Ohr, seine Augen verengten sich, er schien zu überlegen, bevor er leichthin antwortete: »Als Mann wäre ich nicht in die Lobby der Frauen gekommen. Da war die Marina streng. Außerdem verkleide ich mich gerne.« Er deutete auf sein Kostüm und drehte sich dabei um die eigene Achse.

»Warum wolltest du überhaupt in Marinas Weiberheldinnen-Zentrale?«

Jetzt kam die Antwort sofort: »Jo, du weißt doch, dass ich Architektur und Design studiere, deshalb wollte ich mir Marinas Laden genauer ansehen, diese historische Immobilie in bester Lage. Anschließend wollte ich ihr Vorschläge für einen Umbau machen. Ich habe ein praktisches Projekt für mein Studium gebraucht, verstehst?! Aber die Marina wollt nichts davon wissen. Schade! Vielleicht wäre alles nicht passiert, wenn sie mir den Auftrag gegeben hätte.« Er wäre dann wahrscheinlich vor Ort gewesen und hätte Marina beschützen können, meinte Kilian. So ein Umbau ginge ja schließlich nicht von heute auf morgen. Er hätte viel Zeit mit Marina verbringen müssen.

»Das klingt, als hättest du gerne Zeit mit Marina verbracht.«

Kilian lachte. »Wer hätte nicht gerne Zeit mit deiner schönen Freundin verbracht?«

Aua! Männer hatten Marina schon immer attraktiver gefunden als Jo. Irgendwo in ihrem Inneren pikste es ein bisschen, und sie schämte sich dafür.

Die Sonne versank im Nirwana hinter den Alpen, und Vitus nahm einen kräftigen Zug aus der »Friedenspfeife«, die der Häuptling ums Lagerfeuer kreisen ließ. Er hatte sich den Indianernamen »Hound Dog« gegeben, Jagdhund, in Anlehnung an den gleichnamigen Elvis-Song und an seinen Beruf. Schon lange hatte Hound Dog kein Marihuana mehr geraucht. Jetzt freute er sich auf die Wirkung. Er saß im Gras, rauchte Gras, und die Welt drehte sich weiter. Erneut zog er an der Friedenspfeife, die sich diesen Namen wirklich verdient hatte, so ausgeglichen hatte sich Vitus schon lange nicht mehr gefühlt. Und wie zärtlich die Sonne ihre Farben auf die Berge strich. Sinnliche Rottöne wie im Bordell. Ob er wieder einmal über die Grenze fahren sollte, zu seiner alten, ewig jungen Freundin? Zu der Frau, die ihn nach Rosinas Tod am Leben erhalten hatte, mit vollem Körpereinsatz. Ob sie sich noch an ihn erinnerte? Er jedenfalls würde sie nie vergessen. Österreicher und Bayern waren im Grunde Seelenverwandte mit prominenten Role Models: Schon die österreichische Kaiserin Sisi und ihr Cousin, der bayrische König Ludwig II., hatten sich nähergestanden als andere. Nun gut, die Sisi war eigentlich eine Bayerin, geboren am Starnberger See.

»Die anderen wollen auch!« Der Typ rechts von ihm riss Vitus aus seinen Gedanken und hielt erwartungsvoll seine manikürte Hand auf. Ein Preuße. »A Preiß!« Vitus gab sich sozial. Im Grunde brauchte er die Friedenspfeife nicht, er konnte sich auch an der herrlichen Bergwelt berauschen. Er legte den Kopf in den Nacken und inhalierte die Natur. Was wie ein kitschiger Panoramatapetentraum wirkte, war echt: Wälder, die Hügellandschaften mit sattem Grün überzogen, Blumenwiesen, aus denen die gelben Köpfe des Hahnenfußes leuchteten, und Berggipfel, die von imposanten Zacken gekrönt wurden. Das Wildnislager am Samerberg bot eine grandiose Aussicht. Dem Privatdetektiv wurde warm ums Herz und leicht im Kopf.

Mindestens so sehr wie seine Heimatstadt Rosenheim liebte Vitus Pangratz ihre Umgebung. Über die Berge und Seen gab es nichts zu mosern. Niemals. Dagegen betrachtete er Rosenheim zuweilen kritisch und gab sich der hohen bayrischen Kunst des »Grantelns« hin: tiefergelegtem Grummeln im Dialekt auf höchster Bewusstseinsstufe. Bevorzugt »grantelte« er über die Rosenheimer Verkehrsführung und die Großspurigkeit der Autofahrer. Für Radfahrer wie seine Tochter Jo war Rosenheim ein hartes Pflaster, und sollte es diesem selbstverliebten Hubert Bazinger vom Bazi-Bräu gelingen, den Rosenheimern seine politischen Vorstellungen aufzudrücken, na dann servus! Vermutlich träumte der Kerl von einer Stadtautobahn. Ach, er wollte jetzt nicht an den Bazi denken! Nicht vor der Panoramatapete, die der liebe Gott für den Landkreis Rosenheim kreiert hatte. Außerdem würde gleich der Häuptling sprechen. Und wo war die Pfeife? Sie musste doch inzwischen wieder eine Runde hinter sich haben. Von wegen! Noch immer saugte sich der Preuße daran fest. Saupreiß! Also gut, Vitus sollte ohnehin einen klaren Kopf behalten, schließlich war er beruflich hier, fast hätte er es vergessen. Er sah sich um, diesmal mit einem anderen Fokus, und stellte scharf.

Ungefähr zwanzig Männer und Frauen hatten sich um das Lagerfeuer versammelt. Nur seine Zielperson fehlte noch immer: Alois Steimer. Der Mann ließ sich nicht blicken. Möglicherweise hatte Steimers Frau Uschi umsonst einen Privatdetektiv angeheuert. Vielleicht vergnügte sich Alois Steimer anderswo, und das Wildnislager war nur sein Alibi? Schon holte ihn des Häuptlings Stimme aus seinen Überlegungen. »Folgen wir unserer Natur! Geben wir uns dem Rhythmus der Nacht hin! Dem Rhythmus unserer Wildheit! Diese Vollmondnacht schenkt uns die Freiheit, die wir brauchen, um glücklich zu sein.« Häuptling Bavarian Bear schloss die Augen, legte beide Hände auf die Höhe seines Herzens und fügte hinzu: »In der Nacht vereinigt sich das Licht mit der Dunkelheit, die Seele mit dem Körper, der Mann mit der Frau. Die Nacht ist die Sphäre der Liebe. Öffnet ihre Pforten! Werdet eins!«

Ergriffen von seinen eigenen Worten seufzte Bavarian Bear und ließ den Blick über seine Zuhörer schweifen bis zu einer jungen Frau. Während der Häuptling sie betrachtete, liefen Farbstreifen über seine Wangen. Erregung, Bemalung oder Kampfspuren? Vitus folgte dem Blick des Häuptlings. Die Frau trug auch Streifen, nicht im Gesicht, sondern tätowiert auf der Schulter. »Adidas.« Sie hatte sich »gebrandet«, so wie es Cowboys mit ihren Rindern machten: Sie sengten den Tieren das Zeichen ihres Besitzers mit heißen Eisen in die Haut. Menschen kennzeichneten sich gewöhnlich, indem sie mit Nadeln Tinte unter ihre Haut jagten. »Schönes Rindvieh!«, murmelte Vitus und wandte seinen Blick von der Adidas-Kuh ab.

Er verachtete Markenwahn, hatte aber noch nie eine andere Jeansmarke als Levis getragen. Treue nannte er das. Auch heute Abend hatte er seine alte 501 an. Im Schneidersitz war sie unbequem. Wenigstens seinen Oberkörper engte nichts mehr ein. Der war nackt. So würde Vitus die Kraft der Natur »hautnah« erspüren, hatte Bavarian Bear prophezeit, als er ihm die »Kleiderordnung« des Camps nahegebracht hatte. Der ganze wild zusammengewürfelte Stamm hielt sich an die Vorgaben des Häuptlings, auch die Frauen. Drei waren völlig barbusig, die anderen trugen knappe Oberteile. Auch die älteren Squaws. Eine trug ein Seidentuch um den Kopf und eine große Sonnenbrille. Sie kam Vitus irgendwie bekannt vor. Er versuchte, seinen Blick von ihren Brüsten zu lenken, was ihm an diesem warmen Spätsommerabend schwerfiel. Mühsam konzentrierte er sich auf die Speckrollen, die der Schneidersitz bei den Frauen ausformte, in der Hoffnung, dadurch wieder Raum in seiner Levis zu gewinnen. Doch leider stießen ihn die Speckrollen nicht ab, sondern zogen ihn an. Gab es etwas Vielversprechenderes als weibliche Formen? Harte Männer wie er sehnten sich nach weichen Frauen, die sie in ihrer Tiefenwärme aufnahmen. Die Welt war voller Ecken und Kanten, nur in Rundungen ließ sich Frieden finden. Sein Blick wanderte über seine sichtbaren Sehnsuchtsorte und seine Fantasie zu den unsichtbaren.

»Lasst euch von der Urkraft leiten. Der Moment ist immer jetzt.« Der Häuptling strich sich über sein Haar und befeuchtete seine Lippen in Zeitlupe. Die Sitzgruppe nickte zustimmend. Ein Stamm, eine Bewegung. Wieder kam die Friedenspfeife bei Vitus an. »Nicht wieder übertreiben, was«, flüsterte der Manikürte und hielt ungeduldig seine Hand auf. Aus Prinzip und um den Preußen zu ärgern, nahm Hound Dog Vitus drei kräftige Lungenzüge.

Bavarian Bear erhob sich. »Vollmond! Tanzt und feiert die Nacht! Feiert die Liebe! Lebt eure Natur.« Füße begannen zu stampfen. Haare wurden zurückgeworfen. Körper schüttelten sich frei. Mond leuchtete auf nackte Haut. Erregung elektrisierte die Luft. Brüste drückten sich an Vitus' nackten Rücken. Hände berührten seine haarige Brust. Schwerer Atem blies ihm in den Nacken. Er hatte das Gefühl, sich entfernen zu müssen, solange er dazu noch fähig war. Alois Steimer war immer noch nicht da.

Ihr Vater war im Wildnislager, Ludwig wieder zu Hause, Kilian verabschiedet, und Jo hatte Zeit, sich am Küchentisch ihres Elternhauses die nächste Nummer auf der kurzen Liste vorzunehmen. Eine Mobilnummer.

»Das ist die Mailbox von Karola Bazinger. Sie können mir gerne eine Nachricht hinterlassen.« Karola Bazinger, die Brauereierbin? Die fröhliche Frau aus der Women-only-Bande vom Herbstfest? Sie war Marinas Klientin gewesen, daran bestand kein Zweifel. Jo legte auf.

Nächste Nummer. »Hallihallo, Klaudia hier!« Klaudia? Ja genau, die Klaudia, die Freundin der Familie Pfister. So eine Freude! Endlich sprachen sie sich! Irgendwie gehörten sie ja beide zur Familie. Nicht wahr? Jo und Klaudia. Vielleicht würden sie ja Freundinnen werden? Sie würde sich freuen, die Klaudia. Ob sie öfter mit der Marina telefoniert habe? Ja sowieso! Nicht geschäftlich, sondern privat. »Wir haben uns geholfen, wenn Not am Mann war. Hahaha, klingt ja irgendwie lustig, gell. Also, wenn Not an der Frau war, dann haben wir uns geholfen.« Sie half ja gerne, die Klaudia, die Marina war ja auch so hilfsbereit gewesen. Immer ein offenes Ohr! Immer einen guten Rat! Ob sie häufig einen guten Rat gebraucht hätte von der Marina? »In letzter Zeit wollte die Marina eher einen Rat von mir, weil sie Schwierigkeiten mit ihrem Vermieter hatte, dem Georg Schöring. Die Lobby der Frauen ist halt ein Filetstückchen auf dem Immobilienmarkt. Apropos Filetstückchen. Ich muss jetzt Schluss machen, um drei hungrige Mäuler zu stopfen. Und du, Jo, wir sehen uns bei Ludwigs Kindergeburtstag, gell? Apropos Geburtstag, die Fußballschuhe, die brauchst dem Ludwig nicht zu kaufen, das habe ich erledigt.« Noch was? Eine Ehekrise, die Marina und der Jürgen?

»Geh hör auf! Der Jürgen hat die Marina immer unterstützt. Trotz allem! Mit dem Jürgen hat die Marina Glück gehabt.«

»Vielleicht war er auch ihr Unglück?«, deutete Jo an.

»Was redest du denn da! Der Mann hat doch alles für die Marina getan, selbst als sie Dildos verkauft hat. Und damals ist er ja wirklich blöd dagestanden. Das war doch saupeinlich für ihn.«

»Aber auch sehr praktisch. Der Jürgen hat doch am meisten von dem Geld profitiert, das die Marina verdient hat.« Im Hintergrund hörte Jo eine Mädchenstimme quengeln.

»Du, Jo, ich hab jetzt keine Zeit mehr für unser Frauengespräch, meine Tochter braucht mich.«

»Nur noch eine Frage: Wer war denn so richtig sauer auf die Marina?«

»Ja mei, ernsthafte Feinde hat die Marina nicht gehabt. Freilich, der eine oder andere hat sich das Maul zerrissen, aber gelästert wird in einer Stadt wie Rosenheim ja immer. Da gibt es schon Leute, die meinen: Wär die Marina zu Hause geblieben, und hätt sie sich um die Familie gekümmert, wär ihr das nicht passiert. Typisch weiß-blau, erzkonservativ. Aber jedem seine Meinung, gell.«

»Und wie denkst du darüber, Klaudia?«

»Die Marina war halt, wie sie war, und das war auch gut so. Ich bin ein anderer Typ.« Klaudia kicherte.

»Es gibt keine Bessere als die Marina«, sagte Jo und legte auf. Dann notierte sie: »Vermieter. Ärger. Schöring.«

*I*mmobilien Schöring, Grüß Gott! Isolde Inninger am Apparat.« Eine Frauenstimme. Vermutlich die Assistentin.

»Grüß Gott, hier Jo Coleman, den Herrn Schöring hätt ich gern gesprochen.«

»Der Chef ist auf einer Baustelle. Aber wenn Sie auch wegen des Ladens in der Innenstadt anrufen, der ist schon reserviert.«

Laden. Innenstadt. Jo wagte sich an eine Wahrscheinlichkeitsrechnung: Schöring war Marinas Vermieter. »Ja genau, ich interessiere mich für das Ladenlokal der Weiberheldin.«

»Wie gesagt: schon reserviert.«

»Von wem?«

»Fräulein, haben Sie schon einmal was von Datenschutz gehört?« Die Assistentin klang genervt, dabei war Jo es, die Grund hatte, genervt zu sein:

»Haben Sie schon mal davon gehört, dass man erwachsene Frauen nicht ›Fräulein‹ nennt?«

»Sind Sie verheiratet?«

Irritiert beantwortete Jo die Frage: »Nein, und außerdem geht Sie das gar nichts an.«

»Also, dann sind Sie doch ein Fräulein als unverheiratete Frau. In Bayern auf jeden Fall.«

»Das ist völlig veraltet, außerdem bin ich geschieden.«

»Traditionen halten Gesellschaften zusammen. Wir Bayern verstehen das, deshalb geht es uns auch besser als dem traurigen Rest. Wir haben die blühenden Landschaften!«

So kam Jo nicht weiter. Also bemühte sie sich um Freundlichkeit:

»Wissen Sie, Frau …« , sie hatte sich den Namen notiert, »Frau Inniger, ich habe lange im Ausland gelebt, aber ich sag es Ihnen ehrlich, wie es ist: Bayern habe ich vermisst, mit all seinen Traditionen.«

»Ich bin ein Fräulein.«

»Also, Fräulein Inniger.« Der Name kam ihr bekannt vor. Klar, Kilian der Clown hieß so. »Sagen Sie, haben Sie einen Bruder, der Kilian heißt?«

»Ich hab einen Sohn, der Kilian heißt.«

Als Fräulein? Jo verkniff sich die Frage.

»Ja so ein Zufall! Ich hab Ihren Sohn im Krankenhaus kennengelernt.« Jo gab sich begeistert, was sich als vergebliche Liebesmüh herausstellte.

»Mir wär's lieber, er würde sich auf sein Studium konzentrieren, statt den Clown zu spielen. Mit Ehrenämtern kommt man im Leben nicht weit. Am Ende dankt einem niemand für die gute Seele.« Verbitterung drang durch die Stimme des Fräuleins.

»Fräulein Inniger, wollen Sie mir nicht sagen, wann der Herr Schöring wieder zurückkommt? Ich würde doch gerne noch mit ihm persönlich sprechen.«

»Ich sag es Ihnen ganz ehrlich, weil Sie meinen *Buam*, den Kilian, kennen: Vergessen Sie den Laden der Weiberheldin. Der Herr Schöring hat jetzt die Mieterin, die er sich gewünscht hat.«

»Konnte er den Mietvertrag mit der Marina einfach so auflösen?«

»Mein Chef hat alles geregelt. Rechtlich wasserdicht.«

»Trotzdem möchte ich den Herrn Schöring treffen. Vielleicht hat er ein anderes Objekt für mich?«

»Um Kleinigkeiten wie Vermietungen kümmert sich der Herr Schöring eigentlich nicht selbst, nur in Ausnahmefällen, aber weil Sie den Kilian kennen, leg ich ein gutes Wort für Sie ein. Rufen Sie halt morgen wieder an, Fräulein Coleman.«

Der Clown ließ Jo Coleman warten. Schon wieder. Unpünktlichkeit schien zu seinem Standardrepertoire zu gehören. Immerhin wartete Jo an einem der aussichtsreichsten Plätze in ganz Rosenheim, denn Kilian hatte die »Innspitz« als Treffpunkt vorgeschlagen. Links von ihr floss die Mangfall, rechts von ihr floss der Inn. An der »Innspitz«, ihrem Aussichtsplatz, ging die Mangfall im Inn auf. Jo saß auf Ufersteinen in der Mitte der Flüsse, genoss die Strahlen der Abendsonne auf ihrem Gesicht und ließ sich von einem sanften Wind streicheln. Es war ein guter, ruhiger Moment, der vor den Turbulenzen der vergangenen Tage die Augen verschloss so wie Jo. Langsam sog sie den Atem von weit gereistem Wasser ein. Bis hierher war die kleinere Mangfall rund 58 Kilometer unterwegs gewesen, nachdem sie ihre Reise am Tegernsee begonnen hatte. Der größere Inn hatte eine weitaus größere Strecke hinter sich. Entsprungen in der Schweiz, in knapp 2500 Metern Höhe, floss er durch Österreich, um danach über Rosenheim nach Passau zu gelangen, wo er sich in der Donau verströmte. Jo erinnerte sich an die Belehrungen ihres Vaters. Vermutlich hatte er gleich nach ihrer Geburt damit begonnen, sie bei jeder Gelegenheit ungefragt mit Wissen zu füttern. Jeder Spaziergang mit ihrem Vater war eine kleine Bildungsreise, gestern wie heute. Am Uferweg der Mangfall hatte er ihr so oft über die darin beheimateten Fische erzählt, dass Jo noch heute die meisten aufsagen konnte: Regenbogenforellen, Bachforellen, Barben und Äschen, manchmal wanderten sogar Hechte durch. Die Wasserqualität war inzwischen so gut, dass sich auch Edelkrebse finden ließen und Flussperlmuscheln. Mit viel Glück sah man am Ufer sogar einen Eisvogel. Mal schauen, dachte Jo und wunderte sich wieder, wo Kilian blieb.

»Ho-la-re-di-ri-di-ri, ho-la-rei-di-jo-la-ri…«, jodelte Kilian. Seine Stimme mischte sich mit dem Ton seiner Fahrradglocke. »Ich war für uns auf dem Herbstfest und hab ›Gickerl‹ mitgebracht. Hat ein bisschen länger gedauert, weil alle Hendl wollten und vor mir ein fetter Gockel gleich zwanzig Stück gekauft hat. Hoffentlich bist du keine Vegetarierin.«

»Heute habe ich Appetit auf Fleisch.«

»Das trifft sich gut! Ich nämlich auch.« War da ein zweideutiger Unterton?

»Wie meinst jetzt das?« Gut sah er aus ohne Clown-Kostüm.

»Eh klar, oder? Ich mein, Rosenheimer Wiesnhendl sind die besten!«

Jo stimmte zu und war beruhigt.

Kilian kam näher und legte wie selbstverständlich seinen Arm um ihre Schulter. Dann führte er sie dicht ans Ufer. Jo fiel auf, dass sie in diesem Moment ganz allein an der Innspitze waren. Der Rest Rosenheims vergnügte sich offenbar auf dem Herbstfest.

»Kannst du das Wasser spüren? Die ewige Kraft der Natur? Alles fließt«, sagte Kilian und zog sie in seine Arme und an seine Lederhose. Der Clown trug heute Tracht. Sie stand ihm gut.

»Steht dir gut«, sagte Jo.

»Sowieso«, sagte Kilian, drückte sie fester an sich und schob sie ans Ufer. Jo fühlte sich plötzlich weniger wohl. Aber sie stand jetzt mit dem Rücken zum Fluss, nur wenige Steine von der Tiefe entfernt, und sie wollte auf keinen Fall stolpern. Ein kleiner Schubser würde genügen. Sie klammerte sich an Kilian, der ihr ins Ohr raunte: »Ich bin gerne der starke Mann.« Dann schob er sie noch ein wenig näher ans Ufer. In Jo stieg Panik auf. Hoffentlich würde er nicht die Balance verlieren. Sie wusste: Der Inn nahm nicht nur Gerüche und Zuflüsse mit. Immer wieder zog er auch Menschen in seine Strömung. »Hör auf! Ich bekomme Angst!«

»Dafür ist es zu spät, meine Liebe!« Kilian packte sie fester.

Vitus Pangratz dehnte und streckte sich auf der Decke aus Lammfell. Die feinen weichen Haare schmeichelten seinem nackten Rücken. Seinen Schlafsack nutzte er als Decke, die ihn ebenso freundlich umhüllte wie die Geräusche der Umgebung. Durch die Zeltwand des Tipis drangen die Gesänge des Stammes und Stöhnen, unterbrochen von Häuptling Bavarian Bear, der erneut das »Feuer der menschlichen Natur« pries und seinen Stamm erneut dazu aufrief, »die Urkraft zu feiern«. Das Lagerfeuer zeichnete die Umrisse von zwei Menschen an die Zeltwand: eine Frau, auf allen vieren, und ein Mann, der hinter ihr kniete, sie mit seinen Händen an den Hüften hielt und zustieß. Immer wieder. Die Frau hob den Kopf und heulte den Mond an. Vitus bereute es, der Stimme der Vernunft ins Zelt gefolgt zu sein und nicht der Stimme der Natur. Sollte er sich wieder unter die Menge mischen? Eins werden.

Viel zu lange schon lebte er in der sexuellen Wüste, seit Diana sich mit ihrem Jagdgewehr vor seinen Augen in die ewigen Jagdgründe befördert hatte. Diana, seine letzte Liebe. Sollte es wirklich seine letzte gewesen sein? Er drehte sich weg von den Schatten auf der Zeltwand. Der Kloß in seinem Hals wurde dicker, das unsichtbare Gewicht auf seiner Brust schwerer, und Tränen tropften auf das weiche Lammfell. Er hatte nur noch die Erinnerung, und selbst die würde mit der Zeit verblassen. Am Ende blieb das unbarmherzige Nichts. Traurig summte er das letzte Lied, das er für Diana gesungen hatte, weil sie es so gewollt hatte: »Love me tender« von Elvis. Aber der King war tot, und auch Vitus lebte nicht mehr wirklich. Tränen tropften auf das Lammfell. »Are you lonesome tonight«, sang der King in seinem Kopf. Ja, er war einsam. Vitus war ein einsamer, verwundeter Jagdhund, der den Mond anheulte, während der Himmelskörper gnädig seine Strahlen durch die Deckenöffnung des Tipis sandte.

*K*ilian riss den Schenkel mit einem Ruck zur Seite. Erbarmungslos. Seine Hände kannten sein Ziel. Es knackte. Das Fleisch gab nach, löste sich, Flüssigkeit tropfte. Entschlossen schlug er seine Zähne in die weiche, weiße, saftige Hühnerhaxe.

»Sauguad!«, schmatzte er.

Jo saß mit ihm auf einer alten Picknickdecke, drehte ihren Kopf weg und schaute auf das Wasser und die Bäume am Ufer.

Kilian hatte sie nicht in den Inn gestoßen, sondern geküsst, als würde sie ihm gehören. Sie hatte es geschehen lassen, weil sie mit dem Rücken zum Fluss gestanden hatte. Es wäre lebensgefährlich gewesen, sich nicht küssen zu lassen. Vielleicht hatte sie dieser Kuss tatsächlich gerettet. Was, wenn er statt mit seiner Zunge mit seinen Armen gestoßen hätte? Hatte er darüber nachgedacht? Eine absurde Vorstellung! Aber in dem Moment am Ufer hatte sie Kilians Verhalten nicht deuten können. Allein ihr Bauchgefühl war klar in seinem Urteil gewesen. Mit der Stimme ihrer Großmutter hatte es Jo gewarnt: »Mädl, pass auf dich auf!« Jo pustete den Gedanken an ihr großmütterliches Bauchgefühl aus ihrem Kopf, überzeugt davon, ihr schlechtes Gewissen mit einer unguten Vorahnung zu verwechseln. Schlechtes Gewissen! Sie brauchte keines zu haben. Jack verteilte in den USA ganz andere Zärtlichkeiten. Außerdem: Beim Herbstfest galten, ähnlich wie im Fasching, mildernde Umstände, obwohl sie nüchtern war. Noch.

Kilian hatte gekühltes Bazi-Bier im Rucksack, und sie beide waren mit dem Fahrrad unterwegs.

»Ein Glück, dass es die Wiesn gibt«, sagte sie.

Er nickte. Wieder fiel ihr auf, wie gut Kilian ohne rote Nase und gepolsterten Bauch aussah. Jung, verschmitzt und sensibel. Unschuldig. Seinen besitzergreifenden Griff am Ufer, seine riskante Nähe zur Tiefe und seinen überraschenden Vorstoß in ihren Mund ordnete Jo inzwischen jugendlichem Ungestüm zu. Sie verkniff sich die Frage, wie alt Kilian war. Definitiv jünger als sie selbst. Jack war auch jünger. Fünf unbedeutende Jahre. Bei Kilian vermutete sie einen größeren Altersunterschied. Sie nahm einen Schluck Bazi-Bier. Und noch einen. Es wirkte. Alter war Einstellungssache! Zum Wohl!

»Ich hab dir was mitgebracht«, sagte Kilian und legte die Hendlhaxe weg. Mit fettigen Fingern holte er ein Lebkuchenherz aus seinem Rucksack.

»I mog di« stand darauf. Es war die ultimative bayrische Liebeserklärung, die zu Wiesnzeiten inflationär gehandelt wurde.

»Ohne Herzl keine Wiesn«, erklärte Kilian und hängte ihr den mit Zuckerschrift dekorierten Lebkuchen um den Hals.

Um die aufkommende Stimmung zu ersticken, sagte Jo unvermittelt: »Ich hab heute beim Schöring angerufen und deine Mama am Apparat gehabt.«

»Sag bloß, du suchst eine Wohnung? Willst in Rosenheim bleiben?«

»Warum eigentlich nicht«, antwortete Jo.

»*I dad mi gfrein.*« Er würde sich freuen. So sah er aus.

Als das Hendl verzehrt und die Bierflaschen geleert waren, schwiegen die beiden wieder. Es war eine einvernehmlich Stille mit Blick in dieselbe Richtung. Romantisch. Zu romantisch. Wieder fing Jo an zu sprechen. Das Thema lag nahe. Seine außerordentlich prächtige Lederhose.

»Schöne Hirschlederne!« In das graue Leder war blau die weibliche Symbolgestalt und Schutzheilige der Bayern eingestickt: die Bavaria. An ihrer Seite führte sie einen Löwen, was sonst.

Die Hose war aus Riedering, erklärte Kilian, gefertigt in einem feinen Handwerksbetrieb namens »Mamma Bavaria«. Das Leder war besonders dick und widerstandsfähig, weil es von einem »Winterhirschen« stammte, also einem Hirschen, der im Winter erlegt worden war.

»Fühl mal.« Er nahm ihre Hand, legte sie auf seinen Oberschenkel, dort, wo die Bavaria thronte, und erzählte, dieses Leder stamme ganz sicher von einem Tier aus der Region, was die Spuren der Bremsen, auch Dasselfliegen genannt, bewiesen. Daran sehe ein Kenner sofort, dass das Leder nicht aus Neuseeland importiert worden war. Die Hirsche aus den dichten Wäldern der Inseln lieferten zwar das makelloseste Leder, weil es dort eben keine Dasselfliegen gab, aber als echter Bayer bevorzuge er »Leder mit Charakter aus der Heimat«. Er drückte ihre Hand, die noch immer auf seinem Oberschenkel lag.

»Schee, gell?«

»Scho schee!«

Schön, gell? Schon schön! Das Bayrische war in seinen besten Momenten Poetry Slam und Rap in einem.

*V*itus Pangratz hatte sich auf dem Schaffell in seinem Tipi in den Schlaf geweint und von Diana geträumt, seiner Jagdgöttin, die in die ewigen Jagdgründe eingegangen war. Traurig, unruhig und erregt wachte Vitus im dunklen Tipi auf. Eine eigenartige Mischung. Vor dem Zelt war es ruhig geworden. Kein Stampfen und kein Stöhnen drangen mehr durch die Nacht. Vitus schob seine Hand unter den Schlafsack. Da bemerkte er eine Silhouette, die sich auf ihn zubewegte. Träumte er noch? Nein, er war wach und nicht allein in seinem Zelt. Instinktiv griff er nach seiner Waffe, aber da war nur Haut. Seine Haut. Erhitzt von einem Traum, in dem Diana zu ihm gekommen war. Sollte er aufspringen, das Überraschungsmoment nutzen und den Eindringling überwältigen? Nein, erst musste er ihn näher kommen lassen.

Er konzentrierte sich auf die Silhouette. Ihre runden Formen verrieten: Es war eine Frau. Langsam kam sie auf ihn zu. Wie einen Bühnenvorhang öffnete sie in Zeitlupe das Tuch, in das sie gewickelt war. Als es nur noch den Hintergrund für ihren entblößten Körper bildete, ließ sie es fallen. An seinem Lager angelangt trug sie nur noch ein Höschen aus schwarzer Spitze und eine Augenmaske aus dem gleichen Material. Langsam streifte sie ihren Slip an der Haut ihrer Beine entlang zum Zeltboden. Nur die Augenmaske behielt sie an. Dann hob sie wortlos Vitus' Decke und schlüpfte zu ihm in den Schlafsack. Zu seiner nackten Haut. Zu seinem erregten Körper. Zu seinem Traum vom Liebesspiel mit Diana, der ihn noch immer bewegte und aufrechterhielt. Diesmal würde er sich nicht vor der Natur und ihren Kräften verstecken.

»Ahhh, du wartest ja schon auf mich …« Wie selbstverständlich griff seine Besucherin nach der handfesten Tatsache, die sein Traum geschaffen hatte. Es war zu dunkel, um ihr maskiertes Gesicht zu erkennen, also versuchte er zu spüren, mit wem er es zu tun hatte. Klar denken konnte er unter diesen Umständen ohnehin nicht mehr. Langsam streichelte er über ihren weichen Körper, nahm ihre vollen Brüste in seine Hände, schenkte ihnen mit sanftem Druck Aufmerksamkeit und küsste hingebungsvoll deren harte Reaktion darauf. Der Frau gefiel die Erkundungstour seiner Hände und Lippen. Sie seufzte, drückte ihm ihr Becken entgegen und lud seine Zunge in ihren Mund ein. Nach einem intensiven Kuss packte sie seinen Kopf und schob ihn tiefer, während sie ihre Schenkel weitete. Vitus verstand. Mit seinen Fingern öffnete er ihre Blütenblätter und ließ seine Zunge folgen. Er hatte viel nachzuholen. Die Frau stöhnte: »The real thing! Das kann der große Tümmler nicht.« Dann holte sie Vitus wieder nach oben, küsste ihn und führte den aufgebrachten Rest seines Körpers an sein Ziel. Ihr Becken bestimmte das Tempo und erhöhte die Geschwindigkeit. Vitus folgte ihr. Er überließ der Frau die Kontrolle und achtete darauf, bei seinem Höhenflug nicht allein im Himmel anzukommen. Ahhhhh!

»Davon hab ich geträumt«, sagte seine Liebhaberin atemlos.

»Ich auch«, sagte Vitus.

»Du bist ein echter Kavalier!«

»Was meinst?«

»*Wer ko, der ko.*« Wer kann, der kann, sagte sie anerkennend.

»Hmhm.« Er freute sich.

»Sag, Alois, kannst noch einmal?«

Alois? Alois!

*J*o Coleman lehnte ihr Fahrrad an das alte eingewachsene Einfamilienhaus ihres Vaters. Kilian wartete am Zaun und beobachtete sie. Der Hallodri gab sich als fürsorglicher Kavalier, der sichergehen wollte, dass Jo unbeschadet durch die Tür kam. Außerdem hatte er sich mehr als einen halbgaren Abschiedskuss erhofft.

»Echt jetzt, Jo. Willst du dein Glück vor der Tür stehen lassen?«

»Keine Ahnung, wo mein Glück ist. Vielleicht ganz woanders?« Jos Gedanken schweiften zu Jack. Die Zeiten, in denen er ihr persönlicher Glücksbringer war, gehörten der Vergangenheit an. Wirklich? Sie hatte noch immer nicht mit ihm persönlich gesprochen. Zeit wurde es. Schnell bedankte sie sich über den Zaun bei Kilian für den schönen Abend, das Hendl und das Herz. Doch anstatt endlich abzuziehen, behauptete er: »Dieser Abend könnte noch viel schöner werden.« Jo schüttelte den Kopf.

»Okay, vielleicht beim nächsten Mal. Ich heb mich für dich auf. Versprochen! Obwohl ich dir am liebsten sofort alles geben würde. Jetzt.« Er zwinkerte. Aber hallo, Hallodri!

»Wenn ein Mann sagt, er will dir alles geben, dann spricht er meist von seinem Sperma, hat die Marina gesagt.« Ja, ihre Freundin Marina Pfister war klug und hellsichtig, aber Jos Begleiter schien auf alles eine Antwort zu haben, auch auf Marinas Sperma-Theorie.

»Wir wissen doch alle, was in Sperma steckt, das größte Geschenk von allen. Leben! Also, Jo, jetzt sag du mir: Kann ein Mann einer Frau mehr geben?« Kilian grinste. Oh Mann!

»Also, Jo, Johanna, lad mich zu dir ein, und ich zeig dir, wie gut sich das Leben anfühlen kann.«

»Ein andermal vielleicht. *Schau ma moi, dann sengn ma scho.*« Schauen wir mal, dann sehen wir schon. Jo wollte telefonieren. Mit Jack. Jetzt! Da ihr Vater im Wildnislager übernachtete, ging das ungestört. Aber zumindest einen weiteren Abschiedskuss sollte Kilian noch bekommen und sie einen Vorgeschmack auf das Leben, von dem er gesprochen hatte. »Die Zeit ist immer jetzt«, flüsterte er Jo in den Gehörgang, während er seine Zunge mit ihrem Ohrläppchen spielen ließ. Seine Finger erkundeten ihren Nacken. Sanft, aber gekonnt versuchte er, Jo auf kleinem Terrain einzunehmen. Ihr Körper war bereit, erobert zu werden. Jo änderte ihre Pläne von Anruf in Los Angeles auf Abenteuer in Rosenheim. Sie nahm Kilians Hand und zog ihn in den Fahrradschuppen. Jack vergnügte sich mit Catering-Linda, und sie würde mit dem Clown ihren Spaß haben. Im Fahrradschuppen übernahm er die Choreografie, lehnte sie an die Holzwand, hielt inne und schaute sie lange an. »Ich will dich kennenlernen, Jo. So richtig.« Im nächsten Moment setzte er sein Vorhaben um. Wahrscheinlich würde sie sich dabei einen Schiefer einziehen, egal. Jetzt musste sie Kilian helfen, sein Geschenk zu verpacken, er bat sie darum, weil er selbst zu nervös war. »Weißt, Jo, *I mog di* so richtig.« Er mochte sie. Und das ließ er sie spüren.

*E*s raschelte. Vitus wachte auf, als seine nächtliche Besucherin am Morgen Geldscheine neben sein Lager zählte, aber er gab vor, noch zu schlafen. Das Gesicht hinter seinem Arm versteckt beobachtete er die Frau, mit der er die Nacht verbracht hatte. Sie hatte ihre schwarze Maske abgenommen. Jetzt, im Morgenlicht, erkannte er sie. Es war Karola Bazinger, die Erbin des Bazi-Bräus. Frau des aufstrebenden Lokalpolitikers Hubert Bazinger. Sie wirkte zufrieden. Entspannt. Vielleicht sogar glücklich? Vitus Pangratz verspürte einen Anflug von Stolz. Die Frage, wie er gewesen war, erübrigte sich. Er hatte sie ohnehin noch nie laut gestellt. In diesem Moment wusste er auch so: Er hatte es immer noch drauf. Sollte er sich zu erkennen geben? In der Nacht hatte ihn Karola Bazinger für »Alois« gehalten »ihren Kavalier«. Vermutlich hatte sie ihn in der Dunkelheit mit Alois Steimer verwechselt, dem Ehegatten seiner Auftraggeberin Ursula Steimer. Seine Observation im Wildnislager war letztendlich doch noch von Erfolg gekrönt gewesen, und Privatdetektiv Vitus Pangratz hatte alles dafür gegeben. Gewissermaßen sich selbst. Sollte er Karola Bazinger nun über seine wahre Identität aufklären? Seine Eitelkeit stachelte ihn an, er hatte die Sehnsucht dieser Frau befriedigt und sie die seine, für den Moment, für ein Jetzt, das schon wieder vorbei war und in der Zukunft neue Sehnsüchte hervorrufen würde. Nein, er würde sich nicht zu erkennen geben, sein Taktgefühl war stärker als seine Eitelkeit. Er wollte Karola Bazinger, seine nächtliche Liebhaberin, die sich so großzügig für ihn geöffnet hatte, in keine peinliche Situation bringen. Das hatte sie nicht verdient. Er hielt die Augen geschlossen, blieb hinter seinem Arm versteckt und fragte sich, wie viel Geld Frau Bazinger neben sein Lager legte. Dabei hoffte er auf einen Abschiedskuss. Vergebens.

Ohne ihn noch einmal zu berühren, schlich Karola Bazinger aus seinem Tipi, und Vitus linste ihr hinterher. Als er sicher war, sie würde nicht umkehren, zählte er die Scheine neben seinem Schlafplatz. Sakradi! Offenbar hatte Alois Steimer einen hübschen Nebenerwerb, aber diesmal hatte Vitus das Honorar verdient. Zufrieden strich er das Geld ein. Als er die Scheine in sein Portemonnaie steckte, dachte er an seine Königin der Nacht. Warum hatte es eine Frau wie Karola Bazinger nötig, für Sex zu bezahlen, wo sich doch ihr Mann bei jeder Gelegenheit als Model eines stichfesten bayrischen Mannsbilds präsentierte? »Ich würd es auch umsonst machen. Jederzeit«, murmelte Vitus. Und ja, er würde Karola Bazinger gerne wiedersehen. Auf seinem Kopfkissen lag noch ihre schwarze Augenmaske. Er steckte das Souvenir in seinen Rucksack.

*J*os Augenlider wollten der Erdanziehungskraft folgen, ihr Kopf hatte das Gewicht einer Bowlingkugel, und ihr Körper wurde vom Schlafhormon Melatonin niedergedrückt. Erschwerend kam hinzu, dass die Stimme des Kommissars wie eine Einschlafmelodie klang, wo sie doch gerade erst aufgestanden war. Gezwungenermaßen. Der Kriminalbeamte Harald Hopfinger saß ihr am Küchentisch ihres Vaters gegenüber und fixierte Jo, als wollte er sie verhören, während Vitus Pangratz seiner Tochter eine Tasse Kaffee mit viel Milch servierte und nicht weniger kritisch schaute. Zwei gegen eine. Wenigstens hatte sie Kilian gestern Nacht nicht ins Haus gelassen, sonst säßen ihr jetzt womöglich drei Männer gegenüber.

»Trink, Johanna, der Kaffee wird dir guttun«, sagte ihr Vater.

»Vielleicht, wenn du noch etwas reingießt.«

»Dirndl, reiß dich zusammen!«

Als Vitus Pangratz heute Mittag vom Wildnislager am Samerberg zurückgekehrt war, hatte seine Tochter noch immer geschlafen. Die Flasche neben ihrem Bett erklärte, warum. Das Telefon daneben erklärte die Flasche. Jo hatte mit Jack gesprochen, nachdem Kilian nach Hause geradelt war. Genauer: Jo hatte versucht, mit Jack zu sprechen, aber der hatte keine Zeit für Antworten gehabt, sondern zu tun. »Work! Baby! Work!« Seit Jo nach Deutschland »abgehauen« war, müsse er für zwei arbeiten, hatte er ihr vorwurfsvoll erklärt. Auf Linda vom Catering-Service angesprochen meinte Jack, die erledige wenigsten ihren Job. Und ja, er wisse professionelle Frauen zu schätzen, und Linda helfe, wo sie könne. Da hatte Jo aufgelegt, und Jack hatte es dabei belassen. Diese Ehe war zu Ende, bevor sie erneut geschlossen wurde. So viel war nun auch ihr klar. Besser so als noch eine Scheidung, tröstete sich Jo, und weil dieser Trost nicht wirkte, hatte sie in der Nacht zur Flasche gegriffen. Sie brauchte etwas zum Festhalten, und der Flaschenhals passte gut in ihre Hand. Besser wäre es gewesen, sie hätte Kilian dabehalten, anstatt ihn im letzten Moment abzuwehren, übermannt vom schlechten Gewissen Jack gegenüber. Sie war treu geblieben, hatte auf das Abenteuer verzichtet. Wie dumm von ihr! Jetzt saß sie halb wach am Küchentisch und kämpfte mit den Folgen ihrer Fehlentscheidungen. Alkohol statt Sex. Ihr Kopf schmerzte, und ihr Mageninhalt breitete sich auf einen Ausbruch vor. »Entschuldigt mich!« Sie hastete zur Gästetoilette. Zeit, diskret die Tür zu schließen, blieb ihr nicht.

»Ein Virus! Ein sagenhaft aggressives Virus, hoch ansteckend«, erklärte Vitus gut gelaunt dem Besucher, während sich Jo den Mund ausspülte. Ihr Vater hoffte wohl, er könne mit der erfundenen Infektionsgefahr seinen Besucher vertreiben. Doch als Jo mit leerem Magen zurück an den Küchentisch kam, saß Kommissar Hopfinger immer noch da. Vitus hatte ihm nicht einmal einen Kaffee angeboten, während er selbst genüsslich seine Tasse zum Mund führte. Unmöglich, fand Jo, obwohl sie die Geschichte der beiden kannte.

»Wollen Sie auch eine Tasse?«, fragte sie. Hopfinger verneinte, sein Arzt hätte ihm von zu viel Koffein abgeraten. Ein Magengeschwür. Zu viel Ärger.

»Wäre Ihnen ein Tee lieber?«, versuchte es Jo, aber noch bevor der Überraschungsgast antworten konnte, fiel ihr Vitus ins Wort.

»Tee gibt's bei mir nicht. Außerdem ist der Kommissar nicht zum Kaffeeklatsch oder Teetrinken hier. Nicht wahr, Sie führt doch etwas ganz anderes zu uns.«

»Wir waren beim ›Du‹, Vitus. Schon vergessen?«, erinnerte Harald »Harry« Hopfinger, bevor er feixte: »Na ja, nachdem wir Brüderschaft getrunken hatten, warst du nicht mehr ganz nüchtern, und dann bist damals auch noch mit der Liesel Dirscherl abgehauen. Deine ehemalige Sekretärin ist dir halt noch sehr verbunden. Manchmal frage ich mich, wie loyal sie mir gegenüber ist.« Hopfinger zwinkerte und bedauerte ausschweifend, dass Liesel Dirscherl für ihn, ihren neuen Chef, nicht halb so viel übrighatte wie für Vitus. »Stell dir vor, auf ihrem Schreibtisch steht ein Bild von euch zwei, Arm in Arm beim Betriebsausflug. Ach, wahrscheinlich habe ich einfach nicht die richtige Frisur.« Hopfinger fuhr sich mit der Hand über den Kopf und imitierte damit Vitus, der mit dieser Bewegung regelmäßig prüfte, ob seine Elvis-Tolle richtig saß.

»Warum sind Sie eigentlich hier?«, mischte sich Jo erschöpft ein. Inzwischen war es ihr egal, dass Hopfinger nichts zu trinken hatte. Sollte er doch verdursten, dann konnte sie wenigstens wieder in ihr Bett zurück. Sie gähnte.

»Ich wollte mich nur ein wenig umhören, wegen der Marina Pfister. Sie sind doch Ihre beste Freundin und spielen jetzt Privatdetektivin. Das weiß ich von meiner Frau, die Sie neulich mit Ihrem unverschämten Verdacht konfrontiert haben. Ja, ja, wie der Vater so die Tochter. Ihr zwei seid ja wirklich immer für eine schräge Story gut. Apropos …« Feixend berichtete der Kommissar von einer *wuiden Gschicht,* einer wirklich wilden Geschichte, die ihm sein Schwager Michael Prutting erzählt habe. »Vitus Pangratz unter Terrorverdacht am Münchner Flughafen! Festgenommen mit einer bühnenreifen Show! Nichts für ungut, Kollege, aber du weißt immer noch, wie man sich in Szene setzt.« Obwohl, das mit dem Kollegen würde ja so auch nicht mehr ganz stimmen, korrigierte sich Kommissar, Oberkommissar Hopfinger sofort. Vitus arbeitete ja inzwischen als Privatdetektiv. »Sherlock Holmes oder passender Sherlocke Holmes. Sherlocke!« Er prustete los. Vitus Pangratz verzog keine Miene, aber in sein Gesicht stieg die Alarmfarbe Rot.

Plötzlich war Jo hellwach. Sie kannte ihren Vater und sein bisweilen explosives Temperament. Während sie ihm beruhigend ihre Hand auf den Arm legte, lenkte sie die Diskussion zurück zum Thema.

»Wenn Sie es nicht waren, haben Sie dann wenigstens schon eine Ahnung, wer Marina so zugerichtet hat, Herr Hopfinger?«

Er seufzte und zuckte mit den Schultern. Innerhalb eines Augenblicks verkörperte er von Kopf bis Fuß Bedauern, bevor er in verschwörerischem Ton sagte: »Es gibt in Rosenheim viele besorgte Bürger, die mit den Machenschaften der ›Weiberheldin‹ nicht einverstanden waren. Ein Frau, die Scheidungspartys ausrichtet, wenn sie eine weitere Ehe zerstört hat, macht sich keine Freunde. Außerdem munkelte man, dass Marina Pfister nicht nur Workshops anbot, sondern unter ihrer Theke noch mit ganz anderen Dingen handelte.«

»Rauschgift, oder was meinst jetzt? Alter Moralapostel!«, warf Vitus gereizt und ungeduldig ein.

»Mei, wir wissen doch alle, dass Marina Pfister früher als Dildofee Sexspielzeug verkauft hat. Manche haben es nötig. Da ging sicher noch was. A bisserl was geht immer! Vor allem unter dem Ladentisch.«

»Weißt du das von deiner Frau?«, provozierte Vitus. »Die Flitterwochen sind ja bei euch schon lange vorbei. Gell?«

Verächtlich pfiff Hopfinger durch die Lippen und winkte ab. »Meine Moni hat so etwas nicht nötig. Außerdem spreche ich ja gar nicht von Dildos, sondern ...« Er brach ab.

»Sondern?«, insistierte Vitus.

»Ich glaub, die Frau Pfister hat sich auch – wie soll ich sagen – als Kupplerin betätigt.«

»Als Partnerschaftsagentur?«, fragte Jo verwundert. Das war ihr neu.

»Um die Partnerschaft ging es da wohl weniger, die Marina Pfister hat ihr Geschäft auf das Wesentliche reduziert«, meinte Hopfinger und lächelte verlegen.

»Willst du damit sagen, Marina Pfister hat Callboys vermittelt?«, fragte Vitus Pangratz. Hopfinger nickte. »Bist du dir da ganz sicher?« Wieso hatte ihm Liesel Dirscherl nichts davon erzählt? Und hatte er sein nächtliches Vergnügen im Wildnislager am Ende nicht Alois Steimer, sondern Marina Pfister zu verdanken, der besten Freundin seiner Tochter? Hatte Marina Pfister die Fäden in der Hand gehalten, und Steimer war ihre Marionette? Blödsinn! Jetzt lenkte auch Hopfinger ein: »Sicher? Was ist schon sicher? Bislang ist es nur ein Gerücht, aber wenn man die Vorgeschichte bedenkt und die Person betrachtet, erscheint es doch schlüssig. Dieser Weiberheldin war nichts heilig. Allerdings hätte sie ihre Callboys sicher nicht Callboys genannt, eher Kavaliere. Die hat ja was von Marketing verstanden, die Pfisterin.« Für Vitus klang das nach Insiderwissen, aber er würde vorerst den Mund halten.

Hopfinger beachtete ihn ohnehin nicht mehr, sondern wandte sich an Jo: »Johanna, wissen Sie etwas darüber? Beste Freundinnen erzählen sich doch alles.« Wenn sie Zeit dazu haben, dachte Jo bedauernd und schüttelte den Kopf. Hopfinger fragte weiter.

»Hat Ihnen Marina Pfister von irgendwelchen Drohungen erzählt?« Wenigstens darauf konnte Jo eine Antwort geben.

»Selten. Klar gab es immer wieder Idioten, die sie am Telefon beschimpften oder dumme Briefe loswerden mussten, aber insgesamt hielt sich das im Rahmen. Marina hatte nie wirklich Angst. Ihre Haltung war: Vor Maulhelden und Schlappschwänzen muss man sich nicht fürchten.«

»Gerade vor denen muss man sich fürchten«, mischte sich ihr Vater ein und sah seinen Nachfolger vielsagend an. Hopfinger ignorierte ihn. Entweder hatte dieser Kommissar sein Temperament im Griff, oder er hatte keines. Bei den entscheidenden Dingen war er wohl leer ausgegangen, dachte Vitus, bevor er sich an Hopfingers frühere Ausraster auf dem Eis erinnerte.

Ruhig und weich wie ein Wattebällchen sagte der Kommissar: »Es geht das Gerücht um, Marina Pfister habe pikante Aufzeichnungen von den Gesprächen mit ihren Kundinnen gemacht.«

Jo gab sich überrascht. »Das hätte ich gewusst! Nein, die Marina hat nichts aufgeschrieben, die hat nie gerne geschrieben, schon gar nicht freiwillig.«

»Und wie war es um Marina Pfisters eigene Ehe bestellt?« Der Kommissar verwies auf die Kriminalstatistik: Die meisten Täter kamen aus dem Umfeld des Opfers. Und immerhin, erinnerte der Kommissar, war es ja nun kein Geheimnis, sondern stadtbekannt, dass Marina bereits einmal eine Affäre gehabt hatte, mit dem Fußballtrainer Tiger Wild, der inzwischen tot war. Ermordet.

»Spätestens damit hatte sich diese Affäre erledigt«, meinte Jo.

»Möglicherweise nicht für Marinas Ehemann.« Hopfinger nickte bedächtig, und Jo fragte sich, was er damit ausdrücken wollte, Coolness oder Verständnis für Jürgen? Egal, Jo wollte nur noch, dass Hopfinger das Haus verließ, damit sie ihren alkoholschweren Kopf auf eine weiche Unterlage betten konnte. Ihrem Vater Vitus, der inzwischen auffallend ruhig am Küchentisch saß und zuhörte, erging es sicher ebenso, aber der ungebetene Besucher wollte bleiben. »Könnte ich vielleicht doch einen Kaffee haben?«, bat er.

»Nein, die Maschine ist kaputt.«

»Guter Scherz, Vitus. Du hast doch vorhin eine Presskanne benutzt.«

»Da geht leider nichts mehr. Materialmüdigkeit! Ich begleite dich raus. Hast ja sicher viel zu tun, und im Kommissariat gibt es auch Kaffee.«

»Ich versteh nicht, warum du in deinen guten Tagen so beliebt warst«, murmelte Hopfinger beleidigt und trat nach: »Na ja, deine guten Tage liegen schon lange zurück.«

Vitus überhörte die Bemerkung souverän und strich sich über seine dunkle Haartolle.

Erst an der Haustür sprach Vitus wieder. »Sag mal, Harry, das mit den Aufzeichnungen klingt interessant. Die Marina muss ja auch eine Kundenkartei geführt haben. Warum habt ihr die nicht gefunden? War die vielleicht in ihrem Smartphone, das auch verschwunden ist?«

»Eine Frau, die kein ordentliches Leben führt, führt auch keine ordentlichen Karteien. Da passt eins zum anderen. Und das verschwundene Smartphone zeigt, dass es wahrscheinlich doch ein Raubüberfall war. Kein Wunder, bei dem *Gschwerl*, bei dem Lumpenpack, das zu uns kommt. Verstehst mich?« Hopfinger klang verärgert und wischte Vitus' Arm von seiner Schulter. Als Revanche schlug ihm Vitus mit übertriebenem Krafteinsatz auf den Rücken: »Harry, du musst froh sein, wenn dich deine Frau versteht. Aber die Zeiten sind wahrscheinlich auch schon längst vorbei, oder?«

»Wer sagt das?« Hopfinger klang irritiert.

»Ich hab einen Blick für Beziehungsversager.« Hopfinger ballte die Faust, aber dieser Treffer ging an Vitus.

*E*r wischte sich den Schweiß von der Stirn. Der Tag war anstrengend, aber er nahm ihn sportlich. Als ehemaliger Eishockeyspieler konnte er einstecken und austeilen. Und er wusste, wann er auf seinen Körper achten sollte. Jetzt. Er hatte eine Pause verdient. Entspannung. Und er wollte ihre Stimme hören. Sie erinnerte ihn. Sie erregte ihn. Sie ließ ein Gefühl der Nähe entstehen. Sie antwortete auf eine Sehnsucht. Unter ihren Sprachdateien suchte er nach einer weiteren Aufnahme. Er berührte den grünen Punkt auf dem Telefondisplay.

»Seit fast dreißig Jahren liebe ich den Kerl, aber er verliebt sich nur in andere«, jammerte eine Kundin der Weiberheldin.

»Und wie lange willst du noch vergeblich auf ihn warten?«, fragte Marina Pfister.

»Wir gehören zusammen, da bin ich mir ganz sicher.«

»Für eine Beziehung braucht es zwei Menschen«, klugscheißerte Marina Pfister in sanftem Ton.

»Er hat es nicht leichtgehabt in seinem Leben. Tief im Inneren hat er Angst vor der Liebe. Eine große Verlustangst hat er, verstehst. Ist ja auch kein Wunder, bei dem Schicksal.«

»Er hat die Verlustangst, und du verlierst dabei dein Leben in der Warteposition. Dafür bist du zu alt. Pack die guten Jahre, die dir noch bleiben, beim Schopf! Such dir einen Mann, der dich liebt.«

»Tief in seinem Inneren liebt er mich.«

»Es nutzt dir aber nur dann was, wenn er dich tief in DEINEM

Inneren liebt. Komm, stoß an und mach dich bereit für ein neues Leben und neue Lieben!«

»Vielleicht hast du recht, Marina. Ich sollte mir zur Abwechslung wirklich mal einen suchen, der mich will. Auch am nächsten Morgen noch.«

Gläser klangen. Vermutlich tranken sie Champagner. Er selbst bevorzugte das dumpfe, tiefe Aneinandersprallen von stabilen Bierkrügen, den weißen Schaum, der die Wahrheit bedeckte. Champagner stellte Fragen. Bier gab Antworten. Nichts ging über Bier. Er konzentrierte sich wieder auf das Gespräch.

»Eigentlich würde ich ja gerne heiraten, aber ich spinn ja, in meinem Alter«, sagte die Frau.

»So alt kann eine Frau gar nicht sein, als dass kein Ring an ihren Finger passen würde.«

»Marina, ich hab immer gedacht, du bist gegen die Ehe.«

»Ich bin dafür, dass Frauen ihre Träume verwirklichen. Wenn du davon träumst zu heiraten, dann such dir einen passenden Bräutigam.«

»Meinst wirklich?«

»Lass dein Herz fliegen!«

Vitus saß hinter seinem alten Schreibtisch in seinem Detektivbüro. Während er auf Ursula Steimer wartete, um ihr Bericht vom Wildnislager zu erstatten, überlegte er, wie er es einfädeln konnte, Karola Bazinger wiederzusehen. Die Brauereierbin und Gattin des aufsteigenden Lokalpolitikers Hubert Bazinger war eine sehr angenehme Gesellschaft, sobald ihr nacktes Selbst zum Vorschein kam und sie auf Überflüssiges verzichtete: auf modischen Schnickschnack und nervigen Anhang. Hinzu kam, dass Vitus der Gedanke behagte, Karolas Ehemann Hörner aufzusetzen. Er konnte diesen großkopferten weiß-blauen Bazinger nicht leiden, diesen ambitionierten Bierdimpfel und Opportunisten, diesen Möchtegernministerpräsidenten. Vermutlich hatte er zu Hause ein Bild von Markus Söder hängen, als Inspiration. Wie konnte eine Frau wie Karola auf so einen Mann hereinfallen? Vitus bezweifelte, dass Hubert Bazinger seine Frau aus Liebe geheiratet hatte, jedenfalls nicht aus Liebe zu ihr, wohl eher aus Liebe zu ihrem Erbe. Die Bazi-Brauerei stand gut da, und die Erbin konnte sich auch sehen lassen. Vitus schätzte sie auf Anfang vierzig. Rein rechnerisch könnte er ihr Vater sein, aber um sein biologisches Alter hatte er sich noch nie geschert. Heute fühlte er sich so jung, wie Karola Bazinger vermutlich war.

Einem Impuls folgend schwang er sich aus seinem Schreibtischstuhl und griff zur Gitarre in der Ecke. Er stimmte sie mit seinem hervorragenden Musikgehör ohne elektronische Hilfsmittel. Es konnte losgehen. Breitbeinig machte er sich locker, ging in die Knie, ließ seine Hüften kreisen wie Elvis Presley und stimmte »Hound Dog« vom King an. »Nothing but a hound dog«, nichts anderes als ein Jagdhund. Hound Dog, sein Wildnisname. Yeah! Er schloss die Augen und ließ sich vom Gitarrenklang und seiner eigenen Stimme forttragen. Er träumte sich auf die Bühne, vor großes Publikum. Er hatte den Rock'n'Roll noch immer, und der Rock'n'Roll hatte ihn wieder. Dank Karola Bazinger! What a night!

»Bravo! Elvis lebt!« Ursula Steimers Applaus riss ihn aus seiner Privatvorstellung.

»Die Tür war offen. Ihre ist es übrigens auch.«

»Ich hab sie extra für Sie aufgelassen.«

»Die auch?« Sie zeigte auf seine Jeans. Peinlich. Er zog den Reißverschluss hoch.

»Mein lieber Schwan! Ihr Hüftschwung! Wie der King höchstpersönlich. Und ich kann es beurteilen, ich war in meiner Jugend ein ganz großer Elvis-Fan.«

»Ich bin immer noch Elvis-Fan.«

»Sie sind ja auch noch immer jung, Herr Pangratz.«

»Sie sind bedeutend jünger.«

»Eher unbedeutend.« Sie schlug die Augen nieder wie in einem Kitschfilm. Vitus war sich sicher, romantische Liebesfilme mit Happy End wurden für diese Art Frauen gedreht. Für Frauen, die sich nach einer Flucht aus ihrem Alltag sehnten, aber doch nie weitere Schritte wagten als bis zur Fernbedienung. Immerhin, Ursula Steimer war jetzt hier, bei ihm. Ein Zeichen, wie unrecht er ihr mit seiner Einschätzung tat. Einladend zeigte er auf den Stuhl vor seinem Schreibtisch. »Setzen Sie sich doch, Frau Steimer.« Es wurde Zeit für ein vernünftiges Gespräch.

Ursula Steimer trug Tracht. Ihre breite Mitte hielt ein Dirndlmieder zusammen, ihr Dekolleté beschönigte die Figur.

»Fesch!«, kommentierte Vitus, ohne es zu wollen. Er hatte in der vergangenen Nacht zu wenig Schlaf bekommen, nur seine Sinne waren noch hellwach.

»Charmant! Aber Sie würden so ein Dirndl, ich meine natürlich eine gescheite Lederhose auch gut ausfüllen. Tragen Sie keine Tracht?«

»Ach, schon lange nicht mehr!« Vitus winkte ab. Blaue Jeans, weißes T-Shirt, schwarze Lederjacke, das war seine Tracht.

»Darf ich Ihnen was zu trinken anbieten, Frau Steimer? Ein Wasser?« Er hatte das Gefühl, Förmlichkeit und Höflichkeit wären jetzt angebracht.

Sie zog eine Flasche mit buntem Etikett aus ihrer großen Tasche. »Diesmal habe ich mir was mitgebracht. Ich brauch auch kein Glas. Schon gar kein Senfglas.«

Sie grinste und öffnete die Flasche, die mit Lotosblüten in Pastellfarben bedruckt war.

»Aus so einem Kunstwerk schmeckt das Wasser natürlich besonders gut«, grinste Vitus. Frau Steimer nickte: »Das hab ich mir fast gedacht, dass Sie einen Sinn für Harmonie haben.« Wollte sie mit ihm flirten? Er hatte sich noch immer nicht entschieden, wie er ihr die vergangene Nacht im Wildnislager beschreiben wollte. Die Verwechslung.

»Also, lassen Sie uns zur Sache kommen: Was hat mein Alois in der Wildnis getrieben?«

Vitus entschloss sich, so dicht wie möglich bei der Wahrheit zu bleiben, schließlich bezahlte sie ihn dafür. Er sagte: »Nichts. Ihr Alois war gar nicht da.«

»Das gibt es doch nicht! Daheim war er auch nicht.«

Ursula Steimer beugte sich nach vorn und lockte Vitus' Blick in ihr Dekolleté. »Herr Pangratz, koste es, was es wolle: Ich brauche Sie mehr denn je! Sie müssen mir helfen.« Ihre Hand legte sich auf die seine, ihre Augen fixierten ihn, ihr Gesicht näherte sich an. Vitus fühlte sich unbehaglich.

»Ist es das wert?«, fragte er.

»Eine neue Chance ist mir alles wert!«

Sie zog ihre Hand zurück, ihr Gesicht und ihren Busen. Nur

ihre Augen warfen weiterhin glänzende Blicke in die seinen. Vielleicht hatte sie auf dem Herbstfest zu Mittag gegessen und bereits eine Maß intus? Sie schaute auf ihre Armbanduhr.

»Schade, ich hab es eilig. Mein Sohn muss zum Ballett.«

»Und, was soll ich jetzt machen?«

»Beweise finden, dass mein Mann ein Lump ist. Was sonst?«

»Ah geh, Frau Steimer! Lassen Sie es doch gut sein. Sie verschwenden doch nur Ihr Geld.«

»Gut ist es erst, wenn ich recht habe!«

Vitus nickte und nahm sich vor, bei Ursula Steimer großzügig abzurechnen. Seine Nerven hatten ihren Preis. Als könnte sie seine Gedanken lesen, sagte sie: »Geld spielt keine Rolle! Am Ende muss der Alois dafür bezahlen.«

»Na hoffentlich kommen Sie auch auf Ihre Kosten!«

»Dafür müssen Sie sorgen!« Sie strich sich über ihr Haar, und Vitus strich gleichzeitig seine Elvis-Tolle zurück.

»Ja da schau her! Wir haben uns gerade gespiegelt!«

Vitus verstand nicht recht, was sie meinte.

»Ach, nennen Sie mich doch einfach Uschi, einverstanden, Vitus? Wir sind doch in Bayern, da gehört ›du‹ zur Umgangssprache.«

Eine Antwort wartete Uschi gar nicht erst ab. Sie hatte es eilig. Ihr Sohn musste zum Ballett. Hatte sie es schon erwähnt? Ja! Ein ganz sensibles kunstsinniges Kind. Der Bub kam nach ihr.

»Nächste Woche um dieselbe Zeit bei dir, Vitus. Hier! Dann bring ich auch mehr Zeit mit.« Sie zwinkerte. »Servus, Vitus, wir sehen uns!«

»Ja, servus!« Er hatte sieben Tage, um zu überlegen, wie er sich selbst aus der Kavaliernummer raushalten konnte, obwohl er so tief in der Sache steckte wie die 300 Euro in seiner Geldbörse.

*J*o hatte sich wieder hingelegt. Über ihrem Bett hing noch immer ein Poster aus ihrer Jugendzeit. Sie hatte es damals in einem Reisebüro erbettelt, weil es die amerikanische Freiheitsstatue zeigte und großbuchstabig forderte: »America, catch the spirit!« Mit Lady Liberty vor Augen hatte sich Jo als Jugendliche jeden Abend und jeden Morgen geschworen, sie würde irgendwann von Rosenheim in die USA ziehen, um dort Filme zu machen. Sie wollte Drehbücher schreiben und Regie führen. Wahrscheinlich hatte sie als Kind zu viele Hollywoodfilme gesehen, aber die Schauspieler, die für ihre Träume verantwortlich waren, hatten Klasse. Auf ihrem alten Schreibtisch stand ein Beweis: ein gerahmtes Bild von Humphrey Bogart. Heute würde dort vielleicht ein Foto von Jon Hamm stehen, dem Hauptdarsteller von *Mad Men*, oder von David Duchovny aus *Californication*. Ach Quatsch! Männer machten nur Ärger, besonders die eigenen. Sie dachte an Jack. Wollte sie ihren Traum von Hollywood ihrer Eifersucht opfern, oder sollte sie einfach Jacks Status ändern, von »Zukünftiger« wieder auf »Ex«, und den Rest davon unberührt lassen? Die gemeinsame Arbeit. Zwar hatte er sich als Partner erneut disqualifiziert, aber als Kollege war er nicht übel, sondern begabt. Ja, sie würde zurück in ihre neue Heimat kehren, sobald es Marina besser ging und ihre eigenen Kopfschmerzen abgeklungen waren.

Andererseits predigten die Bayern: *Dahoam is dahoam*. Jo seufzte aus Mitleid mit ihrer bayrischen Seele und drehte sich zur

Wand. Die Müdigkeit, die auf ihr lastete, drückte sie in einen unruhigen Schlaf. In ihrem Traum setzte ein Clown ihrem Ex Jack eine rote Nase auf, die sofort zu wachsen begann, als wäre er Pinocchio, und je lauter Jack »I love you, Jo!« rief, umso schneller wuchs seine Nase. Als sie übers Meer bis nach Rosenheim reichte und drohte, Jos Herz zu durchbohren, klingelte ihr Telefon.

Es war nicht Jack. Leider. Es war Jürgen, Marinas Mann: »Hey, Jo, du weißt schon, dass der Ludwig heute Geburtstag hat, gell? Die Party fängt gleich an.« Welche Party? Welcher Geburtstag? Welches Datum hatten sie überhaupt? Oh shit! Cool bleiben. So tun als ob.

»Ja freilich! Sowieso! Du glaubst doch nicht im Ernst, dass ich Ludwigs Geburtstag vergesse? Ich bin schon auf dem Weg!« Wie alt wurde ihr Patenkind doch gleich?

Und vorher musste sie unbedingt den Immobilien-Mann Georg Schöring anrufen, Marinas Vermieter. Vielleicht hatte er heute Zeit. Aua! Ihr Kopf! Nur ihr Herz schmerzte stärker. Das musste an dem Traum liegen. Sie wählte Schörings Nummer.

Wie gestern landete Jo Coleman auch heute bei seiner Assistentin.

»Fräulein Inniger, ich bin's wieder, die Jo Coleman. Ich wollt erneut mein Glück versuchen, weil wir uns gestern missverstanden haben. Also, ich hab mich unglücklich ausgedrückt. Eigentlich suche ich nämlich gar keinen Laden, sondern eine kleine Wohnung.«

»Der Kilian hat mir schon Bescheid gegeben. Ich schau, was sich machen lässt.« Jo hörte es rascheln. Fräulein Inniger schien mit einem Terminplan aus Papier zu arbeiten.

»Heute Abend 18:30 Uhr. Passt das?« Und ob!

Zehn Jahre! Ludwig wurde heute zehn Jahre alt. Was wünschen sich Jungs mit zehn Jahren? Bislang hatte Jo immer Fußballtrikots verschenkt, die Ludwigs Mutter besorgt hatte. Jetzt musste sich Jo selbst kümmern, weil Marina damit beschäftigt war, aus dem Koma ins Leben zurückzukehren. Hoffentlich! »Gib dir ordentlich Mühe, Marina!«, stieß Jo in dem Rhythmus aus, in dem sie in die Pedale trat.

Sie radelte durch die Rosenheimer Innenstadt, die Gillitzerstraße entlang, auf der Suche nach Inspiration. Auffällig viele Menschen kamen ihr in Trachten entgegen, die ihr Tagesziel verrieten: das Herbstfest auf der Loretowiese. Jo erinnerte sich an einen Vortrag ihres Vaters: Das heute so beliebte Herbstfest beging seine Premiere 1861 mit einem Fehlstart: Das geplante Pferderennen musste abgesagt werden, weil nur ein einziger Teilnehmer angetrabt kam, und das nächtliche Feuerwerk zündete nicht, weil es in Strömen regnete. Im Gegensatz zu dieser jämmerlichen Auftaktveranstaltung startete das Münchner Oktoberfest pompös mit einer königlichen Hochzeit und einem Pferderennen, bei dem genügend Tiere ihre Hufe auf die Theresienwiese schwangen. Doch die Zeiten änderten sich: Heute betrachteten Kenner und Genießer das Rosenheimer Herbstfest als die bessere Wiesn, weil sie kleiner, traditioneller, uriger und stimmungsvoller war – nur leider schon lange kein Geheimtipp mehr. Jo erinnerte sich, wie sie früher mit Marina jeden Tag auf der Wiesn unterwegs gewesen war. Gemeinsam hatten sie am Autoscooter die Fahrkünste der

Jungs eingeschätzt, Lose gekauft und gebrannte Mandeln geteilt. Jo liebte das Herbstfest noch immer. Für sie und die meisten Rosenheimer gehörten das Flötzinger-Zelt, die Auer-Halle und das Bazinger-Zelt zu Rosenheim wie der Inn, der so zuverlässig floss wie das Bier. Rund 100 000 Maß wurden an einem gewöhnlichen Herbstfest-Tag durchschnittlich getrunken. Die früher üblichen tönernen »Keferloher« wurden seit Anfang des 20. Jahrhunderts zunehmend von Glaskrügen ersetzt. Bierkenner, wie ihr Vater Vitus, bedauerten dies sehr. In seinem Haus gab es ausschließlich Tonkrüge, weil diese das Bier länger kühl und frisch hielten. Den »Keferloher« Tonkrug bezeichnete nicht nur Vitus als »Urkrug der Bayern«. Sollte sie ihrem Patenkind Ludwig einen Bierkrug zum Geburtstag schenken? Jo selbst hatte mit zehn Jahren längst ihren ersten Krug besessen. Mit Namensgravur auf dem Zinndeckel. Letzterer schützte nicht nur Bier, sondern auch Saftschorlen und Limonade, auf Bayrisch »*Kracherl*«. Ihr gefiel die Idee, Ludwig einen Bierkrug zu schenken, aber Marina würde etwas dagegen haben. Unter normalen Umständen hätte sich Jo darüber hinweggesetzt, aber Marina war im Moment wehrlos, deshalb wollte Jo eine Entscheidung im Sinne von Ludwigs Mutter treffen. Fast wäre sie in ein grünes Lastenfahrrad geradelt. Hoppla! Es parkte vor einem Buchladen: »Bücher Johann«. Ein Wink des Himmels? Jetzt wusste sie, wo sie ein passendes Geschenk für Ludwig finden würde. Ein Geschenk, mit dem auch eine Mutter wie Marina einverstanden wäre.

*V*itus drängte sich durch den Nachmittagsbetrieb im Bazinger-Zelt. Er hatte sich mit seiner ehemaligen Assistentin verabredet: Liesel Dirscherl. Allerdings hielt er nach einer anderen Frau Ausschau. Er hoffte, Karola Bazinger zu erspähen. Als »Hausherrin« des Bazi-Zeltes lag ihre Anwesenheit im Bereich des Möglichen, und genau diesen Bereich wollte Vitus Pangratz gerne mit Karola Bazinger austesten. So viel hatte er sich inzwischen eingestanden.

»Vitus!« Liesel Dirscherl kam ihm zwischen den Biertischen entgegen. Ein warmherziges Lächeln im Gesicht, ein Strahlen in den Augen und einen Schalk im Nacken. Seit Jahren versprach sie ihm ohne Worte das große Glück, aber er konnte es einfach nicht annehmen. Sie schien es ihm nicht zu verübeln, auch nicht nach den wenigen Nächten, die er ihr gestohlenen hatte. Seine Liesel war die Beste, aber sein Blick suchte eine andere. Er schaute zum Ausschank. Auch hier entdeckte er Karola Bazinger nicht. Liesel drückte ihm Begrüßungsküsse auf die Wangen. Er spürte ihren Busen an seiner Brust und vergaß für einen Moment, nach Karola zu suchen. Dann war dafür ohnehin keine Zeit mehr. Seine ehemalige Assistentin hakte sich unter und führte ihn aus dem Festzelt. »Wir müssen reden, Vitus, und hier ist es zu laut.« Aha!

Sie liefen durch die Färberstraße und damit durch die Rosenheimer Stadtgeschichte. »Weißt, Liesel, die Färberstraße gehört zu einem der ältesten Bereiche Rosenheims. Schon vor knapp fünfhundert Jahren haben hier ....«, monologisierte Vitus. Liesel Dirscherl unterbrach ihn. »Ich weiß, Vitus, hier haben früher Färber, Metzger und Fischer gearbeitet, und damit sie die Bürgerlichen in der Innenstadt nicht mit ihrem Gestank belästigen, mussten sie hinter dem Färbertor bleiben. Immerhin hatten sie hier gute Bedingungen für ihre Arbeit, weil der Mühlbach schon damals durchgerauscht ist.«

»Schlaue Liesel!«

»Hab ich alles von dir!«

»Mir musst nicht schöntun!«

»Wenn ich es aber will!«

»Komm, suchen wir uns einen Platz.« Vitus zeigte auf eine Terrasse, genau über dem Mühlbach. Sie gehörte »Zum Johann Auer«, ehemals bekannt als »Saubräu«. Ein bayrisches Wirtshaus, das in den letzten hundert Jahren seine Fassade beibehalten hatte. »Gründerzeit!«, kommentierte Vitus. Liesel Dirscherl stieß gelangweilt Luft durch die Lippen. Das musste ihm als Antwort genügen.

Vitus erzählte trotzdem vom geschäftstüchtigen Schiffsmeister Johann Auer, der 1885 die Tochter eines Brauereibesitzers aus Holzkirchen geehelicht hatte. Nicht zu seinem Schaden, wohlgemerkt. Er gründete in Rosenheim die Auer-Brauerei, verbannte den Namen »Saubräu« in die Geschichte und machte aus seinem Namen »Auer« einen Begriff. Es gab durchaus Parallelen zum Bazi-Bräu und dem eingeheirateten Hubert Bazinger. Nicht wahr?

»Meinst, der Bazinger schafft es in den Landtag?«, fragte Vitus und bezweifelte, dass die Weiß-Blauen die 5-Prozent-Hürde knacken würden.

»A Hund is a scho.«

»Das klingt nach einem Kompliment«, kritisierte Vitus.

Ja, ein Hund war er, der Bazinger, aber kein sympathischer bayrischer Dackel, sondern ein Beißer, der sich nicht allein auf die Waden beschränkte. Ein Pitbull in Lederhosen.

»Ich sehe, was er kann, aber das heißt doch noch lange nicht, dass ich ihn mag«, rechtfertigte sich Liesel und erklärte, der Bazinger habe imagemäßig bislang vieles richtig gemacht. »Der schaut den Leuten aufs Maul, versteht den Stammtisch und gibt sich als anständiger Bürger. Zum perfekten Gesamtbild fehlen ihm nur noch Kinder, und seine Frau darf nicht abhauen, das wäre blöd.«

»Abhauen? Jetzt sag bloß, Liesel, hat die Karola Bazinger das vor?«

»Ja, was weiß denn ich! Und seit wann interessierst du dich für Ratsch?«

»In meinem Job muss ich mich für alles interessieren. Was redet man denn so?«, insistierte Vitus.

»Ja mei, es fehlt halt die nächste Generation, der Kindersegen. Irgendwie hat es bislang nicht geklappt, obwohl sie alles versucht haben, und jetzt wird die Zeit knapp, aber der Bazinger will immer noch nicht aufgeben, hört man.«

»Und wie steht's um die Ehe?«

»Das hab ich doch schon beantwortet.«

»Echt?«

»Mensch Vitus, denk doch mal nach! So ein Thema belastet vermutlich jede Ehe.«

Er nickte zustimmend und achtete darauf, nicht zufrieden zu lächeln. Es war angebracht, das Thema zu wechseln. Schluss mit den eigennützigen Fragen! Während seine Gedanken um sein nächtliches Abenteuer kreisten, lag Marina Pfister hilflos und bewusslos im Krankenhausbett. Und er selbst, Vitus Pangratz, saß im Wirtshaus und träumte davon, im Zelt zu liegen, auf einem Fell mit Karola Bazinger. Er sollte sich schämen und sich an die Arbeit machen.

»Wie kommt der Hopfinger im Fall Marina Pfister weiter?«, fragte Vitus schuldbewusst die Assistentin des Kommissars.

»Der Fall hat nicht gerade Top-Priorität. Ich glaube, er hat die Marina nicht mögen, im Gegensatz zu seiner Frau.«

»Sag bloß, die Monika Hopfinger hat in den Weiberheldinnen-Workshops was gelernt.«

»Hat sie! Und seitdem ist der Hopfinger noch schlechter drauf als früher. Seine Gattin will nicht mehr die brave Hausfrau spielen, sondern ihr eigenes Geld verdienen.« Liesel Dirscherl hatte ein Telefongespräch ihres neuen Chefs »unbeabsichtigt« mitgehört. »Der hat die Lautstärke so sehr aufgedreht, da konnte ich gar nicht anders.« Ehrlich, so viel Temperament hätte sie dem Oberkommissar Hopfinger gar nicht zugetraut.

»Liesel! Erzähl!«

»Interessiert es dich eigentlich auch, wie es mir geht, oder bin ich nur noch deine Informationsquelle?« Ihr Ton wurde unerwartet scharf und irritierte Vitus.

»Sag einmal, hast du auch so einen Weiberheldinnen-Workshop absolviert?«

»Das würdest du jetzt gerne wissen.«

»Nicht unbedingt. Du darfst deine Geheimnisse für dich behalten. Mir reicht es, wenn du mich mit Insiderinfos aus dem Kommissariat auf dem Laufenden hältst.«

»Vitus, du kannst mich mal!« Glitzerten da Tränen in Liesels Augen? Was war heute nur los mit dieser Frau? Seit wann verstand sie ihn nicht mehr?

»Liesel! Spinnst du? Natürlich interessiert es mich, wie es dir geht. Wie geht's dir denn?«

»Ach Vitus, leck mich doch!« Seine ehemalige Assistentin stand auf und verließ die Wirtshausterrasse mit entschiedenen Schritten.

»Liesel ...«

»Dreißig Jahre vergebliches Warten. Es ist Zeit, mein Herz fliegen zu lassen. Adieu, Vitus!«

Am Einfamilienhaus der Pfisters lehnte Jürgens Mountainbike. Den Lack makellos gepflegt, die Kette sauber und die Reifen abgespritzt hätte es auch im Schaufenster eines Fahrradladens stehen können. Jo schätzte den Wert des Hightech-Fahrrads auf rund 8000 Euro. Es war ein Scott Genius 900. Davon konnte sie nur träumen, allerdings in einer anderen Farbe, sicher nicht in Schlammbraun mit Goldbeimischung. Sie lehnte ihr abgenutztes Alltagsmodell daneben und klingelte. Hinter der Tür schraubten Kinder mit unverständlichen Tönen den Lärmpegel hoch. War das ein neues Partyspiel: Wer brüllt am lautesten? Jo drückte erneut auf die Klingel, doch der Signalton ging im Kinderlärm unter. Niemand hörte sie. Jetzt hämmerte sie mit der Faust gegen die Tür: »Aufmachen! Ein Geburtstagsgast!« Keinen schien es zu kümmern. Jo beschloss, den Weg über die Terrasse zu nehmen. Sie folgte der Hauswand und stoppte am Küchenfenster, weil sich dahinter etwas bewegte. Vielleicht konnte sie hier auf sich aufmerksam machen.

Doch es waren keine Kinder, die Jo durch die Scheibe sah, sondern die Idealbesetzung des Klischees »blonder Engel«. Jo blickte auf glänzende lange Haare, die im tiefen Rückenausschnitt eines engen weißen Abendkleides Wellen schlugen. Der untere Saum der Robe endete, wo die High Heels begannen. Dieser Engel brauchte keine Flügel, weil die Absätze ohnehin bis zum Himmel reichten. Wer war dieses Wesen am Herd von Jos bester Freundin? Als Jürgen die Küche betrat und sich hinter den Engel stellte, drehte sich das himmlische Wesen um. Auch von vorn sah der blonde Engel teuflisch gut aus und überstrahlte mit seinem Lachen ein perfektes Antlitz. Das Leben hatte es zu gut mit dieser Frau gemeint. Zu allem Überfluss erinnerte sie Jo an eine andere optisch Begünstigte. Sie erinnerte sie an Linda, die Catering-Dame, die im Moment Jack versorgte. Jürgen legte seine Arme um den Engel, und Jo schlug reflexartig an die Scheibe. Erschrocken drehte sich das Paar zum Fenster. Womöglich bedauerten sie in diesem Moment, dass keine Vorhänge den Blick versperrten.

»Ich bin die Klaudia«, stellte sie sich vor. »Wir haben schon telefoniert.« Jo erinnerte sich nur zu gut. »Unsere beste Freundin, unsere Retterin«, erklärte Jürgen. »Ich hab dir von der Klaudia erzählt.« Ja klar, an Marinas Krankenbett. Jo erinnerte sich. Klaudia war der Grund, warum sie selbst als Betreuerin für Ludwig nicht erwünscht war.

»Also, du bist die Spezialistin in Sachen Kinder. Bist du Erzieherin?«, fragte Jo betont naiv.

»Nein. Beruflich mach ich Knödel.«

»Die Klaudia hat ein ganz tolles Konzept und eröffnet bald ihren ersten eigenen Laden«, erklärte Jürgen mit glänzenden Augen.

»›Knödelkreationen‹ soll mein Laden heißen«, erklärte Klaudia. »Du glaubst ja gar nicht, was Knödel alles können, von süß bis herzhaft. Knödel sind Allround-Talente.«

»Stimmt schon! Knödel sind immer eine runde Sache. Besonders in Bayern«, kommentierte Jürgen mit eifrigem Ernst. Jürgen, das Brot. Das Knödelbrot!

»Ich mag am liebsten Zwetschgenknödel«, mischte sich Ludwig ein, der unbemerkt in die Küche geschlichen war.

»Mach ich dir, Schatzi«, versprach Knödel-Klaudia und strich dem Geburtstagskind über die Haare. Der Junge schien nichts gegen die vertrauliche Geste zu haben.

»Ich hätte gerne zwei süße Knödel«, grinste Jürgen und starrte der Knödelfrau in den Ausschnitt. Schamlos und billig. Jo erinnerte ihn an seine Frau. »Die Marina hat darauf geachtet, dass der Ludwig nicht zu viel Süßes isst!« Geschenkt, dass sie selbst die Ernährungsvorgaben ihrer Freundin regelmäßig ignoriert hatte.

»Jo, heute ist Kindergeburtstag!«, lachte Knödel-Klaudia. »Und die Party fängt gerade an, Spaß zu machen«, ergänzte Jürgen mit Blick auf seine Angeber-Uhr. Marina hatte sie ihm vor langer Zeit geschenkt. Alle lachten, außer Jo. Marina hatte auch nichts zu lachen, dachte sie und spürte plötzlich einen Knödel im Hals.

»Da läuft doch was zwischen euch!«

»Das Leben geht weiter«, rechtfertigte sich Jürgen.

»Vor zwei Wochen war die Marina noch hier mit dir in dieser Küche.«

»Von wegen! Die war nur noch in der Arbeit.«

»Das rechtfertigt nichts.«

»Wir sind dir keine Rechenschaft schuldig«, meinte Knödel-Klaudia schnippisch.

*V*itus Pangratz schaute ebenso verloren wie irritiert in sein leeres Weißbierglas, als könnte er im Heferest, dem *Noagerl*, lesen wie andere im Kaffeesatz. Er suchte die Erklärung für das Unfassbare: Liesel Dirscherl, seine Liesel, hatte ihn sitzen lassen, auf der Terrasse beim Johann Auer. Sie war aufgestanden und gegangen. Von wegen gegangen! Fortgestürmt war sie! Mit einer Entschlossenheit, die endgültig wirkte. Dort, wo noch vor wenigen Momenten seine treue ehemalige Assistentin gesessen hatte, war jetzt eine Leere. Er hob sein Glas und rief dem Kellner zu: »Sei so gut, aber diesmal mit Alkohol!« Doch als das Weißbier mit einer frischen Schaumblume vor ihm stand, wollte Vitus nur noch eines: weg von hier. »Zahlen!«

Er wollte arbeiten, um sich abzulenken. Sollte Liesel doch die beleidigte Leberwurst spielen. Sie würde sich schon wieder beruhigen. Darin hatte sie Übung. »Spinn dich aus, Liesel!«, murmelte er in die Luft. Das Thema war für ihn erledigt. Na, vielleicht nicht ganz, denn Liesel hatte ihn verletzt. Er sollte sie am Arsch lecken! Genau das hatte sie gesagt. Eine Entschuldigung war das Mindeste. Sie hatte eindeutig überreagiert, während er um Harmonie bemüht war. Genau! Jetzt, wo er die Lage überblickte, fühlte er sich deutlich besser. Zufrieden strich er sich über seine Haartolle und überlegte, was zu tun war. Erstens, er musste Karola Bazinger treffen, weil Frühlingsgefühle im Sommer etwas besonders waren und im Herbst des Lebens ein Geschenk, das es anzunehmen galt. Zweitens, er musste Alois Steimer auf die Schliche kommen und brauchte Beweisfotos. Seine Gattin, die Uschi, bezahlte schließlich dafür, und er wollte sie und den Fall so schnell wie möglich loswerden. Wo und wie hatte Alois Steimer wohl die Nacht verbracht, in der ihn Vitus im Wildniscamp unbeabsichtig vertreten hatte? Wieso hatte Karola Bazinger nicht bemerkt, dass sie ihr Lager nicht mit Alois Steimer, sondern mit Vitus Pangratz geteilt hatte? War es das erste Stelldichein zwischen den beiden gewesen? Arbeitete Alois Steimer wirklich als Callboy? Immerhin hatte Karola Bazinger für die Nacht bezahlt. Hatte Kommissar Hopfinger am Ende recht mit seiner Vermutung, Marina Pfister könnte sich als Kupplerin betätigt haben? War Marina, die beste Freundin seiner Tochter, eine Zuhälterin? »Geh Schmarrn!« Es musste eine andere Erklärung geben, und er würde sie finden. Er brauchte sich nur an die Fersen von Alois Steimer zu heften, dafür wurde er ohnehin bezahlt, von Uschi Steimer.

Gerade als sich Vitus erheben wollte, nahmen am Nebentisch zwei Herren Platz. Der Kellner eilte schneller an ihrem Tisch, als sich die beiden setzen konnten. Servil säuselte er: »Habe die Ehre, Herr Schöring!« Dabei deutete er einen Diener an. Den zweiten Gast begrüßte er lässiger. »Ja, servus, Steimer! Dich habe ich ja schon lange nicht mehr gesehen!«

Vitus nahm wieder Platz. Alois Steimer war zu ihm gekommen.

»Ach, bringst uns gleich drei Bier. Es kommt noch jemand dazu!«, rief Schöring dem Kellner hinterher.

»Dein Clown? Der Kilian?«, fragte Steimer laut.

»Genau der!«, antwortete Schöring.

»Der Junge macht dir den Deppen, gell?«

»Ich bin sein männliches Vorbild.«

»Man sagt, du wärst sein Vater?«

»Die Leute reden, aber zu sagen haben sie nichts.«

»Na möglich wär's doch schon«, insistierte Steimer.

»Möglich ist, was ich möglich mache. Alles andere ist Einbildung.«

»Ich finde, er schaut dir ähnlich.«

»Wie auch immer. In einer Monarchie zählen nur die ehelichen Nachkommen. Alles andere läuft unter Vergnügen.«

»Ein bisserl gern hast ihn aber trotzdem, deinen Hofnarren.«

Schöring schnaubte: »Hör mir auf mit Gefühlen und kümmere dich um deinen eigenen Mist! Hast ja genug an der Backe.«

Eine Fahrradglocke läutete Sturm und kündigte einen Clown an, der direkt auf das Wirtshaus zufuhr. Vitus erkannte ihn sofort: Es war der Hallodri aus dem Krankenhaus. Er stellte sein Fahrrad vor der Wirtschaft ab und stieg die Treppen zur Terrasse hoch. Dann setzte er sich zu Steimer und Schöring. Letzterer nahm Kilian jovial in die Arme und klopfte ihm auf den Rücken, als hätte sich der arme Bub verschluckt. »Schön, dass du da bist! Aber du schaust wieder aus wie im Fasching! So nimmt dich doch keiner ernst!«

»Ich muss später noch zu einem Kindergeburtstag. Zu den Pfisters!«

»Da schau her!« Schöring wirkte plötzlich zufrieden.

*J*o beobachtete die Geburtstagsgäste. Sie wartete auf einen günstigen Zeitpunkt, um das Haus der Pfisters endlich unbemerkt verlassen zu können. Beim ersten Versuch hatte Ludwig sie erwischt und an die »Zwetschgenknödel von der Klaudia« erinnert. Jetzt bat er sie, ihr die lästige Marei vom Hals zu halten, und schob ihr ein kleines Mädchen zu. Marei nahm Jo sofort bei der Hand. Sie wollte ihre »Elfensammlung« zeigen. Also gut.

Das Mädchen führte Jo in den ersten Stock, in Jürgens Büro, das den Pfisters auch als Gästezimmer diente. Jo setzte sich auf den ergonomischen Drehstuhl, der ihren Rücken aufzufangen schien. Ein komfortables Exemplar, doch der Genuss währte nur kurz. »Da darf sich niemand draufsetzen!«, erklärte ihr Marei mit ernstem Gesicht. »Der gehört dem Jürgen. Das ist sein Chefsessel.« Den Schreibtisch durfte auch niemand anfassen, denn dort lag alles an seinem Platz. Wohlgeordnet. Die kleine Marei hob die Hand, als sie Jo die Regeln vermittelte, die in diesem Raum herrschten. Hier war Jürgen der Bestimmer. Soso, und wo durfte Jo Platz nehmen? Marei zeigte auf das ausgeklappte Bettsofa, auf dem ein rosa Kindernachthemd und kleine Frauen mit Flügeln lagen. Jo setzte sich lieber auf den Boden und ließ sich von Marei jede Elfe mit Namen vorstellen. Gwendoline, Silberblüte, Morgentau und so weiter. Jo gähnte bereits, als ihr das Mädchen begeistert den künftigen Wohnsitz der Kunststofffiguren beschrieb: einen Elfenpalast. »Mit ganz viel Glitzer. Der Jürgen hat ihn mir zum Geburtstag versprochen«, erzählte Marei, bevor sie drängelte: »Spielst du mit mir? Du darfst die Silberblüte sein.«

»Ein anderes Mal.« Jo konnte sich nichts Langweiligeres vorstellen, als in die Rolle einer Elfe zu schlüpfen. Enttäuscht verzog das Mädchen ihr Gesicht.

»Jetzt schaust du aus wie der Jürgen«, meinte Jo. Schon im nächsten Moment tat ihr Marei leid. Das Mädchen konnte nichts für die Ähnlichkeit. Die Arme! Aber konnte Jürgen etwas dafür? Hatte Marinas Gatte schon vor Jahren eine Affäre mit Klaudia gehabt?

»Wie alt bist du eigentlich Marei?« Das Kind hielt Jo eine Hand vors Gesicht. 5 Jahre.

$\mathcal{S}$chöring, Steimer und der Clown sprachen ungewöhnlich leise für drei Bayern, die gemeinsam an einem Wirtshaustisch saßen. Vitus Pangratz schnappte nur Wortfetzen auf.

Schöring: »... Wieder so ein Scheißmietvertrag!«
Steimer: »... Ich möchte mit der Sache nichts mehr zu tun haben.«
Schöring: »Du steckst in der Sache drin... steckst ja überall drin... Weiberheld... hahaha.«
Steimer: »... hab dir gesagt, was du wissen wolltest.«
Clown: »...da hat er doch recht! «
Schöring: »Bua, manchmal reicht reden eben nicht... will Taten sehen.«
Clown: »... nicht wirklich dein Ernst...«
Steimer: »... erwartest zu viel...«
Schöring: »... Geschäft ist Geschäft. Lass mich nicht verarschen. Also, ihr wisst, was zu tun ist?« Schöring stand auf und hinterließ einen Schein. Kopfschüttelnd erhoben sich auch Steimer und der Clown.

Vitus Pangratz beschloss, Alois Steimer durch Rosenheim zu folgen. Der Mann überquerte mit schnellen Schritten den Max-Josefs-Platz mit seinen verzierten Fassaden in Pastelltönen. Dabei lief Steimer gegen einen Strom aus gut gelaunten Menschen, die ihm in Dirndl und Lederhosen entgegenkamen. Sie alle bewegten sich Richtung Wiesn. Von hinten rempelte Vitus jemand an.

»Sorry! *I hob an Fetzn Rausch!*«, grölte der Kerl entschuldigend und gab mit dem bayrischen Begriff »*Fetzn Rausch!*« zu, hochgradig besoffen zu sein. »Jetzt muss ich zu meiner *Oidn.*« Na, seine Gattin würde eine Freude mit dem Kerl haben. »Bringst *mi hoam?*«, bat der Trunkenbold zutraulich um ein Geleit nach Hause und hängte sich leutselig ein. Seine Bierfahne stieg in Vitus' Nase.

»Schleich dich und schlaf deinen Rausch aus!« Ärgerlich riss sich Vitus los und schaute nach Steimer, doch der war bereits in der Menschenmenge verschwunden. »Sakrament!«

Vielleicht konnte er Alois Steimer einholen? Weit konnte er nicht sein. Vitus lief los. Er ignorierte die rote Fußgängerampel an der Rathausstraße und lief weiter geradeaus die Münchner Straße entlang, aber Steimer war nicht zu sehen. Außer Atem kehrte Vitus um. Dort, wo er Steimer aus den Augen verloren hatte, sah er noch einmal in alle Richtungen. Sogar nach oben. Über dem Stadtplatz hing ein Werbebanner, das Karola und Hubert Bazinger zeigte. Zusammen prosteten sie den Passanten zu. »Zur Wiesnzeit sind alle echten Rosenheimer Bazis«, las Vitus den Begleittext. Er verschnaufte, überlegte und beschloss, die Reklame als Zeichen zu deuten. Schnell änderte Vitus Pangratz seine Pläne. Er nahm sein Handy zur Hand und wählte die Nummer, die er sich bereits am Morgen besorgt hatte.

*E*r wollte ihre Stimme hören und sah auf seine Uhr. Ein Status-symbol, das er nicht vor dem Haus parken musste, sondern überall und in jeder Situation präsentieren konnte. Ein Geschenk seiner Frau. Sie hatte damit eine neue Zeit eingeläutet. Damals. Als sie beide noch jung waren. Bevor er Marinas Smartphone zur Hand nahm, erinnerte er sich an diesen besonderen Moment, der ihm alles ermöglicht hatte. Es war der Wendepunkt seines Lebens.

Damals waren sie um 9:00 Uhr morgens in Brannenburg in die alte Zahnradbahn gestiegen, vor den vielen Touristen, die später den Berg einnehmen würden. Alle wollten auf den Gipfel des Wendelsteins. Mit seinen 1883 Meter Höhe legte er den Menschen das Voralpenland zu Füßen und genoss zu Recht den Ruf, einer der schönsten Aussichtsberge Deutschlands zu sein. In den Bayrischen Alpen übertrumpfte der Wendelstein die meisten anderen Gipfel an Beliebtheit und Bekanntheit. Er hatte einfach mehr zu bieten als der Rest. So wie er selbst auch. Er war ein Mann wie ein Berg. Standhaft. Kantig. Mit Überblick und der nötigen Härte.

Er erinnerte sich daran, wie sie sich in der hundert Jahre alten Zahnradbahn an seine Schulter lehnte. Gemeinsam fuhren sie in einer tonnenschweren Kabine den Berg hinauf. Sie hörten das Ächzen der Bahn, passierten acht Galerien, verschwanden in sieben Tunnels und überquerten zwölf Brücken. Damals küssten sie sich noch bei jeder Gelegenheit. Am Ende ihrer Reise hatte die alte Zahnradbahn 1270 Höhenmeter bewältigt, und die Frau war ihm zuvorgekommen: Auf dem Weg nach oben hatte sie ihn gefragt, ob er mit ihr eine neue Zeit einläuten wolle, ob er sie heiraten wolle. Anstelle eines Rings hatte sie ihm die wertvolle Uhr geschenkt, die er noch heute an seinem Handgelenk trug. Er hatte »JA!« gesagt und weiter seinen eigenen Plan verfolgt. Schließlich war er der Mann. Er legte Wert auf Traditionen. Das hätte sie wissen müssen. Von Anfang an.

An der Bergstation angekommen übernahm er die Führung und geleitete sie zum Wahrzeichen des Wendelsteins: zur Wendelstein-Kapelle. Den Grundstein dafür hatte im Jahr 1889 ein Münchner Bergsteiger und Kunstprofessor gelegt: Max Kleiber. Um das katholische Projekt finanzieren zu können, hatte der Protestant sogar in Amerika Spenden gesammelt. Er wollte den Wunsch einer frommen Frau erfüllen, der ersten Hüttenwirtin des Wendelsteinhauses. Ihr fehlte auf dem Berg nur eines: ein Gotteshaus. »*Dass ma halt da herobn des ganz Jahr in koa Kirchn ned kimmt*«, beklagte sich Rosa Krimbacher bei Professor Max Kleiber, der sich ihren Kummer zu Herzen nahm und auf dem Wendelstein eine Kirche bauen ließ. Das 1,40 m lange vergoldete Turmkreuz trug der Professor eigenhändig den Berg hinauf. Eine Bergbahn gab es damals noch nicht. Am 20. August 1890 war es dann so weit: Der Münchner Erzbischof weihte die Wendelsteinkirche der Gottesmutter Maria, der Patrona Bavaria, und Professor Kleiber weihte sie Rosa Krimbacher. Heute war die Wendelsteinkirche Deutschlands höchstgelegenes geweihtes Gotteshaus, denn auf der höheren Zugspitze steht im kirchenrechtlichen Sinn lediglich eine Kapelle. Es waren die Details, die zählten. Die feinen Unterschiede.

Im Schiff der Wendelsteinkirche ließen sie sich als Frischverlobte auf einer hölzernen Bank nieder. Nun war er am Zug. Auf dem Steinboden ging er vor ihr auf die Knie, holte ein rotes Samtetui aus der Hosentasche und klappte es auf. Er hatte seine ganzen Ersparnisse für den Diamantring ausgegeben. Eine Investition fürs Leben, die sich bezahlt machen würde. Sie war gerührt.

Glücklich. Er erinnerte sich an ihre Umarmung, ihre Liebes-schwüre, ihre Zärtlichkeit. Mit der Hand verscheuchte er die sentimentalen Gedanken, wischte sich eine unnötige Träne aus dem Augenwinkel und zog Marinas Smartphone aus dem Versteck.

Er hatte nicht viel Zeit, aber er wollte sich noch einmal vergewissern, sich bestätigen. Schnell öffnete er die Datei mit ihrer Stimme.

»Wenn ich gehe, kommt mich das teuer zu stehen.«

»Ihr habt doch sicher einen Ehevertrag?«

»Das wär uns damals unromantisch vorgekommen. Wir haben uns ja geliebt. Glaub ich.«

»Dann musst du wenigstens jetzt klug handeln.«

»Darauf kannst du dich verlassen. Ich hab einen Plan, und der ist todsicher.«

Flüstern.

»Sauber sag ich! Ned bled für a Frau!, wie es dein Gatte ausdrücken würde.«

Lachen. »Ja, stell dir vor, das hat er mir wirklich ins Gesicht gesagt.«

»Aber ernst genommen hat er dich trotzdem nicht.«

»Nie.«

»Das macht die Sache leichter.«

»Trotzdem hab ich ein bisserl Angst. Auch vor seiner Wut.«

»Brauchst du nicht zu haben! Du bist eine Weiberheldin, und du hast Weiberheldinnen an deiner Seite.«

*S*ie hatte Ja gesagt. Karola Bazinger war bereit, ihn zu treffen. Nun gut, er hatte sich nicht als ihr Kavalier der vergangenen Nacht ausgegeben, sondern als Privatermittler. Der Name, den er sich einst als Kommissar gemacht hatte, half ihm dabei.

»Sind Sie DER Vitus Pangratz? Der, der damals …«

Daran wollte er nicht erinnert werden, deshalb unterbrach er sie. »Jawohl.«

»Und heute arbeiten Sie als Privatdetektiv?«

»Genau.«

»Und an mich haben Sie Fragen?«

»So ist es.«

»Können wir das nicht am Telefon klären?«

»Leider nein, Frau Bazinger.«

»Worum geht es denn genau? Um meinen Mann?«

»Lassen Sie uns unter vier Augen reden. Glauben Sie mir, das ist auch in Ihrem Sinn.«

»Einverstanden, aber nicht in Rosenheim.«

Sie trafen sich am Südufer des Simssees, dem kleinen Bruder des Chiemsees. Beim Seewirt in Ecking setzen sie sich auf die Terrasse ans Ufer. Es war der perfekte Platz, um die Sonne beim Untergehen zu beobachten, aber bis dahin war noch lange Zeit. Karola Bazinger musterte ihn mit ihren großen dunklen Augen. Ob die langen Wimpern echt waren? Ihre vollen Lippen glänzten. Sie war eine sehr gepflegte Frau.

»Irgendwie wirken Sie vertraut, Herr Pangratz.«

»Sie auch.«

»Und Ihre Stimme kommt mir bekannt vor.«

»Obwohl wir nicht viel geredet haben.«

»Wie meinen Sie das?« Sie wirkte irritiert.

»Nennen Sie mich doch Vitus!«

»Ist das angebracht bei einem Kommissar?«

»Ich bin ja jetzt Privatdetektiv.«

»Also gut, Vitus.«

Leider bot sie ihm weder ihren Vornamen noch das »Du« an. Er würde sich anstrengen müssen.

»Schöner Hund!« Er zeigte auf den braunen Jagdhund, der entspannt neben seinem Frauchen lag. »Wie heißt er denn?«

»Hopfen! Er ist schließlich in einer Brauerei groß geworden.«

»Bierdimpfl wäre die schlechtere Wahl gewesen.«

»So nenn ich meinen Mann!« Das gefiel Vitus. Er lachte, aber Karola Bazinger beeilte sich zu sagen: »Das war selbstverständlich nur ein schlechter Scherz.«

»Ich fand ihn gut.«

»Vitus, ich hab nicht viel Zeit.« Sie schaute auf die Uhr. Schade. Er musste ohne Umschweife zur Sache kommen: »Erzählen Sie mir von Alois.«

»Wie bitte?«

»... von Alois, Ihrem Kavalier aus dem Tipi.«

Karola Bazinger erblasste. Für einen Moment befürchtete Vitus, sie würde das Bewusstsein verlieren. Dann blickte sie sich hektisch um, prüfte, ob jemand sie belauscht haben könnte, aber niemand war nahe genug an ihrem Tisch.

»Ich kenne keinen Alois. Wie kommen Sie darauf?«

Sollte er ihr sagen, dass er Alois auf dem Fell im Indianerzelt vertreten hatte? Ungeplant, aber gerne. Wie würde sie reagieren? Während er noch überlegte, beugte sich Karola Bazinger über den Tisch: »Ich vermute, Sie sind der Alois, gell?«

Prüfend vermaß sie ihn. Befühlte seine Haartolle und zog sein T-Shirt am Kragen so weit, bis sie auf seine Brusthaare blicken konnte. Dann legte sie ihre Hand auf die seine, um die Größe zu vergleichen. Halb schockiert, halb amüsiert prustete sie das Ergebnis ihrer kleinen Untersuchung heraus: »Sie sind der Alois! Du bist der Alois! Du bist mein Kavalier! *Ja, do legst di nieder!*«

»Immer wieder gern!«, entgegnete Vitus und begann, ohne lange zu überlegen, zu singen, denn Elvis hatte die richtige Begleitmusik für alle Momente. »Wise men say, only fools rush in, but I can't help, falling in love with you.« Während Vitus leise beim Seewirt nur für Karola Bazinger sang, spürte er, wie nah Elvis' Worte an seinen Empfindungen waren. Es fühlte sich an, als könnte er sich wieder verlieben. Ein bisschen wenigstens. Für eine weitere Nacht würde es jedenfalls reichen. Karola sah ihn zweifelnd an, aber auch gerührt. Elvis wusste, was Frauen gerne hörten, und Vitus war Elvis, jetzt in diesem Moment.

*J*o radelte zu Schörings Firmenzentrale. Jürgens Betrug an Marina, Ludwigs Geburtstagstorte und Klaudias Zwetschgenknödel lagen ihr schwer im Magen. Aber Marinas Sohn Ludwig hatte einen schönen Tag verbracht, und das war die Hauptsache. Zum Abschied hatte er sich bedankt, weil ihm seine Patentante »die Marei und ihre Plastikfrauen« vom Leib gehalten habe. Froh war er, keine kleine Schwester zu haben. Einen Bruder, ja, den könne er sich vorstellen. Idealerweise einen, der mit dem Fußball umzugehen wusste. Aber erst einmal musste seine Mama wieder gesund werden, bevor sie sich um ein Geschwisterkind kümmern konnte.

»Und sie wird doch wieder gesund, gell, Jo?«

»Natürlich! Deine Mama ist eine Kämpferin!«

»Aber der Papa sagt, wir müssen uns umgewöhnen. Unsere Familie ändert sich jetzt.«

»Die Marina bleibt für immer deine Mama, und alles andere ist ein Schmarrn!«

Sie umarmte den kleinen Kerl, der erstmals ohne seine Mutter Geburtstag feierte. Jo konnte ihre Tränen nur mit großer Mühe zurückhalten. Es war Ludwig, der sie von einem Moment zum nächsten auf andere Gedanken brachte, weil er eine wichtige Frage hatte: »Du, Jo, warum hab ich dieses Jahr eigentlich kein Bayern-Trikot von dir bekommen? Ich freue mich über die Bücher! Echt! Aber ich brauch halt auch ein neues Trikot.« Verflixt! Sie überlegte, suchte nach der rettenden Idee. Da war sie:

»Weißt, Ludwig, dieses Jahr darfst du dir selbst dein Trikot aussuchen. Wir fahren in den Bayern-Shop am Irschenberg.« Ihr Vater würde den Chauffeur spielen müssen, aber wofür hatte er sein neues Angeberauto. Mit Ludwig würde er einen Passagier bekommen, der die Karre zu schätzen wusste. »Bärig!«, freute sich ihr Patenkind. Jo nahm sich vor, sich besser um den Jungen zu kümmern. Seine Mutter lag im Koma, und sein Vater pflegte schamlos seine Affäre. Hatte Jürgen seine Frau für Knödel-Klaudia aus dem Weg geschafft? Jo mochte gar nicht daran denken, wie glücklich ihre Freundin gewesen war, als Jürgen vor Jahren hoch auf dem Berg um ihre Hand angehalten hatte, dabei waren Heiratsanträge auf dem Wendelstein in Bayern nun wirklich nichts Besonderes, eher Standard.

Aufgebracht trat Jo in die Pedale, übertrug ihre Wut auf Autofahrer und träumte von Rosenheim als autofreier Stadt oder wenigstens fahrradfreundlicher Stadt. Breite Fahrradwege wären ein Anfang. Doch noch wurden Radler wie sie buchstäblich an den Rand gedrängt, in den Rinnstein. Kein Wunder, dass Marina ihren Ludwig nur ungern mit dem Fahrrad durch Rosenheim kurven ließ. Für Kinder auf zwei Rädern war diese Stadt lebensgefährlich. Was die Liebe der Rosenheimer zu ihren Autos anbelangte, konnten sie es mit den Amerikanern aufnehmen. Wer in der Region ernsthaft und unbehelligt Fahrrad fahren wollte, fuhr auf Landstraßen oder in den Bergen. Mountainbiking war eine Fluchtbewegung.

»Kannst du nicht aufpassen!« Ein schwarzer Porsche SUV bremste nur Zentimeter vor Jo, nachdem er aus einer Hauseinfahrt geschossen war. Sein Fahrer brüllte aus dem Fenster. Der Idiot hatte nicht nur Jo übersehen, sondern auch die Tatsache, dass sie Vorfahrt hatte.

»Geht's noch?«, raunzte Jo zurück. »Wenn ein Vollbremser Gas gibt, kann nichts Gescheites rauskommen.«

»Weiberleid!«

Jo antwortete mit internationaler Zeichensprache und hob den Mittelfinger. Gleichzeitig wünschte sie dem Porschefahrer einen fetten Kratzer in den Lack, gleich neben seinem Parteiaufkleber: »Weiß-Blau, zum Wohl für Bayern!« Na servus!

Weit konnte es nicht mehr sein. Auf der breiten, befahrenen Prinzregentenstraße suchte Jo den Geschäftssitz von Immobilien Schöring. »Die weiß-blaue Villa ist nicht zu übersehen«, hatte Fräulein Inniger am Telefon gesagt und nicht übertrieben. Jo hielt vor einem prächtigen Gebäude mit Erkern und Steinfiguren. Es war eine Trutzburg im Miniformat. Nur ihr Anstrich wirkte einladend. Strahlendes Weiß bedeckte die Mauern, und Bayrisches Blau rahmte Fenster und Türen. Das Portal wurde von zwei Löwen aus Stein bewacht, und über der Pforte stand in großem Bogen: »Gott mit dir, du Land der Bayern.« Jo vergewisserte sich, dass sie bei einer Immobilienfirma klingelte.

*S*chweigend ging Karola Bazinger neben Vitus Pangratz her. Auf ihren weißen Turnschuhen sammelte sich der Staub des trockenen Feldwegs. Sie folgten ihm zum Seeufer Richtung Baierbach. »Hopfen«, der Hund, lief an einer langen Leine ein paar Schritte voraus. Unter seinem kurzen braunen Fell zeichneten sich seine Muskeln ab.

Er schien sich wohlzufühlen, während sein Frauchen gehemmt wirkte. Auch Vitus Pangratz kämpfte mit einer großen Verlegenheit. Nach seiner Gesangseinlage fehlten ihm nun die richtigen Worte. Ob Karola Bazinger es bereits bereute, ihm einen gemeinsamen Spaziergang vorgeschlagen zu haben? Zumindest die äußeren Bedingungen waren ideal: Ein lauer Spätsommerabend zog auf, der Wind streichelte über die Gräser und Blüten am Wegesrand, und am Himmel bauschten sich Schäfchenwolken. Vitus zeigte nach oben. »Das sind Wölfe im Schafspelz, Altocumulus-Wolken, die kündigen schlechtes Wetter an. Wir müssen mit Regen rechnen.«

»Hauptsache, heute ist es schön«, antwortete Karola Bazinger. Sie klang, als wollte sie nicht übers Wetter reden. Na gut, er hatte auch andere Themen, um das Eis zu brechen. Apropos.

»Der Simssee ist ein Souvenir aus der letzten Eiszeit. Als der Inn-Gletscher abgeschmolzen ist, hat er das Zungenbecken des Rosenheimer Sees gefüllt. Fast die ganze Region hier war unter Wasser. Vierhundert Quadratkilometer groß war der Rosenheimer See, fast so groß wie der Bodensee. Gigantisch, gell!« Vitus begeisterte sich, wie immer wenn es um die Geschichte seiner geliebten Region ging. Das Alpenvorland verdankte seine Reize, die malerischen Hügel, die Seen und die Moore den einstigen Eisbergen. »Vor 20 000 Jahren hat es bei uns vermutlich so ausgesehen wie heute in Grönland.«

»Aha!«, sagte Frau Bazinger.

»Langweile ich dich?«

»Erzähl mir doch lieber was von dir.«

»Mein Privatleben ist eine traurige Geschichte und mein Berufsleben ein kontinuierlicher Abstieg.«

»Da haben wir zumindest etwas gemeinsam.«

»Ein guter Anfang, gell?«

»Den hatten wir sowieso schon.« Karola Bazinger lachte. Die Eiszeit war beendet.

*E*ine Frau mit Flechtfrisur und in Tracht öffnete Jo die Villa in Weiß-blau.

»Sie sind das Fräulein Coleman?«

Jo nickte.

»Und Sie müssen das Fräulein Inniger sein.«

Das war sie, und sie hatte es eilig. »Ich bin auf den Weg zur Wiesn, wir haben heute unseren Firmenabend.«

»Deshalb das Dirndl, fesch!«

»Danke! Ein Geschenk vom Chef. Ihm ist es wichtig, dass seine Leute keine billigen Fetzen tragen. Unsere Wiesn ist ja kein Fasching!«

Wieder nickte Jo. Sie wollte nicht über Dirndl diskutieren, sondern Herrn Schöring treffen. Er wartete im ersten Stock auf sie. Ob er sich noch an sie erinnerte? Vermutlich nicht. Er hatte damals nur Augen für Marina gehabt.

An Georg Schörings Schreibtisch hätte eine zehnköpfige Familie Platz nehmen können. Er verließ seinen Ledersessel und kam auf Jo zu: »Ja mei! Jetzt weiß ich, warum mir dein Gesicht gleich so bekannt vorgekommen ist. Du bist die Jo! Wir kennen uns über Marina. Ja *griaß di*!« Er quetschte ihre Hand und schüttelte sie wie einen Cocktailshaker. Schöring war über die Jahre noch breiter geworden. Ein Schrank in Lederhose, dessen zugeknöpftes »Hosentürl« großzügig bemessen und reich bestickt war, was dem Geschmeide dahinter Wichtigkeit verlieh. Die bayrische Tracht war das Gegenteil von bescheiden, sie setzte den Körper in

Szene und drängte die männlichen und weiblichen Reize in den Vordergrund. Jo wechselte die Blickrichtung.

Hinter Schöring hing das bayrische Wappen und verkörperte die sieben Regierungsbezirke. »Der schwarze Löwe steht für die Oberpfalz, die drei kleinen schwarzen Löwen für Schwaben und der blaue Panther für Oberbayern und Niederbayern. Die Ober-, Mittel- und Unterfranken müssen sich mit einem armseligen weiß-roten Rechen zufriedengeben. Ja mei, jeder, wie er es verdient. Hahaha! Ob die Franken wirklich Bayern sind, ist ohnehin fraglich. Hahaha! Die Bayern danken, außer für Franken. Hahaha!« Georg Schöring war in guter Stimmung. Er deutete Jo an, sich zu setzen. »Aber lang hab ich nicht Zeit, ich muss auf die Wiesn! Apropos! Moagst a Bier, a Bazi-Bier?« Ohne Jos Antwort abzuwarten, beugte er sich unter seinen Schreibtisch, öffnete eine Tür und holte zwei gekühlte Flaschen Bazi-Bier hervor. Wo andere Menschen Stifte und Papiere verstauten, hatte Georg »Schorsch« Schöring einen Kühlschrank. Er öffnete die Flaschen an der Schreibtischkante. »Prost! Auf uns Bayern!«

»Ein Bilderbuch-Bayer in Person.«

»Wenn du damit meinst, dass ich meine Heimat und ihre Traditionen liebe, dann hast du recht. Da bin ich *dahoam*, da gehör ich hin.« Ja, hier war er zu Hause, hier gehörte er hin. »Und da investiere ich. In Heimatboden. Grund ist die einzige Geldanlage, die ich verstehe. Alles andere sind nur leere Zahlen.«

»Sieht aus, als würde es sich für dich lohnen.«

»Harte Arbeit, Jo! Harte Arbeit! Von nichts kommt nichts! Hahaha!« Er applaudierte sich mit einem tiefen Lachen, das die Wampe über seiner Lederhose wackeln ließ. Geschätzte hundert Kilo Selbstzufriedenheit. Früher, als Eishockeyspieler, hatte er eine bessere Figur gehabt. Er stützte die Arme auf die Schreibtischplatte, beugte sich nach vorn und fragte: »Was kann ich für dich tun? Das Fräulein Inniger hat gemeint, du willst vielleicht eine Wohnung mieten oder kaufen, und am Laden von der Marina warst auch interessiert. Mei, die Marina!« Er holte Luft. »Dass es so mit ihr enden musste. Ich hab sie ja gewarnt.«

»Wovor gewarnt?« Jo würde hellhörig.

»Erst Dildos verkaufen und dann Ehefrauen zur Scheidung anstiften. Also, wenn ich das gewusst hätte, hätte ich ihr nie den Mietvertrag gegeben. Zu mir hat sie gesagt, sie macht eine Champagnerbar auf.«

»Hat sie doch auch«, verteidigte Jo ihre Freundin.

»Aber was sie da serviert hat! Emanzensprüche, die niemand braucht! Geistiges Gift! Wenn du mich fragst, hat der liebe Gott nicht umsonst Männlein und Weiblein erschaffen. Wir sind einfach nicht gleich, das sieht man doch auf den ersten Blick.« Er beugte sich wieder vor, und jetzt fiel Jo der Anstecker auf seinem Lederhosen-Latz auf. »Die Weiß-Blauen, Bayern zum Wohl!«

»Wolltest du der Marina deshalb den Mietvertrag kündigen?«

»Ich hab mich mit ihr über Alternativen unterhalten, aber du weißt ja selbst, wie stur sie war. Ihre Nachfolgerin suche ich mir genauer aus. Ich könnt mir gut einen kleinen bayrischen Imbiss vorstellen.«

»Was mit Knödel?«

»Hahaha! Knödel mag ich in jeder Form!« Er zwinkerte und starrte auf Jos T-Shirt.

»Aber ich mag keine fetten Fleischpflanzerl!«, entgegnete Jo.

»Als ob du die Wahl hättest! Jo, mach dich nicht lächerlich. So wie du daherkommst, ohne Stil und Geschmack. Wie früher. Die hässliche Freundin der schönen Marina.«

Und eine Wohnung hatte er leider nicht für sie. Jo stand wortlos auf und steuerte zur Tür. Wie gerne wäre sie Schöring schlagfertig über den Mund gefahren, aber der Kerl schien unverwundbar, während sie getroffen war. »Die hässliche Freundin der schönen Marina.« »Probier es halt mal mit einem Dirndl! Hat deine Freundin Marina ja auch gemacht«, brüllte ihr der bayrische Löwe hinterher. Sie schwang sich aufs Fahrrad und radelte los.

*N*eben der Notfallamublanz des Rosenheimer Krankenhauses parkte Jo ihr altes Mountainbike, im Hintergrund hörte sie Blasmusik. Das Herbstfest war nicht weit entfernt. Ohne Probleme passierte sie kurz vor 20:00 Uhr die automatische Schiebetür, ließ die Anmeldung links liegen und folgte den bunten Schildern zu ihrem Ziel: Marinas Krankenzimmer. Sie wollte ihrer Freundin von Georg Schöring erzählen und von Ludwigs Geburtstag. Jo hoffte, ins Bewusstsein der Komapatientin vorzudringen. »Nichts ist so stark und bedingungslos wie die Liebe zu deinem Kind«, hatte Marina behauptet, als sie Jo überzeugen wollte, Mutter zu werden. Vielleicht konnte ihre Liebe zu Ludwig Marina ins Leben zurückholen?

Jo dachte an Marinas Verwandlung zum hingebungsvollen Muttertier. Es hatte Jahre gedauert, bis sich die Freundin endlich daran erinnert hatte, dass es noch ein Leben außerhalb von Kinderzimmer und Küche gab. Auslöser war eine Affäre mit dem Fußballtrainer ihres Sohnes gewesen. Marius »Tiger« Wild hatte Marinas Licht wieder angeknipst. Von da an wollte sie wieder mehr vom Leben als ein sauberes Eigenheim, ein wohlversorgtes Kind und einen zufriedenen Ehemann. »Ein Hoch auf Tiger Wild!«, dachte Jo. Bedauerlicherweise war von ihm nichts weiter übrig geblieben als eine Hand im Wildnispark Blindham: Wildfutter. Jo Coleman und ihr Vater Vitus Pangratz hatten den Mordfall damals gemeinsam geklärt, weil Jo nach der ersten Trennung von Jack zurück in ihre Heimatstadt geflohen war, um beim Onlinemagazin *Rosenheim-News.de* als Reporterin zu arbeiten. Und jetzt? Wie sollte es nach der zweiten Trennung von Jack weitergehen? »So ein hinterfotziger Kerl! Ein *Hundskrippi! Kreuz, Birnbaum und Hollerstauden! Sacklzement!* Der *oide Stenz* hat sich eine Jüngere gesucht!« Linda war sicher nur halb so alt wie er und teilte möglicherweise Jacks Kinderwunsch. In der Zubereitung von geschmacklosen Breien hatte sie jedenfalls Erfahrung. Ihr Catering-Service servierte nichts anderes, doch Jack schien es zu schmecken.

»*Saudeifi!*« In höchster Not fraß der Teufel Fliegen, und Jo griff zu bayrischen Schimpfwörtern, die flogen auch! »*Deifi! Deifi! Der oide Hammel!*« Ein »*Sprüchbeitl*«, ein Beutel völler Sprüche, das war er, ihr Jack, na, ihrer war er jetzt wohl nicht mehr. Mit der letzten bayrischen Beleidigung, die ihr gerade einfiel, öffnete sie die Tür zu Marina Pfisters Krankenzimmer: »*Depp damischer!*«

Ein breiter Rücken im Trachtenhemd saß an Marinas Bett. Jetzt drehte er sich zu Jo. »*Hoads di?*« Tickte sie nicht mehr ganz richtig? »Was bist du denn für eine alte *Zwiderwurzn?*«, setzte er hinterher. Als ob er nicht wüsste, wer diese übel gelaunte Person war, die gerade mit zitternder Hand die Tür hinter sich schloss. Er erhob sich und kam auf Jo zu.

»Mit dir habe ich hier nicht gerechnet!«, begrüßte sie ihn peinlich berührt.

»Während man mit dir wohl immer rechnen muss, wenn man am wenigsten mit dir rechnet!«

Er klang beleidigt. Verletzt. Angefressen. Vielleicht war es auch nur ihr eigenes schlechtes Gewissen, das seine Worte falsch interpretierte. Vor zwei Jahren hatte sie mit diesem Mann eine heftige Affäre verbunden. Sie hatte sich für seinen Körper interessiert, er hatte geglaubt, da wäre viel mehr gewesen. Selbstreflexion zählte nicht zu seinen Stärken. Alois Steimer war ein eitler Kerl, der große Stücke auf sich hielt. Auch auf seinen Geist und seine Persönlichkeit.

»Bist du immer noch verheiratet?«, fragte Jo. Angriff war die beste Verteidigung.

»Die Uschi meint es gut mit mir«, versicherte er ihr oder sich selbst. Es klang wie eine Entschuldigung. »Und du? Hat dich dein Jack schon mit der nächsten betrogen?«

»Mein Privatleben geht dich gar nichts an.«

»Keine Antwort ist auch eine Antwort! Hättest dir halt ein gscheits Mannsbild ausgesucht.«

»Wie dich?«

»Dafür ist es jetzt zu spät.« Er kniff die Augen zusammen, versuchte sich an einem dramatischen Blick, mischte eine Spur Trauer hinein, eine Prise einsamer Wolf und die Überzeugung, dass kein Mann auf dieser Welt jemals an seine Qualitäten heranreichen würde. Es gelang ihm, diesen Blick so lange zu halten, bis Jo lachen musste. Er lachte mit. Okay, ein bisschen mehr als seinen Körper hatte er doch zu bieten. Trotzdem ließ sie ihn stehen und ging zu Marina.

Alles war an seinen Platz, die Schläuche, die Geräte, die Bettdecke. Die vergangenen Stunden waren spurlos an Marina vorrübergegangen und Marina spurlos an ihnen. Jo flüsterte ihrer Freundin ins Ohr: »Du kannst, was immer du willst!« Aus dieser Überzeugung hatte sich Marina Kraft für ihr Leben als Unternehmerin geholt. Sie hatte sogar vorgehabt, sich ihren Glaubenssatz tätowieren zu lassen. Er war die Kernbotschaft der Weiberheldin, das Herz ihrer Workshops und das Versprechen, das sie anderen Frauen verkaufte. »Du kannst, was immer du willst!« Maßlose Selbstüberschätzung als Geschäftsmodell.

»Was machst du eigentlich hier?« Jo schaute wieder zu Alois, der das Fenster öffnete, um die Geräusche des Herbstfests in den Raum zu lassen. Seine kurze Lederhose gab den Blick auf eine Tätowierung frei. Jo sah sie zum ersten Mal, was bedeutete, dass sie relativ frisch sein musste. Auf Alois' rechter Wade prangte das Logo des FC Bayern. Sauber gestochen, in Farbe. Um das weiß-blaue Rautenmuster in der Mitte verlief ein breiter roter Streifen. Im Original trug er den Schriftzug: FC Bayern München. Nicht so auf Alois Steimers Wade. Dort las Jo: »Du kannst, was immer du willst!« Ja, da schau her!

Karola Bazinger hielt sich nicht nur über Wasser, sie schwamm wie eine Meerjungfrau. Vitus Pangratz hatte Mühe, ihren kräftigen Stößen zu folgen, mit denen sie das dunkle weiche Wasser des Simssees teilte. An seiner tiefsten Stelle maß er 22 Meter. Erst vor wenigen Wochen war eine Frau in diesem See ertrunken. Ihr Mann kam allein ans Ufer zurück. Als Witwer. Ein Badeunfall. Einer von vielen. »Lass uns umkehren«, bat Vitus.

Am Ufer hechelte ihnen der Hund namens Hopfen entgegen. Er hatte ihre Kleidung bewacht, die sie ohnehin nicht wieder anziehen würden, hoffte Vitus. Nackt und nass stand Karola Bazinger vor ihm. Wasser tropfte aus ihrem Haar und lief über ihre Brüste. Die feinen Härchen auf ihrer Haut stellten sich auf. Vitus auch. Karola Bazinger bemerkte es. »Lust darauf, noch einmal Indianer zu spielen?« Sie kam näher, bis sie seine Antwort spürte. Sie waren an einem kleinen versteckten Privatstrand, der ihr gehörte. Karola Bazinger deutete auf eine Hütte. »Schau, dort ist unser Wigwam!«

Ihre Haut fühlte sich für Vitus Pangratz wie Heimat an. In ihrem Haar fand er die Geborgenheit, die ihm seit Dianas Tod fehlte, ihre Hüften versprachen ihm Halt und ihr kleiner Bauch eine Weichheit, die ihm seine Angst nahm. Er ließ sich auf die Weite und Großzügigkeit ein, die er in Karolas Augen und ihrem Inneren fand. Mit viel Gefühl durchstieß er die Grenze zwischen Mann und Frau. Für einen seligen Moment fühlte er sich zusammen. Zusammengehalten. Eins mit sich, Karola und der Welt.

Anschließend legte sie ihren Kopf auf seine Brust. Das Bett war schmal. Es stand unter einem Poster mit der Aufschrift: »Die Zukunft ist weiblich, die Zukunft ist bunt.« Eine heimliche Rebellion gegen ihren weiß-blauen Politikergatten? Karola grinste, die Hütte am See war ihr Rückzugsort. Er war seit langem der erste Mann, der ihr hier willkommen war. Vielleicht würde sie ihre Einladung bei Gelegenheit wiederholen. Sie würde darüber nachdenken, versprach sie Vitus und lächelte vielsagend. Um seine Chancen zu erhöhen, begann er ihren Rücken zu streicheln und sang dabei: »Don't be cruel to a heart that's true.« Wieder einmal machte Elvis seinem Herzen Luft, während Vitus selbst noch damit beschäftigt war, Luft zu holen. Dieses Mal würde Karola Bazinger keine Geldscheine neben ihr gemeinsames Lager legen. Oder doch? Als könnte sie seine Gedanken lesen, sagte sie: »Du bist dein Geld schon wert, mein Kavalier.«

»Und ich glaub, du bist unbezahlbar.« Er lachte, damit es nicht gar so platt klang. Karola Bazinger lachte mit, dann fing sie an zu singen. Für ihn.

»Bitte halt mich nicht in deinen Träumen fest, ich komm ja doch am Ende raus. Und versprich mir nicht, dass du mir Sterne fängst, wenn man sie hat, dann gehen sie aus. Kannst du dir vorstellen mich zu lieben, auch wenn mein wildes Herz tanzt, kannst du dir vorstellen, mich zu halten, auch wenn mein Horizont wankt...«

Es war eine wunderschöne, gefühlvolle Ballade der Rosenheimer Liedermacherin »Die Plank«.

»Sie singt mir aus dem Herzen, die Plank«, erklärte ihm Karola, während Vitus schluckte. Noch nie hatte eine Frau für ihn gesungen.

Im nächsten Moment zerstörte sie die zärtliche Stimmung, indem sie ihm mit klaren ehrlichen Worten erzählte, warum sie im Wildnislager am Samerberg unter seine Decke gekrochen war. Sie wollte ein Kind. Endlich. Nachdem sie mit ihrem Gatten Hubert Bazinger alles versucht hatte. Die Ärzte meinten, von medizinischer Seite spräche nichts gegen eine natürliche Empfängnis, aber offenbar passten sie einfach nicht zusammen, der Hubert und sie. Selbst künstliche Befruchtungsversuche, führten nicht zur erhofften Schwangerschaft. »Aber vielleicht klappt es ja jetzt.« Karola Bazinger schob sich ein Kissen unter ihren Po. Vitus wunderte sich und überlegte, ob seine Liebhaberin nicht zu alt für ein Kind war. Er selbst war es definitiv. Warum hatte er nicht eine Sekunde an Verhütung gedacht? Wieder erriet Karola, was in seinem Kopf vorging. »Keine Sorge! Du hättest nichts damit zu tun. Ich würde mich um alles kümmern, und der Hubert, der wär offiziell der Papa«, beruhigte ihn die Gedankenleserin, aber Vitus fand diese Vorstellung alles andere als beruhigend. Seine Tochter Jo war im Alter für Kinder, und er war im Alter eines jungen Großvaters. »Alter bedeutet nichts«, meinte Karola und strich ihm seine Welle aus der Stirn. »Es geht darum, was man wirklich will. So tief im Herzen.« Diese Einsicht verdanke sie Marina Pfister, einer wahren Weiberheldin. »Du kannst, was immer du willst«, versicherte sie Vitus Pangratz, aber der wusste nicht mehr, was er wollte. Er hatte Rosina gewollt, Jos Mutter, aber jetzt war sie tot. Er hatte Diana gewollt, seine Jagdgöttin, aber jetzt war auch sie tot. Er wollte Karola, und sie sollte leben. Er beobachtete, wie sie sich zärtlich über ihren Bauch strich. Vermutlich sprach sie in Gedanken mit dem Kind, das sie sich so sehr wünschte. Ein neues Leben.

Als wären keine zwei Jahre vergangen, saßen sie wieder Seite an Seite, Jo und Alois, in Alois Steimers poliertem BMW. Es war seine Bedingung gewesen: »Wenn du wissen willst, was ich mit der Marina zu tun habe, dann musst du mit mir essen gehen.« Nur in Rosenheim, da konnte er sich leider nicht mit ihr blicken lassen, seine Uschi war eifersüchtiger denn je, das würde Jo doch sicher verstehen. Einen Mann wie ihn teilt Frau eben nicht gerne.

»Hahaha!«

»Ja, hahaha!«

Jo bedauerte, dass Alois nicht die Landstraße genommen hatte. Viel zu schnell rauschten sie auf der A 8 an der Natur vorbei. Kurz vor der Ausfahrt Prien ging es aufwärts. Auf der Kuppe des Hügels angelangt, sahen sie den Chiemsee in seiner ganzen Pracht. Bayerns größter See wurde nicht umsonst das »bayrische Meer« genannt. Jo erkannte einen Dampfer der Chiemsee-Flotte auf der Wasserfläche. Die Schiffe verbanden die wichtigsten Uferorte mit der Fraueninsel und der Herreninsel. Sie alle wurden ihren Namen gerecht: Auf der Fraueninsel stand die Benediktinerinnen-Abtei Frauenwörth, und auf der Herreninsel hatte König Ludwig II. ein kleines Abbild vom französischen Schloss Versailles platziert.

»Unser *Kini* hat den französischen Sonnenkönig übertroffen: Der Spiegelsaal auf Herrenchiemsee ist größer als das Original im Schloss Versailles.«

»Komm, Alois, erzähl mir was Neues und kling dabei bitte nicht wie mein Vater!«

»Was soll ich sagen? Meine Versicherungs-Agentur läuft wie geschmiert. Der Dimitrij hat mir eine ganz neue Kundengruppe erschlossen. Erinnerst dich an ihn, an den Dimitrij Nowikow?«

»Ich erinnere mich noch gut daran, wie seine Faust in deinem Gesicht gelandet ist.«

»Das macht er jeden Tag aufs Neue wieder gut. Seine Provisionen sind mein Schmerzensgeld.«

»Du klingst wie ein richtiger *Ruach*.« Ja, er hörte sich wie ein raffgieriger Mensch an.

»Ein richtiger *Ruach* ist nicht nur habgierig, sondern auch geizig, und das bin ich nicht«, berichtigte Alois sie. »Ich schau halt, wo ich bleib, das muss doch ein jeder, weil ohne ein Geld bist ein armer Hund, besonders als Mann.«

Jetzt lag der Chiemsee zu ihrer Linken, spiegelte das Abendlicht und schaukelte sacht die Segelboote auf seiner Oberfläche. Bei der Ausfahrt Grabenstätt fuhren sie von der Autobahn ab. Jo erinnerte sich an ihren gemeinsamen Abend in der Sundowner Bar vor zwei Jahren. Ein Gewitter hatte sie zurück in den Wagen getrieben. Sie hatten damals viel Spaß zusammen gehabt, ohne Worte. Er war der richtige Mann zur richtigen Zeit gewesen mit dem richtigen Timing. Sie musterte ihn von der Seite. Seine Größe, sein Knochenbau und seine markanten Gesichtszüge, das Leben hatte Alois Steimer viele Geschenke gemacht, rein oberflächlich betrachtet.

»*Scho schee*, dass du wieder da bist, meine unvergessene Jo, du Luder!« Der bayrische Sound polsterte seine Stimme auf, und für einen Moment überraschte sie die Lust, es sich mit ihm bequem zu machen. In seinem Kern hatte der bayrische Dialekt Sex-Appeal, und Luder war in dieser Tonlage ein großes Kompliment.

Wieder zog er Marinas Smartphone aus dem Versteck. Sie schien jedes Gespräch aufgenommen zu haben. Noch immer hatte er nicht alle gehört. Frauen redeten einfach zu viel und zu lange. Er öffnete die Datei »Seilschaft«.

»Das habt ihr euch ja fein ausgedacht«, sagte Marina. »Mich aus meinem Mietvertrag zu kündigen, damit der Dicke ein fettes Geschäft macht.«

»Es geht doch auch um unsere Innenstadt. Die muss attraktiver werden, und deine Weiberheldinnen-Zentrale trägt nicht dazu bei. Die schließt doch die Hälfte der Gesellschaft aus, uns Männer.«

»So ging es uns Frauen jahrhundertelang.«

»Jetzt sei doch nicht so, Marina. Du kommst gut weg bei dem Geschäft. Er lässt sich nicht lumpen.«

»Wieso kommt er eigentlich nicht selbst, sondern schickt dich?«

»Weil er weiß, dass ich etwas gegen dich in der Hand hab.«

»Lächerlich! Dann wärst du doch selber am Arsch.«

»Mit einem Arsch voll Geld! Für mich würde es sich lohnen. Geh, Marina, du bist doch eine Geschäftsfrau, du kannst doch rechnen. Für deinen Weiberhaufen findest du woanders ein neues Zuhause. Er würd dir sogar dabei helfen.«

»Schleich dich!«

»Das wirst du bereuen! Mit dem Kerl ist nicht zu spaßen.«

»Dann schau mer mal, wer zuletzt lacht. Ich hab auch Informationen, die anderen schaden könnten.«

*D*u kannst, was immer du willst. Alois, wieso steht Marinas Spruch auf deiner Wade?«

»Weil er wahr ist.«

»Mehr nicht?«

»Mehr als die Wahrheit geht nicht.«

»Marina hat nie von dir erzählt.«

»Es gab nichts zu erzählen.« Alois sah ihr in die Augen. Oder genauer: Er starrte ihr in die Augen, sichtlich bemüht, ehrlich zu wirken. Jo spürte, dass er log. Jetzt kratzte sich Alois am Bein, dort, wo Marinas Leitspruch unter seine Haut tätowiert war. Natürlich! Jo verstand. Warum war sie nicht gleich daraufgekommen!

»Jetzt weiß ich es: Alois, du hast dich von ihr coachen lassen!« Treffer! Jo war sich sicher, aber er schüttelte den Kopf.

»Geh, Schmarrn, die Marina hat sich nur um Frauen gekümmert. Ihre beste Geschäftsidee war es, die Weiberheldin zu spielen. Sie hat den Weibern gesagt, was sie hören wollten, und schon war sie die Heldin. So laufen die Hasen. *Des sog i da.*« Ja, das sagte er ihr. Er, der Mann mit Erfahrung. Von wegen, in diesem Augenblick war er ein »*Gloiffe!*«, ein ungehobelter Kerl.

Jo lehnte sich zurück und schaute sich um. Alois hatte sie ins Wirtshaus zur Hirschauer Bucht gefahren, einer gemütlichen Holzhütte mitten im Naturschutzgebiet »Grabenstätter Moos«. Die beiden saßen auf der Terrasse, neben einem Baum. Jo erinnerte sich an früher, als ihr Vater Vitus sie im späten Frühjahr zur Irisblüte in die Hirschauer Bucht gebracht hatte. Hier mündete die »Tiroler Ache« in den Chiemsee und sorgte für Sandbänke, Auwälder und Streuwiesen.

»Wir könnten hinterher noch auf den Naturbeobachtungsturm«, schlug Alois vor. Das Thema Marina war für ihn offenbar erledigt. »Im vergangenen Winter habe ich da mit meinem Sohn einen Seeadler gesehen. Das können nicht viele von sich sagen.« Mit ihren bis 2,50 Meter Flügelspannweite wirkten diese Tiere kräftig und robust, aber unter ihrem braunen Gefieder mit dem weißen Schwanz verbargen sich sensible Wesen, die sehr empfindlich auf Störungen reagierten. Wenn Menschen ihren Horsten zu nahe kamen, brachen die Tiere oft ihre Brut ab. Am Chiemsee wurde dies leider bereits häufiger beobachtet. »Weil die blöden Deppen halt überall rumtrampeln müssen und ihre Köter selbst im Naturschutzgebiet nicht an die Leine nehmen.«

»Der Alois ein Naturfreund. Seit wann kennst du dich so gut aus?«, fragte Jo, obwohl das Thema Marina für sie noch nicht beendet war.

»Ja mei, du weißt ja, dass mein Adrian nicht mehr Fußball spielt. Er tanzt jetzt Ballett. Ballett! Was der Ball in diesem Wort zu suchen hat, frag ich mich schon. Ich hab erst gar nicht mehr gewusst, über was ich mit ihm reden soll, aber er ist ja mein Bub. Also hab ich mir überlegt, was uns beide interessieren könnte, und bin auf die Natur gekommen. Seitdem gehen wir regelmäßig gemeinsam auf Safari in unserer Region. Du glaubst ja gar nicht, was du bei uns alles entdecken kannst. Sogar Adler, wie gesagt.« Er hatte also doch noch sympathische Züge, der Steimer Alois, dachte Jo.

»Die Steinadlerpaare bleiben übrigens ein Leben lang zusammen.« Wieder schaute er Jo tief in die Augen, diesmal ohne zu starren. »Schade, dass wir das nicht geschafft haben.«

»Die ewige Liebe war bei uns nie ein Thema, und außerdem hast du sie sowieso einer anderen versprochen!«

»Irren ist männlich.«

Die Bedienung servierte Chiemseerenke mit Salzkartoffeln. »An Guadn wünsch ich!« Guten Appetit! Sie aßen schweigend. Die Rechnung schob Alois auf Jos Seite. »Du bist mir noch was schuldig, da sind wir uns sicher einig!« Er hatte in ihrer Beziehung genug bezahlt. Mit Schmerzen, Selbstvertrauen und einem gebrochenen Herzen. Also wirklich, Jo, einen größeren Verlust gab es nicht. Gell? Jo legte ihr Portemonnaie auf den Tisch.

»Du bist mir auch noch etwas schuldig, Alois. Ich will wissen, was du mit der Marina zu tun hattest.«

»Also gut. Die Marina und ich, wir haben zusammen Geschäfte gemacht und uns dabei angefreundet. Sie hat mir ihre Kundinnen in die Agentur geschickt, zur Finanzberatung, und ich habe mich revanchiert. Emanzipation fängt bei der Geldanlage an. Verstehst?«

»Und dein Tattoo mit Marinas Motto?«

»Den Spruch ›Du kannst, was immer du willst‹, hab ich von meinem ehemals besten Freund, dem Tiger. Marius ›Tiger‹ Wild, der legendäre Fußballtrainer. Du erinnerst dich?«

Und ob. Sie nickte.

»Ein paar Monate nach seinem Tod, nachdem du schon längst wieder in Los Angeles warst, hab ich mir das Tattoo stechen lassen. Als späte Versöhnung und Erinnerung, schließlich war das einmal unser gemeinsames Motto, als wir noch junge hoffnungsvolle Fußballer waren und alles geglaubt haben.«

»Und jetzt, woran glaubst du jetzt noch?«

»An die Natur, Jo! An die Natur! Und die ist grausam! Da geht es allein ums Wesentliche: fressen, gefressen werden und Paarung. Apropos, ich hab dich zum Fressen gern. Lust auf gute alte Zeiten?« Er fauchte.

*V*itus Pangratz wanderte im Mondschein allein zurück zu seinem Wagen beim Seewirt. Am Uferweg des Simssees waren um diese Zeit nur noch Mücken unterwegs. Karola Bazinger wollte mit seiner Samenspende und ihrem Hund in ihrer Hütte übernachten. Am nächsten Morgen war sie mit einer »neuen Unterstützerin« am See verabredet. »Mein heimlicher Treffpunkt«, erklärte sie Vitus. Er versuchte, sie in seinen Gedanken festzuhalten und noch einmal zu umarmen. Selbst kleine Abschiede machten ihn wehmütig. Zu oft hatte er erfahren müssen, dass jeder Abschied für immer sein konnte. Aber vielleicht war die Sache mit Karola Bazinger ja auch ein neuer Anfang.

Vermutlich streichelte sie noch immer ihren Bauch und ging davon aus, dass »Alois« der Künstlername von Vitus Pangratz war und Marina Pfister seine Auftraggeberin, die ihn als Kavalier ins Wildnislager geschickt hatte. An eine Verwechslungsgeschichte wollte Karola nicht glauben. Vitus war im selben Maße beleidigt wie geschmeichelt. Immerhin, diesmal hatte sie ihn nicht bezahlt, sondern um ein Wiedersehen gebeten. Er freute sich und nahm sich vor, beim nächsten Mal Kondome einzupacken. Als Vater hatte er schon einmal versagt. Hatte er das wirklich? Eigentlich war seine Johanna doch gut geraten, abgesehen von ihrem schlechten Männergeschmack und ihrem Fernweh. Hoffentlich machte sie keine Dummheiten. Er zog sein Telefon aus der Jeans und wählte ihre Nummer. War sie noch immer bei Ludwigs Geburtstag oder schon wieder mit dem Clown unterwegs?

Endlich meldete sie sich: »Papa?«

»Bist du daheim?«

»Ich bin am Chiemsee.«

»Mit wem?«

»Mit dem Steimer Alois!«

»Ja sog amoi, hoad's di, Dirndl? Du kommst sofort nach Hause!«

»Der Alois zeigt mir hier gerade die Natur.«

Die Natur war ein anderes Wort für Wildnis. Wer, wenn nicht Vitus, wusste, was das bedeuten konnte. »Du sagst mir jetzt sofort, wo du mit diesem Naturfreund bist, und ich hol dich ab!«

*A*m nächsten Morgen saßen sich Jo und Vitus schweigend beim Frühstück gegenüber. Jo hatte frische Brezen besorgt und auf der Terrasse gedeckt, mit Blick auf den verwilderten insektenfreundlichen Garten. Ihr Vater strich beleidigt die karierte Tischdecke glatt, weil sie ihm gestern Abend strikt verboten hatte, sie abzuholen.

»Spät ist es geworden«, grantelte er.

»Ja mei! Hauptsache, ich bin gekommen.«

»Der Alois macht es für Geld.«

»Der macht wahrscheinlich so ziemlich alles für Geld. Aber was meinst du jetzt genau?«

»Der spielt den Kavalier für Geld, den – wie soll ich sagen – Callboy.«

»Spinnst du jetzt, Papa?«

»Ich meine, was ich sage: Der Alois Steimer ist eine männliche Prostituierte, und die Marina war seine Zuhälterin.«

»So weit würde nicht einmal der Alois gehen.«

»Bei dir hat er es ja auch umsonst bekommen.«

»Das ist zwei Jahre her!«

»Schäm dich!«

»Und wenn schon, dann macht er's halt für Geld.«

»Johanna, bist du bei den Amis total verblödet? Verstehst du denn nicht, was das heißt? Wenn der Alois für die Marina gearbeitet hat, auf diese ganz spezielle Art und Weise, dann hatte er vermutlich auch einen Grund, ihr nach dem Leben zu trachten.«

Jo überlegte. »Vielleicht wollte er auf eigene Rechnung arbeiten, oder die Marina hat ihn erpresst?«

»Gescheites Mädchen!« Er würde sich den Kerl heute vorknöpfen.

»Du, Papa, der Alois war gestern bei der Marina im Krankenhaus.«

»Vielleicht wollt er seine Arbeit zu Ende führen? Beim ersten Mal hat er nicht lange genug zugedrückt.«

»Das kann ich mir trotz allem nicht vorstellen.«

»Es reicht, wenn der Kerl sich das vorstellen kann.« Marina brauchte endlich Personenschutz!

»Ich fahr ins Krankenhaus«, sagte Johanna, und weg war sie.

*A*ußer Atem platzte Jo in die Visite. Sie bezweifelte, dass Alois eine Gefahr für Marina darstellte, aber was, wenn doch?

»Entschuldigung!« Sie stellte sich an die Wand in der Hoffnung, bleiben zu dürfen. »Ich bin die beste Freundin«, erklärte sie der Ärztin, die neben Schwester Helga stand. »Na, an Besuch mangelt es der Frau Pfister nicht«, antwortete die Medizinerin und deutete in die Runde. Da standen Marinas Ehemann, Jürgen Pfister, in Begleitung von Knödel-Klaudia, seiner Geliebten, und am Tisch saß Harald Hopfinger, der Kommissar. Jürgen nickte Jo zu und lauschte dann wieder der Ärztin. Diese erzählte von einer dänischen Studie, die einen Zusammenhang herstellte zwischen dem Glukoseverbrauch des Gehirns und der Wahrscheinlichkeit, dass Komapatienten wieder aufwachten.

»Marinas Werte stimmen mich verhalten optimistisch.«

»Die Marina hat neulich meine Hand gedrückt«, unterbrach Jo.

Die Ärztin lächelte. Es wäre richtig, die Hoffnung nicht aufzugeben, meinte sie.

»Kann das wirklich bedeuten, meine Frau könnte wieder zu sich kommen?« Jürgen klang irritiert und wischte sich die Hände an seiner Fahrradhose ab. Auch auf seiner Stirn nahm Jo einen feinen Schweißfilm wahr. Sie ging auf ihn zu.

»Du hast dich wohl schon damit abgefunden, ohne Marina weiterzuleben. Hast ja jetzt die Knödel-Klaudia.« Die Knödel-Klaudia errötete.

»Kümmere du dich besser um dein eigenes Leben, Jo, wenn du so was überhaupt noch hast.«

Kommissar Hopfinger hob beschwichtigend die Hände. »Wir wollen die Situation doch nicht eskalieren lassen, gell?« Ohne Zweifel würde jeder in diesem Raum hoffen, dass Marina Pfister ins Leben zurückkehrte. Der Polizei jedenfalls würde es die Arbeit erleichtern. »Vielleicht hat sie den Täter ja gekannt. Der Großteil aller Taten sind Beziehungstaten.« Hopfinger sah Jürgen lange an, bis sich dieser provoziert fühlte.

»Keine brauchbaren DNA-Spuren finden, aber den großen Ermittler spielen!« Jürgens Zorn hatte ein neues Ziel. »Was Sie können bzw. nicht können, Herr Hopfinger, das haben Sie ja bereits vor zwei Jahren bewiesen, als Sie meiner Frau den Mord am Fußballtrainer Tiger Wild in die Schuhe schieben wollten.«

»Der Trainer war ihr Liebhaber«, erwiderte Hopfinger boshaft.

»Das war ihre Privatsache. Tatsache ist: Sie waren auf der falschen Fährte, und das scheint ja Ihre Spezialität zu sein, Herr Kommissar.« Am liebsten hätte Jo den Streit mit ihrem Smartphone aufgenommen, um ihn später ihrem Vater Vitus vorzuspielen.

»Vorsicht, Herr Pfister! Langsam grenzt es an Beamtenbeleidigung. Sie mögen sich in einer Ausnahmesituation befinden, aber das verzeiht noch lange nicht alles.«

Jürgen Pfister schnaubte wie ein Hengst. Ein Hengst in Fahrradhose, die sein Gemächt einengte. Es sah nicht gut aus.

»Whatever«, mischte sich Jo ein, »die Marina braucht dringend Polizeischutz.«

Soso, wollte Miss Hollywood ihm jetzt auch noch sagen, wie er seinen Job zu machen hatte? Warum glaubte Jo eigentlich, dass der Kommissar im Krankenhaus war? Um die Notwendigkeit erneut abzuklären! »Ich bin doch nicht auf der Brennsupp'n dahergeschwommen.« Aber solange Marina im Koma lag, stellte sie für niemanden eine Gefahr dar, wen sollte sie in diesem Zustand verraten? Außerdem war jetzt Herbstfest, und seine Leute hatten genug zu tun. »Habe die Ehre!« Er drehte ab. In der Tür wäre er fast mit Kilian zusammengestoßen. Der Clown hob seinen Hut. »Alles klar, Herr Kommissar?«

*W*enn Marina nur wüsste, wie sehr sie ihn mit ihren Aufnah-men amüsierte, aber sie wusste ja überhaupt nichts mehr in ihrem Zustand. Er lächelte und klickte auf die Datei »Selbstver-trauen«.

»*Seit Jahrhunderten wird uns Frauen eingetrichtert, dass unser Aussehen unser wichtigstes Kapital ist: die perfekte Figur, das hüb-sche Gesicht, die vollen langen Haare. Und wenn wir nach diesen Maßstäben nicht schön sind, dann sollen wir wenigstens charmant sein, anpassungsfähig und opferbereit. Wir werden dazu erzogen, die Frau an seiner Seite zu sein, zumindest so lange, bis er sich für eine andere entscheidet, selten für eine ältere. Über den Wert von uns Frauen lassen wir seit Generationen Männer bestimmen. Weil wir ihnen selten gut genug waren, haben sie die Mitgift erfunden. Für die Kerle war es ein super Deal. Sie bekamen ein Betthupferl, eine Gebärmutter, eine Putzfrau und eine Köchin in Personalunion. Heute nennt man dieses Ausbeutungsmodell nicht mehr Hausfrau, sondern ›Familienmanagerin‹. Nur die Mitgift gibt es nicht mehr. Dafür müssen Frauen heute dazuverdienen.*«

Gequältes Lachen. Eine Stimme warf ein: »Frauen müssen schön sein, weil Männer besser schauen können als denken!«

Dann war wieder Marina Pfisters Stimme zu hören. »Das mag sein, aber wenn es um ihre Lebensplanung und finanzielle Sicher-heit geht, schauen die Kerle zuerst auf sich. Die Männer machen

Karriere, während wir Windeln wechseln, uns auf die Waage quä-
len und mit Falten hadern.«

Pause. Marinas Zuhörerinnen warteten auf die Fortsetzung.

»Was haben uns die Männer voraus? Ich sage es euch: Selbst-
vertrauen! Das ist der unbedingte Glaube an sich selbst und an
die eigenen Fähigkeiten. Selbstvertrauen ist wichtiger als Schön-
heit, Klugheit oder Wissen! Selbstvertrauen ist unser Sockel. Ist der
nicht stabil, wackelt unser ganzes Leben beim kleinsten Windstoß.
Frauen, die kein Selbstvertrauen haben, stellen sich freiwillig in den
Windschatten von Männern und stundenlang vor den Spiegel. Des-
halb, liebe Frauen, sage ich euch: Unsere Freiheit und unsere Selbst-
bestimmung hängen an unserem Selbstvertrauen. Erst Selbstver-
trauen macht die wahre Weiberheldin. Habt ihr mich verstanden,
Weiberheldinnen?«

Jubelnde Zustimmung. Alberne Weiber! Natürlich war ihr Aussehen ihr wichtigstes Kapital. Wie dumm von Marina Pfister, das
in Frage zu stellen. Er schüttelte den Kopf und lauschte weiter.

»Heute sind wir zusammengekommen, um an unserem Selbstver-
trauen zu arbeiten«, erklärte Marina Pfister.

»Und dann retten wir die Welt!«, rief eine ihm bekannte Stimme
dazwischen.

»Recht hast! Erst retten wir uns und unsere Kinder, dann retten
wir Bayern und die Welt!«

»Marina, so lange hat Bayern nicht Zeit. Die Weiß-Blauen sind
im Anmarsch.«

»Keine Sorge, denen stellen wir rechtzeitig ein Bein.«

Zustimmender Jubel. Applaus.

Hysterische Weiberbande! Damische! Hätte der liebe Gott gewollt, dass Weiber den Takt der Welt bestimmten, wäre der
Dirigentenstab nicht den Männern angeboren. Ach, musste man

immer bei Adam und Eva beginnen, damit Frauen etwas verstanden? Die weibliche Unfähigkeit, einfache Anweisungen und komplexe Zusammenhänge zu erfassen, hatte letztendlich auch die Männer aus dem Paradies verdammt. Himmel Herrgott! Er räumte Marina Pfisters Smartphone wieder auf.

*V*itus steuerte seinen roten Ford Mustang über die Autobahn. Er passierte die Ausfahrt Kolbermoor, dann die Ausfahrt Bad Aibling. Sein Ziel war der Irschenberg. Seine Tochter Johanna saß auf dem Beifahrersitz, wie immer in Jeans und T-Shirt, mehr schien ihr Kleiderschrank seit Jahren nicht herzugeben. Zu Elvis' Zeiten hatten sich die Frauen besser gekleidet. Johannas Outfit glich dem ihres Patenkindes Ludwig. Einzig die Größen und der Aufdruck auf den T-Shirts unterschieden sich: Ludwig trug einen FC-Bayern-Spieler vor sich her, Johanna bunte Schmetterlinge.

Zu dritt waren sie auf dem Weg zum Fan-Shop des FC Bayern, der an der Ausfahrt Irschenberg, hinter McDonald's und der Kaffeerösterei Dinzler, einen strategisch günstigen Standort besetzte. Die Meisterschaft im Marketing machte den Bayern niemand streitig. Dortmund sowieso nicht. Aber Vitus wollte mit dieser Geldmacherei nichts zu tun haben und entschied: »Ich geh zum Dinzler und kauf mir einen gescheiten Kaffee.« »Gescheit« war in Bayern ein Synonym für gut. »Bauernschlau« das ländliche Pendant zu »streetsmart«. Die Bayern waren nicht blöd, und neueste Forschungen belegten, was ihre Intelligenz weitflächig förderte: der Dialekt. Er trainierte die Auffassungsgabe und das abstrakte Denken in ähnlichem Maße wie das Erlernen einer Fremdsprache. Vitus Pangratz dachte an Markus Söder, den bayrischen Ministerpräsidenten, der bei offizieller Gelegenheit verlauten ließ: »Sie alle wissen, dass Dialekt intelligenter macht, das sieht man an der bayerischen Staatsregierung jeden Tag.« Nun gut, Ausnahmen bestätigten die Regel, dachte Vitus Pangratz und bog in den Parkplatz vor dem FC Bayern-Shop ein. »Wir sind da!«, freute sich Ludwig und zeigte auf die FC Bayern-Fahnen, die im Wind wehten. Leider roch der Wind auf dem Irschenberg nach McDonald's. Vitus flüchtete in das Kaffeehaus gegenüber. Beim Dinzler würde es duften. Jo und Ludwig betraten den Bayern-Store.

Gab es ein schwarzes Loch in der Umkleidekabine? Ungeduldig verlagerte Jo ihr Gewicht auf den grauen Steinfliesen von einem Fuß auf den anderen. Ludwig ließ sich Zeit. Er probierte in der Umkleidekabine ein knapp 80 Euro teures Trikot aus Synthetik und die passende Hose für rund 35 Euro an. »Stutzen bräuchte ich auch noch«, rief ihr Patenkind durch den Vorhang. »Und eine Basecap wär super. Die Mama hat mir ja eigentlich eine versprochen. Die fehlt mir schon sehr, die Mama. Ich könnt ja die Klaudia fragen, weil die ist auch sehr nett. Wenn sie halt nicht immer die Marei und ihre Elfen dabeihätte! Die Marei ist eine Nervensäge, aber die Klaudia kann kochen. Die Mama, hat ja leider nicht mehr so oft gekocht. Die war eigentlich dauernd unterwegs. Arbeiten. Den Papa hat das genervt. Die haben viel gestritten. Mit der Klaudia streitet er sich nie, aber die Klaudia ist nicht meine Mama.« Der Vorhang bewegte sich, und Ludwig trat als Bonsai-Version eines Bayernspielers hervor. Süß!

»Ich kauf dir die Basecap«, sagte Jo. Gemeinsam machten sie sich im Fan-Shop auf die Suche nach der vermutlich überteuerten Schirmmütze. Mit ihrem Anspruch »*Mia san mia*« rechtfertigten die Bayern alles. Ihr Herrschaftsanspruch glich dem des französischen Sonnenkönigs, der mit den Worten »Der Staat bin ich« in die Geschichte eingegangen war.

»Merci dir, Jo!«, sagte Ludwig. » Irgendwann spiel ich bei den Bayern, weil ich kann, was immer ich will. Das sagt unser Trainer, der Alois.« Der Steimer Alois.

»Und, bist zufrieden mit ihm?«

»Sowieso! Du, der macht jetzt auch Mentalitätstraining mit

uns. Weil Talent öffnet die Tür, aber die Einstellung bringt dich durch.« Breitbeinig stellte sich Ludwig vor Jo, zog seine Schultern zurück und pochte mit der rechten Faust auf seine linke Brust: »Erfolg beginnt im Kopf!«

»Und warum haust du dir dabei auf die Brust?«

»Die Bewegung ist mein Anker. Damit fokussiere ich mich.«

»Aha!«

An der Wand hingen Strampelhosen mit Bayernlogo, darunter stand »Neuzugang«.

»Wieso hast du eigentlich keine Kinder, Jo?«

»Weil ich so gerne arbeite und ich mir keine weiteren Bayernfans mehr leisten kann.«

»Die Mama arbeitet auch und hat mich.«

»Du kannst, was immer du willst, oder, Ludwig?« Sie hob die Hand, und Ludwig klatschte ab.

»Und was willst du, Jo?«

»Dass wieder alles gut wird!« Mit Marina, mit Jack und auch mit ihrem gemeinsamen Film.

»Alles wird gut!«, versprach Ludwig und setzte seine neue FC-Bayern-Basecap auf. Es war schön, mit einem Kind wie Ludwig unterwegs zu sein. Verflixt! Sie war überfällig. Das musste am Jetlag und der Aufregung liegen. Sie konnte sich auf ihre Verhütung verlassen.

*D*rohte diese Frau wirklich mit Mord? Noch einmal hörte er die Aufnahme.

»Es geht schon seit Jahren so.«

»Und du hast alles stillschweigend ertragen.«

»Bis dass der Tod euch scheidet. Das Versprechen hab ich ernst genommen, und umbringen wollte ich ihn nicht. Obwohl, das stimmt jetzt so nicht.«

»Du hättest dir viel Leid erspart, und mit ein bisserl Fantasie wär es ein Unfall gewesen.« Marina Pfister lachte. Ein Scherz?

»Ideen hätte ich schon. Ich sitze ja gewissermaßen an der Quelle. Mit Insulin lässt sich viel machen…«

»Helga, jetzt nimm doch endlich deine Sonnenbrille ab.«

»Ich schäm mich so.«

»Dieses Schwein!« Marina Pfister klang schockiert.

»Liebe, die wehtut, ist keine Liebe, gell?«

»Keine Frage. Du musst ihn verlassen!«

»Das kann ich nicht.«

»Wir finden einen Weg.«

»Darauf kannst du Gift nehmen.«

»Ich nicht!« Beide lachten. Eine Frau namens Helga und Karola Bazinger.

Der Barista hatte ihm ein Herz auf den Cappuccino gezeichnet. Waren Vitus' Gefühle so offensichtlich? Während er an der langen Bar des Kaffeehauses Zucker auf den Milchschaum rieseln ließ, beschloss er, Karola Bazinger anzurufen. Jetzt. Sofort. Einfach so, um wieder mit ihr schwimmen zu gehen und anschließend in andere Gewässer abzutauchen. Er wollte nicht nur in den Ozean ihrer Augen eindringen.

Das dumpfe Tuten in seinem Ohr wiederholte sich. Karola antwortete nicht, stattdessen sprang die Mailbox an. »Servus, da ist die Karola. Nein, da bin ich nicht, weil ich bin grad woanders. Ned am Telefon. Aber das hast du jetzt schon gemerkt, oder? Sag, was du willst, aber red keinen Schmarrn. Bussi!«

»Servus, Karola, da ist der Vitus, leider bin ich grad ned da, wo du bist, aber da wär ich gern, also da, wo jetzt du bist. Kein Schmarrn! Mein Ernst! Wo bist du, Karola? Melde dich!«

Ach, das konnte er besser. Er drückte auf Wahlwiederholung, wartete den Piepton ab und sang leise, tief und – wie er fand – erotisch »Heartbreak Hotel«: »Well, I am so lonely. I am so lonely, I could die.«

Sacklzement, das war zu ehrlich. Ja, er fühlte sich einsam, aber das war kein Grund, davon zu singen. Er wählte erneut. Diesmal sang er: »Well, that's alright, that's alright, Mama, anyway you do.«

»Ein Elvis-Fan?« Vitus hatte nicht bemerkt, dass ein Mann im Hawaiihemd neben ihm Platz genommen hatte. Sein Gesicht kam ihm bekannt vor.

»Der Prutting Michael von der Flughafen-Polizei«, half ihm der Mann auf die Sprünge.

»*Jetzad!*« Ja genau, jetzt erinnerte er sich. Der Prutting, das war der Schwager von Kommissar Hopfinger, doch davon abgesehen war er sympathisch. Seine Verwandtschaft konnte sich niemand aussuchen. Der Prutting verdiente Mitleid, trotzdem wirkte er fröhlich. Der ganze Kerl schien aus guter Laune zu bestehen.

»Heute allein unterwegs, Pangratz? Wo ist denn deine Tochter?«

»Im FC-Bayern-Fan-Shop, die müsst gleich kommen. Pressiert's dir?«

Pressieren, es eilig haben, kam vom französischen »se presser«, sich beeilen. Napoleons Soldaten hatten ihre Spuren in der bayrischen Sprache hinterlassen. Doch schon zu Zeiten des französischen Sonnenkönigs Ludwig XIV. gehörte das Französische auch in Münchens Adelskreisen zum guten Ton, gefördert von der Kurfürstin Adelaide, die von Savoyen nach Bayern gezogen war. Seitdem hatten die Bayern dem einen oder anderen französischen Wort eine neue Bedeutung verpasst. Während »baggage« in Frankreich noch immer das »Gepäck«, bestehend aus Koffern und Reisetaschen, bezeichnete, meinte »*Bagasch*« im Bayrischen inzwischen das schwer zu ertragende Gepäck aus Verwandten und Angeheirateten, Menschen wie Harry Hopfinger.

Und nein, der Michael Prutting hatte es nicht eilig.

»Es reicht, wenn ich bis zum Abend in der Höhle des Harrys bin.«

Das »Du« ergab sich von selbst, sie waren in Bayern, sie waren gewissermaßen Kollegen, und sie waren sich sympathisch.

»Der Barista und Seelentröster vom Flughafen!« Im Gegensatz zu Vitus erkannte Jo den grinsenden Michael Prutting sofort. Sie schien sich zu freuen, und Ludwig zeigte ihm stolz sein neues Trikot, die passende Hose, die Stutzen, die Basecap, eine Trainingshose und eine Trainingsjacke.

»Meine Tochter übertreibt gerne, selbst im Bayern-Shop«, erklärte Vitus.

»Der Ludwig ist mein Patenkind, da darf man sich nicht lumpen lassen.«

»Die Mama hat immer gesagt, du hast ein schlechtes Gewissen, weil du dich so wenig um mich kümmerst, und deshalb darf ich dich ruhig etwas kosten.«

Vitus hätte gerne gehört, was Jo darauf antwortete, aber in diesem Moment vibrierte das Telefon in seiner Jeans. Er entschuldigte sich und eilte vor die Tür. »Jetzt pressiert's dir aber!«, rief ihm der Prutting hinterher. Vitus grinste und zog sein Telefon aus der Tasche. Aber das Display zeigte: Es war die falsche Frau.

*S*ie klang anders als sonst. Sie klang reserviert. Sie klang distanziert. Sie klang beleidigt. Sie klang, als wollte sie nichts mit ihm zu tun haben. Trotzdem hatte sie angerufen: Liesel Dirscherl, die Assistentin von Harald Hopfinger, die noch immer an seinem Vorgänger hing, an ihm, Vitus Pangratz.

»Ich dachte mir, es interessiert dich vielleicht: Der Hubert Bazinger war gerade im Kommissariat.«

»Ja und, was wollte er?«

»Er hat eine Vermisstenanzeige aufgegeben. Seine Frau ist gestern Nacht nicht heimgekommen, die Karola Bazinger. Und der Hund ist auch weg.«

»Das ist kein Grund, eine Vermisstenanzeige aufzugeben.«

»Das hat mein Chef auch gesagt«, meinte sie spitz. Es war das erste Mal, dass Liesel von Hopfinger als »Chef« sprach, diese Bezeichnung hatte sie bislang nur Vitus zugestanden. Na, die Zeiten änderten sich eben, und Karola hatte offensichtlich ihren Mann verlassen. In Vitus' Ohren klang das vielversprechend.

»Der Bazinger scheint wirklich besorgt zu sein«, betonte Liesel.

»Der Bazinger ist eine Rampensau, der macht aus allem ein Theater.«

Außerdem hätte sich Hubert Bazinger den Weg ins Kommissariat sparen können. Erwachsene, die im Vollbesitz ihrer geistigen Kräfte waren, konnten ihren Aufenthaltsort frei bestimmen und waren nicht verpflichtet, ihren Angehörigen Bescheid zu geben. Solange keine Gefahr für Leib und Leben vorlag, hatte die Polizei genug andere Aufgaben, als sich um volljährige Ausreißer zu kümmern.

Liesel unterbrach seine Gedanken. »Der Bazinger befürchtet, dass seine Frau entführt worden ist, um ihn politisch unter Druck zu setzen oder zu erpressen. Bei einer Brauereierbin vermutet man viel Geld.«

»Vielleicht hat sie sich einfach ein Herz gefasst und ihren Alten verlassen.« Für ihn? In Vitus Pangratz stieg Angst auf. Und Stolz. Und Freude.

»Ach Vitus, glaub doch, was du willst. Ich hab dir jedenfalls gesagt, was Sache ist, aus alter Verbundenheit.«

»Mei Liesel, jetzt sei doch nicht so.«

»Wenn einer nicht so sein sollte, dann ja wohl du. Wir sind fertig miteinander.«

Sie legte auf.

Karola Bazinger hatte ihren Mann verlassen, sie war verschwunden, und Vitus Pangratz würde sie finden. Er strich sich übers Haar und stimmte »Follow that dream« an. Dann hatte er eine bessere Idee: Er wählte erneut Karola Bazingers Nummer und sang für sie noch einmal Worte von Elvis auf die Mailbox. Diesmal lautete die Botschaft für Karola Bazinger: Sie sollte ihrem Traum folgen und ihrem Herzen. Wenn das Herz rief, musste man »stiften gehen«, der bayrische Ausdruck für verschwinden. Apropos, eilig kehrte er in das Kaffeehaus zurück. Vitus hatte es plötzlich eilig. Sehr eilig. Ein Traum wartete darauf, dass man ihm folgte, und Träume sollte man nicht warten lassen, schon gar nicht in seinem Alter.

»Pack ma's!« Er forderte Jo und Ludwig auf, das Café Dinzler am Irschenberg zu verlassen. Ihm pressierte es.

Zurück fuhren sie über die Landstraße, durch die Gemeinde Irschenberg, dann durch Götting und vorbei an Bad Aibling und Kolbermoor bis nach Rosenheim. Fußballplätze, Weiden und Felder säumten ihren Weg, aber auch immer mehr Neubauten. »Wenn das so weitergeht, ist unsere Region bald zubetoniert«, grantelte Vitus. Wenn es darum ging, Wald, Wiesen und Felder zu zerstören, war Bayern Spitzenreiter. »Die Betonköpfe verwandeln täglich rund 17 Fußballfelder Natur in Betonwüsten!«

»Und danach sieht alles gleich aus«, mischte sich Ludwig ein. Das Kind hatte einen guten Blick. Bei den Neubauten schöpften Architekten seit Jahren aus demselben Ideentopf, in dem ein Einheitsbrei vor sich hin köchelte. »*Schee is was anders.*« Ja, schön war etwas anders.

Ludwig war trotzdem gut gelaunt. Er hatte heute Fußballtraining und wollte sein neues Trikot einweihen. Es war abgemacht, dass Jo ihn am Fußballplatz ablieferte. Danach habe sie doch Zeit, meinte Vitus: »Kannst du nicht mal wieder den Clown treffen?«

»Ich wollt eigentlich zu der Marina ins Krankenhaus.«

»Wär aber wichtiger, dass du den Clown triffst. Ich hab ihn neulich mit dem Steimer Alois und dem Schöring zusammen beim Wirt gesehen. Es ging um irgendwelche Geschäfte und eine Sache, in der der Steimer drinsteckt.«

»Und das erzählst du mir erst jetzt?«

»Ich seh dich ja kaum. Es ist ja fast so, als wärst noch in Amerika.«

»Du übertreibst!«

»Das liegt in der Familie. Also, was ist? Triffst du dich mit dem Clown?«

»Mit dem Kilian?«, fragte Ludwig dazwischen. »Der hilft dem Alois bei unserem Fußballtrainung.«

»Na dann sind wir ja auf dem richtigen Weg.«

»Wir sind schon fast da«, präzisierte der Junge. Vor ihnen stand das Stadtschild von Rosenheim mit dem stolzen Hinweis »Hochschulstadt«.

*V*itus hatte Jo und Ludwig am Fußballplatz abgeliefert. Jetzt ging er über den Salinplatz zu seinem Büro. Karola hatte immer noch nicht zurückgerufen. An seinem Telefon konnte es nicht liegen, die Batterie war geladen, der Ton an. Während er wartete, wollte er in Ruhe möglichst viel über Karola Bazinger und ihren Mann herausfinden. Als Eigentümer der Bazi-Brauerei gehörten die beiden zu den Promis der Stadt, deshalb würde das Internet sicher viel über das Paar ausspucken. Auf dem Weg zu seinem Computer machte der Privatdetektiv so viel Wind im Flur, dass sein weißer Glitzeranzug an der Garderobe winkte. Wollte er Vitus an die nötige Reinigung erinnern? Er würde sich um das gute Stück kümmern, sobald der Fall Marina Pfister gelöst war. Zugegeben, bislang war er nicht ganz bei der Sache gewesen. Aber jetzt! Er rief die Website des virtuellen Revolverblatts auf, das inzwischen auch eigene Podcasts produzierte: Die Folgen von »*Na servus Rosenheim!*« gingen am frühen Abend online und dienten Chefredakteur Sepp Anzenberger dazu, sich selbst und seine Stadt zu feiern. Im Moment beherrschte ein Videoclip die Homepage. Fett leuchtet ihm der Titel entgegen: **Brauereierbin verschwunden.** Vitus drückte den Startpfeil.

Chefredakteur Sepp Anzenberger stand vor dem Hauptsitz der Bazi-Brauerei und begann zu sprechen. »*Wo ist Karola Bazinger? Seit gestern Abend ist die Erbin der Bazi-Brauerei verschwunden. Ihr Ehemann, der Vorsitzende der Weiß-Blauen, befürchtet ein Ver-*

brechen. In wenigen Minuten werde ich mit ihm sprechen. Exklusiv. Bleiben Sie dran.«

Es folgte eine Parteienwerbung der Weiß-Blauen. Ein Clip, in dem Hubert Bazinger vor Alpenpanorama versprach, Bayern in seinen Grundfesten zu bewahren. Anschließend meldete sich Sepp Anzenberger zurück. Jetzt stand der Chefredakteur mit Hubert Bazinger vor einem Sudkessel.

»Herr Bazinger, Rosenheim bangt mit Ihnen. Erzählen Sie uns, was passiert ist.«

Betroffen schaute der Brauerei- und Parteichef in die Kamera, räusperte sich und sprach: »Meine Frau, meine geliebte Karola, ist seit gestern Nachmittag verschwunden. Sie wollte mit unserem Hund, unserem Hopfen, Gassi gehen und ist nie zurückgekommen.«

Sepp Anzenberger nickte verständnisvoll, sein Blick voller Mitgefühl.

»Sie befürchten ein Verbrechen. Warum?«

»Als Mann, der für unsere Heimat und ihre Werte einsteht, mache ich mir täglich Feinde. Im Internet können Sie viele hässliche Sachen über mich lesen. Täglich werden meine Frau und ich mit dem Leben bedroht. Ich befürchte, jetzt hat jemand ernst gemacht.«

Bazinger drehte sich zur Seite. Drückte mit den Fingern seine Tränenkanäle zu.

Anzenberger nutzte die kleine Pause, um weiterzufragen. »Wie reagiert denn die Polizei?«

»Pah!« Verächtlich stieß Bazinger Luft durch die Zähne. »Kommissar Hopfinger sieht keinen Handlungsbedarf. Er hat mich ernsthaft nach einer Ehekrise gefragt.«

»In Ihrer schwierigen Situation! Wie herzlos von dem Hopfinger«, kommentierte Anzenberger.

»Meine Karola würde mich niemals einfach so verlassen, schon gar nicht zur Wiesnzeit.« Als engagierter Lokalpolitiker sorge er sich schon lange um die Sicherheit in der Rosenheimer Region. »Heimat-

schutz verlangt nach Polizeischutz. Man muss sich nur die Krimi-
nalstatistik ansehen. Die Sexualstraftaten steigen. Unsere Frauen
brauchen Schutz!«

Dann wandte sich Hubert Bazinger an seine Rosenheimer Mit-
bürgerinnen und Mitbürger: »Bitte, helfts mir, die Karola zu finden!
Sie ist mein Ein und Alles!« Er drehte sich von der Kamera weg. Sein
Rücken zuckte. Offensichtlich schüttelten Tränen den armen Mann.

»Mei so viel Gefühl! Und so eine Nachricht!«, stammelte Anzen-
berger als Abmoderation. »Exklusiv auf Rosenheim-News! Wir
sind die wahren Innsider in unserer weiß-blauen Heimat.«

»Was für ein Haubentaucher!« Und was die Polizeistatistik betraf,
Vitus kannte sie und wusste: Die Zahl der Straftaten war im südli-
chen Oberbayern zurückgegangen und die Aufklärungsquote gestiegen. Vielleicht nicht bei Kommissar Harald Hopfinger, aber
der Rest der Kollegen leistete gute Arbeit. »Sexualstraftaten haben
nur auf dem Papier zugenommen, weil sich das Gesetz geändert
hat, Deppen!«, rief Vitus den Dummköpfen auf dem Bildschirm
hinterher.

Der Bazinger hatte sich das passende Sprachrohr für seine ver-
gifteten Botschaften ausgesucht, und Karola hatte gut daran getan, diesen Idioten von einem Ehemann zu verlassen. Wenn sie
sich nur endlich melden würde! Brauchte sie Zeit für sich? Oder
musste er sich doch Sorgen um Karola machen? Er beschloss, zu
ihrer Hütte am Simssee zu fahren. Anscheinend war er der Einzige, der wusste, wo sich Karola Bazinger aufhielt.

*J*o Coleman beobachtete die Jugendmannschaft des 1. FC Rosenheim, die auf dem gepflegten Rasen des Jahnstadions spielte. Nachdem die Buben zuvor das neue Trikot ihres Patenkindes gebührend bewundert hatten, jagten sie jetzt einem Ball hinterher. Die Spielfreude auf ihren Gesichtern war ansteckend. Jo jubelte, als Ludwig ein Tor schoss, und hielt gleichzeitig nach Kilian Ausschau. Im Moment war Alois Steimer der einzige Trainer auf dem Platz. Als er sie entdeckte, warf er ihr eine Kusshand zu. Er agierte am Spielfeldrand, wie sie ihn in Erinnerung hatte: Mit viel Temperament und Selbstsicherheit, trotzdem schien er sich entwickelt zu haben. Er beleidigte seine jungen Spieler nicht mehr mit Aussagen wie »Wir sind hier nicht beim Ballett«, die noch vor zwei Jahren zu seinem Standard gehört hatten.

»Servus, Jo!« Es war Monika Hopfinger, die sie von der Seite begrüßte! Sie brachte ihren Sohn Jonas zum Training.

»Wir sind leider ein bisschen spät dran.«

»Die Mama hat sich mit dem Papa gestritten. Wieder einmal«, erklärte Jonas.

»*Bist du stad, Bua!*« Er sollte still sein, der Knabe! »Mannsbilder!«, meinte Monika »Moni« Hopfinger achselzuckend. »Aber sie können nichts dafür! Wir müssen uns ändern, wir Frauen, gell, Jo?«

»Da hast du wohl recht!«, pflichtete Jo ihr bei, weil sie keine Lust hatte, über Männer und Frauen zu diskutieren. Bei diesem Thema fühlte sie sich trotz umfangreicher Erfahrungen inkompetent. Inzwischen beendete sie Ehen noch vor der Trauung. Ein Fortschritt? Immerhin ersparte sie sich so die Scheidungskosten. Vielleicht war sie doch eine kompetente Beziehungsexpertin?

»Die Marina hat gemeint: Die Bedürfnisse von Frauen übersteigen die Möglichkeiten eines gewöhnlichen Mannes, und statt uns darüber aufzuregen, sollten wir die Konsequenzen ziehen und unsere Bedürfnisse selbst erfüllen.«

»Willst dich scheiden lassen, Monika?«

Statt zu antworten, lief Monika Hopfinger einem Mann entgegen: Michael Prutting, ihrem Bruder. »Michi! Hast das *Häusl* gefunden?« Ob er die Toilette gefunden habe, wollte sie wissen. Michi nickte, während er sich die Hände an der Jeans abtrocknete. »Schau, er wäscht sich danach die Hände!«, kommentierte Monika Hopfinger stolz, als große Schwester hatte es sie viel Mühe gekostet, ihrem kleinen Bruder ein Mindestmaß an Hygiene und Anstand beizubringen, aber jetzt war er ein brauchbarer Kerl und trotzdem Single, ob sie sich das vorstellen könne, die Jo. »Jetzt sag schon, Jo, ist doch schad um so einen netten Kerl. Magst dich nicht ein bisschen um ihn kümmern? Er will heute Abend aufs Herbstfest gehen, ich muss beim Jonas daheimbleiben, und mein Alter, der Harry, der geht mit seinem Stammtisch auf die Wiesn.«

»Jo, du musst mich retten. Am Stammtisch vom Harry sitzen ein Immobilien-Hai und ein Lokalpolitiker, und die anderen weiß-blauen Bierdimpfl mag ich mir gar nicht vorstellen.«

»Jetzt sag bloß, der Kommissar Hopfinger unterstützt die Weiß-Blauen.«

»Jeder muss schauen, wo er bleibt, sonst bleibt er zurück, sagt mein Mann. Der Harry, der hat einen Ehrgeiz, der will vorn dabei sein.«

»Und wo die Weiß-Blauen sind, da ist vorn?«, fragte Jo.

»So schaut's aus! Aber nur bis sie überholt werden. Es ist ja noch nicht aller Tage Abend, nicht wahr? Kluge Frauen haben immer einen Plan in der Hinterhand.« Monika Hopfinger grinste, während Michael Prutting wissen wollte: »Und, Jo, was ist jetzt mit uns beiden? Gehen wir miteinander auf die Wiesn?«

*V*itus parkte seinen Wagen beim Seewirt am Simssee, wie gestern, als er mit Karola verabredet gewesen war. Er stellte ihn neben einem blauen 3er BMW-Kombi mit Hundegitter im Kofferraum. Auf den Türen klebte Werbung: kernige Kerle in Lederhosen, flankiert von hübschen Frauen, die sich gut gelaunt auf einer Alm zuprosteten. Darunter stand: »Bazis haben mehr vom Leben!« Es musste sich um alte Motive handeln. Inzwischen war jede Bazi-Bräu-Kampagne auch eine Kampagne für die Weiß-Blauen. Was mit Bayern verbunden wurde – Berge, Biergärten, Bauernhochzeiten und Volksfeste –, verknüpfte Hubert Bazinger mit Bier und weiß-blauen Wahlversprechungen. Vitus war sicher: Das Auto mit den Bazis musste Karola gehören. Ob sie sich geweigert hatte, mit neueren Motiven für die Weiß-Blauen Reklame zu fahren? Schmunzelnd dachte er an das Plakat in ihrer Hütte, das eine »bunte Zukunft« versprach.

Er ging den gleichen Weg wie am Vortag. Über die Wiesen zum Seeufer, durchs Schilf, zum Strandbad Baierbach, an dessen Ufer ein hölzernes Wikingerschiff im warmen Sand stand. Es schien, als eroberten Wikinger die Region. Doch während das hölzerne Wasserfahrzeug am Simssee buchstäblich gestrandet war, stach auf dem größeren Chiemsee regelmäßig ein über siebzehn Meter langes Wikingerschiff namens »Freya« in die sanften Wellen. Vitus strich die Welle auf seinem Kopf zurück. Er musste jetzt klar denken, sich konzentrieren und Karola Bazinger finden, aber er hatte Durst. Die Sonne erhitzte diesen Spätsommertag, als wollte sie den nahenden Herbst in seine Schranken weisen und Vitus den Weg zum nächsten Weißbier. Nur noch wenige Meter, und er würde den Kiosk in Baierbach erreichen.

Vitus bestellte ein alkoholfreies Bazi-Bier und fragte beim Bezahlen: »Ist Ihnen gestern oder heute eine attraktive Frau mit Jagdhund aufgefallen?«

»Meinen Sie die Karola? Die Karola Bazinger?«

Genau die meinte er.

»Seit die gestern mit *Eana*, also mit Ihnen, vorbeigegangen ist, hab ich sie nimmer gesehen. Ist doch schade, wenn einem eine so nette Frau verloren geht, nicht wahr?« Der Mann feixte.

»Und den Hund, haben Sie den vielleicht gesehen?«

»Den Hopfen, den hab ich auch nicht mehr gesehen. So ein schöner Hund! Ein echter Weimeraner! Wissen Sie, der Vater von der Karola hat auch immer einen Weimeraner gehalten. Der alte Bazinger ist ja auf die Jagd gegangen. Ein passionierter Jäger, der Mann, und leutselig! Der hat oft bei uns ein Bier getrunken und sich mit jedem unterhalten. Leider ist er kurz nach der Hochzeit seiner Tochter auf tragische Weise umgekommen.«

»Jetzt sagen's bloß?« Vitus gab sich so unwissend, wie er war.

»Jagdunfall. Der Schwiegersohn hat geschossen. Schlimm. Schlimm. Der Vater war dagegen gewesen, dass die Karola diesen Hinterhuber heiratet und zu einem Bazinger macht. Schlimme Gerüchte gab es damals, aber der Bazi hat sie alle mit seinem Charme in die Tasche gesteckt! Konnte ihm ja auch niemand Absicht nachweisen, und die Karola war sowieso bis über beide Ohren verliebt.«

»Geht die Karola auch auf die Jagd?« Vitus dachte an Diana, seine tote Jagdgöttin. Hätte sie nie ein Gewehr in die Hand bekommen, wäre sie vermutlich noch am Leben. Er hoffte, Karola Bazinger würde niemals zur Waffe greifen.

»Die Karola, die jagt nicht, die mag ja nicht einmal ein Fleisch. Können Sie sich das vorstellen? Keinen Schweinsbraten, keine

Würstel, keinen Leberkas. *Oiso, mi hast ghaut!*« Mit diesem bayrischen Ausruf der Verwunderung wandte sich der Mann von Vitus ab. Es warteten noch andere Kunden. Vitus nahm sein Bier und setzte sich an den See.

Vor einer Ewigkeit hatte er, an genau dieser Stelle, seiner Rosina einen Heiratsantrag gemacht, mit der Gitarre und Elvis. »It's now or never.« Er dachte an die erste Liebe seines Lebens. Niemals würde er seine Rosina wieder in den Armen halten. Er glaubte nicht an eine zweite Chance im Himmel, er konnte nicht einmal darauf hoffen, denn dort oben wäre ihm Ärger gewiss. Denn während ihm seine großen Lieben im Leben, eine nach der anderen, abhandengekommen waren, stellte sich Vitus vor, im Himmel würden seine Frauen gleichzeitig auf ihn zustürmen oder, noch schlimmer, sich beleidigt abwenden. »You are always on my mind«, summte er versöhnlich für Rosina. Und für Diana. Und heute auch für Karola Bazinger. Er musste sie finden. Entschlossen wischte er sich den Bierbart von der Oberlippe, brachte seine Flasche an den Kiosk zurück und lief am Ufer entlang zu ihrer Hütte. Schon von weitem sah er Hopfen. Der Hund lief ihm bellend entgegen. Allein.

Noch einmal hörte er sich das elende Gejammer auf Marinas Smartphone an. Eigentlich sollte ihm seine Mittagspause zu schade dafür sein, aber er konnte einfach nicht genug von Marinas Stimme und den Geschichten der Frauen bekommen. Er verachtete Marina und bewunderte sie zugleich. Selbst jetzt noch. Während sie das Selbstbewusstsein ihrer Klientinnen aufrichtete, zwang sie deren Männer in die Knie und trampelte selbst auf ihrem eigenen Gatten mitleidslos herum.

»Allein wenn ich wär, dann würd ich es schon ausprobieren.«

»Du bist doch allein. Vielleicht nicht im Haus, aber im Herzen.«

»Stimmt schon. Du verstehst mich, Marina.«

»Ich kenn das Gefühl nur zu gut.«

»Hast ja auch einen ehemaligen Eishockeyspieler daheim.«

»Dicke Panzer, kalte Herzen.«

»Harte Kerle halt.«

»Na ja, wenn ich da so an deine Erfahrungen denke.«

»Weich wie ein Regenwurm.«

»Regenwürmer werden wenigstens dreißig Zentimeter lang…«

Die beiden Weiber prusteten los. Zwischendurch hörte er Gläser klingen. Sie amüsierten sich prächtig auf Kosten der Männer. Besonders auf Kosten eines Mannes.

»Zeit für eine neue Erfahrung«, entschied Marina Pfister.

»Einen Versuch ist er wert, auch wenn du viel Geld verlangst.«

»Das Vergnügen hat seinen Preis, aber dafür bekommst du einen echten Kavalier.«

Diese Frau war von allen guten Geistern verlassen. Er musste verhindern, dass sie jemals wieder aus dem Koma erwachte. Sich selbst und die Welt endgültig von Marina Pfister zu erlösen erschien ihm wie ein Kavaliersdelikt. Wie passend.

*S*o einfach wollte Alois Steimer seine ehemalige Affäre Jo Coleman nicht davonkommen lassen. Schon gar nicht mit einem anderen. Unter dem Vorwand, ihr noch etwas Wichtiges mitteilen zu müssen, hatte er sie in den Schatten hinter die Kabinen gelockt. Doch er hatte keine Information für Jo, sondern eine Frage: »Warum interessierst du dich für den Kilian?« Lasziv wie ein Stripper zog er sich sein Trikot über den Kopf. »Trainierst für einen Nebenerwerb?«, frotzelte Jo.

»Für Geld mach ich alles, und für dich mach ich's auch umsonst«, frotzelte er zurück.

»Hahaha, sehr witzig.«

»Ist mein Ernst!«

»Am Ende bleibe ich dann auf der Rechnung sitzen, so wie gestern Abend. Also, was willst du mir sagen?«

»Lass den Kilian in Ruhe! Er ist ein netter Kerl, ehrlich und treu. Der passt nicht zu deinem Lebensstil, Jo. Am Ende würdest du ihm das Herz brechen, so wie mir, und der Junge ist nicht so hart im Nehmen wie ich. Sei so gut, erspar ihm die Enttäuschung.«

»Du klingst, als wärst du sein Vater.«

»Er könnt einen gescheiten Vater brauchen.«

»Wo ist er heute eigentlich, der Kilian?« Jo hatte genug von Alois' väterlicher Überheblichkeit, aber der Kerl war noch nicht fertig mit seiner Moralpredigt. Wie nannte man in Amerika Frauen, die Jagd auf sehr viel jüngere Männern machten?

»Sag mal, Jo, du musst das doch wissen!« Es war ein amerikanischer Ausdruck, da war sich Alois ganz sicher.

»Cougar!«, half ihm Jo genervt auf die Sprünge. Übersetzt Puma. Jawohl! Nun gut, er wolle der kleinen Raubkatze ehrlich sagen, wo ihre Beute heute unterwegs war: Der Immobilien-Schöring hatte einen Job für Kilian gehabt.

»Der Kilian macht den Affen für den Schöring, aber da ist er nicht der Einzige.« Wer in Rosenheim Grundbesitz hatte, der hatte Macht. Die Bayern waren im Herzen Bauern geblieben. Was zählte, waren das Land und die Rindviecher. Vielleicht sollte er auch ins Immobiliengeschäft einsteigen? Oder ins Filmgeschäft? Hahaha! Nichts für ungut!

»Pumaweibchen!«, neckte er Jo.

»Du kannst mich mal!«

»Schön wär's!«

Da bemerkte sie Monika Hopfinger. Die Frau des Kommissars hatte sich geräuschlos zu ihnen gesellt. Wollte sie erneut ihren Bruder Michael Prutting anpreisen? Nein, Monika Hopfinger schien ein anderes Anliegen zu haben. Mit hungrigen Augen musterte sie Alois' nackten Oberkörper. Alois schien ihre Blicke unter »sexuelle Bestätigung« einzuordnen und zwinkerte Monika Hopfinger verführerisch zu. Wollte er Jo eifersüchtig machen? Wie billig! Schon wandte Monika Hopfinger ihre Aufmerksamkeit zu Jo: »*Madl*, den Alois hast du nicht nötig. Du gehst doch heute mit meinem Bruder aus.« Jetzt zwinkerte Monika Hopfinger.

er Hund erkannte ihn. Er sprang an Vitus hoch, tänzelte um ihn herum, lief ein paar Meter nach vorn und dann wieder zurück. Aufgeregt schien er dem Detektiv etwas zeigen zu wollen. Vielleicht hatte sich Karola Bazinger verletzt und lag mit gebrochenem Bein in der Hütte? Aber dann hätte sie mit ihrem Handy Hilfe holen können. Hatte sie ihr Smartphone irgendwo vergessen oder einen leeren Akku? Vitus streichelte das kurze glänzende Fell des Hundes, patschte ihm freundschaftlich auf den Rücken und sagte: »Bin schon auf dem Weg zu deinem Frauchen.« Frauchen? Herrchen? Niemand beschwerte sich darüber, aber der Ausdruck »Fräulein« war verboten? »*Mei Liaba! Mein Lieber!* Aus den Menschen wird man nicht schlau, deshalb kommen immer mehr auf den Hund«, grantelte Vitus und beeilte sich, mit Hopfen Schritt zu halten. Der Hund lief auf der schmalen Teerstraße voran bis zum Seegrundstück von Karola Bazinger.

Ein hoher dichter Holzzaun schützte die bevorzugte Lage vor Einblicken, doch die Gartenzauntür war einen Spalt offen. Hopfen schlüpfte durch die Öffnung auf das Grundstück seines Frauchens. »Karola?«, rief Vitus, als auch er das Ufergrundstück betrat. »Karola?« Keine Antwort. Er hoffte, sie in der Hütte zu finden. Im Bett. Mit brennender Ungeduld. Vielleicht hatte sie seine Anrufe bewusst ignoriert, um ihn an den See zu locken, in ihr Liebesnest? Vitus gefiel der Gedanke. Die Tür zu ihrer Hütte stand offen. Er eilte zu ihr. »Karola!« Bum. Bum. Sein Herz lebte. Schnell nahm er die letzten Schritte.

Leere empfing ihn. Karola hatte nicht auf ihn gewartet. In dem kleinen Holzhäuschen fand er nur ihre Kleidung. Die Jeans, die sie sich gestern vor seinen Augen über die Hüften gestreift hatte, das T-Shirt, das auf den Boden gefallen war, ihr Spitzen-BH und ihr Slip. Er überlegte, ob Karola eine Handtasche getragen hatte. Nein. Er suchte ihre Hose nach Handy und Geldbeutel ab, fand aber nur ihren Autoschlüssel und einen losen 50-Euro-Schein. Vitus nahm das T-Shirt, sog Karolas Duft ein und reichte dann die Baumwolle an Hopfens Nase weiter. »Such dein Frauchen! Such!« Weimeraner waren Jagdhunde, und Hopfen verstand seinen Auftrag. Aufgeregt lief er nach draußen zum See, blieb am Ufer stehen und bellte. War Karola wieder schwimmen? Vitus suchte die Wasseroberfläche ab. Weit draußen ragte ein Kopf aus dem Wasser. Das musste sie sein. Doch wenig später stieg am Nachbargrundstück ein Mann aus dem Wasser. Aus der Ferne hatte Vitus ihn mit Karola verwechselt. Vitus ging neben Hopfen in die Hocke. Seine Knie hätten ihn ohnehin nicht mehr lange gehalten. »Karola, mach mir keine Angst«, flüsterte er aufs Wasser hinaus.

Der Wind trieb sanfte Wellen über die grünliche Oberfläche, die Sonne verteilte ihre Glanzpunkte darauf, und ein Entenpaar schwamm in Ufernähe. Vor Vitus lag eine bayrische Idylle, aber er wusste, sie war täuschend wie alle Idyllen. Langsam hob er einen flachen Stein auf und versuchte, ihn über das Wasser hüpfen zu lassen. Als kleiner Junge hätte er gesagt: »Wenn der Stein dreimal übers Wasser hüpft, wird alles gut.« Vitus schaute dem Stein hinterher. Schon bei der ersten Berührung mit der Oberfläche versank er in der Tiefe. Vitus' Hoffnungen zog er mit. Seine Stimme zitterte, als er die Wasserwacht und die Polizei rief.

*Ü*ber dem Simssee kreiste ein Hubschrauber und lärmte über die paradiesische Landschaft. Motorboote durchschnitten das Wasser und suchten den See ab. Sonarboote drangen mit ihren Signalen weit nach unten. Außerdem hielten zehn Rettungstaucher in dunkler Tiefe nach Karola Bazinger Ausschau. Die Wasserwachten aus Wasserburg, Prien und Bad Aibling gaben alles, um die Vermisste zu finden. Vitus Pangratz stand neben Hubert Bazinger, die Polizei hatte Karolas Ehemann verständigt. Kommissar Harald Hopfinger, um genau zu sein. »Vielleicht ist sie ertrunken?«, rätselte der Kommissar.

Vitus wollte es nicht glauben. »Karola war eine hervorragende Schwimmerin«, erklärte er dem Kommissar. »Woher wollen Sie das wissen, und wer sind Sie überhaupt?«, mischte sich Hubert Bazinger gereizt ein. Vitus nuschelte: »Vitus Pangratz, Kommissar a. D.«, wobei er die letzten beiden Buchstaben eher dachte als sprach. Ja, der Name sagte Hubert Bazinger etwas. Nur was? Er hatte keine Zeit, darüber nachzudenken, sondern herrschte Kommissar Hopfinger an: »Ich hab es dir ja gleich gesagt, Harry! Da ist etwas Schlimmes passiert! Die Karola haut nicht einfach so ab, aber du hast es ja besser gewusst!«

»Vorschriften, Hubert, Vorschriften! Sie war eine erwachsene Frau. Was hätt ich machen sollen?«

»Was hätt ich machen sollen?«, äffte Bazinger den Kommissar nach. »Mir zuhören und dich wie ein echter Spezi benehmen!« Spezi, das bayrische Wort für Kumpel, hatte einen doppelten

Boden, auf dem sich zuweilen dunkle Machenschaften entwickelten, der weiterführende Fachbegriff lautete nicht umsonst »Speziwirtschaft«.

Der Kommissar wich Bazingers Blick aus und schwieg, dafür setzte Karolas Ehemann erneut an: »Leck mich doch am Arsch mit deinen Vorschriften, Harry, sonst nimmst du es damit ja auch nicht so genau!« Harald Hopfinger zuckte zusammen und murmelte etwas von wegen »Biermarken wären keine Beamtenbestechung«.

»Halt dein durstiges Maul, Harry, wenn der Karola was passiert ist, dann trägst du die Verantwortung. Herr Kommissar!« In jedem einzelnen Wort lag Verachtung. Hubert Bazinger verteilte seine verbalen Kinnhacken mit Kälte und Schwung. Getroffen zog Hopfinger den Kopf ein.

Unter gewöhnlichen Umständen hätte Vitus die öffentliche Demütigung seines Nachfolgers genossen, aber die Sorge um Karola hinderte ihn daran. Außerdem mochte er Bazinger noch weniger als Hopfinger. Beides »Inger«, fiel ihm auf. Familiennamen mit diesen Nachsilben zeigten an, woher die Menschen ursprünglich kamen: Aus einem der zahlreichen Orte, die mit »inger« endeten. Ach, hätten Hopfingers und Bazingers Vorfahren die Orte Hopfingen und Bazingen doch nie verlassen! Rosenheim wäre viel erspart geblieben, dachte Vitus. Seine abwegigen Gedankengänge hielten seine Angst in Schach.

»Wie sieht's mit Handyortung aus?«, fragte Vitus in die Runde.

»Damit würden sie nicht weit kommen«, meinte Bazinger. Seine Frau hatte ihr Telefon zu Hause gelassen. Das tat sie oft, erklärte er.

Jemand hetzte über die Wiese ans Ufer, direkt auf Hopfinger, Bazinger und Vitus Pangratz zu. Es war ein Mann zum Wegsehen, auch wenn er sich selbst als Hingucker betrachtete. Hubert Bazinger schien diese Fehleinschätzung zu teilen. Als er den Mann erkannte, wirkte er erfreut. »Da bist ja endlich, Anzenberger!« Jovial begrüßte der Brauereibesitzer den Chefredakteur von *Rosenheim-News*, der ein betroffenes Gesicht aufsetzte und linkisch versuchte, Bazinger zu umarmen. Sichtlich erstaunt fragte Kommissar Hopfinger: »Seit wann seid ihr Freunde?«

»Das kann ich dir ganz genau sagen: Der Anzenberger Sepp hatte ein offenes Ohr für mich, nachdem du mich weggeschickt hast – wegen deine Vorschriften.«

»Es war mir ein Vergnügen«, meinte Anzenberger, bevor ihm bewusst wurde, wie fehl am Platz der Ausdruck »Vergnügen« hier war. Er korrigierte sich: »Was ich sagen wollte: Wenn es darauf ankommt, dann hilft nur die Öffentlichkeit, also die Presse, also ich: *Rosenheim-News.*« Anzenberger brachte sich breitbeinig in Position: »Die Presse ist dein wahrer Freund und Helfer.« Wieder erinnerte sich Vitus daran, dass seine Johanna bei ihrem letzten Zwischenstopp in der Heimat für diesen Kerl gearbeitet hatte. Lieber Hollywood als Holzkopf, dachte er, während der Chefredakteur prahlerisch versprach: »Hubert, mein Freund, wir bringen dich ganz groß raus, also den Fall, meine ich. Eh klar! Glaub mir, der ganze Landkreis Rosenheim wird mit dir leiden.«

»Du meinst wohl, die wenigen, die deine Onlinepostille lesen«, mischte sich Kommissar Hopfinger ein.

»Wir sind der erfolgreichste multimediale Nachrichtendienst in ganz Rosenheim!«, schoss Anzenberger zurück. Der Chefredakteur hatte Oberwasser und war entschlossen, den Kopf des Kommissars noch weiter nach unten zu drücken, aber Hopfinger wollte sich nichts gefallen lassen. Er hatte schließlich auch etwas zu bieten: Fachwissen. Er setzte zum Exkurs an. »Menschen gehen meist lautlos unter, nicht wie im Fernsehen, wo wild gewunken und geschrien wird. Ertrinkende sind zu erschöpft, um auf sich aufmerksam zu machen. In den Momenten, in denen sie auftauchen, sind sie mit Luftholen beschäftigt, und ihr Körper ist zu gestresst, um die Arme kontrolliert zu bewegen. Rund vierhundert

Menschen sind in diesem Jahr in Deutschland schon ertrunken. Das liegt am guten Wetter. Wir können unsere Luft im Normalfall maximal eine Minute anhalten, bevor wir reflexartig atmen und Wasser in die Lunge gerät. In der Regel können sich Ertrinkende nur eine knappe Minute über Wasser halten, bevor sie untergehen. Habt ihr das gewusst?« Hopfinger sah in die Runde, ein Musterschüler, der nach Lob hechelte.

»Meinst du wirklich, dass ich das jetzt hören will?«, fragte Bazinger schroff. Betroffen schaute der Kommissar wieder aufs Wasser.

»Es gehen übrigens viel mehr Männer unter als Frauen, und die häufigsten Gründe sind Leichtsinn und Selbstüberschätzung«, sprang Vitus seinem ehemaligen Kollegen zur Seite. Anstatt Dankbarkeit zu zeigen, erwiderte Hopfinger reflexartig:

»Leichtsinn und Selbstüberschätzung, da bist du ja Spezialist, gell, Vitus? Nichts für ungut!« Vitus winkte ab. Hopfinger war ein Blödschädel, sollte er sich doch weitere Kopfnüsse vom selbstherrlichen Brauereibesitzer Bazinger einfangen. Bevor er seine Gedanken in Worte fassen konnte, lenkten Motorengeräusche Vitus' Aufmerksamkeit auf den See.

Ein Motorboot der Wasserwacht fuhr ans Ufer, an seinen Seiten wehten Wimpel im bayrischen Farbcode: weiß-blau. Ein Mann in leuchtendem Orange lehnte sich an den Rand des Sichtfensters und gab ein Zeichen. »Ich glaub, sie haben eine Leiche gefunden«, interpretierte Hopfinger vorschnell den nach unten gerichteten Daumen.

Jo Coleman und Michael Prutting saßen nicht weit entfernt von der Bühne im Bazinger-Zelt. Es war heiß, es war stickig, es war eng, es war laut, aber es war *griabig*, also gemütlich. »Zum Wohl!« Die Bedienung setzte zwei Maß auf den Holztisch und wollte sofort abkassieren. »Lass stecken, die gehen auf mich«, sagte Michael Prutting mit einer selbstverständlichen Großzügigkeit, die Jo gefiel. Da saßen sie nun und sahen sich an, während die Musiker auf der Bühne »New York, Rio, Rosenheim« von den Sportfreunden Stiller spielten. »New York, Rio, da hörst, in welche Liga wir Rosenheimer gehören«, meinte Jo, die im Herzen immer eine Rosenheimerin geblieben war. Ihr Begleiter grinste. Er stammte auch aus Rosenheim und wünschte sich oft in seine Heimatstadt zurück. München war für ihn nur zweite Wahl, ein berufliches Zugeständnis. Irgendwann wollte er heim. Seine Kinder sollten in Rosenheim groß werden.

»Du planst aber schon weit«, meinte Jo.

»Ja schau uns zwei an, was Kinder anbelangt, müssen wir eher kurzfristig planen. Aus biologischer Sicht. Ich schätz, wir sind ungefähr im selben Alter.« Er grinste. Frech und froh. Strähnen seiner gestuften blonden Haare fielen über seine Augenbrauen. Seine Frisur hatte keinen Ordnungssinn, und unter den längeren Fransen im Nacken schien ein Schalk zu sitzen. Der Flughafenpolizist Michael Prutting wirkte, als hätte er Spaß am Leben und das Leben Spaß an ihm. »Zeit, die Pille abzusetzen, Jo!« Er prustete los. »War nur eine Gaudi!« Na dann, Jo lachte mit, obwohl sie immer noch auf ihre Tage wartete. Zum Wohl! Dann zog Michael sie nach oben. Sie sollte neben ihm auf der Bank stehen. »Die Wiesn ist wie das Leben. Sie macht nur dann Spaß, wenn man richtig mitmacht. Eine gescheite Wiesngaudi verlangt Engagement.« Und er war bereit, sich zu engagieren. Obendrein schien er jeden Wiesnhit auswendig zu kennen, genau wie Jo. Das Vibrieren ihres Handys ignorierte sie. So fröhlich und frei hatte sie sich schon lange nicht mehr gefühlt. Sie grölte »Life is Life« und hängte sich bei Michael ein, als die Schunkelrunde kam. »*Schee ham mas miteinand.*« Ja, sie hatten eine gute Zeit miteinander. »Atemlos durch die Nacht…« Unterhalten konnte man sich bei dieser Lautstärke ohnehin nicht. A Busserl? Ja freilich!

Der Mann von der Wasserwacht sprang aus dem Boot, watete durch das seichte Wasser ans Ufer und blieb vor Hubert Bazinger stehen. »Herr Bazinger, es tut mir sehr leid, aber wir müssen die Suchaktion abbrechen. Es wird zu dunkel. Unsere Leute sehen nichts mehr, und die Chancen…« Er brach ab, dachte nach und setzte wieder an: »Wissen Sie, Herr Bazinger, wir haben schon nach Ertrunkenen gesucht, die gar nicht ins Wasser gegangen sind, sondern einfach ihre Schuhe am Ufer vergessen haben. Vielleicht ist Ihre Frau ja wohlauf und ganz woanders. Vielleicht hat sie einfach Abstand gebraucht? Frauen sind ja manchmal ein Rätsel. Ach, wenn man es genau nimmt, sind sie meistens ein Rätsel. Also, wenn Sie mich fragen…« Hubert Bazinger schüttelte den Kopf und erinnerte an Karolas Kleidung in der Hütte.

»Vielleicht ist deine Gattin entführt worden? Bei euch ist ja so einiges zu holen«, meinte Chefredakteur Anzenberger. Vitus setzte sich auf den inzwischen feuchten Boden und war froh, dass diese Option nicht völlig absurd war. Hopfen legte sich neben ihn. Sicher hatte das Tier lange nichts mehr gegessen. »Herr Bazinger, wer kümmert sich jetzt um den Hund?«

»Ich hab keine Zeit und andere Sorgen. Die Karola wollt den Hund unbedingt haben. Mir wären Kinder lieber gewesen«, antwortete Hubert Bazinger. Der Karola vielleicht auch, wollte Vitus Pangratz antworten, aber stattdessen sagte er:

»Ich glaub, er hat Hunger, der Hund.«

»In der Hütte hat die Karola sicher Hundefutter. Sie können ja mal schauen.«

»Stopp!«, rief Kommissar Hopfinger. »In die Hütte geht jetzt nur noch die Spurensicherung.« Seine eben noch unterwürfige Körperhaltung verwandelte sich in eine aufrechte Chefposition. Aus dem Kopf am Ende des langen dürren Körpers sprudelte ein Vortrag. »Der mögliche Tatort ist unser Verbindungsstück zum Täter. Hier gilt es, so viele Informationen wie möglich auszulesen und die Spuren zu sichern. Mit wem war Karola Hopfinger in der Hütte? Warum liegt ihre Kleidung am Boden? Wofür wurde das Bett benutzt? DNA-Spuren, Fingerabdrücke, Textilproben und Schmauchspuren, die Kollegen finden und sichern alles.« Ob sie wüssten, dass der Mensch pro Stunde Tausende von Hautschuppen verlor? Diese Schuppen enthielten menschliche Zellen, die für eine DNA-Analyse genutzt werden konnten. Mörder, Sexualstraftäter und andere Schuldige konnten in vielen Fällen durch ihre DNA-Spuren überführt werden.

Vitus Pangratz dachte an die Hautschuppen und Körperflüssigkeit, die er in der vergangenen Nacht in der Hütte am See hinterlassen hatte. Gott sei Dank dauerte die DNA-Analyse in der Regel einige Tage, je nachdem, wie ausgelastet das Labor des Landeskriminalamts gerade war. Er musste Karola vorher finden, nur wo sollte er suchen?

Mit wem war sie am Morgen verabredet gewesen? Mit einer »neuen Unterstützerin«? Was mochte das bedeuten? Er hätte sie fragen müssen. Stattdessen hörte er sie das Lied der »Plank« singen: »Kannst dir vorstellen, mich zu lieben …?« Ja.

*V*iel Zeit blieb ihnen nicht mehr, um eine weitere Maß zu bestellen. Um 23:00 Uhr war der letzte Ausschank, danach wurden die Zapfhähne zugedreht bis zum nächsten Morgen um 11:00 Uhr. Die Bedienung wollte den Endspurt des Tages nutzen und eilte zwischen den Tischreihen hin und her. Am unteren Rand ihrer Flechtfrisur sammelten sich Schweißperlen. »*I kimm ja glei!*« Sie würde gleich kommen, versprach sie, während sie mit rund zwölf Bierkrügen vor ihrem Dekolleté Jos und Michaels Tisch ignorierte, um ihre flüssige Fracht ein paar Tische weiterzutragen. Jo folgte ihr mit den Augen und erkannte, wer vielleicht schon den ganzen Abend in ihrer Nähe gesessen hatte: Georg Schöring. Der Immobilien-Unternehmer bezahlte mit zwei großen Scheinen. Als die Bedienung nach Wechselgeld suchte, winkte er ab. Gleich patscht er ihr auf den Hintern, dachte Jo, aber Schöring wandte sich wieder der Frau an seiner Seite zu und drückte ihr ein Busserl auf die Wange. Überrascht stellte Jo fest, dass es Fräulein Inniger war, die einen Kuss von Schöring bekam. Ein Wiesnbusserl, das nichts bedeuten musste. Oder doch? Wieder lief die Bedienung an Jos Tisch vorbei, zurück Richtung Schänke, um nachzuladen. Die stärksten Bedienungen schafften bis zu 18 Krüge, das wusste Jo von ihrem Vater. Männer stemmten ein paar mehr. 29 gefüllte Maßkrüge hatte ein Bayer namens Matthias Völkl im Mai 2016 durch das Münchner Hofbräuhaus getragen und mit rund 70 Kilo in den Armen 40 Meter und einen Rekord geschafft. »Beachtlich«, meinte Michael Prutting, schien aber nicht wirklich beeindruckt von Jos Wissen. »Ich schätz, du wiegst ein paar Maß weniger. Dich könnt ich leicht durchs Leben tragen, Jo Coleman.«

»Du bist ja betrunken!«

»Nur ein bisserl. Grad schön ist's.«

Die Bedienung kam zurück und schob endlich zwei Maß über den Tisch. »Da bin ich wieder!« Auf die Kellnerinnen im Bazi-Zelt war Verlass, selbst so kurz vor Feierabend. »Die Marina hat früher auch einmal gekellnert«, erinnerte sich Jo laut. Obwohl es ein einträglicher Job war, hatte ihre Freundin nach zwei Jahren von einem Tag auf den anderen gekündigt. »Die Marina hat damals gesagt, der Bazinger glaubt, ihm würde alles gehören«, erzählte Jo ihrem Begleiter.

»Und wie hat sie das gemeint?«, wollte Michael Prutting wissen.

Jo schämte sich, als sie ihm antwortete: »Ich hab damals nicht nachgefragt, weil ich schon in Amerika war. Außerdem wurde die Marina ja dauernd angemacht.«

Um sich zu verteidigen, setzte Jo hinterher: »Ins Ausland zu telefonieren war damals noch richtig teuer, und ich war in Los Angeles eine arme Studentin.«

»An Freundschaften spart man nicht«, meinte Michael, und fügte, als er Jos schuldbewusstes Gesicht sah, beruhigend an: »Vielleicht hat die Marina damals auch einfach gemeint, dass der Bazinger ein arrogantes Riesenarschloch ist.«

Jo nickte, weil sie es nur zu gern glauben wollte, aber ihre Zweifel waren stärker. Sie versuchte, sich an das kurze Telefonat zu erinnern. Marina war damals sehr sonderbar gewesen.

»Jetzt erinnere ich mich: Die Marina wollte nicht über den Bazinger reden. Die hat das Gespräch abgewürgt, nicht ich.« Ja, so war es gewesen. Sie erinnerte sich wieder.

»Glaubst du, der Bazinger hat irgendetwas mit der Marina zu tun?«, fragte Michael. »Ich weiß gar nicht mehr, was ich glauben soll, aber möglich ist alles.« Am liebsten wäre sie sofort zu Marina ins Krankenhaus gelaufen, als sie sah, wer sich der Bühne näherte.

Oben auf den Brettern setzten die »Inntaler Stenzen«, was frei übersetzt die »Inntaler Weiberhelden« bedeutete, zum »letzten Lied des Abends« an. Gemäß der Tradition im Bazinger-Zelt würde es auch heute wieder »Patrone Bavariae« sein, erklärte der Bandleader. »Kommando vom Ober-Bazi, dem Bazinger Hubert.« Er holte Luft, und die »Inntaler Stenzen« stimmten konzentriert die ersten Töne an. Den Mann, der jetzt die Treppe zur Bühne erklomm, nahmen sie nicht wahr. Erst als Hubert Bazinger direkt neben dem Bandleader stand, reagierte dieser. »Ja da schau her! Wenn man vom Deifi red...«, wenn man vom Teufel sprach. Bazinger nahm dem Stenz das Mikrofon aus der Hand, als wäre dieser Luft. »Liebe Gäste, meine lieben Freundinnen und Freunde, darf ich euch um einen Moment eurer geschätzten Aufmerksamkeit bitten.« Im Bierzelt wurde es erstaunlich ruhig, auch Bazinger senkte seine Stimme. »Die meisten von euch werden es ja schon von *Rosenheim-News* wissen.« Pause. Räuspern. Augenwischen. Bazinger schaute auf seine polierten Haferlschuhe. »Meine liebe Frau, meine Karola, ist spurlos verschwunden. Sie ist weg.« Erneut stockte er, holte hörbar Luft und sprach weiter. »Ich befürchte das Schlimmste und hoffe doch in jedem Moment, dass meine Karola noch lebt.« Jetzt brach seine Stimme, er wischte sich mit dem Arm über die Augen. Im Bierzelt wurde es noch stiller. Bazinger räusperte sich und fuhr fort: »Heute hat man den ganzen Simssee nach ihr abgesucht. Die Spurensicherung ist gerade in unserer Hütte am See.« Wieder wischte er sich über die Augen. »Ich kann nur noch auf ein Wunder hoffen und beten.« Er bekreuzigte sich. Finger auf die Stirn. Aufs Herz. Linke Schulter. Rechte Schulter. »Ich hab mich gefragt, ob der Wiesnbetrieb im Bazi-Zelt unter diesen Umständen noch weitergehen darf, aber ihr alle wisst, wie sehr die Karola unser Herbstfest geliebt hat. Das Leben muss weitergehen. Essen und Trinken hält Leib und Seele zusammen und der Glaube, der wird uns retten. Der Glaube an Bayern, an die Patrona Bavariae, unsere Muttergottes, und an die Liebe.« Er schaute nach oben, dorthin, wo die Bierzeltstangen das Zeltdach trugen. »Meine liebe Karola, wo auch immer du jetzt bist, komm zurück.« Dann richtete er den Blick nach vorn, verengte seine Augen und sagte: »Wer schuld daran ist, dass die Karola verschwunden ist, meine Karola, dem gnade Gott, denn ich werde es nicht tun. Als Ehemann und als Anführer der Weiß-Blauen, unserer Partei, stehe ich für Sicherheit und Gerechtigkeit. Umso mehr, als ich jetzt vielleicht am eigenen Leib erfahren muss, wie leicht ein Verbrechen geschehen kann.« Er nickte. Und nickte. Nickte weiter. Dann riss er den Kopf wieder nach oben. »Meine Lieben, lasst uns gemeinsam singen, für meine Frau, für unser Land, für unsere Kinder, für Bayern. Möge die Patrona Bavariae, die Mutter Gottes, meine Frau und uns alle beschützen.« Er gab den Inntaler Stenzen ein Zeichen und dem Bandleader das Mikrofon zurück. Menschen standen auf, schauten zur Bühne wie zum Altar und sangen mit Hubert Bazinger.

>»Patrona Bavariae,
> Hoch überm Sternenzelt,
> Breite deinen Mantel aus,
> Weit über unser Land.
> Und wenn ich mal Sorgen hab
> Und mir die Hoffnung fehlt,
> Patrona Bavariae,
> Führ mich an deiner Hand,
> Patrona Bavariae,
> Führ mich durch dieses Land.«

Die meisten Gäste verließen das Bazinger-Zelt mit Tränen in den Augen. »Bierzeltstimmung stell ich mir anders vor«, sagte Michael Prutting im Gedränge. »Hast du denn gar kein Gefühl«, kritisierte im Vorbeigehen ein älterer Mann in traditioneller Tracht, ein *Trachtler*. Jetzt zwängte er sich neben Michael Prutting durch den Ausgang. »Ich hab schon ein Gefühl, aber der Bazinger nicht«, entgegnete Michael Prutting und wandte sich an Jo. »Das war doch alles nur Show ›and the show must go on‹. Wenn der Bazinger das Zelt für den Rest der Wiesn zumacht, geht ihm viel Geld verloren.«

»Dem Mann geht es nicht um Geld, dem geht's um die Tradition! Geld hat der Bazinger genug, erst recht, wenn seine Frau weg ist«, behauptete eine Stimme von hinten. Jo drehte sich um und schaute in Alois Steimers Augen. Er war mit Kilian unterwegs. »Bei einer Scheidung hätte es vermutlich anders ausgesehen, weil der alte Bazinger war ja nicht deppert, der hat auf einem Ehevertrag bestanden, bevor er die Hand seiner einzigen Tochter dem Braumeister gegeben hat.«

»Jetzt *schickts eich*! *Machts zuwa!* Geht's aus dem Weg!« Sie sollten sich beeilen und den Weg freimachen, lallte ein Angetrunkener und schob sie von hinten an.

»Zu mir oder zu dir?« Michael Prutting grinste ebenso unverschämt, wie er fragte.

»Zu Marina ins Krankenhaus!« Schwester Helga ablösen.

*G*emeinsam schlichen sie durch die leeren Krankenhausflure, darauf bedacht, von niemandem entdeckt zu werden. Durch das breite Tor der Notaufnahme waren sie unbemerkt ins Gebäude gekommen, die Anlieferung eines Unfallopfers hatte Ärzte und Schwestern beschäftigt. Als sie vor Marinas Zimmertür standen, fragte sich Jo, ob sie überreagierte. Vielleicht hatte Kommissar Hopfinger doch die vernünftigeren Argumente. In ihrem derzeitigen Zustand war Marina wirklich für niemanden eine Gefahr. Wieso sollte der Täter riskieren, beim zweiten Mordversuch erwischt zu werden? Trotzdem. Jo sorgte sich um Marina. Leise öffnete sie die Tür und schlich ins Zimmer. Michael Prutting folgte ihr.

Marina Pfister war nicht allein im Raum, sondern hatte mitten in der Nacht Gesellschaft. Neben ihrem Bett saß eine Frau. Ihre Schultern waren nach vorn gesackt. Sie schlief. Auf ihrem Schoß ruhte ein Reiseführer, der ihre rechte Hand versteckte. Offenbar plante die Frau, durch Europa zu wandern. Ihre weiße Arbeitskleidung wies sie als Krankenschwester aus. Schwester Helga. Die Gute! Jo atmete auf. Seufzte erleichtert. Das leise Geräusch weckte die Krankenschwester. Von einer Sekunde zur anderen war sie hellwach, schoss aus ihrem Stuhl und zeigte, was sie unter dem Buch verborgen hatte: eine aufgezogene Spritze. Diese hielt sie Jo und Michael wie eine Waffe entgegen, offensichtlich bereit zuzustechen. Dann erkannte sie Jo und lenkte die Spitze der Spritze zu ihrem Begleiter.

»Wer ist der Kerl?« Schwester Helga klang streng.

»Verstärkung! Ein Polizist aus München. Ein Freund«, erklärte Jo.

»Soso, ein Freund. Gibt es so was in männlich?« Die Krankenschwester klang bitter.

»Wollen wir es hoffen!«

»Mit hoffen kommen Frauen im Leben nicht weit, wer etwas erreichen will, muss handeln.«

»Schwester Helga, Sie klingen gerade wie meine Freundin Marina«, lachte Jo.

»Das ist kein Zufall«, sagte Schwester Helga und erklärte, sie verdanke Marina Pfister alles, ihre Freiheit und ihr Glück. Deshalb bewachte sie Marina. »Solange ich hier bin, ist die Marina in Sicherheit.« Sie bekräftigte ihre Aussage, indem sie kriegerisch die Spritze in die Luft riss. »Sie wollen nicht wissen, was da drin ist.«

*C*hefredakteur Sepp Anzenberger hatte keine Zeit verloren. Der Onlinebeitrag über die Suchaktion am Simssee begrüßte die Besucher von *Rosenheim-News.de* mit dicken roten Buchstaben wie aus der BILD-Zeitung.

DRAMATISCHE SUCHE NACH BRAUEREIERBIN

Unfall, Entführung oder Mord? Der Hund und die Kleidung von Karola Bazinger wurden heute am Simssee gefunden.

Es folgte ein Videoclip, aufgenommen am Simssee. Nach Anzenbergers Anmoderation kam Hubert Bazinger ins Bild, der die Zuschauer direkt ansprach.

»Ich bin in einem Albtraum gefangen und warte darauf, dass mich meine Karola wieder wach küsst. Es gibt keine Sekunde, in der ich nicht an meine Frau denke und hoffe, dass sie lebend zurückkommt. Die gute Nachricht: Wir haben Karola nicht im See gefunden, obwohl sie ihre Kleidung hier zurückgelassen hat.«
   Es folgte ein Schwenk zur Hütte am See. Anschließend sprach Bazinger weiter.
   »Kommissar Hopfinger glaubt an einen Badeunfall. Ich befürchte ein Verbrechen. Vielleicht gar ein Sexualverbrechen? Unsere weiche Justiz führt zu Gräueltaten. Unsere Region muss wieder sicher werden. Das war auch Karolas Anliegen, deshalb hat sie meinen Wahl-

kampf unterstützt. In ihrem Sinne muss ich weitermachen. Unsere gemeinsame Mission hält mich aufrecht in dieser schweren Zeit. Und die Hoffnung, die stirbt ja bekanntlich zuletzt. Am Ende zählt sowieso nur die Liebe.«

Er hob den Kopf, verengte die Augen zu Schlitzen. *»Wir alle wissen: Diese Tat ist nicht allein ein Angriff auf mich! Diese Tat ist ein Angriff auf uns alle! Und ich werde die Verbrecher, die uns bedrohen, bis ans Ende der Welt jagen. Das verspreche ich euch als Ehemann und Anführer der Weiß-Blauen.«*

Unterstützte Karola wirklich den Wahlkampf der Weiß-Blauen, fragte sich Vitus Pangratz. Die Frau, die sich im Wildnislager von allen Konventionen befreit hatte, passte nicht in das reaktionäre Frauenbild der selbsternannten Heimatpartei. Außerdem war Karola nach eigenen Worten eine »Weiberheldin«, inspiriert von Marina Pfister, die weder schwarz-weiß noch weiß-blau dachte. Für sie war die Welt bunt, verkündete jedenfalls das Poster in ihrer Hütte. Er beugte sich zu Karolas Hund, der neben ihm auf der Terrasse saß, und streichelte seinen Rücken. An der Tankstelle hatte er Hundefutter besorgt. »Hopfen, ich pass auf dich auf, bis dein Frauli wiederkommt.« Adoptierte er in diesem Moment einen verwaisten Hund?

Der Lärm des Herbstfestes schwappte auf seine Terrasse. Vitus Pangratz schaute auf die Uhr. Gleich würde zumindest in den Bierzelten Schluss sein, und seine Johanna würde endlich nach Hause kommen. Es wurde Zeit, dass sie miteinander redeten. Ein Schlüssel drehte sich im Schloss. Hopfen sprang auf.

*M*arina Pfister hatte ihr Aufnahmegerät scheinbar überall laufen lassen, nur nicht zu Hause. Immerhin. Er drückte auf die Datei »Naturwunder«. Dahinter verbarg sich ein Selbstgespräch, eine Notiz. Schon drang Marinas Stimme in sein Ohr.

Der Mann hat seine Berufung gefunden. Er macht sich großartig als Liebhaber. Die Damen sind begeistert. Möglicherweise liegt der Erfolg meiner Idee aber weniger am Kerl als am besonderen Setting. Die Natur wirkt stimulierend. Komm, hol das Lasso raus, wir spielen Cowboy und Indianer. Hihihi. Das Leben spielt sich auf der Oberfläche ab. Hauptsache, es geht dabei tief.

Neulich meinte meine neue Kundin: »*Dieses Naturwunder hat meine Vorstellung von Sex neu definiert.*« *Hey,* »*Naturwunder*«, *das ist genau der richtige Produktname. Jetzt fehlt nur noch eine Alternative, eine andere Kulisse. Etwas mit Klasse, Glanz und Eleganz. Ein Luxushotel mit einem Viersternerestaurant, und das biete ich dann als* »*Premium-Verwöhnprogramm mit Höhepunkt*« *an. Vielleicht brauche ich doch noch einen zusätzlichen Kavalier? Für einen Studenten wär das leicht verdientes Geld. Soll ich vielleicht doch den Clown engagieren? In Tracht würde er etwas hermachen. Ich könnte ihn als Heimatabend anbieten oder noch besser: als Hüttenzauber, auf einer einsamen Almhütte. Ein bayrisches Rollenspiel. Ja! Ich bin einfach gut! Und dann noch eine Prinzessinnenvariante in einem Schlosshotel …*« *Marina Pfister unterbrach sich.* Eine Tür, Geräusche und Schritte waren zu hören.

»*Ja servus, Karola! Schön, dass du vorbei kommst. Champagner? Wie immer?*« Marina Pfister klang ehrlich erfreut. Eh klar! Schon hörte er sie wieder schmatzen. »*Bussi! Bussi!*« Rascheln.

»Verdammt!« Gerade an dieser Stelle endete die Aufnahme. Die Frauen hatten etwas zu verbergen, aber er wusste, was sie heimlich taten.

*I*m Hausflur brannte noch Licht. Als Jo den Schlüssel im Schloss umdrehte, hörte sie ein lautes Bellen. »Keine Sorge! Wir haben keinen Hund«, beruhigte sie Michael Prutting, der hinter ihr stand und entspannt wirkte. Sie war es, die erschrocken war.

»Klingt aber nach Hund«, meinte er. Er hatte recht, und deshalb zog Jo ihren Schlüssel aus dem Schloss zurück und klingelte.

»Der Michael wollte mich nur sicher zur Tür bringen. Er ist ein Freund und Helfer durch und durch«, erklärte sie ihrem Vater.

»Der Kollege kommt mir gerade recht«, meinte Vitus und bat beide herein, aber der Hund begann zu knurren. »Ganz ruhig, Hopfen! Braver Hund!«, beruhigte ihn sein Pflegeherrchen, »das ist meine Johanna, die wohnt hier.«

»Aber nicht mehr lange«, scherzte Jo und wandte sich grinsend an Prutting. »Ich glaube, wir gehen doch lieber zu dir.« Er hielt ihr galant den Arm hin. »Mit Vergnügen. Im Gästezimmer meiner Schwester steht ein breites Bett.«

»Du schläfst mir nicht in Hopfingers Haus!«, wetterte Vitus Pangratz los. »Außerdem muss ich etwas Wichtiges mit dir besprechen, und der Prutting Michael, der bleibt am besten gleich da, den kann ich brauchen. Als Polizisten.«

Der Geruch war stärker als alles andere, aber sie hatte sich inzwischen daran gewöhnt, ebenso wie an die Stimmen, die in ihrer Nähe rauschten. Manche kamen ihr bekannt vor, aber sie verstand nicht, was sie sagten. Sie war gefangen in der Dunkelheit und in einem Körper, den sie nicht bewegen konnte. Aber sie konnte fühlen, Berührungen und die verschiedenen Schattierungen des Schmerzes. Heute war es ein kleiner Stich in ihre Haut gewesen, der sie aus der Dunkelheit gezogen hatte. Sie tauchte immer nur für kurze Zeit in ihr Bewusstsein auf, bevor sie wieder unterging. Niemand schien es zu bemerken. Sie konnte nicht sprechen. Sie konnte nicht einmal denken. Sie konnte nur versuchen, die Worte und Bilder in ihrem Kopf einzufangen und zu ordnen. Es waren kleine kurze Gedanken und verschwommene Bilder, doch heute liefen sie zum ersten Mal nicht weg. Ein Schatten kam auf sie zu.

»Marina!« Seine Stimme. Es gelang ihr nicht zu reagieren, nur ihr Herz pochte schneller. Ihre Atmung veränderte sich. Lag es am plötzlichen Druck auf ihrem Gesicht? Es war dunkel geworden. Das Atmen fiel ihr plötzlich schwerer. Nein! Nicht schon wieder! Luft! Sie brauchte Luft! Sie musste sich wehren, aber nichts bewegte sich. Ihre Arme befolgten keine Befehle. Ihr Körper verweigerte seine Hilfe, ließ sie mit ihrer Angst allein. Plötzlich wieder etwas Luft. Die Stimme. »Kein Risiko eingehen«, was mochte das bedeuten? Luft. Sie brauchte mehr Luft. Jetzt. Die Tür, flotte Schritte. »Guten Morgen! Sie? So früh.« Zwei Stimmen und Erleichterung. Sie dämmerte wieder weg.

*J*o Colemans Kopf drohte zu platzen. Die Bierkrüge, die sie gestern auf dem Herbstfest mit Michael Prutting gestemmt hatte, spielten dabei nur eine geringe Rolle. Das anschließende nächtliche Gespräch mit Michael Prutting und ihrem Vater quälte ihren Kopf. Nach einer kurzen herzlichen Begrüßung hatte Vitus einen Flipchart-Ständer aus dem Keller geholt und auf großem Papier die Fälle skizziert: das Verschwinden von Karola Bazinger und den Mordversuch an Marina – »wenn er denn einer war«, hatte Michael Prutting eingeworfen und die Theorien seines Schwagers wiederholt: »Sexunfall oder Raubüberfall.«

»Es gab keine Spermaspuren am Tatort«, erinnerte Vitus.

»Nicht immer endet Sex mit einem Orgasmus«, erwiderte Michael.

»Sehr unwahrscheinlich, dass er auf Marina gewartet hat, oder?« Jo glaubte nicht an einen Sexunfall. Sich die Luft abzuschnüren, um mehr zu spüren? Abartig! Hatte dabei nicht INXS-Sänger Michel Hutchence in den 90ern sein Leben gelassen?

»Wieso seid ihr euch so sicher, dass es ein Mann war?«, fragte Michael Prutting. Die Perücke sei ja wohl kein echtes Indiz. Und hatte die Weiberheldin berufsbedingt nicht am meisten mit Frauen zu tun?

»Unterschätzt die Weiber nicht. Besonders nicht die Weiberheldinnen! Wenn ich da an meine Schwester Moni denke. Die traut sich seit ihren Weiberheldinnen-Workshops alles zu.«

»Und vielleicht gab es ja auch Frauen, die eine Wut auf die

Marina hatten«, warf Vitus ein. Es war an der Zeit, der Runde von seiner Klientin Uschi Steimer zu erzählen und von Alois, der im Wildnislager am Samerberg als Kavalier seinen Körper verkaufte. Ja, und von der Verwechslung. Vitus Pangratz berichtete alles, auch die Fortsetzung in Karola Bazingers Hütte am See.

»Mensch Papa! Da sind jetzt überall deine DNA-Spuren«, war Jos erster Gedanke. »Und das in deinem Alter.«

»Bei der Liebe sollte man in keinem Alter Zeit verlieren«, warf Michael Prutting ein.

»So schaut's aus!«, bestätigte Vitus den Schlaumeier.

»Es ging ja wohl eher um Sex als um Liebe«, grantelte Jo dazwischen.

»Da war viel Herz im Spiel«, behauptete ihr Vater.

»Vielleicht warst du der Letzte, der die Karola Bazinger lebend gesehen hat«, sagte Michael Prutting.

»Du rutschst gerade auf die Liste der Verdächtigen, Papa. Bist du dir sicher, dass der Michael das alles wissen soll? Immerhin ist er der Schwager vom Hopfinger, deinem Lieblingskommissar.«

»Ich hab den Hopfinger noch nie mögen«, meinte Michael.

»Und ich hab eine gute Menschenkenntnis«, meinte Vitus.

»Dann passt es ja«, meinte Jo. In diesem Moment fühlte sich alles gut an, selbst das Chaos.

Im Licht des frühen Tages fühlte sich das Chaos weniger gut an. Jo ging mit Hopfen Gassi und führte ihn durch den Riederpark. Ihr Vater wollte Liesel Dirscherl Frühstück ins Kommissariat bringen, »um etwas gutzumachen«, wie er sagte. »Vor allem willst du wohl Infos gutmachen und deinen Nachfolger provozieren.« Jo durchschaute ihren Vater und bedauerte seine ehemalige Assistentin, die ihm noch immer die Treue hielt.

»Schön bei Fuß.« Sie zog sanft an der Leine und führte Hopfen in die hinterste Ecke des Parks zu ihrem Lieblingsplatz, dem Kneippbecken. Während sie ihre alten Converse auszog und ihre Füße ins kalte Wasser tauchte, trank der Hund. Anschließend setzte er sich neben Jo und jaulte. Vermutlich vermisste er sein Frauchen und sein Zuhause. Aber der Hund wusste wenigstens, wo er zu Hause war, im Gegensatz zu Jo. Jack hatte sich noch immer nicht bei ihr gemeldet, aber die Filmcrew hatte Fotos vom Dreh auf Instagram gepostet. Linda stand auf den meisten Fotos in Jacks Nähe, und oft lehnte sie an seiner Brust. Jack schien es zu genießen. Er war eben doch ein Jagdhund. Jo streichelte Hopfen, der war zwar auch ein Jagdhund war, aber vermutlich ein treuer. Immerhin weinte er seinem Frauchen hinterher, während sich Jack lachend mit einer anderen vergnügte. »Dieser Sauhund!«

Sie musste Hopfen beschäftigen, um ihn von seiner Traurigkeit abzulenken und sich selbst auch. »*Pack ma's!* Bewegung!« Gemeinsam liefen sie über die Wiese, bis Hopfen stehen blieb und in die Hocke ging. Scheiße! Sie hatte nie einen Hund gewollt. Unter anderem deshalb. Für einen Moment überlegte sie, den Haufen einfach liegen zu lassen, dann erinnerte sie sich daran, wie oft sie selbst auf der Wiese im Riederpark gelegen hatte, und wie viele Kinder wohl heute noch durch das Gras laufen würden. Also gut. Sie schaute sich nach einem Plastiktütenspender um. Ihr grauste, aber es musste sein. »*Pfui Deifi!*« Wenigstens winselte Hopfen nicht mehr, und ihr Kopf senkte den Schmerzpegel. »Komm, wir laufen zurück.« Sie würde eine Abkürzung durch die Passage nehmen und am Laden der Weiberheldin vorbeischauen.

*J*o betrat den Durchgang zum Stadtplatz, die alte Passage, in der Marinas Weiberheldinnen-Lobby versteckt war. Ob der Täter aus derselben Richtung gekommen war? Hatte er sein Auto zwischen Park und Passage abgestellt, oder war er zu Fuß vom Max-Josefs-Platz gekommen? Jo tippte auf den diskreteren Hintereingang und folgte dem Hund. Vor der Tür der Weiberheldin blieb er stehen. »Kennst du unser Ziel schon?«, fragte Jo. Hopfen sah sie mit großen Hundeaugen an, wirkte dabei ziemlich klug und nickte. Oder bildete sie sich das ein? Nein, dieser Hund verstand sie wirklich, und sie verstand diesen Hund. Ohne Verdauung wäre er der perfekte Begleiter. Der Hund fürs Leben. Aber große Hunde machten große Haufen. Trotzdem, Karola Bazinger hatte ein tolles Tier, doch leider sprach nichts dafür, dass Frauchen wieder auftauchen würde, zumindest nicht lebend. Nur ihr Vater Vitus gab die Hoffnung nicht auf. Er hoffte auf ein Wunder, das hatte er bei der Lagebesprechung in der vergangenen Nacht nicht verbergen können. »Mein Vater mag dein Frauchen, so sieht es aus.«

Der Hund wollte rein. In den Laden. Hopfen stupste mit seiner Nase an die Tür von Marinas Coaching-Agentur: »Weiberheldin – die Lobby für Frauen«. »Geschlossen«, sagte Jo und wollte es dem Hund beweisen, indem sie an der Tür rüttelte. Sie erwartete Widerstand, stattdessen gab die Tür nach. Hopfen schlüpfte sofort durch den offenen Spalt.

*S*chon von weitem sah Vitus Pangratz die Sudkessel der Bazi-Brauerei hinter einer großen Fensterfront. In den riesigen Tanks aus Edelstahl wurden die Grundzutaten seines Lieblingsgetränks erhitzt und gerührt. Wasser und Malzschrot bildeten die »Maische«. Ihre genaue Zusammensetzung aus dunklen und hellen Malzsorten hielt der Braumeister so geheim wie der Druide Mirakulix die Zutaten seines Zaubertranks, der den Galliern rund um Asterix und Obelix übernatürliche Kräfte verlieh. Bier war seit Jahrhunderten der Zaubertrank der Bayern, weshalb auch so mancher Landsmann die Form von Obelix annahm. Die Gallier waren also nicht nur Seelenverwandte der Bayern, sie sahen ihnen auch durchaus ähnlich. Vitus fand den Vergleich passend. Für einen Moment blieb er vor dem Schaufenster der Sudhalle stehen, um sich wie Asterix zu fühlen.

Seine Johanna nannte ihn bisweilen »*Gscheithaferl*«, Besserwisser, aber Vitus wollte schon immer das Wie und das Warum wissen, erst recht, wenn es sich um sein Lieblingsgetränk handelte. Außerdem gab Wissen Sicherheit. Fakten boten mehr Halt als Gefühle. Wer so viele Gefühle hatte wie er, brauchte umso mehr Fakten. Diesen logischen Zusammenhang würde er seiner Tochter bei Gelegenheit erklären, ebenso wie die Grundlagen des Bierbrauens. Das sogenannte Maischen stellte die Weichen für den späteren Geschmack des Bieres, weil dabei über die Temperatur die Arbeit der Enzyme im Maischbrei gesteuert wurde. Erst nach der Wärmebehandlung kam der Hopfen zum Zug. Er würzte das

Bier, sorgte für edle Bitterkeit, stabilisierte den Schaum und ließ das Getränk duften. Die letzten feinen Nuancen verdankte das Bier allerdings seinem Grundstoff, dem Wasser, aus dem es zu 90 Prozent bestand. Hier waren die Rosenheimer klar im Vorteil, denn ihr Wasser aus dem Mangfalltal filterten die Schotterböden der letzten Eiszeit. Größtenteils aus Kalk und Dolomit bestehend bereicherten sie das Wasser mit vielen Mineralen. Der Herrgott hatte es gut mit den Rosenheimern gemeint.

Leider nicht mit allen. Vitus befürchtete insgeheim das Schlimmste im Fall Karola Bazinger und hoffte gleichzeitig das Beste, deshalb stand er hier vor der Bazi-Brauerei. Er wollte mit Hubert Bazinger sprechen, Karolas Ehemann. Die meisten Taten waren Beziehungstaten, und wie es um die Ehe der Bazingers stand, konnte er sich ausmalen. Er gab nichts auf die öffentlichen Liebesschwüre des Oberbazis. Vitus ging um die Halle herum zum Eingang des Verwaltungsgebäudes.

»Grüß Gott! Haben Sie einen Termin mit dem Chef?« Als Antwort überreichte Vitus der Empfangsdame seine Visitenkarte. »Für alle Fälle: Vitus Pangratz, Privatermittler und Kriminalkommissar a. D.« Die Dame verstand und führte ihn nach einem kurzen Telefonat in Hubert Bazingers Büro, dessen Einrichtungsstil Vitus überraschte.

Minimalistische weiße Designermöbel und schwarze Ledersessel beherrschten den Raum. An der Wand hing kein einziges Bild. Vitus glaubte, den Geruch von Desinfektionsmitteln wahrzunehmen.

»Sie hatten eine sehr klare Vorstellung bei der Möblierung«, sagte er zu Hubert Bazinger und bemühte sich, seine Worte anerkennend klingen zu lassen. »Klare Einrichtung, klarer Kopf! Räume sagen viel über die Menschen aus, die sie gestalten«, erwiderte der Brauerei-Chef. Als sein Schwiegervater, Gott hab ihn selig, bei einem tragischen Unfall sein Leben gelassen hatte, war es Zeit für eine Erneuerung gewesen. Die Deutsche Eiche, die Jagdtrophäen und der demonstrative Bayerndünkel des alten Herrn passten nicht zu einem modernen Geschäftsführer und Politiker wie ihm.

»Herr Bazinger, Sie überraschen mich. Ich hab geglaubt, dass gerade Ihnen die Traditionen wichtig sind. Sie sprechen doch so gerne davon.«

»Das bayrische Herz braucht Folklore, aber das bayrische Hirn braucht den Fortschritt. Menschen, die ewig im Gestern verweilen, haben keine Zukunft. Wir verstehen uns?« Vitus nickte, weil es ihm angemessen erschien, bevor er sein Anliegen formulierte: »Ich hätte ein paar Fragen.«

Bazinger studierte die Karte von Vitus. »Soso, Privatermittler. Am See dachte ich, Sie seien ein Kollege vom Kommissar Hopfinger.« Vitus nickte und erklärte Bazinger, was dieser über seine Karriere und die Fortsetzung als privater Ermittler wissen musste. Bazinger gab sich interessiert. »Wollen Sie meine Frau finden?«

»Ich bin der einzig Richtige dafür. Es sei denn, Sie wollen sich auf Harry Hopfinger verlassen ...«

»Lieber nicht. Wie ist Ihr Preis?« Bazinger dachte ans Geld, Vitus Pangratz an Karola. Vermutlich hatte sich Bazinger auch schon sein Erbe ausgerechnet.

»Mein Honorar ist angemessen. Dafür nehme ich Ihren Hund umsonst in Pflege.«

Vitus holte einen Vertrag aus seiner Jacke.

»Sie verlieren keine Zeit, Herr Pangratz. Das gefällt mir. Ein Mann der Tat. So wie ich.« Bazinger nahm sein Telefon vom Schreibtisch und drückte auf Wahlwiederholung.

»Anzenberger, servus! Ja, i bin's, der Hubert. Das siehst du doch an meiner Nummer, oder? Ah geh! Ich hab doch keine Rufunterdrückung! Ich muss mich doch nicht verstecken. Jetzt hör zu, Anzenberger! Der Pangratz Vitus ist gerade bei mir, ja, genau der. Der Vorgänger vom Kommissar Hopfinger. Nicht gerade sein bester Freund. Hahaha! Er meint, er will meine Frau finden. Was meinst du? Du bist doch jetzt mein PR-Berater. Was? Reg dich nicht auf, das war ein Witz! Klar bist du Chefredakteur und kein PR-Sepp! Also, was meinst?« Bazinger hörte dem Mann am anderen Ende der Leitung zu, und ein Lächeln breitete sich auf seinem Gesicht aus. »Verzweifelter Ehemann und Parteiführer engagiert Privatermittler, ja, genau so schreibst du es. Vergiss nicht zu erwähnen, dass mich nur die Arbeit aufrechterhält und ich alles für die Heimat gebe, ungeachtet meiner privaten Situation. Wo der Hund ist? Na, um den kümmert sich mein neuer Privatdetektiv. Was heißt hier herzlos? Das war Karolas Hund! Ja, ja, ich spreche nicht mehr in der Vergangenheit von ihr. Natürlich hab ich noch Hoffnung. Würde ich sonst den Detektiv bezahlen? Ja, also gut, dann zeig ich mich halt mit dem Köter, wenn du meinst, dass es mir Sympathiepunkte bringt. Ja! Servus! Wir sehen uns! Dank dir!«

Er nahm den Vertrag, den ihm Vitus auf den Tisch gelegt hatte, runzelte die Stirn bei den Honorarsätzen, die speziell für ihn erhöht worden waren, und unterschrieb. Vitus Pangratz hatte einen neuen Klienten. »Und jetzt zu meinen Fragen ...«

*K*aum war der Hund in den Laden der Weiberheldin geschlüpft, ging drinnen das Geschrei los. Jemand war in Marinas Räumlichkeiten. Am Tatort, wo niemand etwas zu suchen hatte. Die Tür war intakt, nicht aufgebrochen, registrierte Jo, bevor sie sich auf die panischen Hilferufe konzentrierte. Es war eine weibliche Stimme. Jo stieß die Tür weiter auf. »Hopfen! Bei Fuß!« Doch anstatt zu seinem Ersatzfrauchen zu kommen, bellte der Hund, als wollte er die Hilferufe übertönen. Hopfen bellte eine Frau an, die in Schockstarre hinter der Champagnerbar stand. Allein ihre Stimme schien beweglich und kletterte immer höher. In ihrer Hand hielt die Frau einen ausgeklappten Meterstab. Jo erkannte sie sofort. Es war Knödel-Klaudia.

»Was machst du denn hier?«, fragte Jo, obwohl es offensichtlich war: Knödel-Klaudia vermaß Marinas Laden.

»Was machst DU hier mit diesem aggressiven Riesenvieh?«, fragte sie zurück. Trotz anhaltender Schockstarre sprach sie fließend. Vorwurfsvoll. Knödel-Klaudia war sich keiner Schuld bewusst, und Jo fand, es sei an der Zeit, der Dame den Kopf mit der perfekten Frisur zu waschen.

»Was ich hier mache, willst du wissen? Nach dem Rechten sehen und dafür sorgen, dass niemand in Marinas Revier eindringt.« Jo stellte sich breitbeinig hin und nahm Hopfens Leine in die Hand. So ein Hund unterstützte die eigene Autorität enorm.

»Die Marina braucht diese Räumlichkeiten nicht mehr, ich dagegen schon.«

»Willst hier dein Knödel-Universum aufbauen?«

»Ich bin eine alleinerziehende Mutter. Ich muss schauen, wo ich bleibe.«

»Am liebsten beim Jürgen, oder? Ich durchschau dich! Erst schnappst du dir Marinas Mann und dann auch noch ihren Laden.« Wobei Marina vermutlich stärker an ihrem Laden als an Jürgen hing, dachte Jo und war nun erst recht bereit, Marinas Räumlichkeiten zu verteidigen.

»Jo, beruhig dich, es ist nicht so, wie du meinst!« Klaudia kam hinter der Champagnerbar hervor und lächelte Jo so süß und klebrig wie ein Zwetschgenknödel an. Alles Show. In Klaudias Inneren vermutete Jo einen harten Kern, der Zähne und Beziehungen zerstören konnte.

»Wahrscheinlich ist es noch viel schlimmer, als ich es mir ausmalen will!«

»Unterschätzt die Weiber nicht!«, hatte Michael Prutting gestern Nacht gesagt. In Jos Kopf überschlugen sich die Gedanken: »Cui bono? Wem zum Vorteil?« Der römische Philosoph und Politiker Marcus Tullius Cicero hatte die entscheidende Frage rund 80 Jahre vor Christi Geburt gestellt, heute gehörte sie ins Zentrum einer jeden Ermittlung. Jo zögerte nicht mit der Antwort: »Du bist die Einzige, die wirklich profitiert, denn du willst in jeder Beziehung Marinas Platz einnehmen. Der Jürgen hat wahrscheinlich nichts dagegen, sein Leben lang Knödel zu essen.« Jo wurde immer lauter. Eine Wutwelle ergriff sie, und schon schwappte es aus ihr heraus: »Und wer ist eigentlich der Vater von deiner Marei? Vielleicht der Jürgen?« Knödel-Klaudia wurde erst blass, dann rot. Sie stützte sich an der Theke ab, die nun in ihrem Rücken war, und öffnete den Mund. Diesmal kam nichts heraus.

»Und jetzt weißt du nicht mehr, was du sagen sollst!« Jo ging einen Schritt nach vorn, packte die falsche Schlange bei den Schultern und schüttelte sie. Nur am Rande ihres Blickfelds nahm sie wahr, dass Hopfen hinter der Theke verschwand. »Soll ich dich so aufs Pflaster stoßen, wie du wahrscheinlich die Marina gestoßen hast?« Jo stellte sich vor, wie sich die Frauen gestritten hatten. »Ist dir die Marina auf die Schliche gekommen?« Knödel-Klaudia sah sie noch immer mit weit aufgerissenen Augen an, wie ein verschreckter Rauschgoldengel. Jo atmete ein. »Wir zwei, wir gehen jetzt zur Polizei.«

In diesem Moment löste sich Knödel-Klaudia aus ihrer Starre und stieß Jo weg. »Du bist doch völlig durchgedreht!« Mit dem kraftvollen Stoß hatte Jo nicht gerechnet, sie stolperte nach hinten, verlor das Gleichgewicht und fiel aufs harte Pflaster. Dort, wo ihre Freundin Marina vor ein paar Tagen auf der Schwelle zwischen Leben und Tod gelegen hatte. Jo fühlte sich benommen. Knödel-Klaudia hatte das Zeug zur Gewalttäterin. Doch so heftig, wie der Stoß gekommen war, so überlegt wirkte Knödel-Klaudia jetzt. Sie stand vor Jo und schien nachzudenken. Eine Sekunde zu lang. Jo kam wieder auf die Beine. Sie hatte sich noch nie mit einer Frau geschlagen, aber diese Situation ließ ihr keine andere Wahl. Sie durfte Knödel-Klaudia nicht entkommen lassen, das war sie ihrer besten Freundin schuldig. Erneut packte Jo die Frau. Diesmal achtete sie auf einen festen Stand. Knödel-Klaudia fing an zu schreien. Diesmal schrie sie einen Namen. Einen Namen, mit dem Jo nicht gerechnet hatte: »Kilian! Hilfe! Kilian! Komm raus! Die Irre dreht durch!«

Hubert Bazinger hatte Vitus am makellosen weißen Konferenztisch eine Brotzeitplatte mit Schinken, Speck und Käse servieren lassen und dazu alkoholfreies Weißbier. 80 Prozent der deutschen Weizenbiere kamen aus Bayern, schoss es Vitus durch den Kopf. »Zum Wohl! Damit Sie gut durch die Wiesnzeit kommen, brauchen Sie ›eine Kraft‹, Herr Pangratz.« Eine Kraft, ein Geld, ein Glück, der bayrische Dialekt packte große Dinge gerne in kleine Einheiten. Vitus nahm einen Schluck aus dem Weißbierglas, bevor er zur Sache kam: »Wie stand es um Ihre Ehe, Herr Bazinger?« Bazinger stellte sein Glas ab, verschluckte sich beinahe, räusperte sich, wischte sich den Schaum vom Mund und war im nächsten Moment gefasst.

»Ich bezahl Sie als Detektiv, nicht als Therapeuten. Mit Letzteren hab ich nichts am Hut, auch wenn mich die Karola da gerne hingeschickt hätte.«

»Soso, zum Therapeuten wollt Sie Ihre Frau schicken. Gab's dafür einen bestimmten Grund?«

»Seit wann brauchen Frauen einen Grund, um Probleme zu machen?« Bazinger lachte, als hätte er soeben den Witz des Jahres gelandet, und Vitus fiel in das tiefe kehlige Geräusch seines Gegenübers ein. Er brauchte Bazingers Sympathie, wenn er mehr erfahren wollte, deshalb sagte er: »Ich weiß genau, wovon Sie sprechen, Herr Bazinger. Ich war selbst verheiratet. Es ist nur so: Je mehr ich von Ihnen und Ihrer Gattin weiß, umso besser kann ich Ihnen bei der Suche nach ihr helfen.«

Bazinger nickte. »Was soll ich sagen?« Er überlegte, doch das Lächeln, das sich dabei über sein Gesicht schleichen wollte, versteckte er sofort wieder. Dann begann er zu erzählen.

Es war eine Liebesheirat, auch wenn ihm einige Neider niedrige Motive unterstellt hatten. Logisch, er war der Braumeister des Bazi-Bräus gewesen, sie die Brauereierbin, die Brauerei war das gemachte Nest, in das er sich setzte. Von außen musste es so ausgesehen haben. Doch das Nest war nicht gemacht, sondern in einem desolaten Zustand, und ohne ihn, Hubert Bazinger, gäbe es dieses Nest schon lange nicht mehr. Wo wäre die Bazi-Brauerei heute, ohne seinen Einsatz, seine Ideen und sein Marketing? Im Bauch eines großen Konzerns! Aufgefressen! Zersetzt! So wie der Auerbräu, der sich zwar immer noch als Rosenheimer Brauerei verkaufte, dabei aber schon lange zum Münchner Paulaner-Konzern gehörte. Nur der Flötzinger Bräu und er, der Bazi-Bräu, waren die letzten, die kämpften wie die Gallier gegen eine römische Übermacht. Es ging um Freiheit, um Tradition, um die bayrische DNA. Wer wirklich etwas von Bier verstand, trank doch keine Massenware, sondern suchte den regionalen Charakter, den Geschmack der Heimat. Bazinger holte Luft. »Und ich sag Ihnen was, Herr Pangratz, wenn wir nicht aufpassen, passiert uns Bayern dasselbe wie unserem Bier. Wir landen alle in einem riesigen Sudkessel, wo wir zu einem gefälligen, faden Gesöff verarbeitet werden. Man will uns weichkochen, unsere Werte verdünnen und unseren Charakter verwässern. Das müssen wir mit aller Gewalt verhindern. Wir müssen Widerstand leisten. Gallier sein! Jetzt wissen Sie, warum ich in die Politik gegangen bin: für Bier und für Bayern.« Er legte seine Hand auf die Brust, ergriffen vom eigenen Pathos. Gott mit dir, du Land der Bayern. Vitus nickte höflich und wartete auf die Gelegenheit für einen Einwurf. Endlich holte Bazinger Luft.

»Bei so viel persönlichem und politischem Engagement bleibt vermutlich wenig Zeit für eine Ehe.«

»Sie täuschen sich! Mein ganzes Engagement ist ein Liebesdienst. Beziehungsarbeit, wenn man so will. Der Karola zuliebe habe ich dem Bazi-Bräu seine Unabhängigkeit bewahrt. Den Arsch habe ich mir aufgerissen, um ihr Erbe zukunftsfähig zu machen, sogar ihren Namen habe ich angenommen. Und in die Politik bin ich gegangen, weil ich Kinder haben wollte. Mit der Karola. Klar. Hat ja leider nicht geklappt, aber man darf ja die Hoffnung niemals aufgeben. Ich will Vater werden. Der Vater meiner Kinder und Landesvater.«

»Wie steht Ihre Frau dazu?«

»Herr Pangratz, Sie wollen mit aller Gewalt ein Beziehungsgespräch führen, wie eine Frau. Sind Sie vielleicht schwul?« Er schlug sich auf die Schenkel. Ein Witz! Er kompensierte die traurige Situation, indem er schlechte Scherze riss, was sollte er auch sonst machen, erklärte er. »Reden!«, schlug Vitus vor. »Das befreit ungemein.«

Also gut. Ja, er hatte sich zu wenig um die Karola gekümmert, das gab er durchaus zu, aber seine Gattin war ja nicht wirklich allein, sondern hatte ihre Freundinnen. Leider war sie bei der Wahl dieser Weiber nicht so klug wie bei der Wahl ihres Ehemanns. Hubert Bazinger beugte sich vertraulich vor. »Die Schlimmste von allen war die Marina Pfister, die selbsternannte Weiberheldin. Nachdem die Karola an einem ihrer Workshops teilgenommen hatte, war sie nicht mehr dieselbe. Die Marina Pfister hat meiner Frau das Gehirn gewaschen. Vollwaschgang. In gewissem Sinne hat mir die Marina Pfister meine Frau genommen. Dem Schöring und dem Hopfinger geht es auch nicht besser. Wir sind Leidtragende der Weiberheldin Marina Pfister.« Er seufzte tief, bevor er weitersprach: »Unter uns: In den vergangenen Monaten haben wir keine Traumehe geführt. Ich habe mich um die Brauerei und die Politik gekümmert und die Karola um Marina Pfisters Heilsversprechungen und ihren Köter. Aber...« Bazinger stockte und schlug sich die Hände vors Gesicht. Gleichzeitig sackten seine Schultern nach vorn. Innerhalb von Sekunden verwandelte sich Hubert Bazinger in ein Häufchen Elend. Echt oder echt oscarreif? Egal, Vitus Pangratz ging darauf ein.

»Aber …?«, fragte Vitus Pangratz leise, beinahe sanft.

»Aber deshalb muss man sich doch nicht umbringen!«

Wie bitte? Selbstmord? Vitus war ehrlich überrascht von Bazingers Theorie.

»Sie glauben, die Karola hat sich umgebracht?«

»Ich befürchte es«, sagte Hubert Bazinger. Und weinte.

*K*ilian! Rette mich vor der Irren!« Knödel-Klaudia wiederholte sich kreischend, der Hund hinter der Champagnertheke bellte, und ein bekanntes Gesicht tauchte auf: Kilian Inniger, der Krankenhaus-Clown, ohne Kostüm und rote Nase. Jo ließ Knödel-Klaudia los. Was machte dieser Kerl hier?

»Meiner Schwester helfen. Ausmessen ist nicht so ihre Stärke.« Hatte Jo richtig verstanden? Kilian war Knödel-Klaudias Bruder? Und ihre Mutter, das Fräulein Inniger, war die Assistentin vom Immobilien Schöring, der wiederum der Vermieter von Marina Pfisters Weiberladen war? Genauso war es, bestätigte Kilian lachend seine Familienbande. Für ihn war es selbstverständlich, seiner Schwester zu helfen, und außerdem freute er sich, Jo endlich wiederzusehen. Und ja, seine Schwester Klaudia hatte ihre Beziehungen spielen lassen und davon profitiert, dass ihre Mutter für Schöring, den Vermieter dieses Ladenlokals, arbeitete.

Erschöpft ließ sich Jo auf dem roten Sofa nieder, dem Lieblingsmöbel ihrer Freundin Marina. Kilian und Klaudia setzten sich auf die Sessel gegenüber. »Die Einrichtung könntest direkt übernehmen«, sagte Kilian mit Blick auf den Holztisch in ihrer Mitte. Auch ohne rote Nase benahm er sich wie ein Clown, fand Jo. »Ich brauch jetzt was zu trinken!«, stöhnte seine Schwester, die Knödel-Klaudia. Marina hatte doch immer Champagner im Kühlschrank, und Jo könnte doch sicher auch einen Schluck vertragen. Jo unterdrückte ihren ersten Impuls, die Vorräte von Marina zu schützen, und nickte. Champagner würde ihr helfen, ihr Schwindelgefühl zu bekämpfen, und der Hund brauchte Wasser. Sie streichelte sein Fell. Hopfen hatte neben ihr auf der Couch Platz genommen. Ob Marina das gutheißen würde? Vermutlich nicht, aber auf den kalten Steinboden wollte sie Hopfen nicht verbannen. Der Hund legte seinen Kopf in ihren Schoß, und Jo streichelte ihn, während Knödel-Klaudia schamlos Marinas Champagner servierte.

»Du fühlst dich ja schon wie zu Hause«, bemerkte Jo.

»Das Leben geht weiter.«

»Nicht für Marina.«

Die Frau, die dabei war, sich in Marinas Leben einzunisten, begann, sich zu rechtfertigen. Sie meinte es ja nur gut und wollte helfen. Ludwig und Jürgen bräuchten Unterstützung nach ihrem Schicksalsschlag, und der Mietvertrag für den Geschäftsraum der Weiberheldin würde Jürgen finanziell und seelisch belasten. Es war für alle das Beste, wenn Klaudia den Mietvertrag übernahm und ihren »Knödel-Kosmos« in den Räumlichkeiten der Weiberheldin eröffnete. Ob sie vielleicht ihren Geschäftsnamen auf »Knödel-Heldin« ändern sollte, angeknüpft an »Weiberheldin«, als Hommage an Marina? Oder Knödel-Lobby? Was meinte Jo dazu? Die fand »Knödel-Kollaps« passender und hatte außerdem noch eine Frage.

»Sag mal, Klaudia, wo warst du eigentlich an dem Abend, an dem Marina überfallen wurde?« Es klang so aggressiv, wie es gemeint war.

»Bist jetzt narrisch?«

»Ich will wissen, wo du warst!«

»Was bildest du dir eigentlich ein? Das geht dich gar nichts an!« Klaudia lehnte sich zurück in den französischen Sessel, pikiert wie Madame Pompadour, die offizielle Mätresse von Ludwig XV. Mit Intelligenz und Schönheit hatte die Bürgerliche den französischen König erobert. Jo schrieb Knödel-Klaudia die gleichen Eigenschaften zu, und im Gegensatz zu Madame Pompadour musste sie nicht mit anderen Frauen konkurrieren, abgesehen von Marina, Jürgens Ehefrau, aber die war in ihrem derzeitigen Zustand keine Konkurrenz mehr. Würde es vielleicht nie wieder sein. Hatte sich Knödel-Klaudia die einzige Konkurrenz vom Hals geschafft? War eine Frau wie Klaudia wirklich in der Lage, eine Frau wie Marina zu überwältigen? Jo dachte an Klaudias Stoßkraft, die sie am eigenen Leib erfahren hatte. Diese Frau wusste ihre Kräfte einzusetzen. Jo entwickelte ein Szenario: »Vielleicht hast du Marina besucht, wolltest mit ihr reden, dann habt ihr Streit bekommen, du hast Marina geschubst, so wie mich vorhin, nur hast du bei Marina mehr Kraft eingesetzt, Marina war überrascht, ihr Kopf ist auf das Pflaster geknallt, sie war benommen, und du bist einen Schritt weitergegangen und hast sie, vielleicht in Panik, mit einer Schnur erwürgt, bis du dachtest, sie sei tot.« Vielleicht mit einer Serviettenknödel-Schnur?«

Die Beschuldigte schüttelte den Kopf und verdächtigte Jo, wahnsinnig zu sein.

Kilian beugte sich zu seiner Schwester: »Komm, sag's ihr, Klaudia. Sei ehrlich!«

»Die ist doch total verrückt! Der muss ich überhaupt nichts sagen.«

»Sag der Johanna, wo du an dem Abend warst!«, insistierte Kilian, nun weitaus weniger freundlich und geduldig.

»Ich brauch kein Alibi. Schon gar nicht für so eine dahergelaufene selbsternannte Ermittlerin.«

»Die Johanna ist Marinas beste Freundin. Sie hat die Wahrheit verdient. Die Marina hätte die Wahrheit übrigens auch verdient gehabt.«

»Was du nicht sagst! Musterknabe!«, keifte Klaudia ihren Bruder an. Dann fixierte sie Jo. Abschätzend.

»Also gut. Ich war an dem Abend mit Jürgen zusammen, bevor er mit dem Ludwig nach der Marina geschaut hat. Der Jürgen und ich, wir lieben uns. Schon lange. Wir wollten es beide nicht, aber die Liebe ist eine Himmelsmacht. Weißt, Jo, mir tut es ja selbst leid, ich bin ja auch eine Freundin von der Marina gewesen, aber gegen Gefühle kann man sich nicht wehren.«

Wirklich nicht? Würde Jack seine Affäre mit Catering-Linda genauso erklären? Gab es noch irgendwo auf dieser Welt Menschen, die sich liebten und treu blieben? Schön wär's.

»Und deine Tochter, die Marei. Ist die vom Jürgen? Der Ludwig hätte übrigens lieber einen Bruder.«

In Klaudias Gesicht schoss Farbe. Signalrot. Kilian legte seiner Schwester beruhigend die Hand auf den Arm und machte ihr deutlich, dass er diese Frage beantworten würde.

»Wenn wir schon bei der Wahrheit sind: Die Marei ist nicht vom Jürgen, die ist vom Fasching. Ein One-Night-Stand, weil es meine Schwester einmal mit Darth Vader treiben wollte. Leider weiß sie bis heute nicht, wer unter der Maske war«, erklärte Kilian. »Sicher ist nur eines: Luke Skywalkers kleine Tochter lebt in Rosenheim und heißt Marei.« Kilian grinste. Der Clown fand sich lustig. Seine Schwester boxte ihn mit Kraft in den Oberarm und sagte zu Jo: »Jedenfalls hab ich die Marina nicht auf dem Gewissen, und das war es doch, was du wissen wolltest. Ich bin unschuldig.«

»Unschuldig würde ich anders definieren. Du hast der Marina den Mann ausgespannt.«

»Den wollte sie doch sowieso nicht mehr haben. Als ihre beste Freundin dürfte dich das nicht überraschen. Der Jürgen und die Marina waren schon lange nicht mehr das Traumpaar. Sie waren ja nicht einmal mehr ein Paar. Maximal eine Wohngemeinschaft, hat der Jürgen gesagt. Die Marina war ja dauernd unterwegs, und ich bin eingesprungen, weil sich jemand um den Ludwig kümmern musste. Sie hat mich darum gebeten, die Marina! Manchmal denke ich, die Marina wollte mich mit dem Jürgen verkuppeln, um frei zu sein …«

»Dann war's vielleicht der Jürgen. Vielleicht wollte er eine Scheidung vermeiden? Der kann ja rechnen. Bei einer Scheidung hätte ihm nur das halbe Haus gehört.«

»Klingt logisch«, sagte Kilian. »Aber du vergisst, dass Jürgen an dem Abend erst mit meiner Schwester zusammen war und dann mit seinem Sohn.« Ehrlich? Jo unterstellte Klaudia mehr als ein Knödel-Komplott, und Jürgen war sowieso Knödelteig in ihren Händen.

*N*och einmal ließ sich Vitus Pangratz die Selbstmordtheorie von Hubert Bazinger durch den Kopf gehen. Seine Frau wäre nur auf den ersten Blick eine lebenslustige Person gewesen, hatte dieser behauptet, doch unter ihrer optimistischen Erscheinung lauerten Dämonen: Ängste, Unsicherheiten, Verzweiflung und ein geringes Selbstwertgefühl. »Schauen Sie, Herr Pangratz, meine Frau ist als Mädchen auf die Welt gekommen, aber ihr Vater hat sich einen Sohn gewünscht, einen Stammhalter, einen Erben. Von Anfang an ist meine Karola mit dem Gefühl aufgewachsen, nicht zu genügen. Ich habe alles versucht, um sie vom Gegenteil zu überzeugen, eine Zeit lang schienen die Dämonen gezähmt, aber dann hat meine Frau Marina Pfister getroffen, und das Unheil nahm seinen Lauf.« Die Weiberheldin hätte Karola unter Druck gesetzt, indem sie ihr das Gefühl gab, für alles in ihrem Leben selbst verantwortlich zu sein. »Du kannst, was immer du willst«, bedeutete ja im Umkehrschluss, wenn du etwas nicht schaffst, dann hast du es nicht genug gewollt. Tja, selbst schuld! Schwächling! Dein Leben ist nicht so, wie du es dir erträumt hast? Dann hast du die eigenen Träume nicht wirklich gewollt. Nicht einmal das. Versagerin! Für psychisch labile Menschen wie Karola waren solche Sprüche Gift, davon war Bazinger überzeugt. »Die Marina Pfister, die war eine Giftmischerin! Die hat ihr Gift direkt in die Köpfe der Frauen gerührt. Und in ihre Herzen.« Wenn sich sein Verdacht bestätigen würde und sich seine Karola das Leben genommen hatte, dann hatte Marina Pfister seine Frau auf dem

Gewissen. »Aber der Herr sorgt für Gerechtigkeit. Der Pfisterin hat ihre Bosheit kein Glück gebracht. Die hat ihr Leben verloren, obwohl sie noch atmet.«

»Sie hassen Marina Pfister?«

»Ich liebe meine Frau«, hatte Bazinger geantwortet. »Und ich bete, um ein Wunder.«

»Ich auch«, fügte Vitus insgeheim hinzu. Und wieder hörte er sie das »Wilde Herz« singen. Schon längst hatte er sich die Langspielplatte von »Die Plank« gekauft.

Jetzt saß er mit seinen Hoffnungen und Sorgen in seinem Lieblingscafé Kaffee Dinzler am Esbaum und biss in ein Marzipancroissant. Seit seine Tochter Johanna in Amerika ihre Lebenszeit verschwendete, war er regelmäßig hier. Es war besser, in einem Café allein am Tisch zu sitzen, als zu Hause. Wo Johanna nur wieder blieb? Sein Sorgenkind. Sein Glückskind. Warum konnte sie nicht von diesem Jack lassen? Mit einem bodenständigen heimatverbundenen Polizisten wie Michael Prutting wäre sie besser beraten. Ach, er wollte sich jetzt nicht um Johanna sorgen. Sein gequältes Herz benötigte eine Verschnaufpause und Elvis, doch diesmal blieb der King in seinem Kopf stumm. Vitus versuchte, sich auf seine Umgebung zu konzentrieren. Er mochte das alte Rosenheimer Viertel »Am Esbaum«, denn es lag nahe genug am Stadtkern, um belebt zu sein, und weit genug entfernt, um überlaufen zu werden. Die alten Häuser hier versprühten Charme, und die moderneren erzählten vom Willen weiterzumachen. Selbst wenn das eine oder andere Gebäude wie ein Formfehler wirkte, hatte das Quartier ein besonderes Flair. »*Dit globste nischt, dit is ja fast een bisschen wie bei uns in Berlin*«, hörte er zwei Preußen am Nebentisch schwärmen. Sie prosteten ihm zu und erzählten von ihrem Urlaub. Sie waren »auf den Spuren König Ludwigs II., eures verrückten Märchenkönigs, unterwegs, der hat ja Paläste hingestellt wie Trump«. Den bayrischen »Kini« der Herzen mit Trump zu vergleichen war hochgradige Majestätsbeleidigung. Vitus wies die Preußen freundlich auf ihren Fauxpas hin. Am Ende der Lektion waren alle angeheitert und frohgemut. Der Nord-Süd-Konflikt, der die deutsche Geschichte seit Jahrhunderten bewegte, war in diesem Moment gelöst. »Was dem Indianer seine Friedenspfeife, ist dem Bayern sein Bier.« Sie waren sich einig. Die Berliner und er. Als die Preußen aufbrachen, war seine Johanna immer noch nicht angekommen.

War seine Tochter in einem der vielen kleinen Läden im Viertel? Kaufte sie sich endlich etwas Hübsches zum Anziehen? Er winkte der Kellnerin, um noch einen Cappuccino zu bestellen. Rosenheim war die nördlichste Stadt Italiens. Ob Karola Bazinger hier auch so gerne lebte? Gelebt hatte? Lebte! Leider hatte er keine Gelegenheit gehabt, sie zu fragen. Noch einmal dachte er an Bazingers Selbstmordtheorie, aber eine Frau, die so hingebungsvoll wie Karola daran arbeitete, schwanger zu werden, nahm sich nicht das Leben. Karola wollte Leben schenken. Für Vitus kam nur ein Unfall oder Mord infrage oder das Wunder, auf das er insgeheim so naiv hoffte. Er fragte sich, wie Kommissar Hopfinger die Lage inzwischen einschätzte, aber Liesel Dirscherl beantwortete seine Anrufe nicht. War heute niemand für ihn da?

Endlich kam seine Johanna mit Hopfen an der Leine. Die zwei wirkten, als gehörten sie zusammen. Er würde ihr sagen müssen, dass Bazinger den Hund zurückhaben wollte, aus PR-Gründen.

»Und jetzt bist du dran«, sagte Jo, nachdem sie ihrem Vater von der Begegnung in der Weiberheldin erzählt hatte, Marinas Coaching-Agentur. Knödel-Klaudia und ihr Liebhaber Jürgen mochten sich gegenseitig ein Alibi geben, aber beide hatten ein Motiv. Vielleicht waren sie Komplizen.

»Und der Kilian, der Clown?«

»Kein Motiv«, beschied Jo. »Der wollte höchstens einen Studentenjob von der Marina.«

»Als Gigolo?«

»Hahaha! Witzig! Selbst wenn, hatte er keinen Grund, seine potenzielle Arbeitgeberin umzubringen.«

»Bleiben also Jürgen und Knödel-Klaudia.«

Jo nickte, doch gleichzeitig zweifelte sie. »Ich trau dem Jürgen vieles zu, aber seinem Sohn die Mutter zu nehmen, so weit geht er nicht.«

Ob er die Uschi Steimer kontaktiert hatte? Die Frau des mutmaßlichen Kavaliers?

»Leitest du hier die Ermittlungen, Johanna?« Vitus wusste, was er zu tun hatte und was er lassen konnte. »Die Uschi Steimer will unschuldig geschieden werden und nicht ins Gefängnis. Die hat ein Kind. Abgehakt.« Vielversprechender war es, an Hubert Bazinger dranzubleiben.

Vitus erzählte seiner Tochter von seinem Besuch bei Karolas Ehemann. Dem Brauerei-Chef und Vorsitzenden der Weiß-Blauen traute er vieles zu.

»Auch einen Mordversuch?«

»So ein Mordversuch ist karriereschädlich, deshalb eher nein.« Einer wie Bazinger machte sich nicht die Hände schmutzig, nur weil er den Umgang seiner Frau nicht guthieß. »Aber, der Bazinger hat eine Riesenwut auf die Marina gehabt.«

Vater und Tochter löffelten den Schaum von ihrem Cappuccino und dachten nach. Das Bier mit den Berlinern bremste die Geschwindigkeit von Vitus' grauen Zellen. Er fühlte sich müde.

»Glaubst du, dass die Karola Bazinger wieder auftaucht?« Jo bemerkte ihre unglückliche Wortwahl zu spät. Die Oberlippe ihres Vaters zuckte leicht, bevor er den Profi gab. Manche Leichen blieben wochenlang unter Wasser und tauchten erst dann wieder auf, wenn die bei der Leichenfäulnis entstehenden Gase dem Körper genug Auftrieb gaben. Logischerweise setzte dieser Prozess im kalten Wasser später ein als im warmen. Bei Temperaturen unter fünf Grad passierte wenig, aber im Moment herrschten sommer-

liche Temperaturen. Trotzdem, oft blieb ein Leichnam wochenlang unter Wasser, nicht selten für immer. Nicht zu vergessen die
Fische, die menschliche Überreste in ihre Nahrungskette einglie-
derten. Die Wasserwacht hatte ihre Suche heute nicht fortgesetzt.

»Nein danke, ich mag nichts essen«, sagte Jo zur aufmerksamen
Kellnerin, bevor ihr auffiel: »Keine Leiche, kein Mord, gell, Papa!
Aber sobald der Hopfinger rausgefunden hat, dass die Spuren am
Tatort von dir sind, bist du doch der Hauptverdächtige.«

»Wo wär denn mein Motiv?«

»Du warst mit der Frau im Bett, das wäre in jedem Fall eine
Beziehungstat, und ein bisschen Fantasie hat der Hopfinger ja
auch.«

Der Hund neben Jo stand auf. Wahrscheinlich hatte er sich verhört und »Hopfinger« mit »Hopfen« verwechselt.

»Hopfinger wäre ohnehin der bessere Hundename gewesen«,
meinte Vitus, bevor sein Telefon vibrierte. »Liesel ruft an.« Sie
hatte also doch noch etwas für ihn übrig.

Plötzlich ging die Sonne in Vitus' Gesicht auf. »In Salzburg?«
Strahlen. »Wirklich? Also Liesel, liebe Liesel, du bist ein Schatz!
Was tät ich nur ohne dich!«

Vitus Pangratz legte sein Telefon weg und mit ihm, wie es
schien, auch einen Haufen Sorgen. »Stell dir vor, Johanna, die
Karola Bazinger ist in Salzburg gesehen worden. Ein Passant hat
sie erkannt.« Er strich seine Haartolle nach hinten und stimmte
leise »Blue moon of Kentucky keep on shining« an. Elvis, da war
er wieder. Die ewige Stimme in seinem Kopf und in seinem Herzen brachte wieder Leben in den Privatdetektiv.

Ob er jetzt nach Salzburg fahren wollte? Freilich, Johanna, aber
zuerst musste er mit seinem neuen Auftraggeber Harald Hopfinger über die neusten Nachrichten sprechen. Vermutlich würde
Karolas Mann sofort eine Story für *Rosenheim-News* daraus
machen. Vitus nahm sein Smartphone zur Hand, öffnete die App
von *Rosenheim-News* und las Jo vor: *Neue Hoffnung: Karola Hop-*

finger in Salzburg gesichtet. Hopfinger wusste also bereits Bescheid.

Vitus Pangratz bezahlte die Rechnung und nahm wie selbstverständlich Hopfens Leine. »Der Bazinger will übrigens den Hund zurück.« Bald würde Karola wieder die Verantwortung für Hopfen übernehmen. Der Hund gehörte zu ihr.

»Ich hab das Gefühl, er gehört jetzt zu mir«, sagte Johanna.

»Auf jeden Fall gehört er nach Rosenheim!«

»Ich doch auch!«

»Und Amerika?«

»Man kann auch zwei Heimaten haben, Papa!«

»Aber man kann nur auf einer Hochzeit tanzen.« Was redete er nur für einen Blödsinn! Seine Johanna tanzte bald auf der zweiten eigenen Hochzeit.

»Hör mir bloß auf mit heiraten. Komm, wir müssen los!« Sie hatte ihrem Vater noch nichts von den neuesten Entwicklungen in Los Angeles erzählt.

*E*rneut war es der Geruch, den sie zuerst wahrnahm, dann spürte sie einen warmen Windhauch über ihr Gesicht und ihre Arme streichen. Er war freundlich zu ihr. Er nahm dem penetranten Geruch seine Stärke und brachte ihr Erinnerungen an Mandeln und Zuckerwatte mit und Geräusche. Sanft bedeckte er sie mit einem Klangteppich, dessen einzelne Fasern ihr vertraut waren. Stimmen, Sirenen, Gesang und Hupen. Bilder tauchten vor ihrem inneren Auge auf. Ein Riesenrad, ein Autoscooter, zwei gestreifte Zelte. Blasmusik. Die Wiesn.

Eine einzelne Stimme löste sich aus den Tönen und kam näher.

»Wenn sie wieder aufwacht, haben wir ein Problem.«

»Jedes Problem lässt sich lösen.«

»Dein Wort in Gottes Ohr.«

»Hilf dir selbst, dann hilft dir Gott.«

»Du bist alles für mich. Egal, was passiert.«

Die beiden? Der Wind streichelte weiter über ihr Gesicht und ihre Arme und pustete Marina Pfister sanft zurück in die Dunkelheit. Ob ihr der liebe Gott helfen würde? Sie hatte sein Licht gesehen, als ihr die Kehle zugeschnürt wurde.

*W*ieder war Vitus in Bazingers minimalistischem Büro, das keine Gefühlsregung offenbarte. Ein aalglatter Raum. Auch Karolas Hund schien sich nicht wohlzufühlen, trotz der betont herzlichen Begrüßung seines Herrchens. »Ja der Hopfen!« Hubert Bazinger beugte sich nach unten, patschte sich auf die Oberschenkel und versuchte, den Hund anzulocken. »Komm zum Herrli, komm, komm!« Doch Hopfen blieb neben Jo stehen, die ihn von der Leine gelassen hatte, und rührte sich nicht. »Ja sag einmal, kennst du dein Herrli nicht mehr?« Noch einmal patschte Bazinger sich auf die Oberschenkel. »Ja da geh her! Geh zum Herrli! Dann warten wir zusammen aufs Frauli. Auch wenn du so eine attraktive Hundesitterin hast.« Er zeigte auf Jo, die Vitus als seine Tochter, Assistentin und Hundesitterin vorgestellt hatte.

Hopfen ignorierte das Herrli weiterhin und sah aus dem Fenster nach draußen. »Hast ein Vogerl gesehen?«, fragte Bazinger den Hund, bevor er Vitus und Jo erklärte, der Hund sei eben ein Jagdhund und traumatisiert vom plötzlichen Verschwinden seines Fraulis. Aber immerhin hatte er sein Herrli noch, und das Frauli war hoffentlich auch bald aus Salzburg zurück. Alles würde sich klären. So viel Aufregung, nur weil seine Frau so gerne shoppte und ihm und obendrein ganz Rosenheim offensichtlich einen Streich spielen wollte. »Wahrscheinlich wollte sie mir zeigen, wie wichtig sie mir ist. Die Karola konnte ja nicht ahnen, was für eine Lawine *Rosenheim-News* lostreten würde.« Der Chefredakteur neigte eben zu Übertreibungen. Vergeben und vergessen!

Hauptsache, seine Karola war wohlauf. Ende gut, alles gut, nicht wahr. »*Dankschön*! Wir haben's dann! Lassen Sie sich von meiner Assistentin noch ein paar Bier- und Hendlmarken fürs Herbstfest geben.« Er reichte seinen Besuchern die Hand zum Abschied, aber Vitus hatte noch ein paar Fragen. Er wollte Karola genau orten und finden. In Salzburg oder dem Rest der Welt. Noch gab es keinen Beweis, dass der Anrufer wirklich Karola gesehen hatte. Außerdem stand ihr Auto am Simssee.

»Da haben Sie jetzt auch wieder recht, Herr Pangratz. Aber für was gibt's Taxis und die Bahn? Die Karola war eine Meisterin der Inszenierung.« Das traf auch auf den Herrn des Hauses zu, nicht wahr? Jo Colemans Blick forderte Bazinger heraus, aber der ignorierte ihre Frage.

»Einfach abhauen, ohne Bescheid zu sagen. Spielt Ihnen Ihre Frau oft derartige Streiche?«

»Seit sie sich als Weiberheldin definiert, tut sie, was sie will, aber spätestens am nächsten Tag war sie bislang wieder daheim.«

»Eine Affäre? Ein heimlicher Kavalier?« Vitus dachte ans Wildniscamp. Vielleicht war er nicht ihr einziger Seitensprung.

»Halte ich für ausgeschlossen!«

»Wie können Sie sich da so sicher sein, Herr Bazinger?«

»Sexuell hat bei uns alles gepasst.« Wirklich? Vitus wollte es nicht glauben.

»Bei Ihrem Stress?«

»*A Guada hoits aus.*« Kein Problem für einen ganzen Kerl.

»Hat Ihre Frau Freunde in Salzburg?« Wieder versuchte Jo, sich am Gespräch zu beteiligen. Diesmal bekam sie eine Antwort.

»Höchstens unter den Verkäuferinnen. Meine Frau geht nämlich sehr gerne shoppen, und weil sie in Rosenheim auf ihren Ruf achten muss, fährt sie regelmäßig nach Salzburg. Es ist schon besser, wenn nicht jeder weiß, wie viel Geld die Karola für Kleidung ausgibt.« Aber natürlich unterstütze seine Frau auch die Läden in der Stadt, nur »übertriebene Ausgaben« tätigte sie im benachbarten Ausland, ihrem und seinem Ruf zuliebe. Als Unternehmer und Politiker müsse er schließlich auf sein Image achten. In diesem Punkt waren sich Herr und Frau Bazinger einig. »Wir haben ja beide gerne gut gelebt, aber für die Finanzierung war ich allein verantwortlich.« Nein, das habe ihm nichts ausgemacht. Im Gegenteil, er war ja der Mann, der Versorger. Eine Frau hatte andere Aufgaben, dafür habe die Biologie gesorgt, nur eben leider nicht bei ihnen, bei den Bazingers, aber die Hoffnung, die hatten sie niemals aufgegeben.

»In welchen Läden hat Ihre Frau denn gerne eingekauft? In Salzburg mein ich«, fragte Vitus.

»Mei, das wenn ich wüsste!«

»Die Kreditkartenrechnungen könnten Ihnen weiterhelfen.«

»Auf das Konto meiner Frau habe ich keinen Zugriff. Shoppen war für die Karola Privatsache.«

»Welche Marken hat Ihre Frau gerne getragen?«

»Mit Frauensachen kenn ich mich nicht aus, aber meistens waren es so verrückte Fummel, so windige Fetzen oder Jeans. Nur bei offiziellen Anlässen ist sie ins Dirndl gestiegen. Nach meinem Geschmack hätte sie ruhig etwas klassischer und eleganter auftreten können, aber jeder, wie er's mag.«

Es klopfte, gleich darauf steckte Bazingers Assistentin den Kopf durch die Tür. »Die Frau Hopfinger wäre jetzt da.« Und schon stand sie im Raum. Sie könne sich schließlich selber ankündigen, meinte Monika Hopfinger. Vitus Pangratz begrüßte die Frau seines Nachfolgers und nutzte die Gelegenheit. »Servus, Moni! Sag, hast du eine Ahnung, wo die Karola Bazinger in Salzburg sein könnte? Ihr wart doch gut miteinander bekannt.« »Befreundet«, korrigierte Frau Hopfinger und musste nicht lange überlegen: »Nicht weit von Salzburg hatte doch der alte Bazinger eine Jagdhütte, oder, Hubert? Ich hab's meinem Harry schon gesagt. Der ist gerade auf dem Weg dorthin.«

»Wieso weißt du von der Hütte?« Bazinger schien überrascht.

»Wir Weiberheldinnen helfen uns, wenn Not am Mann ist beziehungsweise an der Frau, und ich hab kürzlich ein bisschen Abstand von meinem Alten gebraucht«, erklärte Monika »Moni« Hopfinger.

»Ach, bevor ich es vergesse, ein Anliegen hätte ich noch«, mischte sich Bazinger ein und drückte Vitus sein Handy in die Hand. Jetzt, wo sich alles klärte und sich ein Happy End abzeichnete, bräuchte er noch Futter für die Medien. Ein Motiv, das Freude macht. Ein Signal an die Öffentlichkeit. Einen Hoffnungsschimmer.

$\mathcal{D}$en gspinnerten Hund könnt ihr wieder mitnehmen, bis die Karola zurück ist«, hatte Hubert Bazinger beschlossen, nachdem er Vitus gebeten hatte, mit dem Smartphone ein Foto von »Hopfen und seinem Herrli«, zu machen, »die beide auf ihr Frauli warteten«. Hopfen hatte bei der Aufnahme seinen Kopf von Bazinger weggedreht, so als wollte er nichts mit dem Kerl zu tun haben, der ihn mit aller Kraft am Halsband festhielt. »Er sucht halt das Frauli«, erklärte das Herrli.

Erst als Hubert Bazinger kritisch das Ergebnis auf dem Display seines Smartphones betrachtete, kam der Hund freiwillig näher. »Schleich dich! Jetzt brauch ich dich nicht mehr.« Bazinger schob ihn weg. Doch sobald er wieder aufs Display blickte, stellte sich der Hund erneut neben Bazingers Bein. Diesmal verzog Bazinger nur sein Gesicht. Als er kritisch die Fotos auf dem Display kontrollierte, hob Hopfen sein Hinterbein. Bazinger bemerkte es erst, als die warme Flüssigkeit durch seine gestrickten Wadenwärmer sickerte. Reflexartig trat er nach dem Hund. »Depperter Köter! Die Wadlwärmer hat meine Mama gestrickt!« Doch bereits im nächsten Moment hatte sich Bazinger wieder im Griff und erklärte: »Der Hund ist gestresst so wie ich.« Man möge ihnen das schlechte Benehmen verzeihen. Das Drama um seine Frau, die Arbeit in der Brauerei, das Herbstfest und seine politische Verantwortung, er müsse im Moment einfach sehr viel bewältigen.

»Aber du hast doch noch gar keine politische Verantwortung«, warf Monika Hopfinger ein. »Die Wahlen kommen doch erst.«

»Verantwortung, meine liebe Moni, die kommt aus dem Inneren. Wahre Männer werden damit geboren. Die Verantwortung für unser Land und für unsere Familie ist in unseren Genen angelegt.«

»In den weiß-blauen«, stichelte Monika Hopfinger, und Vitus fand sie in diesem Moment ausgesprochen sympathisch.

» Heimatliebe ist nichts, wofür man sich schämen müsste. Im Gegenteil, ich bin stolz darauf. Ich werde unser Land nicht vor die Hunde gehen lassen. Hast ja gesehen, was sonst passiert. Kaum schaut man nicht hin, pissen einem die Köter ans Bein.«

»Schon recht, Bazinger. Mir langt's. Ich bin dann auch wieder weg.«

»Moni, jetzt werde doch nicht gleich hysterisch. Was wolltest du eigentlich von mir? Was kann ich für dich tun?«

Einen Job wollte sie, die Frau Hopfinger. Im Bierzelt bedienen oder im Büro aushelfen. »Die Karola hat gemeint, ihr braucht immer gute Leut, und sie würde ein gutes Wort für mich einlegen.«

»Du hast doch einen Mann, der für dich sorgt!«

»Es geht um mehr als um Geld!«

»Stimmt, du bist ja auch eine Weiberheldin!«

»Ach, vergiss es, Hubert!«

»Ich hab nicht mal im Traum daran gedacht! Grüß mir den Harry!«

Wütend verließ Monika Hopfinger mit Vitus und Jo den Hauptsitz der Bazi-Brauerei.

»Und, was machen wir jetzt?«, fragte Jo, als sie gemeinsam vor dem Gebäude standen. Mit Hopfen.

»Jetzt rufen wir meinen Bruder an, den Michi, weil der morgen zurück nach München muss. Mit ihm besprechen wir gemeinsam die Lage.«

»Auf dem Herbstfest?«

»Ganz sicher nicht! Ich brauch jetzt Übersicht und Höhenluft«, bestimmte Monika Hopfinger.

*E*s war schon beinahe ein Ritual. Wenn er sich gestresst fühlte, holte er Marinas Smartphone aus dem Versteck wie andere eine Flasche Wodka. Ihre Stimme bestätigte ihm, alles richtig gemacht zu haben. Große Ideen forderten kleine Opfer. Er wählte die Datei mit dem Namen »Die Bunten«.

»*Frauen! Weiberheldinnen! Gemeinsam sind wir stark. Wir müssen uns unterstützen, so wie sich Männer seit Urzeiten unterstützen.*«

»*Wir doch auch!*«

»*Klar, bei der Kindererziehung und im Haushalt. Aber die großen Spielfelder überlassen wir den Männern.*«

»*Nicht jede mag Karriere machen!*«

»*Es geht nicht um Karriere! Es geht um Augenhöhe, um wahre Gleichberechtigung.*«

»*Ach, Marina, wir sitzen doch sowieso an den Hebeln der Macht, weil wir es sind, die die Kinder erziehen.*«

»*Und, wie viel Respekt bekommst du dafür?*«

Schweigen.

»*Hausfrauen und Mütter verdienen den gleichen Respekt wie Frauen, die Karriere machen, und wie Frauen, die beides vereinbaren. Und wir alle brauchen finanzielle Sicherheit.*«

»*In diesem Punkt verarscht uns die Politik!*«

»*Künftig machen wir unsere Politik selbst!*«

Größenwahnsinnig! Die Weiber waren größenwahnsinnig!

*D*as ist ja Rock'n'Roll auf Rädern!«, begeisterte sich Monika Hopfinger, als sie auf dem Beifahrersitz von Vitus' neuem Chevi Camaro auf der A 8 Richtung Samerberg brauste. »Für mich ist es eher Yoga in der Bentobox«, maulte Johanna von hinten. Sie musste sich mit Hopfen auf den Rücksitz zwängen, was für den Hund bequemer war als für sie. Sein Kopf lag auf ihrem Schoß, und er sabberte. Michael Prutting, der Glückliche, wartete bereits am Ziel auf die drei, auf 1568 Meter Höhe: Der Bruder von Monika Hopfinger war am frühen Morgen auf die Hochries gewandert. Die Nachzügler würden die Hochriesbahn nehmen, um auf den Aussichts-Logenplatz im Chiemgau zu gelangen. Im Auto lief Elvis Presley, wer sonst?

»Du hältst den King am Leben, obwohl er schon seit vierzig Jahren tot ist. Weißt, Vitus, ich mag seine Musik ja auch sehr gerne«, meinte Monika Hopfinger und klang, als müsste sie sich dafür schämen. »Mein Mann, der Harry, der hört ja lieber Klassik.«

»Dein Alter ist ja auch hüftsteif.« Vitus stellte sich die lange dürre Gestalt seines Nachfolgers auf der Tanzfläche vor und musste lachen. Monika Hopfinger lachte mit. »Hüftsteif, wem sagst du das!« Gemeinsam stimmten sie in die Bordmusik ein: »But don't you step on my blue suede shoes.«

»Übrigens, die Karola, die würde ihrem Oberbazi gerne auf die Schuhe steigen, und zwar mit Nachdruck«, meinte Moni am Ende des Liedes. Kein Wunder, dass sie nach Salzburg geflohen war.

»Meinst du wirklich, sie ist in Salzburg? Das passt doch alles nicht zusammen.«

»Die Karola hat so viele heimliche Projekte am Laufen, privat und beruflich, die hat einfach Zeit für sich gebraucht. Blöd nur, dass ihr Hubert und mein Harry gleich so viel Wind gemacht haben. Nur deshalb habe ich dem Harry heute von der Hütte in Salzburg erzählt. Um Ruhe in die Sache zu bringen – und wegen dem Beitrag auf *Rosenheim-News*.«

Sofort aktivierte Jo ihr Smartphone. Chefredakeur Sepp Anzenberger stand im Menschentreiben der berühmten Salzburger Getreidegasse, genau vor Mozarts Geburtshaus. Neben ihm, eine junge Frau. Darüber der Titel des Clips:

Karola Bazinger in Salzburg aufgetaucht

»*Liebe Rosenheimerinnen und Rosenheimer, die Frau an meiner Seite, diese junge Österreicherin namens Josefine Maybacher, schenkt uns allen neue Hoffnung. Sie hat Karola Bazinger hier in der Getreidegasse gesehen.*« Anzenberger hielt ihr das Mikrofon unter die Nase und forderte sie auf, sich genau zu erinnern.

»*Ich hab die Karola Bazinger sofort erkannt, weil ich eine treue Followerin von* Rosenheim-News.de *bin, seit ich bei euch im Herz Ass gearbeitet habe.*«

»Das Herz Ass ist ein Bordell«, kommentierte Vitus, der alles mithörte.

»*Sie hat eine Sonnenbrille getragen und einen Hut und ganz viele Taschen. Es hat ausgesehen, als hätte sich die Frau Bazinger eine ganz neue Garderobe besorgt. Ich bin ihr gefolgt, bis zum Salzachufer, aber gerade als ich sie ansprechen wollte, ist sie in eine schwarze Limousine gestiegen.*« Es war ein ausländisches Kennzeichen, aber genau könne sie sich nicht mehr daran erinnern. Sie war ja ganz aufgeregt gewesen, die Josefine Maybacher.

»Ich hab mich gefühlt wie in einem Kriminalfall.«

»Hauptsache, Karola Bazinger lebt«, beruhigte Sepp Anzenberger die Frau vor der Kamera, bevor er mit hoffungsvollen Worten abmoderierte. Na, servus Rosenheim!

»Jede Wette, der Anzenberger kennt die Frau von früher aus dem Herz Ass und hat sie für den Auftritt bezahlt«, sagte Jo. »Wahrscheinlich arbeitet sie immer noch dort, und der saubere Herr Chefredakteur ist mir ihr zusammen nach Salzburg gefahren, nachdem er von der Jagdhütte Wind bekommen hat«, sagte Jo.

Vitus erschien die Theorie seiner Tochter schlüssig, und auch Monika Hopfinger widersprach nicht. Beide hatten aufgehört zu singen. Für einen Moment war es still in Vitus' Wagen, während sie die Abfahrt Achenmühle nahmen und ihren Weg auf einer Landstraße fortsetzten. Dieselbe Strecke hatte Vitus für die Fahrt zum Wildniscamp genommen.

Vitus erzählte Monika Hopfinger von Bazingers Selbstmordtheorie.

»Die Karola? Selbstmord? Niemals! Eher hätt sie ihren Alten umgebracht. Wär auch besser gewesen. Außerdem hätte sie nie ihren Hund bei dem Bazi gelassen. Der Hopfen war doch ihr Ein und Alles. Der Hund war ihr Lieblingsmensch.« Dass Karola ihren Hund nicht mitgenommen hatte, irritierte Monika Hopfinger, aber auch dafür hatte sie letztendlich eine Erklärung. »Die Monika wollt schwanger werden, und die Reproduktionsmediziner sind im Ausland flexibler. Gewissermaßen. Und in so eine Klinik kannst ja keinen Hund mitnehmen.« Aha.

»Weißt, Vitus, jeder ist selbst für sein Glück verantwortlich, hat die Marina immer gesagt. Ich hab ja mit der Karola an einem Weiberheldinnen-Workshop teilgenommen. Die Marina, die hat uns die Augen geöffnet und unseren Geist erweitert.«

»Und in körperlichen Belangen, da hat sie euch auch weitergebracht, oder?«, startete Vitus einen Versuch.

»Mei, die Dildos, das ist doch Vergangenheit! Die Marina, die hat Größeres im Sinn gehabt als Selbstbefriedigung.« Größeres?

»Monika, Hand aufs Herz und raus mit der Wahrheit: Die Marina, die hat sich in jeder Beziehung um die Frauen gekümmert und bei Bedarf auch einen Kavalier vermittelt.« Oder gar mehrere? Vielleicht hatte sogar Monika Hopfinger von dem Angebot profitiert, als Alternative zu ihrem hüftsteifen Ehemann. Wer könnte es ihr verdenken?

»Geh, Herr Detektiv! Du träumst doch! Ein Kavalier! Das ist doch lächerlich! Ein Altherrenwitz! Eine feuchte Männerfantasie!« Monika »Moni« Hopfinger lachte gekünstelt, bevor sie weitersprach: »Das wäre ja käufliche Liebe, und Liebe kaufen wir Frauen aus Prinzip nicht, gerade weil wir uns nach nichts so sehr sehnen wie nach der großen Liebe. Liebe wollen wir Frauen geschenkt.« Das mochte jetzt vielleicht romantisch und naiv klingen, aber sie schämte sich nicht für ihre geheimsten Wünsche. Vitus verkniff sich, Monis Wünsche und ihren Ehemann, den Kommissar, in einen Fragesatz zu packen, stattdessen sagte er: »Liebe kann sich ohnehin niemand kaufen, Sex dagegen schon. Wer für Gleichberechtigung ist, sollte das auch Frauen zugestehen.«

»Also meine Generation, die ist noch mit anderen Werten groß geworden. Nur halt leider nicht mit Selbstvertrauen, das haben wir erst bei der Marina gelernt.«

Nun überlegte auch Jo auf dem Rücksitz, ob ihre Freundin Kavaliere vermittelt habe. Geschäftstüchtig war Marina immer schon gewesen, und Marktlücken zogen sie magisch an. Aber warum wusste Jo nichts davon und überhaupt, wen hätte Marina als Kavalier angeboten? Einen potenten Studenten wie Kilian? In diesem Moment erinnerte sich Jo an ihr Treffen mit Alois. Er und Marina hatten sich gegenseitig Kunden vermittelt. »Der Alois hätte tatsächlich das Zeug dazu«, sagte Jo, aber weder Vitus noch Monika hörten sie. Die beiden hatten Elvis wieder aufgedreht und sangen jetzt lauthals »Supicious Minds«. »We're caught in a trap ...« Gefangen in einer Falle. Genau so fühlte sich Jo. Warum konnte ihr die Gabe ihrer Oma nicht weiterhelfen? Sie wünschte sich Hellsichtigkeit.

Rund zwei Stunden später saßen Vitus, Jo und Monika Hopfinger gemeinsam mit Michael Prutting auf der Terrasse der Hochries-Hütte, um die Lage zu besprechen, was Vitus Pangratz auf seine Art interpretierte. Er nahm einen Bierdeckel und zog darauf eine hügelige Linie, ähnlich einer EKG-Kurve. Anschließend benannte er die Spitzen und Rundungen. »Schwarzenberg, Riesenberg, Hochries, Karkopf, Feichteck.« Er deutete auf die Mitte. »Hier sind wir und dort«, er zeigte in die Ferne, »dort seht ihr das Inntal mit dem Rosenheimer Becken, die Berge der Hohen Tauern, den Watzmann und das Kaisergebirge. Bis zum Großglockner könnt ihr sehen.« Vitus' Augen glänzten, und Jo wusste, ihr Vater würde gleich mit einer Rosenheimer Berggeschichte aufwarten. Schon fing er an zu erzählen. Sein Thema heute: die Rosenheimer Sektion des Deutschen Alpenvereins und ihre bescheidenen Anfänge, obwohl bescheiden in diesem Fall nicht der passende Ausdruck war. Es war ein elitärer Zirkel, der die Sektion Rosenheim bildete: Nur wohlhabende Anwälte, Ärzte, Geschäftsleute, Beamte und Geistliche wurden aufgenommen. Als der damals unbekannte arme Kunstmaler Wilhelm Leibl mit den Bergfreunden aufsteigen wollte, hätte er ohne die Unterstützung eines kunstsinnigen Arztes keine Chance gehabt. Nur Mitglieder mit Renommee und dickem Geldbeutel waren willkommen. Die Rosenheimer Alpinisten brauchten Geld, weil sie ihren ersten offiziellen Stützpunkt errichten wollten, auf dem markanten Wendelstein. Doch die Münchner waren schneller oben und beanspruchten den Wendelstein als ihren Hausberg. Allen voran: der Münchner Kunstprofessor Max Kleiber, der später für die Wendelsteinkirche sorgte. Die Rosenheimer trösteten sich, indem sie zwei andere Berge besetzten: den Brünnstein und die Hochries. Eine gute Wahl, wie Vitus Pangratz fand. »Und schaut's euch um. Die Hochries muss sich vor dem Wendelstein nicht verstecken. Das Gipfelpanorama ist grandios.«

»Was du alles weißt«, sagte Monika Hopfinger. Sie schien ehrlich interessiert. Aber Jo hatte genug von den Gedankensprüngen ihres siebengescheiten Vaters und wollte zur Sache kommen: »Marina liegt im Koma, und Karola Hopfinger ist noch immer verschwunden. Vielleicht nach Salzburg zum Shoppen, vielleicht aber auch in den Tiefen des Simssees oder in einem Sudfass? Liegt doch nahe, wenn der Ehemann Braumeister war. Einmal Braumeister, immer Braumeister. Nur so ein Gedanke. Und gibt es womöglich eine tiefere Verbindung zwischen Monika Hopfinger und Marina Pfister. «

»Tiefere Verbindung, das hast jetzt schön gesagt«, meinte Monika Hopfinger.

»Ich kenn ja nur Weiberhelden. Klärt mich auf, was Weiberheldinnen machen«, bat Michael Prutting Monika Hopfingers Bruder.

»Weiberheldinnen wollen mehr vom Leben, sie wollen ihre Träume leben und die Welt verbessern, für sich selbst und für alle anderen, besonders für Frauen und Kinder.«

»Klingt anspruchsvoll.«

»Du kannst, was immer du willst! Mit Selbstvertrauen ist alles möglich! Und natürlich musste Frau ›groß denken‹.« Das war entscheidend. »Über das eigene Leben hinaus, weil das Private ist ja immer auch politisch. Versteht ihr, was ich meine?« Alle nickten, während ihre Blicke zur Herzkurve der Bergwelt wanderten. Als Michael Prutting die nächste Runde alkoholfreies Weißbier bestellte, läutete Monika Hopfingers Handy.

»Mein Göttergatte!« Sie wirkte alles andere als erfreut, bis sie sich an seinen Aufenthaltsort erinnerte. »Der ruft sicher aus dem Salzburger Land an.« Karolas Hütte. Klar!

»*Griaß di,* Harry! Was meinst du? Keine Spur! Echt jetzt? Keine Spur von der Karola? Wieso schlechte Verbindung? Ich kann dich gut verstehen! Ich bin am Berg. Mit wem? Mit wem soll ich am Berg sein? Ja mit dem Michi, meinem Bruder. Freilich! Nein, die Stimme im Hintergrund, das ist nicht der Pangratz Vitus. Die Verbindung ist wirklich schlecht! Auf der Hochries! Bärig! Wir sehen uns heute Abend. Was? Du bist heute Abend bei den Weiß-Blauen? Schon wieder? Ja, dass du dich gar nicht schämst! Wichtige Leute! Geh hör mir auf! Kontakte! Ja servus!« Enttäuscht steckte sie ihr Telefon wieder in die Tasche. »Keine Spur von der Karola.« Vitus' Herz stürzte vom Gipfel ins Tal. Seine Gesichtszüge folgten ihm. Auch Monikas Stimmung fiel ab.

»Jetzt sag ich's euch doch, obwohl ich versprochen habe, dichtzuhalten. Die Karola hat mir ein Geheimnis anvertraut: Die hat jemand kennengelernt. Richtig verknallt war sie. Vielleicht hat diese Affäre etwas mit ihrem Verschwinden zu tun. Vielleicht war es ein Perverser! Vielleicht hat sie sich mit ihrem Mörder eingelassen. Wenn ich nur wüsste, mit wem die Karola geschmust und geschnackselt hat.« Monika »Moni« Hopfinger schlug sich die Hände vors Gesicht und weinte. Vitus Pangratz hätte am liebsten mitgeweint und richtiggestellt, dass er kein Perverser war.

*Z*urück in Rosenheim erhielt Vitus Pangratz eine Push Nachricht von *Rosenheim-News*. Ein neuer Beitrag war online. Das Bild von Hubert Bazinger und Hopfen nahm den größten Teil des Aufmachers von *Rosenheim-News* ein. Als Bildunterschrift war getextet: »*Hopfen und sein Herrchen. Zwei treue Seelen warten auf ihr Frauchen. Brauereibesitzer Hubert Bazinger gibt die Hoffnung nicht auf.*« Aha, dachte sich Vitus Pangratz, so schnell hatte sich Bazinger vom Geschäftsführer zum »Brauereibesitzer« befördert. Vor der Kamera von *Rosenheim-News* wandte sich Hubert Bazinger direkt an seine verschwundene Frau: »Karola, komm zurück zu uns. Wir lieben dich.« Vitus steckte das Smartphone wieder in seine Hosentasche, um mit Johanna zu sprechen.

»Im Moment mache ich mir mehr Sorgen um Marina als um Karola Bazinger«, meinte seine Tochter, »Die Bazingerin, die wird schon wieder auftauchen.« Schon wieder hatte sie das Bild beschworen, vor dem sich Vitus fürchtete. Sie spürte es.

»Ach komm, Papa. Du hast die Frau doch kaum gekannt, auch wenn ihr euch kurzfristig sehr nahegekommen seid.«

»Seit wann bist du Expertin in Sachen Liebe, Johanna? Du machst doch mit fast vierzig noch Anfängerfehler. Sogar doppelt. Apropos, wann hast du eigentlich zuletzt von deinem Jack gehört?« Johanna ignorierte die letzte Frage.

»Liebe! Da traust du dich aber an ein großes Wort heran. Wahrscheinlich bist einfach nur verknallt.«

»Hab mich doch gern!«

Monika Hopfinger war mit ihrem Bruder Michael Prutting nach Hause gefahren. Jetzt wusste Vitus nicht, wohin mit sich selbst. Er trommelte mit seinen Fingern auf den Küchentisch. Seine Tochter wollte zu Marina ins Krankenhaus. »Komm halt mit«, schlug sie vor, aber Vitus deutete auf Hopfen. Der Hund brauchte Futter. Regelmäßige Mahlzeiten waren wichtig für ein Tier, und Vitus hatte nun einmal die Verantwortung übernommen, Karola Bazinger zuliebe. »So ein Hund ist wie ein Kind«, meinte er und fügte hinzu: »Und da siehst einmal, Johanna, wie viel Freude so ein Lebewesen macht!«

»Jetzt kann Marina nicht meinen biologischen Wecker spielen, schon fängst du damit an. Vergiss es! Hunde und Kinder sind Vollzeitjobs, und ich hab mich schon vor langer Zeit für einen anderen Beruf entschieden.«

Das leidige Thema Familienplanung hatte sich für Jo erledigt, obwohl sie noch immer auf ihre Regel wartete. Was würde sie im unwahrscheinlichen Fall tun? Ihr Exmann und Exverlobter Jack arbeitete vermutlich in diesem Moment mit einer anderen an Nachwuchs. Mit Catering-Linda. Am Ende gewannen immer die Frauen, die kochen konnten: Catering-Linda und Knödel-Klaudia bewiesen Jos These. Liebe ging eben doch durch den Magen. Selbst bei Hunden. Vitus würde Hopfen füttern, und der Hund würde ihm aus der Hand fressen. Knödel-Klaudia würde Jürgen füttern, und der Hund würde ihr aus der Hand fressen. Catering-Linda würde Jack füttern, und der Hund würde ihr aus der Hand fressen. Sauhund! Jo würde Marina besuchen. Es gab schließlich auch noch andere Formen von Liebe. Weniger verfressene. Freundschaft gehörte dazu.

*J*o Coleman eilte den Flur entlang zu Marina Pfisters Zimmer. Sie hatte viel zu erzählen und hoffte, damit durch die Bewusstlosigkeit ihrer Freundin zu dringen. »Jo! Jo!« Schwester Helga rauschte aus dem Schwesternzimmer. »Ich habe es nicht verhindern könnnen. Es tut mir leid. Ihr Ehemann hat zugestimmt.« Um Himmels willen! Was war passiert? »Sie werden es gleich sehen, Jo!« Angstvoll öffnete Jo die Tür zu Marinas Krankenzimmer. Sie rechnete mit dem Schlimmsten, aber nicht mit dem Anblick, der sich ihr bot.

Hubert Bazinger saß an Marinas Bett und lächelte scheinheilig in die Kamera, die Sepp Anzenberger von *Rosenheim-News* in der Hand hielt.

»Ein bisschen ernster, Hubert, ein bisschen betroffener«, gab Anzenberger dem Brauereichef Regieanweisungen. »Ja hat man hier denn keine Ruhe!« Verärgert drehte er sich zur Tür. »Jo, was willst du denn hier? Lauf mir bloß nicht ins Bild. Mach dich unsichtbar.« Oder, noch besser, sie sollte sich nützlich machen, wenn sie schon die Szene störte. Ein Blumenstrauß würde im Bild noch fehlen, ob sie bitte in einem der Nebenzimmer einen ausleihen könnte, nur für ein paar Minuten. Möglichst groß sollte der Strauß sein und keinesfalls billig aussehen.

»Da hättest du auch früher dran denken können, Sepp, an die Blumen!«, kritisierte Hubert Bazinger, der weiterhin an Marinas Bett posierte. Anzenberger ignorierte die Bemerkung und begann, mit der Fernbedienung für Marinas Bett zu spielen. »Wie geht denn das Kopfteil nach oben? Man muss die Patientin doch erkennen. Jetzt hilf mir halt, Jo, damit deine Freundin auf dem Foto ein bisschen besser ausschaut und nicht einfach nur *rumflackt wie eine Coach-Kartoffel in Missionarsstellung.*« Schon reagierte die Automatik und hob Marinas Füße mit der Matratze nach oben. Wütend riss Jo dem Chefredakteur die Fernbedienung aus der Hand.

»Sepp Anzenberger! Du bist das größte Arschloch aller Zeiten! Die Marina wird nicht fotografiert!« Gerade er müsste sich doch mit Datenschutz und Bildrechten auskennen, der Herr Chefredakteur.

»Jetzt beruhigen Sie sich doch«, mischte sich Hubert Bazinger ein. »Ist ja alles für einen guten Zweck. Wir, von den Weiß-Blauen, wir rufen zu einer Spendenaktion für Frau Pfisters Hinterbliebene auf, für den armen Mann und den Sohn, weil wir weiß-blauen Rosenheimer, wir halten zusammen, besonders in der Not.«

»Raus!«, schrie Jo und schubste Anzenberger mit einer solchen Wucht Richtung Tür, dass dieser stolperte. »Vorsicht, Fräulein, sonst gibt es eine Anzeige wegen Körperverletzung.« Bazinger folgte ihm mit breiten Schultern und erkundigte sich, ob Anzenberger wenigstens ein brauchbares Foto hätte, wenn auch leider ohne Blumen. Aber lieber ein Foto ohne Blumen, aber mit Bazinger, als andersherum, gell, wir verstehen uns.

»Sowieso!«, murmelte der Chefredakteur. Als die beiden nebeneinander im Krankenhausflur Richtung Aufzug liefen, sah ihnen Jo hinterher und hörte, wie Anzenberger den Brauerei-Chef fragte: »Und, Hubert, was ist jetzt mit den versprochenen Bier- und Hendlmarken? Ich bin heute Abend mit meiner Redaktion im Bazi-Zelt, du kannst dir gar nicht vorstellen, wie die alle saufen können, wenn es umsonst ist.« Bazinger griff in seinen Trachtenjanker und reichte Anzenberger ein Kuvert. »Ich hab dir ja versprochen, dass ich mich nicht lumpen lasse.«

Jo blieb im Krankenzimmer zurück, allein mit Marina. Die Komapatientin wirkte, als würde sie schlafen, trotzdem begann Jo ihrer Freundin alles zu erzählen, was in den vergangenen Tagen passiert war. Auch die Wahrheit über Jürgen und Knödel-Klaudia ließ sie nicht aus und den Verdacht, Marina könnte Kavaliere vermittelt haben. Manchmal glaubte Jo, ein leichtes Zucken um Marinas Mundwinkel wahrzunehmen. »Du wachst wieder auf, Marina! Du musst wieder aufwachen!« Ihre Freundschaft hatte bislang jede Krise und jede Beziehung überdauert. Abgesehen von ihrem Vater gab es in Jos Leben keinen Menschen, der sie länger und besser kannte als Marina. Ein Leben ohne Jack konnte sich Jo vorstellen. Darin hatte sie Übung, seit er sie zum ersten Mal betrogen hatte, aber ein Leben ohne Marina war für sie unvorstellbar. Jo machte sich Vorwürfe, dass sie sich in den vergangenen Monaten so selten gemeldet hatte. »Aber du warst ja auch immer beschäftigt, gell, Marina? Und die Zeitumstellung hat uns den Rest gegeben.« Und trotzdem hatten sie doch relativ regelmäßig miteinander telefoniert, nicht wahr? »Ach, Marina! Ich hatte am Filmset einfach so wahnsinnig viel zu tun.« Eine Welle aus Reue, Traurigkeit und Müdigkeit erfasste Jo. Sie legte ihren schweren Kopf auf Marinas Kissen, versteckte ihr Gesicht in Marinas Locken und ließ ihren Tränen freien Lauf. Irgendwann schlief sie ein. Den Besucher, der seinen Kopf in die Tür steckte und sich wieder zurückzog, als er Jo sah, bemerkte sie nicht.

*E*twas bewegte sich in ihrer Hosentasche. Vibrierte. Wurde laut. Klingelte. Riss Jo aus dem Schlaf. Sie schreckte von Marinas Kissen hoch, im ersten Moment orientierungslos. Wo war sie? Marina lag neben ihr. Sie erinnerte sich. Jetzt ortete sie auch ihr Handy in ihrer Hosentasche. »Marina home«, stand auf dem Display, und Jürgen war am anderen Ende der Leitung! Ein Notfall. Jo wurde dringend gebraucht, erklärte Jürgen, Marinas Gatte. Sie sollte für ihre beste Freundin einspringen. Ein Kleinigkeit, die nicht mehr als einen Abend kostete. Sie sollte Marina auf einem Elternabend vertreten. Ob er das nicht selbst könne, in seiner Rolle als Vater, wollte Jo wissen. Würde er sich dann melden? Na also! Ein Abend als Freundschaftsdienst war doch nicht zu viel verlangt, schon gar nicht von einer Frau, die am Taufbecken versprochen hatte, sich um das Kind zu kümmern. So ein Elternabend war eine hervorragende Gelegenheit, dieses Versprechen einzulösen. Bitte. Klar, es war überraschend und kurzfristig, aber auch dringend, sonst würde er sich doch gar nicht melden. Die Klaudia? Nein, die hatte heute schon etwas anderes vor. Mit Jürgen, vermutete Jo. Jürgen ging gar nicht darauf ein, sondern nannte Jo Ort und Zeit für den Elternabend und bedankte sich für ihre Hilfe, die sie bislang nicht zugesagt hatte, aber Jürgen schien es egal zu sein.

»Wieso eigentlich Elternabend, es sind doch noch Ferien?«, fiel Jo ein.

»Jo, der Ludwig kommt jetzt in die vierte Klasse. Da gelten andere Gesetze. Ferien haben nur eine untergeordnete Bedeutung.«

Die Elterngemeinschaft der künftigen 4 b war sich einig, dass ihre Kinder mit einem Vorsprung in dieses neue und bedeutende Schuljahr starten sollten. Die Weichen müssten früh genug gestellt und optimale Bedingungen geschaffen werden, es ginge schließlich um nichts Geringeres als die Zukunft der Kinder. Um Sein oder Nichtsein. Wobei das »Sein« für das Gymnasium stünde, erklärte Jürgen, als ginge es um Leben und Tod und nicht um die fünfte Klasse in einem durchlässigen Schulsystem. »Ach Jo, das kannst du nicht nachfühlen, als Kinderlose«, bügelte Jürgen ihre Argumente nieder. Er war ohnehin schon beim nächsten Punkt seiner Tagesordnung, die Jos Abendprogramm füllen sollte. »Bildung ist teuer, liebe Jo. Gute Bildung kostet gutes Geld.« Die Eltern der künftigen Klasse 4 b hätten deshalb einen Sponsor gesucht, und heute Abend würde dieser Sponsor den Eltern die Ehre geben. Wie gerne würde Jürgen selbst vor Ort sein, aber er hatte, wie ja bereits erwähnt, leider keine Zeit, diesen wichtigen Termin wahrzunehmen, die Klaudia bedauerlicherweise auch nicht, und Jo solle doch bitte an Marina denken. »Die Marina würde größten Wert darauf legen, dass du zum Elternabend gehst. Ich mein: Jo, dir hat sie doch immer am meisten vertraut.«

»Wahrscheinlich willst du dir mit der Knödel-Klaudia einen schönen Abend machen. Du bist übrigens immer noch mit Marina verheiratet.«

»Eine Frau wie du hat keinen Grund, sich über andere moralisch zu erheben. Erst heiraten, dann scheiden lassen und dann wieder auf denselben Deppen reinfallen. Das ist doch nicht normal!«

»Sagt wer?«

»Menschen, die nicht dauernd davonlaufen, sondern sich mit Gegebenheiten arrangieren, so wie ich und die Klaudia. Du kannst uns nicht vorwerfen, dass wir das Beste aus der Situation machen.«

»Du hast die Marina doch schon betrogen, bevor sie im Koma lag.«

»Das geht dich gar nichts an! Aber wenn du es genau wissen willst: Die Marina wollte die Welt verändern, aber ihre eigene Familie hat sie vernachlässigt. Klar hat das Konsequenzen. Alles hat Konsequenzen. Apropos, was ist jetzt, Jo: Gehst du für die Marina zum Elternabend oder nicht?«

Sie sah Marina an, die reglos und blass auf dem Kopfkissen lag. Ihrer Freundin zuliebe würde sie auf den Elternabend gehen. »Merci dir, Jo«, bedankte sich Jürgen. »Wir sehen uns.«

Als sich Jo schließlich von Marina verabschiedete, flüsterte sie ihrer Freundin zu: »Wenn du wieder wach bist, dann lässt du dich scheiden von dem Arsch und kommst mit dem Ludwig zu mir nach Amerika.«

*A*uf der Außenmauer von Ludwigs Schule tanzten bunte Buchstaben. Eine vielversprechende Begrüßung, fand Jo Coleman. Auch die Aula verstand sich auf den guten ersten Eindruck: Überall hingen gemalte Bilder, die an Hundertwasser erinnerten, dazwischen waren wilde Collagen, mit denen die Schüler offensichtlich hundert Jahre Dadaismus feierten. Jo gefielen die Werke, aber sie musste sich beeilen, wie früher auf dem Weg zum Unterricht. Vermutlich waren alle anderen schon da. Auch wie früher.

In Ludwigs Klassenzimmer saßen viele Mütter und wenige Väter in einem großen Stuhlkreis. Eine Selbsthilfegruppe? Vielleicht würde auch Jo geholfen werden, indem sie mehr über Marina und ihre möglichen Feinde erfuhr? Jedenfalls hatte sie sich entschlossen, den lästigen Elternabend für ihre Zwecke zu nutzen.

»Sorry!«, entschuldigte sie sich fürs Zuspätkommen.

»Sind Sie von *Rosenheim-News*?«, fragte eine blonde Frau, deren Haare von einer exakten Linie in zwei Hälften geteilt wurden. Ein Popo-Scheitel, der seinen Namen redlich verdiente. Das wahre Hinterteil der Dame thronte auf dem einzigen Erwachsenenstuhl in der Runde. Sie musste die Lehrerin sein. Jo nickte, ohne nachzudenken, denn vor zwei Jahren hatte sie als Reporterin für *Rosenheim-News* gearbeitet.

»Ihr Chefredakteur, der Sepp Anzenberger, der wollte doch eigentlich selber kommen. Es geht schließlich um was«, meinte ein Mann mit Hipsterbart und neuen Turnschuhen. »Der musste auf die Wiesn«, erklärte Jo, wohl wissend, dass dafür jeder Rosenheimer im Raum Verständnis haben würde, auch der Hipster. Er nickte. Diesem Typen war anzusehen, wie viel Mühe ihn sein lässiges Auftreten kostete. »Dann warten wir jetzt nur noch auf unseren Ehrengast, den Hubert Bazinger«, informierte er Jo. »Seinetwegen sind Sie ja als Pressevertreterin hier.« Alles klar!

»Dass der arme Mann überhaupt kommt, bei seinen Sorgen!«, warf eine Frau im rosa Dirndl ein. Vermutlich wollte sie nach dem Elternabend auch noch aufs Herbstfest.

»Er meint es halt ernst mit seinem Engagement«, erklärte eine andere.

»Kinder sind unsere Zukunft, und die von den Weiß-Blauen haben das erkannt.« Die Frau im rosa Dirndl schien ein Fan zu sein.

»Die Weiß-Blauen, das sind doch allesamt reaktionäre Schwarz-Weiß-Denker«, unterbrach sie eine Frau mit Hippierock, auf deren T-Shirt stand: »Die Zukunft ist bunt!«

»Die einen treiben es gerne bunt und tragen Sprüche spazieren, und die anderen tun was. So schaut's aus«, erwiderte der Bärtige mit den Turnschuhen. Offenbar auch ein Fan der Weiß-Blauen.

Jo steuerte durch den Stuhlkreis auf den freien Platz neben dem Wortführer zu. Lächelnd. Wer wie Jo direkt aus Los Angeles kam, verpackte seine Angriffslust mühelos zwischen breit gezogenen Lippen. Es fehlte nur noch, dass sie ihm »Nice to meet you« entgegenflötete, obwohl es absolut nicht nett war, ihn zu treffen. Stattdessen sagte sie in die Runde: »Bis der Herr Bazinger da ist, würde ich mit Ihnen gerne über Marina Pfister sprechen. Sie hatte unter den Eltern dieser Klasse nicht nur Freunde.« Wie oft hatte Marina am Telefon über Mütter und Väter geklagt, die schon in der Grundschule hysterisch die Karriere ihrer Kinder managten.

»Wie man in den Wald hineinruft, so schallt es heraus«, sagte der Hipster. »Und die Marina, die hat ja gerne laut gerufen, also eher gebrüllt, um genau zu sein.«

»Gegen Ungerechtigkeiten hat sie angebrüllt. Im Kleinen wie im Großen«, sagte die Hippiefrau. Jo nahm sich vor, sie später abzupassen, um mit ihr zu sprechen.

»Wie jetzt? Geht's heute schon wieder um die Pfisterin? Ich dachte, das Schulsponsoring vom Bazi-Bräu steht auf der Tagesordnung und die lauten, ungezogenen Jungs der Klasse, wobei der Ludwig Pfister hervorzuheben wäre. Mein Mädchen konnte sich im vergangenen Schuljahr gar nicht konzentrieren, weil der Ludwig ständig Fragen gestellt hat und alles immer ganz genau wissen wollte. Das muss anders werden. So einen Quertreiber können wir in der vierten Klasse nicht brauchen. In diesem Jahr geht es um die Zukunft! In der vierten Klasse werden die Weichen gestellt. Zumindest in Bayern«, eiferte sich das rosa Dirndl.

»Das bayrische Schulsystem ist Scheiße«, sagte die Hippiefrau.

»Das bayrische Schulsystem belohnt Leistung«, meinte das Dirndl.

»Fragt sich nur, welche Art Leistung. Du sprichst wohl in erster Linie von der Leistung, sich perfekt anzupassen und einzufügen. Unser Schulsystem bevorzugt Mädchen und die Sprösslinge von Bildungsbürgern.«

»Sonja, es bringt nichts, mit dir zu diskutieren.« Ah, Sonja hieß die sympathische Frau. Hatte ihr Marina nicht von einer Sonja erzählt?

»Ebenfalls!«

In diesem Moment ging die Tür auf, und ein Mann wie Bayern erschien: breitschultrig wie ein Traktor, hierzulande bevorzugt Bulldog genannt, bekleidet mit einer Lederhose, die geschaffen war, um Probleme auszusitzen. Das sichtbar teure Modell wurde von Hosenträgern gehalten, deren Latz verkündete: »Bazi-Bräu, weil mia san Bier.« Das untere Ende des Mannes steckte in Haferlschuhen, die ihre Abdrücke auf der Erde hinterlassen wollten und denen man besser nicht auf die polierte Oberfläche trat. Der

Hipster unterwarf sich dem Besucher sofort, indem er dienstbeflissen aufsprang, um Hubert Bazinger mit warmen servilen Worten zu begrüßen. Er klang, als hätte er diese Vorstellung vor dem Spiegel eingeübt. Der Brauerei-Chef revanchierte sich mit nicht weniger warmen Worten, während er seine Augen über die Runde schweifen ließ. Er achtete darauf, mit jeder Person kurz Augenkontakt zu halten. Beim rosafarbenen Dirndl verweilte sein Blick eine Sekunde länger, bei Hippie-Sonja sparte er die Verlängerung wieder ein, als ahnte er, dass diese Frau im Vorfeld seine Partei kritisiert hatte. Jo nickte er zu. Er erinnerte sich an heute Nachmittag.

Während Bazinger noch nach einem Sitzplatz Ausschau hielt, öffnete sich die Klassenzimmertür erneut, und herein kam Alois Steimer, mit Schweißperlen auf der Stirn und feuchten Flecken unter den Achseln. Er trug ein *Star-Wars*-T-Shirt. Scheinbar war er noch immer Fan von Luke Skywalker und Darth Vader. Außer Atem setzte er sich auf den letzten freien Platz in der Runde, doch sofort bat ihn der Hipster, sich einen anderen Platz zu suchen »wegen der angemessenen Sitzordnung«. Die Lehrerin sollte Alois' angestrebten Platz einnehmen und den einzigen Erwachsenenstuhl für den Ehrengast Bazinger freimachen. »*Leit*, Leute, macht's euch doch keine Umstände«, gab sich Bazinger bescheiden, während er gleichzeitig wie selbstverständlich den Platz der Lehrerin besetzte und zu sprechen begann. Jo erkannte einzelne Textbausteine aus Bazingers Herbstfest-Rede wieder.

»… und einer meiner wichtigsten Punkte im Parteiprogramm sind unsere Kinder. Unsere Kinder sind unsere Zukunft, deshalb unterstützt die Bazi-Brauerei im Auftrag der Weiß-Blauen diese Schule ab sofort mit kostenlosen Getränken. Kein Kind soll durstig sein!«

»Gute Bücher und Zusatzlehrer wären wichtiger«, sagte Sonja. »Außerdem will ich nicht, dass die Kinder umsonst überzuckerte Bazi-Limonade trinken können. Ich will überhaupt nicht, dass unseren Kindern in der Schule Limonade angeboten wird.«

»Übernimmst du jetzt den Job von Marina? Die war auch immer gegen alles und hat die Umwelt-, Erziehungs- und Ernährungspolizistin gespielt«, sagte das rosa Dirndl.

»Die Marina war vernünftig und konnte klar denken, im Gegensatz zu dir! Von Ernährung hat sie ganz offensichtlich auch mehr verstanden.«

»Unverschämtheit!«

»Jetzt unterbrecht doch unseren Ehrengast nicht!«, echauffierte sich der Hipster und flüsterte Bazinger entschuldigend zu: »Weiber! Kaum haben sie Bock, werden sie zu Zicken.« Bazinger lachte bestätigend, dann füllte er mit seiner Stimme wieder das ganze Klassenzimmer.

»Unsere Limonade ist süß wie Muttermilch, und da zweifelt schließlich auch keiner daran, dass die gesund ist. Wir benutzen nur natürliche Zutaten. Und ja, Zucker ist eine natürliche Zutat. Als Brauer und als Politiker liegt es mir besonders am Herzen, dass Körper und Geist unserer Kinder gut genährt werden. Was ich sagen will: Gerade in einer Welt, die aus den Fugen gerät, brauchen wir doch alle Werte, an denen wir uns orientieren können. Ja, ich möchte in diesem Zusammenhang durchaus das Wort Leitkultur in den Mund nehmen, als Privatmann ebenso wie als Politiker.« Er wandte sich einer asiatischen Frau in der Runde zu: »Mit einer Leitkultur funktioniert auch Integration leichter. Fesch bist, Mei Ling, in deinem neuen Dirndl.« Die fleißige Frau aus Thailand sei ein Beispiel dafür, wie gut alles laufen konnte, wenn sich Menschen anpassten und einfügten. Das galt für ausländische Mitbürger genauso wie für Alteingesessene, er mache da keinen Unterschied.

Die Asiatin unterbrach: »Ich bin in Rosenheim geboren und heiße nicht Mei Ling!«

»Mir soll es recht sein«, erwiderte Hubert Bazinger gnädig. Er schloss mit den Worten: »Rosenheimer Eltern, Mütter und Väter, wir halten zusammen, weil mia san mia.«

Ob Bazinger wusste, dass zu Zeiten von Kaiser Franz Joseph die Armee der Österreicher diese drei Silben stolz vertont hatten, lange vor dem FC Bayern München und den Weiß-Blauen aus Rosenheim? Jo wusste es, natürlich von ihrem Vater.

Sie drückte ihre Augenlider nach oben. Es kostete sie viel Kraft, in die Helligkeit zurückzukehren. Langsam, kaum wahrnehmbar, drehte sie ihren Kopf nach links, jeder Millimeter fühlte sich wie ein Kilometer an, dann hatte sie eine 45°-Bewegung geschafft. Ihre Wange landete auf dem glatten Stoff des Kissens, der Feuchtigkeit gespeichert hatte. Jemand hatte geweint, hier neben ihr, und mit ihr gesprochen. Vertraut war die Stimme gewesen, fern und doch so nah. Sie überbrückte den Spalt zwischen früher, der Dunkelheit und jetzt. Sie musste sich bemerkbar machen, aber die Kräfte reichten nicht aus. Sie war müde, und die Müdigkeit zog sie zurück in den weichen warmen Wolkennebel. Im Verschwinden hörte sie die Stimme des Mannes, der ihr einst das große Glück versprochen hatte. Als sie ihren Sohn nach einer langen, qualvollen Geburt in den Armen hielt, hatte er es eingelöst. »Jürgen.« Ein Hauch ohne Lautstärke, der seine Silben ungehört in der Funktionalität des Raumes verlor.

»Ich bring es nicht fertig.«

Jürgen. Es war seine Stimme.

Sie riss ihre Wolkendecke auf. Regen. Tränen. Tropfen auf ihrer Hand. Wasser, der Anfang von allem. Nein, Sternenstaub. Mit Sternenstaub hatte alles begonnen. Sie verschwand in ihm, bevor sie ein Zeichen geben konnte.

*E*ndlich wieder frische Luft! Erleichtert atmete Jo vor der Schule aus und wartete auf Sonja mit dem vielsagenden T-Shirt »Die Zukunft ist bunt« und dem Hippierock. Doch leider kam nicht Sonja aus dem Schulportal, sondern Alois Steimer, der ihr im Klassenzimmer mehrmals zugezwinkert hatte, aber jetzt mit dem rosa Dirndl beschäftig war. Er schien dem rosa Dirndl etwas Wichtiges zu sagen zu haben. Jo hörte nur »direkter Weg«, »neue Nummer«, »Stichwort: Naturliebhaber« und »du bist etwas ganz Besonderes für mich«. Alois und das rosa Dirndl. Sososo! Das war also seine neue Affäre. Bevor Jo sich darüber mokieren oder aufregen konnte, kam Sonja aus dem Schulhaus geweht. Sie schien es eilig zu haben. »Entschuldigung!« Jo stellte sich in ihren Weg.

»Sorry, ich gebe keine Interviews, das kann der Bazinger besser.«

»Ich führ schon lange keine Interviews mehr.« Jo Coleman stellte sich vor und räumte dabei das Missverständnis aus, sie würde für *Rosenheim-News* arbeiten. Sonja schien erfreut über die Wahrheit. »Du bist DIE Jo? Marinas älteste Freundin?« Ganz genau.

»Die Marina hat oft von dir erzählt. Ich bin die Sonja, aber das hast du ja nun schon mitbekommen.«

»Ihr habt euch näher gekannt, die Marina und du?«

»Und ob! Wir waren Verbündete.«

»Gegen die Verrückten von vorhin?«

»Auch, aber in erster Linie waren wir Weiberheldinnen.«

Ob Jo heute noch etwas vorhabe, wollte Sonja wissen. Nicht wirklich. Ob sie bereit sei, für ihre Freundin Marina einzuspringen? Klar, deshalb war sie ja nach Rosenheim zurückgekommen. Um was ging es denn genau? Das würde ihr Sonja später erklären. »Jetzt komm erst einmal mit. Heute mischen wir die Stadt auf.«

*V*itus setzte sich neben Hopfen auf den Holzboden. »Unten« und »harter Boden« passten zu seiner Stimmung. Der Hund störte sich nicht an ihm, sondern fraß sein wohlverdientes Abendessen aus einer alten Müslischale. Auch Vitus hatte Hunger, doch leider war sein Kühlschrank so leer wie sein Bauch, zudem machte er ähnliche Geräusche. Hopfen stutzte, als Vitus' Magen knurrte, und schenkte dem Menschen einen Blick, den Vitus als mitleidig deutete. Dann schob Hopfen seine Müslischale, die ihm als Futternapf diente, mit der Schnauze zu Vitus. Er solle sich bedienen, übersetzte Vitus die großzügige Geste. Gerührt streichelte er seinen vierbeinigen Freund. »Bist ein guter Hund.« Um zu verhindern, dass seine ungeweinten Tränen über Bord gingen, rief Vitus auf seinem Handy *Rosenheim-News* auf. Eine Push Nachricht versprach Neuigkeiten. Hubert Bazinger hatte wieder Gelegenheit gefunden, sich in Szene zu setzen.

Milde lächelnd sah man den Brauerei-Chef neben Marina Pfisters Krankenhausbett stehen. Im Begleittext rief er seine »Rosenheimer Mitbürger« auf, nicht über das Opfer zu urteilen, sondern zusammenzuhalten und den »Hinterbliebenen« mit einer Geldspende ihre Solidarität zu bekunden. Mann und Kind hätten Mitgefühl verdient. Unter dem Artikel stand das Parteikonto der Weiß-Blauen, die dafür sorgen wollten, dass »Witwen, Waisen, Alte und Kranke in ihrem eigenen Land gut versorgt werden. Bayern zuerst«.

Wütend rief Vitus Marinas Ehemann an. Es läutete lange, bis Jürgen außer Atem ans Telefon ging. Auch im Hintergrund atmete jemand schwer. Egal. Vitus kam sofort zum Wesentlichen: »Wie kannst du erlauben, dass Marina fotografiert und für Bazingers Zwecke eingespannt wird? Habt ihr das Geld so dringend nötig?«

»Wie? Was? Ganz langsam! Ich versteh nur Bahnhof«, erwiderte Jürgen irritiert. Als ihm Vitus von dem Beitrag auf *Rosenheim-News.de* erzählte, versicherte ihm Marinas Angetrauter, nichts davon gewusst zu haben.

»Wo bist du denn jetzt eigentlich, Jürgen?«

»Wieso fragst du?«

»Weil mir die Jo eine Nachricht hinterlassen hat, dass sie dich auf dem Elternabend vertreten muss.«

»Ah so, ja… Ich muss mit dem Ludwig lernen. Der Junge braucht sein Abitur.«

»Der kommt doch erst in die 4. Klasse, hat mir die Jo erzählt.«

»Man kann gar nicht früh genug anfangen, an die Zukunft zu denken. Die Klaudia bringt der Marei schließlich auch schon jetzt das Kochen bei.«

»Aber der Ludwig will doch Fußballer werden.«

»Du sagst es, und die meisten Spieler beim FC Bayern haben Abitur. Das motiviert den Ludwig ganz gewaltig. Weißt du, Vitus, am Ende geht es überall um Mentalität. Im Sport wie im Leben. Du musst dir Ziele setzen und darauf zustürmen. Die Marina hat gesagt: Du kannst, was immer du willst. Was soll ich sagen? Recht hat sie gehabt. Ich vermittle dem Ludwig das Erbe seiner Mutter.« Und übrigens gäbe es da inzwischen auch ein großartiges Fachbuch: *Am Ball bleiben.* »Darin steht, was Eltern von Fußballtrainern lernen können. Erziehung ist Coaching, Vitus! Aber zu deiner aktiven Zeit als Vater war das wahrscheinlich noch kein Thema, also, die Mentalität und so. Damals gab es auf den Spielfeldern des Lebens auch weniger Tempo und Druck.« Und jetzt müsse sich Jürgen wieder um Ludwig kümmern. Servus! War schön, mit dir zu reden. Danke für den Anruf. Ach ja, den Artikel auf *Rosenheim-News.de*, den würde sich Jürgen selbstverständlich ansehen und sich gegebenenfalls den Bazi und den Anzenberger vorknöpfen. Aber gegen finanzielle Unterstützung würde er sich jetzt auch nicht wehren, so ein Kind kostete schließlich was, und Marinas konnte ja nun nichts mehr dazuverdienen. Schlecht gelaunt legte Vitus auf.

Wie meistens in den vergangenen zwei Jahren fühlte er sich allein. Auf Karola konnte er nicht mehr hoffen. Selbst in dem unwahrscheinlichen Fall, dass sie in diesem Moment irgendwo auf der Welt ein neues Leben begann, möglicherweise schwanger von ihm. Ihr Schweigen war eine deutliche Aussage: Sie brauchte ihn nicht an ihrer Seite. Oh Baby! Er griff nach seiner alten Westerngitarre, er hatte in jedem wichtigen Raum eine einsatzbereite Gitarre stehen, stimmte Saite für Saite und sang: »Oh Baby, what you want me to do.«

Wie immer lockerte die Musik seine Stimmung und seine Hirnzellen. Jetzt wusste er, was zu tun war: Er würde aufs Herbstfest gehen, im Bazi-Zelt eine Wiesn-Maß trinken und ein Hendl essen. Sollte er Liesel anrufen? Mit der treuen Seele ließ es sich gut aushalten, und vermutlich saß seine ehemalige Assistentin in diesem Moment auch gerade allein zu Hause. Möglicherweise sehnte sie sich nach ihm und bedauerte ihren blöden Streit. Von wegen! Liesel beantwortete seinen Anruf nicht. Er war auf sich gestellt. Hopfen konnte ihn nicht begleiten, auf der Wiesn war es zu laut für den Hund. »Du passt auf das Haus auf, gell, Hopfen!« Ob er sein Frauchen noch vermisste? Der traurige Hundeblick bejahte die Frage. »Man gewöhnt sich ans Alleinsein, glaub mir! Außerdem haben wir am Ende immer noch uns zwei.« Und er hatte obendrein noch etwas. Ein Souvenir. Die schwarze Augenmaske von Karola, die er auch heute Abend wieder unter sein

Kissen schieben würde. Vitus Pangratz, ein sentimentaler Alter, dessen beste Zeiten vorbei waren. Wann würde er sich endlich damit abfinden?

Wieder hielt er Marina Pfisters Smartphone in der Hand. Höchste Zeit, sich davon zu trennen, bevor es zufällig jemand in seinem Büro entdeckte und eine Verbindung zu ihm herstellte. Die perfekte Adresse zur Entsorgung des Elektroschrotts hatte er längst im Kopf, aber er würde das Gerät vermissen, nachdem ihm Marina Pfisters Sprachaufnahmen tagelang informiert, amüsiert, erregt und aufgeregt hatten. Nur aus einer Aufnahme war er nicht schlau geworden. Noch einmal öffnete er die Datei.

»Wir brauchen einen Paukenschlag! Eine Sensation!«

»Du meinst einen Skandal?«

»So ein kleiner Skandal kann uns eine große Aufmerksamkeit bescheren, und genau die brauchen wir«, sagte Marina Pfister.

»Dann gibt es aber auch kein Zurück mehr. Das ist euch schon klar, oder?«

»Wer will denn zurück? Niemand will zurück. Wir wollen nach vorn. Oder, Weiberheldinnen? Was ist unser Motto?«

»Die Zukunft ist weiblich! Die Zukunft ist bunt! Wir sind die Zukunft!«, skandierte eine hohe Stimme.

»Und wir können, was immer wir wollen«, rief eine andere fröhlich dazwischen.

»Ja, aber jetzt hört gut zu, alle miteinander. Ich habe mir nämlich etwas ausgedacht. Ich habe die passende Idee für unseren ersten Paukenschlag und die passende Bühne. Wir lassen es ge-

nau dort krachen, wo die Musik spielt, und zwar dann, wenn alle da sind …«

Zwei Stimmen sangen: »Bald schon hauen wir auf die Pauke.«

Ein Partyhit aus den 70ern, mit leicht verändertem Text. Nur bei der Zeile *»Es wird Rabatz gemacht, so lange, bis die ganze Bude kracht«*, blieben die Weiber beim Original.

Sie hatten hörbar eine Riesengaudi. Wahrscheinlich gossen sie sich Champagner in die Kehle. Von vornehmer Zurückhaltung verstanden diese Frauen jedenfalls nichts. Die Weiberheldinnen waren in Wirklichkeit vergnügungssüchtige Schlampen!

Danach war nichts mehr zu verstehen. Rauschen. Rascheln. Schluss. Die Aufnahme brach ab, aber ihm reichte es ohnehin. Frauen, die sich für eine Sache begeisterten, klangen hysterisch und nervten. Und welchen Skandal würden diese Weiberheldinnen schon planen können? Eine vegetarische Woche an der Grundschule? Einen Streik am Herd? Dass er nicht lachte. Hahaha. Erfolgreiche Pläne verlangten nach kaltblütiger Logik. Diese Gabe fehlte im Genmaterial der Frauen. Wie froh er doch war, als Mann durch dieses Leben zu gehen, genauer: zu schreiten. Frauen kamen von Anfang an zu kurz und versuchten, sich den Rest ihres Lebens dafür zu rächen, womit sie im Grunde den Mann als ihren Schöpfer anerkannten. Mit ihren höllischen Mitteln versuchten sie, am Himmel zu kratzen. Doch die göttlichen Männer hielten zusammen. Keine Weiberbande würde jemals so stark sein wie eine Männerseilschaft auf dem Gipfel der Macht. Er ließ einen lauten Jodler los. Wie gut er sich fühlte! »Auf geht's!« Er musste los.

*J*o Coleman hastete mit ihrer neuen Bekanntschaft Sonja durch Rosenheim. Am Ludwigsplatz hielt sie am Marktfrauenbrunnen an, von dessen Mittelsäule drei Frauen ihre Krüge in den Brunnen leerten.

»Ich hab Durst!«, erklärte Jo den Halt.

»Die schenken kein Trinkwasser aus«, warnte Sonja vor den Brunnenfiguren.

Jo zeigte auf eine Maske, die unterhalb der Frauen Wasser spuckte. »Die schon!« Ihr Vater hatte ihr verraten, aus welchen Rosenheimer Brunnen Trinkwasser kam. Am Marktfrauenbrunnen musste man allerdings genau hinsehen und Bescheid wissen. »Nicht das Wasser aus den Krügen, nur das Wasser aus der Maske«, hatte ihr Vitus eingeschärft. Die letzte Gewissheit gab ein verwittertes Schild, das »Trinkwasser« aus der Maske versprach. Jo trank, während Sonja auf ihr Handy schaute. »Die anderen sind schon da.« Wer »die anderen« waren, wollte sie allerdings nicht verraten. Jo würde sie ohnehin gleich treffen.

*R*und 9000 Menschen fanden im Bazi-Zelt Platz, und Vitus war überzeugt, den letzten freien Spalt auf einer der Bierbänke ergattert zu haben. Neben ihm saßen Italiener, die in gebrochenem Deutsch erzählten, das Rosenheimer Herbstfest sei ein Geheimtipp in ihrem Land. Zum Münchner Oktoberfest fuhren nur noch Anfänger. »Salute! Cin Cin! Prrrosssitteee!« In wenigen Stunden würden die Italiener mit einem »Fetzen Rausch«, kurz »*an Fetzn*«, also einen Vollrausch, in ihr Wohnmobil schwanken, während Vitus selbst mit einem leichten »*Suri*«, einem kleinen »Räuschlein«, davonkommen würde. Obwohl seine Maß heute ungewöhnlich schnell verdunstete, was an der Hitze im Bierzelt liegen musste. »Prrrrooossssittteeee!« Die Italiener hatten nur dünne T-Shirts an, auf denen »Latin Lover – try me« stand. Vitus mochte Selbstironie, die gekonnt auf flachen Witzen schlitterte. »Prrooosssittteeee!« Erneut rammten sie ihre drei Maßkrüge so kraftvoll zusammen, dass das Bier über die Ränder schwappte, aber ein bayrischer Maßkrug hielt allem stand, selbst einem bayrischen Dickschädel. Aber Schlägereien wie auf dem Oktoberfest, bei denen mit Bierkrügen gekämpft wurde, gab es auf dem Herbstfest ohnehin nicht. Hier ging es familiärer zu, und die Gefahr lauerte allein im Glas.

Eine Frau schwang ihre Hüften an Vitus' Tisch vorbei. »Bella!«, riefen die Italiener. Lachend drehte sich die Frau um, während Vitus das Lachen im Halse stecken blieb, als er sie erkannte. Es war Liesel, die sich hinter dem Immobilien-Unternehmer Schöring durch die Reihen bewegte wie auf einem Laufsteg und den Italienern gut gelaunt ein Küsschen zuwarf. Vitus schien sie zu übersehen, bis er sich erhob, wild mit den Händen wedelte und gegen die Lautstärke im Zelt anbrüllte: »Liesel, du kannst dich neben mich setzen.«

»Ich sitz beim Herrn Schöring in der Box. Exklusiv und bequem.« Sie spitzte ihre Lippen zu einem Kuss. Dieser galt ihm. Ärgerlich wischte er sich über die Wange. Den konnte sie behalten. Liesel nahm die Geste nicht wahr, sie folgte weiter Schöring, der ihr mit seinem dicken Bauch den Weg bahnte, während er von Zeit zu Zeit gesellig und gleichzeitig gönnerhaft die Hand zum Gruß hob. Am Tisch von Sepp Anzenberger und der Redaktion von *Rosenheim-News.de* hob er besonders lange und besonders gönnerhaft die Hand. Anzenberger teilte gerade großzügig Biermarken aus und nickte ihm zu.

Drei Menschen reichten aus, um Vitus das ohnehin winzige Vergnügen an seinem Herbstfestbesuch zu verderben. Missmutig leerte er seine Maß in den Mund, nagte die letzten Fasern Fleisch von seinem Hendl und wollte gehen. Da spielten die »Saubern Saubuam aus Söchtenau« auf der Bierzeltbühne einen Tusch und kündigten den »Hausherrn« an, den »Oberbazi von den Weiß-Blauen«. Vitus entschloss sich, doch noch eine Weile zu bleiben, um zu hören, was Karolas Mann verkünden wollte.

Mit dynamischen Schritten eroberte Hubert Bazinger die Bühne, schlenzte seine Lodenjoppe über das Geländer und hakte seine Daumen am Latz der Lederhose ein. »Dank euch! Dank euch!« Er bedankte sich bei seinen Gästen für die gute Stimmung, die sie im Bazi-Zelt verbreiteten, und bei den mitfühlenden Rosenheimern für die moralische Unterstützung bei der Suche nach seiner Frau Karola. Besonders hervorheben wollte er in diesem Zusammenhang den Chefredakteur von *Rosenheim-News.de*. »Steh auf und lass dich sehen, Anzenberger Sepp, damit du deine wohlverdiente Anerkennung einsammeln kannst. Applaus

für den Anzenberger! Die Pfeilspitze unserer lokalen Medien-
landschaft!« Anzenberger stellte sich auf die schmale Sitzfläche
der Bierbank und strahlte in die Menge wie ein kleiner rotwangi-
ger Bub. Es war so einfach, eitlen Menschen zu schmeicheln, und
Brauerei-Chef Hubert Bazinger verstand sich vortrefflich darauf.
Als der Applaus für Anzenberger abflaute, schob Bazinger seine
Rede ein.

Er erzählte von seinem Besuch in der Grundschule, vom Spon-
soring seiner Brauerei und von den desolaten Zuständen, die auf
Politiker zurückzuführen waren, die ihrer Aufgabe nicht gerecht
wurden, weil ihnen die Heimatliebe fehlte. »Liebe Leute, liebe *Leit*,
ich gebe von Herzen gerne, aber im Grunde ist es eine Schande,
dass sich unser Bildungssystem von Spenden abhängig macht. Es
ist doch so: Würden sich unsere amtierenden Politiker um die
Schulen kümmern, wären die nicht auf die Wohltaten von Privat-
unternehmen wie den Bazi-Bräu angewiesen.« Bazinger brüstete
sich damit, die Rosenheimer Grundschulen in den nächsten Jahren zu digitalisieren, indem er sie mit Laptops und Tablets versorgte, um im Anschluss weiter über seine politische Agenda zu
sprechen: »Wenn der Staat sich so verhalten würde wie jeder vernünftige Vater und jede vernünftige Mutter würde es besser um
Bayern stehen, um Deutschland und um die Welt. Gute Eltern
denken an die Zukunft ihrer Kinder, sie denken langfristig, nicht
nur bis zur nächsten Wahl. Aber was macht unsere Mutti in Berlin?« Er pausierte, um dem Unmut seines aufgestachelten Publi-
kums Zeit und Raum zu lassen, bevor er seine Zuschauer aufrief, erwachsen zu werden. »Liebe *Leit*, wir Bayern brauchen die
Berliner Mutti ohnehin nicht, weil wir die Mama Bavaria haben.
Unsere Schutzpatronin. Was uns jetzt noch fehlt, ist ein verant-
wortungsvoller Vater für unser Land. Ein Familienoberhaupt.«
Wieder legte er eine Pause ein und die Hand auf sein Herz. Er
senkte den Kopf, hob ihn wieder an, blickte heldenhaft in alle
Richtungen des Bierzeltes und verkündete: »Ich möchte unserem

Land ein Vater sein. Ein guter Vater in einer guten Familie, der Familie der Weiß-Blauen, unserer Heimatpartei.«

Vitus sah, wie Schöring als einer der Ersten aufsprang, »jawohl« rief und seinen Tisch mit beiden Armen dazu aufforderte, mit ihm zu jubeln. Es dauerte nicht lange, und ein Sprechchor hallte durch das Bierzelt. »Bazinger für Bayern! Bazinger für Bayern!« Anschließend skandierte eine Gruppe nahe der Bühne: »Bazi! Bazi! Bazi!« Ein Bazi für Bayern. »*Ja mi hast ghaut!*«, sagte Vitus. Es war Zeit zu gehen, aber in einem vollen Bierzelt kam niemand so leicht davon.

Als er sich entschlossen zum Ausgang kämpfte, kam Vitus eine Frauengruppe entgegen. Alle trugen weite T-Shirts mit der farbigen Aufschrift »Die Zukunft ist bunt!« Die Frau, die die Gruppe anführte, schob Vitus zur Seite. »Platz da, ich muss zur Bühne.« In ihrem Schlepptau hatte sie eine Vitus sehr bekannte und vertraute Person: seine Tochter Johanna »Jo« Coleman. Er wollte sie aufhalten, aber sie schüttelte seine Hand ab. Ihr weißes T-Shirt mit der bunten Schrift drückte aus, dass sie sich der Gruppe zugehörig fühlte.

ie Frauen waren auf der Bierzeltbühne angelangt, wo ihre Anführerin dem verdutzten Hubert Bazinger das Mikrofon aus der Hand riss und sich vor ihn drängte. Bazinger, der gerade öffentlich versprochen hatte, eine Kapelle bauen zu lassen, sobald seine Frau zurück war, ließ es geschehen. Zu sehr war er damit beschäftigt, sich publikumswirksam Tränen aus den Augen zu wischen. Überrascht betrachtete er die Bühnenstürmerin. Selbst die angetrunkenen und besoffenen Bierzeltbesucher ahnten, es würde spannend werden. Die meisten schauten erwartungsvoll zur Bühne. Langsam wurde es ruhiger im Zelt. Die Frau mit dem Mikro zog Jo Coleman nach vorn, neben sich, blickte konzentriert in die Runde, brachte mit strengen Blicken die letzten Störenfriede zum Schweigen und begann zu sprechen. Breitbeinig im Stand, klar im Ausdruck und mit einer Stimme, die in keinem Moment schwankte.

»Liebe Leute, was ihr hier und heute erlebt, was jetzt gerade auf dieser Bierzeltbühne passiert, wird sich später zu einem historischer Moment verdichten, und ihr alle hier, ihr könnt dann sagen: Wir waren dabei. Wir waren dabei, als eine Gruppe mutiger und engagierter Rosenheimer Frauen der männerdominierten Speziwirtschaft der Weiß-Blauen die Stirn geboten hat. Wir waren dabei, als die Partei der Bunten erstmals öffentlich auftrat, um die Weiß-Blauen aufzumischen und ihre Pläne zu durchkreuzen. Wir waren dabei, als bessere Ideen nach Rosenheim kamen. Hier und heute stellen wir euch offiziell die neue Partei der Bunten vor, weil

Rosenheim und ganz Bayern etwas Besseres verdient haben, als Stammtischpolitik.«

Die Menschen im Bierzelt regten sich wieder. Die einen grölten, die anderen schleuderten Buhrufe nach vorn, zwischendurch brauste Applaus auf. Die Frau auf der Bühne wartete ab, bis sich die Aufregung langsam ein wenig legte. Sie nutzte die Zeit, um aus dem Maßkrug zu trinken, den ihr jemand auf die Bühne reichte.

»Zeit, mich vorzustellen. Mein Name ist Sonja Schöring. Ja genau, die Tochter von dem Schöring, an den jetzt wahrscheinlich viele von euch denken. Mein Vater ist der Immobilien-Schöring, er sitzt auch im Publikum, neben ihm sitzt eine Frau, die ich noch nicht kenne, aber Frauen wechselt er ja gerne, mein Vater. In genau diesem Moment steigt sein Blutdruck, und die Hutschnur geht ihm hoch, hinterher wird er mich fragen, was ich mir eigentlich einbilde, er wird zum Notar gehen und mich enterben. Mein Vater ist ein Mann der Tat. Der fackelt nicht lange. Er hat ja noch Alternativen: Ich bin nur offiziell seine einzige Nachfahrin. Seine unehelichen Kinder hält er bislang geheim, aber wenn er mich endgültig als seine Tochter feuert, werden sie vermutlich nachrücken. Es sei ihnen vergönnt. Kurz: Den großen Zampano Schöring zu blamieren ist in seinen Augen unverzeihlich. Sei's drum! Es geht hier nicht um Privatangelegenheiten, obwohl auch das Private politisch ist. Mein gieriger alter Herr ist schließlich ein glühender Anhänger der Weiß-Blauen, wie viele von euch vermutlich wissen. Von den Weiß-Blauen erwartet er viel, weil er sie ordentlich unterstützt und finanziert. Die gut situierten Herren der Weiß-Blauen verstehen unter Politik: Geschäftemacherei, Vorteilshandel und Besitzstandswahrung. Uns Frauen von den Bunten geht es dagegen um Gerechtigkeit, Gleichberechtigung und Ökologie. Es geht um die Welt, in der wir leben. Es geht um unsere Zukunft. Und um Rosenheim, denn Rosenheim ist für uns Rosenheimerinnen und Rosenheimer unsere Vergangenheit, unsere Gegenwart und unsere Zukunft.«

Sonja Schöring legte eine kurze Pause ein. Griff wieder nach der Maß, nahm einen Schluck und sprach weiter.

»Eigentlich sollten heute an dieser Stelle unsere Parteichefin Karola Bazinger und ihre Vertreterin Marina Pfister sprechen. Diese beiden Weiberheldinnen haben mit einer engagierten Gruppe Frauen im Verborgenen die Partei der Bunten gegründet, um gegen die Weiß-Blauen anzutreten. Und wer wüsste besser als Karola Bazinger, dass den weiß-blauen Schwarz-Weiß-Denkern nicht zu trauen ist.«

Sonja Schöring drehte sich um, suchte Hubert Bazinger, der sich inzwischen blass am Geländer der Bühne festhielt. »Die Frage liegt an dieser Stelle auf der Hand: Hat das Verschwinden deiner Frau etwas mit ihren politischen Aktivitäten zu tun, Hubert? Hast du gewusst, was die Karola vorhatte? Wahrscheinlich hast du ihr hinterhergeschnüffelt, und dein Spezi Schöring, mein Vater, hat dich dabei unterstützt. Ihr wart euch doch immer einig. Hast vielleicht auch die Marina Pfister auf dem Gewissen, die deiner Karola die Augen geöffnet und neue Möglichkeiten gezeigt hat?«

Hubert Bazingers Gesicht wechselte die Farbe, und seine Hand ballte sich zur Faust. Entschlossen kam er auf Sonja zu und brüllte ins Mikrofon: »*Ausgschamtes* Weiberleit! Meine Frau und mich so in den Dreck zu ziehen. Raus hier!« Ganz Herr und Gebieter des Bazi-Zeltes zeigte er zum Bühnenabgang.

Sonja Schöring drehte sich zu ihren Frauen um und gab ihnen eine Anweisung. Im nächsten Moment setzte sich die Abordnung der Bunten auf den Boden der Bierzeltbühne zum spontanen Sitzstreik.

»Musst mich schon auf Händen tragen, Bazinger.« Sonja grinste den wütenden Mann provozierend an.

Jo, die neben Sonja auf dem Boden saß, spürte, wie die Situation zu kippen drohte, und bekam Angst. Sie fürchtete, Bazinger könne Schöring und eine Horde alkoholisierter Männer mobilisieren, die Bühne für ihn frei zu machen. Würden den Bunten dann genügend Frauen beistehen? Auf welche Seite würde sich das Wachpersonal schlagen? Bazinger bezahlte den Sicherheitsdienst. »Vorsicht!«, flüsterte sie Sonja zu.

»Wenn wir jetzt aufgeben, haben wir verloren. Das dürfen wir der Karola und der Marina nicht antun! Sie haben diese Aktion so lange geplant. Wir müssen sie würdig vertreten. Du bist doch Marinas beste Freundin.«

Sonja hatte recht und Jo eine Idee. Sie bat Sonja um das Mikrofon, stand auf und richtete sich an die Frauen im Saal.

»Liebe Rosenheimerinnen, wenn wir jetzt den Männern wieder die Bühne überlassen, dann haben wir alle verloren. Wir Frauen müssen zusammenhalten, um weiterzukommen! Die Männer können nur deshalb entscheidende Machtpositionen behaupten, weil sie sich gegenseitig unterstützen. Davon müssen wir lernen. Wir dürfen uns nicht mehr von der Bühne vertreiben lassen, von dieser nicht und von allen anderen auch nicht. Was meint ihr? Die Hälfte der Bühne gehört uns.«

Eine Frau im Publikum stand auf. Jo erkannte sie sofort. Es war Liesel Dirscherl, die ehemalige Assistentin ihres Vaters. Wie oft hatte sich Liesel um Jo gekümmert, wenn ihr Vater im Einsatz war. Liesels Herz war so groß, dass es buchstäblich ihre Brust zu sprengen schien. Jo liebte Liesel und wunderte sich, dass ihre alte Babysitterin mit Schöring unterwegs war. Wollte sie Vitus eifersüchtig machen, dem doch eigentlich ihr Herz gehörte, der es aber leider immer wieder von sich wies? Jedenfalls musste die Verbindung zwischen Liesel Dirscherl und Schöring frisch sein, denn anstatt Schöring die öffentliche Demütigung zu erleichtern, ließ sie ihn sitzen und forderte die Frauen an ihrem Tisch mit deutlichen Handzeichen auf, ihr zur Bühne zu folgen. Wie sehr sie Liesel in diesem Moment liebte! Schon stand eine andere Frau auf. Überrascht stellte Jo fest, dass es Uschi Steimer war. Alois' Gattin. Sie rief etwas in die Menge, was Jo auf der Bühne nicht verstehen konnte, aber schon bald skandierte Uschi Steimers Tisch:

»Die Zukunft ist weiblich! Die Zukunft ist bunt!« Auch Frauen an anderen Tischen standen auf und stimmten ein. Echte Weiberheldinnen! Sogar ein paar junge Männer erhoben sich und applaudierten. »Wir können, was immer wir wollen«, rief ihr Sonja auf der Bühne zu. »Klar, wir sind Weiberheldinnen!«, sagte Jo.

»Wir machen die Welt besser.« Eine Aufbruchstimmung erfasste die Frauen im Bazi-Zelt. Der Applaus und die Jubelschreie übertönten die Buh-Rufe. Die Bunten hatten das Bierzelt übernommen. Morgen würde sie Marina im Krankenhaus davon erzählen. Heute Nacht passte wieder Schwester Helga auf ihre Freundin auf.

Der Geruch drang in ihr Bewusstsein. Wie immer schlüpfte er als Erster durch das kleine Fenster ihrer Wahrnehmung. Dann folgte der Wind. Er strich über ihr Gesicht und ihre Arme. Jemand hatte das Fenster geöffnet. Von weitem hörte sie, was nach Volksfest klang. Die Wiesn. Das Herbstfest. Wie gerne war sie mit Ludwig die Berg- und Talbahn gefahren. Wo war ihr Sohn? Wo war ihr Leben? Sie lag reglos auf einer weichen Unterlage. Heute gelang es ihr nicht, den Kopf zu drehen. Er war zu schwer und schmerzte. Außerdem, wohin sollte sie sich wenden? Niemand war bei ihr. Aber aus der Ferne, da schienen Stimmen zu ihr zu sprechen. Der Wind trug sie in ihr Krankenzimmer. »Die Zukunft ist weiblich. Die Zukunft ist bunt.« Beruhigt tauchte sie wieder ab.

*D*er Hund weckte Vitus Pangratz auf. Er stieß ihm seine feuchte Schnauze ins Gesicht, um anschließend jaulend zur Tür zu laufen. Als Vitus nur mit einem unwirschen Knurren reagierte, versuchte es Hopfen erneut. Diesmal stupste er Vitus so fest mit seiner Schnauze an, als wollte er ihn aus dem Bett schubsen. »*I kimm ja glei!*«, versprach Vitus, während er sich zur anderen Seite drehte, um weiterzuschlafen. Aber Hopfen ließ nicht locker, sondern schnappte sich Vitus' Bettdecke und zog daran. So war das also, einen Hund zu haben. »Morgen Nacht schläfst im Zimmer von der Jo oder im Wohnzimmer«, brummte der Privatermittler. Er dachte an gestern Abend, an den Auftritt der »Bunten« im Bazi-Zelt mit seiner Johanna und an den neuen Fan der Bunten: Uschi Steimer.

Uschi Steimer war ihm beim Heimgehen hinterhergelaufen, um »ihm den Auftrag zu entziehen«. Er brauchte ihren Gatten Alois ab sofort nicht mehr zu observieren, meinte sie, ihr war es inzwischen gleichgültig, ob er sie betrog oder nicht. »Der ganze Mann war von Anfang an eine Fehlinvestition, und ich möchte schlechtem Geld nicht noch gutes hinterherwerfen.« Das würde er doch sicher verstehen. Nicht wahr? Selbstverständlich decke sie Vitus' Auslagen bis zu diesem Moment, aber allzu viele konnten es ja nicht gewesen sein, schließlich hatte er keine Erfolge vorzuweisen, und das Wildnislager hatte sie ja ohnehin bereits bezahlt. »Ich bin dir nichts mehr schuldig. Wir sind quitt!« Uschi Steimer wollte künftig lieber die Weiberheldinnen der neuen Partei finanzieren. Vitus sollte es recht sein. Nicht recht war ihm, dass Hopfen noch immer an der Bettdecke zog. Dann bellte der Quälgeist und drehte sich im Kreis. Ein tanzender Jagdhund. Na bravo! Fehlte nur noch, dass er sang. Vitus gab auf, sprang aus dem Bett und öffnete dem Hund die Tür. »Weißt was, wir fahren zum Simssee und wandern auf den Spuren der Erinnerung.« Vielleicht würde ihm vor Ort noch etwas zu Karolas Verschwinden einfallen. Vielleicht würde er doch noch eine Spur entdecken. Er erinnerte sich daran, wie Hubert Bazinger gestern öffentlich versprochen hatte, eine Kapelle zu bauen, sollte ein Wunder geschehen und Karola wohlbehalten zu ihm zurückkehren. Ihr Schicksal lag schließlich in Gottes Hand, hatte Bazinger gemeint. Vitus zweifelte nicht daran, dass der Kerl seine Frau aufgegeben hatte. Tot schien sie ihm mehr zu nutzen als lebendig. Hubert Bazinger würde die Brauerei erben und konnte sich eine jüngere Frau suchen, um endlich Vater zu werden. Als trauernder Witwer würde er obendrein in seiner politischen Arbeit vom Mitleidsbonus profitieren. Wenn es nur eine Leiche gäbe, dachte Vitus, dann könnte er Bazinger die Hölle heißmachen. Oh, er würde ordentlich Zunder geben. Andererseits war er froh, dass es keine Leiche gab. So konnte Karola in seiner Fantasie weiterleben. Insgeheim malte er sich die verrücktesten Szenarien aus. Vielleicht hatte sie ihren Abgang am Simssee nur inszeniert? »Wäre doch möglich, gell, Hopfen.« Der Hund bellte seine Zustimmung. Er verstand alles. Sogar Vitus' Gedanken.

*B*egeistert war Hopfen ins Auto gesprungen. Er schien sich in Vitus' rotem Ford Mustang V 8 Coupé wohlzufühlen. Der Hund saß auf einer alten karierten Badedecke auf der Rückbank und schaute aufmerksam zwischen den beiden Sitzen nach vorn auf die Straße. Zum Glück gab es keine Anschnallpflicht für Tiere, aber laut Straßenverkehrsordnung musste jede Ladung so gesichert sein, dass weder Insassen noch die Verkehrssicherheit des Fahrzeugs gefährdet wurden. Einmal kräftig auf die Bremse, und Hopfen würde sich in einen Flughund verwandeln, sorgte sich Vitus. »Ich kauf dir ein Hundegeschirr, und mit dem schnall ich dich an«, versprach er Hopfen. »Aber vielleicht kommt auch dein Frauchen zurück und will dich wiederhaben. Mich vielleicht auch. Noch geben wir nicht auf, gell?« Der Hund nickte. War das Zufall, eine Unebenheit der Straße oder tiefes Einverständnis? Letzteres, glaubte Vitus. Er war entschlossen, in den nächsten Stunden eine Spur von Karola zu finden, gemeinsam mit Hopfen.

Diesmal parkte Vitus am Strandbad Baierbach, um auf kurzem Weg am See entlang zu Karola Bazingers Grundstück zu gelangen. Die Sonne strahlte, und der Spätsommer zeigte sich im besten Licht. Unter ähnlichen Bedingungen war er hier mit Karola gelaufen, doch dieser Nachmittag schien eine Ewigkeit zurückzuliegen. Nach einem kurzen Spaziergang am Ufer würde er an ihre Hütte gelangen. Hopfen kannte die Strecke und zog erwartungsvoll an der Leine. Gemeinsam wurden sie immer schneller, fingen an zu laufen. Sie beschleunigten ihr ohnehin hohes Tempo, als sie sahen, dass Fahrzeuge vor Karolas Seegrundstück parkten, darunter ein Krankenwagen und Hopfingers Auto. Hatten sie Karola gefunden?

Noch waren Vitus und Hopfen zu weit entfernt, um zu erkennen, wer auf der Trage lag, die zwei Sanitäter zu ihrem Wagen trugen. »Schneller, Hopfen!« Atemlos an der Krankentrage angelangt blickte Vitus in das blasse Gesicht eines älteren Herrn. Schon griff dieser nach seiner Hand und sagte: »Ich hab sie gefunden, ich wollt mir halt das Grundstück mal anschauen, deshalb bin ich eingestiegen, aber kleine Sünden bestraft Gott sofort. Was ich gesehen habe, das wünsch ich meinem schlimmsten Feind nicht. Kein schöner Anblick, so eine Wasserleiche.«

Mit weichen Knien näherte sich Vitus der Wasserkante, und jeder Schritt brachte ihn der Gewissheit näher: Am Ufer lag ein lebloser nackter Körper. »Leichenfund. Weibliche Leiche, ungefähr 40 Jahre alt...«, hörte er Hopfinger in ein Aufnahmegerät sprechen. Dann sah er ihr Gesicht. Sie war noch nicht lange genug im Wasser gewesen, um ihre Schönheit zu verlieren, aber sie war blass. Totenblass. Vitus löste seinen Blick von ihrem Gesicht und ließ ihn über den Körper wandern. Ihre Hand zeigte nach oben, Vitus konnte die typische Waschhaut an den Innenflächen deutlich erkennen. Vermutlich war sie in Bauchlage im Wasser getrieben wie die meisten Wasserleichen. Ein an der Luft liegender Körper verwest etwa doppelt so schnell wie ein im Wasser liegender. »Kein schöner Anblick«, hatte der Typ an der Krankentrage gejammert. Waschlappen! Karola Bazinger war immer noch schön. Vitus fiel ein roter Streifen an ihrem Hals auf. Jemand schien ihr die Luft abgeschnitten zu haben. Sie war nicht ertrunken. »Mord«, fasste Vitus seinen Eindruck zusammen, während die letzte Kraft aus seinen Beinen wich. Wieder zwang das Leben Vitus Pangratz in die Knie. Neben einer Frau, die er geliebt hatte, wenn auch nur für die kurze Zeit weniger Lieder.

»Was willst du denn schon wieder hier?«, blaffte ihn Kommissar Hopfinger von der Seite an und kommandierte: »Halt den Hund zurück und entferne dich vom Tatort. Du musst doch am besten wissen, wie das hier abzulaufen hat, Mensch! Vitus! Und dann auch noch die Memme spielen und neben einer Leiche zusammensacken! Hast halt schon lange keinen richtigen Fall mehr gelöst, gell! Oder hast in besonderer Beziehung zu dem Opfer gestanden? Sag schon, Vitus, hast etwa eine Affäre gehabt mit der Karola Bazinger?«

»Ach Harry, leck mich doch und hol den Wagen!«

Aber Hopfinger hatte recht. Es durften keine möglichen Spuren zerstört werden. Doch Karolas Hund entfernte sich ohnehin freiwillig von seinem früheren Frauchen. Sein feiner Geruchssinn hatte dem Tier signalisiert, dass dieser leblose Körper nicht mehr sein Frauchen war. Hopfen hatte den Tod verstanden und akzeptiert, was Vitus nie gelingen würde. Auf Karolas nasses Haar schien die Sonne. Das Licht ließ es ein letztes Mal glänzen. Vitus drückte mit den Fäusten die aufsteigenden Tränen in seinen Augen zurück und wandte sich der Arbeit zu. So wie er es schon immer getan hatte. Trost würde es nicht geben, aber Ablenkung. Er erkannte den Kollegen, der neben Karola in einem weißen Ganzkörperanzug kniete: ein Gerichtsmediziner, der seinen Koffer aufklappte.

»Sie war eine gute Schwimmerin«, informierte ihn Vitus. Der Mediziner zeigte auf Karolas Hals. »Sieht nicht so aus, als wäre sie ertrunken.« Selbstverständlich war auch ihm sofort die rote Linie aufgefallen, vermutlich die Spur eines dünnen Seils.

»Der Hals sieht aus wie der Hals dieser Weiberheldin, wie heißt die doch gleich?«, fragte der Mann.

»Marina Pfister«, antwortete Vitus.

»Noch ein Mord dieser Art, und wir haben eine Serie«, meinte der Mediziner sachlich.

»Wir haben bereits eine Serie«, korrigierte Vitus und erinnerte an die weit über hundert Frauen, die jährlich in Deutschland von ihren aktuellen oder ehemaligen Lebenspartnern getötet werden. Jeden dritten Tag ein Opfer. Hatte auch hier der Ehemann Hand angelegt, oder war im Landkreis ein Frauenmörder unterwegs? Wählte er seine Opfer zufällig aus oder gezielt? Vitus tippte auf Letzteres. Die beiden Opfer hatten die Partei der Bunten gegründet. Die Bunten traten gegen Bazingers Weiß-Blaue an. Hier musste es einen Zusammenhang geben: Marina Pfister und Karola Bazinger hatten sich heimlich verbündet, um Hubert Bazingers Karrierepläne zu vereiteln. Sie wollten ihm politisch das Wasser abgraben, und auch privat hätte Karola Bazinger ihrem Gatten vermutlich jederzeit den Bier- und den Geldhahn abdrehen können. Aber hatte Bazinger von den politischen Plänen seiner Frau gewusst? Gestern Abend im Bierzelt hatte er überrascht gewirkt, geradezu überrumpelt. Vitus drehte sich schweren Herzens von der Toten weg und wandte sich den Lebenden zu.

Er schilderte Kommissar Hopfinger seine Einschätzung, aber der wiegelte ab. »Ah geh! Die Bunten, diese Frauenbande, die nimmt doch keiner ernst, schon gar nicht ein Hubert Bazinger. Diese Weiber treiben es nur deshalb bunt, weil es keiner mit ihnen treibt«, erklärte Harry Hopfinger.

»Das hast du jetzt nicht ernsthaft gesagt!«

»Ach Vitus stell dich nicht so an. Spielst den Frauenversteher, ohne selbst eine Frau zu haben. Du weißt doch gar nicht mehr, wovon du redest.« Hopfinger offensichtlich auch nicht.

»Hast schon geschaut, Herr Kommissar, was auf *Rosenheim-News.de* und in den sozialen Netzwerken abgeht? Was gestern im Bazi-Zelt los war? Die Tochter vom Schöring hat übrigens auch den Bazinger verdächtigt. Öffentlich. Und übrigens, deine Frau war auch auf der Bühne, im Sitzstreik.«

Hopfinger presste seine ohnehin schmalen Lippen aufeinander. Zurück blieb ein Strich, der sein Gesicht noch härter und hagerer erscheinen ließ, als es ohnehin war. »Die Pfisterin hat den Weibern das Gehirn gewaschen, wenn du mich fragst. Seit meine Moni so einen dämlichen Weiberheldinnen-Workshop mitgemacht hat, erkenn ich sie kaum wieder. Sie will jetzt mehr vom Leben, stellt alles in Frage, sogar mich. Und ihren ehelichen Pflichten kommt sie auch nicht mehr nach. Ich meine den Haushalt, das Kind und mich. Bei uns daheim schaut es aus! Das hätte es früher nicht gegeben! Meine Frau Gemahlin will sich jetzt eine eigene Existenz aufbauen. Ihr eigenes Geld verdienen. Ich dreh noch durch! «

»Dann bist du wahrscheinlich froh, dass der Marina Pfister jemand an die Gurgel gegangen ist?«

»Unter uns alten Kriminalern sag ich's freiheraus: Ja, das bin ich. Die Marina Pfister hat uns Männern doch nur Ärger gemacht. Früher mit ihrem Dildovertrieb und danach mit ihrem Weiberheldinnen-Emanzenscheiß.«

»Schau, der Bazinger ist vermutlich auch froh, dass die Marina jetzt nichts mehr ausrichten kann und die Karola tot ist.« Vielleicht würde es Hopfinger jetzt endlich kapieren?

»Stimmt schon, der Bazinger schneidet am besten ab. Jetzt gehört ihm die Brauerei, und politisch kann ihm die Karola auch nicht mehr im Weg stehen.« Hopfinger wiederholte Vitus' Gedanken, als wären es seine eigenen, die er soeben aus der unerschöpflichen Tiefe seines Geistes geschöpft hatte. »Kannst du mir folgen, Vitus?«

Vitus entschied, sich ausnahmsweise nicht von Hopfinger provozieren zu lassen, und nickte anerkennend. Er wollte, dass Hopfinger weiterdachte, was er auch tat. »Also, dass die Karola Bazinger eine eigene politische Bewegung auf die Beine stellt, wenn man es denn so nennen will, das habe ich ihr nicht zugetraut. Der Bazi wahrscheinlich auch nicht. Eine fette Watschen hat's ihm da ins Gesicht geklatscht, dem aufstrebenden Politiker. Aber im Vorfeld hat er nichts davon gewusst, der Bazi, meine Gattin hat es mir versichert.«

»Selbst wenn Bazinger nichts von den politischen Plänen seiner Frau gewusst hat, ihr Erbe genügt als Motiv. Die Brauerei gehört jetzt ihm.«

»Das wär jetzt aber ein bisserl zu offensichtlich.«

»Von den meisten Opfern führt eine direkte Verbindung zum Täter, das weißt du doch.« Vitus stockte. Ihm fiel etwas auf. »Harry, merkst du, dass wir hier gerade ein konstruktives Gespräch führen?«

»An mir hat es noch nie gelegen, Vitus! Ich war schon immer dein Freund.«

»Genau deshalb hast mich von meinem Chefposten geschasst. Ein wahrer Freundschaftsdienst.«

»Was blieb mir anderes übrig? Du bist handgreiflich geworden, weil du dein Temperament nicht im Griff gehabt hast.«

»Ich bin handgreiflich geworden, weil's nötig war.«

»Das würde Karolas Mörder vielleicht auch sagen. Apropos, ich muss dem Bazinger Bescheid geben. Magst mitkommen?« Immerhin arbeitete Vitus ja inzwischen für Bazinger als Privatdetektiv, wie er aus sicherer Quelle wusste, wenn man *Rosenheim-News* so nennen wollte.

»Ich befürchte, dieser Auftrag ist beendet.« Wenn das so weiterging, konnte Vitus sich sein Detektivbüro bald nicht mehr leisten, aber dafür bezog ihn Hopfinger in die Polizeiarbeit ein. Wahrscheinlich erwartete der Kommissar, dass ihm Vitus zuarbeitete. Die Fälle Marina Pfister und Karola Bazinger überforderten Hopfinger. Nervös zupfte er an seiner Nagelhaut. »Ich helfe dir«, versprach Vitus, weil es um Karola ging und um Marina Pfister, die beste Freundin seiner Tochter. Und weil Arbeit von Kummer ablenkte.

*V*itus Pangratz und Kommissar Hopfinger saßen nebeneinander vor einer Auswahl gekühlter Bazi-Biere im Konferenzraum der Bazi-Brauerei, wo sie der Hausherr warten ließ. Im Gegensatz zu Bazingers sterilem minimalistischen Büro erinnerte der Konferenzraum an eine zünftige bayrische Wirtschaft. An den Wänden hingen bunte Schützenscheiben, und auf der großen massiven Eichentischplatte des Konferenztisches stand ein »Stammtisch-Schild«. Vitus griff zu einem alkoholfreien Weißbier mit der Bezeichnung »*Niachdana Bazi*«, was frei übersetzt »nüchterner Schelm« bedeutete.

»*Moagst a oans?*«, fragte er Hopfinger, aber Hopfinger wollte keines. Er sah blass aus und schweißelte. Angst und Unsicherheit drangen ihm aus allen Poren, seit er das Hauptgebäude der Brauerei betreten hatte.

»Die alten Griechen haben den Überbringer schlechter Nachrichten gerne geköpft«, murmelte der Kommissar. »Aber das weißt du ja eh, du warst ja auf dem Ignaz.« Hopfinger sprach mit spöttischem Unterton vom humanistischen Ignaz-Günther-Gymnasium in Rosenheim. Vitus führte den Spott des Kommissars auf einen Minderwertigkeitskomplex zurück: Harald Hopfinger war als Absolvent des Rosenheimer Finsterwalder Gymnasiums ein schmalspuriger »Finsterwalder« und kein klassisch gebildeter »Ignaz« wie Vitus Pangratz, der überzeugt war, eine besondere Schulbildung genossen zu haben. Auf dem Ignaz-Günther-Gymnasium hatte er seine Liebe zur Geschichte entdeckt und – noch wichtiger – Gitarre gelernt und seine ersten Elvis-Lieder gesungen, denn bereits seit 1973 bot das Ignaz-Günther-Gymnasium einen musischen Zweig an.

»Der Edmund Stoiber und der Karl-Theodor zu Guttenberg waren übrigens auch auf dem Ignaz«, sagte Hopfinger mit boshaftem Unterton, als wären diese Politiker eine Schande für ihre alte Schule. Zumindest einer hatte den Beweis geliefert: Karl-Theodor. »Der Guttenberg hat öffentlich damit angegeben, dass er es am Gymnasium geschafft hat, mit wenig Aufwand relativ weit zu kommen. Wer weiß, vielleicht hat er sein Abi geschrieben wie seine Doktorarbeit. Früh übt sich …«

»Mit dem System Guttenberg bist du doch selbst weit gekommen«, konterte Vitus und setzte den zarten Funken Sympathie aufs Spiel, den sie am Simssee gemeinsam gezündet hatten. Durch den Schock der Gewissheit war Vitus empfänglich für Hopfingers aufgesetzte Freundlichkeit gewesen, und der andere hatte dankbar Vitus' Mordtheorie vereinnahmt. Fremde Federn, wie Guttenberg. Im Konferenzraum der Bazi-Brauerei sah Vitus wieder klarer. Hopfinger war ein Finsterwaldler und Vitus ein musikalischer Humanist. »Prost! *Schwoibs oabi*«, spül's runter, meinte der Detektiv mehr zu sich selbst als zu Hopfinger, der ohnehin auf dem Trockenen blieb.

»Habe die Ehre! Ich wär dann so weit.« Hubert Bazinger betrat den Raum in seiner üblichen Arbeitskleidung während der Wiesn: Er trug eine Hirschlederne und ein leinenes Trachtenhemd, das mit seinen Initialen bestickt war. Breitbeinig setzte er sich zu seinen Besuchern an den Tisch und meinte: »Ich hoffe, ihr habt's gute Nachrichten mitgebracht.«

Kommissar Hopfinger schüttelte den Kopf. »Du musst jetzt stark sein, Hubert. Wir haben deine Frau gefunden, leider lebt sie nicht mehr.« Hopfinger klang entschuldigend, als wäre es seine Schuld. Wie würde Bazinger reagieren? Vitus ließ Karolas Witwer nicht aus den Augen, trotzdem gelang es ihm nicht, eine Regung aus Bazingers Gesicht abzulesen. Der Brauerei-Chef ließ seine versteinerte Miene auf die Tischplatte sacken, wo er sie sofort hinter seinen Armen versteckte. Nur Sekunden später begannen Bazingers Schultern zu zucken, und sein Rücken bebte. Weinte Bazinger, oder lachte er sich ins Fäustchen? Sein Gesicht konnte ihn nicht verraten, dafür hatte er gesorgt.

Hopfinger tätschelte ihm unbeholfen den Rücken.

»*Lass ma mei Ruh!*«, wehrte der Brauerei-Chef ab, richtete sich wieder auf und wischte sich mit dem Unterarm über die Augen. Vitus konnte keine Spuren von Tränenflüssigkeit auf Bazingers Haut erkennen. Dafür sah er rote Wut im Gesicht des Mannes aufsteigen. Seine Hände packten Hopfinger am Hemd. *Am Krawattl.* Dann brüllte er los: »Das ist doch alles deine Schuld, Hopfinger! Hättest du deine Arbeit vernünftig gemacht, dann wäre es gar nicht so weit gekommen! Ich hab dir schon vor Wochen gesagt, du sollst die Weiberheldinnen im Auge behalten, aber du hast es ja besser gewusst. Du verbeamteter Versager! Du bist ein echter *Kniebiesla*, ein damischer! Ein Lochdepp! Ein Waschlappen! Das Gegenteil von einem gestandenen Mannsbild!«

»Es ist der Schmerz, der dich so wütend macht«, versuchte Hopfinger ihn im Ton eines erschütterten, doch gleichwohl verständnisvollen Pfarrers zu beschwichtigen.

»Nicht in diesem Ton, Hopfinger!«

»Was hätte ich denn tun sollen?«

»Eingreifen! Wir haben doch geahnt, dass die Weiber etwas im Schilde führten.«

Hopfinger sprang auf. Es reichte. Früher, auf dem Eis, hatte er Bazinger im Training gegen die Bande geknallt. Der Kommissar schien bereit, erneut seinen Körper einzusetzen. Vitus ging dazwischen. »Herr Bazinger, Sie haben Ihre Frau verloren, und ich möchte Ihnen mein aufrichtiges Beileid aussprechen. Sie war schon tot, als Sie mir den Auftrag gegeben haben, nach ihr zu suchen. Ich wünschte, ich hätte mehr tun können.« Das wünschte sich Vitus wirklich. So sehr, dass seine Augen feucht wurden, was Bazinger nicht entging.

»Kannten Sie meine Frau persönlich?«

»Ihre Frau war jedem Rosenheimer ein Begriff. Die Bazingers waren doch für Rosenheim, was die Kennedys für Amerika waren.«

»Warum sprechen Sie in der Vergangenheit? Die Bazingers sind nicht tot. Einen Bazinger gibt es ja noch. Mich! Ich werde die Tradition fortführen.« So sah er es also, der neue Ober-Bazi. Er fühlte sich sicher, rechnete mit keinem Angriff, schon gar nicht von Hopfinger. Doch der schien sich plötzlich auf seinen Job als Kommissar zu besinnen oder an seine Vergangenheit als Eishockeyspieler zu erinnern und rammte Bazinger die Worte vor den Kopf: »Hubert, du bist derjenige, der am meisten von Karolas Tod profitiert, oder gibt es vielleicht andere Erben, von denen wir noch nichts wissen?«

»Gott bewahre! Die Karola war sich bewusst, dass ich das Beste bin, was ihr, der Bazi-Brauerei und Rosenheim passieren konnte. Sie hat mich geliebt.«

»Wenn nicht Sie, wer könnte es dann gewesen sein? Ihre Selbstmordtheorie hat sich ja nun erledigt.« Auch Vitus hatte Lust, Bazinger wenigstens verbal gegen die Bande zu rammen.

»Pangratz, Sie gefallen mir! Respektlos stoßen Sie zur Kernfrage vor, deshalb sollen Sie Ihre Antwort haben: Das wahre Opfer bin ich.« Bazinger wartete mit einer neuen Theorie auf: Er sollte durch den Tod seiner Frau geschwächt werden, vor Kummer zusammenbrechen, abtreten und den Parteivorsitz der Weiß-Blauen aufgeben oder – ja so war es – als Mörder ins Gefängnis wandern. »Man will mir einen Mord unterschieben. So sieht es aus.« Und ganz offensichtlich waren Privatermittler Vitus Pangratz und Kommissar Harald Hopfinger als Erste auf diesen perfiden Plan hereingefallen. »Meine Herren, ich würde vorschlagen, Sie machen jetzt einen besseren Job.«

Hubert Bazinger erteilte Vitus Pangratz den Auftrag, den Mörder seiner Frau zu finden. »Oder die Mörderin.« Und nein, er hatte keine Ahnung, wer von seinen politischen Gegnern für den Tod seiner Frau verantwortlich sein könnte. Er hatte zu viele. »Wer nicht für uns ist, ist gegen uns.« So sahen es die Weiß-Blauen. Außergewöhnliche Vorkommnisse? Abgesehen vom Herbstfest, das ja nun wirklich außergewöhnlich war. Nein, da fiel Hubert Bazinger nichts ein. Doch! In der vergangenen Woche hatte seine Frau Karola an einem sogenannten »Wildniscamp« am Samerberg teilgenommen, weil sie sich von den indianischen Ritualen Fruchtbarkeit erhoffte. Vielleicht sollte sich Vitus dort einmal umsehen. Der Häuptling, habe er sich sagen lassen, sei eine ganz dubiose Gestalt. Vitus dachte an Bavarian Bear.

»Ich werde mein Bestes tun«, meldete sich Hopfinger zu Wort. Bazinger winkte ab.

»Das hat noch nie gereicht, dein Bestes, und jetzt entschuldigst mich bitte, ich muss die Presse informieren und mich um eine würdige Beerdigung kümmern.«

»Lass dir damit besser noch Zeit, Hubert. Ich weiß noch nicht, wann wir die Leiche freigeben können. Die ist auf dem Weg in die Gerichtsmedizin.«

»Geh, schleich dich, Hopfinger!«

An der frischen Luft atmete Kommissar Hopfinger hörbar ein und aus. Ein Teil seiner Anspannung schien sich zu lösen. »Wieso lässt du dich so von diesem Bazi behandeln, Harry? Da könnt ja selbst ich fast Mitleid bekommen. Bist ihm was schuldig?«

»Ja mei, Vitus, der Bazinger gehört zu den Typen, die meinen, jeder sei ihnen etwas schuldig.«

»Weißt was, Harry, wir beiden gehen jetzt was essen, und dann sehen wir weiter.« Vitus wollte jetzt nicht allein sein. Er hatte Angst, die Bilder vom Simssee könnten ihn packen und in den Abgrund reißen.

*S*ervus, Marina. Ich bin's die Jo.« Sie öffnete das Fenster des Krankenhauszimmers und setzte sich zu Marina ans Bett. »Die Schwester Helga hat mir versichert, dass sie sich gut um dich kümmert und auf dich aufpasst, wenn ich nicht da bin. Die verbringt sogar ihre Pausen bei dir, um mit dir zu reden. Ich wüsst ja gerne, was die dir so erzählt.« Der Kopf ihrer Freundin schien sich zu bewegen, kaum wahrnehmbare Millimeter in Jos Richtung, und über ihren Mund huschte ein leichtes Lächeln, nahezu unsichtbar. »Ich weiß, dass du weißt, dass ich da bin«, sagte Jo. Und sie würde so lange da sein, wie Marina sie brauchte, auch wenn ihr Jack heute Morgen eine Videobotschaft aus Los Angeles geschickt hatte. Singend hatte er ihr seine Liebe und Treue geschworen und sich dabei selbst auf der Gitarre begleitet. In seinem Liedchen hatte er auf einem »Missverständnis« beharrt und sie an die Zugpferde der Liebe erinnert: Vertrauen und Hoffnung. Ohne diese beiden würde der Karren selbst auf einem Highway stecken bleiben. Ach Jack! Sie waren nicht stecken geblieben, weil es ihren Zugpferden an Kraft mangelte, sondern Jack hatte ihre Beziehung an die Wand gefahren, weil er sich von Catering-Linda mit Sex ablenken ließ. Der Kerl sollte seine Hufe schwingen und ihr Leben endgültig verlassen. Trotzdem hatte Jo den Clip schon einige Male abgespielt und überlegt, wie sie darauf reagieren sollte. Hier, an Marinas Seite, wusste sie endlich, was zu tun war. Sie antwortete Jack mit ihrem Smartphone: »Fool me once, shame on you. Fool me twice, shame on me.« Wer sich zwei

Mal vom selben Kerl täuschen und betrügen ließ, sollte sich schämen. Andererseits war die zweite Runde mit Jack in Los Angeles zu schön und zu intensiv gewesen, um sie zu bereuen. Und mit dem gemeinsamen Filmprojekt verwirklichten sie sich beide einen Traum.

»Ach Marina, was soll ich nur machen? Einfach aus allem aussteigen fällt mir schwer. Ich will nicht die Liebe und auch noch meinen Job verlieren. Also, wie würde eine wahre Weiberheldin in meinem Fall entscheiden? Und übrigens lassen meine Tage auf sich warten, und ich fühl mich ganz eigenartig.« Sie könnte jetzt wirklich gezieltes Coaching von der Weiberheldin brauchen, dachte Jo, aber Marina reagierte nicht. So musste sich Jo mit dem Schriftsteller Erich Kästner behelfen, der eines ihrer Lieblingsstatements hinterlassen hatte: »Entweder man lebt, oder man ist konsequent.« Und hatte Marina nicht immer gesagt, du kannst, was immer du willst? Wusste Jo, was sie wollte? Ja! Sie wollte, dass Marina endlich aufwachte. Außerdem wollte sie ihren Job am Filmset zurück. Was sie nicht wollte, war ein Kind. Wirklich nicht? Zum ersten Mal fragte sich Jo, wie es sich wohl anfühlte, das eigene Baby in den Armen zu halten. Bloß nicht daran denken! Sie würde ihre Tage schon noch bekommen. Der Jetlag! Die Aufregung!

Vorsichtig stupste sie die Freundin an der Schulter. »Ich würde dir so gerne von gestern Abend erzählen. Stell dir vor, die Bunten steigen jetzt in die Politik ein. Dein Plan geht auf. Schade nur, dass du mir nie davon erzählt hast. Die Karola Bazinger heimlich als politische Konkurrenz zu ihrem Mann aufzubauen, Marina, das war schon ein starkes Stück! Respekt! Die Sonja Schöring ist für die Karola eingesprungen, und sie hat ihre Sache gut gemacht. Sie und die Knödel-Klaudia haben den selben Vater, den Schöring, hast du das gewusst? Sonst scheinen sie wenig Gemeinsamkeiten zu haben.«

Ein Anruf von Vitus Pangratz unterbrach Jos Monolog. »Servus,

Papa! Was? Echt jetzt? Oh nein! Es tut mir so leid! Wo bist du jetzt? Soll ich kommen? Nein, du bist mit dem Hopfinger unterwegs? Ich glaub's nicht!«

Als sie wieder auflegte, sagte sie zu Marina. »Sie haben die Karola Bazinger gefunden, aber sie lebt nicht mehr, sie ist tot.« Dann ging Jo ans Fenster und schaute Richtung Stadt, trauerte um eine Frau, die sie nicht gekannt hatte. Auf dem Baum vor der Scheibe kletterte ein Eichhörnchen in die Krone. Wahrscheinlich hatte es dort seinen Kobel. Warum war es für Menschen so schwer, ihr Nest zu finden. Weil sie vor lauter Wald ihren Baum nicht sahen? Für einen kurzen Moment hätte Jo gerne mit diesem Eichhörnchen getauscht. Wie undankbar sie doch war. Ihre Freundin lag im Koma, Karola Bazinger hatte ihr Leben verloren, ihr Vater eine neue Hoffnung, und Jo machte sich über Nestbau Gedanken. Nestbau? Nein, sie wollte keine Kinder! Auch nicht von Jack, erst recht nicht von Jack. Sie drehte sich zu Marina.

»Gäbe es den Ludwig nicht, hättest du den Jürgen doch schon längst verlassen, gell.« Sie erwartete keine Antwort, beobachtete ihre Freundin aber trotzdem ganz genau, und da sah sie es: Eine Träne zog über Marinas Gesicht. »Du bist traurig wegen der Karola, und ich bin so glücklich, weil du mich verstanden hast!« Sie musste ganz schnell Schwester Helga und eine Ärztin holen.

*V*itus Pangratz chauffierte seine Trauer und seinen Nachfolger durch Rosenheim. Was Liesel wohl dazu sagen würde? Mochte sie ruhig zicken und mit ihrem Immobilienhai im Mondschein spazieren, er hatte jetzt einen anderen Draht ins Kommissariat, und dieser führte direkt zum Entscheider, zu Oberkommissar Harald »Harry« Hopfinger. Wir Bayern sind flexibel, wenn es um unsere Vorteile geht, dachte Vitus und sah darin nichts Ehrenrühriges, sondern etwas zutiefst Menschliches, und die Bayern waren eben ganz besonders menschlich.

»Geiler Wagen, Vitus!« Es klang ehrlich anerkennend.

»Wir verstehen uns, Harry!«

»Endlich.« Die kleinsten gemeinsamen Nenner, die man mit Männern wie Hopfinger finden konnte, waren Autos, Bier und Fußball. Die kleinsten gemeinsamen Nenner waren gleichzeitig große Felder, und sie würden sich schon darauf zurechtfinden.

In einvernehmlichem Schweigen fuhren sie aus dem Rosenheimer Zentrum heraus über die Innbrücke, bogen rechts in die Rohrdorfer Straße ein, passierten am Inn entlang eine alte Unterführung und lenkten links in die enge Hofmühlstraße. Sie führte nur scheinbar ins Nirgendwo. Nach einem Bahnübergang bog Vitus rechts ab in die Finsterwalderstraße und parkte seinen Wagen zwischen einer großen Kletterhalle und einem Ensemble aus ebenso modernen wie gemütlichen Holzbauten.

»Willst klettern?«, fragte Hopfinger.

»Naa, zum Salettl will ich!« Vitus erklärte dem Kommissar,

was es mit diesem ebenso feschen wie fröhlichen Begriff auf sich hatte, der fast auf der Zunge schnalzte. »Salettl« hatte sich von Österreich nach Bayern rumgesprochen oder andersherum. Wie bei der Schöpfungsfrage des Kaiserschmarrns würde die Wahrheit für immer zwei Seiten haben. Unbestritten war allein die Bedeutung des Wortes. Salettl bezeichnete in Österreich und Altbayern ein offenes Gartenhaus oder einen Pavillon, in dem Bier ausgeschenkt oder Kaffee serviert wurde. Die Bayern hatten den Begriff vor langer Zeit erweitert und bedachten damit inzwischen auch den Anbau eines Wirtshauses. Zu seiner eigentlichen Bestimmung geführt wurde das Wort schließlich in Rosenheim, und zwar genau hier, an diesem Ort, wo man die beste Metzgerei der Stadt, mit dazugehörigem Wirtshaus und Biergarten »Salettl« getauft hatte. Vitus zeigte auf das Rosenheimer Salettl und sagte so stolz, als wäre es sein Verdienst: »Hier kriegst des schmackhafteste Fleisch von ganz Rosenheim! Simsseer Weidefleisch.« Um Hopfinger zu zeigen, wo der Geschmack seinen Ursprung hatte, führte ihn Vitus am Salettl vorbei, zwischen kleine Holzhäuser durch auf eine Anhöhe mit großen Weideflächen. In der aufgewühlten Wiese grunzten haarige Schweine und genossen die Sonne. Glücksschweine. Bis sie im Salettl auf den Tellern landeten.

»An Guadn!«, sagte Hopfinger und biss im Biergarten des Salettl in einen »Simssee Burger«. So ein gutes Essen hatte er zu Hause schon lange nicht mehr bekommen, meinte der Kommissar schmatzend. Genau genommen seit Monika den Weiberheldinnen-Kurs bei der Marina Pfister belegt hatte. Hopfinger legte das Besteck zur Seite und lehnte sich zurück. »Sag, Vitus, kennst das Lied vom Erich Kogler ›Schatz ich *muass* dir endlich *moi wos song*‹? Hör es dir auf YouTube an.« Und um Vitus einen Vorgeschmack zu geben, stimmte Hopfinger den Refrain an:

»Schatz, ich muass dir endlich moi wos song, I dad di manchmal einfach gern daschloagn. Du kannst ned wirklich irgendwas dafür, doch ich bin sicher, es liegt nur an dir…«

»Du singst, als wäre es dir ernst damit, deine Frau erschlagen zu wollen.«

»Ja mei! An mir liegt es nicht.«

*E*s ist gut, dass Sie die Hoffnung nicht aufgeben«, sagte die junge Ärztin in tadellosem Hochdeutsch. Sie kam aus Hannover und war der Berge wegen nach Rosenheim gezogen. Routiniert überprüfte sie mit einer kleinen Lampe die Pupillenreaktion von Marina. Überrascht hob sie die Augenbrauen und leuchtete erneut in Marinas Augen. »Kommen Sie, Frau Coleman, das müssen Sie sehen!« Sie winkte Jo heran und hob nun das Lid von Marinas linkem Auge, aktivierte die Lampe und zielte mit dem Lichtstrahl auf die Pupille. Sie zog sich zusammen. Sie reagierte! Die Ärztin lächelte und wiederholte ihren Test am rechten Auge. Das Ergebnis war dasselbe: Marinas Pupillenreflex funktionierte deutlich. »Das ist eine große Verbesserung!«, freute sich die Ärztin. Bislang hatten Marinas Pupillen nur sehr schwach auf Licht reagiert. Wenn sie jetzt noch Schmerzreaktionen zeigte, dann wäre eine leichtere Stufe des Komas erreicht und damit auch eine neue Hoffnungsstufe. Eine Schmerzreaktion? Ohne lange zu überlegen, zwickte Jo ihre Freundin kräftig in den Oberarm. Marina zuckte. Ganz offensichtlich spürte sie den Schmerz. »Sie wird es schaffen! Sie wacht wieder auf!«, freute sich Jo und zwickte Marina erneut. Wieder zuckte die Freundin. Die Ärztin sagte stellvertretend: »Aua! Es reicht!«

»Jetzt wird alles gut! Gell?«, sagte Jo.

»Ich kann Ihnen nichts versprechen, aber Sie haben Grund, optimistisch zu bleiben. Unter uns: Ich bin mir sicher, Ihre Freundin spürt Ihre Zuversicht.« Die Psyche könne helfen, den Körper zu heilen. Positive Gefühle seien immer eine gute Medizin, ebenso wie Ansprache und Fürsorge.

»Es wäre schon gut, Jo, wenn du noch öfter vorbeischauen würdest, mit viel Zeit«, mischte sich Schwester Helga ein. Marina bekäme zwar regelmäßig Besuch, aber die meisten blieben nur kurz und verbreiteten Pessimismus, besonders die Herren. Schwester Helga zählte auf: Der Ehemann hatte seine Frau längst abgeschrieben, der Krankenhaus-Clown hatte neulich heulend am Bett gesessen, der Typ mit der peinlichen Tätowierung auf der Wade, hatte sich mit einem Kuss verabschiedet, nur der Kommissar schien noch darauf zu warten, dass die Zeugin endlich aufwachte. Und Jo.

»Ich bin gespannt, wie der Ehemann auf die Nachricht reagiert«, meinte die Ärztin. »Erst gestern hat er mich wieder gefragt, ob es nicht besser wäre, das Leiden seiner Frau zu beenden. Er glaubt, seine Frau wäre lieber tot als scheintot. So hat er es ausgedrückt. Manche können es eben nur schwer ertragen, geliebte Menschen hilflos zu sehen.« Die Ärztin verschwand, um Jürgen Pfister anzurufen.

»Die Frau Doktor glaubt noch an das Gute im Mann«, meinte Schwester Helga und setzte sich mit Jo an den quadratischen grauen Kunststofftisch an der Wand. »Ich glaub nur noch an mich selbst und an die Frauen. Das verdanke ich der Marina. Jo, deine Freundin hat mir ein neues Leben geschenkt. Sogar an die Liebe kann ich wieder glauben.« Apropos Liebe, genau deshalb würde Schwester Helga nach Berlin reisen. »Jo, du musst in den nächsten Tagen hier an Marinas Bett Wache halten.« Sie solle dabei besonders Jürgen Pfister im Auge behalten. »Keinen Anstand, der Kerl. Bringt regelmäßig sein *Gspusi*, seine Geliebte, mit ins Krankenhaus, und kaum ist er allein unterwegs, verabschiedet er sich von seiner wehrlosen Frau.« Schwester Helga war zum Lüften in den Raum gekommen und hatte Kopfhörer getragen. Die beste

Strategie, um nicht dauernd von Angehörigen angesprochen zu werden. Auch Jürgen war darauf hereingefallen und sprach weiter mit Marina, als wäre die Krankenschwester nicht anwesend. So leicht lassen sich Männer in die Irre führen. Haha, Schwester Helga wusste schon, warum sie lieber Weiberheldin als Pantoffelheldin war.

»Ja und, was hat er gesagt, der Jürgen?«, drängelte Jo.

»Er hat um Vergebung gebettelt! Ja, ja, erst die Frau bescheißen und hinterher die große Show abziehen. So sind sie, die Kerle.« Schwester Helga spuckte verächtlich Luft auf den Boden. In diesem Moment trat die große, kräftige Frau wie einer der Männer auf, die sie so zu verachten schien.

»Vielleicht hat ja doch Jürgen seine Frau auf dem Gewissen, und sein Alibi war ein Liebesdienst von Knödel-Klaudia!«, sagte Jo.

»Ja, wenn der Kerl schon längst Ersatz gefunden hat, dann wäre es für ihn wirklich praktischer, Marina würde nicht mehr aufwachen!«, folgerte Schwester Helga. Ein kluger Kopf. Jo nickte. »Wir müssen jetzt besonders gut auf Marina aufpassen!«

»Du musst aufpassen. Ich muss nach Berlin«, erinnerte Schwester Helga.

»Gerade jetzt!«, stöhnte Jo verzweifelt. »Spätestens heute Abend weiß die ganze Stadt, dass Marina vielleicht aufwacht. Rosenheim ist ein Nähkästchen. Hier wird alles ausgeplaudert.«

Schwester Helga nickte zustimmend. »Besser wäre es, Marina Pfister würde Polizeischutz bekommen.«

Jo musste mit ihrem Vater sprechen und mit Kommissar Hopfinger und mit dessen Schwager, Michael Prutting. Der müsste heute eigentlich schon wieder in München sein, aber München war ja ein Katzensprung für Rosenheimer, ein nördlicher Vorort.

Die Sonne strahlte, und der Himmel zog die bayrischen Farben auf. Der perfekte Tag, um an den Simssee zu fahren. Eigentlich. Wenn Karola Bazinger bei ihm gewesen wäre. Vitus Pangratz parkte seinen Wagen am Strandbad Baierbach. Auf dem Platz neben ihm hob eine Familie ihre aufblasbare Plastik-Menagerie aus einem VW-Caddy. Der Spätsommer schenkte den Menschen einen weiteren Badetag. Die Eltern trugen große Badetaschen und einen Picknickkorb zum See. Doch am meisten hatte ihre Haut zu tragen: Zwischen Hals und Füßen verteilten sich bunte Bilder von Schmetterlingen, Drachen, Mangafiguren, Tribals und Schriftzügen, die vermutlich nicht einmal die Tätowierten selbst lesen konnten. Seit rund zehn Jahren beobachtete Vitus an den Seen rund um Rosenheim, wie sich gestochene Bilder auf der Haut zum Mainstream entwickelten. Wenigstens auf ihrer Haut wollten die Menschen bleibende Werte, wenn sich schon alles andere ständig veränderte. Moden und Menschen kamen und gingen. Eine Tätowierung blieb. Gezeichnet fürs Leben. Vielleicht sollte er auch über eine Tätowierung nachdenken? Elvis auf der Brust? Ein großes Herz mit den Namen all der Frauen, die er geliebt hatte, nun gut, ein kleines würde dafür reichen, oder vielleicht eine unsterbliche Textzeile von Elvis? It's now or never. Er würde darüber nachdenken. Und vielleicht würde er auch Karola Bazinger auf seiner Haut einen bevorzugten Platz einräumen. Berührt für die Ewigkeit ... Er musste ihren Mörder finden!

Vitus Pangratz raffte sich auf, verließ seinen Wagen und folgte den Tätowierten in Hörweite.

»*Mei, ham wir es schee!*«, seufzte die A-Seite des Arschgeweihs. Ja, sie hatten es schön.

»Für uns Bayern ist das Urlaubsparadies immer gleich um die Ecke«, stimmte ihr der Mann mit einem feuerspuckenden Drachen auf der B-Seite zu.

»Sag's nicht so laut, sonst wollen alle zu uns.«

»Es wollen doch sowieso alle zu uns!«

»Hast auch wieder recht!«

»Hast schon gehört, sie haben heute die Brauereierbin aus dem See gezogen?«

»Die Bazingerin? Jetzt sag bloß!«

»Genau die!« Der Mann war hörbar stolz auf seinen Informationsvorsprung.

»Schau, da hat sie alles gehabt, die Frau, und am Ende ist ihr nichts geblieben.«

»Schatzi, dieses Schicksal droht uns doch allen, ob reich oder arm.«

»Recht hast! Gib mir ein Bussi!« Die beiden küssten sich. Für Vitus war so viel Alltagsglück heute unerträglich. Er überholte die beiden und steuerte direkt auf den Kiosk zu.

Den vollgefressenen Hopfinger hatte er vor einer Stunde vor dem Kommissariat abgesetzt und bei der Gelegenheit dem erstaunten Liesel zuwinken können, die mit vollen Einkaufstaschen ins Büro zurückkehrte. Feine Papiertaschen von feinen Läden.

»Ja da schau her! Kaum ist man nicht da, macht die Assistentin den halben Nachmittag Mittagspause und geht zum Shopping«, beschwerte sich Hopfinger.

»Selbst warst aber auch lange unterwegs«, verteidigte Vitus Liesel. Ein Schutzreflex.

»Ich bin in leitender Position. Das macht den Unterschied!«

»Klar, du kannst dir alles erlauben.«

»Nichts für ungut, Vitus, und danke für den Taxi-Service! Wenn es als Privatdetektiv nicht klappt, dann kannst mit deinem Superschlitten immer noch einen Shuttle-Service aufziehen.«

»Geh leck mich doch, Harry!« Vitus gab Gas und sah im Rückspiegel, wie Kommissar Hopfinger versöhnlich die Hand hob.

In seine gedankliche Rückblende versunken hatte sich Vitus am Kiosk der Badestelle Baierbach wegdrängeln lassen. Eine Gruppe Jugendlicher stand jetzt breitschultrig vor ihm. Auf der schweißüberzogenen Rockerhaut vor ihm thronte der bayrische Löwe, und ein gestochen scharfer Schriftzug präzisierte: »Bayrischer Partylöwe«. Das gleiche Motiv trugen noch mindestens vier andere Kerle in der Truppe.

»Ich glaub, ihr habt schon genug«, sagte der Kioskbesitzer zu dem durstigen Rudel.

»Genug ist nicht genug. Ich lass mich nicht belügen«, stimmte einer der Partylöwen ein altes Lied von Konstantin Wecker an. Im Geiste sang Vitus weiter: »Genug kann nie genügen.« Ja, es gab Götter neben Elvis Presley. Der Münchner Liedermacher Konstantin Wecker gehörte für ihn dazu, weil seine Melodien und Texte kein Verfallsdatum kannten.

»Also gut, noch eine Runde alkoholfrei, *Buam*«, meinte der Kioskbesitzer ebenso versöhnlich wie geschäftstüchtig.

»Wir sind doch nicht der Tölzer Knabenchor«, beschwerte sich ein Partylöwe, dessen Strohhut mit einer roten Banderole für den »Flötzinger Bräu« warb.

»Aber nach richtigen Mannsbildern schaut's auch noch nicht aus«, mischte sich eine Frau ein, die neben Vitus im Pulk stand und den Mann hinter der Theke anherrschte: »Jetzt gib ihnen halt den Alkohol, damit was weitergeht! Mir haben doch alle *an Durscht*!«

»Und den Führerschein kann ich ohnehin nicht verlieren, weil ich hab nämlich schon lang keinen mehr«, wieherte der bayrische Partylöwe wie ein alter Gaul.

Der Kioskbetreiber schob die Flaschen über die Theke. Keinem im Rudel schien aufzufallen, dass es die alkoholfreie Variante war.

»Ab einem gewissen Pegel geht's nicht mehr so genau«, erklärte Vitus' Nebenfrau lachend. Unter normalen Umständen hätte er sich über ihre Aufmerksamkeit gefreut, aber jetzt wollte er den Kioskbesitzer befragen, doch kaum waren die Partylöwen verschwunden, drängelte sich eine Gruppe Kinder an die Theke. Vitus beschloss, mit seinem Weißbier am See zu warten.

Um Ufer packte ihn die Schwermut. Er erinnerte sich, wie er mit Karola in diesem Wasser geschwommen war, nackt und glücklich. Jetzt saß er angezogen, traurig und allein am Ufer. Selbst Elvis fiel dazu nichts ein. Es war die Musik von Pam Pam Ida und dem Silberfischorchester, die in seine Gedanken floss. Die junge bayrische Gruppe war ihm beim Heimatsound-Festival des Bayrischen Rundfunks aufgefallen, weil Pam Pam Ida tiefe Gefühle und kluge Gedanken in federleichte Dialektpoesie einwob. Leise hörte er sich ihr Lied singen »Bleib bei mir«. Es war sein Abschiedslied für Karola. »Bleib bei mir. Lass uns einfach untergeh'n … Du lebst weiter. Bleib bei mir … *Am End wär ma oans sein.*« Er hätte Karola die Lieder von Pam Pam Ida vorspielen sollen. Wahrscheinlich hätten sie ihr gefallen. Als Erstes hätte er ihr »*Ois is anders, wenn du lachst*« ans Ohr und ans Herz gelegt. Er zog sein Smartphone aus der Tasche, spielte sich das Lied selber vor und ließ die Klangwellen über den See rauschen. Vielleicht erreichten sie irgendwo auf der anderen Seite Karola und Diana und Rosina. »*Mia san auf na Wolkn glegn … Ois is anders,* wenn du lachst und wenn du di zum Deppen machst. *Ois is anders ohne dir*«, sang der Leadsänger von Pam Pam Ida. »Ohne dir«, wenn es um die Liebe ging, mussten im Bayrischen die Grammatik und alle anderen Ordnungen zurücktreten. Die Liebe war ein Freistaat. Und er hatte ein »Wil-

des Herz« verloren. »Kannst du dir vorstellen, mich zu lieben …«
Karolas Stimme und die Stimme von »Die Plank« vermischten
sich in seinem Kopf. In diesem Moment liebte er beide und dieses Lied, das er nun für sie weitersang: »Willst du das Leben mit
mir atmen, bis wir ruhig schlafen …«

Vitus leerte sein Glas und wischte sich den Bierschaum von
den Lippen. Ein letzter Blick auf den Simssee, dann drehte er sich
um und kehrte in sein Leben zurück. Sein Leben war wieder die
Arbeit. *Ois war anders*, alles war anders, schon wieder. Wenigstens stand am Kiosk jetzt keine Schlange mehr an, sondern der
Besitzer lehnte entspannt in seinem Fenster und schien auf Vitus
zu warten.

»*No a Bier?*«, fragte ihn der Mann im Holzhäuschen, ob er
noch ein Bier wollte. »Gerne, aber diesmal alkoholfrei, ich muss
noch Auto fahren.«

»Du warst doch neulich schon da und hast dich nach der Karola Bazinger erkundigt.« Der Mann klang misstrauisch. Vitus
holte eine Visitenkarten aus seiner Hosentasche und legte sie auf
den Tisch. »Der Bazinger Hubert hat mich beauftragt, die Karola
zu suchen beziehungsweise die Umstände ihres Todes zu klären.«
Der Mann wusste sofort Bescheid.

»So eine Tragödie!« Hoffentlich fanden sie den Mörder bald.

»Ist dir in den letzten Tagen etwas aufgefallen, hier am See?«

»Nur das Übliche: Grausliche Tätowierungen, Leute, die sich
ihr Bier selbst mit an den See bringen, Saubären, die ihren Abfall
liegen lassen, und Deppen, die meinen, unser kleiner Parkplatz
sei ein großer Campingplatz. Erst neulich hat dort wieder so eine
Tussi ihr Wohnmobil abgestellt.« Eine Frau? Karola war mit einer
Frau verabredet gewesen.

»Erinnerst du dich, wie die ausgesehen hat?«

»Eine Erscheinung! Groß gewachsen, braune lange Haare, eine
gewisse Eleganz, kurz: von weitem ein Traum.« Aber als er näher
kommen wollte, sei sie abgefahren. Schade. Er mochte Frauen,

besonders in seinem kleinen Biergarten vor dem Kiosk. Das Auge arbeite ja immer mit, gewissermaßen, hahaha, wir verstehen uns. Die Karola Bazinger hatte hier auch hin und wieder mit Freundinnen gesessen, hitzig diskutiert und viel gelacht. »Die Karola hat Prosecco-Aperol getrunken, kein Bier, obwohl sie in einer Brauerei aufgewachsen ist, na, vielleicht gerade deshalb. Jedenfalls hat sie immer einen lustigen Trinkspruch auf den Lippen gehabt.« Er grinste in sich hinein, betrachtete Vitus prüfend und entschloss sich dann, seine Erinnerung zu teilen. »Beim letzten Mal war es eine größere Frauenrunde, da war diese Rosenheimerin auch dabei, die, die halb tot gewürgt worden ist oder ganz tot? Auf jeden Fall haben sich die Frauen lauthals versprochen, »es bunt mit dem blau-weißen Ober-Bazi zu treiben«. Also, ganz sicher war er sich jetzt nicht, ob es da um eine Orgie ging oder ob sie dem Bazinger Hubert eine einschenken wollten. Also, einem Brauerei-Chef eine einzuschenken, das wäre ja eigentlich naheliegend, besonders in diesem Fall. Gell? »Also, wenn du mich fragst, ich mag das »Gfries« von dem weiß-blauen Lokalpatrioten nicht anschauen. So nennt er sich doch, Lokalpatriot. Dabei hat der Begriff Lokalpatriot bei einem Brauerei-Chef doch eine ganz andere Bedeutung als bei einem Politiker, gell? Aber am Ende geht es beim einen wie beim anderen um Macht und Geld. Prost!«

Wütend beendete Jo Coleman das Telefonat. Auf Kommissar Hopfinger konnte sie nicht zählen, das hatte er ihr deutlich gemacht: »Solange Marina im Koma liegt, brauche ich meine Männer, um Karola Bazingers Mörder zu finden. Die Brauereierbin steht im Mittelpunkt der Ermittlungen und im Mittelpunkt der Medien.« Obendrein legten Indizien nahe, dass beide Opfer demselben Täter zuzuschreiben waren: Die Tatwaffe war in beiden Fällen ein dünnes Seil. Nach Hopfingers Ansicht war es das Beste für Marinas Sicherheit, wenn seine Leute alle Kräfte darauf verwendeten, den Täter zu finden.

Anschließend suchte Jo die Unterstützung von Liesel Dirscherl. Vielleicht könnte sie ihren Chef zur Raison bringen? Doch überraschenderweise pflichtete Liesel dem Kommissar bei: »Solange jeder davon ausgeht, dass deine Freundin im tiefen Koma liegt, ist alles gut.«

Alles gut? »Liesel, hörst du dich reden? Du weißt doch am besten, dass der Hopfinger nicht viel kann und in Rosenheim nichts geheim bleibt.«

Liesel Dirscherl widersprach: »Harald Hopfinger macht den Job nicht erst seit gestern. Er hat viel Berufserfahrung.« Offenbar hatte sie ihre Meinung über den Kommissar revidiert. Früher hatte Liesel anders geklungen.

»Jo, ich war die letzten Jahre verblendet, weil ich auf deinen Vater fixiert war. Inzwischen seh ich klarer. Nur weil die Liebe irgendwohin fällt, muss man sie ja nicht sein ganzes Leben dort liegen lassen und warten, dass sie endlich einer aufhebt. Verstehst, was ich meine?«

Die Marina habe ihr die Augen geöffnet. Ja, auch Liesel Dirscherl hatte sich bei der Weiberheldin Hilfe geholt.

»Aber Liesel, du hast den Vitus doch noch gern, oder?«, fragte Jo und dachte an früher, an all die Nachmittage und Abende, die sie im Kommissariat bei Liesel verbracht hatte, wenn ihr Vater im Einsatz war. Oft hatten sie anschließend gemeinsam zu Abend gegessen. Alle drei. Für Jo fühlte es sich wie Familie an.

»Jo, das Leben geht weiter. Endlich auch für mich.« Liesel erzählte, sie hätte auf dem Herbstfest jemanden kennengelernt. Einen Mann, der nicht am nächsten Morgen aus dem Haus schlich. Einen Mann, der eindeutig war in seinen Gefühlen. Liesel war bereit, diesem Mann eine Chance zu geben. Sie hatte lange genug auf ein Wunder gewartet, darauf, Vitus' Liebe zu gewinnen.

»Aber eher gewinne ich im Lotto als deinen Vater.« Liesel hatte ihr halbes Leben auf Vitus gesetzt. Umsonst. Schluss damit. Jo konnte sie verstehen.

»Aber«, fügte Jo an, »ein bisserl schnell geht das jetzt schon mit dir und deinem Neuen, Liesel.«

»Die Liebe ist wie ein Looping, du brauchst Tempo, sonst fällst aus dem Wagen.«

»Nur noch eines, Liesel: Sag bitte, dass es nicht der Schöring ist. Ich hab euch neulich im Bierzelt gesehen.«

»What you see, is what you get.« Seit wann sprach Liesel freiwillig Englisch? Sie hätte ja auch sagen können: Du bekommst, was du siehst. Klang natürlich nicht so gut, wenn man Schöring vor Augen hatte.

»Weißt, Liesel, das möchte ich lieber nicht sehen.«

Jo überlegte weiter. Allein konnte sie unmöglich rund um die Uhr auf Marina aufpassen. Vielleicht konnte ihr Michael Prutting helfen. Wozu war er Polizist? Jo wählte seine Nummer. Er schien sich über ihren Anruf zu freuen, konnte aber gerade schlecht reden. Im Hintergrund hörte Jo Geräusche, die auf viele Menschen und einen öffentlichen Platz hindeuteten. Wenigstens raschelten keine anderen Frauen in den Kissen wie bei Jack. Sie kam sofort zur Sache: Ihre Freundin Marina Pfister brauchte privaten Personenschutz, und auf Hopfinger konnte sie nicht zählen. »Sorry, Jo, ich bin gerade nicht in Deutschland.« Er war zu einem Sondereinsatz abgezogen worden und durfte ihr nicht sagen, wo er sich aufhielt. Eigentlich hätte er nicht einmal den Anruf annahmen dürfen, aber er habe ihre Nummer gesehen. Also, was Marina Pfister betraf: Selbst wenn er die Lage anders einschätzte als sein Schwager, konnte er ihr im Moment nicht helfen.

»Jo, vielleicht fällt dir sonst noch jemand ein, der Marina beschützen könnte?«

»Da bleib nur noch ich!« Ihr Vater musste sich um den Hund kümmern und um seine Trauer.

»Sei vorsichtig! Wer zwei Frauen auf dem Gewissen hat, schreckt vor nichts zurück.«

»Mir fällt gerade noch jemand ein.« Sonja! Und die Frauen von den Bunten. Das war die Lösung!

»Du darfst Polizeiarbeit nicht mit Hollywood verwechseln.«

»Ist dir schon einmal aufgefallen, dass viele Filme der Realität voraus sind? Nichts ist so wahr wie Fiktion.«

»Hauptsache, es gibt ein Happy End«, sagte Michael Prutting und legte auf.

Der Mordfall Karola Bazinger war ein gefundenes Fressen für *Rosenheim-News.*

Chefredakteur Sepp Anzenberger hatte es geschafft, in kürzester Zeit einen Film über das Leben der Brauereierbin zu produzieren und online zu stellen. Vitus Pangratz saß auf seiner alten Wohnzimmercouch, blickte lange in seinen eingewachsenen Garten und zögerte, auf den grünen Pfeil unter dem Titel zu drücken: »Bierkönigin ermordet! Karola Bazinger ist tot.«

Der Chefredakteur begrüßte seine Zuschauer im dunklen Anzug, die Haare nach hinten gegelt, die schwarze eckige Nerd-Brille auf Durchblick poliert. Wie ein Provinz-Mafiosi, der den Intellektuellen spielen wollte. Wenigstens kam ihm das Selbstbewusstsein eines bayrischen Bierkutschers zugute. Diesen Kerl konnte nichts erschüttern, er wuchs an seinen Aufgaben, und heute hatte er es sich zur Aufgabe gemacht, ganz Rosenheim zu Tränen zu rühren. Obwohl Karola Bazinger noch in der Münchner Pathologie lag und darauf wartete, untersucht zu werden, stand Anzenberger vor dem Familiengrab der Bazingers auf dem Rosenheimer Friedhof und begann zu sprechen.

»Ein echtes Rosenheimer Kindl hat uns verlassen. Karola Bazinger, die heimliche Königin unserer Stadt, wurde kaltblütig ermordet und unter Wasser gedrückt wie unser Kini, Ludwig II. Hier, an der Seite ihres geliebten Vaters Xaver Bazinger, wird sie die ewige Ruhe finden. Wir alle werden sie schmerzlich vermissen, aber am schlimms-

ten trifft es ihren Ehemann: Hubert Bazinger. Trotzdem will er tap-
fer den gemeinsamen Weg weitergehen.« Die Kamera schwenkte
auf eine Bank, vis-à-vis dem Familiengrab. *Darauf saß der Brau-*
erei-Chef, zusammengesunken in einem dunklen Trachtenjanker
aus Lodenstoff. Jetzt richtete er sich auf. »Ich hab die Liebe meines
Lebens verloren, aber ihr Geist wird für immer bei mir sein. Von
dort oben«, er streckte seine Hand zum Himmel, *»wird sie mich lei-*
ten und begleiten. Meine Karola wird mir helfen, Rosenheim und
Bayern zu einem besseren Ort zu machen. Karola wird auch im Tod
die Frau an meiner Seite bleiben. Wahre Liebe stirbt nie.« Der Witwer sank wieder in sich zusammen und weinte vor laufender Kamera. Sepp Anzenberger setzte sich neben ihn auf die Bank, reichte
ihm ein Stofftaschentuch und kündigte einen Rückblick auf Karola
Bazingers viel zu kurzes Leben an. Schon startete eine Diashow un-
terlegt mit *»Love of my life«* von Queen. *»Unsere Karola war ein*
großer Fan von Freddie Mercury«, erklärte Chefredakteur Sepp Anzenberger aus dem Off. *»Und dieses Lied widmet ihr Hubert Bazin-*
ger zum Abschied.«

Vitus Pangratz versank in den Bildern: Karola im Dirndl auf dem
Kinderkarussell, bei der Einschulung mit goldener Schultüte, bei
der Erstkommunion im weißen langen Kleid, vor den Sudfässern
des Bazi-Bräus, an ihrem Hochzeitstag mit Hubert Bazinger, eine
strahlende Frau am Arm ihres Bräutigams, in der blumengeschmückten Kutsche auf dem Weg zum Herbstfest, an der Seite
von Hubert Bazinger, auf der Bühne des Bazi-Zeltes, an der Seite
von Hubert Bazinger, bei einer Oldtimer-Rallye, an der Seite von
Hubert Bazinger ... und so ging es weiter. Durch die Bildauswahl
hatten Sepp Anzenberger und Hubert Bazinger Karolas Leben als
»Frau an seiner Seite« kleingeschnitten. »Scheinheilige Drecks-
hammel! Alle zwei!«, schimpfte Vitus Pangratz, bevor er in Hopfens Fell weinte. Der Hund hatte sich unbemerkt an seine Seite
gesetzt.

Versteckt im letzten Winkel der *Rosenheim-News.de*-Website war ein Artikel über den »Skandal im Bazi-Zelt«, der von einer »lächerlichen Weiberbande« berichtete, die Karola Bazingers Namen und das traditionsreiche Herbstfest missbrauchten, um es politisch »bunt zu treiben«, wenn man diesen »Klamauk« überhaupt als politisches Streben bezeichnen wollte.

Immobilien-Unternehmer und Zeuge Georg Schöring kommentierte diesen »Zwischenfall« in einem kurzen Filmbeitrag und verurteilte die Aktion aufs Schärfste. »Eine Horde Hausfrauen will Politik machen? Das sollten sie lieber den Profis überlassen, Profis wie Hubert Bazinger und ›meiner Wenigkeit‹ und den Weiß-Blauen.« Es war kein Geheimnis, dass Georg Schöring bei den Weiß-Blauen zu den Männern der ersten Stunde zählte, entsprechend bewertete er den Auftritt der Bunten: »Die Bunten sind doch in Wahrheit nur farblose, hysterische und unausgelastete Frauen, die ihren eigentlichen Pflichten nicht nachkommen.« Ob das auch für seine Tochter Sonja gelte? Aber selbstverständlich! Natürlich war Schöring für Gleichberechtigung, da dürfe man ihn nicht falsch verstehen, aber eben nicht für Gleichmacherei. Der offensichtliche Unterschied zwischen Mann und Frau sei in seinen Augen noch die kleinste Sache. In Wirklichkeit ginge es um viel mehr, um Traditionen, Familienwerte und die ewige göttliche Ordnung. »Mann und Frau sind dazu bestimmt, sich zu ergänzen. Sie sollen sich nicht ersetzen«.

»Was für ein Granatenarschloch!«, entfuhr es Vitus Pangratz. Er schloss die Website von *Rosenheim-News.de* und sagte zu Hopfen: »Komm, wir gehen Gassi!« Doch der Hund reagierte nicht. Er sah mit leeren Augen in die Ferne. Das Futter neben seiner Decke hatte er nicht angerührt. »Na, du darfst mir jetzt nicht auch noch wegsterben vor lauter Trauer.« Er zog vorsichtig am Halsband. »Komm, Hopfen! Komm!« Doch der Hund blieb liegen, legte den Kopf auf seine Beine und schloss die Augen.

*W*ieder kroch der Geruch durch ihre Nase in ihren Körper. Langsam löste sie sich aus der Dunkelheit. Sie schaffte es, ihre Augen einen Spaltbreit zu öffnen. Heller war es diesmal und bunter. Vor Marina verschwammen Farben. Ein roter Punkt bewegte sich auf sie zu. Er sprach mit ihr: »Wie gerne hätte ich für dich gearbeitet, aber du hast gemeint, ich wär zu unerfahren für einen Kavalier. Weiberheldinnen verdienten nur das Beste, hast du gesagt. Marina, du warst so eine arrogante Zicke. Du hast mir keine Chance gegeben. Nicht einmal ausprobieren wolltest du mich. Dabei kann der Alois auf Dauer nicht alle schaffen. Und ich hab alle Spielarten drauf. Von sanft bis zu *50 Shades of Grey*. Meine Schwester, die Klaudia, die hat dich von Anfang an richtig eingeschätzt, du bist eine Egoistin. Ich hab dich trotzdem begehrt. Mit Haut und Haaren. Heute weiß ich: Das Beste an dir sind dein Sohn und deine Freundin, die Jo. Trotzdem ...«

Vorwürfe, nichts als Vorwürfe. Marina wollte diese Stimme nicht mehr hören, aber sie konnte nichts dagegen tun.

»Es war nicht meine Schuld, dass dir mein Vater den Mietvertrag kündigen wollte.«

Sie spürte, wie er seine Hand auf die ihre legte. Dann bewegte sich wieder ein roter Punkt auf sie zu. Seine Nase.

*J*o steckte den Schlüssel ins Schloss und erwartete, Hopfens Bellen hinter der Tür zu hören. Wie sehr sie sich doch bereits an den Hund gewöhnt hatte, aber scheinbar war er nicht zu Hause. Vielleicht war ihr Vater mit ihm Gassi gegangen. Das tat beiden gut. Vielleicht sollte sie auch nach draußen? Sonja hatte sich bereit erklärt, auf Marina aufzupassen. Später würde Jo die Wache übernehmen. Ach, sie wollte sich einen Moment hinlegen. Sie war so müde. Ein Zeichen von Schwangerschaft? Schmarrn! Ein Zeichen, dass ihre Tage im Anmarsch waren. Endlich. Sie öffnete die Schuhbänder ihrer alten Converse Schuhe und schleuderte sie von den Füßen. Ein Schuh landete geräuschvoll an der Wohnzimmertür.

»*Hod's di?*« Vitus öffnete die Holztür mit dem Glaseinsatz und fragte seine Tochter sinngemäß, ob sie vom Affen gebissen sei.

»Wo ist der Hund?«, entgegnete Jo. Die Begrüßung schenkten sich beide.

Vitus zeigte auf Hopfen, der wie ein Häufchen Elend mit Fell auf dem Sofa lag. Ihr erster Gedanke, der Hund sei tot, erwies sich glücklicherweise als falsch, weil die Atmung seinen Körper hob und senkte, aber er sah nicht gut aus.

»Hat er Fieber?« Vitus schüttelte den Kopf. Hopfens Nase war feucht, das war ein gutes Zeichen, und seine Ohren fühlten sich normal temperiert an. Dank Internet wusste er, wie sich Fieber bei Hunden äußerte, unter anderem durch eine trockene Nase. Außerdem hatte er gelernt, dass Hunde nach einem Schicksalsschlag depressiv werden konnten. Hopfen hatte sein Frauchen verloren. Frauchen, wie klein und unbedeutend das klang, Hopfen hatte den wichtigsten Menschen seines Lebens verloren, da gab es nichts zu verniedlichen.

»Der Hund muss an die Luft«, sagte Jo. »Er muss sich bewegen. Das hilft bei Liebeskummer jeder Art.«

»Ich glaub ja eher an die Kraft der Musik«, meinte Vitus.

»Du kannst dir ja deine Gitarre umhängen und Hopfen unterwegs etwas vorspielen. Ich heb dann den Hut. So ein trauriger Hund an der Seite treibt die Spendenbereitschaft sicher nach oben. Apropos, wie läuft es denn eigentlich mit deinem Job als Privatdetektiv? Bei Marina machst du keine Fortschritte, und bei Karola Bazinger tappst auch noch im Dunkeln, oder?«

Wie sprach dieses Kind mit seinem Vater? Johanna brannte wohl der Hut.

»Mir geht es nicht viel besser als dem Hund«, verteidigte er sich.

»Umso wichtiger, dass du mitkommst.« Jo trieb Mann und Hund vors Haus. Im Gehen griff sich Vitus seine Gitarre.

»Im Ernst?«, meinte Jo. Als ob Musik für Vitus jemals nur Spaß gewesen wäre.

Sie liefen stadtauswärts. Ihr Weg führte durch Felder und Weiden, vorbei an Bauernhöfen und einem Pferdegestüt. Die Kreisstadt Rosenheim war an ihren Rändern dörflich und naturverbunden. Nur eine einsame Plakatwand am Wegesrand warnte, dass dies nicht mehr lange so bleiben würde: »Immobilien Schöring, wir geben Menschen ein Zuhause. Wir bauen auf Rosenheim!« Vitus erinnerte sich an das Gespräch auf der Wirtshausterrasse. »Wir wissen noch immer nicht, wie der Schöring, der Steimer und dieser Krankenhaus-Clown zusammenhängen und ob sie etwas mit Marina zu tun haben.« Jo erzählte ihrem Vater von Kilians Versuch, als Frau verkleidet bei Marina einen Auftrag als Nachwuchsarchitekt zu ergattern. Vitus wiederum erzählte von seinen Erlebnissen mit Bazinger und den nahezu konstruktiven Gesprächen mit Kommissar Hopfinger, der nebenbei bemerkt Marina Pfister zur Verantwortung für seine Eheprobleme zog. Zugegeben, Vitus war abgelenkt durch Karolas Verschwinden und hatte sich in einem Gefühlsdickicht verirrt, verwirrt von diversen Anhaltspunkten. Jetzt wollte er seine Gedanken gemeinsam mit seiner Tochter ordnen und sich zuerst das Treffen zwischen Schöring, Alois Steimer und Kilian in Erinnerung rufen. »Mietvertrag, Weiberheld, manchmal hilft reden nicht, Vaterschaft«, und Schöring schien irgendwie mit dem Clown in Verbindung zu stehen. Hatte der Alte nicht *Bua* zu ihm gesagt? Jemanden als Bub zu bezeichnen, weil man ihn nicht für voll nahm und gleichzeitig eine gewisse, meist aufgesetzte, Fürsorge ausdrücken wollte, war üblich in Bayern. Nach demselben System wurden Frauen mit »Spatzl« oder »Mausi« angesprochen. Es gab viele Möglichkeiten, jemanden klein zu halten, und Vitus war sich sicher, dass Schöring alle beherrschte. Georg Schöring, Marinas Vermieter, ehemaliger Verehrer und einst im Team der legendären Eishockeymannschaft um Bazinger, Hopfinger und Jürgen Pfister.

»Alles semiprofessionelle Schläger!«, fasste Jo zusammen. »Ein Wunder, dass der Möchtegernmörder mit einem Seil und nicht mit der Faust gearbeitet hat.«

»Ich nehme mir den Schöring vor«, meinte Vitus. »Und du, Johanna, du besuchst Marinas treulosen Ehemann, den Jürgen. Vielleicht findest du noch einen Hinweis.«

Ja, sie würde vorgeben, ihr Patenkind zu besuchen.

»Aber erst wenn wir zusammen gesungen haben, so wie früher.« Vitus Pangratz setzte sich auf eine Bank am Wegesrand. Hopfen ließ sich an seiner Seite nieder.

»Ach Papa, damals hab ich noch einen ganz anderen Musikgeschmack gehabt.«

»An den erinnere ich dich gerne.« Er stimmte »What's up« von den 4 Non Blondes an, und Jo stimmte ein. »25 years and my life is still, trying to get up that great big hill ...«

Anschließend meinte Jo: »Statt der Zahl 25 könnten wir auch unser Alter einsetzen, gell, Papa? Deins wie meins. 39 und 62.« Vitus nickte. Sie waren sich wieder einig, und sie hatten einen Plan: zuerst Georg Schöring und Jürgen Pfister und dann den Rest der ehemaligen Eishockeyspieler zu vernehmen. »Womöglich spielen die noch immer als Team«, meinte Jo.

*W*ie oft hatte Jo schon vor dieser Doppelhaushälfte gestanden, mit Liebesproblemen und Prosecco im Gepäck. Gewöhnlich hatte Marina die Tür geöffnet, ihre Arme ausgebreitet und Jo herzlich an sich gedrückt. Je nach Wetter zogen sie dann auf die Terrasse oder ins Wohnzimmer und taten, was Freundinnen tun: reden und sich gegenseitig das Gefühl geben, im Leben nicht allein zu sein. Spätestens in den frühen Morgenstunden wurde dann ein Happy End für alle Probleme auf zwei Beinen beschworen. Ihre Parole lautete seit Schulzeiten: »Wer eine gute Freundin hat, braucht im Leben wenig zu fürchten.« Doch in diesem Moment packte Jo die Angst: Womöglich würde ihr Marina nie wieder diese Tür öffnen, selbst wenn sie aus dem Koma erwachte. Nein, Marina war eine Kämpferin, aufgeben war für sie keine Option. Seit sie aus ihrer Hausfrauen-und-Mutter-Starre erwacht und vom Herd in die Selbstständigkeit gewechselt war, galt für Marina: »Es gibt zu jedem Problem eine Lösung.« Jo holte tief Luft und drückte auf die Klingel über dem Schild »Familie Pfister«.

Sie konnte Ludwigs Begrüßung und sein Getrampel auf der Treppe hören, bevor er mit Schwung die Haustür aufriss. Mit einem Grinsen im Gesicht verlagerte er sein Gewicht von einem Bein aufs andere. Er war allein zu Hause, weil sein Vater Jürgen gerade mit Klaudia die Weiberheldinnen-Zentrale in eine Knödel-Ausgabestelle verwandelte. »Wegen der hohen Miete soll der Laden nicht länger leer stehen«, meinte Ludwig. Sein Vater hatte ihm alles genau erklärt. »Komm, ich muss dir was zeigen! Gut, dass wir allein sind.« Ihr Patenkind wirkte aufgeregt und lief die Treppe hoch. Jo folgte ihm. Hatte er etwas Wichtiges von Marina gefunden?

Leider nein. Auf Ludwigs begeisterte Ankündigung folgten stapelweise Fußballkarten. Der Junge wollte Jo jede einzelne zeigen und beschreiben. Sie nickte, gab sich interessiert, kommentierte die Frisuren der Spieler und langweilte sich insgeheim. Diesen Nachmittag hatte sie sich anders vorgestellt. Ihr Plan war gewesen, Jürgen in die Zwickmühle zu nehmen. Warum schnüffelte Kommissar Hopfinger nicht auf Jürgens und Klaudias Spur? Der Kommissar war vorsichtig geworden. Vor zwei Jahren hatte er Marina Pfister aufgrund eines falschen Verdachts verhaftet und musste sie anschließend wieder freilassen. Das Leben war kompliziert, aber der Fall Marina Pfister erschien Jo inzwischen vergleichsweise einfach. Der Ehemann und seine Geliebte hatten die störende Ehefrau gemeinsam beseitigt, um sich die Scheidung zu ersparen und das Erbe zu sichern. Jetzt waren sie in Marinas Laden und bauten ihre Zukunft aus. Oder waren sie im Krankenhaus, um ihr Teufelswerk zu vollenden? Jürgen wusste inzwischen, dass es für Marina eine echte Chance gab, ins Leben zurückzukehren. Jo wurde nervös. Hoffentlich war Sonja im Krankenhaus und passte auf. Sie griff zum Telefon. »Alles gut, Jo. Alles gut. Ich wache an Marinas Bett.« Beruhigt konzentrierte sich Jo wieder auf ihr Patenkind.

»Schau, Jo, der Toni Kroos, der hat mit Real Madrid die Champions League gewonnen.« Ludwig hielt ihr eine Karte unter die Nase, aber Jo wollte das Thema wechseln und das Kind für ihre Zwecke einspannen. Es ging schließlich um seine Mutter.

»Sag mal, Champion, du weißt doch, dass wir den Kerl suchen, der deiner Mama wehgetan hat.«

Ludwig nickte.

»Möchtest du dabei helfen?«

Ludwig nickte wieder. Vielleicht wusste er, wo Marina ihre Kundenkartei und andere wichtige Unterlagen verwahrte.

»Wo hebt deine Mama ihre wichtigen Sachen auf?«

Ludwig schüttelte den Kopf. »Das kann ich dir nicht sagen. Das ist geheim. Nicht einmal die Mama weiß, dass ich das weiß.«

»Ich verrat ihr nicht, dass du es weißt.«

Ludwig schüttelte erneut den Kopf.

»Vielleicht finden wir dort etwas, das wichtig ist.«

»Nein, da sind nur Kuverts mit Geld und Telefonnummern.«

Jos Herz begann schneller zu schlagen.

»Komm, Ludwig, zeig's mir.«

»Nein!« Er verschränkte seine Arme und stellte sich breitbeinig vor Jo. Ein menschliches Hindernis. Ein Charakterpoller. Oder ein Schlawiner? Klein, aber oho. Ja, daher kam der Widerstand.

»Verstehe, du hast dir heimlich was genommen, von dem Geld, um deine Fußballkarten zu bezahlen?«

»NEIN! Natürlich nicht.« Ludwig schaute sie entsetzt und beleidigt an. »Spinnst du, Jo? Das war jetzt echt fies.«

»Sorry! Aber es ist wirklich wichtig, dass du mir das Versteck zeigst. Jetzt!«

»Mir fehlen noch viele Sammelkarten, und dein Verdacht tut wirklich weh. Im Herzen. Aua.«

»Wie bitte?«

»Du hast mich verletzt, und mein Album ist noch lange nicht komplett.« Sie solle doch bitte eins und eins zusammenzählen. Ludwig! Wo war der nette Junge von früher geblieben? Kleiner berechnender Saukerl! Der Junge entwickelte sich zum mentalen Verhütungsmittel. Aber er wusste, wo Marinas Versteck war.

»Okay, ich kauf dir die Fußballkarten.«

»Zehn Packungen?«

»Also gut.«

»Zwanzig Packungen!«

»Deal! Mehr geht nicht!« Sie besiegelten ihre Abmachung, indem sie sich abklatschten. Anschließend führte Ludwig Jo ins Schlafzimmer. »Hier lang!«

Er zog ein großes schwarzes Buch aus dem kleinen Regal neben Marinas Bett. Auf dem Cover stand: »Frauen, die Geschichte schrieben.« Ludwig reichte es Jo. »Schau rein!« Sie blätterte bis zur legendären »Königin von Saba« und einer ganzseitigen Abbildung, die zeigte, wie sie König Salomon traf.

»Nur noch einmal umblättern«, flüsterte Ludwig.

Hinter der nächsten Seite verbarg sich ein rechteckiger Hohlraum, den Marina ausgeschnitten hatte, er reichte bis zu den letzten Seiten des Buches. In dem Versteck lagen fünf Kuverts. Auf dem obersten waren mit Bleistift »Provision« geschrieben und die Buchstaben »K« und »B«. »Karola Bazinger«, folgerte Jo, während sie das Kuvert öffnete und sechs Scheine zu je 50 Euro zählte. Auch die restlichen Kuverts waren mit jeweils 300 Euro bestückt und mit Buchstaben beschriftet, darunter die Initialen: »M. H.« Marina Hopfinger? Unter den Kuverts fand Jo eine Handynummer. Eine ganz heiße Nummer, da war sie sich sicher.

*B*eeindruckendes Domizil«, dachte Vitus Pangratz, als er sich Schörings imposantem Hauptsitz näherte und die steinernen Löwen am Eingang passierte. Ob Schöring überhaupt wusste, wie der Löwe nach Bayern und aufs Staatswappen gekommen war? Ein Raubtier, das eher durch die afrikanische Wildnis streifte als durch den bayrischen Wald, war ein »Zugereister«. Es wäre doch weitaus logischer gewesen, einen Dackel im Landeswappen zu führen. Der schwer erziehbare, eigensinnige Hund ähnelte charakterlich den Bayern. Trotzdem verschenkten Vertreter der Landesregierung bei offiziellen Anlässen den »bayrischen Löwen«. Über die Sinnhaftigkeit dieses Botschafters und mögliche Alternativen hatten schon die legendären Komiker Karl Valentin und Liesel Karlstadt gestritten, bis sie zur Einsicht gelangten, dass zwei Löwen keinen Bierwagen über einen Berg ziehen könnten, weshalb es allein Bräurösser verdient hätten, Bayern im Wappen und in der Welt zu repräsentieren. Trotzdem waren es Löwen, die vom Wappen des bayrischen Hochadels, der Wittelsbacher, direkt auf das Wappen des Freistaats gezogen waren, um sich dort einen Posten für die nächsten Jahrhunderte zu sichern. Vitus griff einem der beiden steinernen Bewacher an die Nase, was Glück versprach, dann erst klingelte er.

Die Sekretärin Fräulein Inniger – Jo hatte von ihr erzählt – führte ihn ins Vorzimmer. Der Herr Schöring hätte noch Besuch, meinte sie, und bot Vitus Kaffee an.

»Ehrlich gesagt hab ich Durst und der Hund auch.« Er zeigte auf Hopfen, der wieder lebendiger wirkte.

»Ein Hundenapf und ein kühles Bier gegen ein Lied auf der Gitarre«, bot sie an. Vitus hatte sein Lieblingsinstrument noch immer über der Schulter. »Beim Herrn Schöring dauert es gewiss noch länger, und so verkürzen Sie uns beiden die Wartezeit.«

»Hmhm. Haben Sie einen besonderen Wunsch, Fräulein Inniger?« Er betrachtete ihre Flechtfrisur und versuchte, ihre Wahl vorherzusehen. Volksmusik oder Schlager tippte er.

»Marmor, Stein und Eisen bricht von Drafi Deutscher, da würde ich mich freuen.« Bingo! »Damit verbinde ich schöne Erinnerungen.«

Mit einem Mal wirkte Fräulein Inniger so niedergeschlagen, dass Vitus seine Gitarre in Position brachte und sich entschloss, alles zu geben.

»Auf die Liebe!«, meinte er und legte los. »Marmor, Stein und Eisen bricht, aber unsere Liebe nicht ... «

Noch bevor Vitus den Song zu Ende gespielt hatte, weinte Fräulein Inniger. »Aber spielen Sie ruhig weiter. Ich bitte Sie!«

Er sang: »... alles, alles geht vorbei, doch wir sind uns treu.« Jetzt schluchzte die Frau. Er legte die Gitarre weg, zog einen Besuchersessel an ihren Schreibtisch und fragte: »Wollen Sie mir erzählen, was Sie so bedrückt?« Sie wollte. Im Job konnte Vitus Pangratz den Frauenversteher überzeugend spielen.

Seit dreißig Jahren pflegte Fräulein Inniger ein Verhältnis mit einem Mann. »Eine Liebesbeziehung«, korrigierte sie. Sie hatte ihm heimlich und diskret zwei Kinder geboren, den Kilian und die Klaudia, und für ihn gearbeitet. Sie hatte akzeptiert, dass er verheiratet war, bereits zum zweiten Mal übrigens. Er hatte eine missratene Tochter aus erster Ehe, die Sonja. Seine zweite Ehe war kinderlos, trotzdem konnte er sich nicht von seiner zweiten Gattin trennen. »Seine Frau würde sich umbringen, die hat psychische Probleme, und das Geschäft würde dann auch den Bach runtergehen.« Das Unternehmen war Schörings Leben. Sie selbst hatte sich mit dem begnügt, was für sie und die gemeinsamen

Kinder übrig blieb. Der Erzeuger sorgte finanziell für sie, und im Gegenzug hielt sie still. Vermutlich wusste sogar seine zweite Frau von ihr und dem Arrangement und hatte sich ebenso damit abgefunden wie Fräulein Inniger. »Unsere Liebe hat mir genügt, und in letzter Zeit hat er sich sogar für die Kinder interessiert, weil er sich über seine Tochter aus erster Ehe so ärgern muss.« Fräulein Inniger hatte wieder an ein Happy End geglaubt, an Schörings dritte Eheschließung mit ihr als Braut, bis diese Schlampe, diese »Schicks«, ihrem Mann, denn genau das war Georg Schöring im Grunde, »schöne Augen gemacht hat und ihn in ihr üppiges Dekolleté gelockt hat.« Diese ganze Beziehung baute auf einem Busenwunder, dabei war dieses Luder auch nicht mehr die Jüngste. Und jetzt, genau in diesem Moment, war diese Frau bei ihm, bei ihrem Georg, dem Herrn Schöring. Fräulein Inniger zeigte zur Tür. »Er war der Erste und Einzige in meinem Leben. Ich kann ihm nicht böse sein.«

Und dann passierte etwas, das Vitus Pangratz nicht für möglich gehalten hätte. Fräulein Inniger begann zu singen, und sie traf jeden Ton. Diese Frau hatte eine Stimme wie Marianne Rosenberg, und sie sang ihr Lied: »Er gehört zu mir wie mein Name an der Tür.«

»Sie sind schon eine besondere Frau«, sagte Vitus Pangratz beeindruckt.

Im nächsten Moment ging die Tür von Georg Schörings Büro auf. Heraus trat Liesel Discherl. Mit Schwung. Brust voraus. Fräulein Inninger verstummte.

*L*iesel Dirscherl sah aus wie Mama Bavaria, wie Luise Kinseher, die einzigartige bayrische Kabarettistin und Schauspielerin. Nur ihre Frisur, die war schlampig, zerzaust, mitgenommen, und auch der Lippenstift war über seine Grenzen gegangen, die Konturen wild verwischt. Selbst eine Etage tiefer ging es nicht ordentlicher zu: Ein mächtiger Busen spannte die Bluse, die weit aufgeknöpft war oder schlicht gesprengt. Zwischen den Brüsten ruhte eine goldene Rosenblüte, gehalten von einer dicken Gliederkette.

»Liesel, wie *kimmst* du denn daher?«, sprach Vitus seine ehemalige Assistentin auf ihr Erscheinungsbild an.

»Ah, der Schnüffler«, begrüßte ihn das Fräulein Dirscherl gut gelaunt.

»Privatermittler!«, korrigierte er beleidigt. »Hast du was getrunken?«

»Sowieso!«, gab Liesel fröhlich und versöhnlich zu.

»Hat er dir was getan?«, fragte Vitus und merkte, wie er sich lächerlich machte.

»Nichts, was ich nicht gewollte hätte«, antwortete Liesel zwinkernd. Hinter ihr trat Georg Schöring aus dem Raum. In zwei Etappen. Erst seine Wampe, dann er.

»Schorschi, ich muss jetzt los«, sagte Liesel zu ihm, küsste Schöring auf die Wange, verabschiedete sich in die Runde und verließ beschwingt das Vorzimmer. Fräulein Inniger tupfte sich die Tränen aus dem Gesicht und kündigte förmlich den spontanen

Besuch von Vitus Pangratz an, als ob Schöring seinen neuen Gast nicht ohnehin schon bemerkt hätte.

»Arbeiten Sie jetzt als Straßenmusiker?« Der Immobilien-Unternehmer zeigte auf Vitus' Gitarre und grinste. »In so einer sicheren Stadt wie Rosenheim hat man als Privatdetektiv wahrscheinlich kaum ein Auskommen. Da muss man sehen, wo man bleibt. Das versteh ich schon. Kommens nur rein.« Jovial hielt Schöring die Tür auf, zum Fräulein Inniger sagte er: »Bringst uns zwei Kaffee!«

»Bitte…«, erinnerte ihn Fräulein Inninger an seine Manieren.

»Wieso soll ich bitte sagen? Du arbeitest für mich, und ich bezahl dich.«

»Der Herr Pangratz hat sich ein Bier verdient«, sagte das Fräulein kleinlaut.

»Dann bringst halt zwei Bier, mir soll's recht sein. Mir ist heute alles recht.« Selbstzufrieden lehnte er sich in seinen Ledersessel. Vitus saß ihm gegenüber und überlegte, wie er das Gespräch beginnen sollte, aber Schöring kam ihm zuvor. »So eine Wahnsinnsfrau, die Lilibeth.«

»Sprechen Sie von der Liesel?«

»Liesel, dieser Name wird der Frau doch nicht gerecht! Ich nenne sie Lilibeth, so wie die Queen Elizabeth in jungen Jahren geheißen wurde. Sie ist ja auch meine Königin. Königin Lilibeth, kurz Lili.«

Unter Männern und im Vertrauen, es hätte ihn voll erwischt, bis über beide Ohren wäre er verliebt, also, mit allem hatte er gerechnet, nur damit nicht. Seiner Frau hatte er schon Bescheid gesagt und die Scheidung angekündigt. Er war eben ein Mann der Tat. Wenn das Herz brennt, sollte man nicht lange fackeln. Er könnte sich sogar vorstellen, mit seiner Lili eine Familie zu gründen. Er war noch fit, und bei Lili könnte die moderne Reproduktionsmedizin nachhelfen. Andererseits war das vielleicht doch keine so gute Idee, weil er seine Lili nur ungern teilen wollte, und sobald Frauen Kinder bekamen, rutschten die Männer ja doch auf Platz zwei. Ob Vitus wisse, wovon er spreche? Der Detektiv nickte. Die Vorstellung, dass seine Liesel jetzt tatsächlich vergeben war, bohrte sich wie eine Faust in sein tieferes Bewusstsein. Es war ein Schlag, der ihm die Luft nahm. Bislang war Liesel Dirscherls Zuneigung ein sicherer Hafen in seinem Leben gewesen, in dem er bei Bedarf ankerte, um anschließend wieder aufs weite Meer hinauszusegeln. Wie ein Seemann. Der Frage, was er an Land zurückließ, war er mit geschickten Manövern ausgewichen.

»Herr Pangratz, jetzt sagen Sie schon, was kann ich für Sie tun?«, drängelte Georg Schöring nach seiner penetranten Schwärmerei.

Vitus entschloss sich, mit der Tür ins Haus zu fallen: »Ich bin wegen der Sache hier, die Sie gemeinsam mit Alois Steimer und dem Krankenhaus-Clown Kilian Inniger durchziehen. Sie wissen schon: ›Mietvertrag‹ und ›wenn reden nicht mehr hilft‹. Das waren Ihre Worte.«

Für einen kurzen Moment schien Schöring irritiert, aber dann lachte er los. »Geh, Herr Pangratz, ich weiß gar nicht, wovon Sie reden. Der Steimer, der trainiert doch die Jungs vom FC Rosenheim, der sucht immer Sponsoren, und eine Wohnung sucht er auch, und der Inniger Kilian, das ist mein unehelicher Sohn. Er wär gerne wie ich und bewundert mich, aber er ist halt ein Clown. Trotzdem verbringe ich hin und wieder Zeit mit ihm und geb ihm kleine charakterbildende Aufträge. Vor allem den, sich um seine Schwester Klaudia zu kümmern.« Der Bub könne ja nichts dafür, dass er ein Weichei sei, bei der Mutter. Jahrelang hatte sich Fräulein Inniger alles gefallen lassen und sich immer wieder vertrösten lassen, nie ist sie für die eigene Sache geradegestanden. Also, das sei doch charakterlich kein Vorbild für einen Jungen. Nicht wahr?

Vitus Pangratz glaubte, sich verhört zu haben. »Sie waren es doch, der das Fräulein Inniger hingehalten hat mit leeren Versprechungen.«

»Sie wissen Bescheid? Soso. Dabei hatten das Fräulein und ich Diskretion vereinbart. Sei's drum. Außerdem hab ich mich gut um sie gekümmert. Es hat ihr an nichts gefehlt und den Kindern auch nicht. Und was das Hinhalten anbelangt, da sind ja wohl eher Sie der Meister. Meine Lili hat mir alles erzählt von Ihrem geschlamperten Verhältnis.«

»Sie heißt Lieserl!« Vitus spürte, wie die Wut in ihm aufstieg. Wenn er sich jetzt nicht auf den eigentlichen Zweck seines Besuches konzentrierte, würde dieser nicht gut enden. Er bemühte sich um einen sachlichen Ton.

»Lassen Sie uns doch noch einmal zu dem Gespräch zwischen Ihnen, Alois Steimer und Ihrem Sohn zurückkommen. Wieso braucht der Steimer eine Wohnung? Der ist doch verheiratet. Will er seine Frau verlassen?«

»Der Steimer!« Schöring lachte. »Der verlässt seine Frau nicht freiwillig. Sie macht ihm doch alles. So billig wie bei seiner Gattin bekommt er nirgends saubere Wäsche und Essen auf den Tisch. Putzen tut's auch noch. Diesen Deal setzt der Steimer nicht leichtfertig aufs Spiel, aber er ist halt auch nur ein Mann, wenn Sie wissen, was ich meine.«

»Hat er eine Affäre?« Vielleicht könnte Vitus doch noch Beweise für Ursula Steimer besorgen, selbst wenn sie keinen Wert mehr darauf zu legen schien. Irgendwie kratzte dieser Auftrag an seiner Ehre.

»Eine Affäre? Wenn es nur eine wäre. Unter uns, der Steimer Alois beglückt mehrere Frauen, und er macht es nicht umsonst, sondern beruflich. Er ist ein Nebenerwerbs-Kavalier, wenn man so will.« Schöring schien beeindruckt.

»Woher wissen Sie das?«

»Von meinem Sohn, dem Kilian. Er hat einen Studentenjob gesucht, und weil er Alois Steimer als Co-Trainer unterstützt, hat ihm der Alois den Tipp gegeben, es ihm gleichzutun. Einen einträglicheren Studentenjob als den des Kavaliers werden Sie kaum finden, und Geld braucht der Kilian, weil er von mir wenig bekommt. Ich halte den Jungen als erzieherische Maßnahme kurz. Er soll sich selbst nach oben kämpfen.«

»Noch einmal von vorn: Der Alois Steimer schläft für Geld mit Frauen. Das hat er aus Freundschaft Ihrem Sohn Kilian verraten, weil der knapp bei Kasse ist. Anstatt sich an die Arbeit zu machen, hat Ihnen der Kilian von Steimers Nebenerwerb erzählt, und jetzt haben Sie den Steimer bzw. seine Ehe in der Hand, weil sich seine Frau scheiden lassen würde, wenn sie davon wüsste.« Vitus erinnerte sich an die Worte von Frau Steimer: »Vielleicht wird vor Gericht nicht mehr schuldig geschieden, aber in der Nachbarschaft schon.«

Schöring nickte. »Der Steimer spielt finanziell im Mittelfeld, deshalb kann er nichts riskieren.« Doch er zollte Steimer »Respekt« für dessen Geschäftsmodell, das Vergnügen zu vermarkten. »Sex haben und dafür Geld bekommen, ein Traum für uns Männer, gell, Herr Pangratz?« Wobei er sich die Frauen dann doch lieber selber aussuche, um seinen Jagdtrieb zu befriedigen. »Ich erlege lieber, als mich erlegen zu lassen, zumindest am Anfang.«

»Was wollten Sie denn vom Steimer?«

»Daten! Was denn sonst! Informationen sind Macht, besonders im Immobiliengeschäft. Wenn Sie da wissen, wer mit wem ....«

»Und, haben Sie die Daten von Steimer bekommen?«

»Ich bekomm immer, was ich will. Sie glauben ja gar nicht, wer in Rosenheim auf einen Kavalier angewiesen ist. Die Weiber in meinem Leben haben nie einen Mangel gehabt. Ich hab sie immer gut versorgt, in jeder Beziehung. Erst heute habe ich zu meiner Lilibeth gesagt: Wer mit dem Schöring zusammen ist, braucht keinen Kavalier, der hat einen.« Ja, er habe Frauen schon immer geliebt und verehrt, aber keine so sehr wie Liesel Dirscherl, seine Lili. »Sie ist das Licht meiner Tage, jetzt, wo ich auf den Herbst zugehe, obwohl ich noch den Frühling im Blut habe.« Hahaha!

Widerlicher Kerl! Vitus konnte sich nicht mehr beherrschen.

»Sie sind ein Schwein«, fasste er seinen Eindruck zusammen, aber Schöring wehrte den Angriff betont vornehm ab: »Und Sie, Herr Pangratz, Sie sind ein schlechter Verlierer. Und was Ihre Beleidigung angeht: Schweine sind Allesfresser, ich ziehe es vor, mich als Gourmet zu bezeichnen, und meine Lilibeth ist das Filetstück meines Lebens. Reine Fleischeslust!« Die letzten beiden Worte zog Schöring in die Länge.

»Ich glaub, ich muss Ihnen eine reinhauen.«

»Es wär ja nicht das erste Mal, dass Sie sich mit Ihrem Temperament ins Aus befördern. Ich bitte Sie allerdings, davon abzusehen, weil es ja doch nur meiner Schönheit schaden würde und Ihrem Geldbeutel. Ich hau nämlich nicht selbst zurück, das übernimmt mein Anwalt«, meinte Schöring ungerührt.

Vitus überlegte nicht lange, ballte die Faust und holte aus. Erst im letzten Moment zuckte er zurück, packte seine Gitarre und ging. Dieser Kerl hatte Liesel Dirscherl nicht verdient.

*J*o hatte die Nummer aus Marinas Versteck in ihr Telefon getippt und die Kuverts mit dem Geld wieder dort verstaut, wo sie gewesen waren. Dann hatte sie mit Ludwig abgemacht, dass dies ihr Geheimnis bleiben würde, bis Marina wieder gesund war. Ludwig hatte ohnehin eine eigene Erklärung für das Geldversteck: »Ich glaub, die Mama spart auf Amerika.« Marina hatte ihrem Sohn versprochen, gemeinsam mit ihm nach Los Angeles zu fliegen, um Jo zu besuchen.

»Und dann gehen wir ins Disneyland, aber nicht nur einen Tag, sondern eine ganze Woche.«

»Ganz sicher, Großer! Das machen wir«, bestätigte Jo und fragte sich schuldbewusst, warum sie Marina und Ludwig bislang nicht eingeladen hatte. In den USA war sie ständig »busy«, beschäftigt, wie alle in ihrem Umfeld, das Gegenteil war für sie »lazy«, faul. Dazwischen schien es nichts zu geben, außer Gespräche und Sex mit Jack. Es fiel ihr verdammt leicht, viel zu arbeiten. Sie liebte ihren Job, sie liebte es, mit Jack Drehbücher zu schreiben und Filme zu drehen. Jack! Wieder kreisten ihre Gedanken um den Mann in Amerika. Weg damit! Sie hatte anderes zu tun.

Sie schwang sich auf ihr Fahrrad und winkte Ludwig zu, der versprochen hatte, brav auf Jürgen und Klaudia zu warten. Am Floriansee lehnte sie ihr Fahrrad gegen einen Baum und setzte sich ans Wasser. Mit den Füßen im See und den Blick in die Natur wählte sie die Nummer aus Marinas Versteck. Wer würde antworten?

»Haaalllooooo, wie schön, dass du mich anrufst. Ich freue

mich! Seeehhhrrrr!« Die Stimme klang, als würde ein Löwe zum Sprung in die ultimative Erregungsstufe ansetzen. »Hier ist dein Kavalier, zu deinen Diensten.«

»Wie bitte?«

»Willst du mit mir deine Wildnis entdecken und gemeinsam durchs Paradies streifen?«

»Deine Stimme kenne ich doch!« Jo zweifelte nicht. Er war es. »Alois!«

»Jo?«

»Genau die!«

»Von deinem Anruf hab ich geträumt!« Er behielt seine Tonlage bei.

»Alois, deshalb ruf ich nicht an. Wir müssen reden.«

Also gut. Alois Steimer war bereit, Jo Coleman von seiner heimlichen Karriere als Kavalier zu erzählen. »Du weißt ja, dass deine Freundin Marina sehr geschäftstüchtig war. Die hat jede Marktlücke erkannt und gefüllt. Es war ganz einfach: Als Ober-Weiberheldin hat sie das Selbstvertrauen der Frauen gestärkt, und anschließend hat sie die Damen ermutigt, ihre heimlichen Träume zu leben. In einigen Träumen spielte ein attraktiver Liebhaber mit. Da bin ich ins Spiel gekommen, weil die Marina erkannt hat: Frauen, die sich wirklich trauen, trauen sich alles. Und weil ich besser bin als jeder Dildo. Ich bin quasi das perfekte Sexspielzeug. Wer wüsste das besser als du, Jo …«

»Und für jeden Einsatz als Kavalier hast du 300 Euro bekommen.«

»Wir haben Hälfte, Hälfte gemacht, die Marina hat 300 Euro kassiert und ich auch, plus Trinkgeld. Frauen sind großzügig. Und verschwiegen. Marina hat mir versprochen, dir nichts zu erzählen. Ich hab ihr geglaubt und vertraut.«

»Wir sind beste Freundinnen, da geht nichts drüber.«

»Soso. Meinst du? Dann hat sie dir sicher auch erzählt, dass sie mich getestet hat.«

Er wusste, dass Jo nichts wusste. »Depp!«

»Ich hab die Rosenheimer Damenwelt glücklich gemacht.« Stolz plusterte er seine Stimme auf.

»Schmarrn!«

»Du glaubst gar nicht, wer mir alles ins Ohr gestöhnt hat. Ich sage nur: Die Damen der Rosenheimer High Society scheinen auf mich gewartet zu haben. Jetzt kommen sie alle.« Witzig, hahaha.

»Du musst nur aufpassen, dass du nicht zu viel redest. Das könnte deinem Marktwert schaden.«

»Gut, dass du mich daran erinnert hast. Danke, Jo! Servus! Ich sag jetzt nichts mehr.«

Zefix! So hatte sie das nicht gemeint. Aber immerhin wusste sie jetzt aus erster Quelle, dass Marina in der Tat einen käuflichen Kavalier vermittelt hatte und dass dieser Alois Steimer hieß. Sie rief ihren Vater Vitus an, der gerade wütend von Georg Schöring kam und schon mehr wusste als sie selbst: Nicht nur Alois, sondern auch Kilian arbeiteten an einer Karriere als Liebhaber. Der eine hatte dem anderen den Tipp gegeben. Kilian! Sie musste ihn anrufen. Vielleicht konnte sie mehr herausfinden.

»Der Kilian«, meldete sich der Clown. Im Hintergrund rauschten Autos, seine Stimme klang buchstäblich windig. Er wollte zum Tinniger See radeln, unweit von Riedering. Ob Jo Lust hatte mitzukommen? Sie überlegte. Klar, sie war ohnehin mit dem Fahrrad unterwegs und schon seit Ewigkeiten nicht mehr an diesem kleinen versteckten See mitten in der Natur gewesen, aber heute war ihr die Strecke zu weit. Sie überredete Kilian, zu ihr an den Floriansee zu kommen.

*F*ür uns!« Kilian überreichte Jo ein kleines Paket. Er hatte in der Herzog-Otto-Straße eingekauft, in der italienischen Pasticceria Le Delizie, und himmlische Köstlichkeiten mitgebracht, die sie geschmacklich an die italienischen Seen auf der anderen Seite der Alpen katapultierten. Vom Genießen verstand Kilian eine Menge. Das war – nach Intelligenz und Humor – das Wichtigste bei einem Mann, fand Jo. Kilian hielt ihr seine Wange hin: »Du darfst! Ich werde mich nicht belästigt fühlen.«

»Aber vielleicht stellst du mir anschließend eine Rechnung«, sagte Jo.

»Wie meinst du jetzt das?«

»Deine Geheimnisträger haben nicht dichtgehalten. Dein Vater nicht und der Steimer auch nicht.«

»Na, dann weißt du ja sicher, dass mich die Marina nicht genommen hat, sondern vertröstet. Sie hat gemeint, ich müsse noch Erfahrungen sammeln, aber in Wahrheit durfte ich nicht für sie arbeiten, weil ihr mein Vater den Mietvertrag kündigen wollte für den Knödel-Kosmos meiner Schwester. Sippenhaft nennt man so was, gell! Dabei hätte ich das Geld wirklich brauchen können und den Sex auch.« Er zögerte, bevor er sagte: »Da hab ich ja dich noch nicht gekannt, Johanna, Jo.« Dann rückte er näher und mit der ganzen Wahrheit raus. Ja, er hatte einen lukrativen Nebenjob gesucht, um seinen wahren Traum zu verwirklichen: Er wollte sich zu einem professionellen Clown ausbilden lassen. Das Architektur- und Designstudium hatte er aufgenommen, um seinen

Vater, den Immobilien-Schöring, zu beeindrucken. Clown war für seinen Erzeuger kein Beruf. »Und ich wäre halt so gerne von ihm anerkannt worden.« Immerhin einer hatte ihn verstanden: Alois Steimer, den er als Co-Trainer beim 1. FC Rosenheim unterstützte. Natürlich auch ehrenamtlich. Alois hatte ihm den Job als Kavalier vorgeschlagen, damit er für die Clown-Ausbildung sparen konnte.

»Der Alois hat bei der Marina ein gutes Wort für mich eingelegt, aber die fand es absolut lächerlich, dass ich in Frauenklamotten bei ihr aufgetaucht bin. Den Witz hat sie nicht verstanden. Als ich der Marina dann noch gesagt habe, dass ich Klaudias Bruder bin, war es ganz aus, dabei habe ich damals noch gedacht, die Klaudia und die Marina wären Freundinnen. So, jetzt weißt du alles. Nein, eines noch: Mir tut es richtig leid, dass ich meinem Erzeuger verraten habe, womit der Alois Geld verdient. Damit hat ihn der Alte in der Hand.« Beschämt erzählte er Jo, wie Schöring ihn und Alois Steimer instrumentalisiert hatte: »Der Schöring hat versprochen, meiner Schwester Klaudia den Mietvertrag von Marina zu geben, wenn wir die Weiberheldin aus ihrem Laden vertreiben. Marina hatte nämlich einen Mietvertrag mit ungewöhnlich langer Kündigungsfrist, weil sie viel Geld in das alte Gewölbe gesteckt hatte, vielleicht auch, weil sich Schöring einst mehr von ihr versprochen hatte. Für meinen Vater ist alles ein Geschäft, auch die Liebe. Jedenfalls sollte Alois Steimer Marina erpressen, weil sie ja – wie soll ich sagen – also, Marina war gewissermaßen seine Kupplerin, seine Zuhälterin. Natürlich wollte die Marina nicht, dass das bekannt wird, aber erpressen hat sie sich auch nicht lassen. Die wollte ihre Geschäftsräume um jeden Preis behalten. Sie hat gemeint: Wenn der Schöring mich erpresst, dann erpresse ich zurück. Die ›Me-too‹-Bewegung kam ihr da gerade gelegen. Sexuelle Belästigung, weißt schon. Die wollte sie dem Schöring vorwerfen, wenn es nötig war, aber dazu kam es dann nicht.«

»Meinst du, dein Vater könnte es gewesen sein? Vielleicht hat Marina ihn ja wirklich erpresst.«

»Mein Vater würde niemals selbst Hand anlegen, der bezahlt lieber Anwälte, und zwar die besten.«

»Und Alois? Vielleicht wollte er auf eigene Rechnung arbeiten, und Marina war ihm im Weg?«

»Wirst lachen, aber ich glaub, der hat die Marina irgendwie gemocht. Ihr Geschäftssinn hat ihn beeindruckt, und sie war ja auch eine attraktive Frau. Nein, mein Freund Alois war's nicht. Ich tippe eher auf einen eifersüchtigen Ehemann. Der Alois, der Bazi, hat sich ja buchstäblich in die besten Rosenheimer Kreise hochgeschlafen. Aber Genaueres hat er mir nicht verraten. Der Alois ist diskret. Er meint, das sei er den Frauen schuldig. Von wegen Gentleman und so, der genießt und schweigt.« Na hoffentlich, dachte Jo, die mit diesem Gentleman vor zwei Jahren ein gewisses Gentleman's-Agreement eingegangen war. Im weichen Licht der Spätnachmittagssonne verzieh sie sich auch diesen Fehltritt. Vögel zwitscherten, und weit entfernt trieb ein Gettoblaster soulige Töne über die Badewiese in die Luft. Kilian ließ sich nach hinten ins Gras fallen und zog Jo zu sich. Dieser Moment sollte nicht verschenkt werden, meinte er. »Es gibt ohnehin nichts mehr zu sagen. Jetzt weißt du alles«, befand Kilian und küsste sie. Das konnte er gut. Aber Jo wollte nicht geküsst werden, sondern noch mehr wissen.

»Der Alois hat mit deinem Vater gesprochen, nachdem Marina bereits im Krankenhaus war. Du warst auch dabei. Im Wirtshaus zum Johann Auer. Mein Vater hat euch zusammen gesehen, und zugehört hat er auch.«

»Ja mei! Mein Vater braucht halt hin und wieder Leute, die andere Leute davon überzeugen, aus Wohnungen auszuziehen. Professionelle Rausschmeißer sozusagen. Da hat er den Alois und mich eingespannt. Den Alois erpresst er mit seinem heimlichen Nebenjob, und bei mir appelliert er an meinen Familiensinn. Aber in Wahrheit mache ich nur mit, weil ich den Alois nicht allein lassen kann. Immerhin habe ich ihn in die Sache reingezogen, als ich meinem Alten von seiner Arbeit als Kavalier erzählt habe.«

Wo waren sie eigentlich vorhin stehen geblieben? Er zog Jo wieder näher an sich ran. Sie schob ihn weg.

»Kilian, sei mir nicht böse, du bist zu jung für mich.«

»Das Alter spielt keine Rolle, wenn die Liebe mitspielt.«

»Dank dir, aber die Liebe macht mir schon genügend Probleme.« Außerdem hatte sie in Jos Leben bereits einen Namen: Jack Coleman. Darüber konnten auch Süßigkeiten, Sonnenschein und eine angenehme Schmuserei nicht hinwegtäuschen. Sie vermisste diesen Kerl! Heimlich, aber deutlich. Außerdem wollte sie ins Krankenhaus, um auf Marina aufzupassen. Sonja konnte nicht die ganze Nacht bleiben.

*E*ndlich saß seine Tochter wieder mit ihm am Tisch. Gemeinsam aßen sie zu Abend und brachten sich auf den neusten Stand. Vitus hatte sich Mühe mit dem Menü gegeben: eine bayrische Brotzeit mit allem Drum und Dran: Wurst, Schinken, Brot und »Bayrisches Chiemchi« von GmiasHunger. Stolz, als hätte er den fein geschnittenen Chinakohl eigenhändig zusammen mit Radi, Chili, Ingwer und Knoblauch eingelegt, hielt er Jo den kleinen Topf mit der Aufschrift »bayrisches Chiemchi« hin. Er erklärte, »Chiem« stehe für Chiemgau und »Chi« für die Lebensenergie, bevor er seiner Tochter riet: »Gibt dir Saueres, Johanna.« Die Sibylle Hunger von GmiasHunger hatte die jahrhundertealte Tradition des wilden Fermentierens in der Rosenheimer Region wiederbelebt. Sie würzte, was auf den Feldern und Wiesen wuchs, von Brennnesseln über Radieschen bis hin zum Spargel. Jo häufte das »bayrische Chiemchi« auf ihren Teller und erinnerte sich, dass »Kimchi« ein koreanisches Traditionsgericht war. Korea und Bayern auf einem Teller? Sie probierte es. »Internationale Beziehungen sind halt doch das Beste, gell, Papa?« Sie dachte an Jack, er dachte an das bayrische Kimchi, und beide waren sich einig.

»Wo wir gerade beim Thema sind, Johanna. Willst du wirklich wieder nach Amerika zurück, zu Jack, diesem Eheversager!«

Na servus! Schon nach wenigen Tagen mischte sich Vitus wieder in Jos Leben ein. »Ich will doch nur dein Bestes!«, schob er versöhnlich nach.

»Du willst, dass ich hierbleibe!«

»Ich hab nur noch dich.«

»Dann komm doch mit nach Amerika!«

»Red keinen solchen Schmarrn!«

»Auch Elvis war Amerikaner.«

»Elvis ist tot.«

»Das sind ja ganz neue Töne.«

»Musst du wirklich wieder heiraten, wo es doch schon beim ersten Mal nicht geklappt hat?« Vitus wusste nichts von Catering-Linda und Jos Zweifel.

»Papa, jetzt langt's aber!«

»Er hat dich schon einmal beschissen! Ich will es nur noch einmal gesagt haben. Beim ersten Mal war er der Narr, beim zweiten Mal wärst du die Närrin.«

»Die Rolle der Närrin verspricht wenigstens Spaß.«

Vitus winkte resigniert ab und wechselte das Thema.

»Wie läuft es eigentlich mit eurem Film?« Vitus gab sich interessiert, und Jo antwortete friedfertig. »Das Catering in Rosenheim ist definitiv besser!«

»Sag ich doch!«

Vitus' Smartphone blinkte. Eine Pushnachricht von *Rosenheim-News*. »Durchbruch im Fall Marina Pfister.« Er zeigte Johanna die Headline. »Weißt du was, was ich nicht weiß?« Sie schüttelte den Kopf und fragte: »Hat dir die Liesel nichts erzählt?« Jetzt schüttelte Vitus den Kopf und klickte auf den Artikel. Ausnahmsweise hatte sich der Chefredakteur nicht selbst in Szene gesetzt.

Durchbruch im Fall Marina Pfister

Intime Sprachaufnahmen der Rosenheimer Geschäftsfrau aufgetaucht. Die »Weiberheldin« betätigte sich als Kupplerin und vermittelte heimlich käufliche Liebe. Exklusiv auf Rosenheim-News.de.

Nach einem Mordversuch liegt sie im Koma, die Rosenheimer Persönlichkeitstrainerin und selbsternannte »Weiberheldin« Marina Pfister. Die Polizei tappt noch im Dunkeln, ihr fehlt die heiße Spur. Doch jetzt wurde *Rosenheim-News.de* eine Sprachdatei zugespielt, aus der hervorgeht, dass Marina Pfister ihren Kundinnen professionelle Kavaliere vermittelte und möglicherweise erpresst wurde. Ja, liebe Leserinnen und Leser, es geht um dieselbe Marina Pfister, die Frauen anstiftete, politisch unter dem Namen »die Bunten« anzutreten. Hat es hier eine Rosenheimerin zu bunt getrieben? *Rosenheim-News.de* hält euch auf dem Laufenden. Folgt uns auf Facebook, Twitter, Instagram und ladet eure Freunde ein. Die Aufnahme wird heute Abend um 20:00 Uhr exklusiv auf *Rosenheim-News.de* als Audiodatei zu hören sein. Heute um 20:00 Uhr. Lasst euch die Wahrheit nicht entgehen. *Rosenheim-News.de bringt's …*

Vitus Pangratz griff zum Telefon und rief im Kommissariat an. »Hopfinger, hast du die Sprachaufnahmen? Welche Sprachaufnahmen? Das ist jetzt nicht dein Ernst, oder? Ja schau auf *Rosenheim-News.de*!« Ein Blick auf die Uhr. Noch fünfzehn Minuten, dann würde *Rosenheim-News.de* die Sprachaufnahme posten, bis dahin hatten vermutlich auch alle anderen Regionalmedien die Information online verbreitet.

»Gleich wird es spannend, Johanna.«

»Darf er das überhaupt, der Anzenberger, die Aufnahmen so einfach öffentlich machen?«

»Der scheißt sich nichts, wenn es um Aufmerksamkeit geht. Erst der Erfolg, dann das Gesetz.«

»Wahrscheinlich lässt der Hopfinger gleich die Redaktion stürmen.«

»Das würde dem Herrn Chefredakteur gefallen. Der hat sein Handy immer schussbereit, aber so schnell ist der Hopfinger nicht, und verhindern würde er ohnehin nichts mehr, der Anzenberger hat sicher bereits alles gespeichert und in die Wege geleitet. Das nimmt jetzt seinen Lauf.« Wieder schaute er auf die Uhr.

»Eigentlich müsste der Hund noch raus.«

»Mach halt die Terrassentür auf.«

»Auf gar keinen Fall. So ein großer Hund braucht mehr Auslauf.« Hopfen lag in der Ecke. Jo vermutete, er dachte wieder an sein Frauchen. Armer Hund.

»Also gut! Komm, Hopfen, zehn Minuten Power-Gassigehen.« Der Hund sprang auf und folgte Jo nach draußen.

Der Chefredakteur von *Rosenheim-New.de* moderierte die Sprachaufnahme persönlich an, dabei gab sich Sepp Anzenberger hörbar Mühe, tief und souverän zu klingen. Er begrüßte seine Onlinefamilie: »Wir Rosenheimer sind ja alle eine große Familie«, mit der er in wenigen Sekunden die »exklusive Aufnahme« teilen wollte, die man *Rosenheim-News* zugespielt hatte. »Unserem Onlinenachrichtendienst und nicht dem *Oberbayrischen Volksblatt!*«, wie er betonte. Für Anzenberger war dies ein weiterer Beweis, dass sich *Rosenheim-News.de* zum führenden multimedialen Nachrichtendienst der Region entwickelt hatte. Anzenberger zog den Vergleich zu *bild.de* und *spiegel.de*. »Wir sind die Ersten und die Schnellsten. Immer voran, immer voraus. Am Puls der weiß-blauen Heimat.« Gemeinsam wollten sie nun hören, was Marina Pfister als womöglich letzte Botschaft hinterlassen hatte. Und vielleicht, darauf zählte er, würden sie gemeinsam die männliche Stimme zuordnen können, mit der Marina Pfister diskutierte. Er bat noch einmal um Aufmerksamkeit, wies erneut auf die »Exklusivübertragung« hin und bat die Rosenheimer, »den feigen Mordanschlag auf eine Bürgerin unserer Stadt gemeinsam zu klären«.

Ein kurzer Einspieler mit dramatischer Musik, die Jo an die *Tatort*-Titelmelodie erinnerte, dann hörte sie seit langem das erste Mal wieder Marinas Stimme.

»Lass uns vernünftig bleiben. Ich versteh ja, dass du mehr willst. Das will ich auch. Aber wir dürfen es nicht übertreiben. Wir müs-

sen dieses Geschäft langsam anlaufen lassen«, sagte Jos beste Freundin.

»Von langsam anlaufen kann keine Rede sein. Ich muss jedes Mal sofort anspringen und Leistung zeigen.« Jo erstarrte. Sie erkannte auch, wer jetzt sprach.

»Du willst es doch auch«, erwiderte Marina dem Mann.

»Darum geht es nicht.«

»Wie wär's mit ein bisschen Dankbarkeit und Anstand? Ohne meine Vermittlung würde keine Frau Geld für deine Gesellschaft bezahlen. Im Gegenteil. Du würdest eine Abfuhr nach der anderen kassieren und am Ende auf deinen Unkosten sitzen bleiben. Blamiert. Schau dich doch an!«

»Meine Kundinnen sind zufrieden!«

»Ja, weil ich dich als Kavalier verkaufe, obwohl du in Wahrheit nur ein Provinz-Casanova bist. Gut bestückt, das schon, aber du kannst es dir nicht erlauben, in die Hand zu beißen, die dich füttert. Sei kein dummer Hund, wenn du der Märchenprinz sein kannst.«

»Märchenprinz für die Frauen, Hofnarr für dich.«

»Jetzt übertreib nicht, ich hab noch viel zu tun, und dir würde es nicht schaden, an deinem Sixpack zu arbeiten, sonst wird daraus noch eine Schweineschwarte. Oink! Oink!«

»Das hab ich nicht nötig, mich so von dir behandeln zu lassen!«

»Ach komm, jetzt mandl dich nicht so auf! Niemand ist unersetzbar, und für deinen Posten gibt es inzwischen auch jüngere Bewerber. Die müssen nichts einschmeißen.«

»Bei mir läuft es auch noch von selbst! Das solltest du eigentlich am besten wissen, Marina. Erinnerst du dich?« Der Mann senkte seine Stimme und reicherte sie mit Sex an. »Wer kümmert sich im Moment eigentlich um dich?«

»Finger weg!«

»Wenn das so ist, dann will ich erst recht mehr Geld!«

»Schleich dich!«

»So billig lass ich mich nicht abspeisen. Du wirst schon sehen, was du davon hast!«

An dieser Stelle endete die Aufnahme, und Sepp Anzenberger schaltete sich wieder ein. »Wer war dieser Mann, der Marina Pfister bedroht hat? Kommt euch die Stimme bekannt vor? Dann kommentiert bitte euren Verdacht unter unserer Meldung. Wir leiten alle Informationen an den verantwortlichen Kommissar weiter. Wie ihr sicher wisst, konnte der Beamte Harald Hopfinger im Fall Marina Pfister bisher keine Ermittlungserfolge verzeichnen, genauso wie im Fall Karola Bazinger. Jetzt helfen wir der Polizei! Ganz Rosenheim ermittelt. Eine Stadt, ein Team. Wem gehört diese Stimme? Ruft uns an.«

Jo schaute ihren Vater an. Sie wusste genau, wem diese Stimme gehörte. »Alois Steimer.« Vitus dachte kurz nach, bevor er Jo seinen Entschluss mitteilte: »Auf geht's! Wir müssen schneller beim Steimer sein als Kommissar Hopfinger oder der wütende Mob.«

Jo sprang in Vitus' Ford Mustang V8 Coupé, und sie fuhren los, während sie versuchte, Alois auf dem Handy zu erreichen.

Endlich antwortete er. Er war in seiner Agentur, »am Esbaum«. In der engen Straße parkten sie direkt vor seinem Schaufenster von »Alois Steimer – Versicherungs- und Vermögensberatung«.

Sekunden später ging die Tür auf. Aber es war nicht Alois, der heraustrat, sondern Monika Hopfinger, die Frau des Kriminalkommissars. Sie schaute prüfend nach links und rechts, entdeckte Vitus' auffälligen Wagen, überlegte offensichtlich, ob sie den Rückzug antreten sollte, hob dann aber grüßend die Hand und verschwand mit schnellen Schritten von der Bildfläche.

»Wahrscheinlich hat sich die Moni gegen Langeweile versichert«, meinte Vitus Pangratz ebenso beiläufig wie zweideutig. Im nächsten Moment kam Alois Steimer.

»Dass ich den Kerl mal in Schutz nehme, zumindest vorläufig, hätte ich mir nicht träumen lassen«, brummte Vitus, aber Chefredakteur Sepp Anzenberger war mit *Rosenheim-News.de.* zu weit gegangen.

Alois riss die Beifahrertür auf. »Wo soll ich sitzen?« Jo zeigte nach hinten. »Versteck dich und wisch dir den Lippenstift vom Ohr. Hat da Monika Hopfinger ihre Spur hinterlassen?«

»Dazu sag ich nichts. Berufsgeheimnis. Sagt ihr mir lieber, wohin wir fahren?«

»Aus der Gefahrenzone raus.«

Während Alois Steimer seine große Figur auf der Rückbank des amerikanischen Sportwagens zusammenklappte, begann Vitus mit seiner Befragung. »Zeit für die Wahrheit, Herr Steimer. Sie haben ein Motiv, das jetzt ganz Rosenheim kennt: Gier. Obendrein hatte Marina Pfister Ihr Image und Ihre Ehe in der Hand.«

»Was soll der Schmarrn? Ich hab die Marina mögen. Wir haben voneinander profitiert. Wir haben uns gutgetan, vor allem finanziell. Unsere Geschäftsbeziehung war offener und ehrlicher als so manche Liebesbeziehung. Jeder wusste, woran er bei dem anderen war.« Alois klang überzeugend, aber welcher Täter schreit schon laut: »Hier! Ich war's!«, wenn er eine Chance sah, ungeschoren davonzukommen.

»Wie sieht es mit deinem Alibi aus?«

»Ich war an dem betreffenden Abend zu Hause, bei Frau und Kind. Mein Sohn hat Ballett geübt, und ich habe mich bemüht, Interesse zu zeigen. Schwer genug.«

»Das werden wir überprüfen«, sagte Vitus.

»Wenn der Hopfinger schnell ist, macht er das gerade«, meinte Jo.

»Der Hopfinger ist nicht schnell!«

»Er reitet ja auch keinen Mustang. Runter vom Gas, Papa. Wir wollen schließlich nicht von der Polizei angehalten werden.

Schon gar nicht mit dem Kerl auf dem Rücksitz, den jetzt vermutlich halb Rosenheim sucht.«

Jo drehte sich zu Alois nach hinten und wollte wissen, woher die Sprachaufnahme stammen könne. »Ich hab meine Gespräche mit der Marina ganz sicher nicht aufgenommen, wo doch meine Gattin regelmäßig versucht, mein Handy auszuspionieren. Vielleicht hat die Marina ihr Handy mitlaufen lassen?«

»Liegt nahe, Marinas Handy war nicht zu finden.«

»Wahrscheinlich hat der Mörder das Handy eingesteckt oder die Person, die Marina gefunden hat.« Alois klang begeistert von seiner Kombinationsgabe.

»Der Jürgen hat die Marina gefunden! Gemeinsam mit seinem Sohn Ludwig«, sagte Vitus bestimmt. Er leitete hier die Ermittlungen.

»Dem Jürgen traue ich viel zu, aber nicht, dass er den Ludwig wissentlich zum Tatort schleppt. Der Bub bekommt doch das Bild seiner halbtoten Mutter nie aus dem Kopf. Außerdem hätte Jürgen nicht den Notarzt gerufen, wenn er Marinas Tod gewollte hätte«, warf Jo ein.

Erstens, meinte Vitus, machte das Kind am Tatort Jürgen nur umso glaubwürdiger, zweitens hatte er nicht damit gerechnet, dass Marina noch lebte.

»Der Kommissar Hopfinger war doch sicher auch am Tatort«, meldete sich Alois Steimer von hinten. »Vielleicht hat er herausgefunden, dass seine Frau, die Monika, gewisse, wie soll ich sagen, also gewisse Geschäftsbeziehungen mit der Marina angebahnt hat, und wollte die Beweise vernichten, weil die Gelegenheit gar so gut war. Ich meine, es wirft doch kein gutes Licht auf einen Mann, wenn seine Frau dafür bezahlt, dass es ihr ein anderer besorgt. Und mich mag der Hopfinger sowieso nicht, was übrigens auf Gegenseitigkeit beruht.« Mit dem vor wenigen Minuten noch beschworenen »Berufsgeheimnis« schien es Alois Steimer plötzlich nicht mehr genau zu nehmen.

»Die Monika Hopfinger war also tatsächlich Ihre Kundin«, fasste Vitus zusammen.

»Eine sehr zufriedene Kundin. Eine Stammkundin.« Stolz schwang in Alois' Stimme. »Und die Marina Pfister hat uns – wie soll ich sagen – verkuppelt«, ergänzte er.

»Daraus lässt sich ein Motiv stricken.« Vitus strich sich seine Tolle zurück, ganz lässiger Privatermittler. Er hatte einen neuen Hauptverdächtigen im Fall Marina Pfister: Kommissar Harry Hopfinger. Spielte ihm das Leben hier einen Ball zu? Direkt vor die Füße? Er würde ihn in einen Treffer verwandeln und Alois Steimer retten. Womöglich wollte Kommissar Hopfinger dem armen Steimer seine Tat in die Schuhe schieben. Noch einmal strich sich Vitus über sein Haar.

»Hört mal zu, was sich auf *Rosenheim-News.de* tut.« Jos Stimme bebte vor Aufregung und Belustigung.

In der Kommentarspalte von *Rosenheim-News.de* waren inzwischen der Teufel und seine Gehilfen los. Jo las vor.

probierKurti: »Ich hab's auch drauf. Wie viel verdient man als Lover?«

ichschwöre27zentimenter: »Wird aber auch Zeit, dass die Frauen nicht mehr alles umsonst bekommen.«

Innsiderin1977: »Sexy Stimme, aber sie hat recht mit dem Sixpack. Pump it up! Ich weiß, wer du bist. See you! Feel you! Fuck you!«

Langstreckenflieger: »Geile Geschäftsidee! War ja auch 'ne geile Frau!«

hotpantsRosenheim: »Wer zahlt denn für den Steimer?«

HuberHiasTheOneAndOnly: »Ja genau, ich hab die Stimme auch erkannt! Die gehört diesem schmierigen Steimer Alois, der selbst 90-Jährigen noch eine Rentenversicherung verkauft. Wenigstens hat er es jetzt einmal mit körperlicher Arbeit versucht. Das älteste Gewerbe der Welt ist immer noch ehrlicher als die Versicherungs- und Finanzbranche. Ja mi leckst.«

RoFestnetz08031...: »Heiß und willig. Ruf mich an.«

foreverBlauweiss: »Diese Stadt ist dem moralischen Untergang geweiht, wenn wir nicht bald die richtige Wahl treffen.«

Achtsamkeit75: »Der Steimer, wer sonst! Das Arschloch von der Seitenlinie ist ein Stricher. Wie passend!«

Anschiiiii: »Schon mal was von Nettikette gehört? Arschgeigen!«

uiuiuiuiUS: »Die arme Uschi Steimer! So eine herzensgute Frau muss an so einen Saukerl geraten. Die hat Besseres verdient, die Uschi.«

dukannstwasimmerduwillst: »Den Kavalier, den rate ich dir.«

»Hör auf!«, brüllte Steimer entnervt und verzweifelt von der Rückbank. »Ich kann mich nie wieder in Rosenheim blicken lassen... Mein armer Sohn, der Adrian.«

Jo las ungerührt weiter.

Siebenaufeinenschlag: »Der Steimer hat auch die Karola Bazinger auf dem Gewissen. Die hat es doch mit dem getrieben, die Bazingerin. Die hat's ja gerne bunt getrieben... wenn ihr wisst...«

Bildungsbürger: »Schämen Sie sich! Beim *Oberbayerischen Volksblatt* ist das Niveau höher. Im Zweifel für den Angeklagten, das muss auch für Alois Steimer gelten.«

NapoleonB: »Vielleicht war es ein Versehen beim Liebesspiel? Vielleicht wollte der Steimer der Marina ein Vergnügen bereiten und ist zu weit gegangen? Im Krieg und in der Liebe ist alles erlaubt.«

»Es gab keine Hinweise auf sexuelle Handlungen«, erinnerte Vitus.

»Dass die Marina mit dir... Also, das enttäuscht mich jetzt schon«, kritisierte Jo nach hinten auf die Rückbank, wo Steimer sich langsam aufsetzte. Die Stadtgrenzen von Rosenheim lagen hinter ihnen.

»Die Sache mit Marina war gewissermaßen ein zwölfstündiges Assessmentcenter und die Sache mit Frau Hopfinger ein Job.«

Im Endeffekt hatten er und Marina Pfister eine Win-win-Situation für alle geschaffen: für vernachlässigte Frauen, für die Weiberheldin Marina Pfister und für ihn selbst, Alois Steimer, den Kavalier vom Dienst. »Klar hätte ich gerne noch mehr verdient, und sicher hätte ich mich irgendwann selbstständig gemacht, aber dafür hätte ich Marina doch nicht gleich umbringen müssen. Ich hab andere Mittel, die Frauen auf meine Seite zu ziehen. Einmal Alois, immer Alois. Gell?« Jo verdrehte die Augen.

Sie fuhren auf einer Landstraße, die an einem Wald vorbeiführte. Seine hohen Bäume warfen Schatten auf den Asphalt. »Und jetzt?«, fragte Jo. »Wohin bringen wir den Alois?« Vitus lenkte seinen Blick für einen kurzen Augenblick weg von der ruhigen Straße, hin zu seiner Tochter. Johannas Profil erinnerte ihn an ihre Mutter Rosina. Seine verstorbene Frau hatte seine Vorliebe für amerikanische Wagen geteilt. Ihr würde das neue Modell gefallen. Er erhöhte die Geschwindigkeit. »Achtung!« Jo, die sich weiterhin auf die Fahrbahn konzentrierte, schrie: »Papa, pass auf!« Erschrocken schaute er nach vorn. Da sah er es auch. Etwas kam aus dem Wald und galoppierte zwischen den Bäumen hervor auf die Fahrbahn. Er erkannte Rüssel und Pürzel. »*Zefix!*« Volle Kraft auf die Bremse. Eine Hand ans Lenkrad gekrampft, mit der anderen versuchte er, seine Tochter zu schützen. Zu spät. Der Mustang krachte frontal in das Wildschwein. Der Aufprall schleuderte das Tier durch die Luft. Es flog in einem Bogen meterweit nach vorn, bevor es auf den harten Asphalt knallte. Vitus' Wagen kam knapp hinter dem Tier zu stehen.

»*Zefix!*«, wiederholte sich Vitus und stieg aus. Alois Steimer und Jo folgten ihm.

Zu dritt standen sie um das Wildschwein herum. Mit den Worten »*Schau hi! Die is hi*«, stellte Alois den Tod des Tieres fest. Ein Blick hatte ihm genügt. »Jetzt bräuchten wir einen Metzger. Schade, dass die Diana nicht mehr lebt.« Alois spielte auf Vitus' letzte große Liebe an, die passionierte Jägerin Diana, die gewusst hatte, wie man Wild zerlegt. Jo legte ihrem Vater vorsorglich und beruhigend die Hand auf den Arm.

»Das gute Fleisch«, sagte Alois.

»Wir müssen die Polizei oder den Förster rufen. Das Vieh könnte Tollwut haben«, meinte Vitus.

»Der Bezirk hier ist doch nicht gefährdet«, sagte Alois.

»Hopfen würde sich sicher freuen«, meinte Jo, die ein schlechtes Gewissen hatte, weil der Hund allein zu Hause war. »Wir könnten das Schwein portionsweise für den Hund einfrieren. Ist doch ein Jagdhund, der Hopfen.«

»Im Internet finden wir sicher eine Anleitung zum Schweineschlachten«, sagte Alois. Der Wildunfall kam dem Gelegenheitskavalier gelegen. Er lenkte ihn von seinen Sorgen ab.

»Wir könnten es dem Willi Gschwendtner vom Sauguad, dem Feinschmeckerlokal, vorbeibringen«, meinte Jo. Im Sauguad hatte Diana bis vor zwei Jahren die Beute ihrer Wilderei verarbeitet. Ihr ehemaliger Chef, der Gschwendtner Willi, freute sich über gutes, günstiges Fleisch, und wenn er beim Preis sparen konnte, sparte er auch bei den Fragen. Kein Zweifel.

»Also gut«, sagte Vitus. »Bringen wir dem Gschwendtner die Sau und den Keiler gleich mit. Vielleicht hat er ja ein Versteck für unseren Kavalier.« Er öffnete den Kofferraum, in dem Hopfens neue Hundematratze lag, die es dem Hund im Wohnzimmer gemütlich machen sollte. Das Preisschild hing noch an der Seite. Nach dem Tiertransport würde Vitus eine neue kaufen müssen. Diese war für die Sau. Zu dritt hievten sie das Tier in den Wagen und schlossen den Kofferraumdeckel. Was für ein Tag! Auf zum Willi! Auf zum Sauguad, dem Feinschmeckerlokal.

*V*itus Pangratz wendete auf freier Strecke, hinterließ eine Blutspur und fuhr zurück Richtung Rosenheim. Sein Fahrgast auf der Rückbank protestierte, indem er gegen die Rückbank schlug.

»Steimer! Kein Rabatz in meinem Auto!«, schimpfte Vitus.

»Das bin nicht ich, das kommt aus dem Kofferraum«, behauptete Alois. »Die Sau lebt.«

»Willst mich jetzt verarschen?«

»Ich glaube, es ist besser, wir halten an.«

Es stimmte. Die Geräusche kamen tatsächlich aus dem Kofferraum. Das Wildschwein hatte den Unfall überlebt. Vermutlich waren es die letzten Zuckungen, die es bewegten. Gleich würde es vorbei sein. Vitus, Alois und Jo warteten vor dem Kofferraum, dass Ruhe einkehrte. Stattdessen polterte zunehmend das Leben. Die Sau wütete und rammte gegen den Kofferraumdeckel.

»Wenn wir den Deckel öffnen, wird's gefährlich. Für alle«, meinte Alois Steimer.

»Wenn die Sau ihn öffnet, auch«, erwiderte Vitus Pangratz.

»Wir brauchen einen Schlauch«, sagte Jo. »Um die Abgase in den Kofferraum zu leiten.«

»Willst einen Selbstmord vortäuschen? Jo, du bist genial!« Alois fand sich witzig, während Jo darüber nachdachte, wie sie dem Tier möglichst schmerzfrei helfen könnten. Es hatte sich vermutlich alle Knochen gebrochen und bäumte sich unter dem Einfluss von Stresshormonen ein letztes Mal auf. Arme Sau!

»In diesem Schwein schlägt ein Herz, und wahrscheinlich hat es auch mehr Gefühle als du.«

»Ach, hab mich doch gern!« Alois drehte sich um, ging zum Straßenrand und erleichterte seine Blase.

Jo hatte eine neue Idee. »Du musst das übernehmen Papa, mit einem gezielten Schuss.« Sie hatte gesehen, wie er sich zu Hause sein Schulterholster umgelegt hatte.

Vitus zögerte.

»Die Wildsau zerstört dir den gesamten Kofferraum, und dann rammt sie sich nach vorn. Dein Auto wird anschließend nicht mehr dasselbe. Nie wieder.«

»Pfeif auf den Wagen, im Endeffekt ist das ein Haufen Blech, mit dem ich meiner Einsamkeit davonfahren möchte.«

»Aber die Sau ist lebensgefährlich! Denk doch nur an Diana und an Tiger Wild.« Diese beiden Menschen waren gewissermaßen Wildschweinen zum Opfer gefallen, erinnerte ihn Johanna unnötigerweise.

»Die Tiere sind instinktgetrieben, dafür können sie nichts«, rechtfertigte Vitus die Schweinerei.

»Ich frage mich, wo dein Überlebensinstinkt bleibt, aber wenn du schon nicht an uns denkst, dann hab wenigstes Erbarmen mit dem armen Tier. Die angefahrene Sau leidet. Jeder echte Tierfreund würde jetzt zur Waffe greifen. Wo bleibt dein Mitgefühl?« Seine Tochter hatte recht. Die Lage forderte eine Entscheidung. Breitbeinig stellte Vitus sich vor den Kofferraum, sang ein paar Takte von »It's now or never«, um sich selbst zu beruhigen, dann gab er Alois Steimer die Anweisung, den Deckel langsam zu öffnen. Ein vergeblicher Versuch. Schon flog die Klappe mit Wucht nach oben, und das Wildschwein steckte seine lange blutige Schnauze aus dem Kofferraum, bereit zum Sprung. Rund neunzig Kilo Kraft. Vitus reagierte. Er zielte von der Seite auf den Brustraum und drückte ab. Ein Meisterschuss. Aus dem Körper des Wildschweins sickerte Blut auf sein borstiges Fell. Das Tier sank zurück in den Kofferraum. Tot. Erlöst. Seine Jagdgötting Diana wäre stolz auf Vitus' Treffer gewesen. In diesem Moment fühlte er sich mit der toten Geliebten verbunden und sang ein paar Takte nach oben zum Himmel: »That's all right, Mama!« Dann drückte er den Kofferraumdeckel über dem toten Schwein zu. Willi Gschwendtner würde sich über das Fleisch freuen und Hopfen auch.

Sonja schaute ungeduldig auf die Uhr. Sie musste dringend nach Hause, zu ihrem Kind. Trotzdem, sie hatte gerne am Krankenbett von Marina Wache gehalten.

»Wir passen auf die Marina auf, gell!«

»Eine für alle, alle für eine!« Sonja verabschiedete sich.

Jo machte es sich auf dem Stuhl neben Marinas Bett bequem. Ihr Vater wollte Bazinger beschatten und gleich morgen Hopfinger auf den Zahn fühlen. Wusste der Kommissar, dass sich seine Frau mit einem Kavalier vergnügte? Mit der Hand auf dem Arm ihrer Freundin, damit diese Jos Anwesenheit spürte, begann sie zu erzählen. Sie erzählte von Alois, dem Wildschwein und Willi Gschwendter, der sich in diesem Moment um das tote Tier kümmerte, mit Alois an seiner Seite. »Morgen gibt's im Sauguad bestimmt wieder Wildschweinburger. Stell dir das vor!« Die Realität war immer verrückter als die Fiktion. Aber wer wüsste das besser als Marina Pfister? Nicht wahr? Bankkauffrau, Spielerfrau, Mutter, Dildofee, Weiberheldin, Coach, Kupplerin und im Verborgenen politische Agitatorin. »Marina, dein Lebenslauf gefällt mir. Ich bin schon gespannt auf die Fortsetzung.« Ihre Freundin antwortete, indem sie mit ihren Lippen beinahe unmerklich ein Grinsen andeutete. Jo war ganz sicher, es gesehen zu haben. Ohne Zweifel hatte Marina alles verstanden, sei es auch nur gefühlsmäßig. Der wilde Tag hatte einen lohnenen Höhepunkt, aber jetzt forderten die Aufregungen der vergangenen Stunden ihren Tribut. Jo gähnte. »Ich bin so müde, Marina, so müde.« Aber Jo musste wach bleiben, um ihre Freundin zu beschützen, was, wenn sie Jürgen Pfister doch falsch einschätzten und er die Nacht nutzen wollte, um Witwer zu werden? Was, wenn Kommissar Hopfinger nur deshalb nicht ordentlich ermittelte, weil er sich nicht selbst belasten wollte? Was, wenn es den großen Unbekannten gab? Was, wenn Alois Steimer doch nicht so unschuldig war, wie er glaubhaft versicherte? Jo musste in der kommenden Nacht mit allem rechnen. Wie gerne hätte sie Hopfen an ihrer Seite gehabt, aber der Hund hütete heute das Haus ihres Vaters. Sie beneidete das Tier um seine Nachtruhe, während bei ihr die Anspannung stieg. Indem sie Marina gut zuredete, versuchte sie, sich selbst zu beruhigen. »Wahrscheinlich wiegt sich der Mörder in Sicherheit, weil jetzt alle den Alois Steimer jagen. Andererseits weiß der Mörder besser als jeder andere, dass es nicht der Alois war. Der Mörder muss damit rechnen, dass du aufwachst und deinen Fall selbst klärst, was ja leider bislang weder Kommissar Hopfinger noch Privatermittler Vitus Pangratz geschafft haben. Meinem Vater darfst es nicht übel nehmen, den beuteln seine Gefühle. Vielleicht beutelt ihn auch das Alter, aber Alter ist ja wohl zuerst ein Gefühl. Oder? *Mei oh mei*, ich bin zu müde für derartige Fragen.« Sie schaute, wie spät es war. Ihre heimliche Komplizin Schwester Helga hatte ihr verraten, um welche Uhrzeiten die nächtlichen Kontrollen stattfanden. Jo durfte sich nicht im Krankenzimmer erwischen lassen. Die offizielle Besuchszeit war längst beendet.

Jo schob den Besucherstuhl an die Wand neben Marinas Bett und lehnte sich zurück. Ihr Kopf nickte nach hinten an die harte Mauer. Sie durfte nicht einschlafen. Um sich wach zu halten, dachte sie an Jack. Der Kerl war dazu prädestiniert, ihr den Schlaf zu rauben. Sie holte ihn in ihr Bewusstsein, wo er ohnehin zu jeder Zeit unter der Oberfläche lauerte. Hinterhältig, wie er war, ihr Exmann. Konzentriert vergegenwärtigte sie sich sein kluges Gesicht mit den sensiblen, sinnlichen Lippen, seinen intensiven Blick, seinen maskulinen Körper, seine geschmeidigen, selbstbewussten Bewegungen. Sie sah Jack, wie er freundlich, aber bestimmt Regieanweisungen gab, wie er am Laptop Dialoge schrieb und wie er sich über ihre Kochkünste lustig machte. Leider wurden die schönen Erinnerungen von einem aktuellem Bild verdrängt: Jack, wie er begeistert in einen von Catering-Lindas veganen Burger biss. Das gewürzte Wasser aus dem gefakten Hackfleisch lief ihm über das markante Kinn. Schnell schloss Jo die Augen, um ihre Tränen zu unterdrücken. Ihre Müdigkeit nutzte den langen Moment der geschlossenen Lider, um Jo in einen leichten Schlaf zu ziehen. Als sie beinahe über die Schwelle zum Tiefschlaf nickte, drang ein gleichmäßiges Geräusch zu ihr durch. Noch war es hinter der Zimmertür auf dem Krankenhausflur, aber es kam näher und näher. Jo riss die Augen auf. Ja, sie hörte es ganz genau: Schritte auf dem Flur. Zwei Beine? Vier Beine? Vielleicht drehte die diensthabende Nachtschwester ihre Runden früher, als Helga es gewöhnlich tat? Vielleicht näherte sich aber auch der Mörder. Jos Herz schlug, als wollte es die Körpergrenze durchbrechen. Zwischen ihren Ohren pulsierte es. Blut rauschte nach oben und unten. Ihre Knie wurden weich. Sie musste sich verstecken. Jetzt! Sofort! Dafür blieb ihr nur der Wandschrank. Hastig öffnete sie seine Tür und schlüpfte in die enge, muffige Dunkelheit. Im Fach, das für Koffer und große Reisetaschen gedacht war, kauerte sie sich zusammen. Es war leer, weil es Jürgen anscheinend nicht für nötig hielt, seiner Frau Kleidung ins Krankenhaus zu bringen. Schon hörte Jo, wie die Tür zu Marinas Zimmer geöffnet wurde. Schritte liefen durch den Raum. Jo vermutete, sie liefen zu Marinas Bett. Hoffentlich war es die Nachschwester. Sie betete darum, während sie sich darauf gefasst machte, gleich den Mörder zu sehen. Ihr Vater hatte sie mit Tränengas und guten Ratschlägen bewaffnet. Die kalte Sprühdose umklammernd, öffnete Jo vorsichtig die Schranktür einen Spaltbreit. Es war keine Krankenschwester, die an Marinas Bett stand.

*V*itus Pangratz hatte seinen Sportwagen unweit von Bazingers SUV-Panzer geparkt, auf dessen breitem Heck ein rautenförmiger Aufkleber forderte: »Weiß-blau wählen, weil mia mia san!«, Immer häufiger sah Vitus weiß-blaue Wahlwerbung auf ansonsten makellosen Autos pappen. Niemals würden derart plumpe Slogans seinen Wagen versauen. Apropos versauen, sein Mustang brauchte dringend eine Vollreinigung und ein Parfümbad. Nie wieder würde er ein anderes Tier als Hopfen chauffieren. Froh, dem Gestank zu entfliehen, stieg er aus und folgte Bazinger zum Bierzelt. Wie durch ein Wunder hatte er einen Parkplatz in Sichtweite von Bazingers Privatstellplatz hinter dem Bazi-Zelt gefunden. Vitus lief schneller, um Karolas Witwer nicht aus den Augen zu verlieren.

Bazinger verschwand in dunkler Trauerkleidung im Bazi-Zelt. Vitus lehnte sich an einen Zeltpfosten und beobachtete, wie sich der Brauerei-Chef an der Schenke eine Maß holte und mit einer Bedienung schäkerte. Da spürte er Bewegung in seiner Hosentasche. Es war sein Telefon, das vibrierte. Das Display gab den Namen der Anruferin frei: Liesel Dirscherl, oder »Lilibeth«, wie der Vollpfosten Schöring sie nannte. Um diese Zeit? Hört. Hört. Vitus ging vors Zelt, um Liesel zu verstehen.

»Habe die Ehre!« Diesmal würde er es nicht verderben. Ja, er freute sich über Liesels Anruf. Doch leider klang ihre Stimme nicht warm wie gewohnt, sondern distanziert, abgehoben.

»Vitus, ich muss mit dir reden, der alten Zeiten zuliebe.« Sie wollte nicht lange rumfackeln, sondern gleich zum Wesentlichen kommen. Ihm schwante das Schlimmste. Eine Kurzschlussreaktion, nachdem sie lange Jahre gewartet hatte. Die ultimative Rache für sein Verhalten. Um es ihm heimzuzahlen, würde sie sich selbst opfern. Die Frau, die ihm die Hälfte seines Lebens eine treue Gefährtin gewesen war, würde sich ins Unglück stürzen. Schuld war er, Vitus Pangratz.

»Liesel, jetzt sag bitte nicht, dass du den Schöring heiraten willst!«

»Geh, Vitus, das würde dir doch am Allerwertesten vorbeigehen.«

»Das glaubst aber auch nur du!«

»Ist schon recht, Vitus. Ich hab mir lange genug was vorgemacht.« Seit wann klang seine Liesel so abgebrüht?

»Liesel, ich wollte dir nicht wehtun. Niemals!«

»Das glaub ich dir, Vitus, aber einen Unterschied macht es jetzt auch nicht mehr. Lass uns Freunde sein, das waren wir im Grunde sowieso immer. Jedenfalls aus deiner Sicht.«

»Freunde? Liesel, wir waren so viel mehr!«

»Mag schon sein, aber am Morgen darauf war ich dir nie genug.«

»Weil ich ein Depp bin, Liesel, ein Depp, ein damischer! Ein Hirsch! Ein Hanswurst!«

»Jetzt ist es auch schon Hanswurst, ganz wurst. Alles wurst. Ach, was red ich denn? Letztendlich fügt sich ja doch alles in die Realität, auch die Liebe.«

»Nichts fügt sich, Liesel, ich mag ein Hirsch sein, aber der Schöring ist eine Wildsau!«

»Eber, um genau zu sein! Ein Eber, der weiß, was er will! Mich! Und jetzt lass es gut sein, Vitus.« Sie klang entschlossen. Sie meinte es ernst. Doch sie wollte auch Aufklärung im Fall Marina Pfister, und die versprach sie sich von Vitus. Deswegen hatte sie eine Information für den Privatdetektiv: In Karola Bazingers

Hütte war ein langes, künstliches braunes Haar, gefunden worden, es stammte vermutlich aus derselben Perücke wie das Haar, das bei Marina Pfister gefunden wurde. Wer trug Perücken? Vitus erinnerte sich an die Vermutungen, die er vor wenigen Tagen mit Johanna aufgestellt hatte.

»Haben wir es mit einer Täterin zu tun oder mit einem Täter, der sich als Frau verkleidet hat? Ein Transvestit? Ein Faschingsfan? Jemand, der in die Rolle einer Weiberheldin schlüpfen wollte? Jemand, der künstliches Haar trug, weil er kein natürliches mehr hatte? Was sagen die DNA-Spuren?«

»Die Leiche von Karola Bazinger wies aber keine fremden DNA-Spuren auf. Das darf man von einer Wasserleiche nicht erwarten. Und auch in Marinas Weiberladen fand die Kripo nichts Verwertbares. Zu viel Publikumsverkehr. Und Marina selbst wurde bekanntlich nicht in der Pathologie untersucht, sondern im Krankenhaus notbehandelt. Aber das Perückenhaar verbindet die beiden.«

»Eine sehr dünne Spur«, bemängelte Vitus. »Und in Karola Bazingers Hütte am See? Habt ihr da sonst noch was Brauchbares rausgeholt, außer dem Haar?« Zum Beispiel Spuren von ihm selbst. Spermaspuren. Er unterdrückte die Frage und begann zu schwitzen.

»Da war vor allem eine Spur, die der Kommissar jetzt verfolgt. Offensichtlich hatte Karola Bazinger in der Hütte Sex, und ihr Liebhaber hinterließ in der Tat eindeutige Spuren. Außerdem hat sich der Kioskbetreiber in Baierbach an einen Mann erinnert, der mit Karola Bazinger spazieren gegangen ist. Ein Mann mit einer Frisur wie Elvis ...« Sie stockte. »Hopfinger meint, das könntest du gewesen sein. Morgen kommt er bei dir vorbei, um sich eine DNA-Probe von dir zu holen. Er scheint sich darauf zu freuen. Das wollt ich dir auch noch sagen, Vitus. Stell dich darauf ein und betrachte die Info als Abschiedsgeschenk. Wir hatten gute Zeiten miteinander.« *Aua! Zefix!*

»Liesel, ich dank dir! Von Herzen.«

»Nichts zu danken.«

»Doch! Du weißt, ich kann dir gar nicht genug danken. Für alles! Für die ganzen Jahre.« Liesel hatte ihn und Jo aufgefangen, als seine Frau Rosina sich mit Vollgas aus dem Leben gelenkt hatte. Sie war immer für ihn da gewesen, und er hatte über sie hinweggesehen.

»Ich wünsch dir viel Glück, Vitus, und grüß mir die Jo!«

»Liesel…« Sie hatte aufgelegt. Es klang wie der Schlusspunkt ihrer gemeinsamen Geschichte. In ihrer Fortsetzung würde er nicht mehr vorkommen.

DNA-Probe. Verdammt! Vitus musste Karolas Mörder finden, bevor die Spermaspuren zugeordnet waren. Überzeugt davon, dem Mörder auf der Spur zu sein, ging er zurück ins Bazi-Zelt und beobachtete Hubert Bazinger. Der trauernde Witwer arbeitete sich durch die Menschenmenge und sammelte Beileid ein. Teils mit tiefbetroffenem Gesicht, teils mit energischem Ausdruck. Bazinger war wieder in seiner Rolle als aufrechter Brauerei-Chef und Anführer der Weiß-Blauen. Er würde noch eine Weile beschäftigt sein, bevor er all die potenziellen Wähler persönlich begrüßt hatte. Vitus wollte die Zeit nutzen, um nach einer Perücke zu suchen, nach dem Haar in den Fällen Marina Pfister und Karola Bazinger. Sein Instinkt sagte ihm, dass er einen Einbruch wagen sollte. Er wusste, wo Bazingers SUV stand, und er wusste, wie man ein Auto knackte. Anschließend konnte er immer noch überlegen, wie er das mögliche Beweismittel in die Legalität überführen konnte. Immerhin waren er und Kommissar Hopfinger inzwischen fast so etwas wie Freunde geworden – und Hopfinger hatte einen Erfolg genauso nötig wie er selbst. Zum Beispiel könnte Vitus behaupten, er hätte professionelle Autodiebe überrascht.

Durch den Spalt im Kleiderschrank sah Jo deutlich, wer an Marinas Bett stand, obwohl ihr die Person den Rücken zudrehte. Es war keine Krankenschwester. Es war auch nicht der weiß-blaue Hubert Bazinger, nicht der untreue Ehemann Jürgen Pfister und nicht Kommissar Hopfinger. Es war ein Mann, dem sie Sympathie und Vertrauen geschenkt hatte und der beides in diesem Moment missbrauchte. War es Liebe, die den Mann an Marinas Krankenbett trieb? Der Körper in dem Clownskostüm nahm ein gebeugte Haltung an. Sie glaubte, ein Schniefen zu hören. Weinte er? Die Blume auf seinem Hut nickte. Selbst von hinten war der Mann als Kilian Inniger zu erkennen, obwohl er heute ein anderes Kostüm trug und eine rothaarige Perücke. Jo sah, wie er Marina mit dem Handschuh zärtlich über die Haare strich. Seit der Schulzeit entzündete ihre Freundin Herzen wie andere Streichhölzer. Aber hätte er dann Marinas Laden leer geräumt, damit seine Schwester, Knödel-Klaudia, Platz für ihren Imbiss hatte? War Blut letztendlich wirklich dicker als Wasser? Am liebsten wäre Jo aus dem Schrank gestiegen und hätte ihn gefragt, aber sie wollte ihm und sich die peinliche Situation ersparen. Noch immer streichelte der Clown Marina. Komapatienten profitierten von Berührungen. Für einen Moment umfing Jo das beruhigende Gefühl, mit ihrer Sorge um die Freundin nicht allein zu sein. Nahezu dankbar heftete sie ihre Augen an den Rücken des Mannes, der ihr heute breiter als gewöhnlich erschien. Schulterpolster waren die Wonderbras der Kerle. Jedenfalls schmeichelte die neue Clownsjacke seiner Figur. Jetzt steckte er die Hand, die eben noch Marina gestreichelt hatte, in seine große Jackentasche und zog etwas daraus hervor. Jo erkannte nicht, was es war. Ein kleines Fläschchen? Massageöl? Duftaroma? Wie romantisch und aufmerksam. Vorsichtig öffnete er es, und Jo atmete die Krankenhausluft in der Hoffnung, eine andere Duftnote als Desinfektionsmittel zu identifizieren. In diesem Moment rutschte dem Clown das Fläschchen aus der Hand. Der Inhalt befreite sich mit einem leisen Klirren auf dem Boden. Ärgerlich stampfte der Clown auf, holte mit gesenktem Kopf Papiertücher aus dem Behälter über dem Waschbecken und wischte den Boden auf. Jos Nase versuchte noch immer, einen Wohlgeruch einzufangen, stattdessen drängte sich eine unangenehme Note in ihre Nase, während der traurige Clown aus dem Zimmer hastete. Tücher und Scherben steckte er in seine Jackentasche.

*E*s war ein Leichtes, Bazingers Auto zu knacken. Der Dummkopf hatte es nicht abgeschlossen. Hatte er es vergessen, oder fühlte er sich unantastbar als Bierkönig und Chef der Weiß-Blauen? Vitus tippte auf Letzteres, denn Bazingers Kutsche war deutlich als die seine zu erkennen. Auf der Bayern-blauen Lackierung verteilten sich Bazi-Bräu-Werbung und weiß-blaue Propaganda. Als ob sich Diebe von einer Farbschlacht abhalten ließen, die spritzten einfach darüber. Rund vierzig Autos wurden pro Tag in Deutschland geklaut, alle fünfunddreißig Minuten eines, erinnerte sich Vitus an die Statistik. Bevorzugt wurden SUVs. In Berlin wurden doppelt so viele Fahrzeuge gestohlen wie in Bayern und Baden-Württemberg zusammen. Oft waren Profis unterwegs, die moderne schlüssellose Systeme überlisteten, indem sie im Vorbeigehen, mit technisch aufgerüsteten Aktenkoffern, die Daten der Zugangskarten auslasen. Andere schlichen sich per Laptop in die Elektronik des Fahrzeuges ein. Beliebt war auch der Störsignal-Trick, mit dem Diebe unauffällig verhinderten, dass Eigentümer ihre Fahrzeuge per Fernbedienung schlossen.

Während Vitus mit Handschuhen den Kofferraum inspizierte, so selbstverständlich, als wäre es sein eigener, sah er sich um. War ihm womöglich ein Profi mit Störsignal zu Hilfe gekommen? Auf der anderen Straßenseite lungerten zwei Typen mit Bierkrügen, die ihn musterten. In ihren Gesichtern las Vitus Ärger und Aggression, oder interpretierte er diese Empfindungen in zwei harmlose Bierlätschen hinein? Wie auch immer, es war vermutlich besser, er beeilte sich, den gründlich gesaugten Ladeboden im Kofferraum anzuheben. Auch hier: peinliche Ordnung. Eine Erste-Hilfe-Tasche, die positioniert, zentriert und gebügelt wirkte, zwei aufgerollte Sitzkissen aus silbernen Thermomaterial und eine staubfreie Styroporwanne, in die eine alte Sporttasche hingeschlampt war. Sie störte das Bild der Ordnung. Vitus sah sich die Tasche genauer an. In ihrem Reissverschluss waren Haare eingeklemmt. Lange braune Haare. Sein Herz begann zu klopfen. An beiden Tatorten waren lange braune Perückenhaare gefunden worden, bei Marina und bei Karola. Endlich war er der Lösung des Falls nahe. Nicht Hopfinger, Steimer oder Kilian, der Clown, hatten die Frauen auf dem Gewissen. Es war Bazinger, das Schwein. Vitus atmete langsam ein und noch langsamer wieder aus, um Ruhe in seinen Körper zu bringen. Noch einmal schaute er sich um – und blickte in die zwei Gesichter, die eben noch auf der anderen Straßenseite dumm in die Gegend geblickt hatten.

»Scheiße! Verzieht euch!«, zischte Vitus.

»Unserrr Auto! Rrrraus!« Mit einem linken Haken unterstrich der Größere der beiden das Kommando, wohl wissend, wie anfällig der menschliche Kiefer für K. o.-Schläge war.

Als Vitus wieder zu sich kam, hörte er nur noch das Motorengeräusch und sah von ferne die Lacktätowierung auf dem Heck: »Bazi on Tour, weil Bazis weiterkommen.«

»Ja, leckst mich am Arsch!«

*E*r versuchte, nicht an gestern Abend zu denken. Wenigstens für ein paar Minuten wollte er sich auf den Hund konzentrieren und die Katastrophe vergessen. Hopfen sprintete auf den Wiesen hinter Rosenheim durch den Morgentau. Eleganz und Kraft in Bewegung. Was für ein schönes Tier! Er selbst kam heute nur langsam vorwärts, insbesondere sein Kopf vertrug keine Schnelligkeit. Der Kinnhaken von gestern Abend wirkte nach, aber wenigstens hatten ihm die Autodiebe nichts gebrochen. Dafür hatten sie ein wichtiges Beweismittel außer Landes geschafft: eine Perücke. Die Lösung zweier Kriminalfälle. »Sakradi! Schweinebande!« Vitus dachte an die Perücke in Bazingers Kofferraum. Wenigstens wusste er jetzt mit Sicherheit, wer der Mörder von Karola Bazinger war. Ihr eigener Mann! Vitus würde ihn hinter Gittern bringen. Er musste sich nur noch in Ruhe seine Strategie zurechtlegen.

Schon brachte Hopfen den Ball zurück und setzte sich erwartungsvoll vor sein neues Herrchen. Dem Tier schien es besser zu gehen. Seine Hundeseele heilte. Irgendwann würde auch Vitus' Menschenseele ihren Kummer schultern und weiterlaufen. »Aber dein Frauchen vergessen wir nicht«, versicherte Vitus dem Hund und sich selbst. Rhythmisch tappte er seinen linken Fuß auf den Boden, schnippte mit den Fingern, Töne befreiten sich aus seinem Mund. Das erste Mal seit Jahrzehnten tauchte wieder eine Melodie in seinem Inneren auf, und er verspürte den Impuls, ein Lied zu komponieren. Früher, vor dem Tod seiner Frau, hatte Vitus eigene

Songs geschrieben. Danach hatte er sich ausschließlich an Elvis' Kompositionen festgehalten. Was hätte er aus der Leere in seinem Inneren noch schöpfen können? Die Frau, die ihn in seiner Jugend inspiriert hatte, Lieder zu schreiben, war tot, und er fühlte sich schuldig. Immer noch. »Rosina...« Seine erste große Liebe. Mit ihr hatte er die eigene Musik begraben. Hopfen, dieser prächtige Hund, erinnerte ihn daran, dass es noch Töne in ihm gab. Leben. Ein Leben, das auch ohne Rosina, Diana und Karola gelebt werden wollte. Und ohne Liesel, die mit Georg Schöring vorliebnahm, dem Immobilienmann mit fettem Anbau über der Gürtellinie. Alles, was darunter war, musste unter dem Ausmaß seiner Wampe klein erscheinen. Liesel würde schon sehen, was sie an Vitus gehabt hatte. Er tätschelte Hopfen. »*Hund san ma scho!*« Ja, sie waren tolle Kerle! »Und jetzt holen wir uns Frühstück.« Am Grünen Markt am Ludwigsplatz würden sie Honig aus der Region bekommen von der Imkerei Lenz, Käse aus den Herrmannsdorfer Landwerkstätten und Gemüse vom Asenhof in Wilperting, unweit des Simssees. Die Brezen würde er sich ums Eck bei der Feinbäckerei Wolter holen, wie immer. Er trug wieder ein Lied in sich. Trotz allem.

Gut gelaunt bogen Vitus und Hopfen in ihre Straße ein. Johanna würde sich über Frühstück freuen. Vermutlich war sie schon von ihrer Nachtschicht aus dem Krankenhaus zurück, abgelöst von einer bunten Weiberheldin. Er selbst wollte nachher zu Kommissar Hopfinger, um ihn über das Beweisstück in Bazingers Kofferraum zu informieren: das eingeklemmte Perückenhaar in Bazingers Sporttasche. Wieder spürte er den Ärger über das gestohlene Fahrzeug in sich aufsteigen. Zur Beruhigung hielt er sich die Tüte mit den Brezen vor die Nase. Ein herrlicher Duft! Doch bereits im nächsten Moment war es mit der Herrlichkeit vorbei.

»Naah, bitte nicht!«, stöhnte Vitus, als er den Wagen erkannte, der vor seinem Haus parkte. Liesel hatte ihn vergangene Nacht gewarnt, aber die Autodiebe hatten diese Info in die hinterste Ecke seines Gedächtnisses geboxt. Für einen Moment war Vitus deshalb ehrlich überrascht, Kommissar Hopfingers dürre Gestalt neben der Haustür zu sehen. Feingemacht hatte sich der Kommissar: Er trug einen Anzug mit Krawatte, und in der Hand hielt er eine braune Aktentasche.

»Harry! Servus!« Er bemühte sich um Freundlichkeit.

»Vitus Pangratz!« Hopfinger legte Distanz und Kühle in die Silben.

»Du siehst ja aus wie ein Finanzbeamter.«

»Ich sehe aus wie immer.«

»Hast auch wieder recht.« Vitus öffnete die Tür. »*Oiso, kimm rei!* Ich muss dir ohnehin etwas Wichtiges erzählen.«

»Kaffee?« Hopfinger nickte. Sehr gesprächig war er heute nicht.

»Frühstück?« Hopfinger schüttelte den Kopf und packte sein eigenes Menü aus: Röhrchen und Stäbchen für einen DNA-Test. Hopfinger erklärte, dass ihn der Kioskbesitzer von Baierbach beschrieben hätte, als »auffälligen, neugierigen Herrn, der erst mit Karola Hopfinger am See *entlangstrawanzt* war, er nutzte tatsächlich das herrliche bayrische Wort für herumtreiben, strawanzen, und später ohne Karola, dafür mit ihrem Hund und vielen Fragen.

»Den Privatdetektiv hat dir der Mann nicht abgenommen.« Vitus entschloss sich für den kurzen Prozess und erzählte seinem Nachfolger im Kommissariat die Wahrheit. Ja, er war mit Karola Bazinger in der Hütte am See gewesen, sie hatten sich gemocht und miteinander geschlafen. Der Hund? Hopfen war ihm am folgenden Tag zugelaufen, als er nach Karola Bazinger schauen wollte.

»Verstehst schon, Vitus, dass ich dich ins Büro mitnehmen muss, für das offizielle Protokoll.«

»Du wirst mich doch nicht ernsthaft verdächtigen, Harry?«

»Ich mach nur meinen Job.«

»Hat der Bazinger schon einen Autodiebstahl gemeldet?«, wechselte Vitus das Thema.

»Naa, wieso?«, fragte Hopfinger erstaunt.

»Autoknacker haben gestern, unweit vom Bazi-Zelt, seinen SUV gestohlen und in dem Wagen hatte der Bazinger eine Perücke versteckt. DIE Perücke.«

»Woher willst du das wissen?«

»Das Auto war zufällig offen und ... Harry, insgeheim sind wir uns doch ohnehin einig, dass der Bazinger seine Frau auf dem Gewissen hat. Uns fehlen nur noch die Beweise.«

»Geh, Vitus, jetzt kommst aber in den Schmarrn rein.«

»Ich hab die Perückenhaare doch genau gesehen. Die waren im Reißverschluss eingeklemmt.«

Vitus war dabei, sich in eine ungute Situation hineinzumanövrieren. Er konnte keinesfalls zugeben, dass er selbst Bazingers Auto hatte knacken wollen. Und was den Diebstahl betraf: Harry Hopfinger würde zu Recht wissen wollen, warum Vitus nicht die Polizei gerufen hatte.

»Die Autodiebe haben mich k. o. geschlagen, als ich sie auf frischer Tat ertappt habe. Ich wollte gerade die Polizei rufen. Ehrlich.« Als er aus der Ohnmacht erwacht war, konnte er sich im ersten Moment an nichts erinnern, was der Wahrheit ziemlich nahekam. »Das musst du mir glauben, Harry! Ich war doch selbst bei der Polizei.«

»Vitus.« Harry Hopfinger legte ihm beruhigend die Hand auf den Arm. »Ich brauch jetzt deine Speichelprobe. Ich mach hier nur meinen Job.«

»Dann mach deinen Job gut und schau, dass ihr die Autodiebe noch erwischt. Und lass uns den Bazinger in die Zange nehmen. Vielleicht können wir ihn zu einem Geständnis bewegen.«

»Der Bazinger hat ein Alibi, der war doch dauernd auf der Wiesn. Speichelprobe!«

»Gerade während der Wiesn passt niemand so genau auf, wer wann kommt oder geht.« Bazinger hätte mitten in der Nacht in der ruhigen Straße vor Karolas Seegrundstück parken können, sie im Schlaf überraschen und strangulieren. Mit einer Luftmatratze oder einem Board zum Stand-up-Paddlen wäre es anschließend ein Leichtes gewesen, die Tote weit in den See hinauszutransportieren, um sie dort zu versenken.

»Hast du es so gemacht, Vitus?«

»Was hätte ich denn für ein Motiv, Harry?«

»Du weißt doch selbst am besten, dass die meisten Taten Beziehungstaten sind. Du hast deine Affäre mit der Karola Bazinger doch gerade zugegeben.«

»Vielleicht hat uns der Hubert Bazinger beobachtet. Er hat das Motiv, nicht ich!«

»Speichelprobe!« Vitus tat Hopfinger den Gefallen, bevor er einen neuen Vorstoß wagte. »Wir brauchen das Auto vom Bazinger!«

»Apropos Auto, deinen Wagen würd ich mir auch gerne näher anschauen. Vielleicht findet sich da ja zufällig eine Perücke.«

Vitus dachte an die Blutspuren der Wildsau in seinem Kofferraum. »Du, das ist jetzt ganz ungünstig.«

»Genau, das hab ich mir gedacht. Du kommst jetzt mit, Vitus.«

»Papa?« Johanna stand verschlafen in der Tür. Hopfen nutzte die Chance und schlüpfte an ihr vorbei aus dem Raum. Kommissar Hopfinger starrte auf ihre nackten Beine und vergaß dabei, sein Beweismaterial einzupacken. Vitus erklärte seiner Tochter kurz die Situation und versprach, bald zurück zu sein zum gemeinsamen Frühstück. So recht glaubte er es allerdings selbst nicht. Er deutet auf die Brezen. Johanna solle schon einmal anfangen zu essen. Knusprig waren sie ja doch am besten.

»Herr Hopfinger!« Als ihr Vater und der Kommissar aufstanden, besann sich Jo. Eilig stieß sie heraus: »Die Marina hatte gestern Nacht im Krankenhaus einen Besucher. Einen Clown mit Perücke, wahrscheinlich war es der Inninger Kilian.« Sie habe ihn allerdings nur von hinten gesehen.

»Ja und, was hat er gemacht?« Hopfinger wurde ungeduldig.

»Er hat die Marina gestreichelt, und dann ist ihm eine kleine Glasflasche aus der Hand gerutscht.«

»Ein verliebter Clown. Soll es geben.«

»Mitten in der Nacht? Mensch Hopfinger! Hast nicht hingehört: Der Clown hatte eine Flüssigkeit dabei. Vielleicht Gift? Insulin?«

Kommissar Hopfinger winkte genervt ab und schaute auf seine Uhr. »Spar dir die Ablenkungsmanöver, Vitus. Zeit zu gehen! *Pack ma's!*«

Da kam Hopfen zurück in den Raum. Zwischen den Zähnen trug er eine schwarze venezianische Maske und legte sie Vitus zu Füßen. Mit einem treuen Blick wartete der Hund auf ein Lob. Er hatte Karolas Maske unter Vitus' Kissen gefunden. Während Vitus den Hund tätschelte, weil dieser es nicht besser wissen konnte, packte Hopfinger die Maske in eine Plastiktüte. Der Morgen hatte gut angefangen, aber jetzt zeigte er Vitus Pangratz sein wahres Gesicht.

*M*ama!« Es war Ludwig! Sie hörte ihren Sohn durch den Nebel. »Du, Mama, ich muss dir ganz viel erzählen. Die Klaudia, die zieht jetzt in dein Geschäft und verkauft Knödel, wegen der Miete. Die will uns helfen. Den Papa tröstet sie auch, aber ihre Tochter, die Marei, die regt mich auf. Die Nachbarin hat gemeint, die Marei schaut mir und dem Papa ähnlich. So ein Schmarrn! Ich schau doch nicht aus wie ein Mädchen! Und, Mama, ich besuch dich ja gerne, aber im Krankenhaus riecht es immer so komisch, und du kannst ja gar nicht antworten. Magst nicht endlich aufwachen!« Sie versuchte es, sie versuchte es wirklich, aber die Augenlider wollten sich nicht nach oben drücken lassen, und ihre Hand wollte ihrem Willen nicht folgen. Wie gerne hätte sie ihren Sohn berührt, ihn in die Arme genommen. Jetzt ging die Tür auf, sie erkannte das Geräusch und spürte den Luftzug. Jürgens Stimme kam näher.

»Ah! Da bist du ja, Ludwig. Warum bist du denn einfach davongelaufen? Was hast du denn der Mama erzählt? Du weißt doch, dass sie Ruhe braucht.«

»Nichts hab ich erzählt.«

»Na dann komm, die Klaudia braucht Hilfe im Laden.«

»Das ist langweilig für mich.«

»Stell dich nicht so an, du kleiner Egoist!«

Sie musste sich bemerkbar machen! Sie musste! Musste! Musste! Aber es ging nicht.

*O*bwohl er gerade noch gedrängelt hatte, blieb Harry Hopfinger vor dem Garderobenspiegel stehen und prüfte sein Erscheinungsbild. Akribisch strich er sich die Falten aus seinem Sakko, bevor er mit Vitus vor die Tür trat. Draußen wurden sie bereits erwartet. Wild winkend stand ein Mann am Gartenzaun und rief: »Herr Pangratz! Herr Pangratz! Schauen Sie zu mir! In meine Richtung!« Es war unverkennbar Sepp Anzenberger, der Chefredakteur von *Rosenheim-News.de*, der um Vitus' Aufmerksamkeit buhlte. In den Händen hielt er sein Smartphone und fokussierte damit Vitus Pangratz. Bereit zum Abschuss.

»Hast du den bestellt?«, fragte er Hopfinger wütend.

»Natürlich nicht! Da muss etwas durchgesickert sein.« Vitus Pangratz eilte zum Gartenzaun und herrschte Anzenberger an: »Schleich dich!« Unbeeindruckt von Vitus' Wut schaute der Chefredakteur auf das Display seines Handys. »Gute Aufnahme! Pure Emotion! Geile Aggression! Großartig!« Ob Vitus noch etwas sagen wolle, zu seiner Verhaftung? Anzenberger gebe ihm hiermit gerne die Gelegenheit. Das sei ja nur fair. Professioneller Journalismus. Die Handykamera laufe.

»Verhaftung?« Vitus konnte es nicht fassen. »Sie sind ja von allen guten Geistern verlassen!« Der Chefredakteur sah das anders. Wer einen Menschen ermordete, musste damit rechnen, irgendwann die Polizei und die Presse vor der Tür zu haben, aber wenn der Verdächtige nichts sagen wollte, könnte ja der Kommissar das Wort übernehmen. Anzenberger wandte sich mit der

Kamera an Hopfinger. »Herr Hopfinger, herzlichen Glückwunsch zum Erfolg! Hervorragende Arbeit!« Hopfinger winkte bescheiden ab, bedankte sich und meinte, er könne leider keine Details preisgeben, aber die moderne Kriminaltechnik war unbestechlich. Der Mensch hinterlasse eben überall seine Spuren, Hautschuppen, Haare, Sperma, um nur einige zu nennen. Dann trat er zwei Schritte näher an Anzenberger heran und flüsterte ihm etwas zu. Der Chefredakteur stellte sein Smartphone auf Pause und schüttelte den Kopf. »Der Herr Pangratz und die Frau Bazinger? Na, na, na, diese wilde Geschichte passt ja gar nicht. Vermutungen, ach, was sag ich, Unterstellungen! Das grenzt ja an Vorverurteilung. Wir können doch unseren künftigen Landesvater nicht wie einen gehörnten Deppen darstellen.«

Anzenberger schien kurz zu überlegen. Dann hatte er sich seine eigene Story zusammengereimt und brachte die Handykamera wieder in Position: »Herr Pangratz, hat Sie die Karola Bazinger abgewiesen? War es so? Und Ihr männliches Ego hat es nicht ertragen? Ja mei, und Sie waren einmal Rosenheims berühmtester Kommissar. Pangratz! Pangratz! Es ist ein Trauerspiel, dass es so mit Ihnen enden muss. Vom Kommissar zum Mörder.«

»Tatverdächtiger«, korrigierte Hopfinger.

»*Rosenheim-News.de* denkt Geschichten zu Ende«, rechtfertigte sich der Chefredakteur. »Ein Mann muss sich etwas trauen, wenn ein Mann Erfolg haben will!«

»Können wir jetzt endlich los und die Sache hinter uns bringen?«, unterbrach Vitus Pangratz. Er musste als Verdächtiger ins Kommissariat. Na, immerhin würde er dort Liesel Dirscherl sehen.

Sie hatte beobachten müssen, wie ihr Vater abgeführt wurde. Jetzt saß Jo allein am Frühstückstisch und wusste nicht, wohin mit sich selbst. Am liebsten möglichst weit weg. Vielleicht zu Jack? Irgendwann musste sie die Sache mit ihm klären, am besten sofort. Sie wählte seine Nummer, ohne auf die Zeitverschiebung von acht Stunden Rücksicht zu nehmen. Wenn es in Hollywood Nacht war, hatte sie die größte Chance, ihn zu erreichen. Aber sie erreichte nicht Jack, sondern eine Frau. »Hi, this is Linda.« Catering-Linda höchstpersönlich war am Apparat.

»You again!« Sie schon wieder.

»Fuck you!« Mehr hatte Linda nicht zu sagen.

»No, fuck yourself!« Jo hatte auch nicht mehr zu sagen. Sie legte auf. Der Morgen war gelaufen. In jeder Beziehung. Hopfen legte seinen Kopf auf ihren Schoß, und sie weinte auf das Fell des Seelentrösters. Eine Zeit lang ließ es sich der Hund gefallen, dann schüttelte er die Tränen ab und wechselte seinen Standort. Er legte sich neben die Gitarre ihres Vaters. Auffordernd sah er sie an.

Jo erinnerte sich an die wenigen Akkorde, die sie einst von Vitus gelernt hatte, um ein einziges Lied spielen zu können: »Me and my Bobby McGee« von Janis Joplin. »Freedom is just another word, for nothing left to loose …« Quatsch! Sie hatte noch eine Menge zu verlieren. Vor allem sich selbst. Und sie war frei. Außerdem hatte sie Hopfen. Jo Coleman war definitiv auf den Hund gekommen. Ein Trost. Immerhin. Und sie hatte noch etwas:

Ihre Tage. Die Blutungen waren nach ihrer Nachtschicht im Krankenhaus gekommen. Sie war nicht schwanger. Jetzt hatte sie noch weniger zu verlieren. In die Erleichterung mischte sich Enttäuschung. Jo wunderte sich über sich selbst.

*I*nnerhalb von Tagen saß Vitus nun zum zweiten Mal bei der Polizei und wurde verhört, erst am Flughafen und nun im Rosenheimer Kommissariat. Der Stuhl, auf dem Harald Hopfinger ihm gegenübersaß, war sein eigener gewesen, bis Hopfinger daran gesägt hatte.

»Bitte schön!« Seine ehemalige Assistentin, Liesel Dirscherl, servierte ihm Kaffee mit Milch und gab sich dabei so professionell, als sähen sie sich heute zum ersten Mal, als wäre Vitus Pangratz ein gewöhnlicher Verdächtiger und sie die Kellnerin eines noblen Cafés, das andere Gäste gewohnt war. Bessere. Das wiederum fand Vitus verdächtig. Sie meinte es wirklich ernst mit Georg Schöring. Das Leben war ein einziges Durcheinander, selbst für Fortgeschrittene wie ihn.

»Ich wiederhole meine Frage, Herr Pangratz, wo waren Sie am betreffenden Abend?«

»Vor zwei Jahren hast du mir das ›Du‹ förmlich aufgedrängt, und jetzt siezt du mich auf einmal? Nur weil wir in deinem Büro sitzen.«

»Also gut. Vitus. Wo warst du?«

Er wiederholte, was der Herr Kommissar doch ohnehin schon wusste. Nachdem er mit Karola Bazinger im Freistil und nackt im Simssee geschwommen war, hatten sie in der Hütte miteinander geschlafen, wenn man es so nennen wollte, obwohl sie die ganze Nacht kein Auge zugetan hatten. Kennengelernt hatten sie sich bei einem »Wildnislager« am Samerberg. Ja, Hopfinger erinnerte

sich, Hubert Bazinger hatte erzählt, dass sich seine Frau von indianischen Ritualen Fruchtbarkeit erhoffte.

»Die Karola wollte schwanger werden, Harry. Aber nicht von
Ritualen, sondern von einem Mann.« Er schämte sich, weil er
Karolas Geheimnis verraten hatte.

»Und da bist zu eingesprungen.«

»Es hat sofort gefunkt.«

»Anzenbergers Theorie finde ich überzeugender: Die Karola
hat dich abgewiesen, und du hast es nicht ertragen. Wahrscheinlich eine Tat im Affekt.« Jetzt mal im Ernst, was hätte denn eine
Frau wie Karola von einem Mann wie Vitus gewollt. »Die Karola
war Champions League und du Kreisklasse.«

Unfassbar, Hopfinger hielt ihn tatsächlich für schuldig. Jetzt
setzte er wieder an: »Wir beide wissen doch am besten, alter
Freund, dass jeder von uns zum Mörder werden kann.«

Alter Freund? Freundchen! Vitus Pangratz hatte genug. »Du
bist doch nur neidisch, weil ich noch einen Schlag bei den Frauen
habe, während deine Moni einen stadtbekannten Kavalier bezahlt.
Du machst deine sexuelle Frustration zu meinem Motiv! Wahrscheinlich hast du die Frauen auf dem Gewissen. Die Marina Pfister hast du auf die Seite geschafft, weil sie der Moni einen Liebhaber vermittelt hat. Das hat einen Sinn und erklärt, warum du
keinen Personenschutz ins Krankenhaus abstellst. Dein Werk ist
noch nicht vollendet. Vielleicht schleichst du ja nachts als Clown
durch die Krankenhausgänge. Und was die Karola betrifft, die hat
deiner Frau ihre Hütte in Salzburg geliehen und wollte ihr helfen,
einen Job zu finden. Die Moni hätte dich mit Karolas Hilfe verlassen können. Wahrscheinlich hat sie genau das vorgehabt, und
du hast es gewusst.«

Harald Hopfinger wurde immer bleicher. Als Vitus mit seiner
Erklärung fertig war, hatte Hopfinger die Farbe einer Weißwurst
angenommen.

Abrupt stand der Kommissar auf, stützte sich mit den Händen

am Schreibtisch ab und polterte los: »Vitus, meine Geduld ist am Ende! Lenk nicht von dir ab! Alle Indizien sprechen dafür, dass du die Karola auf dem Gewissen hast. Und was die Marina Pfister anbelangt, dir war ja klar, dass deine Tochter aus den USA zurückkommen würde, wenn ihrer besten Freundin etwas zustößt. Wenn das kein Motiv für einen einsamen alten Mann ist. Und die Karola Bazinger ist dir wahrscheinlich draufgekommen. Ja, so passt es zusammen!« Hopfingers schwacher Geistesblitz hinterließ ein fades Leuchten auf seinem Gesicht. Zufrieden setzte er sich wieder hin und lehnte sich zurück. »Ich muss dich leider hierbehalten, Vitus Pangratz. Untersuchungshaft. Du kennst ja das Prozedere.«

»Dazu brauchst du eine Unterschrift vom Staatsanwalt.« Doch die würde er bekommen: Vitus hatte belastende Spuren am Tatort hinterlassen, und obendrein war der Kofferraum seines Wagens blutgetränkt.

Hopfinger zog ein Blatt Papier aus seiner Schreibtischschublade und deutete auf ein wildes Gekritzel. »Hier ist sie.« Die Unterschrift vom Staatsanwalt. »Dem Herrn Staatsanwalt pressiert es, weil die Karola Bazinger in Rosenheim ja gewissermaßen prominent war und ihr Mann eine vielversprechende politische Zukunft vor sich hat.«

Vitus Pangratz, Kriminalkommissar außer Dienst, wurde in seinem ehemaligen Büro festgenommen, um einem Haftrichter vorgeführt zu werden.

Wo waren die Männer, wenn Frau sie brauchte? Ihr Vater saß in U-Haft, und vermutlich war Jo, die Einzige die sich daran störte. Selbst Liesel Dirscherl hatte am Telefon ungewöhnlich kühl gewirkt, aber immerhin hatte sie Jo über die Neuigkeiten aus dem Kommissariat informiert. »Mehr kann ich nicht tun. Ein erwachsener Mann wie Vitus sollte wissen, worauf er sich einlässt.« Liesel klang ein wenig selbstgerecht, als wüsste wenigstens sie genau, was zu tun war. Jo beneidete sie um diese Sicherheit und sorgte sich um ihren Vater. Hoffentlich behielt er in der U-Haft seine Gefühle im Griff, seine Wut und seine Trauer. »Ach Papa...«, seufzte Jo. Das Liebesglück war kurzatmig, wenn es den verbliebenen Rest der Familie Pangratz streifte: Vitus und Jo Coleman, geborene Pangratz. Schon wieder dachte Jo an den Mann, den sie beinahe zum zweiten Mal geheiratet hätte, auch er war in diesem Moment nicht für sie da, sondern verbrachte die Nacht mit einer anderen. Michael Prutting, der im Bierzelt über eine gemeinsame Zukunft gewitzelt hatte, war angeblich bei einem geheimen Sondereinsatz, Kilian Inniger, der seine Lederhose wirklich ausfüllte, streichelte nachts im Krankenhaus ihre Freundin Marina Pfister und ließ vor Aufregung verdächtige Fläschchen fallen, Alois Steimer, ihre Affäre aus der Vergangenheit, versteckte sich im Feinschmeckerbistro Sauguad vor seiner eigenen Courage und ganz Rosenheim, und Jürgen, Marinas Gatte, baute mit seiner Ersatzfrau den Laden seiner Ehefrau um. So wie sich die Lage gestaltete, konnte sich Jo nur auf einen Kerl verlassen: Hopfen! Er sah sie mit treuherzigen Hundeaugen an, überzeugender als jeder Mann. Kilian hatte sie an der Innspitz ähnlich angeschmachtet. Wahrscheinlich hatte er dabei heimlich an Marina gedacht. Eines musste sie dem Clown lassen: Er hatte schauspielerisches Talent, und sie hatte sein Theater mit der Wirklichkeit verwechselt. Wütend griff sie zum Telefon und startete einen Videoanruf. Sie würde wenigstens Kilian die Meinung geigen. Er erschien auf dem Display und schien sich zu freuen. »Servus, Jo!« Im Hintergrund erkannte sie das Brandenburger Tor.

»Ich bin gestern Abend spontan mit dem Zug nach Berlin gefahren. Ich schau mir hier die Clownsschule an, die, auf der Kurt Krömer gelernt hat.« Kilian fand, es war an der Zeit, seinen Traum zu verwirklichen und sich für die großen Bühnen zu rüsten.

»Dann warst du gestern Nacht nicht bei der Marina im Krankenhaus?«, meinte Jo.

»Jo, ich bin ein Clown, kein Klon.« Nein, er war nicht bei Marina gewesen. Wie sie denn darauf käme? Ja, er würde ihr alles erzählen, wenn er zurück in Rosenheim war. Das könnte allerdings dauern. »Weißt, Jo, hier in Berlin herrscht eine ganz andere Energie.«

»Auf Wiedersehen auf der Bühne!«

»Abgemacht!« Und seinem Vater, dem alten Schöring, würde er eine Ansichtskarte schreiben.

Jo legte auf. Kilian war definitiv unschuldig. Das war die erste gute Nachricht des Tages. Aber wer hatte dann Marina letzte Nacht als Clown besucht?

Jo holte Butter aus dem Kühlschrank und hatte endlich Appetit auf die Brezen, die ihr Vater heute Morgen geholt hatte. Sie hatten sich gut gehalten. Die Kruste war noch erstaunlich resch. *Guad.* Gut. Jetzt essen und weiterdenken. Ihr Vater saß in U-Haft. Sie musste den wahren Täter finden. Kilian schied aus. Was war mit Alois, dem Kavalier? *Rosenheim-News.de* machte ihn zum Täter im Fall Marina Pfister. Wie glaubwürdig war ein Mann, der aus dem Betrug an seiner Frau ein Geschäftsmodell machte? Ein Mann, der keine Lust mehr hatte, 50 Prozent seines Verdienstes abzugeben. Außerdem, wie leidensfähig war eigentlich Steimers Frau Uschi? War sie Alois auf die Schliche gekommen? War es Zufall, dass Frau Steimer kurz nach dem Mordanschlag an Marina einen Privatermittler auf ihren Mann angesetzt hatte? Oder war es ein schlauer Schachzug, Vitus auf Steimers Spur zu bringen, die zu Marina Pfister führen musste? Warum nur hatten sie sich Steimers Gattin nicht früher angeschaut? Ganz einfach, weil sie die belastenden Sprachaufnahmen erst seit gestern kannten, dank *Rosenheim-News.de.* Hinterher ist man immer schlauer. Jetzt musste Jo diesen Wissenszuwachs klug nutzen und nebenbei Alois Steimers Alibi überprüfen. War er an dem Abend, als Marina stranguliert wurde, wirklich bei Frau und Kind gewesen? Sie spürte, wie ihr Jagdtrieb stieg, und sah Hopfen an. »Zwei Jagdhunde, ein Team.«

Auf dem Weg zu Uschi Steimer musste Jo noch etwas Dringendes erledigen. Sie musste verhindern, dass die Videoaufnahmen von heute Morgen online gingen. Sie würde ihrem früheren Chef Sepp Anzenberger in der Redaktion von *Rosenheim-News* einen Besuch abstatten.

*E*s kam Jo vor wie ein Déjà-vu, als sie die Tür zu den Redaktionsräumen von *Rosenheim-News.de* aufstieß. Die Wände überzog himmelblaue Farbe, und im breiten Flur, der vom Chefredakteur übertrieben »Foyer« genannt wurde, saß Sepp Anzenbergers aktuelle Besetzung des Empfangsschreibtischs. Sie erinnerte an all ihre Vorgängerinnen, die ebenso perfekt geschminkt und geformt waren wie sie. Jo fragte sich, ob der Chefredakteur in seiner Kindheit mit Barbiepuppen gespielt hatte, die irgendwann die Macht über ihn übernommen hatten. Träumte der Mann namens Sepp heimlich davon, Ken zu sein, Barbies Plastiklover? Anzenberger war alles zuzutrauen, nur kein neues Beuteschema.

»Was kann ich für Sie tun?«, flötete die junge Frau mit einem Lächeln, das über ihre Mundwinkel nicht hinauskam und mit dem gelangweilten Blick ihrer Augen harmonierte.

»Zu unserem Chefredakteur wollen Sie?« Jetzt musste Barbie wirklich lachen, sogar mit den Augen. »Ohne Termin geht da gar nichts. So sorry!« Sie legte den Kopf schief und sah aus wie Hopfen, wenn er ein Leckerli wollte. Ohne lange zu überlegen, griff Jo in ihre Tasche. »Für sie!« Die kleine Aufmerksamkeit war wie ein Knochen geformt und verströmte den Geruch von Rindfleisch. Jo legte ihn auf Barbies Schreibtisch. Während die Empfangsdame angewidert die Nase rümpfte, öffnete Jo die Tür zum Büro des Chefredakteurs. Sie hatte lange genug in der Redaktion gearbeitet, um zu wissen, wo Anzenberger zu finden war. Hopfen schnappte sich das Leckerli und trabte ihr hinterher.

Nach einem Moment der Irritation sprang Sepp Anzenberger auf und spielte Wiedersehensfreude! »Jo Coleman! Bist du sauer, weil ich deinen Vater fotografiert habe, oder willst wieder für uns arbeiten?«

»Sepp, du hast doch nur deinen Job gemacht«, winkte sie ab und fing an zu lügen: Ja, sie denke ernsthaft darüber nach, wieder für *Rosenheim-News.de* zu arbeiten. Herzhaft schüttelte sie Anzenbergers Hand und improvisierte weiter:

»Wie du sicher weißt, arbeite ich im Moment in der Detektei meines Vaters, gleichzeitig denke ich noch immer wie eine Reporterin und sammele Informationen, die *Rosenheim-News* nutzen könnten. Insbesondere bei den Fällen Marina Pfister und Karola Bazinger.«

Anzenberger bot ihr einen Platz an und setzte sich interessiert zu ihr. »Also, Coleman, was hast du konkret für mich?« Jo lehnte sich entspannt zurück und nahm sich vor, die Coole zu spielen, während Anzenberger jede Coolness vermissen ließ. Er stützte sich mit den Ellenbogen auf den Tisch und lehnte sich nach vorn, ihr entgegen. Wenn sie sich nur überlegt hätte, was sie ihm anbieten konnte. Da fiel ihr etwas ein.

»Ich könnte dir ein Exklusivinterview mit Alois Steimer vermitteln. Also, mit dem Mann, der für Marina Pfister als Kavalier gearbeitet hat. Seine Stimme ist dir ja bereits von der Aufnahme bekannt...«

»Der ist doch abgetaucht. Niemand weiß, wo er ist. Nicht einmal seine Frau. Ich war bei ihr.«

Jo versicherte dem Chefredakteur, sie wisse, wo Alois untergetaucht war.

»Und, was willst du dafür von mir?«

»Erstens behältst du für dich, dass Hopfinger meinen Vater abgeführt hat, und vernichtest die Fotos von der Verhaftung! Und zweitens will ich wissen, wie du an die Sprachaufnahme von Marina und dem Kavalier Alois Steimer gelangt bist. Deal?«

Sepp Anzenberger lehnte sich schnell zurück, als befürchtete er, über den Tisch gezogen zu werden. »Sensation im Fall Bazinger. Kommissar führt Privatdetektiv ab«, auf diese Schlagzeile wollte der Chefredakteur nur ungern verzichten. Er saß gerade an dem Beitrag, das verstehe Jo doch sicher. Sie zuckte mit den Schultern und verdeutlichte ihre Position mit einer Lüge. »Anschließend habe ich einen Termin beim *Rosenheimer Volksblatt*, mit dem Putzer Hannes. Entscheide dich besser schnell!« Sie kannte den Journalisten. Er gehörte zu den Guten. »Bei Hannes Putzer wüsste ich den Alois Steimer in guten Händen.«

»Coleman, ich lasse mich von dir nicht unter Druck setzen.«

»Anzenberger, du kannst dich frei entscheiden.«

»Also gut!« Er stand auf, ging zu seinem Schreibtisch und holte einen Datenstick aus der Schublade. Mit den bayrischen Farben und der Aufschrift »Wir Weiß-Blauen sichern unsere Heimat«. Offensichtlich ein Werbegeschenk der Weiß-Blauen. Hubert Bazinger verteilte die Datenträger großzügig auf Wahlveranstaltungen und im Bazi-Bierzelt, erklärte Anzenberger.

»An die kann jeder rankommen. Ich hab auch jedes Mal kräftig zugegriffen«, meinte er. »Und dann hab ich noch einen mit der Post geschickt bekommen. Anonym. Das war der mit Steimers Stimme.«

»Hast du an Fingerabdrücke gedacht?«

»Zu spät!«

»Und der Kommissar?«

»Der Hopfinger kommt gleich mit einem Computerspezialisten vorbei. Der ist gar nicht auf die Idee gekommen, dass heute noch jemand etwas per Stick weitergibt. Der Depp.«

»War sonst noch etwas auf dem Stick?«

»Ein bisschen Werbung für Hubert Bazinger und seine Weiß-Blauen.«

Jo könne das Teil gerne behalten, der Inhalt sei ohnehin eine Kopie, aber das Original sehe – wie bereits erwähnt – genauso aus.

»Und jetzt löschst du den Artikel über meinen Vater!« Murrend bediente Anzenberger seinen PC und sein Smartphone. »Wenn du mich über den Tisch ziehst, dann finde ich die Dame aus dem Herz-Ass. Die Josefina, die du als Salzburger Zeugin gecastet hast. Wir verstehen uns?« Anzenberger nickte. Vielleicht erinnerte er sich in diesem Moment daran, wie Jo vor zwei Jahren die Unterlagen und Thermoskannen ihrer unverschämten Kollegen aus dem Fenster geworfen hatte.

»Was ist eigentlich aus Bazingers Spendenaufruf für die Familie Pfister geworden?«

»Guter Punkt, Coleman, das ging jetzt ein bisschen unter, aber es kam ohnehin nicht viel rein. Die meisten wissen, dass die Familie Pfister keine Not leidet. Die haben ein Eigenheim, und der Jürgen Pfister fährt Fahrräder, die so viel kosten wie ein Kleinwagen. Trotzdem, das muss ich mit dem Hubert noch einmal aufgreifen.«

»Bist schon in die Partei eingetreten?«

Anzenberger wurde rot.

»Brauchst gar nichts zu sagen«, sagte Jo.

»Jeder muss sehen, wo er bleibt.« Und jetzt solle sie ihn endlich zu Alois Steimer bringen. Sie hatten einen Deal.

Im Rausgehen warf Anzenberger seiner Vorzimmerdame einen Stick hin. »Den gibst dem Hopfinger, wenn er kommt. Ich muss jetzt mit Frau Coleman auf Recherche.«

*W*illi Gschwendter stand mitten im Feinschmecker-Bistro *Sauguad* und schmetterte den Gefangenenchor aus *Nabucco*. Er war allein. Niemand saß an den kleinen Tischen oder wartete an der Theke mit den Spezialitäten auf Bedienung. Erst zur Mittagszeit würde sich der Raum füllen, wie jeden Tag. Kein Mensch schien Willi den Lebensmittelskandal zu verübeln, den es vor zwei Jahren in seinem Bistro gegeben hatte. Im Gegenteil. Das bundesweite Medieninteresse hatte seinem Laden zu Aufmerksamkeit und neuer Kundschaft verholfen und ihm zu einer gewissen Bekanntheit als Sänger. Seine Stimme wurde von den gefliesten Wänden zurückgeworfen. »Mei, klingt das schön«, sagte Jo. Sepp Anzenberger nickte, gleichzeitig starrte er auf sein Telefon. Auf dem Display erkannte Jo die Vorzimmer-Barbie. Nackt. »Das muss mir nicht peinlich sein«, kam Sepp Jo zuvor, als er ihren Blick bemerkte, »wer so leidenschaftlich gerne arbeitet wie ich, trennt beruflich nicht von privat. Da geht alles ineinander über.« Damit ihn seine Sexualpartnerinnen regelmäßig zu Gesicht bekamen und er sie, gab er ihnen Jobs. »Frauen sollten ihr eigenes Geld verdienen, damit sie die Männer auch einmal einladen können. Hahaha!« Schlaue Männer wie er profitierten von der Emanzipation der Frauen. »Am Ende bleibt uns mehr Geld und weniger Verantwortung, verstehst mich, Jo?«

Willi Gschwendtner ersparte ihr die Antwort. Er kam auf Jo und Anzenberger zu und begrüßte sie mit einer Textstelle aus dem Gefangenenchor: »Was an Qualen und Leid unserer harret, uns'rer Heimat bewahrn wir die Treu.« Stolz erzählte er, dass er für eine Wahlveranstaltung der Weiß-Blauen probe. Gemeinsam mit dem »großen Vorsitzenden« Hubert Bazinger stellte er ein musikalisches Programm zusammen, »das die Seelen der Bayern erheben wird«. Dann wechselte er vom Pathos ins Profane und fragte Jo in derbem Bayrisch: »Holst den nichtsnutzigen Langweiler, den *Loimsiada*, endlich wieder ab?« Zum Arbeiten wäre der Steimer Alois nicht zu gebrauchen, und obendrein wollte er nicht singen. »Als Liebesdiener Geld verdienen, aber zum Singen zu *gschamig*.«

»Liebesdiener! Das gefällt mir als Berufsbezeichnung.« Aufs Stichwort tauchte Alois Steimer hinter der Theke auf. Offenbar hatte er alles mitgehört. Dann beschwerte er sich, dass Willi von ihm verlangt habe, beim Zerlegen der Wildsau zu helfen. Nein, nein, für diese Art Sauerei hatte er nichts übrig. Als er den Chefredakteur von *Rosenheim-News.de* erkannte, fragte Alois Steimer erschrocken: »Jo, willst mich ausliefern?«

»Mensch Alois, dann hätte ich die Polizei mitgebracht.« Nein, er solle sich nicht in die Hose bieseln, Jo wolle ihm lediglich die Möglichkeit geben, seine eigene Geschichte zu erzählen und seinen Ruf so weit wie möglich zu retten, gleichzeitig könne er ja Werbung für sein Angebot als Liebesdiener machen. Nachdem Marina Pfister im Koma lag, stand seiner Solokarriere niemand mehr im Weg.

»Du verdächtigst mich ja doch! Dabei hab ich ein Alibi.«

»Ich werde das bei deiner Frau überprüfen.«

»Schick lieber deinen Vater! Den scheint sie zu mögen.«

»Den hat Kommissar Hopfinger verhaftet.«

»Was für ein Chaos!«

»Ja, so schaut's aus.«

Anzenberger drängte sich vor: »Jetzt reden wir zwei miteinander, Herr Steimer, oder darf ich Alois sagen? Ja? Wir sind ja auf der gleichen Seite, gell? Auf der Seite der Wahrheit!« Sie zogen sich an einen kleinen Tisch in der Ecke des Bistros zurück, und Sepp Anzenberger bestellte bei Willi Gschwendtner eine »ordentliche Leberkässemmel mit süßem Senf, was sonst«.

Jo verließ den Laden, ohne dass die Herren Notiz von ihr nahmen. Sie hoffte, Alois Steimers Frau daheim anzutreffen. Kurze Zeit später radelte Jo mit Hopfen an ihrer Seite durch Alois' Wohngegend, in der sich Einfamilienhäuser noch viel Raum ließen und Gärten hatten, die der Bezeichnung gerecht wurden. Links und rechts alte Bausubstanz, die persönlichen Wohlstand ausdrückte, geschützt durch Mauern und Zäune. Glück in Beton. Oder Unglück. Die Häuser gewährten keinen Einblick in ihr Innerstes. Um alle Gärten waren Grenzen gezogen. Dazwischen ein großes tiefes Loch. Eine Aushebung. Sie kündigte eine Baustelle an und störte die Wohnidylle, doch ein großes Schild an der Grundstücksgrenze versprach: »Immobilien Schöring gibt Rosenheimern ein Zuhause.« Ein kurzer Blick auf die Objektbeschreibung, und Jo verstand: Wo bislang eine Familie gewohnt hatte, sollten künftig acht Familien unterkommen. »Immobilien Schöring, denn wir wissen, was wir tun.« Der bayrische Löwe und das weiß-blaue Rautenmuster gehörten wie selbstverständlich zum Design der Infotafel: Schörings Werbung ähnelte den Plakaten von Bazingers Partei. »Einer so unerträglich wie der andere«, dachte Jo und parkte ihr Fahrrad vor dem Haus der Familie Steimer. Durch das geöffnete Fenster flog eine ärgerliche Kinderstimme nach draußen:

»Schon wieder Fischstäbchen?«

»Kinder brauchen Regelmäßigkeit. Iss jetzt!« So klang Ursula »Uschi« Steimer. Jo klingelte.

»Darf ich reinkommen?«

»Ich weiß, dass Sie eine Affäre mit meinem Mann hatten.«

»Das ist schon lange her.«

»Betrug verjährt nicht«, sagte Ursula Steimer. Abgesehen davon kämen ihr weder ein »Flitscherl«, also ein liederliches Frauenzimmer, noch ein Hundsvieh ins Haus.

Also gut, dann würde Jo ihre Frage eben zwischen Tür und Angel stellen, aber zuerst wollte sie Frau Steimer beruhigen: »Ihr Mann ist in Sicherheit. Ihm geht es gut.«

»Die Polizei sucht ihn. Der Beitrag auf *Rosenheim-News.de* war unmissverständlich.«

»Wussten Sie von der Nebentätigkeit Ihres Mannes?«

»Hätte ich es gewusst, wären wir schon längst nicht mehr verheiratet.«

Noch immer stand Jo vor dem Hauseingang, den Uschi Steimer bewachte. Grenzpolizistin und Schlagbaum. Mit je einer Hand stützte sie sich an den Seiten des Türrahmens ab, an ihr würde keine vorbeikommen, die ehemalige Affäre ihres Mannes schon gar nicht.

Jo holte Luft und stellte die entscheidende Frage. »An dem Montagabend, als Marina Pfister überfallen wurde, war da Ihr Mann bei Ihnen zu Hause?«

»Behauptet das mein untreuer Mann?«

Jo nickte als Antwort.

»Und Sie wollen jetzt wissen, ob ich sein Alibi stütze?«

Wieder bejahte Jo die Frage durch ein Nicken.

»Da müsste ich lügen«, sagte Uschi Steimer.

»Heißt das, er war nicht bei Ihnen zu Hause?«

»Bei dem Lebenswandel, den mein Mann führt, ist er fast nie zu Hause.«

»Also können Sie nicht bestätigten, dass Ihr Mann den betreffenden Abend mit Ihnen verbracht hat.«

»So ist es! Und jetzt tschüss!« Uschi Steimer schlug Jo die Tür vor der Nase zu. Alois Steimer hatte kein Alibi mehr, nur seine möglichen Motive für die Straftat waren geblieben: Er wollte mehr verdienen, und seine Frau hätte ihn verlassen, wenn sie von seiner Gelegenheitsarbeit gewusst hätte. »Saukerl!« Hopfen sah sie an und verstand. Wie beiläufig hob der Hund ein Hinterbein und drückte mit einer wohlgesetzten Markierung vor Steimers Haus Jos Gefühle aus. Wenn sie Steimer an Kommissar Hopfinger auslieferte, kam ihr Vater auf freien Fuß. Hoffentlich.

Sie wählte Hopfingers Nummer, um ihm von ihrem Besuch bei Uschi Steimer zu erzählen und von Alois Steimers geplatztem Alibi. »Nichts für ungut, Jo. Ich brauch deine Hilfe nicht. Der Hauptverdächtige sitzt bereits in Untersuchungshaft. Du erinnerst dich?«

»Nichts für ungut, Kommissar Hopfinger. Ich weiß, Ihre Frau war eine Kundin von Alois Steimer. Umso mehr wundert es mich, dass Sie dieser Spur nicht folgen wollen.«

»Meine liebe Jo, in der Hütte von Karola Bazinger wurden eindeutige Spuren deines Vaters sichergestellt, keine von Alois Steimer.«

Und jetzt müsse er weiterarbeiten.

Jo Coleman radelte in die Innenstadt zurück, und Hopfen lief brav bei Fuß. Karola Bazinger musste viel Zeit mit ihrem Hund verbracht haben, er war gut erzogen und wusste, was zu tun war, im Gegensatz zu Jo. Sie konnte bislang nicht beweisen, dass ihr Vater zu Unrecht im Gefängnis saß. Insgeheim sehnte sie sich an ihren Schreibtisch in Los Angeles und an das Filmset zurück. Sie zog es vor, Drehbücher zu schreiben, in denen sie die Ereignisse, und damit die Geschichte, lenken konnte. Im richtigen Leben schien die Geschichte sie zu lenken und dabei ständig das Steuerrad hin und her zu reißen. Außerdem wählte das Leben bevorzugt bucklige Strecken für seine Protagonisten aus, und Jo war offensichtlich nicht für die Heldinnenrolle geschaffen. Eher für die der Närrin. Sie seufzte. In diesem Moment wünschte sich Jo eine Haltestelle zum Verschnaufen und Begreifen, stattdessen gab das Leben Gas beziehungsweise Hopfen. Ohne Vorwarnung riss sich der Hund bellend an der Münchener Straße los und rannte in den Salingarten. Wie ein Pfeil schoss er über die Wiese, während Jo auf den harten Bürgersteig knallte und sich das rechte Knie aufschlug. Es blutete. »Zefix!« Fluchend stand sie auf. »Hopfen!« Aber der Hund reagierte nicht. Er war deutlich sichtbar damit beschäftigt, eine kleine niedliche Dackeldame mit glänzendem Fell zu belästigen oder zu beeindrucken. Jo kannte sich zu wenig mit dem Flirtgebaren von Hunden aus, um die Szene beurteilen zu können. Als sie ihr Fahrrad vom Asphalt auflas, sah sie eine Frau auf die Wiese eilen. Ihr Gang war auffallend aufrecht, ihr Haar im Nacken zu einem strengen Ballettknoten zusammengefasst, die Contenance in Person, bis sie anfing zu schreien: »Prinzessin Malz! Wo sind deine feinen Manieren? Prinzessin Malz! Benimm dich!«

Hopfen und Prinzessin Malz? Wenigstens zeigte das Leben immer wieder Humor. Jo lehnte ihr Fahrrad an einen Baum des kleinen Parks, ignorierte ihr blutendes Knie und versuchte nun ihrerseits, den Hund Hopfen zur Räson zu bringen, indem sie in die Rufe der Frau einstimmte.

»Hopfen!«

»Prinzessin Malz!«

»Hopfen!«

Der Ballettknoten machte eine Vierteldrehung zu Jo.

»Na klar, jetzt erkenn ich ihn. Das ist der Hopfen! Wie kommen Sie zu Karolas Hund?«

»Mein Vater und ich, wir kümmern uns um ihn. Kennen Sie Hopfen näher?« Wie dumm das klang! Jo verbesserte sich: »Kannten Sie Karola Bazinger?«

»Wir waren Freundinnen. Gute Freundinnen!« Sie reichte Jo die Hand und stellte sich vor. »Isolde Schöring.«

Es war kein Zufall, dass die Namen der beiden Hunde so perfekt zueinanderpassten. Karola Bazinger und Isolde Schöring hatten sich zeitgleich für einen Hund entschieden und waren oft zusammen Gassi gegangen. »Hopfen heißt mit ganzem Namen: Prinz Hopfen«, informierte Frau Schöring. »Aber die Karola hat ihn meistens nur Hopfen gerufen.« Möglicherweise hatte Karola Bazinger den Titel unterschlagen, weil sie wusste, welch Flegel in ihrem Vierbeiner steckte? Er vergnügte sich gerade öffentlich mit Prinzessin Malz. Isolde Schöring entschloss sich, entspannt zu bleiben, da ihre Dackeldame verhütete. »Hormonspritzen.« Bei ihr selbst hätten sie leider nichts bewirkt. Die Hormonspritzen. Na, sie wollte ja auch das Gegenteil von Verhütung, nämlich Nachwuchs, Schörings Tochter aus erster Ehe war fast so alt wie die zweite Frau Schöring, sie selbst. Redselig erzählte sie Jo von dem Kummer, der sie und Karola verbunden hatte: Beide hatten sich Kinder gewünscht, und beide hatten keine bekommen. »Haben Sie Kinder?« Jo schüttelte den Kopf. »Klappt's auch nicht?«, erkundigte sich Frau Schöring mitfühlend. Jo entscheid sich für eine ehrliche Antwort: »Mein Freiheitsdrang ist bislang stärker als der Wunsch nach einem Kind.« Von der unerwarteten Enttäuschung, nicht schwanger zu sein, erzählte sie nichts.

»Kennen Sie das Lied von der Janis Joplin? Freedom is just another word, for nothing left to lose …« Freiheit war nur ein anderer Ausdruck dafür, nichts zu verlieren zu haben.

»Das Lied verfolgt mich.«

Frau Schöring nickte verständnisvoll. Sie hätte ja auch ein Kind adoptiert, aber ihr Mann war dagegen.

»Der Immobilien-Schöring?«

»Der und kein anderer!« Zumindest hatte sie sich das in ihrer Jugend gedacht. Sie öffnete ihre große Tasche und zog eine Edelstahlflasche hervor. Der verborgene Inhalt setzte eine verräterische Duftmarke in die Luft. Alkohol.

»Ich vermisse die Karola sehr.« Frau Schöring fing an zu weinen und hielt Jo die Flasche hin. »Nenn mich Isolde.«

Sie nahm einen Schluck »Jo!«

»Wir sind ja alle Schwestern. Das hat die Marina immer gesagt.« Isolde kannte Marina. Interessant. Gehörte sie zu den Weiberheldinnen?

»Ich bin die beste Freundin von der Marina«, sagte Jo.

»Dann schickt dich der Himmel!« Isolde Schöring musste jemandem ihr Herz ausschütten, aber die beiden Menschen, denen sie am meisten vertraute, waren tot bzw. fast tot: Karola Bazinger und Marina Pfister, die Weiberheldin. Sie fing an zu sprechen.

Isolde Schöring teilte ihren Verdruss mit Jo, die sich währenddessen fragte, wie ein Herz mit so viel Ballast überhaupt gleichmäßig schlagen konnte. Jahrelang hatte Isolde Schöring ihrem Georg den Rücken freigehalten, für ihn gekocht, gewaschen, geputzt und die Stieftochter ertragen. Zu Hause repräsentierte die ehemalige Balletttänzerin die perfekte Ehefrau, und bei offiziellen Anlässen verkörperte sie Schönheit und Grazie. Im gleichen Maße, wie das Geschäft und das Immobilienvermögen ihres Mannes wuchsen, wuchs der Druck, ihm einen Erben zu gebären, aber es klappte nicht. Georg Schöring tröstete sich mit seiner gebärfreudigen Sekretärin Fräulein Inniger, und Isolde Schöring tröstete sich mit der Dackeldame »Gräfin Malz« und ihrer Freundin Karola Bazinger. Auch die Ehemänner der Freundinnen steckten unter einer Decke: Georg Schöring und Hubert Bazinger. »Denen geht es um Geld und Macht, nur deshalb engagieren sie sich bei den Weiß-Blauen. Wenn die Weiß-Blauen von der Förderung der Wirtschaft sprechen, meinen sie ihre Speziwirtschaft, nichts anderes.« Die beiden Männer machten ihre Angelegenheiten traditionell unter sich aus, und ihre Frauen dekorierten ihre Erfolge. Karola Bazinger und Isolde Schöring hatten nach dieser alten Ordnung gelebt, ohne sie ernsthaft in Frage zu stellen, bis sie Marina Pfister begegneten. »Die Marina hat Licht in unser Leben gebracht.« In Marinas Weiberheldinnen-Workshop fassten sie den Mut, ihr Leben erst in Frage zu stellen und dann in die Hand zu nehmen. »In jeder von uns steckt die Kraft, ihr Leben zu verändern. Wir Frauen können, was immer wir wollen!«, sagte Isolde Schöring. Darauf einen Schluck. Prost! Sie bot Jo die Edelstahlflasche an, bevor sie weitererzählte.

Während des Weiberheldinnen-Workshops fragten sich Karola Bazinger und Isolde Schöring, was sie wirklich vom Leben wollten. Kinder, ja, aber mit diesen Männern? Sie hatten es ohnehin lange genug erfolglos probiert. Zeit für neue Wege. »Die Karola wollte sich einen Samenspender suchen und hat sich deshalb bei der Marina einen Kavalier gebucht«, kicherte Isolde Schöring. »Und dann haben wir uns überlegt, ob wir uns nicht auch beruflich verwirklichen könnten.« Zu Hause gähnte ja doch nur die Langeweile. Sie lehnte neben dem Staubsauger, schlich sich beim Kochen an und breitete sich beim Fensterputzen aus. Diese Erkenntnis traf Isolde Schöring und Karola Bazinger mit Wucht: »Eine Frau mit Verstand braucht höhere Ziele als ein sauberes Haus und eine schlanke Figur.« An den Oberflächen bot das Leben keine Abenteuer, so viel war ihnen klar geworden. »Du musst in die Tiefe gehen, wenn du wirklich etwas erleben willst, hat die Marina immer gesagt. Werde, wer du bist! Sei deine eigene Heldin, anstatt die Steigbügelhalterin für Männer zu spielen.« Isolde Schöring seufzte. Die Marina, die konnte reden, inspirieren und Mut machen! Schlussendlich traute sich Karola Bazinger zu, heimlich eine eigene Partei zu gründen, mit der sie gegen ihren Mann antreten wollte: die Bunten. Isolde kicherte wieder. Der Hubert Bazinger würde bald unerwarteten Gegenwind von zwei Seiten bekommen, geschah ihm recht, dem Kerl. Von außen würden die Bunten gegen ihn kämpfen, und im Inneren der Partei brachte sich Schöring in Position. Isoldes Gatte wollte den Parteivorsitz an sich reißen, aber davon ahnte Bazinger noch nichts. »Eines muss man meinem Mann lassen, er geht nie den offensichtlichen Weg, er entscheidet sich immer für die hinterfotzige Art, aber die beherrscht der Georg Schöring wie kein anderer. Ich bin schon gespannt, was mein Georg dem Hubert Bazinger über kurz oder lang in die Schuhe schieben wird. Ich bin mir sicher, am Ende wird sich Georg Schöring als Retter inszenieren. Dafür ist ihm jedes Mittel recht.«

»Sogar Mord?«, fragte Jo und stellte sich einen perfiden Plan vor: Georg Schöring, von seiner Frau als hinterfotzig und kaltblütig charakterisiert, tötet Karola Bazinger mit dem Ziel, ihrem Mann Hubert Bazinger den Mord in die Schuhe zu schieben. Mit Marina Pfister hatte er das Morden geübt, weil sie seine Frau aufwiegelte und zudem die idealen Geschäftsräume für seine uneheliche Tochter Knödel-Klaudia belegte. Mit Mord ließen sich nicht nur Leben, sondern auch Mietverträge beenden. »Traust du ihm das zu, Isolde?«

»Der Georg schreckt vor nichts zurück. Aber Mord?«, fragte sich Isolde Schöring. Andererseits war ihrem Mann alles zuzutrauen und dem Bazinger übrigens auch, sogar ein Doppelleben. Als Frau! »So ein Kerl steckt ja voller Geheimnisse, selbst wenn er einfach gestrickt ist.« Wie sie das meinte, wollte Jo wissen. Isolde Schöring zögerte einen kurzen Moment, der Spannung zuliebe, dann beugte sie sich zu Jo und flüsterte: »Die Karola hat ihren Mann dabei erwischt, wie er sich im Internet Schminktipps für Transvestiten angeschaut hat, also für Männer, die sich als Frauen verkleiden.«

»Echt jetzt?«

»Er hat gesagt, er recherchiert für den Rosenheimer Fasching. Im Sommer! Wer's glaubt!«

»Hat es die Karola geglaubt?«

»Nein. Die war doch nicht blöd.«

»Und dann?« Isolde Schöring genoss Jos Aufmerksamkeit und ließ sich bitten. Zwischendurch trank sie aus ihrer Edelstahlflasche. Prost!

»Dann hat er behauptet, die Karola wäre ihm schon viel zu lange viel zu prüde, und das wäre sein letzter Versuch, ihr langweiliges Sexleben aufzupeppen. Vielleicht wollte sie es ja mit einer Frau versuchen. Meinte er.«

Wieder pausierte sie.

»Und dann?«

»Dann hat die Karola gesagt, wenn sie es mit einer Frau versuchen würde, dann mit einer wie Marina Pfister, aber sicher nicht mit einem stoppelbärtigen Zipfelklatscher mit Make-up.«

Isolde Schöring holte Luft. Sie verstand etwas von Spannungsaufbau. Endlich setzte sie ihre Pointe: »Dann ist der Bazinger ausgeflippt vor Eifersucht, weil er geglaubt hat, die Karola hätte eine Affäre mit der Marina. Die Karola hat ihren Mann in dem Glauben gelassen.«

»Aber da lief nichts?«, vergewisserte sich Jo. Marina hätte ihr doch davon erzählt, oder?

»Da lief viel, aber nicht das, was der Bazinger geglaubt hat. Der war rasend vor Eifersucht – und die Karola hat sich gefreut, dass er zur Abwechslung mal wieder Gefühle zeigte.«

»Also hatte auch Hubert Bazinger Motive, beide zu töten, Marina und Karola.«

»So gesehen, ja«, antwortete Isolde. Der Alkohol verlangsamte ihre Zunge. »Typen wie Hubert Bazinger und Georg Schöring machen, was sie wollen, und nehmen sich, was sie wollen, weil sie glauben, es steht ihnen zu. Siehst ja, mit welcher Selbstverständlichkeit sich der Bazinger als Brauerei-Chef inszeniert. Der wollte von Anfang an die Bazi-Brauerei mindestens so sehr wie die Karola. Der hat die Brauerei geheiratet, und die Karola war damals noch blind vor Liebe, die wollte das nicht wahrhaben, obwohl ihr Vater sie gewarnt hat.«

Hopfen, genauer Prinz Hopfen, und Prinzessin Malz kamen auf Jo Coleman und Isolde Schöring zugelaufen. Die Hunde hatten anscheinend genug voneinander und selbstverständlich keine Ahnung, auf welch historischem Grund sie sich noch vor wenigen Momenten vergnügt hatten. Wo heute die Bäume und Bänke des Salingartens standen, mit der Stadthalle im Hintergrund, war einst ein Kapuzinerkloster, dessen mutige Mönche Rosenheim im Dreißigjährigen Krieg vor der Verwüstung retteten. Allein mit Worten hielten die diplomatischen Klosterbrüder bewaffnete Truppen davon ab anzugreifen.

Prinz Hopfen stupste Jo. Er war bereit zu gehen. »Melde dich mal«, bat Isolde und gab Jo ihre Visitenkarte. »Mach ich«, versprach Jo. Sie hatte es eilig, weil sie mit ihren neuen Informationen zu Kommissar Hopfinger wollte, um ihren Vater zu befreien. Sie hatte keine Beweise, aber Isolde Schöring war bereit auszusagen. »Ehrensache.« Unter diesen Umständen war Vitus' U-Haft »unverhältnismäßig«, wie es in der Juristensprache hieß. Es gab eine neue Zeugin, und Jo hatte sie gefunden. Es gab ein neues Motiv: Bazinger hatte geglaubt, seine Frau Karola hätte eine Affäre mit der Weiberheldin Marina Pfister. Obendrein konnte Jo mit einer neuen Theorie und einem neuen Verdächtigen aufwarten: Schöring wollte Bazinger den Parteisitz nehmen, dafür war ihm jedes Mittel recht, auch Bazinger einen Mord unterzuschieben. Jo fühlte sich kurzfristig wie eine Weiberheldin.

*E*s war an der Zeit, neuen Wirbel zu entfachen. Zeit, seinen Plan zu vollenden. Er nahm den weiß-blauen Datenstick in die Hand. Um verräterische Spuren zu verhindern, trug er medizinische Handschuhe wie ein Arzt. Die Aufnahme, die er jetzt ins Kuvert steckte, würde seine Position in jeder Hinsicht stärken. Er hatte es verdient, am Ende alles zu gewinnen, denn er hatte alles riskiert und war konsequent seinen Weg gegangen. Jetzt blieb ihm nur noch eine Aufgabe: Marina Pfister endgültig aus der Welt zu schaffen, bevor sie aufwachte. Seine bisherigen Versuche waren gescheitert. Die Frau schien einen Schutzengel zu haben, aber ein Teufelskerl wie er musste sich nicht vor Engeln fürchten. Halleluja! Erfolg hatte drei Buchstaben: TUN!

*V*itus Pangratz wartete darauf, dem Haftrichter vorgeführt zu werden. Nervös strich er seine Haartolle zurück. Er schwitze. Sein Herz pochte. Er hatte Angst. Konnte er wirklich mit der Vernunft des Haftrichters rechnen? Karola Bazinger war inzwischen ein deutschlandweit bekannter Fall. Die »Rosenheim-Cops« waren öffentlich unter Druck. Er selbst hatte eine Geschichte als Kommissar, der eigene Weg geht, um es freundlich auszudrücken. Hopfinger hatte ihn damals »Prügelkommissar« genannt. Andererseits lagen bei ihm keine Fluchtgefahr und keine Verdunklungsgefahr vor. Doch sah dies auch der Richter so? Um sich von seinen Sorgen abzulenken, rief Vitus *Rosenheim-News.de* auf. Wenigstens hatten ihm seine alten Kollegen das Smartphone gelassen. Fette rote Buchstaben drängten die neue Titelstory ins Zentrum seiner Aufmerksamkeit. *Rosenheim-News.de* hatte einen neuen Podcast online gestellt. Ein Interview mit Alois Steimer.

Käufliche Liebe

Alois Steimer, besser bekannt als »Der Kavalier von Rosenheim«, packt aus. Exklusiv in Rosenheim-News.de *spricht er erstmals über seine Kundinnen, Geld und Sex. Mit Chefredakteur Sepp Anzenberger.*

Sepp Anzenberger: »Ich treffe Alois Steimer in seinem Versteck. Es ist ein Ort in Rosenheim, von dem in diesem Moment nur eine Handvoll Personen wissen und *Rosenheim-News.de.* In diesem Moment sitzt mir Alois Steimer gegenüber. Wer einen reumütigen Sünder erwartet, wird enttäuscht sein. Versicherungs- und Finanzberater Alois Steimer steht seinen Mann und fragt: »Kann denn Liebe Sünde sein?« Die Antwort gibt euch unser bayrischer Callboy selbst.«

Alois Steimer: »Schluss mit der Scheinheiligkeit! Frauen zu lieben und zu beglücken sollte für Männer die natürlichste Sache der Welt sein. Ich bin ein Glücksbringer. Ein wahrer Liebhaber.«

Sepp Anzenberger: »Du lässt dich für deine Dienste bezahlen, Alois. Für dich ist die Liebe ein Job.«

Alois Steimer: »Da muss ich dich korrigieren. Liebe ist kein Job für mich. Liebe ist eine Berufung.«

Sepp Anzenberger: »Du sprichst von Liebe, aber es geht um Sex.«

Alois Steimer: »Sex, so wie ich und die meisten Frauen ihn verstehen, ist Liebe. Ohne Gefühl keine Erfüllung, sag ich immer. ›Liebe machen‹, diesen treffenden Begriff gibt es nicht umsonst. Er beschreibt meinen Anspruch.«

Sepp Anzenberger: »Welche Rolle spielt dabei das Geld?«

Alois Steimer: »Geld schenkt den Frauen die Freiheit zu tun, was sie wollen. Mir hilft es, meine Familie zu ernähren. Schau, Sepp, es gibt Männer, die sind Nebenerwerbsbauern. Ich bin ein Nebenerwerbsliebhaber. Wie ein guter Landwirt bringe ich die Natur der Frauen zum Blühen und Gedeihen. Ich fülle ihre Liebeslücken, befeuchte trockene Furchen und lasse die Frauen die Ernte einfahren. Ich definiere mich selbst als ›Geber‹. Das war ich schon immer. Es macht mich glücklich und die Frauen sowieso. Geben ist seliger als nehmen, gell!«

Sepp Anzenberger: »Im wahren Leben bist du Versicherungs- und Finanzberater mit eigener Agentur. Wie passt das zusammen?«

Alois Steimer: »Wenn ich das schon höre, wahres Leben! In

jeder Sekunde läuft das wahre Leben, alles andere ist Film! Für mich gibt es keinen Unterschied zwischen meiner Arbeit als Liebesdiener und als Finanzberater. Ich stelle mich ganzheitlich in den Dienst der Frauen: Ich befreie Frauen sexuell und durch sinnvolle Finanzberatung. Körper und Geist müssen in Einklang gebracht werden. Genau genommen ist mein Engagement auch ein politisches, ein Dienst an der Emanzipation. Während andere auf der Bühne große Töne spucken, verbessere ich mit Rat und Tat die Situation von Frauen.«

Sepp Anzenberger lachte: »Das klingt, als wärst du bei der Partei der Bunten gut aufgehoben.«

Alois Steimer: »Jedenfalls bin ich kein Weiß-Blau-Denker!«

Sepp Anzenberger: »Es gibt Menschen, die finden, du und deine Kundinnen, ihr solltet euch schämen. Was sagst du dazu?«

Alois Steimer: »Wir müssen uns für gar nichts schämen. Im Gegenteil! Ich bin stolz darauf, Frauen zur sexuellen und finanziellen Freiheit zu verhelfen. Schämen sollten sich die Moralapostel, die ihre Frauen vernachlässigen.«

Sepp Anzenberger: »Du denkst jetzt wahrscheinlich an die Männer deiner Kundinnen. Wer kommt denn so zu dir? Oder genauer: Wer kommt denn so bei dir? Hahaha.«

Alois Steimer: »Meine Dienste kann sich leider nicht jede leisten, das beantwortet vermutlich einen Teil deiner Frage.«

Sepp Anzenberger: »Also beglückst du die Rosenheimer High Society.«

Alois Steimer: »Niemals würde ich meine Klientinnen preisgeben. Was ich dir allerdings sagen kann: Meine Frauen haben Klasse, und bislang habe ich keine einzige enttäuscht. Weder als Lover noch als Finanzberater.«

Sepp Anzenberger: »Alois, dann erzähl uns doch von deiner Zusammenarbeit mit Marina Pfister, der Weiberheldin. Sie war ja so etwas wie deine Zuhälterin. Es gibt nicht wenige, die glauben, du hättest ihr nach dem Leben getrachtet.«

Alois Steimer: »Agentin! Sepp! Die Marina war meine Agentin! Obendrein war die Marina eine ganz wunderbare Frau. Eine Weiberheldin durch und durch, die hat erkannt, was Frauen brauchen, um glücklich zu werden. Wir haben uns gegenseitig ergänzt. Nie hätte ich der Marina was antun können. Ich vermisse sie.«

Sepp Anzenberger: »Du weinst ja, Alois!«

Alois Steimer: »Ich bin ein Mann mit Gefühl!«

Sepp Anzenberger: »Wusste deine Frau Uschi von deiner Tätigkeit als Liebesdiener?«

Alois Steimer: »Ja freilich! Selbstverständlich! Von Anfang an! Meine Uschi hat mich gewissermaßen dazu ermutigt. Sie sieht mich als Körpertherapeuten. Meine Uschi ist eine ganz besondere Frau. Ohne ihr Einverständnis und ihre Unterstützung könnte ich meiner Berufung nicht nachgehen. Meine Uschi-Muschi, die glaubt nicht an Besitzansprüche, die glaubt an die Liebe. Da sind wir uns einig. Weißt, Sepp, meine Uschi-Muschi, die hat ein Herz so groß wie ein Bergwerk. Und ich habe Manneskraft für alle.«

Sepp Anzenberger: »Ich bin beeindruckt, Alois! Ich bin beeindruckt! Und jetzt sag, wie soll es beruflich für dich weitergehen?«

Alois Steimer: »Da sag ich nur: Geld UND Liebe! Frauen verdienen alles, deshalb stelle ich mich weiterhin in ihre Dienste als Finanzberater und Liebesdiener.«

Sepp Anzenberger: »Wie schaffst du das nur?«

Alois Steimer: »Du kannst, was immer du wirklich willst.«

Vitus Pangratz konnte nicht aufhören zu lachen. Dieser Hundling Alois Steimer hatte es geschafft, sich öffentlich als Wohltäter zu positionieren und seine Frau als Komplizin. Dass Ursula Steimer von der Nebentätigkeit ihres Mannes wirklich gewusst hatte, glaubte Vitus allerdings keinen Moment. Schließlich hatte sie ihn als Detektiv engagiert. »Ein Hund ist er schon, der Steimer!« Andererseits, vielleicht hatte sie ihn gerade deshalb als Detektiv engagiert, weil sie wusste, er würde etwas finden. War der Steimer ein Hund, aber die Steimerin eine Füchsin? Er würde es so gerne herausfinden, musste aber hier auf dieser harten Bank auf den Untersuchungsrichter warten. Elvis würde ihm die Zeit verkürzen. Er begann leise vor sich hin zu singen und vermisste seine Gitarre: »Make The World Go Away.«

*H*ier sind keine Tiere erlaubt«, informierte sie der Pförtner barsch, doch Jo bestand darauf, Hopfen sei ein ermittlungsrelevanter Hund. Der Pförtner könne sich gerne bei Kommissar Hopfinger oder dessen Assistentin Liesel Dirscherl erkundigen. Unwillig griff der Mann hinter der Glasscheibe zum Telefon und brummte: »Schau mer mal, dann seng ma scho.« Er wollte mal schauen, dann würden sie schon sehen. Als er den Hörer wieder auflegte, sah es gut für Hopfen aus. Er durfte die Eingangskontrolle passieren.

»Herr Hopfinger, Sie kennen Hopfen ja schon, gell? Und namensverwandt sind Sie gewissermaßen auch«, meinte Jo zur Begrüßung. Als sie dem Kommissar die Hand reichte, hob das Tier an ihrer Seite sein Pfötchen.

»Ein wohlerzogener Hund!«, lobte Hopfinger.

»Ein wahrer Prinz!«, ergänzte Jo. Ohne Umschweife erzählte sie von der Dackel-Prinzessin, deren Frauchen Isolde Schöring und von den Ambitionen und möglichen Motiven von Georg Schöring, dem Immobilien-Unternehmer. Kommissar Hopfinger gab sich interessiert und nickte.

»Und es wird noch spannender!«, kündigte Jo ihre nächsten Argumente an. Hubert Bazinger, der neue Brauereierbe, war davon ausgegangen, seine Frau Karola hätte eine Affäre mit Marina Pfister. Jetzt waren beide Frauen nicht mehr am Leben beziehungsweise eine nur noch fast. »Was sagen Sie dazu, Herr Kommissar? Hubert Bazinger musste Angst haben, seine Frau würde ihn für

Marina verlassen. Er befürchtete, seine Frau und die Brauerei zu verlieren.« Konnte Hopfinger ihr folgen?

»Interessant! Interessant! Die Pfisterin hat wirklich allen Probleme gemacht.« Der Kommissar legte seine Stirn in Falten, und Jo vermutete, er wollte auf diese Weise seine anspruchsvollen Denkprozesse veranschaulichen. Schweigend wartete sie auf das Ergebnis, während seine Assistentin Liesel Dirscherl kühle Limonade servierte. »Wie früher!« Eigentlich mochte Jo schon lange keine pappigen Süßgetränke mehr, aber die Erinnerung an den Genuss aus Kindertagen wollte sie auch nicht austrocknen lassen, also bedankte sie sich für die Limonade, auf bayrisch »Kracherl«, und freute sich an dem Prickeln in ihrem Mund. Hopfinger dachte immer noch nach. Da prickelte nichts. Sie musste ihm auf die Sprünge helfen, ihrem Vater zuliebe: »Schauen Sie sich den Bazinger noch einmal genauer an, bitte, und auch den Schöring.«

»Selbstverständlich mach ich das, auch wenn alles sehr wild und konstruiert klingt.«

»Ich sehe nichts Konstruiertes, sondern klassische Motive und das Naheliegende.«

»Überlass das Ermitteln lieber den Profis, Johanna.« Wieso musste sie sich eigentlich duzen lassen, während sie selbst Hopfinger siezen musste? Nur weil der Kerl sie seit ihrer Jugend kannte? Blöde Sache! Sie störte sich schon lange daran und ging zum du über.

»Einen echten Profi hältst du doch gerade fest: meinen Vater.« Hopfinger stutzte, nickte und meinte: »In Ordnung, duze mich ruhig. Wenn der eigene Vater ein mutmaßlicher Mörder ist, dann braucht man andere männliche Vertrauenspersonen, an denen man sich orientieren kann. Gell, Mädchen?« Er nickte weiter, diesmal gönnerhaft.

»Wann kommt mein Vater frei?« Der Kommissar ignorierte ihre Frage, beugte sich vor und flüsterte: »Du bist wahrscheinlich die Einzige, die ihm helfen kann.«

»Das versuche ich doch gerade, indem ich dich auf die wahren Täter hinweise.«

»Jo, mach dir nichts vor. Dein Vater ist psychisch angeschlagen, seit dein Bruder gestorben ist. Den nächsten Magenschwinger hat ihm deine Mutter verpasst, als sie mit Vollgas aus dem Leben gerauscht ist. Der Arme ist doch auf Knien durch die letzten Jahrzehnte gerutscht. Mei, und dann auch noch die Sache mit dieser Diana. Der Vitus hat aber auch ein Händchen für die falschen Frauen! Weißt, Johanna, wenn einem die Frauen so viel zumuten, dann neigen selbst die stärksten Männer zu Kurzschlusshandlungen – und der Vitus zählt ja doch eher zu den Sensibelchen mit seiner Musikerseele. Armer Mann!« Hopfinger seufzte. Wenn er doch nur den alten Freund und Kollegen dazu bringen könnte, ein Geständnis abzulegen. Ehrlichkeit und Reue wirkten sich bekanntlich auf das Strafmaß aus.

»Jo, du musst deinem Vater ins Gewissen reden! Es geht schließlich um seine letzten Jahre!«

»Mein Vater ist unschuldig!« Sie nahm den Hund am Halsband. »Das bringt hier nichts. Komm, Hopfinger! Bei Fuß!«

»Hopfinger?«

»Hopfen! Ich habe mich versprochen.« Nein, hatte sie nicht. Trotzdem entschuldigte sie sich. In Gedanken. Bei Hopfen. Dem Hund.

In der Tür drehte sich Jo um: »Grüß mir die Moni. Deine Frau hat sich ja wirklich gemacht: Vom braven Hausmütterchen zur engagierten Weiberheldin und Mitglied der Bunten. Ich hab gesehen, wie sie neulich aus Alois Steimers Büro gekommen ist. Entspannt hat sie ausgesehen. Richtig glücklich. Die Marina Pfister hat definitiv Monis Leben verändert. Deines vermutlich auch, gell, Herr Kommissar? Bekommt man da nicht Lust, der Pfisterin die Luft abzuschnüren?«

»Werd jetzt bloß nicht unverschämt, Johanna! Wie dein Vater! Zwischen mir und der Moni ist alles in Ordnung. In guten wie in schlechten Zeiten. Zwischen uns passt kein Blatt Papier, keine Marina Pfister und kein Alois Steimer.« Hopfingers Ruhe war dahin. Blut stieg in seine Wangen, Schweiß sammelte sich auf seiner Stirn. »Und jetzt lass mich in Ruhe, ich hab schließlich noch anderes zu tun.«

Eine souveräne Reaktion stellte sich Jo anders vor.

osenheim-News.de hatte es geschafft: Die Reihe »Kavaliersdelikte« zog weite Kreise und überschritt die Regionalgrenze. Die Geschichten rund um Marina Pfister, Alois Steimer und Karola Bazinger waren im nationalen Boulevardfernsehen angelangt. Chefredakteur Sepp Anzenberger hatte sie als »Rosenheimer Regionalkrimi«, »Geständnisse aus der Lederhose« oder »Liebesspiele im Wildniscamp« verkauft, und unterhielt mit Videos, Podcasts und Artikel ganz Deutschland. Mit großer Freude und noch größerem Stolz gab er Interviews, in denen er sich als investigativer Journalist brüstete. Neben Anzenberger profitierte auch Alois Steimer von dem Medieninteresse. Er nutzte es, um schamlos für seine Angebote als Finanzberater und Liebesdiener zu werben. Dabei schwärmte er von den außergewöhnlichen Kulissen, in denen er Frauen verführte, und erzählte begeistert vom Wildnislager, Berghütten und Schlosshotels. Nie vergaß er, seine einzigartig tolerante Frau Uschi zu loben, die verstand, dass wahre Liebe nur in Freiheit gedeihen konnte, während die meisten Ehen am »Stockholm-Syndrom« krankten, an der emotionalen Abhängigkeit, die Gefangene mit ihren Peinigern sympathisieren und kooperieren ließ. Alois Steimer, der alte Hundling, drehte die Situation zu seinen Gunsten. Insgeheim beeindruckte Jo seine Wendigkeit, gleichzeitig war sie angewidert. Vor allem aber war sie allein. Nein, nicht ganz. Sie hatte Unterstützung. Freundinnen, die ihr und Marina zur Seite standen. Die Weiberheldinnen rund um Sonja hatten den Personenschutz für Marina organisiert. Tagsüber teilten sie sich in Schichten ein. Nur nachts übernahm Jo Coleman in Marinas Krankenzimmer die Verantwortung.

Jetzt saß Jo Coleman auf der eingewachsenen Terrasse ihres Elternhauses. Das Herbstfest spielte fröhliche Blasmusik zu ihr herüber, aber in ihrem Inneren quälte sie der Blues. Ihr Vater war hinter Gittern, wegen angeblicher Fluchtgefahr, während sich Kommissar Hopfinger vom *Oberbayrischen Volksblatt* als unbestechlicher Rosenheim-Cop feiern ließ, und ihre Freundin Marina war vom Leben noch immer so weit entfernt wie Jo Coleman von Jack Coleman. Auf einem leeren weißen Blatt versuchte sie, ihre Gedanken zu ordnen. Noch einmal von vorn: Menschen. Motive. Alibis.

Sie begann mit Jürgen, Marinas Gatten. Mit einer toten Frau käme er besser weg als mit einer Scheidung, aber er hatte Klaudia als Alibi und Ludwig. Außerdem hatte Jürgen kein Motiv, Karola Bazinger zu ermorden, und die beiden Fälle waren nicht nur durch die gefundenen Perückenhaare verbunden, sondern auch durch die Mordwaffe, ein dünnes Seil. Jo strich Jürgens Namen. Froh, dass ihr Patenkind Ludwig wengistens seinen Vater behalten würde, sollte Marina doch nicht ins Leben zurückkehren.

Dann schrieb sie Hubert Bazingers Namen und dazu die klassischen Mordmotive auf. Gier: Er wollte Karolas Erbe, die Brauerei. Eifersucht: Er vermutete, Karola habe eine Affäre mit Marina und wolle ihn verlassen. Möglicherweise wusste Bazinger auch, dass seine Frau einen Kavalier bezahlte. Jo kreiste seinen Namen ein.

Als Nächsten führte sie Georg Schöring auf, den Immobilienhai. Seine Frau Isolde unterstellte ihm, er wolle Bazinger als Parteivorsitzender der Weiß-Blauen ablösen und dem Konkurrenten zwei Morde unterschieben. Zudem wollte er den langfristigen Mietvertrag mit Marina Pfister vorzeitig auflösen, damit seine uneheliche Tochter Klaudia in den Räumen der Weiberheldin ihren Knödel-Kosmos eröffnen konnte. Oder hatte Marina den selbstverliebten Mann gekränkt? Hatte sie ihn abgewiesen? Jo erinnerte sich, wie scharf Schöring einst auf Marina war. Doch hätte Schöring selbst Hand angelegt? Hatte er einen Handlanger? Seinen unehelichen Sohn Kilian, der seinen Vater inzwischen zu verachten schien? Und hatte nicht Kilian in der Nacht heimlich Marina besucht? Nein, Kilian war zu dieser Zeit in Berlin gewesen. Ein anderer war in ein Clownskostüm geschlüpft. Wer? Sie kreiste Schörings Namen ein. Hatte der Dicke die Maskarade seines Sohnes übernommen? Jo hatte aus dem Schrank heraus nur seinen Rücken gesehen.

Oder war es doch Alois Steimer, der raffinierte Wendehals? Ja, für den Mordversuch an Marina konnte man ihm als Motiv Gier unterstellen. Aber welchen Grund hätte Alois gehabt, Karola Bazinger zu töten? Ohnehin hatte nicht er, sondern Vitus mit Karola Bazinger geschlafen. Nein, Alois war ein geschäftstüchtiger Hallodri, kein Mörder. Er war ein Mann, der immer andere Auswege fand als Mord. Sie strich seinen Namen, obwohl Uschi Steimer sein Alibi vernichtet hatte. Vermutlich aus Rache. Steimer behauptete, seine Frau habe von seiner Nebentätigkeit gewusst. Passte das zusammen?

Dann schrieb sie »Harald Hopfinger« auf das Papier. Der Kommissar war überzeugt, Marina hätte seine Ehe zerstört. Das war ein Motiv. Aber warum sollte er Karola Bazinger töten? Und warum beharrte er darauf, dass Vitus Pangratz der Mörder war? Um sich selbst zu schützen? Wo war das Motiv? Jo nahm sich vor, es herauszufinden. Sie kreiste auch Hopfingers Namen ein. Nun waren drei Namen eingekreist: Hopfinger, Schöring, Bazinger. Ihr fiel auf, dass alle drei in ihrer Jugend Eishockey gespielt hatten.

In diesem Moment leuchtete eine Push Nachricht auf ihrem Smartphone auf. *Rosenheim-News.de* hatte wieder eine Story gepostet. Begierig begann Jo den Text zu lesen, der zu einer Aufnahme führte.

Kommissar auf Abwegen

Erneut wurde Rosenheim-News.de als exklusive Plattform für eine brisante Veröffentlichung gewählt. Uns liegt eine Aufnahme vor, auf der ein echter Rosenheim-Cop die Weiberheldin Marina Pfister bedroht. Aber hört selbst.

Jo Coleman drückte auf den Startknopf des Podcasts und hörte die Stimme von Chefredakteur Sepp Anzenberger: »Neue Entwicklungen im Fall Marina Pfister: Heldin der Frauen, Feindin der Männer. Je mehr Freundinnen die Rosenheimer Weiberheldin Marina Pfister unter Frauen gewann, desto mehr Feinde machte sie sich unter Männern. Wie folgende Aufnahme nahelegt, ermutigte Marina Pfister ihre Klientinnen dazu, eigene Wege zu gehen und Trennungen in Kauf zu nehmen. Ehen waren für die Weiberheldin Marina Pfister kein Hindernis, allenfalls ein Startblock. Frei nach dem Motto: ›Du kannst, was immer du willst‹, propagierte sie Egoismus und nannte ihn Emanzipation. Ein Opfer der Pfister'schen Befreiungskämpfe war offensichtlich der Rosenheimer Kommissar H. H. Verzweifelt wandte er sich in der folgenden Aufnahme an Marina Pfister. Sperrt eure Ohrwaschel auf, erkennt ihr die Stimme? Was haltet ihr davon? Schreibt es in die Kommentare. *Rosenheim-News.de*, die wahren Insider sind wir.«

Marina Pfister: »Was wollen Sie von mir? Ihre Frau hat das Recht, eigene Entscheidungen zu treffen.«

Stimme von Kommissar Harald Hopfinger: »Wir haben uns Liebe bis zum Tod geschworen.«

Marina Pfister: »Passt doch. Ihre Liebe ist tot. Haben Sie das noch immer nicht kapiert?«

Harald Hopfinger: »Wahre Liebe ist unsterblich. Sie müssen meine Frau nur wieder zur Vernunft bringen. Ich bitte Sie!«

Marina Pfister: »Ihre Frau ist endlich zur Vernunft gekommen.«

Harald Hopfinger: »Sie sind eine Hexe!«

Marina Pfister: »Als solche bin ich auf der Seite der Frauen.«

Harald Hopfinger: »Sie zerstören Ehen. Sie sind eine streitsüchtige, böse Frau. Sie bauen Fronten auf, wo Gemeinsamkeit nötig wäre.«

Marina Pfister: »Sie haben in zwei Jahrzehnten Ehe nichts von Gemeinsamkeit verstanden.«

Harald Hopfinger: »Woher wollen Sie das wissen?«

Marina Pfister: »Von Ihrer Frau, natürlich!«

Harald Hopfinger: »Sie sollten sich besser nicht mit mir anlegen.«

Marina Pfister: »Wollen Sie mich einsperren? So wie Ihre Ehefrau früher?«

Harald Hopfinger: »Mord wäre in Ihrem Fall die bessere Lösung, Frau Pfister.«

Marina Pfister: »Na, damit kennen Sie sich ja bestens aus.«

Harald Hopfinger: »Legen Sie sich nicht mit mir an! Wenn Sie mein Leben zerstören, dann zerstöre ich Ihres!«

Marina Pfister: »Sie lächerlicher Rosenheim-Cop. Hauen Sie endlich ab! Raus aus meinem Laden!«

Harald Hopfinger: »Das werden Sie bereuen! Wir sehen uns wieder! Das verspreche ich Ihnen! Wir zwei sind noch lange nicht fertig!«

Jo legte ihr Smartphone beiseite. Hopfingers Stimme hallte noch in ihrem Ohr. Wie gerne hätte sie die Aufnahme ihrem Vater vorgespielt.

Hopfen sprang von seinem Schattenplatz auf der Terrasse auf. Hatte ihn etwas gestochen? Er fing an zu bellen. Wedelte mit dem Schwanz. Aufgeregt. Erfreut. Noch bevor Jo realisierte, wer in diesem Moment um die Ecke kam, sprang der Hund an ihrem Vater hoch, um ihn zu begrüßen. Ihr Vater sprang vor Freude mit. »Da bin ich wieder! Hopfen! Johanna!« In der einen Hand hielt Vitus Pangratz eine Tüte mit frischen Brezen, in der anderen eine Tüte vom Metzger: Weißwürste.

»Alte Freunde und neue Erkenntnisse« hatten ihn aus der Untersuchungshaft entlassen. Nicht zuletzt die Aufnahme von Harald Hopfinger, die eine Abkürzung zur Staatsanwaltschaft genommen hatte. Wer auch immer die Datensticks mit den Sprachdateien verschickt hatte, erweiterte nun offenbar den Empfängerkreis.

»Papa! Ich bin so froh! Zusammen finden wir den Täter!«

»Nach einem Weißbier nehm ich mir den Hopfinger vor.«

*L*iesel Dirscherl bewachte Hopfingers Büro. Als Vitus durch die Tür kam, verschränkte sie die Arme, legte sie auf ihren Schreibtisch und lehnte sich nach vorn. Ihr dunkelblaues Dirndl ließ Vitus Pangratz tief blicken. Über dem Abgrund funkelte ein Herz an einer Kette. Liesel legte ihre Hand darauf und erklärte: »Von Georg. Diamanten. Sie sind echt.«

»Meint der Schöring, man kann dich mit Edelsteinen kaufen?« Er selbst wusste es besser, seine Liesel war unbezahlbar. Schade, dass er es ihr nie gesagt hatte.

»Der Georg wollte mir eine Freude machen, und das ist ihm gelungen.«

»Aha …« Vitus schaute aus dem Fenster. Er wusste nicht, was er noch sagen sollte. Liesel schien seine Unsicherheit zu bemerken und half ihm mit einer naheliegenden Frage auf die Sprünge: »Warum bist du eigentlich hier?« Hatte sie die Aufnahme auf *Rosenheim-News.de* nicht gehört? Nein, meinte Liesel, sie hatte schließlich zu tun.

»Ich wollte eh zum Hopfinger.«

»Der Hopfinger ist vor etwa dreißig Minuten fluchend aus dem Büro gerannt und seitdem nicht zurückgekommen.«

»Hat er *Rosenheim-News.de* gehört?«

»Was weiß denn ich! Der surft dauernd irgendwo rum.«

Vitus öffnete sein altes Büro und trat ein. Liesels Proteste ignorierte er. Mit Wucht ließ er sich in den ledernen Chefsessel fallen. Ein komfortables Modell, nicht der alte wackelige Stuhl, auf dem

Vitus gesessen hatte. Auf dem Schreibtisch war alles geordnet. Die Stiftablage lag parallel zur Schreibtischunterlage, auf der ein Papierhefter mittig positioniert war, und das Foto von Frau und Kind stand im perfekten Winkel in der linken Schreibtischecke. Harald Hopfinger liebte Ordnung und Übersicht. Ein Pedant! Vitus nahm eine Akte in die Hand. »Karola Bazinger« stand darauf. »Vitus!«, schimpfte Liesel, die jetzt neben ihm stand. »Bitte! Liesel! Um der alten Zeiten willen!« So treuherzig wie möglich sah er Liesel an und folgte den Diamanten in ihrem Ausschnitt.

»Fette Klunkern!«

»Du bist unverschämt!«

Aber Liesel Dirscherl entglitt ein Grinsen, während sie sich gleichzeitig aus Vitus' Gesichtsfeld drehte. »Also, offiziell hab dich nicht reinkommen sehen, Vitus.«

Sie verließ Hopfingers Büro und schloss die Tür hinter sich. Vitus seufzte und überflog die Akte Karola Bazinger. Seine Hoffnung auf neue Erkenntnisse erfüllte sich nicht. Dann öffnete er die Schubladen von Hopfingers Schreibtisch, ohne zu wissen, wonach er eigentlich suchte, bis ihm ein Prospekt mit Wohnmobilen auffiel. Hatte der Kioskbetreiber am Simssee nicht von einem Wohnmobil erzählt, das am Abend von Karolas Tod auf dem Parkplatz gestanden hatte? Auf der Rückseite des Prospektes klebte die Adresse einer Wohnmobil-Vermietung im Nachbarort Kolbermoor mit dem Namen »Happy Camper«. Vitus wählte die angegebene Telefonnummer.

Der Mann am anderen Ende der Leitung erinnerte sich nicht an einen »Harald Hopfinger«.

»Ich hab kürzlich ein Wohnmobil bei Ihnen gemietet und wollte wissen, ob dasselbe Modell in den Herbstferien wieder frei wäre.«

Er könne doch sicher in seinen Unterlagen nachsehen. Also gut, wie war der Name noch einmal? Hopfinger? Harald? H.H.

Er lachte, schien sich zu amüsieren. Und das Datum? Vitus hörte die Tastatur eines Computers klacken. Der Mann machte endlich ernst und tippte Hopfingers Namen ein. Im nächsten Moment verkündete er das Ergebnis.

»Nix!«

»Wie nix?«

»Sie sind nicht in unserer Kundenkartei.«

»Vielleicht finden Sie mich unter Hubert Bazinger?«

»Naa, an den Namen würde ich mich erinnern. Den kennt doch bei uns ein jeder, den Chef der Weiß-Blauen. Mich ärgert ja am meisten, dass die Weiß-Blauen die bayrischen Farben miss-brauchen.« Es täte ihm leid, dass er dem Anrufer nicht weiter-helfen könne. Sorry. Danke. Passt scho. Servus.

Wieso war niemand der Spur mit dem Wohnmobil nachgegan-gen? Vitus Pangratz blätterte noch einmal durch die Akte. Der Kioskbesitzer hatte das Wohnmobil zu Protokoll gegeben, aber von einer Fahrerin gesprochen, deshalb hatten weder Hopfinger noch er diese Spur aufgenommen. Die meisten Gewalttaten wur-den von Männern verübt, und gerade in den Fällen Pfister und Ba-zinger war Vitus automatisch davon ausgegangen, dass auch hier ein Täter am Werk war, möglicherweise ein verkleideter Täter, aber keine Täterin. Vielleicht war die Frau, die der Kioskbesitzer gesehen hatte, in Wirklichkeit ein Mann. Es fiel ihm schwer, sich Hopfinger als überzeugende Frau vorzustellen oder Bazinger oder Schöring. Andererseits, auf die Entfernung … Hopfinger hatte lange Beine und war schlank. Er würde jetzt zu Hause bei den Hopfingers vorbeischauen.

Im Vorraum verabschiedete er sich von Liesel und verbarg seine Wehmut unter Humor. »Pfiad di, Liesel! Mach's guad! Hüte deine Schätze!« Sie blies ihm ein Küsschen hinterher. Ihm, dem Jäger des verlorenen Schatzes. »Now and then there's a fool such as I«, summte er sich nach draußen. Er war ein Narr.

*J*o Coleman hütete zu Hause den Hund oder er sie. Nachdem sie gerade impulsiv auf eine E-Mail von Jack geantwortet hatte, fühlte sie sich wie ein Schaf, auf das man gar nicht genug aufpassen konnte. Selbst in einer Zwei-Personen-Herde ging sie verloren, weil sie noch immer keine Ahnung hatte, wo ihre Weide war. In Los Angeles? In Rosenheim? Oder ganz woanders? Sie fühlte sich heimatlos, seit Jack sie erneut verraten hatte. Er nannte es Missverständnis. Sie würde ihm gerne glauben, wenn er sie nicht bereits einmal betrogen hätte. Unmissverständlich betrogen. Damals hatte es wenigstens einen Sinn gehabt, die Affäre mit der Produzententochter hatte Jack in Hollywood Türen geöffnet, aber was versprach er sich von Catering-Linda, abgesehen von schlechtem Essen? Wollte er völlig unnötig Gewicht verlieren? »Hit the road, Jack!« Wahnsinn! Jetzt kommentierte sie ihr Leben genauso mit Songs wie ihr Vater. Aber der Text passte: Jack sollte abhauen.

Da klingelte ihr Telefon.

»Sonja hier. Alles klar im Krankenhaus, mach dir keine Sorgen.« Sie rief wegen einer anderen Sache an: Sonja wollte Jo ins Bazinger-Zelt aufs Herbstfest einladen. Die Bunten hatten »gewissermaßen eine Wahlveranstaltung« geplant, für die Karola Bazinger noch vor ihrem Tod alles organisiert hatte. »Das Beste an dem Abend wird ein Trio aus Miesbach, das – und jetzt halt dich fest, Jo –, das Trio heißt wirklich ›Ciao Weiß-Blau‹.« Jo solle in das Album »Ballkönigin« reinhören, dann wüsste sie, was zu erwarten war: »Der Bazinger Hubert wird *speibn*.« Auf Hochdeutsch: Er würde kotzen, obwohl seine eigenen Auftritte auch Kabarettcharakter hatten, nur ohne Musik. Jo rief die Website der Gruppe auf und las: »Ciao Weiß-Blau liegt irgendwo zwischen Gerhard Polt und der Spider Murphy Gang.« »Komm schon, Jo, das wird dir guttun!«, meinte Sonja. Eine der Weiberheldinnen, vielleicht Monika Hopfinger, könnte in dieser Zeit Jos Nachtwache im Krankenhaus übernehmen.

»Danke, Sonja, ganz lieb, aber ich übernehme die ganze Schicht. Ich will bei Marina sein.« Würde Marina wirklich irgendwann wieder aufwachen? Jo wartete auf neue Hoffnungszeichen. Den ersten waren bislang keine weiteren gefolgt.

*V*itus Pangratz lenkte seinen Wagen zwischen Kuhwiesen und Äckern nach Neubeuern, wo Harald Hopfinger zu Hause war. Das selbsternannte »Kulturdorf« warb mit dem Slogan »Hier spielt die Musik« für seinen bekannten Chor und seine klassischen Schlosskonzerte. Als Vitus den Torbogen zum malerischen Ortskern passierte, sang er mit dem Rockabilly-Musiker Brian Setzer »Rock this town«. Rock'n'Roll war die Form von Klassik, die sein Herz erreichte. Er öffnete die Fenster des Mustangs und grölte wie ein Halbstarker über den Marktplatz. Die Häuser um ihn herum trugen buntes bayrisches Make-up, genannt Lüftlmalerei. Eine Frau linste zum Fenster raus und winkte. Sie trug eine Rockabilly-Frisur und lächelte in Vitus' Richtung. Schade, dass er an Liesel Dirscherl denken musste. Sie versaute ihm jetzt schon zum zweiten Mal den heutigen Tag. Er stellte die Musik leiser und blickte zum Schloss Neubeuern hoch, das über dem Marktplatz thronte. Wie ein mahnender Zeigefinger ragte sein Turm in die Höhe.

Vitus kannte die wechselhafte Geschichte des Schlosses. Von 1942 bis 1945 war in seinen Mauern eine »NAPOLA« untergebracht, eine nationalsozialistische Erziehungsanstalt. Heute lernten hier Jungen und Mädchen ab der 5. Klasse fürs bayrische Abitur. Bildung wurde in Bayern hochgehalten, so hoch, dass nur die vom Glück Bevorzugten herankamen. Da mochte sich das bayrische Kultusministerium noch so viel auf die »Durchlässigkeit« seines Schulsystems einbilden. Was in der Theorie eine gute

Sache war, sortierte in der Praxis Kinder bereits in der 4. Klasse in Schubladen. Aus den untersten Schubladen gab es nur schwer ein Entkommen, weil die obersten nur begrenzte, hart umkämpfte Plätze hatten. Einige der besseren Plätze bot dieses Schloss dort, Gymnasium und Internat Neubeuern. Rund 80 Prozent der Schüler lebten auf dem Schloss. Als Vitus nach dem Tod seiner Frau Rosina allein mit Johanna zurückgeblieben war, hatte er sich gefragt, ob seine Tochter in einem Internat besser aufgehoben sei als bei ihm. Es gab ausgezeichnete Internate im Chiemgau, aber letztendlich gab es keinen Platz wie zu Hause. Rückblickend war er froh über die gemeinsamen Jahre mit Johanna, auch wenn er es als alleinerziehender Vater nur mit Hilfe der Nachbarin und seiner damaligen Assistentin Liesel Dirscherl geschafft hatte, seinen privaten Betreuungsnotstand zu lösen. Bezahlt hatte er mit einem dauerhaft schlechten Gewissen und Johanna mit einem oft abwesenden Vater. Selbst zu Hause war er in Gedanken im Kommissariat gewesen. Trotzdem, sie hatten es sich zusammen so gut wie möglich gemacht.

Er verlangsamte seinen Wagen und parkte vor Hopfingers Haus. Im Garten sah er Monika, die sich um einen Rosenstrauch kümmerte. Überrascht winkte sie Vitus zu. Wahrscheinlich kannte sie die Neuigkeiten von *Rosenheim-News.de* noch nicht. Er würde sie ihr überbringen müssen.

*J*a griaß di, Vitus!« Monika »Moni« Hopfinger begrüßte ihn am Gartenzaun. In der Hand hielt sie Rosen für »Karolas Beerdigung«, wie sie ihm erklärte. »Bist du wegen der Karola hier, oder was verschafft mir die Ehre?« Nein, er war aus einem anderen Grund hier, und ob sein Besuch eine »Ehre« war, das bezweifelte er. Trotzdem bat ihn Monika Hopfinger auf die sonnige Terrasse und bot ihm einen Kaffee an. »Schön habt ihr es hier«, sagte Vitus und freute sich über einen Gartenzwerg, der mit einem nackten Hintern eine eindeutige Botschaft in die Welt setzte. Ein Geschenk von Monika Hopfinger an ihren Gatten, wie Vitus wusste.

»Das Haus will ich auf jeden Fall behalten. Andererseits ist es woanders auch schön, gell?«

»Das klingt nach Trennungsabsichten«, gab sich Vitus naiv.

»Mei, Vitus, du kennst ihn ja, meinen Alten.«

»Wo ist er denn jetzt?«

»In der Arbeit natürlich.« Sie ahnte wirklich nichts von der Aufnahme und ihrer Verbreitung auf *Rosenheim-News.de*. Vitus rief die Seite auf und reichte ihr sein Smartphone. »Deshalb bin ich hier.« Konzentriert hörte Frau Hopfinger das Gespräch zwischen ihrem Mann und Marina Pfister, dann legte sie das Telefon mit zitternder Hand auf die karierte Tischdecke. »Jetzt ist es raus. Jetzt wissen es alle Leute. Der Harry und ich, wir stecken in einer Krise. Genau genommen: Er steckt in der Krise. Ich bin schon längst wieder draußen und schau nach vorn.« Trennung? Die

Frage stellte sich nicht für sie. Sie führten doch bereits seit Jahren getrennte Leben, unter demselben Dach. Die Marina hatte sie darauf aufmerksam gemacht, und jetzt, jetzt spürte Monika Hopfinger das wahre Leben wieder. »Verstehst, Vitus, es geht darum, das Leben zu leben! Die meisten verschlafen es doch mit offenen Augen.« Sie griff nach seinem Arm und sah ihn eindringlich an. »Du lebst nur einmal! Also lebe! Und wenn du dich jetzt fragst, wie das geht, leben, dann sage ich dir: Du brauchst Ziele! Inhalte! Das hat mir die Marina Pfister beigebracht.«

»Ich glaube, Moni, wirklich leben geht nur mit Liebe.« Ja, das glaubte er wirklich. Immer noch. Trotz allem.

»Auf die Liebe kann sich keiner verlassen. Wer wüsste das besser als du, Vitus? Ich hab etwas viel zuverlässigeres: ein großes Ziel, eine Vision!«

Sie wollte in Zukunft Workshops anbieten und Vorträge halten wie Marina. Doch während sich Marina um das Glück und den Erfolg von Frauen kümmerte, gekümmert hatte, plante Monika Hopfinger, sich als »Persönlichkeits-Coach« auf Eltern und Kinder zu konzentrieren.

»Mein Thema hat einen Namen: Mentalität. Deine Mentalität entscheidet, wie dein Leben verläuft, deshalb kann man gar nicht früh genug damit anfangen, eine starke Mentalität aufzubauen.« Ob Vitus wisse, wovon sie spreche? »Mentalität schlägt Qualität!« Im Spitzensport sei das schon lange eine Selbstverständlichkeit, und sie, Monika Hopfinger, werde dafür sorgen, dass auch Eltern und Kinder die Bedeutung einer starken Mentalität erkannten und nutzten. Sie hatte dafür ein Programm entworfen, das sich an dem Bestseller *Am Ball bleiben* orientierte. Der Erziehungsratgeber vermittelte schrittweise mit »elf Freunden«, wie Eltern bei und mit ihren Kindern eine starke Mentalität entwickeln konnten. Am Deutschen Fußball-Internat in Bad Aibling wurde dieses Programm erfolgreich genutzt, und sie selbst hatte es an ihrem Sohn Jonas ausprobiert. Der Junge habe auf jedem Gebiet davon profitiert: sportlich, schulisch und menschlich. »Wächst die Mentalität, dann wächst auch die Persönlichkeit, sage ich immer.« Monika Hopfingers Augen glänzten. Aus ihr sprach die Leidenschaft. »Erfolg beginnt im Kopf, Vitus! Verstehst? Du brauchst Selbstvertrauen und Ziele! Darum geht es!«

»Und das Herz?«

»Das Herz befeuert deinen Erfolg durch deine Leidenschaft. Ziele lassen sich nur mit ganzem Herzen erreichen, und Mentalität lässt sich nur ganzheitlich denken.«

»Du klingst wie ein Guru, Moni.«

»Nichts Geringeres will ich sein!«

Er überlegte, wie es um seine eigene Mentalität stand. Als könnte Monika Hopfinger Gedanken lesen, fragte sie ihn: »Weißt du, wohin du willst, Vitus Pangratz? Wo liegen deine Ziele?« Sie würde ihm gerne auf die Sprünge helfen und ihn coachen. Zum Freundschaftspreis, versteht sich. »Ich bin mir sicher, du könntest mit einer stärkeren Mentalität noch mehr erreichen.«

»Ich bin keine zwanzig mehr.«

»Genau deshalb musst du jetzt Gas geben und groß denken!«

»Ist schon recht, Moni.« Selbstoptimierer neigten zu humorloser Verkrampftheit, was Monika Hopfinger gerade bewies: »Du kannst von mir denken, was du willst, Vitus. Am Ende bestätigt mich der Erfolg. Mentalität ist etwas für Macher.«

Sie schwiegen sich eine kleine Ewigkeit an, die Macherin und der Verlierer, dann erinnerte sich Vitus, warum er eigentlich hier war: Er wollte Harald Hopfinger finden. Aber Moni hatte keine Ahnung, wo ihr Gatte war. »Andere Frage, wie sieht es eigentlich mit euren Urlaubsplänen aus? Wollt ihr mit einem Wohnmobil verreisen?«

»Ich will überhaupt nicht mehr mit dem Harry verreisen. Das dürftest du doch inzwischen verstanden haben.«

»Und der Harry, will der vielleicht mit eurem Jonas einen Campingurlaub machen?«

»Geh, Vitus, hör auf, mein Harry ist doch kein Typ für ein Wohnmobil.« Jahrelang hätte sie versucht, ihn für einen Campingurlaub zu begeistern, aber der Herr Kommissar wollte ausschließlich ins Hotel, weil er Wert auf ein eigenes Klo legte. Außerdem sei in Rosenheim jetzt Herbstfest, was bedeutete, »die großen Ferien sind auch in Bayern so gut wie vorbei«. Ihr Jonas musste in die Schule und hatte sich im kommenden Schuljahr auf nur ein Ziel zu konzentrieren: den Notenschnitt fürs Gymnasium zu schaffen. Er sollte oben auf das Schloss gehen und natürlich weiter Fußball spielen. Ob Vitus wüsste, wie viele Bayernspieler Abitur hatten? Er verneinte, und Monika zählte ihm berühmte Spielernamen auf: Neuer, Rafinha, Kimmich, Martinez, Thiago, Vidal, Müller und Lewandowski. Sie folgerte: »Das Abitur ist die Einstiegshürde ins Leben, und unser bayrisches Abitur ist besonders viel wert, weil es besonders schwer ist.«

»Monika, du hast doch wahrscheinlich selbst kein Abitur.«

»Früher war das auch nicht nötig, aber die Zeiten haben sich geändert. Es heißt ja nicht umsonst ›Bildungsschicht‹. Die Schule teilt früh in Schichten ein.« Apropos, sie überlege sich, an Grundschulen Mentalitätskurse anzubieten. Als Titel schwebte ihr vor: »Mit einer starken Mentalität aufs Gymnasium.«

»Wie wär's stattdessen mit guten Lehrern und einem kinderfreundlicheren Bildungssystem?«

»Das haben wir nicht in der Hand, und darauf können wir lange warten, aber unsere Mentalität, die steht in unserer Macht. Jetzt und zu jeder Zeit. Mentalität ist unsere Macht!« Sie schlug sich mit der Faust auf den Brustkorb.

»Monika, möge die Macht mit dir sein!«, verabschiedete sich Vitus. Er war mental am Ende.

*M*it brummendem Kopf stieg Vitus wieder in seinen roten Ford Mustang. Monis Mentalitätsfragen drückten auf seine Stimmung und auf sein Gewissen. Welche Ziele hatte er noch? Pah! Der Weg war das Ziel! Aber bitte, er konnte sich auch Ziele setzen. Er brauchte dafür nur einen vollen Tank. Spontan legte er sein nächstes Ziel fest: die Fischerhütte Reiter in Osternach am Chiemsee. Dort würde er einen bärigen Steckerlfisch essen: eine frisch gefischte Renke oder Forelle aus dem Chiemsee, am Holzstöckchen gegrillt. Vielleicht sogar einen edlen Saibling. Seinen Mustang würde er in Prien am Schwimmbad »Prienavera« parken und dann am Uferweg bis nach Osternach zur Fischerhütte laufen. Er freute sich auf den idyllischen Sparziergang am »bayrischen Meer«. Die Bayern bezeichneten ihren umfangreichsten See als Meer, weil sie von Natur aus groß dachten, das sollte sich die Moni Hopfinger hinter ihre Guru-Ohren schreiben. Wer im Land der Superlative aufwuchs, konnte gar nicht anders, als seine Ziele an den Rand des Größenwahns zu setzen. König Ludwig II. gab mit seinen Märchenschlössern das beste Beispiel, der Rekordmeister Bayern München bestätigte die These, und was bitte sollte sich ein echter Bayer wünschen und zum Ziel setzen? Er hatte doch alles! Eine herrliche Natur mit Bergen und Seen, ja geradezu ein Meer an Seen, und Essen auf jeder Genussstufe gab es hier auch: vom Schweinsbraten im Wirtshaus bis zu köstlichen Kinkerlitzchen im Sternerestaurant. Überhaupt, die Kultur... Maler, Dichter, Denker, wenn sie nicht in Bayern zu Hause waren, wollten sie unbedingt her. Vitus Pangratz hielt sich im Cockpit seines Mustangs einen leidenschaftlichen Vortrag über seine Heimat und schloss mit den Worten: »Wer in Bayern lebt, braucht keine Ziele, der ist am Ziel!« Basta! Wenn das seine Tochter Johanna nur endlich begreifen würde.

Am Uferweg liefen zwei junge Burschen vor ihm. Sie trugen ein »*Biertragerl*« in ihrer Mitte, einen Bierkasten mit zwanzig Flaschen Bazi-Bier, und philosophierten.

»Mia san mia.«

»Na, mia san ned bloß mia. Scho lang nimma. Mia san jetzt vui mehra.«

»Is des jetzt guad?«

»Wenn ma's guad machan, dann scho.«

»Dann mach mas hoid guad.«

»Sowieso.«

»Mia brauch mas ja einfach nur macha wia im Bierzelt: Setz di hera, dann samma mehra.«

»Bayrische Integrationspolitik.«

»Weil Bier verbindet.«

»Prost!«

Ja, sie waren jetzt mehr in Bayern, und es war gut, wenn sie es gut machten, so wie im Bierzelt, wo die Devise galt: »Setz dich her, dann sind wir mehr.« Bayrische Integrationspolitik lief flüssig.

Als er sich gerade darauf freute, in wenigen Minuten ein Bier zum Steckerlfisch serviert zu bekommen, vibrierte sein Telefon. Liesel Dirscherl hatte Neuigkeiten für ihn: Hopfinger war ins Kommissariat zurückgekehrt, als wäre nichts gewesen. Aber natürlich war etwas gewesen. Liesel wusste es ganz genau, und zwar von ihrem neuen Liebhaber, dem Schöring Georg. »Nur um der alten Zeiten willen«, gab sie die Infos großzügig an Vitus weiter und rieb ihm dabei die »neuen Zeiten« unter die Nase, ihr hirnrissiges Liebesglück mit Schöring. Wollte sie ihn quälen, für all die Jahre in Warteposition? Oder suchte sie noch immer den Kontakt zu ihm? War es eine Mischung aus beidem? Vitus scheiterte daran, Liesel zu verstehen. Vermutlich war sie damit selbst überfordert, denn wie bitte wollte sie sich Schöring erklären. *Pfui Deifi!* Pfui Teufel! Schon schwärmte sie wieder von dem Hornochsen. »Stell dir vor, der Kommissar Hopfinger hat sich von meinem Georg beraten lassen, und der Georg hat die perfekte PR-Strategie für ihn entworfen, schließlich muss der Kommissar Hopfinger auf den Podcast reagieren, die Sprachaufnahme mit der Marina. Der Georg hilft ihm dabei. Der Georg ist gut in solchen Dingen. Ein Meister. Der hat einen Instinkt dafür, was Menschen wollen.«

»Insbesondere Frauen«, unterbrach Vitus.

»Ich glaub, nur dir ist noch nicht aufgefallen, dass Frauen auch Menschen sind, sonst hättest du mich nicht jahrelang so schlecht behandelt. Wie einen Hund.«

»Jetzt übertreibst aber!« Außerdem ging es Hopfen gut bei ihm.

»Recht hab ich, Vitus, und jetzt lass mich weiter erzählen! Oder interessiert es dich nicht, wie der Herr Kommissar aus der Nummer wieder rauskommen will? Im Moment steht er ja saudumm da, als frustrierter Ehemann, der Marina Pfister mit Mord gedroht hat.«

»Ich bin ganz *stad*, Liesel, wenn du nur endlich erzählst.«

»Also«, holte sie Luft. »Mein Georg hat dem Hopfinger geraten, sich in der Öffentlichkeit als besorgter Ehemann darzustellen. Er muss vermitteln, dass für ihn Werte wie Treue und Verlässlichkeit lebenswichtig sind. Dabei soll er betonen, dass sein fein justierter moralischer Kompass und sein ausgeprägter Sinn für Gerechtigkeit hinter dem unglücklichen Auftritt bei Marina Pfister stecken. Als Kriminalkommissar ist er eine Stütze der Gesellschaft und muss Vorbild sein, aber er ist natürlich auch ein Mensch und Ehemann. Er ist ein Opfer der Liebe, weil natürlich liebt er seine Frau über alles, und die Ehe ist für ihn ein heiliges Sakrament.«

»Du klingst richtig begeistert.«

»Und das Beste kommt erst noch. Halt dich gut fest, Vitus. Harald Hopfinger hat im Gespräch mit meinem Georg festgestellt, dass er die Werte der »Weiß-Blauen« verkörpere wie kein anderer. Er soll künftig eine wichtige Rolle bei den Weiß-Blauen spielen. Das Wort ›Heimatminister‹ ist gefallen. Der Schöring hat versprochen, ihm zu helfen.«

»Das heißt, der Hopfinger ist jetzt durch den bayrischen Spezi-Kodex geschützt?«

»Ja mei, bei den Weiß-Blauen gilt, was überall gilt, wo sich erfolgreiche Männer gegenseitig Vorteile verschaffen können: Einer für alle, alle für einen! Und du, Vitus, du ärgerst dich doch nur, weil du nicht zu diesem exklusiven Club gehörst, weil du immer schon zu eigensinnig für eine Gemeinschaft warst und nur an dich gedacht hast.«

»Der Schöring hat dir das Gehirn gewaschen.«

»Ich wünschte, dir würde es einmal einer waschen, dein Gehirn.« Liesel Dirscherl legte auf, bevor Vitus etwas erwidern konnte.

Vitus Pangratz war der Appetit vergangen, trotzdem lief er weiter zur Fischerhütte. Wenigstens ein Ziel wollte er heute erreichen. Vielleicht würde er sich dort im kleinen Biergarten weitere Ziele überlegen, zum Beispiel seine Tochter Johanna davon zu überzeugen, in Rosenheim zu bleiben, und seiner Liesel klarzumachen, dass sie Besseres verdient hatte als diesen Georg Schöring. Wie sie »mein Georg« sagte. Zum Speiben, aber stattdessen sang er »Supicious minds« von Elvis: »We're caught in a trap. I can't walk out, because I love you too much, baby.« Wirklich, liebte er Liesel? Ja, aber nicht so. Oder doch? Rechts von ihm strich der Wind durchs Schilf, über ihm strahlte der weiß-blaue Himmel, und der Geruch von gegrilltem Fisch zog ihm entgegen. Essen und Trinken hält Leib und Seele zusammen, und um das Herz würde er sich später kümmern. Ein andermal. Nach dem Essen und der Arbeit. Wenn Karolas Mörder hinter Gittern war und Marina wieder sicher.

*E*r hatte das Nummernschild ausgewechselt. Jetzt tarnte ein italienisches Kennzeichen das Wohnmobil und passte damit gut in die Zeit. Zur Rosenheimer »Wiesn« kamen von Jahr zu Jahr mehr Italiener mit einem Campingbus und parkten, wo sie wollten. Vorausgesetzt, sie hatten Glück, denn Parkplätze waren knapp in Rosenheim. Deshalb hatte er Geduld mitgebracht und stellte sich auf eine lange Suche ein. Seit einer knappen Stunde kreiste er im Wohngebiet rund ums Krankenhaus und hoffte, endlich einen offiziellen Parkplatz zu finden, eine Lücke, die groß genug für seine fahrende Garderobe war. Sollte er sich diesmal erneut als Clown oder wieder als Frau verkleiden? Er hatte sein Repertoire erweitert, nachdem ihm neulich im Krankenhaus der Clown über den Weg gelaufen war. Ein Krankenhaus-Clown. Die perfekte Tarnung! Trotzdem hatte er sich in München auch eine neue Frauenperücke besorgt, diesmal in blond. Zugegeben, er verkleidete sich gern als Dame. Das Gefühl von Seide auf der Haut erotisierte ihn, und er liebte die Form seiner Silikoneinlagen. Auch als Frau war er ein perfekter Mensch und kein unzulängliches Weib.

*E*ine bekannte Stimme drang durch den Geruch. Jo! Diesmal erzählte sie von Harald Hopfinger, dem Kommissar. Wie gerne hätte sie ihrer Freundin geantwortet, aber sie konnte nicht nach oben tauchen. Ihre Bewegungen waren eingefroren. Noch immer. Nicht einmal der kleine Finger folgte ihrem Willen. Wenn sie doch wenigstens die Lippen bewegen könnte oder die Augenlider. Für einen Moment sah sie Licht, aber es verschwamm wieder und wich der Dunkelheit.

»Marina! Marina! Hörst du mich? Du hast gerade die Augenlider bewegt. Marina! Komm zurück! Ludwig braucht dich, und ich brauche dich auch! Marina! Marina!«

»Tschhh…« Ein Zischen.

»Wolltest du Jo sagen? Du wolltest Jo sagen! Du hast mich erkannt.« »Marina! Marina!«

Sie sank aus dem Moment zurück in die Bewusstlosigkeit.

Jo stand am Fenster in Marinas Krankenzimmer und bedauerte, kein Buch mitgenommen zu haben. So war sie gezwungen nachzudenken, aber ihre Gedanken wollten ihr nicht folgen. Sie gingen eigene Wege, Richtung Westen. 9 650 Kilometer entfernt stand Jack gerade auf, um an den Drehort zu fahren, während sie vor Müdigkeit fast im Stehen einschlief. Sie würde wieder in den Schrank ziehen. Um im Fall des Falles aufzuwachen, hatte Jo ein kleines Glöckchen an den Griff der Zimmerür gehängt, ein goldenes Glöckchen, wie es große Schoko-Osterhasen gerne trugen. Krankenschwestern und Ärzte würden hoffentlich denken, das Glöckchen wäre ein Gruß von Marinas Sohn.

*V*itus Pangratz streichelte zufrieden den Hund. Wie ein guter Pfadfinder war Hopfen allzeit bereit. Sobald Vitus seine Leine in die Hand nahm, lief der Hund schwanzwedelnd herbei. Selbst jetzt, kurz vor Mitternacht. Er hatte Hopfen geweckt und aus seinem neuen Hundebett geholt, einem Kissen mit Seitenwänden. Vitus selbst hatte nicht einschlafen können. Es beunruhigte ihn, Johanna allein in Marinas Krankenzimmer zu wissen. Sollte er ihr beistehen? Keine Frage! Er musste seine Tochter beschützen! Er würde den Außenposten übernehmen. »Weißt du was, Hopfen, wir gehen vor dem Krankenhaus Patrouille und achten darauf, dass keiner der verdächtigen Herren den Eingang passiert: Den Bazinger, den Hopfinger oder den Schöring lassen wir auf keinen Fall ins Krankenhaus. Auch den Steimer Alois halten wir auf. Clowns kontrollieren wir und Männer mit Langhaarperücken sowieso. Alles klar?« Hopfen sah ihn mit treuherzigen Augen an. Der Jagdhund hatte das Zeug zum Polizeihund. Vitus teilte seine Gedanken gerne mit dem vierbeinigen Kollegen. »Die Original-Langhaarperücke des Täters ist wahrscheinlich mit Bazingers Auto verschwunden, aber vielleicht hat der Mörder ja zum Zweithaar noch ein Dritthaar.« Hopfen schenkte ihm einen verständigen Blick. Kluger Hund!

Auf dem Weg zum Krankenhaus fiel Vitus in einer Seitenstraße ein Wohnmobil mit italienischem Kennzeichen auf. »Die Italiener wissen, wo es sich gut feiern lässt.« Hopfen schnupperte am Boden, entwickelte italienisches Temperament und zog Vitus entschlossen Richtung Wohnmobil. »Riechst eine gute italienische Salami oder Parmaschinken?« So ein Hund hatte eine feine Nase. Aufgeregt fing er an zu bellen. Oder hungrig? »Hopfen! Jetzt übertreibst du es aber! Du hast genug zu Abend gegessen. Bei Fuß!« Vitus zog den Hund vom Wohnmobil weg und marschierte zum Krankenhaus. Niemand war auf dem Trottoir zu sehen, und auch vor dem Krankenhauseingang sah er keine verdächtigen Männer. Nur eine Frau mit einem blonden Pagenkopf, die zum Krankenhaus lief. Die Nachtschicht, vermutete Vitus. Echte Helden kannten keine Tageszeit. Sie waren rund um die Uhr im Einsatz. Am liebsten hätte er der Frau »danke!« hinterhergerufen, aber sie umfasste ihre Handtasche, beschleunigte ihre Schritte und verschwand im Gebäude.

*M*üde kauerte Jo im Schrank. Es war stockfinster, stickig und eng. Sollte sie sich doch wieder neben Marinas Bett setzen? Nein, die Gefahr, dort einzuschlafen, war zu groß. Der Mörder könnte sie überraschen. Wenn das goldene Glöckchen an der Tür läutete, brauchte sie Zeit, um sich zu konzentrieren und auf ihren Angriff vorzubreiten. Mit einem Sprung aus dem Schrank würde sie den Mörder überraschen. Vorsichtig öffnete Jo die Schranktür ein paar Zentimeter weit, da hörte sie das kleine goldene Glöckchen klingeln. Jemand drückte auf die Türklinke. Schnell zog sich Jo wieder in den Schrank zurück. Ihr Puls reagierte noch schneller.

Durch den Spalt sah sie den Rücken einer großen Frau. Ihr blonder Pagenkopf saß perfekt. Sie trug ihn zu einem klassischen Trenchcoat und darunter Jeans. Ihre Füße steckten in Turnschuhen. Herrengröße. Von hinten wirkte sie maskulin, trotz der weiblichen Frisur. Einer Frisur, die auch eine Perücke sein konnte. Schlagartig dachte Jo an die langen braunen Haare, die man bei Marina und Karola Bazinger gefunden hatte. Perückenhaare! Der Mörder trug Perücke. War er von Braun auf Blond umgestiegen? Die Person an Marinas Bett trug Blond. Eine Perücke war schnell gewechselt. Jo ahnte, dass der Mörder zu Marina gekommen war, um seine Tat zu vollenden. Nein, es war keine Ahnung, es war tiefes Wissen. Hellsichtiges Wissen. Jos Bewusstsein kannte die Fortsetzung, die schnellen unscharfen Bilder in ihrem Kopf nahmen sie vorweg. Sie sah eine Frau am Boden liegen. Um Atem ringen. Sie sah die Zukunft voraus. Sie sah den Tod. Der Tod stand an Marinas Bett. Jos Körper geriet außer Kontrolle. Ihr Herzschlag erhöhte sich. Ihr Blutdruck stieg. Ihre Muskeln spannten sich an. Ihr Atem ging schneller. Ihre Nervenbahnen wurden überflutet. Ihr Mund trocknete aus, während sich kalter Schweiß durch ihre Poren drückte. Panik. Sie musste die Polizei rufen. Sie musste ihren Vater rufen. Vor allem aber musste sie eingreifen, bevor es zu spät war. Wo war das Pfefferspray? Mit zitternden Händen tastete sie danach. Ihre Taschen waren leer. Sie versuchte zu atmen. Ein. Aus. Langsam. Tief in den Bauch hinein. Luft halten. Aus. Dabei ließ sie die Augen nicht von dem blonden Pagenkopf, der seine Tasche auf Marinas Bett stellte. Er öffnete sie. Trug Handschuhe. Wollte keine Spuren hinterlassen. Jo musste handeln. Jetzt. Aber sie war wie gelähmt.

Es ging um Leben und Tod, und der Tod war gerade dabei, sich einen Vorteil zu verschaffen. Er hantierte an der Infusion der Patientin. Nein, Jo durfte keine Zeit mehr verlieren. Endlich kehrten klare Gedanken zurück in ihren Kopf. Sie drängten die unscharfen Vorahnungen beiseite. Jo wusste jetzt, was sie zu tun hatte. Sie wählte die Nummer ihres Vaters, legte das Telefon beiseite und stürzte sich schreiend aus dem Schrank.

*H*opfen schien es nicht zu stören, vor dem Krankenhaus mit seinem neuen Herrchen auf und ab zu laufen. Immer wieder dieselbe Strecke. Aber Vitus Pangratz begann sich zu langweilen. Als er die Vibration seines Handys spürte, freute er sich über die Abwechslung. Johanna wollte ihn erreichen.

»Passt alles bei dir?« Dumme Frage, würde Johanna mitten in der Nacht anrufen, wenn alles passen würde? Seine Tochter antwortete nicht.

»Johanna?«

Im Hintergrund hörte er Geräusche. Beunruhigende Geräusche. Kampfgeräusche. Stöhnen. Rumpeln. Poltern.

Ein gepresster Ruf seiner Tochter drang durch zu ihm.

»Hilfe!«

»Halt's Maul«, zischte eine Männerstimme. Vitus erkannte die Stimme. Er durfte keine Zeit verlieren.

»Auf geht's, Hopfen! Unsere Johanna braucht Hilfe!« Hoffentlich kamen sie nicht zu spät.

$\mathcal{D}$er Mann unter der blonden Perücke hatte mit seinen kräftigen Händen ihren Hals umschlossen und drückte zu. Jo röchelte. Verzweifelt versuchte sie, die Umklammerung seiner Finger zu lösen. Er war stärker. Auf seiner Stirn sammelten sich Schweißperlen. Er presste die Lippen aufeinander. Die blonden Haare seiner Perücke fielen nach vorn. Panik ergriff Jo. Sie bekam keine Luft mehr. Sie lag auf dem Boden. Wie in dem Bild in ihrem Kopf. Wie lange hatte sie noch? Eine Minute? Er war so schwer. Sein Gewicht drückte auf ihren Bauch. Ihre Finger. Sie müsste eine Kralle formen und ihm ihre Finger ins Gesicht rammen. Die Augen waren die empfindlichste Stelle. Ihr Vater hatte es ihr erklärt. Sie konnte sich verteidigen, aber ihr fehlte der Atem. Alles wurde schwarz. Die Dunkelheit zog sie fort. Nur seine Hände, die blieben und drückten zu. Es war keine Frau. Es war ein Mann, und sie hatte ihn erkannt. Jetzt ging es ihr wie Marina. Aber diesmal würde er seinen Job zu Ende bringen. Er würde lange genug drücken. Und sie, sie würde Jack nie wiedersehen. Sie würde Jack nie wiedersehen, und sie würde Vitus nie wiedersehen. Nichts würde sie wiedersehen, schon jetzt war alles schwarz und dunkel. Nur weit entfernt, da begann es zu leuchten. Langsam bewegte sich das Licht auf Jo zu. Es kam näher. Es wurde größer, und es wurde stärker. Aus dem Licht trat ein Mensch.

»Mama.« Nichts tat mehr weh, und sie brauchte keine Luft. Ihre Mutter war da. Rosina. Alles war gut. Und Beppo, ihr kleiner

Bruder. Er lebte. Er stand neben ihrer Mutter Rosina. Die beide waren hier, um sie abzuholen. »Mama.« Sie hatte ihre Mutter so sehr vermisst. Und den kleinen Beppo. Alles war hell in der Dunkelheit.

*E*r sah die roten Converse-Turnschuhe seiner Johanna. Ihre Sohlen zeigten zu ihm, Richtung Tür. Die Schultern der breiten blonden Frau, die auf seiner Tochter saß, bewegten sich ruckartig. Vitus hörte, wie Johannas Kopf auf den Boden schlug. Reflexartig hechtete er nach vorn. Hopfen schoss an ihm vorbei. Der Hund war schneller. Er biss der Frau, die auf Johanna saß, in den Oberarm. In die angespannten Muskeln unter dem Trenchcoat. Blut sickerte durch den Stoff, trotzdem klammerten sich die Hände der Frau weiter um Johannas Hals und drückten zu. Auch der Hund ließ nicht locker. Er bellte nicht, er knurrte nicht, sondern versuchte mit aller Kraft, sein neues Frauchen zu befreien. Ohne Erfolg. Die Hände an Johannas Hals begannen ihr Opfer zu schütteln. Johanna ließ es mit sich geschehen. Ohne Gegenwehr lag sie mit geschlossenen Augen auf dem Boden. Sie rührte sich nicht. Alles Leben war aus ihr gewichen. Seine Tochter schien tot.

Wie von Sinnen riss Vitus den Kopf der Angreiferin nach hinten. Er packte sie an den blonden Haaren, erwartete Widerstand, Gewicht, Gegenwehr, stattdessen flogen ihm die blonden Haare entgegen. Er hielt eine Perücke in der Hand. Der Kopf, der sie eben noch getragen hatte, drehte sich zu ihm. Vitus erkannte, wer auf seiner leblosen Tochter saß. »Bazinger!« Er hatte Johanna auf dem Gewissen, Karola und Marina. Vitus' Verdacht war richtig gewesen. Er stürzte sich auf ihn. Mit Fäusten, mit seinem Körper, mit seinem Leben. Er konnte nicht mehr denken, nur noch handeln. Getrieben von einem Ziel: »Ich bring dich um!« Vitus Pangratz' Unterbewusstsein übernahm. Es wusste, wie man Menschen töten konnte. Hauptsache schnell, bevor ihn jemand aufhielt. Er hatte nichts mehr zu verlieren, außer seiner Rache. Mit einem Ruck zog er seine Waffe aus dem Holster. »Das ist für meine Johanna, die Karola und die Marina!« Er zielte auf Bazingers Kopf. Da sprang der Hund in die Schusslinie.

Wieder war Hopfen schneller als Vitus. Er ließ Bazingers Oberarm los und verbiss sich in den Hals seines früheren Herrchens. Die Zähne des Weimeraners bohrten sich mühelos durch Bazingers Haut. Der Hund wütete mit allen Kräften. Er überhörte Vitus' Rufe, er solle aus der Schusslinie gehen. Vitus senkte die Waffe. Bazinger hatte auch so keine Chance. Der Hund hatte mit seinen Zähnen die Schlagader getroffen. Im Rhythmus seines Herzens verließ das Blut Bazingers Körper. Als Vitus Pangratz ihn mit voller Kraft in die Seite trat, sackte er neben Johanna zusammen. Hopfen arbeitete weiter an Bazingers Hals wie im Blutrausch.

Mitten im Blutbad beugte sich Vitus über seine Tochter. Er war zu spät gekommen. »Johanna!« Ihr Puls war nicht zu spüren. »Johanna!« Sie brauchten einen Arzt. Schnell. Verzweifelt schrie er nach Hilfe und begann im Rhythmus von »staying alive« auf Johannas Herz zu drücken. »Komm zurück! Verdammt, Mädchen, komm zurück!« Beppo war gegangen, Rosina war gegangen, aber Johanna. Johanna musste hierbleiben. »Rosina! Schick sie zurück! Lass mir die Johanna!« Er drückte und drückte. Im Rhythmus. Immer wieder. Dann hörte er eine Stimme. »Ich übernehme! Ich bin Ärztin!«

Ihre Mutter Rosina geleitete sie zurück und verschwand mit ihrem Licht im langen dunklen Tunnel. Mit ihr verschwand Beppo, ihr kleiner Bruder. Wieder ließen die beiden Jo allein. Aber sie wurde gerufen. Von Vitus. Vitus Pangratz rief sie. Ihr Vater. Er klang verzweifelt. Gebrochen. Sie musste zu ihm zurück. Er brauchte sie. Wieder sah sie Licht. Es blendete ihre Augen in dem Moment, in dem sie die Lider öffnete. »Papa.« Sie lebte noch.

*V*itus Pangratz sank auf den Besucherstuhl und starrte auf die Blutlache in Marina Pfisters Krankenzimmer. Hopfen lag darin. Ein Krankenpfleger hatte dem Hund eine Spritze unter die Haut gejagt, um den Menschen zu retten, in den er sich verbissen hatte. Für Hubert Bazinger kam trotzdem jede Hilfe zu spät. Der mutmaßliche Mörder war nun selbst tot, trotz eingeleiteter Notoperation. Karolas Hund hatte sein Frauchen gerächt und Johanna verteidigt.

»Servus, Vitus!« Harald Hopfinger betrat das Zimmer und setzte sich zu Vitus an den Tisch.

»Der Bazinger war's also. Wir haben es ja gleich gewusst, nicht wahr? Der Kerl wollte an das Erbe seiner Frau, bevor ihn Karola sitzen lassen konnte. Bazinger ging davon aus, dass Karola über kurz oder lang mit der Weiberheldin Marina Pfister durchbrennen würde, weil er den beiden eine Affäre andichtete. Karola ließ ihn in dem falschen Glauben, enttäuscht von seinem Charakter. Zudem hatte Bazinger herausgefunden, dass Karola seine weiß-blauen Umtriebe nicht unterstützte, sondern mit anderen Weiberheldinnen rund um Marina Pfister eine eigene Partei gründete: die Bunten. In Bazingers Augen war das eine Kriegserklärung.«

»Ja mei!«, seufzte Kommissar Hopfinger. »Ich glaub, ich muss mich bei dir entschuldigen.«

Vitus zuckte mit den Schultern. Er legte keinen Wert auf Hopfingers Entschuldigung. Er trauerte um den Hund, um die letzte Verbindung, die er zu Karola Bazinger gehabt hatte. Wenn

Johanna nach Hollywood zurückging, würde er wieder ganz allein sein. »Ich glaub, ich hab keine Lust mehr, als Privatdetektiv zu arbeiten.«

»Vielleicht kann ich es möglich machen, dass du wieder zu uns zurückkommst, ins Kommissariat.«

»Geh, Schmarrn!«

»Ich meine ernst! Überleg es dir, Vitus!«

»Lieber geh ich auf die Bühne als Elvis.«

»Da hätte ich vielleicht auch etwas für dich. Mein Schwager, der Prutting Michael, den kennst doch, der spielt in einer Band, Rock'n'Roll, verstehst? Die suchen jemanden wie dich. Das weiß ich genau.«

»Ich denk darüber nach.«

Zwei Krankenschwestern schoben Marina Pfister aus dem Zimmer, die im Koma von den Geschehnissen in ihrem Zimmer vermutlich nichts mitbekommen hatte. »Sie können gleich mitkommen, Herr Pangratz, wir bringen die Patientin zu Ihrer Tochter Johanna nebenan.«

*J*o fiel es schwer zu sprechen. Ihr Hals schmerzte, aber sie gab den Krankenschwestern deutliche Zeichen, dass sie Marinas Bett ganz nah an das ihre schieben sollten. Die Frauen verstanden. Eine davon war Schwester Helga. Sie war zurück aus Berlin und lächelte Jo aufmunternd zu.

»Früher wart ihr auch immer zur gleichen Zeit krank«, erinnerte sich ihr Vater. Krank? Haha! Das glaubte er doch selbst nicht. Sie grinste, weil sie nicht sprechen konnte. Wie oft hatten Marina und Jo zeitgleich die Schule geschwänzt, um mit dem Fahrrad an einen See zu fahren oder mit dem Zug nach München. Sie würden auch künftig wieder gemeinsam Abenteuer erleben, dafür würde Jo sorgen. Sie legte ihre Hand auf das Bett ihrer Freundin, suchte deren Hand und drückte sie fest. Sie beide hatten es geschafft, am Leben zu bleiben. Sie würden auch wieder ins Leben zurückkehren. Wieder drückte Jo die Hand ihrer Freundin. Nein, es war Marina, die ihre Hand drückte. Ganz sicher. Marina drückte ihre Hand! Leicht, aber sie drückte! »Jo!« Es war nur ein Flüstern, kaum hörbar, aber es war Marina, die flüsterte. Marina. Sie wachte auf. Endlich. »Jo!« Diesmal sprach sie eine Nuance lauter.

*E*s regnete bunte Sterne. Sie fielen in Fontänen vom Nacht-himmel. Jo Coleman und Vitus Pangratz standen auf dem Rosenheimer Herbstfest und genossen das Feuerwerk. Aus dem Bazi-Zelt hinter ihnen drang Musik. Der alte Bazinger, Karolas Vater, hatte Jahre vor seinem Tod verfügt, dass der Herbstfest-betrieb unter keinen Umständen unterbrochen werden durfte. »Auch wenn alles andere unterging, die Tradition musste wei-terleben«, war seine Devise gewesen. Die Mitarbeiter der Brau-erei hielten sich daran. Sie hatten nach Karolas Tod weitergear-beitet wie bisher und füllten auch nach dem Tod ihres Ehemanns so viele Maßkrüge wie möglich. Selbstverständlich war am heu-tigen Abend der Verstorbenen gedacht worden. Jo und Vitus hatten es miterlebt, als sie vor dem Feuerwerk im Bazi-Zelt eingekehrt waren. Georg Schöring hatte die Aufgabe des Trau-erredners übernommen und bei der Gelegenheit verkündet, er würde den Vorsitz der Weiß-Blauen übernehmen. »Unseren Werten treu und unserer Heimat verbunden. Gemeinsam bauen wir unsere Zukunft.« Das Publikum hatte verhalten applaudiert, aber ausreichend stark, um zu verstehen zu geben: Die meis-ten würden sich mit dieser Entscheidung abfinden. Nur zwei Frauen hatten die Daumen nach unten gehalten: Schörings Ehe-frau Isolde und Fräulein Inniger, seine langjährige Geliebte und Assistentin. Gemeinsam hatten sie an einem Tisch gesessen. Jo fragte sich, ob sich die beiden gegen die neue Favoritin Lie-sel Dirscherl verbünden wollten. Liesel selbst war nirgends zu sehen gewesen. Auch jetzt nicht, vor dem Zelt unter dem bunten Sternenhimmel.

»Ob Bazinger oder Schöring, am Ende sind die Großkopferten doch alle Bazis«, hörte sie eine bekannte Stimme, links neben sich. Jetzt lallte sie: »Die Krüge hoch! *Oans, zwoa, drei, gsuffa! Schwoibs oabe.*« Mit Bier ließ sich alles runterspülen. Die Politik, die Liebe, das Leben und der Tod. Am Ende war alles eine trübe Brühe so wie abgestandenes Bier. »Gell, Jo?«

»Kilian, bist auch schon aus Berlin zurück? Sag einmal, wie klingst du denn heute? Du hast ja einen Fetzn Rausch.« Ja, er klang volltrunken.

»Mein Vater-wider-Willen, der alte Schöring, will, dass ich für ihn und die Weiß-Blauen arbeite. Sein Handlanger soll ich werden. Er nennt den Idiotenjob Ersten Assistenten.«

»Und?«

»Dann will er mich offiziell anerkennen. Als Sohn.«

»Klingt nach Erpressung.«

»Meiner Mutter ist es wichtig und meiner Schwester auch, der Klaudia.«

»Knödel-Klaudia?« Er nickte. Wenigstens sie habe ihr Glück gefunden, mit Jürgen und ihrem neuen Laden. Jürgen würde die kleine Marei adoptieren und sich von Marina scheiden lassen, sobald sie vollständig genesen war.

»*Der ist guad weida*«, sagte Jo und meinte, es war gut, wenn Marina ihren treulosen Gatten bald auch offiziell loshaben würde.

»Recht hast. Und ich geh nach Berlin, um ein professioneller Clown zu werden. Ich will ganze Hallen zum Lachen bringen. Und, was machst du jetzt, Jo?«, wollte Kilian wissen und schob hinterher: »*I dad's gern wissen, weil i di moag.*« Er würde es gerne wissen, weil er sie mochte. Jos Antwort ging im Krach des Feuerwerks unter.

Wieder stand Vitus Pangratz am Flughafen. Neben ihm stand »zufällig« Michael Prutting, der »zufällig« heute am Flughafen Dienst hatte. Vitus Pangratz würde Michael Prutting in Zukunft wahrscheinlich öfter sehen. Der alte Rock'n'Roller hatte dem jüngeren versprochen, zu einer Bandprobe zu kommen. Pruttings Musikerfreunde nannten sich »The Presleys«. Wenn das kein Zeichen war! Johanna »Jo« Coleman freute sich darüber. Sie glaubte, die Musik würde ihren Vater über den Abschiedsschmerz hinwegtrösten. Sie flog heute zurück nach Hollywood. »Für den Job, nicht für die Liebe!«, betonte sie, während sie ein letztes Mal ihr Ticket kontrollierte. Sie musste sich beeilen. Von Marina hatte sie sich schon am Morgen in Rosenheim verabschiedet. Ihre beste Freundin würde vorläufig in der Heimat bleiben, und dafür gab es einen guten Grund: Karola Bazinger hatte kurz vor ihrem Tod ein Testament verfasst und die Weiberheldin als Alleinerbin eingesetzt, damit Marina Pfister die Mittel hatte, um ihre gemeinsame Vision einer bunten Partei zu verwirklichen. Karola Bazinger hatte beim Notar einen Brief hinterlegt, in dem sie von ihrer Angst schrieb, ihr kaltblütiger Gatte Hubert Bazinger könnte ihr nach dem Leben trachten, weil sie andere Pläne hatte, als die Rolle des Politikerweibchens auszufüllen. Karola Bazinger hatte befürchtet, ihr Gatte könnte sich endgültig ihr Erbe unter den Nagel reißen, den Bazi-Bräu. Aber Karola wollte die Brauerei in guten Händen wissen: in Marinas Händen. Sollte Karola Bazinger bis zu ihrem Tod eigene Nachkommen haben, würden selbstverständlich diese alles erben.

Von der ungewöhnlichen Erbfolge hatte *Rosenheim-News.de* sofort Wind bekommen und die Neuigkeit verbreitet: **»Sensation! Marina Pfister erbt Bazi-Bräu! Prost!«** Eine kluge Entscheidung, fand Jo, ihre Freundin Marina war eine hervorragende Geschäftsfrau.

Am Flughafen packten zwei Hände Jos Oberarme. Zwei Augen suchten ihren Blick und versprachen Tiefe. Michael Prutting. »Jo, wann kommst du wieder?« Jo zuckte mit den Schultern. Da begann der Mann leise zu singen: »Come back! Baby, come back!« Dann ließ er ihre Arme los, trat einen Schritt zurück und wurde lauter. »Come back! Baby, come back!« Vitus, ihr Vater, stimmte ein. »Come back! Baby, come back!« Die beiden Männer gaben ihr am Gate des Münchner Flughafens ein Abschiedskonzert. Jo lachte, wischte sich eine Träne aus dem Auge und meinte: *»Schau ma moi!«* Sie würden sehen!

Alma Bayer

Wildfutter

Ein Rosenheim-Krimi

480 Seiten, btb 71531

Der pensionierte Kommissar Vitus Pangratz ist nachts im
Wald auf Foto-Pirsch. Denn er hat einen Plan. Er will im
Ruhestand ganz groß rauskommen als Naturfotograf mit dem
Fotokalender »Die Wildsau bei Nacht«. Doch dann gerät er
im Wald ins Stolpern – über eine angenagte Hand! Die gehört
eigentlich zum seit geraumer Zeit verschwundenen örtlichen
Jugendfußballtrainer. Pangratz lässt seine Pensionärs-Pläne
fallen und nimmt sich lieber der Sache an. Gemeinsam mit
seiner Tochter Johanna »Jo« Coleman, einer Lokalreporterin,
die ihrer Karriere einen Schubs verleihen will, begibt er sich
auf Spurensuche. Bald steht die ganze Kleinstadt Kopf.

btb